Master of the Game

# 谋略大师

Sidney Sheldon

[美] 西德尼·谢尔顿 —— 著

苏冰 —— 译

CTS 湖南文艺出版社 HUNAN LITERATURE AND ART PUBLISHING HOUSE　博集天卷 CS-BOOKY

Master of the Game

Copyright © 1982 by Sidney Sheldon

All rights reserved including the rights of reproduction in whole or in part in any form.

著作权合同登记号：图字18-2023-007

**图书在版编目（CIP）数据**

谋略大师 /（美）西德尼·谢尔顿著；苏冰译 . --
长沙：湖南文艺出版社，2023.9
书名原文：Master of the Game
ISBN 978-7-5726-1290-9

Ⅰ . ①谋… Ⅱ . ①西… ②苏… Ⅲ . ①长篇小说－美
国－现代 Ⅳ . ①I712.45

中国国家版本馆 CIP 数据核字（2023）第 145138 号

上架建议：畅销·外国文学

MOULÜE DASHI
谋略大师

著　　者：[美] 西德尼·谢尔顿
译　　者：苏　冰
出 版 人：陈新文
责任编辑：张子霏
监　　制：于向勇
策划编辑：布　狄
特约编辑：赵　静　郑　荃
版权支持：王媛媛
营销编辑：时宇飞　黄璐璐　邱　天
封面设计：梁秋晨
版式设计：利　锐
出　　版：湖南文艺出版社
　　　　　（长沙市雨花区东二环一段 508 号　邮编：410014）
网　　址：www.hnwy.net
印　　刷：三河市中晟雅豪印务有限公司
经　　销：新华书店
开　　本：680 mm × 955 mm　1/16
字　　数：457 千字
印　　张：28
版　　次：2023 年 9 月第 1 版
印　　次：2023 年 9 月第 1 次印刷
书　　号：ISBN 978-7-5726-1290-9
定　　价：59.80 元

若有质量问题，请致电质量监督电话：010-59096394
团购电话：010-59320018

Master of the Game

Sidney Shelton

献给

我的兄弟，狮心王查理

## 他是全世界顶级的故事高手

西德尼·谢尔顿是当今世界顶级的故事高手，也曾是世界上作品被翻译成最多语言的作家，其作品累计被全球180多个国家引进，共计被翻译成50多种语言，全球总销量超过3亿册。这项纪录于1997年被列入《吉尼斯世界纪录大全》。

西德尼·谢尔顿是奇迹！

与很多人所想的不同，谢尔顿并非一直坐在电脑前埋头苦干，他每天的写作目标只有50页。只要写够50页，他就立刻停笔，并且会在第二天修改前一天所写的内容。每当他写完一整段情节后，他便会开启"修改模式"，对相关内容进行反复修改甚至重写。

谢尔顿曾在某次采访中说道："我的每本书大概都会这样重写12～15次，整个创作时间需要一整年……"

对西德尼·谢尔顿而言，小说创作是其最乐于尝试的领域，在好莱坞与百老汇获得颇高成就的他曾公开表示，他的脑海中一度诞生了许多情节非常复杂的东西，促使他想要进一步去探究人类的情感与行为的动机，而这已经超越了剧本所能涉及的范畴。对他而言，或许写小说便是唯一的终极解答。

## 好莱坞与百老汇永不落幕的传奇

西德尼·谢尔顿堪称通俗小说王国的国王，但对很多人而言，首次知道他并非因为其小说作品，而是通过大银幕上的电影。作为好莱坞最具传奇色彩的编剧与制片人，谢尔顿一生中创作了30多部电影剧本、200多部电视剧本以及8部舞台剧本。

10岁时，谢尔顿便出版了自己的第一部作品——一部诗集，17岁时便成功将自己的首部剧本卖到了好莱坞。在创作小说之前，他就已经凭借自己的作品取得了全欧美无人能及的文学成就——他的舞台剧本获得了有"戏剧界奥斯卡奖"之称的托尼奖，他的电视剧本获得了艾美奖，而他所创作的电影剧本更是斩获了奥斯卡最佳剧本奖。

之后，开始潜心写作小说的谢尔顿在这一领域继续创造他的传奇：处女作就获得了爱伦·坡奖提名以及《纽约时报》最佳年度悬疑小说奖。之后，他创作的每部小说都持续引发了全球阅读狂潮。

好莱坞自然没有"放过"谢尔顿，他的所有作品几乎都被改编成剧本搬上银幕，而与其合作的主演通常都是如奥黛丽·赫本这样能在影史上留名的超级巨星。更有甚者，当谢尔顿还在创作其代表作《假如明天来临》时，哥伦比亚公司仅凭一个书名与故事梗概，便不惜花费百万美金抢夺其改编版权。而哥伦比亚公司的这一举动，也彻底让这本书成为好莱坞电影创作的灵感宝库。斯蒂芬·金的代表作《肖申克的救赎》在被拍摄成电影时，就借鉴了这本书的相关故事框架以及情节；在香港导演吴宇森的代表作《纵横四海》中，周润发等人饰演的主角盗取博物馆藏品的情节设定与这本书中的主角特蕾西的作案手法如出一辙。

西德尼·谢尔顿的名字被刻在了好莱坞的星光大道上。如今，百老汇依旧在演出他所编剧的经典舞台剧，而这一切都在无声地告诉世人：西德尼·谢尔顿是好莱坞与百老汇永不落幕的传奇！

## 中国当代"通俗小说之父"

西德尼·谢尔顿在中国也有着广泛且深远的影响，尤其是对中国通俗小说的创作与发展做出了不可磨灭的贡献。早在20世纪80年代，谢尔顿的作品就曾被陆续引进中国，凭借跌宕起伏、一波三折的故事情节，复杂又烧脑的人物关系，悬念丛生、紧张刺激的阅读氛围，成功吸引了一大批读者。

文学家止庵先生更是这样评价道：谢尔顿和马里奥·普佐（《教父》作者）以及以写职业小说著称的阿瑟·黑利（《钱商》作者）可以被视为中国当代"通俗小说之父"。

甚至可以说，在以谢尔顿的作品为代表的欧美通俗小说被引进国内后，国内的通俗小说作家才逐渐将创作视角投射到都市生活这一领域，国内现实主义题材小说的流行风潮才逐渐兴起。

作为通俗小说的"教科书"，谢尔顿的作品善于塑造积极向上的、与社会不公抗争的坚强女性形象，而其多部代表作也始终围绕着女性的梦想与宿命展开描写。在其笔下，几乎所有女性都甘愿为了爱情或梦想而牺牲自我，甚至铤而走险。这样的人物设定，也令故事紧张刺激却不失趣味，让读者在体验主角的成长与蜕变中对人生产生思考，而这也是谢尔顿小说的核心魅力所在。

## 全新译本，再现伟大名作之经典魅力

2007年1月，西德尼·谢尔顿病逝，享年90岁。

一代传奇落幕。

作为通俗小说界的不朽巨匠，谢尔顿创作的小说经过漫长的岁月洗礼，依然有着强大的生命力。精妙绝伦的布局，波澜壮阔、气势恢宏的时代背景，犹如电影分镜般的场景刻画，真实细腻的人物塑造，这些特点都令他的小说至今依然被人们津津乐道。

此次我们重新翻译出版的这套"西德尼·谢尔顿杰作精选集"，选取了最能代表作者创作生涯各个时期的经典代表作，并根据作者遗愿由其家人做了详细的整理与修订。

希望本次重新梳理出版的西德尼·谢尔顿作品，能再现这位伟大作家的经典魅力。

编者

# 目录

## 第三部 克鲁格-布伦特有限公司 一九一四——一九四五

### 187

## 第四部 托尼 一九四六——一九五〇

### 213

## 第五部 伊芙与亚历山德拉 一九五〇——一九七五

### 273

## 尾声 凯特 一九八二

### 431

引 子

## 凯特 一九八二

偌大的舞厅中，鬼影幢幢，飘忽不定。生前，这些鬼魂都是凯特·布莱克韦尔的熟人，今晚前来庆祝她的生日。看着鬼魂在那些有血有肉的客人中间游移、飘荡，凯特的眼前浮现出梦幻般的情景：这些来自幽冥时空的不速之客，和那些受邀前来的宾客一起翩翩起舞。宾客系着黑领带，身着闪闪发光的晚礼服，并未察觉身边的隐形舞伴。舞会在缅因州达克港的雪松山庄园举行，有一百多位客人受邀参加。"这些鬼魂也算客人呢！"凯特想着，禁不住哂然一笑。

凯特·布莱克韦尔身材娇小、苗条，仪态典雅，这使她看起来比实际上修长得多。她的面部轮廓清晰，线条流畅，浅灰色的眼睛和倔强的方形下巴，是苏格兰人和荷兰人的混血特征，令人一见难忘。她那曾经瀑布般的黑色秀发，现已被岁月的风霜染成缕缕银丝，飘散在那身乳白色的天鹅绒礼服上。她的皮肤依旧光洁白皙，虽已是耄耋老人，看起来却丰润犹存。

"我真的已经九十岁了？"凯特·布莱克韦尔神情恍惚。流逝的岁月去了哪儿？她凝视着那些扭摆舞动的鬼魂，心想："他们知道啊。他们都曾经历过那些岁月。他们曾经属于那些岁月，陪伴着我经历过那些岁月。"她看到了鬼魂班达，那张黝黑的脸上洋溢着骄傲的微笑。噢，那是死于矿难的丈夫戴维，亲爱的戴维，还是当年的神采，身材颀长，青春俊朗，她曾被迷得神魂颠倒。他朝向她微笑着。"快了，"她想，"亲爱的戴维，我很快就去那边陪你了。"她多么希望戴维能活到现在，亲眼看看自己的曾外孙啊！

凯特扫视着舞厅，看到了曾外孙罗伯特。罗伯特站在交响乐队旁边，专注地看着那些乐师在演奏。这个帅气男孩年近八岁，一头金发，穿着黑色的天鹅绒夹克和苏格兰格子裤，模样酷似挂在大理石壁炉上方的那幅肖像画中的人，那是他的外高外祖父杰米·麦克格雷戈。似乎感觉到凯特正看着他，罗伯特转过脸，凯特向他挥手召唤，她小拇指上的钻戒在水晶吊灯下闪闪发光。钻石约有二十克拉，美轮美奂，是她父亲杰米一百年前在南非纳米布沙海挖出的。男孩穿过跳舞的人群向她走来，她欣慰地注视着他。

"我属于过去，"凯特想，"罗伯特代表着未来。总有一天，我的曾外孙将是克鲁格-布伦特有限公司的掌舵人。"男孩走到近前，她起身腾了一点空，让男孩坐在旁边。

"您生日过得愉快吗，太姥姥？"

"是的。谢谢你，罗伯特。"

"交响乐队棒极了，乐队指挥好恐怖。"

凯特望着他，有些不可思议，片刻之后，她的眉头舒展开来。"噢，我猜想你的意思是说他很棒。"

罗伯特冲她咧嘴一笑，说："猜对了。您可一点也不像九十岁了啊！"

凯特·布莱克韦尔大笑起来。"不要对外人讲啊，我也觉得自己没有九十岁。"

罗伯特悄悄地把手伸过去，让她握住，祖孙两人静静地坐着。八十二岁的年龄差使他们相处得舒适、亲近。凯特转过身，看到自己的孙女正翩翩起舞。毫无疑问，舞厅里，孙女和孙女婿算得上最靓丽的一对。

罗伯特的母亲正在跳舞，瞥见自己的儿子和祖母坐在一起，不由得想道："多么不可思议啊！奶奶总也不显老，谁也猜不出她曾经历过不平凡的一生。"

乐曲停了，乐队指挥说："女士们，先生们，很高兴请罗伯特小少爷为大家演奏。"

罗伯特捏了捏外曾祖母的手，站起身，向钢琴走去。坐在钢琴前，罗伯特脸上显得严肃而专注，手指在琴键上舞动起来。他演奏的是俄国作曲家斯克里亚宾的曲子，乐曲让人联想到明月辉映在水面上的涟漪。

孩子的母亲听着乐曲，心想："我的孩子是一个天才，他长大后会成为一个伟大的音乐家；他不只是我的心肝宝贝，还将属于全世界。"演奏结束了，掌声响起，热烈而真诚。

舞会开始之前，晚宴在室外的大花园里举行。花园里挂满了灯笼、缎带和气球，一派喜庆气氛。露台上，乐师们演奏着音乐；管家和女佣在餐桌前伺候，他们悄无声息，动作麻利，不时给那些巴卡拉水晶酒杯和利摩日盘子添加饮品和食物。有人宣读了美国总统发来的祝贺电报，在场的那位最高法院的法官向凯特祝酒致意。

州长也由衷地赞叹道："凯特·布莱克韦尔女士是美国历史上杰出的女性之一。凯特女士向全球数百家慈善机构慷慨解囊，这已成为一个传奇。为了穷人的健康和福祉，布莱克韦尔基金会还向五十多个国家捐赠财物。在此，我改述已故的温斯顿·丘吉尔爵士的那句名言：'从来没有一个人为这么多人做过这么大的贡献。'能认识凯特·布莱克韦尔，我深感荣幸……"

"活见鬼吧！"凯特想，"没有人真正了解我。他好像在歌颂一位圣人似的。如果这些人了解了真实的凯特·布莱克韦尔，又会说出什么呢？我的父亲是个窃贼，我不到一岁就被绑架。如果他们看见我身上的枪伤，他们会怎么想呢？"

凯特转过头，看了一眼那个曾想要杀死她的男人。接着，她又盯住一个女人，她站在阴影中，头戴面纱，面容模糊。远处传来一阵雷声，恰好州长结束了演讲，并请她致辞。凯特站起身，望着齐聚一堂的宾客，铿锵有力地说道："在这里，我的年龄是最大的。可能今天的年轻人会说，这没什么大不了的，但是我很高兴我能活到这个年纪，否则我不会和你们，我亲爱的朋友们，相聚一堂。我知道，有些客人从遥远的异国他乡来到敝舍，一路旅途劳顿，你们肯定很累了。期望每个人都像我一样精力充沛，那是不公平的。"笑声响起，客人们向她鼓掌。

"谢谢你们，你们的光临使我对这个夜晚铭记在心，难以忘怀。下面谁想休息的话，房间已经安排好了。不想休息的，舞会马上开始。"又一阵雷声响起。"我建议，大家还是进屋吧，要不就会被有名的缅因州的雷雨浇湿。"

当宴席散尽，舞会告终时，宾客们纷纷离去，只留下凯特孑然一人，还有别墅里的鬼魂们。她坐在书房里，思绪又回到从前，蓦然感到一阵悲凉。"再没有人会叫我凯特了。"她想。身边的亲人们一个个接连逝去，她的世界逐渐变小了。朗费罗曾说，记忆的叶子在黑暗中簌簌，摇落无限惆怅。不久她也将步入黑暗，但是现在还未到那一天。"一生中最重要的一件事还未完成。"凯特自叹，"戴维，耐心一点。我们很快就能在一起了。"

"奶奶……"

凯特睁开眼睛。全家人都走进了房间。她逐个看着他们，眼睛像一架冷冰冰的照相机，谁也没有漏掉。"布莱克韦尔家族，一个载入史册的名字，"凯特想，"可是这个家族里有一个杀人犯，面目丑陋，还有一个精神病人，这可是布莱克韦尔家族的家丑啊！那些既充满希冀又充满苦痛和磨难的日子所带来的，难道就是这样的结局吗？"

孙女站在旁边，问道："您没事吧，奶奶？"

"有点累了，孩子们，我该睡了。"她站起来，朝楼梯走去。顷刻间，雷声大作，暴雨袭来，雨滴像机关枪一样啪啪地敲打着窗户。在全家人的注视下，老人一步步登上楼梯，还是那个骄傲的、挺拔的背影！天空中闪过一道电光，紧接着，雷声传来，震耳欲聋。凯特·布莱克韦尔转过身，居高临下地看着家人，用她祖先的腔调说："在南非，我们通常称这为暴雷。"

过去和现在重又交织在一起。沿着走廊，她走向卧室，那些熟悉亲切的鬼魂环绕在她的周围。

第一部　杰米　一八八三——一九〇六

# 第一章

　　"上帝啊，这可怕的暴雷！"杰米·麦克格雷戈惊叹道。杰米在苏格兰高地长大，遇见过无数的狂风暴雨，但像这样骇人的雷雨天还是首次遇到。下午时分，刹那间，沙尘遮天蔽日，白昼变成了黑夜。黑蒙蒙的天空中，一道道耀眼的闪电——南非白人称之为惊电——如银蛇乱舞。接着，雷声滚滚而来，暴雨顷刻而至。大雨倾盆，敲打着克里普德里夫特镇那一排排的帐篷和锡皮小房子，肮脏的街道上流淌着一条条湍急的黑褐色泥流。空中传来轰隆隆的雷声，接连不断，似乎天庭里有大炮正在轰鸣。

　　杰米·麦克格雷戈站在那儿，旁边的土坯小屋突然坍塌，浸泡在雨水中，变成一摊烂泥。幸亏杰米·麦克格雷戈及时闪身，躲在一旁，他担心克里普德里夫特镇能否挺过这场暴雨。

　　南非的克里普德里夫特并非一个真正意义上的小镇，只是一个名义上的小村子。沿着法尔河两岸，千奇百怪的帐篷、锡皮小屋和货车杂乱无章地挤在一起，里面居住着狂热的冒险家。他们来自世界各地，都因痴迷于同一种东西——钻石而来到南非。

　　杰米·麦克格雷戈是其中的一员。他不到十八岁，身材修长，面目俊朗，一头金色的头发和一双浅灰色的眼睛，令人为之心动。他看起来纯真、善良，男性魅力十足，是一个快活、乐观的小伙子。

他离开了苏格兰高地父亲的农场，长途跋涉近八千英里[①]，途经爱丁堡、伦敦直到南非的开普敦，一路辗转到达克普德里夫特小镇。他曾与兄弟、父亲共同耕作苏格兰的农场，后来毅然放弃分享应得的农场收益，对此他并不后悔。他知道，将来他必定会得到万倍的补偿。抛弃了唯一的生活保障，来到这块遥远孤寂的土地，只因他有一个梦想，就是成为一个富豪。杰米并不惧怕吃苦和劳作，但是，在苏格兰高地的阿伯丁北面，自家耕作的那个小农场砾石遍地，每季的收获微不足道。家里除了他和父母，还有姐姐玛丽和兄弟，一家人起早贪黑地耕作，积攒不下什么财产。有一次，他前往爱丁堡，恰好逛了一个集市，见到了许多奇妙的东西，当然，花钱才能得到。当你身强力壮的时候，钱能让你生活得更舒适；当你疾病缠身的时候，钱能满足你的许多需要。杰米亲眼见过很多朋友和邻居在贫困中挣扎，悲惨地死去。

　　他清楚地记得，第一次听到南非挖出钻石的消息时，他兴奋得战栗不已。世界上最大的钻石"卡利南"就是在那里找到的，原本就埋藏在南非的沙地里。有传闻说，整个南非地区就是一个巨大的宝箱，等待着人们前往开启。

　　一个周六吃过晚饭后，他向全家宣告了一个消息。当时，一家人都在那间简陋的用原木钉起的厨房里，围坐在那张没有收拾过的餐桌旁。杰米的声音略显羞涩，话语却显得野心勃勃："我想到南非挖钻石。下周就走。"

　　五双眼睛盯着他，像看一个疯子。

　　"你要去找钻石？"父亲问道，"你不会疯了吧，孩子。那就是一个神话，是魔鬼哄骗人的，不让人好好干活。"

　　"能不能告诉我们你去哪儿找路费呢？"兄弟伊恩问道，"去南非要绕半个地球呢！你又没钱。"

　　杰米反唇相讥道："如果我有钱，就不用去找钻石了，对不对？去那里的人都没有钱。我和他们是完全一样的。我有头脑，身板也结实。我不会失败的。"

　　姐姐玛丽说："安妮·科德会伤心的，她希望有一天能嫁给你，杰米。"

　　杰米很爱他的姐姐。她只有二十四岁，可看上去像四十岁。从出生起，她

---

① 英美制长度单位，1英里约等于1.6公里。——编注

还从未拥有过一件心仪的东西呢。"我要改变这种困境。"杰米暗暗发誓。

母亲一声不响，端起剩有羊杂碎残渣的大浅盘，走向厨房里的铁制洗涤槽。

当天夜里，母亲来到杰米床边，把手轻轻地放在杰米的肩上，似乎有一股力量注入他的全身。"你打算怎么做就怎么做吧，儿子。我不知道那里是否有钻石，不过，如果有的话，你一定会找到的。"她从身上摸出一只破旧的皮包，"我攒下了这几镑。你不要告诉其他人。上帝保佑你，杰米。"

他动身前往爱丁堡时，钱包里装着五十英镑。


从爱丁堡到南非，路途遥远，几乎花了整整一年时间，杰米·麦克格雷戈才走完这段艰辛的旅程。他先在爱丁堡的一家劳工餐馆当招待，这为他的钱包又增加了五十镑。下一站，他来到了伦敦。伦敦是个大城市，人口众多，街头人声鼎沸，大街上公共马车来来往往，一小时能跑五英里，这些景象顿时使他惊呆了。还有气派的两轮出租马车，上面坐着漂亮的女人，头戴礼帽，身系长摆裙，脚蹬精致的高跟鞋。这些马车一到伯灵顿市场街，女人们就走下马车，走进各种店铺。杰米满怀好奇，瞧个没完。市场街拱廊两旁的商店里摆满了炫目的银器、精致的盘碟、时髦的服装、上等的皮货和各种陶器，药房里更是堆满了奇形怪状的瓶瓶罐罐，触目所及，无不使他艳羡。

杰米在菲茨罗伊街三十二号找到一处住所，一周要花十个先令，这是他能找到的最便宜的住所。他整天在码头上游荡，寻找能把他带往南非的船只。夜晚时分，他四处溜达，欣赏伦敦城的奇妙夜色。有一天晚上，他还瞥见了威尔士亲王爱德华步入一家饭店的侧门，饭店紧邻考文特花园，亲王手里还挽着一位年轻漂亮的女士。她戴着一顶大大的花帽，杰米想，这顶花帽要是戴在姐姐头上该有多好啊！

杰米还前往水晶宫欣赏了一场音乐会，水晶宫为举行一八五一年的万国博览会而建造。他游览了特鲁里街，这儿的街区以剧院著称。趁着演出的幕间休息，他溜进了萨伏伊剧院。据说，在英国的公共建筑物中，萨伏伊剧院最先安装了电灯。杰米见到这儿的其他街道也安装了电灯。杰米还听说，有一种神奇的新机器称为电话，人们用它能和城市另一端的人谈话呢！杰米感到自己正注视着未来。

　　尽管新事物层出不穷，社会生机勃勃，但那年冬天，英国的经济危机日益加剧。失业和饥饿的人群拥上街头，游行和街头斗殴不时发生。"我得快点离开这里，"杰米想道，"我本来是为了逃避贫困才出来的。"第二天，杰米当上了"沃尔默城堡"号轮船的乘务员，踏上前往南非开普敦的航程。

　　航程持续了三周。轮船在马德拉岛和圣赫勒拿岛各停留了一次，补充了更多的煤作为燃料。正是隆冬季节，海面上波浪汹涌，轮船颠簸不停。刚一起航，杰米就开始晕船，恶心呕吐，但是他始终开心快活。对他来说，每过一天，就离宝藏更近一些。随着船驶近赤道，气候变了，冬天奇迹般地变成了夏天。靠近非洲海岸时，无论白天还是黑夜，天气都变得闷热、潮湿。

　　黎明时分，"沃尔默城堡"号抵达了开普敦，轮船缓慢地驶进了一条狭窄的海峡，海峡把罗本岛和大陆隔离开来，罗本岛是著名的麻风病人居民区。最终，"沃尔默城堡"号在桌湾的港口停泊下来。

　　太阳还未升起，杰米来到甲板上。在他眼前，晨雾渐渐飘散，前面隐约出现了桌山的巍峨轮廓，巨人般俯视着整个开普敦。他如被施了魔法一般呆立着，心想："开普敦，我到了。"

　　轮船一靠上码头，甲板上立即挤满了各种肤色的人——黑人、黄种人、棕色人和红种人。在杰米眼中，这群人长相怪异，以前从未见过。他们前来为各个旅馆拉客，争先恐后地替客人扛起行李。孩子们手里拿着报纸、糖果和水果，来来回回奔跑叫卖。混血人、帕西人和黑人马车夫大声吆喝着，急切地招徕乘客。小商贩和推着饮料车的人大声嚷嚷着招揽生意。苍蝇又黑又大，乱哄哄地四处飞舞。水手和搬运工一边叫喊，一边穿过喧闹的人群。旅客想看住自己的行李，但是被人群挤得手足无措。叫喊声和讲话声此起彼伏，杰米细心地听到有人讲话，这是他从未听到过的语言：

　　"Yulle kom van de Kaap, neh?"

　　"Het julle mine papa zyn wagen gezien?"

　　"Wat bedui'di?"

　　"Huistoe!"

杰米一个字也听不懂。

杰米发现，开普敦完全不同于他所见过的那些地方。这里的每所房子都有自己的特色。一座分不清是用砖还是石头砌成的货栈，有两三层楼高，它的旁边是一家用马口铁搭起来的小吃店，再过去是一家珠宝商店，窗户安装了人工吹制的平板玻璃，与它毗邻的是一家蔬菜铺子，接着又是一家烟草店，都是东倒西歪快要倒下的样子。

杰米好奇地打量着街上来来往往的男人、女人和孩子。只见一个卡菲尔人①，下身穿着破旧的英国第七十八苏格兰高地团②的格子短裙，上身披着一条麻袋片，上面挖了三个洞，分别当作领口和两个袖口。两个男性华人走在这个卡菲尔人前面，这两个人手拉着手，穿着蓝布长衫，辫子仔细地盘在头顶，戴着圆锥形的草帽。还有布尔农夫③，体格强壮，脸色通红，头发被太阳晒成了黑色；他们的货车上装满了土豆、玉米和新鲜的蔬菜。有的男人身着棕色的棉绒裤子和上衣，头戴宽边呢帽，嘴里叼着陶制烟斗，大步地走在自己的女人前面；女人们穿着黑色服装，蒙着又黑又厚的面纱，头上戴着黑绸的宽檐女帽。帕西族的洗衣女工头上顶着大捆脏衣服，不断地推搡着穿红衣、戴头盔的士兵，往前赶路。这真是一幅奇妙的异国景象。

下船后，杰米马上找到了那家便宜的供膳寄宿店，那是船上的水手向他推荐的。店主是个中年寡妇，身材矮胖，胸脯丰满。

她打量着杰米，微笑着用当地话问道："Zoek yulle goud?"

杰米有点发窘，脸也红了。"对不起……我听不懂。"

"你讲英语，是吗？你到这里是淘金，还是挖钻石？"

"挖钻石，夫人。"

她把杰米拉进房子里。"你会喜欢这里的。对像你这样的年轻人，我会提

---

① 白人殖民者对南非班图族黑人的贬称。——译注

② 即英国第七十八步兵团，因其独特的花格子呢裙军服而得名。——译注

③ 以荷兰裔为主的欧洲裔人，落根在南非境内，多以经营农场为业，被称作布尔农夫。——译注

供一切方便。"

杰米暗想，她是否也是找钻石的，希望她不是。

"我是文斯特太太，"她忸怩地说，"朋友都叫我'蒂蒂'。"微笑时，她的口中露出一颗金色的门牙。"我觉得我们会成为很好的朋友。有什么事，尽管找我好了。"

"你真是太好了。"杰米说，"请问什么地方能弄到一张全市地图？"

杰米拿着地图，在开普敦城里到处游逛。城市东端是伸向内陆的郊区，如隆德布什、克莱尔蒙特和荣恩堡等地区，从西向东绵延八九英里，这几个地区的种植园和葡萄园渐渐变得稀稀拉拉；另一端是滨海的海角区和绿点区。杰米步行穿过开普敦西岸的富人住宅区，从斯特兰德街走向布里街。杰米对大街两旁宽敞气派的两层建筑十分艳羡，那些楼房的屋顶平坦，朝街的一侧有伸出墙壁的外檐，墙壁用灰泥粉刷，高高的露台沿街向外探出。他一直走着，最后被苍蝇叮得受不了，不得不折回住处。这儿的苍蝇又大又黑，好像和他有深仇大恨似的，成群地围着他飞舞。回到房间，他发现房间里也到处是苍蝇，墙壁、桌子和床上黑压压的一片。

他去找女店主。"文斯特太太，有什么办法能赶走房间里的苍蝇？它们……"

她咯咯大笑起来，捏了一下杰米的脸蛋。"宝贝，你会习惯的，等着瞧吧。"

开普敦的卫生设施既落后又奇缺。日落时，一股令人作呕的臭气像一条毒毯子，把全城捂得严严实实，令人难以忍受。但是，杰米明白，他必须忍受，在离开开普敦之前，他必须挣到足够的路费和生活费，才能前往下一站——克里普德里夫特钻石矿。"在钻石矿里，你没有钱就休想活下来，"有人警告他说，"连呼吸空气，他们也会向你要钱。"

第二天，杰米找到了工作，驾着马车为一家运输公司送货。第三天，他又在一家饭馆找到晚饭后洗盘子的工作。他把顾客们吃剩下的冷饭剩菜收起来，带回去充饥。对他来说，这些饭菜味道很怪。他渴望能吃上一顿母亲做的鸡肉韭菜汤、燕麦饼和热腾腾的圆面包。他从不怨天尤人，也不自怨自艾，他锱铢必较，节衣缩食，就是为了攒钱。尽管送货累得筋疲力尽，傍晚的恶臭难以忍受，成群的苍蝇使他大半夜无法入睡，但他别无选择，只能咬牙忍着。然而，在这片陌生的土地上，他谁也不认识，孤独常常向他袭来。他怀念远在苏格兰的朋友和亲人，尽管他素爱清静，可是异乡的孤独经常使他隐隐作痛。

奇妙的时刻终于来临了，他的钱包里竟装了二百英镑，这是一笔可观的财富，发财的机会就在眼前。第二天一早，他决定离开开普敦，动身前往钻石矿。

靠近码头有一间小木屋，这是内陆运输公司的订票点，在那里，人们可以订购驶往克里普德里夫特钻石矿的马车票。杰米早晨七点钟到达小木屋时，里面已经拥挤不堪，他根本无法靠近。数百个淘金客拼着命想要弄到一张马车票。这些人来自世界各地，俄国、美国、澳大利亚、德国和英国等，他们分别用十几种不同的语言叫嚷着，向被围在中间的售票员祈求，为他们预订个空座位。杰米看到一个粗壮的爱尔兰男人没好气地在人群中推来搡去，从小木屋里挤出来。这人挤出疯狂的人群，来到人行道边。

"对不起，"杰米说，"里面怎么了？"

"没什么，"这个爱尔兰男人不耐烦地咕哝着，"这趟该死的公共马车没有票了，六周以后的车票都预订光了。"他看到杰米脸上露出了沮丧的表情。"还有更糟糕的，小伙子，这些婊子养的，每张票竟要你五十英镑。"

真不可思议！"还有别的办法去钻石矿吗？"

"有两个办法，坐荷兰快运，或者干脆走着去。"

"什么叫荷兰快运？"

"公牛拉的车，一小时走两英里。坐这种破车到那儿时，那些该死的钻石早被人们挖光了。"

杰米·麦克格雷戈不想拖时间，要不钻石都要被人挖光了。那天，整个上午他都在寻找其他办法。快到中午时，他找到了。他走过一个车马行时，发现墙上贴着邮政站的标志。他不由自主地走了进去，看见一个男人，瘦得可怕，正在把装邮件的麻袋扔进马车里。

杰米看了一会儿，问道："这邮件是送到克里普德里夫特的吗？"

"没错，这不正在装车嘛。"

杰米突然感到有了一线希望。"你带旅客吗？"

"有时带。"他抬起头来，打量着杰米，"你多大了？"

这问题有点古怪。"十八岁。你问这干吗？"

"超过二十一岁的旅客我们不带。你身体怎么样？"

这是一个更古怪的问题。"很好，先生。"

瘦男人直起腰来，说："我看你身体也不错。一个钟头后就出发，车费二十英镑。"

杰米简直不能相信这好运气。"那太好了！我得带上箱子和……"

"箱子不能带。给你的空地只够你带一件衬衣和一把牙刷。"

杰米走近马车，只见马车很小，做工简陋。马车中间有一个圆形凹陷，里面堆满邮件；凹陷上面有个空间，狭窄逼仄，看起来仅可供一人背靠赶车人坐在那儿。老实说，坐这辆马车去旅行肯定很难受。

"一言为定。"杰米说，"我这就回去取衬衣和牙刷。"

杰米回来时，赶车人正在往马车上套马匹。还有两个大块头的男青年站在马车旁，一个又矮又黑，另一个好像是瑞典人，高高的个子，一头金发。他们正把钱递给赶车人。

"等等，"杰米向赶车人叫着，"你答应带我走的。"

"你们一起，"赶车人说，"快上车。"

"我们三个人一起？"

"当然。"

杰米纳闷，这么小的地方怎么挤进三个人？但是他知道，只要马车一走，他一定不能落下。

杰米向二人介绍道："我是杰米·麦克格雷戈。"

"瓦拉赫。"矮个子说。

"佩德森。"高个子回答说。

杰米说："找到这辆车，我们是不是很幸运？幸好别人不知道。"

佩德森说："噢，别人也知道。麦克格雷戈，别人坐不了这种马车，他们身体不好，或者怕丢了性命。"

这句话是什么意思？杰米还没来得及问，赶车人就说："咱们上路吧！"

三个男人——杰米在中间——挤进座位，彼此挤作一团，膝盖紧贴在一起，后背紧紧地靠在赶车人座位的木制靠背上。三人一动都不能动，连喘口气都费劲。"还不算太糟。"杰米自我安慰道。

"坐好了！"赶车人吆喝一声，马车出发了。不一会儿，马车驶上开普敦的街道，朝着克里普德里夫特钻石矿驶去。

荷兰快运是公牛拉车，走得很慢，但是相对来说要舒服得多。从开普敦驶往钻石矿的公共马车则显得大气、宽敞，马车上面罩着篷子，遮蔽着灼热的阳光。每辆马车有十二三个乘客，前面有一队马或骡子拉着。到了常规的停车点，还向旅客提供食物和饮料。这种公共马车的旅程通常是十天。

乘邮件马车可就遭罪了。除了沿路更换马匹和车夫外，邮件马车从不停留。哪怕行驶在崎岖的路面、旷野和车辙交错的小路上，它也毫不减速，飞奔向前。马车未装减震弹簧，车身剧烈颠簸，身体碰撞，犹如遭受马蹄蹬踢一样难受。杰米咬紧牙关，心想："再忍一会儿，等到晚上停车的时候，吃点东西，睡一觉，到早晨就没事了。"但是，到了晚上，车子只停了十来分钟，更换了马匹和赶车人后，便重又向前飞奔。

"什么时候停车吃东西呢？"杰米问。

"我们不停车，也不吃东西。"刚换上的马车夫不耐烦地回答说，"我们要继续往前赶，我们带的可是邮件呢，先生。"

月光下，邮车一路飞奔，驶过高低不平的道路，尘土飞扬。邮车有时跃上山坡，有时冲下山谷，有时穿过平原。在持续不停的颠簸撞击下，杰米感到自己的身体像散了架似的，浑身酸痛，筋疲力尽，可又不能入睡。每次他刚想打个盹儿，马上被颠簸晃醒。他感到全身肌肉僵硬、痉挛，但是无法活动身体。饥肠辘辘，头晕眼花，杰米不知道什么时候才能吃上饭。

旅程有六百英里，杰米不知道自己能否活着到达终点，也不知道自己是否还想活到终点。两天两夜过去了，这种痛苦变成了极度的煎熬。那两个旅伴也都好不到哪儿去，他们连抱怨的力气都没有了。这时杰米才明白，为什么邮站要求乘客一定得年轻力壮。

次日黎明时分，邮车进入了大卡鲁盆地①，这是真正的荒野，浩瀚、荒凉，在灼热的阳光照射下，热浪滚滚。酷热、尘土和围着马车飞舞的苍蝇使他们窒息。

不时地，透过蒸腾的尘霾，杰米看到一群群男人迈着沉重的脚步向前走着。有人独自骑在马背上奔驰；另有十来辆牛车，前面有十八九头公牛拉着，缓缓前行。车夫不时扬起长长的皮鞭，大声地吆喝着："驾！驾！"这些牛车车体庞大，每辆车都载着上千磅②的货物，有帐篷、挖掘工具、烧木柴的火炉、面粉、煤和油灯，也有的装着咖啡、大米、俄罗斯大麻、砂糖、葡萄酒、威士忌、靴子、毯子，以及产自贝尔法斯特的蜡烛，这些都是克里普德里夫特淘金客的生活必需品。

邮车经过奥兰治河以后，南非草原苍凉的景观开始显露生机。沿途的灌木渐渐变高，呈现出一层鲜绿色。土壤的颜色显得越来越红，微风中，一片片青草不停地摇曳，泛起阵阵涟漪。矮小的荆棘树稀稀拉拉地出现了。

"我一定要到达目的地，"杰米麻木地想着，"我一定能成功。"似乎希望重又注入疲惫的身躯。

邮车又走了四天四夜，终于到达了克里普德里夫特的郊区。

在目的地克里普德里夫特，什么正在等待着年轻的杰米·麦克格雷戈，他不知道。他用困倦、充血的双眼望去，眼前的景象令他难以想象。克里普德里夫特就像是一幅原始的风景画：在主要街道和法尔河两岸，无数的帐篷和马车杂乱地排列着；泥泞的马路上，裸着上身穿着鲜艳短夹克的卡菲尔人、胡子拉碴的挖钻人、屠夫、面包师、扒手和教员熙熙攘攘。镇子中心矗立着成排的木制和铁皮简易房，这些是各种店铺、餐馆、台球室、钻石收购铺，以及律师事务所。街角有一长溜房子，都没有窗户，破烂不堪，那是皇家拱门旅馆。

一走下马车，杰米两腿痉挛，站立不住，瘫倒在地上。他躺在那儿，头晕目眩。等慢慢地恢复了一些力量，他才站起来，跌跌撞撞地穿过街上闹哄哄的

---

① 南非西开普省高原盆地，属半沙漠干旱气候。——译注
② 英美制重量单位，1磅约等于0.5千克。——编注

人群，走向皇家拱门旅馆。房间狭小、闷热，仍然有到处飞舞的苍蝇。房间里放着一张折叠床，他衣服也来不及脱，一头倒在床上，沉睡过去。他睡了十八个小时。

杰米醒来时，身子僵硬、酸痛，但是心中狂喜："我终于到了，我要找到钻石！"他感到饥肠辘辘，便走出房间，想找些吃的填饱肚子。旅馆里什么都没有。街对面倒是有一家小饭馆，里面拥挤不堪。他走进小饭馆，点了煎锯盖鱼，这种鱼像梭子鱼，个头大，还点了炭火叉烤羊肉片和一块鹿肉，最后点了一份油炸糖汁糕作为甜点。

杰米的肚子已经空了好久，他狼吞虎咽地吃了一阵子，胃受不了，发出警告的信号。他决定休息一下，然后再吃。这时，他的注意力转向了周围。四下桌子旁坐着的所有人都是挖钻人，正在狂热地谈论他们心中最重要的话题——钻石。

"霍普敦周围还有一些钻石没有挖出来，但是主矿脉在纽拉什……"

"金伯利的人口要比乔堡多得多……"

"上周在杜托伊斯潘发现的钻石怎么样？他们说那儿钻石可多了，一个人根本搬不了……"

"克里斯蒂安娜又发现了新的钻石矿，我明天准备到那里去。"

果真如此，这里到处都有钻石！年轻的杰米兴奋不已，连咖啡也没有心思喝了。招待员拿来了账单，他一看账单，大吃一惊。这顿饭竟然花掉了两英镑三先令！"今后可得省着点花。"他想着，走出饭馆，回到了闹哄哄的、拥挤的街道上。

后面忽然传来说话声："还在想着发财呢，麦克格雷戈？"

杰米转过身子，原来是佩德森，那个和他一起挤邮件马车的瑞典小伙。

"当然想发财了。"杰米回应道。

"咱们一起去有钻石的地方。"他指着远处说，"前面就是法尔河。"

他们朝着法尔河走去。

克里普德里夫特是个盆地，四周被群山包围。杰米目光所及，全是不毛之地，不见一片草叶，也没有一棵灌木。空气中飘着密密的红色尘土，令人窒息。法尔河有四分之一英里远，两人走近河边，空气清凉多了。数百个挖钻人挤满了河的两岸，有人正卖力地在河岸上挖，有人则摇晃着摇动筛分拣石头，有人则临时凑合，将石头放到桌面上，摇晃桌子分拣。清洗石头的器具既有便利高效的洗土设备，也有旧的盆子、木箱和水桶，什么家什都有。男人们被阳光灼晒，面目黝黑，满脸胡须。他们多数人上身随意地穿着没有领子的条纹法兰绒衬衣，五颜六色的；下身穿着灯芯绒裤子或者马裤，脚蹬胶靴；头戴宽边毡帽或遮阳帽；腰间系着宽皮带，上面吊着袋子，用来装钻石或钱币。

二人走到岸边，见到一个男孩和一个年长男人正在吃力地挪动一块硕大的铁砾石，以便挖取铁砾石底部的小砾石，汗水早已渍透他们的衬衣。附近，另一队人正把砾石装上手推车，准备运到摇动筛旁进行筛选。一个人不断地摇动筛子，另一个人不停地用水桶往筛子里的砾石上浇水，冲走砾石上的泥沙。随后，大块干净的砾石被倒在一张临时搭成的桌子上，人们仔细地挑选着，看看哪颗是钻石。

"看起来挺容易。"杰米微微一笑。

"别指望啦，这样找不到钻石，麦克格雷戈。有人已经告诉我了，他在这儿找过一阵子，一无所获。咱们可是上了大当。"

"这话什么意思？"

"你知道这些地方有多少人在挖钻石吗？该死的，一共有两万人！他们都想发财！可这儿哪有这么多的钻石！伙计，即使有，我们也不可能找到。在这儿，夏天晒死人，冬天冻死人，不时地被那该死的雷暴雨淋个透心凉，还得忍受尘土、苍蝇和恶臭。既洗不上澡，又没有像样的床。这个该死的地方根本没有基本的卫生设施。每周都有人在法尔河淹死。有人是意外落水，但是有人告诉我，对大多数淹死的人来说，这是个解脱，这是逃离这个地狱的唯一出路。我真不明白，为什么这些人还留在这里。"

"我知道。"杰米看了一眼那个全身沾满污渍的小伙子，他正挖得起劲。"他们的发财梦就在下一铲沙土里。"

走在回去的路上，杰米想着佩德森的话，不得不承认有道理。经过散乱的帐篷时，他们看见一堆堆病死的公牛、绵羊和山羊的尸体正在腐烂，恶臭阵阵袭来。旁边有一条宽宽的地沟，这是当地人的厕所，臭气熏天。佩德森看着杰米说："你有什么打算？"

"去搞采矿工具。"

　　城中心有一家店铺，挂着一块招牌，锈迹斑斑，上面写着：萨洛蒙·范德莫尔韦杂货店。杂货店门前，有个黑人正在卸货，年龄跟杰米相仿。黑人肩膀宽厚，身形魁伟，颇具男性魅力。杰米不由得端详，见他眼神明亮，鼻梁挺直，下巴方正，透出高傲的气质，神情显得沉静而淡然。他扛起一只装有来复枪的大箱子，转身欲走，却踩在地上的一片卷心菜叶子上，打了个趔趄。杰米马上伸手扶住他。黑人仿佛没有在意杰米的举动，转身迈步走进了店铺。旁边另一个布尔人系好一头骡子，往地上啐了一口唾沫，不屑地说："他是班达，从巴罗隆部落①来的，他给范德莫尔韦先生打工。我搞不懂范德莫尔韦先生为什么要雇这个自命不凡的黑鬼。那些该死的班图人以为他们还是这块土地的主人呢！"

　　走进店铺，杰米感到里面很凉爽，光线有点暗。门外的街道上烈日炙人、阳光刺眼，这里面给人一种新奇而异样的感觉。铺子里十分拥挤，几乎每点空地都塞满了货物。他在铺子里转了一下，不由得惊叹货物种类繁多：有的货架上摆着各种农具、水泥、导火线、炸药、枪支，有的货架上摆着陶器、家具、缝纫用品、燃油、油漆、马具、消毒水、蜡烛、肥皂、酒精、文具等，有的货架上是啤酒、罐装牛奶、成块的黄油、熏肉、果脯、砂糖、茶叶、烟叶、鼻烟和雪茄等，十来个货架都从上到下塞得满满的。杰米转头，又看到一个货架上塞满了法兰绒衬衣和毯子、鞋子、宽檐女帽、拖鞋。他想，拥有这么多货物，这是一家有钱人。

　　身后传来柔和的声音："你要买些什么？"

　　杰米转过身，对面站着一个年轻姑娘，一张让人怜爱的面孔，鸭蛋形，轮廓精致，好像情人节卡片上印着的俏女郎。她的鼻子小巧笔挺，绿色的眼睛显得深邃迷人，黑色的头发卷曲着。杰米看了一眼她的身材，心想："嗯，这姑

---

① 非洲南部的少数民族部落，是非洲班图人的一个分支。英布战争中曾帮助英国殖民者进攻布尔人。——译注

娘快十六岁了。"

"我是来找矿的。"杰米一本正经地说,"来店里买些工具。"

"你要什么工具?"

不知什么原因,杰米想要给这个姑娘留下好印象。"我想……你知道……就是通常的那种。"

她微笑着,眼睛里流露出调皮的神情。"什么样的通常的工具,先生?"

"噢……"他犹豫了一下,"一把铁锹吧。"

"就要这个?"

看出姑娘在逗他,杰米咧嘴笑了一下,说出了真情:"老实说,我刚到这儿,还不知道需要什么。"

她朝他笑了一下,这是女孩子的微笑,令人心动。"找矿的地方不同,用的工具就不一样。先生尊姓?"

"麦克格雷戈,杰米·麦克格雷戈。"

"我叫玛格丽特·范德莫尔韦。"她往铺子后面看了一眼,神情陡然紧张起来。

"很高兴见到你,范德莫尔韦小姐。"

"你刚到这儿?"

"是的,昨天刚到,乘坐邮件马车。"

"没有人提醒你不要乘那种马车吗?有人死在这种车上。"她的眼睛里露出幽怨的神情。

杰米难为情地笑了笑。"不能责怪他们,这不,我活得好好的。谢谢关心。"

"你也要找mooi klippe?"

"Mooi klippe是什么?"

"钻石,这是荷兰话。珍贵的石头。"

"你是荷兰人?"

"我们家从荷兰来。"

"我从苏格兰来。"

"我能看出来。"她又小心地瞥向店铺后面,"这儿是有钻石,麦克格雷戈先生，但是你得选对地方去找。绝大部分挖钻石的人都像狗追尾巴，瞎忙活。一个人挖到钻石，其他人马上跑去，打算挖剩下的。你想要发财，得自己找对地方去挖。"

"到底怎么做才好呢？"

"我父亲也许能帮助你，他知道钻石在哪儿。一小时后他就会有空了。"

"我到时就回来。"杰米向她保证道，"谢谢你，范德莫尔韦小姐。"

他走出店铺，外面仍然骄阳似火。他的情绪变得亢奋，连乘坐邮车带来的全身酸痛也感觉不到了。如果萨洛蒙·范德莫尔韦能告诉他哪儿有钻石，那么他坚信自己绝不会空手而归。与其他人相比，杰米觉得自己似乎占有先机。他得意地大笑起来，自己风华正茂，朝气蓬勃，挖到钻石指日可待。


沿着大街往前走，经过一家铁匠铺、一个弹子房和五六间酒吧，杰米来到一家旅馆面前时停了下来。旅馆破败不堪，前面的招牌上写着：


R.D.米勒，冷水澡和热水澡，早六点至晚八点营业，备有整洁舒适的更衣室。


杰米蓦然想道："上次洗澡是什么时候？噢，对了，那是在船上，用水桶洗的。那是……"他突然意识到自己全身一定臭不可闻。他想起了在老家的厨房，他每周要洗一次盆浴，他似乎听到了母亲叫他的声音："一定要把全身洗干净，杰米。"

他转身走进了澡堂，里面有两个门，一间男浴室，一间女浴室。杰米走进男浴室，朝那个上了年纪的服务员走去，问道："洗一次多少钱？"

"冷水澡十先令，热水澡十五先令。"

杰米犯了难。经过长途旅行，他真想舒服地洗个热水澡，但是他却说："来个冷水澡。"他囊中羞涩，再也不能肆意享受了，还要购买挖钻石的工具呢。

服务员递给他一小条碱液肥皂和一条破旧的毛巾，指了一下。"进去吧，伙计。"

杰米走进一个小隔间，只见中间空地上有一个马口铁的浴盆，墙上有几个挂钩，其他什么都没有。服务员进来了，提来了大木桶，把里面的水倒进浴盆。

"准备妥了，先生。衣服可以挂在挂钩上。"

服务员离开后，杰米开始脱衣服。他看了看自己沾满污垢的身子，便把一只脚伸进浴盆。像门口的招牌上讲的那样，水确实是冷的。他咬咬牙，将全身浸入水中，全身涂满肥皂搓洗起来。当他迈出浴盆时，洗澡水已变得污黑。他用那条破毛巾飞快地擦干身子，穿好衣服。裤子和衬衣太脏了，沾满了尘土和汗渍，穿起来硬邦邦的。他真的不愿再穿上它们，应该买些换洗的衣服。这件事再次提醒他，他的钱实在太少，经不起折腾，可是他又感到饥肠辘辘了。

离开澡堂后，杰米穿过拥挤的街道，走进一家名叫"流浪汉"的酒吧。他要了一瓶啤酒和一份午餐，有西红柿羊肉夹馍、香肠、土豆沙拉和泡菜。他一边吃，一边有意地听着周围那些野心勃勃的谈话。

"听说科尔斯伯格附近找到一颗钻石，有二十一克拉重呢。听好了，那儿若找到一颗大钻石的话，肯定还有好多……"

"赫伯伦那儿又发现了一颗新钻石，我正考虑去那儿……"

"别犯傻了。奥兰治河里才有大钻石……"

酒吧间里，一个满脸胡子的顾客品着一大杯姜汁柠檬酒，他上身穿着一件条纹绒布无领衬衣，下身穿着一条绒裤。"在赫伯伦，我花得一个子儿也不剩了。"他对酒保说，"我想贷点钱。"

酒保个子很高，胖胖的，秃头，鼻子歪斜，眼神阴鸷，乍一看令人不寒而栗。酒保大笑起来，说道："见鬼去吧，伙计。谁不需要钱呢？我为什么要当酒保，你知道吗？要是有了钱，我早就跑到奥兰治河找钻石了。"他用破布擦着柜台。"但是我可以告诉你借钱的法子，先生。去找萨洛蒙·范德莫韦。他有一家杂货店，半个镇子的人都欠他钱。"

"这跟我有什么关系？"

"如果他欣赏你，他可能会资助你去找钻石。"

满脸胡须的顾客扫了酒保一眼。"真的？你真认为他会出钱？"

"我有几个老伙计，都得到了他的资助。他出钱，你找钻石，找到钻石各分一半。"

杰米·麦克格雷戈心动了。他曾以为，他攒下的那一百二十英镑，足够他购买挖钻石的工具和吃喝度日，但是在克里普德里夫特，这该死的物价高得离谱。白天在范德莫尔韦杂货店里，他看到一百磅的澳大利亚袋装面粉标价五英镑，一磅砂糖一先令，一瓶啤酒五先令，一磅饼干三先令，一打生鸡蛋七先令。这样，过不了多久，钱就会花得精光。"天哪，"杰米想，"这里三顿饭的花费，足够在家乡吃一年了。"然而，像范德莫尔韦那样的有钱人会不会赞助他呢……杰米急匆匆地结账，赶回了杂货店。

杂货店的柜台后面，老板萨洛蒙·范德莫尔韦正从一个木板箱里向外取来复枪。他个子矮小，一张干瘦的脸上留着长长的络腮胡，头发是浅黄色的，黑眼睛很小，蒜头鼻子，嘴巴噘得老高。"看来，这家伙的女儿一定像妈妈了。"杰米想。"打搅了，先生……"

范德莫尔韦抬起头。"嗯？"

"您是范德莫尔韦先生吗？我是杰米·麦克格雷戈，先生，我从苏格兰来。我到贵地来找钻石。"

"哦？你来找我……"

"我听说您有时候愿意资助那些挖钻石的人。"

范德莫尔韦咕哝道："谁在背后胡说八道？我只是资助过几个挖钻石的人，人们就以为我成了圣诞老人，谁都值得资助了。"

"我已有一百二十英镑，"杰米恳求道，"但是，这些钱买不了什么东西。如果不得已，只带着一把铁锹我也能去野外挖钻石，但是，如果我有一头骡子，加上一些称手的工具，那么挖到钻石的可能性就会大得多。"

范德莫尔韦打量着杰米，仓鼠般的小黑眼睛在他脸上巡睃。"真的吗？你凭什么确信你能找到钻石？"

"为了来找钻石，我绕过了半个地球，范德莫尔韦先生。找不到钻石，我是不会离开的。只要地下还有钻石，我就能找到。如果您帮助我，有财一起发。"

杰米见范德莫尔韦又咕哝了一声，转身继续卸来复枪。杰米傻呆呆地站在那里，感到手足无措，不知如何是好。这时，范德莫尔韦又开口了，没想到他问的问题是："你是乘牛车来的？"

"不是，是邮件马车。"

老人转过身子，又打量了杰米一阵子，最后终于说道："进来，咱们谈谈吧。"


当天晚上，在店铺后面范德莫尔韦的住房里，老人和杰米一边吃晚饭，一边谈论怎么挖钻石。房子很小，既当作厨房和餐室，又兼做卧室，因为杰米发现，靠墙有两张小床，中间有一块帘子隔开。墙壁的下半部分用石块和泥砌成，上半部分则用空箱子搭起来，空箱子以前装过各种东西。墙中间被挖了个方形洞口，算是窗户。下雨天，在外面挡上一块木板，就能遮挡雨水。地上有两个木箱，上面架了一块长木板，这就是饭桌了。一个大木箱子侧放着，口朝外，当作橱柜。瞧着室内的寒酸样，杰米的心里有些发凉：这老东西绝不是轻易放弃金钱的人。

玛格丽特悄无声息地张罗着晚饭。她不时地瞄父亲一眼，但一眼也不看杰米。"她好像很害怕什么。"杰米感到迷惑不解。

他们坐在桌旁，范德莫尔韦首先开口道："先祈祷吧。感谢您啊，万能的主。感谢您的恩赐，感谢您宽宥我们的罪，为我们指明正义之路，让我们免受种种诱惑。感谢您赐予我们恒久而富足的生活，惩罚那些忤逆您的恶棍。阿门！"然后，他即刻对他女儿说："把肉递给我。"

这顿晚饭异常简单：一小块烤猪肉、三个煮土豆和一盘青萝卜。范德莫尔韦分给杰米吃的量很小。用餐时，两人几乎都不说话，玛格丽特更是一句话也不说。

吃完晚饭后，范德莫尔韦说："女儿，晚饭不错。"语气中流露出一些自得。接着，他转向杰米道："开始谈合作吧，好吗？"

"好吧，先生。"

范德莫尔韦从橱柜上面拿来一只长长的陶制烟斗，伸出三根手指从小烟袋里捏出一撮好闻的烟丝，塞进烟斗，点燃，淡蓝色的烟雾袅袅升起。范德莫尔韦一边吞云吐雾，一边用那双小黑眼睛直盯着杰米。

"在克里普德里夫特，那些挖钻石的人都是些傻瓜。钻石就那么点，挖钻石的人乌泱泱的。这里一个人挖一年，即使累断腰，也找不到真钻石，有人只找到schlenters。"

"什么是schlenters，先生？"

"不是真钻石，是赝品，不值钱。懂了吗？"

"懂啦，先生。去哪儿找真钻石呢，先生？"

"去格里夸。"

杰米不解地望着他。

"这是北边的一个部落。格里夸人会找钻石，能找到那种大颗的钻石，有时候他们来到我这里，用钻石换货物。"说到这里，这个荷兰佬压低了声音，神秘兮兮地说："我知道他们找钻石的地方。"

"您怎么不跟他们一起去找呢？"

范德莫尔韦叹了口气，无可奈何地说："不行啊，这铺子离不开，人们会把铺子偷光的。我需要一个信得过的人去格里夸找钻石，然后把钻石带回来。一旦找到那个合适的人，他需要什么工具，我就供给他什么工具。"他顿了一下，深吸一口烟，又道："另外，我还会告诉那人找钻石的地点。"

杰米猛然站起身，心狂跳不已。"范德莫尔韦先生，不用找别人了，我就是那个人。相信我，先生，我会日夜不停地找钻石。"他激动得声音颤抖，"我一定要把钻石带回来，多得让您数不清。"

范德莫尔韦静静地打量着杰米，一声不吭，像一尊木雕。最后，范德莫尔韦开口了，说了一个字："行。"


次日早晨，杰米赶来签合同。合同书用南非公用的荷兰语书写。

"我必须事前向你确认一下，"范德莫尔韦说，"合同规定我们是合作者，我出资，你出力，挖到的钻石我们对半分。"

合同捏在范德莫尔韦手中，只是让杰米看一眼。纸上满是密密麻麻的外国字，杰米只认出了三个字——"两英镑"，其他一个字也不懂。

杰米指着"两英镑"，问道："这是什么意思？范德莫尔韦先生。"

"这是说，找到的钻石你分一半，另外，每周我再给你额外的两英镑。即使我告诉你哪儿有钻石，你也可能找不到，孩子。这样的话，你起码可以得到一些劳动报酬。"

这个人真是基督在世，慈悲为怀。"谢谢，非常感谢，先生。"杰米真想拥抱他一下。

范德莫尔韦说："现在看看为你配备哪些东西。"

他们花了两个小时，选定了杰米需要的东西：一顶小帐篷、寝具、炊具、两张筛子和一个洗摇篮、一把斧子、一把铁镐、两把铁铲、三个水桶，还有一双换洗的短袜、一套内衣、一个提灯，以及煤油、火柴和碱液肥皂。此外，他们还选了一些罐头食品、干肉条、水果、砂糖、咖啡和盐。一切准备妥当，那个名叫班达的高个子黑人走进来，一声不吭地帮着杰米把所有东西放进背包里。他既不看杰米一眼，也不说一句话。"他不会讲英语。"杰米心想。玛格丽特正在铺子里接待顾客，但是她知道杰米就在那儿，脸上平静如常。

范德莫尔韦走过来。"你的骡子在前面，"他说，"班达会帮你把东西装上去的。"

"谢谢您，范德莫尔韦先生，"杰米不知说什么好，"我……"

范德莫尔韦拿着一张写满数字的单据，说："这些货物一共是一百二十英镑。"

杰米惊愕地张大嘴。"什……什么？按照合同，这些东西不是送给我的吗？我们……"

"怎么可能？"范德莫尔韦脸色阴沉起来，"还指望我白给你这些东西，连同这头健壮的骡子，还让你当合伙人，每周再付你两英镑？如果你想不劳而获，白要东西，那你可来错地方了。"他开始从骡子上往下扯背包。

杰米急忙阻止道："不要！范德莫尔韦先生，我……我不清楚，您说什么就是什么，我给您钱。"他把手伸进钱包，掏出剩下的最后一把钱放在柜台上。

范德莫尔韦迟疑了一下。"算了，"他咕哝道，"也许你误会了，对吗？这儿净是些骗子。无论和谁打交道，我都得事事小心。"

"当然，先生，就该小心。"杰米附和道。刚才自己太激动了，以至于误解了合同。"我太幸运了，他又给了我一个机会。"杰米想。

范德莫尔韦把手伸进口袋，掏出了一张皱巴巴的手绘地图。"从这儿往北，走到一个叫马奇达姆的地方，就在法尔河北岸，在那儿你肯定能找到钻石。"

杰米仔细地看着地图，心跳愈发加快。"离这儿多远？"

"我们这里是用时间估计距离。你骑骡子得走四五天。回来的时间就要长一些，因为带着的钻石太重了。"

杰米咧着嘴笑了，模仿着范德莫尔韦的语调说："好！"

从范德莫尔韦杂货店出来，杰米·麦克格雷戈重新踏上克里普德里夫特的街道，他摇身一变，成为一个真正的探矿者，一个挖钻石的人，信心满满地走在发财的路上。店铺前面的桩子上，拴着一头孱弱不堪的骡子，班达已把行装放到了骡子背上。

"多谢。"杰米微笑着说。

班达转过身，看一眼杰米的眼睛，一言不发地走开了。杰米解开缰绳，对骡子说："上路吧，伙计。我们去挖钻石喽！"

一人一骡朝着北方走去。


当天夜里，杰米在一条小溪边停下。他先把行装从骡子身上卸下，给骡子喂了些草料和水，然后搭好帐篷，吃些牛肉干和杏脯，又喝了几口咖啡。四下漆黑一片，种种奇怪的声音断断续续地传来，其中有野兽来来往往、窸窸窣窣的声音，有野兽在河边饮水发出的咕噜声，还有瘆人的嚎叫声。无边的夜幕下，他孤身一人，赤手空拳，在这个陌生、原始的荒野中，静静地提防着每一只危险野兽突袭自己。每一种声响传来，他都吓得心惊肉跳，黑暗中随时都可能有尖牙嵌入他的喉咙，有利爪戳入他的皮肉。他不由得想起了远在苏格兰的家，那张属于他的床温软舒适，还有惯常的家庭生活。他终于睡着，睡得时断时续，梦里跟狮子、大象等各种野兽搏斗，还梦见一些满脸胡子的巨人，想要抢他怀中的大钻石。

拂晓时分，杰米醒来，发现他的骡子死了。

# 第二章

杰米傻眼了。是不是昨晚被野兽咬死的？但是骡子身上没有伤口，看来骡子是在睡梦中死去的。"范德莫尔韦先生会迁怒于我的。"杰米担心地想，"但是，当他见到我给他带回的钻石后，可能就没事了。"

开弓没有回头箭，没有骡子，仍然要朝马奇达姆前行。空中传来刺耳的唳声，杰米抬头一看，见到一大群黑色的秃鹫在空中盘旋。杰米吓得打了个寒噤，马上整理东西，决定哪些该扔，哪些留着，然后把要带走的东西放进一个背包，又往北走去。走了几分钟，他回头望去，只见那具骡子的尸体上落满黑色的秃鹫，只剩下一只长长的耳朵还露在外面。杰米加快了脚步。

现在已进入十二月份，正是南非的夏天。头顶着巨大的橘黄色的烈日，徒步穿过南非的干旱台地高原，想想都让人恐惧。从克里普德里夫特出发时，他空身牵着骡子，脚步轻快，心情愉悦；现在骡子死了，身上的背包沉甸甸的，每一分钟都变得难以忍受。他的步子变缓慢了，心一点点地沉重起来。抬眼远望，荒野无边无际，景色单调，毫无变化。在烈日的灼烤下，一切都灰蒙蒙的，似乎永无尽头，令人望而生畏。

杰米一般在水潭边扎营休息。他已经习惯了夜间野兽发出的瘆人、怪异的嚎叫声，能够安然入睡，不受干扰。对他来说，这个无垠的荒野就是地狱，野兽的声音证明了生命的存在，也消除了他的孤寂之痛。有天黎明，杰米遇见了一个狮子家庭。他远远地观察着,只见一头母狮子口里叼着一头幼小的黑斑羚,走向公狮子及几头幼狮。母狮子将黑斑羚放在公狮子面前,公狮子张口撕咬,开始吞食,母狮子随即离开。一头幼狮不知天高地厚,也扑向黑斑羚,张嘴撕咬。不料,公狮子挥起利爪,猛击在幼狮脸上,幼狮旋即倒地毙命。公狮子重又转向黑斑羚,继续撕咬咀嚼。公狮子大快朵颐后,这个狮子家庭的其余成员才敢靠前,去吃剩余的羚肉。杰米慢慢后退,转身离开,继续赶路。

这个干旱台地高原名叫大卡鲁,杰米已经在里面走了近两周。他的脑海中不时地掠过"算了吧,别走了"的念头,能否走完这段路程,他心里没底。"我怎么这么傻,我应该返回克里普德里夫特,让那个荷兰佬再给我备一头骡子。可要是那个老家伙废止这笔交易,该怎么办呢?不,绝不回去。"

于是,杰米不再胡思乱想,一步一步地朝前走。有一天午后,他看见前面有四个人影,影影绰绰地向他靠近。"这是幻觉吗?"杰米想,"还是海市蜃楼?"人影越来越近,杰米的心狂跳起来。"是人,真的是人!"他似乎忘记了自己应该怎样开口说话。在午后的热浪中,他扯着嗓子大嚷起来,可他的声音听起来那么微弱,犹如垂死之人在说话。四个人走近了,他们也是挖钻石的人,要返回克里普德里夫特。四人都疲惫不堪,像落败的逃兵。

"喂!"杰米说。

他们只是点点头。其中一人说:"别走了,前面什么也没有,孩子。我们都找过了。不要再去浪费时间了,回去吧。"

接着,他们继续朝杰米来的方向走去。


杰米脑子一片木然,眼睛盯着前方那片旷野,机械地往前挪动。太阳蒸烤,黑色的苍蝇围着他飞舞,没有地方可以躲避。不时见到荆棘树,树的枝叶已被大象吃光。在烈日的照射下,杰米的眼睛几乎看不见东西,皮肤被晒得肿痛,头也感到眩晕。每吸进一口灼热的空气,肺就被刺激得像要爆炸似的。他不是迈步走路,而是蹒跚向前,机械地把一只脚挪到另一只脚前面,毫无知觉。一天下午,他受不了烈日的炙烤,就解下背包,倒在地上。他实在太累,一步也不想迈了。他闭上了眼睛,沉睡过去。他梦见自己躺在一个巨大的坩埚中,太阳变成了一颗硕大的钻石,发出炫目的光芒,他快要融化了。到了深夜，他醒来，冻得打战。他拼命地吃了几口干肉条，喝了几口温水。他知道，他必须马上站起来，继续赶路。太阳升起前的这段时间，地面和空气比较凉爽，容易赶路。他咬着牙，拼命地站起来，虽然他太想躺在地上，再也不愿向前走了。"要不，再多睡一小会儿吧。"杰米想着。但是，内心深处，有个声音告诉他："你要是不站起来，就再也醒不过来了。"他想到了秃鹫，它们将发现他的尸体，它们可能已经吃掉数百具其他人的尸体了。"不，绝不让秃鹫吃掉我的身体——只剩下我的骨头。"他忍着，忍着，慢慢地站立起来。背包变得太重，他都提不起来了。杰米把背包拖在地上，慢慢地向前挪动。记不清跌倒了多少次，然后再颤巍巍地站起。有一次，黎明前，他朝着天空大声喊道："我是杰米·麦克格雷戈，我一定能活下去，一定能找到钻石！上帝啊，你听见了吗？我一定要活下去……"旷野中传来声音的回响。

"你要去找钻石？你不会疯了吧，孩子。那就是一个神话，是魔鬼哄骗人的，不让人好好干活。"

"能不能告诉我们你去哪儿找路费呢？去南非要绕半个地球呢！你又没钱。"

"范德莫尔韦先生，不用找别人了，我就是那个人。相信我，先生，我会日夜不停地找钻石。我一定要把钻石带回来，多得让您数不清。"

还没有见到钻石，自己可能就命丧于此了。"你有两个选择，"杰米自言自语，"要么向前走，要么待在这个荒野中死亡……死亡……死亡……"

"向前走……死亡……"这话在他脑子里不停地回响。"还能再走一步，"杰米给自己打气，"走啊，杰米。再走一步，再走一步……"

两天以后，杰米·麦克格雷戈挣扎着来到了马奇达姆。他身上被太阳灼伤的地方已经感染，全身到处渗血流脓，眼睛肿胀，很难睁开。在马奇达姆的街中心，他倒下来，身上裹着皱巴巴的破衣服。一些好心的挖钻石的人围过来，有人想要帮他解下背包时，杰米无力地挣扎着，胡言乱语地嚷道："不要！不要抢我的钻石，不要抢我的钻石……"随后，他昏死过去。

三天以后，他苏醒了。那是一间狭小的房间，四周空荡荡的。他身上的破烂衣服已经除去，缠满了绷带。他睁开眼睛，发现自己躺在一张小床上，旁边坐着一个体态丰满的中年妇女。

"怎么……"他声音嘶哑，讲不出话来。

"别着急，孩子，你病了。"女人轻轻地托起他的脑袋——上面也裹着绷带，用一只锡制杯子喂了他一口水。

杰米使劲地用一只胳膊肘撑起身体。"这儿是……"他咽了下口水，又问，"这儿是什么地方？"

"你在马奇达姆。我叫艾丽斯·嘉丁，这里是我开的客栈。你快好了，只要好好休息就行。躺下吧，快躺下。"

杰米猛然想起曾经有人要拿走他的背包，他顿时惊慌起来。"我的东西……"他挣扎着要爬起来。

"不要担心，孩子，东西都在。"艾丽斯温柔地说着，指了指房间角落里的那个背包。

杰米放心地躺回整洁的白色床单上。"我到了马奇达姆，我到了挖钻石的地方，一切都会好起来的。"


对杰米·麦克格雷戈来说，艾丽斯·嘉丁是天使，是上帝派来拯救他的。其实，嘉丁太太帮助过多数马奇达姆人。马奇达姆是个矿山小镇，到处都是前来挖钻石的梦想客。她为他们提供膳食，照料他们，给他们带来心理的慰藉。她是英国人，丈夫曾在英国的利兹市任教。有一天，丈夫突发奇想，放弃了教职，决定到南非挖钻石，她不得已陪同丈夫前来马奇达姆。到达马奇达姆后，仅仅三周，丈夫高烧不退，随即死亡。她决心留在马奇达姆，靠经营旅馆度日。从此以后，没有子女的她就把困苦的矿工当成她的孩子。

她又照顾了杰米四天多，喂饭，换绷带，帮他恢复体力。第五天，杰米可以下床了。

"您给了我天大的恩典，嘉丁太太！当下报答您，我还无能为力，但是，很快有一天，我要送您一颗大钻石。我——杰米·麦克格雷戈，保证！"

看着这个热切的苏格兰青年英俊的面容，她笑了。这个年轻人瘦了二十磅，虚弱不堪，浅灰色的眼睛里余悸犹存，但是从他身上仍能感到那不屈的力量和顽强的毅力。"这年轻人确实与众不同。"嘉丁太太心中赞叹。

杰米穿上新洗过的衣服，走出了客栈，他想熟悉这个小镇。马奇达姆就是小号的克里普德里夫特镇，一样挤满了帐篷和马车，街道上尘土飞扬，店铺肮脏不堪，到处都是挖钻石的人。走过一家酒吧时，杰米听见里面传出一阵喧闹声，他走了进去，只见一个爱尔兰人，穿着红衬衫，正被一群人围在中央，人群叫嚷不停。

"这是在干吗？"杰米问。

"他要祭宝。"

"什么是祭宝？"

"他挖到钻石了，所以在这儿做东，今天在座的都放开肚子喝，能灌多少就灌多少，全由他买单。"

杰米坐在一张圆桌旁，跟几个挖钻石的人搭讪起来，几人都郁郁不乐。

"你是麦克格雷戈？从哪儿来的？"

"苏格兰。"

"你在苏格兰被灌了什么迷魂汤？在这个地方，钻石可没有你想的那么多，你会赔得底儿掉。"

他们还谈到其他挖钻石的地方：贡贡岭、绝望谷、得尔港、穷困山、六便士滩……

挖矿人都忘不了相同的痛苦经历：夜以继日的繁重劳动——搬运石块，在硬邦邦的沙土上挖掘，蹲在河边筛选、淘洗。几天下来，幸运的挖矿人可能会找到零星的钻石，离一夜暴富相去甚远，却使人欲罢不能，不愿从发大财的梦中醒来。马奇达姆镇笼罩着奇妙而又矛盾的气氛，这是一种乐观主义和悲观主义的混合体。怀揣发财梦的人兴冲冲地来了，不名一文的人绝望地离去。

杰米知道自己要去找谁聊聊。

他靠近那个穿红衬衫的爱尔兰人，这家伙早已醉眼迷离。他掏出荷兰佬给他的地图，递给爱尔兰人。

那人只瞄了一眼，就把地图扔回给杰米。"没用，那儿已被翻了个底儿朝天。要是我的话，就到噩运谷那里碰运气。"

一瞬间，杰米心中好像有东西坍塌了。这张图是他唯一的信念，支撑他历尽艰辛来到马奇达姆，也是让他挖到钻石的寻宝图。

又有人说："到科尔斯伯格去，孩子，那儿有人找到钻石了。"

"去吉尔费兰山，那儿才是挖钻石的地方。"

"要我说的话，不妨到月亮滩去。"

当天吃晚饭时，艾丽斯·嘉丁说："杰米，对你来说，去哪儿都是一场赌博。你要先祈祷，然后用自己的大脑去判断该去哪儿挖，用你自己的铁镐挖。那些挖到钻石的人都是这样做的。"

夜里，杰米失眠了。他辗转反侧，反复地想着，最后决定扔掉那个荷兰佬的地图。他不再考虑其他人的建议，决定沿着莫德尔河向东走。次日清晨，杰米告别嘉丁太太，又一次出发了。

经过三天两夜的跋涉，他来到一个看上去顺眼的地方，于是扎下了帐篷。硕大的石块散布在河两岸，杰米用粗壮的树干做杠杆，费力地把巨石撬起、挪移，下面的砾石便露了出来。

他从早忙到晚，细心地搜寻黄色的黏土或蓝色的沙土，以便探出钻石藏身的蛛丝马迹，但是徒劳无果。他挖了一周，没有找到一块像样的石头。周末，他只好再向前走。

这天，他正走着，远处出现了一所银色的房子，在烈日下发出炫目的银光。"我的眼睛出问题了？"杰米想。渐渐走近，他发现那是一个村庄，所有房子似乎都是用银色的东西造的。杰米惊奇地看见很多印度人，有男人、妇女和孩子，大都衣衫褴褛，成群结队地穿过街道。杰米还发现，那些在太阳下闪闪发光的银色房顶都是用马口铁搭建而成的：人们先把马口铁罐头盒展开，压平，再把几块拼接在一起，钉在简陋的棚屋屋顶上。他穿村而过，走了一阵，回头望去，村子里的屋顶仍旧发出耀眼的银光。多年以后，那片银光仍时时闪现在杰米的脑海里。

杰米沿着河岸向北走，找到一个地方，就停下来挖，直到胳膊累得再也举不起铁镐。接着，他用筛子筛选挖出的湿沙砾。夜幕降临时，他像吃了安眠药似的，钻进帐篷就沉沉睡去。

过了两周，毫无所获，于是他又向河流的上游走，来到一个叫作帕德斯潘的小村子。他在村子北面的河流拐弯处停下，用木柴生火，先烤了一些肉干吃下，又煮了点热茶喝，然后坐在帐篷前，仰望着天上的浩瀚星辰。这段时间，他没有遇见一个人，孤独感重又袭上心头。"我真该死，到底在这里干吗？"他开始自责，"坐在这鸟不拉屎的地方，就是一个大傻瓜。整日捡石头和挖沙土，这不是白费功夫嘛。要是在家乡的农场该多好啊！再找不到钻石，周六我就回家吧。"抬头望天，星星似乎冷漠地看着他。他叹道："该死的星星啊，你听见我的话了吗？"他猛地一激灵，心想："上帝啊，我是不是疯了？"

杰米坐在那里，漫无目的地抓起一把沙子，沙子顺着指缝流下，手中剩下一块石头。他看了一眼，随手扔掉。过去的几周，这种石头他见得多了，一文不值。范德莫尔韦称这种石头是什么？赝品。不对！这块石头好像不一样，杰米警觉起来。他站起身，走过去捡起石头。它的块头不小，形状奇特。他在裤腿上擦去石头上的泥土，细心地端详起来。看起来像一颗钻石，但是又太大了，几乎有鸡蛋一般大。"上帝啊！如果这真是一块钻石的话……"他突然呼吸急促，抓过提灯，在周围的地上寻找起来。一会儿工夫，他又找到四块这样的石头，虽然没有第一块那么大，但是也够大了。他的心怦怦直跳，就像要蹦出来似的。

次日，天还未亮，他就爬起来，拼命地挖掘。一上午，他又找到了六块差不多的石头。接下来的一周，他一直不知疲倦地挖。到了晚上，他将挖出的石头埋在安全的地方，以免被过路人发现。杰米几乎每天都能挖出石头，看到石头越来越多，他欣喜若狂。按照与范德莫尔韦的协议，假如这些石头真是钻石，那么只有一半属于他，但是这已足够让他一夜暴富，富到连做梦都不敢想的程度。

周末，杰米在地图上标记出挖石头的位置，接着仔细地用铁镐在地上标出界线，宣示这个位置的所有权。他挖出藏起来的石头，把它们仔细地放进背包深处，返回了马奇达姆。

一间不起眼的小屋，屋前挂着一块招牌：钻石鉴定。

杰米走进小屋，里面又小又闷，他心头陡然惶恐起来。他听到过很多悲剧，许多人拼命找到了钻石，经过鉴定，结果只是一文不值的石头。"我的钻石是真的吗？如果……"

屋里坐着一位钻石鉴定员，前面有一张办公桌，上面摆着乱七八糟的东西。"有事为你效劳吗？"

杰米深吸一口气，说："是的，先生。我想请你鉴定一下，看看它们是不是钻石。"

鉴定员的眼睛瞬间变亮。杰米掏出那些石头，放在办公桌上，一共二十七块。鉴定员惊异地盯着石头。

"哪儿……你在哪儿找到的？"

"快告诉我这是不是钻石，我再告诉你。"

鉴定员拣起那块最大的石头，用宝石商专用的高倍放大镜查验起来。"上帝啊！"他说，"我还没见过这么大的钻石！"这时，杰米才意识到自己还没敢大口喘气呢，他强忍着没有大声喊起来。"到底在哪儿——"这个男人连声哀求道，"你在哪儿找到的？"

"十五分钟后，请到前面的饭馆，我等你。"杰米咧嘴笑着，"到时我告诉你。"

杰米收起钻石，放进衣袋，迈着大步走了出去。不远处是注册办公室，离钻石鉴定站隔着两个门。杰米走进去。"我要注册钻石发现地的所有权，"他说，"用萨洛蒙·范德莫尔韦和杰米·麦克格雷戈的名义。"

走进这扇门时，他只是一个穷困潦倒的农场男孩；走出这扇门时，他就成为拥有数百万家财的富豪了。

杰米走进那家饭馆，钻石鉴定员正等着他。显然，他已散布了消息，杰米一进来，里面瞬间一片寂静，一道道艳羡的目光投向他。每个人的心里都憋着一个疑问。杰米走向柜台，对酒保说："我来祭宝，请大家痛饮一番。"他转过身子，面对人群喊道："帕德斯潘，我挖到钻石的地方。"

杰米走进了艾丽斯·嘉丁的客栈，艾丽斯正在厨房里喝茶。她一看见杰米，便高兴地笑起来。"杰米，是你！你回来了，感谢上帝！"她又注意到他衣衫不整，满脸通红。"没有挖到钻石，是吧？没关系，孩子，过来喝杯茶，没有什么大不了的。"

杰米一言不发，把手伸进口袋，掏出一颗大钻石，放在她的手心里。

"给您的，我说到做到。"杰米说。

嘉丁太太呆呆地盯着这颗钻石，眼角溢出泪花。"不，杰米，我不要。"她的声音轻轻的，"我不能要。你不明白，孩子。它会毁掉一切……"

杰米·麦克格雷戈要风风光光地回克里普德里夫特，他卖掉一块小钻石，买了一匹马和一辆马车，这些钱他都仔仔细细地记了账，免得合伙人吃亏。返回克里普德里夫特的行程显得轻松惬意，一想起上次离开克里普德里夫特所经历的地狱般的磨难，杰米便觉得恍如隔世。"这就是贫富差异。"他想，"穷人出门跑断腿，富人出门马车行。"

他轻轻地挥了一下鞭子，志得意满地乘着马车，进入夜幕中的草原。

# 第三章

克里普德里夫特仍旧肮脏不堪，但是杰米·麦克格雷戈已今非昔比，他摇身一变，成为富豪。在人们的注目下，他施施然驾着马车进入城里，停在范德莫尔韦杂货店门口。华贵的马车和健壮的马匹，加上这个年轻人春风得意的神态，引得路人纷纷驻足观看。这种神态似曾相识，以前在其他挖到钻石的人身上见到过，人们心中发财的火焰时时被这种神态点燃。人们站在路边，引颈观望。

杰米跳下马车，见那个健硕的黑人也在，便向他得意地笑笑。"你好！是我，我回来了。"

黑人班达仍然一声不吭，拴好马，走进铺子，杰米跟在后面。

萨洛蒙·范德莫尔韦正在招呼一个顾客。见杰米进来，这个矮小的荷兰佬抬起头，朝他笑了一下。杰米明白，范德莫尔韦已经知晓了自己满载而归的消息。匪夷所思的是，无论谁挖到钻石，消息都马上会传遍南非大陆，传得比光速还快。

顾客离去后，范德莫尔韦朝杰米轻摆了一下头，示意他到铺子后面去。"来吧，麦克格雷戈先生。"

二人一前一后走到铺子后面。范德莫尔韦的女儿在炉子旁忙午饭。"你好！玛格丽特。"

她脸上变得绯红，立即扭过脸去。

"来吧，听说有好消息。"范德莫尔韦微笑着说。他坐在桌旁，拨开桌面上的盘子和银器，腾出了一块地方。

"当然，先生。"杰米得意地说着，从上衣口袋里取出一只皮包，把里面的钻石倒在桌面上。范德莫尔韦两眼放光，呆呆地盯着钻石，然后慢慢地拿起一块钻石，掂了掂，放下，再拿起一块，掂了掂。最后，他抓起所有钻石，放进一个羊皮袋，然后将袋子放进墙角的铁皮保险柜里，锁好。

"干得很棒，麦克格雷戈先生。真的，干得很棒。"范德莫尔韦的声音带着极大的满足感。

"谢谢，先生。这才刚开头呢！那儿还有好几百颗钻石，我都不敢想那些钻石值多少钱。"

"你对发现地点注册过了吗？"

"注册过了，先生。"杰米把手伸进口袋，掏出那张注册证明，"我用我们两人的名字注册的。"

范德莫尔韦仔细看了看证明，把证明揣进自己的口袋。"你应该得到酬劳。等一下。"他朝店铺的通道走去，"来，玛格丽特。"

玛格丽特惊慌地来到父亲身边。杰米想，她可真像一只受惊的小猫。

二人嘀咕了一会儿，范德莫尔韦一个人回来了。"你的钱。"他打开钱包，小心翼翼地数出了五十镑纸币。

杰米愣住了，不解地看着他，问道："这是什么钱，先生？"

"给你的，孩子。都给你。"

"我……我不明白。"

"你走了有二十四周，一周两镑。这里一共是四十八镑，另外两镑算是给你的额外酬劳。"

杰米放声大笑。"我不要酬劳，我有应得的一半钻石。"

"一半钻石？"

"怎么？先生，是的，我应得一半，我们是合伙人。"

范德莫尔韦冷冷地盯着杰米。"合伙人？你怎么想的？"

"怎么？"杰米惊愕地看着这个家伙，"我们签过合同啊。"

"是签过。你读过合同吗？"

"噢，没有读过，先生。它是用当地的荷兰语写的，我看不懂。不过，您说过我们是合伙人，对半分成。"

老头摇晃着脑袋。"你误会了，麦克格雷戈先生。我从不需要合伙人，我雇你为我工作。我送给你所有装备，雇你去为我找钻石。"

怒气在杰米心头聚集，化为满腔的怒火。"你什么也没有给我！那些装备，我付给你一百二十英镑。"

老头耸了耸肩。"不要在这儿费口舌了，我的时间可珍贵着呢。我让一步，额外再给你五英镑，这事就算了结了。我对你真的非常慷慨。"

杰米怒声大叫："这事绝对结不了！"这喊声用苏格兰人的粗喉音喊出来，听起来令人心惊。"我有权利分享那些钻石，我会得到的。注册证明中有我的名字。"

范德莫尔韦淡然一笑。"怎么？你要欺诈我吗？我让人把你抓起来。"他把钱塞到杰米手上，"带上你的工资，滚出去。"

"我要告你！"

"你有钱请律师吗？在这个地方，律师都听我的。"

这简直是一场噩梦，杰米想，这种事竟然发生在自己身上。想想那些痛苦的经历，在沙漠中被烈日炙烤，从白天到黑夜，不停地挖掘、筛洗——所有这些令人难以忘记的情景潮水般地涌上他的心头。数次死里逃生，而这个荷兰佬竟想霸占他应得的那份钻石。

他死死地盯着范德莫尔韦。"你绝不会得逞！我绝不离开克里普德里夫特，我要让这里的所有人都知道你是什么东西，我一定要讨回我应得的那份钻石。"

范德莫尔韦避开那双怒火腾腾的浅灰色的眼睛。"你最好看看医生，孩子，"他咕哝道，"沙漠的太阳太毒了，把你晒糊涂了。"

刹那间，杰米狂怒不已，他冲向范德莫尔韦，拎起这个家伙，举到自己面前。"骗我！你会后悔的！"他把范德莫尔韦摔在地上，把钱扔在桌上，猛地冲出杂货店。

杰米·麦克格雷戈再次踏进流浪汉酒吧时，里面几乎没有客人了，许多挖矿人都拥向了帕德斯潘。杰米的愤怒与绝望交织在一起。"令人难以置信，"他自嘲，"一分钟前，我是像克罗伊斯<sup>①</sup>一样的有钱人；一分钟后，我却不名一文。范德莫尔韦这个老贼就是个骗子，我一定要让他付出代价。但是怎样惩罚他呢？"范德莫尔韦说得没错，想要告他，自己根本付不起律师费。这里自己人生地不熟，而范德莫尔韦有头有脸，人们都尊重他。杰米拥有的唯一武器就是真相，他要让南非的每个人都知道，范德莫尔韦干下了什么不要脸的勾当。

酒保斯密特迎上前来。"欢迎再次光临。这次本店请客，麦克格雷戈先生，喝点什么？"

"来杯威士忌。"

斯密特倒了一杯双料威士忌，放在杰米面前，杰米一饮而尽。他不习惯喝酒，烈酒像火一样滚过他的嗓子，灌进胃里，烧得他火辣辣地难受。

"再来一杯。"

"马上。我常说，谁跟苏格兰人拼酒，谁就会被灌得酩酊大醉。"

第二杯喝起来就容易了。杰米记得就是这家伙告诉他，想要挖钻石，可以到范德莫尔韦那儿请求资助。"你知道范德莫尔韦那个老东西是个骗子吗？他骗走了我挖的钻石。"

斯密特看起来很同情杰米。"真的？太可恶了。我真的替你难过。"

"他不会逃脱惩罚的。"杰米的声音变得嘶哑，"那些钻石有我的一半。这个老骗子，我要告诉每个人。"

"小心啊！在这里，范德莫尔韦可是有钱有势，呼风唤雨。"酒保警告他，"如果你想要回钻石，一个人可不行，得有帮手。我想起有个人，他也恨范德莫尔韦，和你一样。"他瞄了瞄四周，确定没有人偷听。"这条街走到头有一个老马棚，今晚十点钟你去那里等，我来安排一切。"

"谢谢，"杰米有点感激涕零，"我会报答你的。"

---

① 公元前6世纪吕底亚国的一位富有的君主。在古希腊和古波斯文化中，克罗伊斯这个名字似乎已经成为有钱人的标志。——译注

"十点钟，老马棚。"

　　老马棚位于主干道一侧，在镇子边缘，用波纹铁皮搭建而成，非常简陋。杰米按时到了马棚，里面漆黑一片，周围空无一人。他小心翼翼地摸黑走了进去。"喂……"

　　没人回答。杰米慢慢地向前走，依稀能辨别出马棚里晃动着马的影子。突然身后传来一阵声响，杰米刚要转身，一根铁棒就打在他的肩膀上，他倒在地上。又有一根木棍猛击他的脑袋，紧接着一双大手把他举起来，随后拳头和脚轮番落在他的身上。痛打持续了很久，他痛得昏死过去，冷水又把他浇醒。他努力地睁了睁眼睛，依稀认出范德莫尔韦的仆人班达的身影。痛打再次开始，杰米感到肋骨断裂，腿上又遭到重重一击，传来骨头碎裂的声音。

　　他再次失去了知觉。

　　不知过了多久，杰米慢慢醒来。似乎有人正用沙子摩擦他的脸，他想抬手阻止，手却动不了；他想要睁开眼睛，但是眼睛肿胀，难以睁开。他躺在那里，全身像被烧灼般疼痛难忍。他挣扎着，想知道这是什么地方。他变换体位，脸好像又被人用沙子摩擦着。他双手无助地摊在地上，能感觉到自己躺在沙子上，原来自己感到刺痛的脸颊正紧贴在灼热的沙地上。他慢慢地动动身体，马上传来刺骨的疼痛。他用膝盖着地，挣扎着想要站起来，想看看四周的情景，但是眼睛肿得睁不开，眼前模糊不清。他被人扔在了沙漠中，人迹罕至，衣服也被人剥光。此时还是早晨，可是他已经感到太阳开始灼烤他的全身。他四下摸索，幻想有人留下食物或一罐水，但什么也没有。他们把他扔在沙漠里，想让他不声不响地死去。"这是萨洛蒙·范德莫尔韦干的，当然，还有酒保斯密特。"他威胁过范德莫尔韦，这个骗子就像惩罚小孩子一样轻而易举地教训了他。"我绝不再是小孩子。"杰米咬着牙，"我不是孩子了，我是复仇者。我要让他们付出代价，付出代价！"刻骨的仇恨似乎给杰米增添了力量，他一下子坐起来，瞬间，呼吸让他感到剧痛。"不知断了多少根肋骨？我要加倍小心，不能让断骨戳伤我的肺。"杰米刚想站起来，便痛得惨叫一声，又摔倒在地上。他的右腿已被打断，扭曲成怪异的形状。他站不起来了。

他还能爬。


杰米·麦克格雷戈不知道自己身在何处。他们一定把他扔在了远离道路的沙漠深处，行人难以发现，好让沙漠的鬣狗、蛇鹫和秃鹫等食腐动物来享用他的尸体。沙漠就是一个广袤的骸骨存放处，他曾看到无数具白骨，都是皮肉被野兽猛禽吃净啄光后留下的人体骸骨。就在这时，空中传来翅膀扑打的声音和恐怖的喉声，成群的秃鹫正在空中盘旋。一阵恐怖袭来，他的眼睛看不见它们，但是他能听到它们，嗅到它们。

他向前爬去。

全身都钻心地疼痛，那是火焰灼烧般的痛，身体哪儿一用力，痛就马上传来。如果他保持一个姿势向前爬，断腿便传来阵阵剧痛；换一个姿势，又感到断裂的肋骨好像在相互摩擦。无论是躺着不动还是向前爬行，都有不同部位传来钻心的痛楚。

他继续向前爬。

秃鹫在空中盘旋，喉声令人毛骨悚然。本能让它们有足够的耐心等待着沙漠中的人死亡，哪怕他正在爬行。杰米神思恍惚，他觉得自己穿着干净的节日礼服，坐在两个兄弟中间，在阿伯丁那所凉爽的教堂里祈祷。姐姐玛丽和他的恋人安妮·科德都穿着漂亮的夏装，安妮含情脉脉地打量着他。杰米想要站起来，走向安妮，坐在两边的兄弟按住他，在他身上一顿乱掐。他感到一阵刺痛，清醒过来。他仍拖着断腿在灼热的沙漠里爬着，赤身裸体。空中的秃鹫叫得更刺耳，好像失去了耐心。

杰米强迫自己睁开眼睛，想看看秃鹫是否飞过来。眼前模糊一片，朦朦胧胧，什么也看不清。他想起了令人恐惧的鬣狗和豺狼，热风吹在脸上，就像这些野兽嘴里发出的一股股的气息，热热的，臭烘烘的。

他继续爬着。他知道，只要自己停下来，它们就会扑向他。他发着高烧，全身疼痛，身下滚烫的沙子灼烤着他。不能死去，坚持住，只要还未复仇，只要范德莫尔韦还活着，他就要往前爬。

不知过了多久，他感到自己爬了一英里。事实上，他爬了不到十码①，只是围着一个圆圈打转而已。他不知道自己身在何处，也不知道该爬向何方。他脑中只有一个名字：萨洛蒙·范德莫尔韦。

慢慢地，他失去了知觉，不久又被一阵刺痛惊醒。有东西正在啄他的腿，他一阵恍惚，突然意识到发生了什么事情。他努力睁开一只肿胀的眼睛，一只硕大的秃鹫正在啄他的腿、撕他的肉，想活活地把他吃掉。看着秃鹫的圆眼和污浊的颈毛，闻着它嘴里发出的令人作呕的臭气，杰米大叫，但是发不出声音。他只能拼命向前爬，断腿处有热血流出。秃鹫围在他周围，不断逼近，要享用美餐。他告诫自己，不能再昏迷，要不自己死无全尸。只要停下，秃鹫的利爪就往前扑，他只能向前爬。不久，他又一次神志不清，但是他能听见秃鹫的翅膀发出呼呼的声响，声音越来越大。秃鹫围成一圈，渐渐逼近。他再也动不了，不能抵抗，不能爬动，一动不动地躺在灼热的沙地上。

秃鹫围上来，开始享用美餐。

---

① 英美制长度单位，1码约等于0.9米。——编注

# 第四章

周六是开普敦开集的日子。在巴拉蒙斯坦、帕克和伯格斯多普等几个小镇，大街上熙熙攘攘，有成群结队的布尔人和法国人，有身着鲜艳制服的军人，也有英国女郎，穿着荷叶边的裙子和短袖上衣。有人来买便宜货，有人邀朋会友，有人约见情人。集市上有家具、马匹、马车和新鲜水果，也有各种服装、棋盘、书籍和肉食。人们操着十几种不同的方言讨价还价。这一天，开普敦变得热闹、拥挤。

人群里有个人慢慢地走着，那是黑人班达。他小心翼翼地避开白人的眼神，因为黑人若与白人对视，可能会惹上麻烦。大街上来来往往的黑人、印度人、混血人，他们都受白人主宰。班达仇恨白人，这里是他的祖先的领地，尽管白人是统治者，但也只是少数人，是外来的移民。非洲南部有许多部落：巴苏托人、祖鲁人、茨瓦纳人、马塔贝莱人——都是班图族的支系。"班图"一词源自"阿班图"这个词——意思是人性。班达是巴罗隆人，巴罗隆人曾经是贵族。班达还记得祖母给他讲的故事，巴罗隆祖先曾统治南非，建立起黑人大帝国。啊，巴罗隆帝国，黑人统治的国家。现在，他们却被少数白人奴役。在白人的驱赶下，他们的领地越来越小，直到彻底成为白人的奴隶。现在，黑人唯一的生存之道就是表面上毕恭毕敬、俯首帖耳，而内心深处却酝酿着隐忍和反抗。

班达甚至不知道自己的年龄，因为当地土著没有出生证明。他们的年龄是根据部落的传说和大事，比如大小战争，大酋长的诞生和死亡，自然界中的彗星、风暴和地震的出现，亚当·科克①领着追随者长途迁徙，恰卡②之死，以及祭牛大典等推算出来的。但是班达知道，他多大年龄不重要，他是一个酋长的儿子，命中注定要为他的部落抗争。他只要活着，总有一天，班图人会重新兴起，夺回这片土地的统治权。想到这里，使命感使他直起了腰板，昂首阔步地走着，可是一见到白人的目光落到他身上，他又垂下了眼睛。

　　班达快步朝小镇的东郊走去，这里是黑人的聚居区，没有镇中心那样的大房子和漂亮的商铺，到处都是铁皮小屋、披屋和棚屋。他走进一条肮脏的街道，回头望了望，见没有人，便又走到一间木头小屋前，再向四周扫了一眼，在门上敲了两下，走进门。一个瘦瘦的黑人妇女坐在屋子角落的椅子上，正在缝补一件衣服。班达向她点点头，走进了后面的卧室。

　　他低头看着小床上躺着的一个人。


　　六周前，杰米就恢复了知觉，发现自己躺在一间陌生房屋的小床上。记忆的闸门重又打开，他想到了沙漠中的自己，满身伤痕，拖着断腿，秃鹫环伺，生机渺茫……

　　见到班达走进来，杰米认为他要来杀死自己。看来，范德莫尔韦打听到他还活着，派仆人来杀死他。

　　"你的主人怎么不来？"杰米嘲弄地问他。

　　"我没有主人。"

　　"范德莫尔韦，不是他派你来的？"

　　"不是，如果他知道，他会派人来杀掉咱们两人。"

　　两人沉默了一会儿，杰米又说："这是什么地方？"

　　"开普敦。"

　　"怎么可能？我怎么来的？"

---

①　南非格里夸人首领，19世纪中叶率领格里夸人向东迁徙。——编注
②　南非祖鲁人领袖，祖鲁王国奠基者。——编注

"我送你来的。"

杰米好久没说话，直盯着那双黑眼睛。"为什么送我来这里？"

"我需要你帮助。我要报仇。"

"你为什么……"

班达向前倾倾身子。"不是为我，我自己不在乎。范德莫尔韦奸污了我的妹妹，她只有十一岁，难产时死去了。"

杰米听后一怔，震惊道："我的天哪！"

"从妹妹死去的那天起，我一直在寻找一个白人，一个会帮我的白人。那天晚上，我在马棚里打你的时候，我知道自己找到了，麦克格雷戈先生。你被扔在沙漠里，范德莫尔韦还要我杀死你。我告诉其他打手，说你已经死了，接着又尽快赶回沙漠，把你送到这儿。当时我差一点就晚了。"

杰米不禁颤抖了一下。他似乎又看到秃鹫啄食自己的皮肉，嗅到它们口中令人作呕的臭味。

"那些秃鹫马上就要享用一顿大餐。我把你抱到路边的马车上，然后把你带到我们的房子里藏起来。我们的医生接好了你的肋骨和腿骨，包扎了你的伤口。"

"那么后来呢？"

"碰巧，我有一帮亲戚乘马车来开普敦，我们就把你也带来了。你一直都昏迷着。看到你昏迷的样子，我担心你醒不过来了。"

这个黑人差点把自己打死，杰米盯着他的眼睛，心想自己得掂量掂量，不能再轻信他人了。他不敢相信这个男人，但是他确实救了自己。班达要借他的手对付范德莫尔韦。"那么一举两得，"杰米暗下决心，"在我的世界里，最重要的就是向范德莫尔韦报仇，其他事情都不重要了。"

"成交。"杰米对班达说，"要让范德莫尔韦为咱们两人付出代价。"

笑容浮在班达的脸上。"弄死他？"

"不，"杰米告诉他，"要让他活着。"


那天下午，杰米第一次起床，头发晕，身子发软。他的腿伤还没痊愈，只能一瘸一拐地走。班达过来扶他。

"不用，我自己能走。"

在班达的注视下，杰米慢慢地在屋内转圈。

"给我拿面镜子。"杰米说。他想："我的样子一定很糟糕，从上次刮胡子到现在有多久了？"

班达递给他一面镜子。杰米举起镜子，里面是一张陌生的面孔：满头银发，两颊长满了白色胡须；被打断的鼻梁骨倾斜，鼻子歪向一边；脸颊凹陷，上面布满道道伤痕，下巴上还爬着一条更深的铁青色伤疤；眼睛的变化是最大的，镜中的眼睛经历过无数的痛苦，品尝了深重的苦难，里面充满了仇恨。他慢慢地放下了镜子。

"我想出去走走。"杰米伤感地说。

"很抱歉，麦克格雷戈先生，那可不行。"

"为什么呢？"

"白人不会到这里来，黑人从不去白人那里。我们是晚上把你送来的，邻居都不知道你在这里。"

"我怎么离开呢？"

"晚上可以送你出去。"

杰米第一次意识到，为了救他，班达冒了多大风险。他难为情地说："我没钱，要找份工作。"

"我在船坞找到了工作，那里成天招工。"他从口袋里取出了一些钱，"拿着吧。"

杰米拿了钱。"我会还你的。"

"等着还给我妹妹吧。"班达告诉他。


深夜，班达领着杰米离开小屋。杰米向四周看去，发现周围散布着一排排房子，破烂不堪，房顶的铁皮锈迹斑斑，有的小屋用朽烂的木板钉成，再铺上麻袋；这些房子东倒西歪地挤在一起。刚下过雨，地面上积了一汪汪的黑水，散发着恶臭。杰米怎么也弄不懂，这个部落的人，都像班达一样骄傲，怎么住在这么脏乱不堪的地方呢？

"有没有……"

"别说话，"班达嘘了一声，"这些邻居好打听事。"他领着杰米走出破房子，指着前面说："那边是镇中心，我们在船坞里见。"

杰米走进了镇中心的一家供膳寄宿店，他刚从英国抵达开普敦时曾经住过这里。店主文斯特太太坐在桌子后面。

"我订个房间。"杰米说。

"当然可以，先生。"她笑了，又露出那颗金牙，"我是文斯特太太。"

"我知道。"

"你怎么认识我？"她忸怩作态地问，"莫非你有朋友跟你讲过我？"

"文斯特太太，你不认识我了？去年我在这儿住过呢。"

她仔细地打量着眼前的这张脸，扭曲的伤疤、歪斜的鼻梁，还有白色的胡须，什么时候见过这张脸呢？"亲爱的，一个人我只要见过，就忘不了。我可从未见过你。不过，即使以前不认识，我们也能成为好朋友，对吗？朋友都叫我'蒂蒂'。你叫什么名字，宝贝？"

杰米信口说出一个名字："特拉维斯，伊恩·特拉维斯。"

次日早晨，杰米来到船坞找工作。

船坞工头说："我们要身强力壮的人。你做这种活计的话，年龄可能稍大了。"

"我只有十九……"杰米正要往下说，突然住了口。他想起镜子里的那张脸。"你可以试试。"他说。

他当上了装卸工，一天挣九个先令，装卸进出港口的货物。后来，他知道班达和其他黑人装卸一天，只挣六个先令。

一天，杰米找到机会，把班达拉到一旁，说："我们好好谈谈。"

"这儿不行，麦克格雷戈。码头边上有一座废弃的仓库。下班后，咱们在那儿碰头。"

杰米到了废弃仓库时，班达早已等在里面了。

"告诉我范德莫尔韦的情况。"杰米说。

"你想知道些什么？"

"什么都行。"

班达朝地上啐了一口唾沫，愤愤地说："他从荷兰来到南非。听人说，他老婆长得很丑，但很有钱，后来得病死了。范德莫尔韦拿走她的钱，来到克里普德里夫特，开了这家店铺。他靠欺骗挖钻石的人发了财。"

"像骗我一样？"

"这只是他的一种欺骗手段。有些挖钻石的人碰到好运气，挖到一些钻石，然后找他借钱，想注册矿区所有权，但是范德莫尔韦使用某些伎俩，将矿区所有权占为己有。"

"没有人想办法告他吗？"

"怎么能告赢呢？！全镇的职员由他控制着。法律规定，过了四十五天不登记矿区的话，任何人都有权抢占矿区所有权。镇委会里有人向范德莫尔韦暗通消息，让他独吞钻石矿的所有权。他还玩其他把戏。比如注册钻石矿的人应该在矿区边界竖立起木桩来宣告自己合法的产权边界，但是，如果木桩倒了，另一个人就有权占有这块矿区。就这样，只要范德莫尔韦看中了哪块矿区，他就指使人晚上去拔木桩。第二天早上，桩子都倒了。"

"上帝啊！"

"他还买通了酒保斯密特。斯密特看中某些挖钻石的人，就介绍他们去找范德莫尔韦，双方签订藏有猫腻的合同。如果对方找到了钻石，范德莫尔韦就把所有钻石据为己有。如果对方不服，敢找麻烦，他就花钱指使手下的一伙人，他说什么，他们就为他做什么。"

"我已经知道了。"杰米懊恼地说，"还有什么？"

"他还是一个宗教狂，声称要为犯罪者的灵魂祈祷。"

"他女儿是什么人？她知道自己父亲干的勾当吗？"

"玛格丽特小姐？她怕她的父亲，怕得要死。哪怕她看一眼男人，老东西都会杀死她和那个男人。"

杰米转身走到门口，眺望远处的港口。许多事情需要理清头绪。"明天我们再聊。"

在开普敦的这段时间里，杰米深刻体会到黑人与白人之间那条不可逾越的鸿沟。白人统治者只给予黑人少得可怜的权利，其他则一无所有。黑人全被赶到贫民窟，平时不允许离开，只有去为白人做工时才可以离开。

"你怎么能忍受这些？"有一天，杰米问班达。

"一头饥饿的狮子要藏起自己的利爪。总有一天，这一切都会改变。白人需要黑人，因为黑人为他们劳动，但是白人必须懂得黑人心里需要什么。他们越压迫我们，就越恐惧我们。他们知道，总有一天，一切都会颠倒过来，压迫和屈辱会落到他们头上。白人也最害怕这一点。我们一定能推翻他们，因为我们有伊斯科。"

"谁是伊斯科？"

班达摇了摇头。"伊斯科不是人，是我们班图部族的信仰。很难解释，麦克格雷戈先生。伊斯科是我们的根，是我们的民族情感。伟大的赞比西河就是以一位班图人的名字命名的。几个世纪前，我们的祖先赤身裸体，赶着牛羊，渡过赞比西河。体质差的人都丧了命，或被漩涡卷走，或喂了河里的鳄鱼，但是，渡过河的人都变得更加剽悍、健壮。一个班图人濒死时，伊斯科就要求家属躲到森林里去，这样，部落的其他人就能避免遭受厄运。伊斯科蔑视那些奴颜婢膝的奴隶，坚信人一定要堂堂正正的，面对任何人，应该不卑不亢。你听说过约翰·坦戈·贾瓦布这个人吗？"提到这个名字时，班达的语气充满了敬意。

"没听说过。"

"以后你会听说的，麦克格雷戈先生，"班达肯定地说，"你一定会听说这个名字。"接着，班达换了另一个话题。

杰米对班达的敬慕油然而生。起初，两人之间各怀戒备之心；现在，杰米学会了应该信任什么人，哪怕一个几乎要置他于死地的人，而班达开始信赖自己民族的敌人——一个白人。同杰米遇见过的多数黑人不同，班达受过教育。

"你在哪儿上的学？"杰米问。

"我没上过学，从小就干活。我奶奶教我的，她在一个当教师的布尔人家里做用人。那时，她学会了读书写字，后来教会了我。我感激奶奶给予我的一切。"

一个周六，下班以后，已是傍晚。杰米第一次听说，在大纳马夸兰地区有一片沙漠，名叫纳米布。在码头边上的那座废弃仓库里，杰米和班达吃着班达母亲做的黑斑羚焖肉。肉焖得不错，但是杰米觉得味道有点怪，尽管这样，他还是把碗里的焖肉吃得精光。他躺在旧麻袋上，问道："你第一次见到范德莫尔韦是什么时候？"

"那时，我正在纳米布沙漠中的一片海滩上干活。那个矿区属于他和另外两个合伙人。他刚刚霸占了不知哪个可怜的挖钻人的股份，到那儿视察他的矿区。"

"既然他这么有钱，为什么还要开那个杂货店？"

"这个铺子是他的钓饵。靠这个铺子，他把物色好的挖钻人骗到他那儿去。凭着坑和骗，他越来越富。"

想到自己也被这家伙轻而易举地欺骗，杰米觉得自己当时多傻啊！他想到玛格丽特那张鸭蛋脸，记得她当时说过"我父亲也许能帮助你"。他曾以为她不过是个孩子，直到不经意间看到她的胸部——想到这里，杰米猛地坐起，暧昧的笑意浮在脸上，他嘴唇上翘，脸颊上的伤疤轻轻地颤动着。

"你是怎么去为范德莫尔韦工作的？"

"有一天，他带着女儿来到海滩——那时她大约十一岁。我猜想她老是坐在沙滩上，感到厌烦了，就走进水里，不料潮水涌上来，淹没了她。我跳入海水中，抓住她，把她抱到岸上。那时我还是个孩子，但是我觉得范德莫尔韦气得要杀死我。"

杰米盯着他说："为什么？"

"只因为我抱了她。倒不是因为我是黑人，而是因为我是个男的。他受不了任何男人碰他的女儿。最后有人劝他，提醒他说我救了他女儿的命。他就把我带到克里普德里夫特，为他做工。"班达迟疑了一会儿，接着说下去。"两个月后，我妹妹来看我。"他的声调异常平静，"她和玛格丽特同龄。"

听到这儿，杰米心里堵着，说不出话来。

最后，班达打破了沉寂。"当时，我应该待在纳米布沙漠。工作不累，就是沿着海滩边爬边挖钻石，挖到后放进小铁罐里。"

"等等，你是说钻石就埋在表层的沙子里吗？"

"对，麦克格雷戈先生。还是忘掉你的盘算吧，谁也不能靠近那块地方。那儿是个海滩，海上的波浪有三十英尺①高。他们根本不用费心去守护在海岸一侧。许多人都想渡海偷上海滩，可是都因巨浪和岸边的礁石送了命。"

"一定有其他法子进入那片海滩。"

"没有。纳米布沙漠的西边是南大西洋。"

"那片矿区的入口呢？"

"有一座瞭望塔和一道铁丝网。铁丝网后面有带枪的警卫和警犬，警犬能把人撕成碎片。他们还有种武器叫地雷，钻石矿里面，到处都埋了地雷。如果没有布雷图，人踩上去就会被炸成碎片。"

"钻石矿的面积是多少？"

"南北延伸大约三十五英里。"

有三十五英里长的钻石矿就躺在那儿……"我的天哪！"

"很多人为纳米布沙漠里的钻石矿激动万分，你不是第一个人，也不会是最后一个人。有人想乘船到那儿去，结果被海边的礁石撞得粉碎，我经常捡到他们的遗物。我曾亲眼看到，有的矿工走错一步，被地雷炸死；也见到过那些警犬咬断人的咽喉。麦克格雷戈先生，把纳米布沙漠的钻石矿忘掉吧。我在那里待过，外人进不去，也出不来——别想活着进去，也别想活着出来。"

那天晚上，杰米难以入睡。他老是想着范德莫尔韦的那片三十五英里长的海滩，沙子里到处是闪闪发光的大钻石，被那个荷兰杂种据为己有。他想到了海浪汹涌的大海、凶险的礁石、咬断人喉咙的恶犬、虎视眈眈的警卫和埋在沙子中的地雷。他不怕危险，也不怕死，只怕还未向范德莫尔韦复仇，就殒命黄沙了。

到了周一，杰米走进一家地图商店，买了一张纳马夸兰地图。纳马夸兰位于南大西洋沿岸，北至吕德里茨港，南至奥兰治河入海口，在这一区域，范德莫尔韦的钻石矿在地图上显示出红色的英语和德语的双语标记：禁区。

---

① 英美制长度单位，1英尺约等于0.3米。——编注

杰米不断地研究地图上钻石矿区域的每一处细节。南美洲与南非之间隔着辽阔的南大西洋，有三千英里，中间无遮无挡，海风自西向东以势不可当的力量裹挟着海浪冲向非洲西海岸，在岸边险峻的礁石上激起巨浪。从钻石矿区向南，沿海岸线走四十英里，有一个开阔的海滩。"那些试图进入钻石矿禁区的家伙一定是从那儿出海的。"杰米思忖着。只要看看地图，他就明白为什么钻石矿区的海岸没有警卫人员了，在礁石海岸上登陆是不可能的。

杰米的注意力转向钻石矿的陆地出入口。据班达说，整个矿区的陆上区域拉着铁丝网，武装人员一天二十四小时巡逻。入口处有一个瞭望哨，即使有人设法躲过瞭望哨，溜进钻石矿，里面还有地雷和警犬在等着呢！

第二天，杰米碰到班达，问道："你说钻石矿还有一张布雷图？"

"你说的是纳米布沙漠里的钻石矿？监工手里有地图，因为他们带领着矿工找钻石。矿工排着队，一个跟着一个走，免得碰着地雷。"他转着眼珠，努力地回忆着，"有一天我叔叔走在我前面，他被石头绊了一下，跌倒在一枚地雷上。他被炸得血肉横飞，几乎没剩下什么遗骸被带回家。"

杰米不禁打了个寒战。

"此外，那儿还有海雾，麦克格雷戈先生。不到纳米布海滩，你是见不到这种海雾的。海雾从南大西洋滚滚而来，遮天蔽日，遮盖了沙漠和山脉，所到之处，一切东西都被遮盖得严严实实。如果你遇到了这种海雾，你根本不敢动弹。那时候布雷图也毫无用处，因为你辨别不清方向，不知道往哪儿走。所有人，无论矿工还是警卫，都只好坐在那里，一动也不敢动，一直等着海雾散去。"

"海雾会持续多久？"

班达耸了耸肩。"有时几个小时，有时好几天。"

"班达，你见过布雷图吗？"

"布雷图有专人严加看管。"一股担忧之色掠过他的脸，"我再说一遍，你想做的事，没有人能做成。偶尔有矿工想把钻石偷出来，结果被吊死在树上。那里有一棵树，专门吊人，那是对那些想偷钻石者的警告。"

看来偷挖钻石不可能实现。即使能偷偷地溜进范德莫尔韦的钻石矿，也难逃生天。班达是对的，忘掉这些念头吧。

第二天，杰米又问班达说："矿工收工后，范德莫尔韦用什么办法防止矿工偷出钻石呢？"

"矿工都要被搜身。警卫把矿工扒得一丝不挂，像刚出娘胎一样，仔细搜查矿工身上每一个带孔的地方。我见过有的矿工割破大腿，从伤口处把钻石塞进皮肉里面。有人钻掉自己的白齿，把钻石放在牙龈洞里。你能想到或想不到的办法，他们都试过了。"他扫了杰米一眼，说，"你要想活下去，就千万不要打那个钻石矿的主意。"

杰米也想打消这个念头，但是这个念头在他的脑中盘旋不去，似乎一直嘲弄着他：仇人的钻石就埋在沙子里，等着你挖，你有没有胆子呢？

当天晚上，杰米有了主意。次日，他急不可耐地等着班达。一见到班达，他便开门见山地说道："快告诉我，那些偷登海滩的船的情况。"

"哪方面的情况？"

"他们用哪种船？"

"什么船都有，只要你想得到，各式各样，有纵帆船、拖船、大汽艇、帆船，还有四人一起划的划艇。在钻石矿的那一阵，我见过六七回想碰运气的人。礁石把船撞成碎片，没有一个人活下来。"

杰米深吸了一口气。"有没有人试过木筏？"

班达疑惑地盯着他。"木筏？"

"是的。"杰米兴奋起来，"你想想，没有人能驾船到岸的原因是船底很容易被礁石撞碎，但是木筏可以从水面上漂过这些礁石，到达岸边。离开时也可以用同样的办法。"

班达看着杰米，过了好一阵子，他开口了，语调显得有些迟疑。"麦克格雷戈先生，这个主意也许管用……"

就像一个游戏，一道看似无解的智力题，起初总是令人绞尽脑汁，一旦发现窍门，问题就能迎刃而解。杰米和班达越商量越兴奋，从开始的闲谈，慢慢地形成了一个具体的行动计划。钻石埋得不深，只在沙土表层，不需要使用工具。他们打算先去钻石矿以南四十英里外的无人海滩，在那儿建造带帆的木筏，然后夜里出海，这样就不会被人发现。海岸线在钻石矿的西侧，无人警戒，也没有埋雷，警卫人员只在钻石矿东侧的内陆区域巡逻。两个人上岸后，可以尽情地在海滩上捡钻石，能带多少就捡多少。

"我们要在天亮前离开，"杰米说，"口袋里装满范德莫尔韦的钻石。"

"怎么离开呢？"

"怎么进去就怎么离开。我们把木筏划过礁石，划到公海，随后扯起帆，自由自在地回家。"

杰米的话颇具说服力，班达的疑虑逐渐消除。他试图在计划中挑漏洞，提出一个个难题，杰米都能想出对策。这个计划是可行的，其中最诱人之处在于它的简单易行，而且连一分钱也不用花，只需要二人的百倍勇气。

"我们要准备好一个装钻石的大袋子。"杰米诙谐地说。他的乐观感染了班达，班达大笑起来，说："让我们准备两个大袋子吧。"

过了一周，他们辞掉了船坞的工作，乘牛车前往诺洛斯港。诺洛斯港是个海滨村，位于钻石矿以南四十英里，村子西边就是那个宽阔的无人海滩。

他们到了诺洛斯港，四下观察，村子很小，看起来很落后。到处都是棚屋和马口铁皮搭成的小房子，还有几家店铺。村西躺着白色的海滩，向远方延伸，望不到边际，呈现原始的风貌。海上没有礁石，海浪平缓，轻轻地拍打着海岸。这里是他们乘木筏出海的理想场所。

村子里没有旅馆，杰米在村子的小市场租到一间房子，班达在黑人居住区也找到了住地。

"我们得找一个隐蔽的地方造木筏，"杰米对班达说，"不能让任何人发现，以免向官方告密。"

那天下午，他们见到一个废弃的仓库。

"这个地方倒很不错，"杰米肯定地说，"就在这儿造木筏。"

"还不行，"班达说，"再等一等。买一瓶威士忌酒吧。"

"为什么？"

"等会儿你就明白了。"

次日早晨，当地的一名治安官来到杰米的住处。这人红脸庞，身材魁梧，大鼻子上布满了红色的斑点，是一个酒鬼。

"早上好。"他跟杰米说，"我听说我们这儿来了客人，就顺便来转一下，和你见个面。我是芒迪，这儿的治安官。"

"伊恩·特拉维斯。您好，治安官大人。"杰米回答说。

"往北去，特拉维斯先生？"

"不，去南方，我带着仆人要去开普敦。"

"啊，我也在开普敦待过。那个地方太大了，也太闹了。"

"可不真的这样。能请您喝杯酒吗，治安官大人？"

"值勤时我从来不喝酒。"治安官犹豫了一下，随即下了决心，"不过，特殊情况，就这一回，下不为例。"

"来，喝一杯。"杰米拿出了威士忌，奇怪班达怎么能料到这一步。他把瓶中大约两指高的威士忌倒进一个脏兮兮的漱口杯，递给了治安官。

"谢谢你，特拉维斯先生。你的酒呢？"

"我不能喝酒，"杰米可怜巴巴地说，"我得了疟疾，所以去开普敦，去治疗一下。我在这儿休息几天。对我来说，长途旅行太累了。"

治安官打量着他。"你看起来不像有病的样子。"

"你还没有见过我发病的样子。"

治安官的杯子空了，杰米又给添满。

"谢谢，就这一杯了，请别介意。"他又一口喝干，站起来，"我得走了。你刚才说你和仆人一两天之内就动身？"

"只要身体好一点，即刻动身。"

"周五我再来，看你走没走。"治安官说。

当天晚上，在废弃仓库里，杰米和班达开始造木筏。

"班达，你造过木筏吗？"

"噢，说实话，麦克格雷戈先生，没有造过。"

"我也没有，"两个人对视着，"不知容不容易？"

他们从村子的市场后面偷了四个能装五十加仑①油的空木桶，带回了仓库。他们先把四个木桶紧挨着摆成正方形，然后拿来四个空的板条箱，分别放在每个木桶的上部。

班达有些担心。"这看起来不像木筏啊。"

"还没有做完呢。"杰米安慰他。

他们没有厚木板，只能用现有的材料——臭木树、山毛榉和马鲁拉树的粗壮枝干等铺成木筏的筏体。他们用粗麻绳将木桶、板条箱和枝干紧紧地捆在一起，仔细地扎牢、捆紧，每个绳结都打得结结实实。

完工后，班达仔细地检查了一遍。"还是不像木筏。"

"把风帆挂上去后就像了。"杰米自信地说。

他们找到一棵倒在路边的香槐树，把树干做成桅杆，把两根比较粗的枝干削成桨。

"现在就差风帆了，要赶快弄好。今晚就要离开这儿，治安官明天还要来。"

班达找到了制作风帆的材料。那天晚上，他回来得很晚，带回来一大块蓝布。"这块布怎么样，麦克格雷戈先生？"

"好极了。怎么搞到的？"

班达咧嘴笑了笑。"别问了，我们的麻烦已经不少了。"

他们在木筏上装了吊杆，做好帆桁，挂上那块蓝布，风帆就做好了。

"我们凌晨两点钟出发，那时村子里的人还在睡觉。"杰米告诉班达说，"出发前，我们先好好休息。"

其实，两个人谁也睡不着。这次冒险，生死未卜，两人心里都激动难耐。


凌晨两点，两人来到仓库。他们显得急不可耐，又有着说不出的恐惧。就要踏上一趟吉凶难料的旅程，要么大发横财，要么遭到灭顶之灾，绝无折中的道路可走。

"出发吧。"杰米宣布说。

---

① 英美制容量单位，英制1加仑约等于4.5升，美制1加仑约等于3.8升。——编注

他们走出仓库，夜深人静，蓝色的浩瀚夜空中，一钩银月高悬。"好，"杰米想，"今晚不是满月，月光朦胧，没有人会看见我们。"他们精心策划了行动计划：后半夜离开村子，无人知晓，第二天夜间抵达钻石矿，溜进矿区，然后在第三天天亮之前安全地返回海面。

"下午晚些时候，我们随着本格拉洋流到达钻石矿。"杰米说，"我们白天不能航行，必须先在海上等到天黑。"

班达点头。"白天我们可以藏在远离海岸的小岛旁。"

"什么岛？"

"有十多个小岛，什么水星岛、伊卡博德岛、布丁岛……"

杰米露出奇怪的神情。"布丁岛？"

"还有烤牛肉岛呢。"

杰米拿出皱巴巴的地图，查找起来。"地图上没有标出这些岛啊。"

"这些都是鸟粪岛，英国人收集这些鸟粪做肥料。"

"岛上有人住吗？"

"没人住，岛上恶臭熏天，谁受得了。有些岛的鸟粪有一百英尺厚。政府逼着流浪汉和囚犯去挖鸟粪。有些人死在岛上，尸体就扔在那里，没有人管。"

"正好，我们就藏在岛上。"杰米做出决定。

两人悄悄地打开仓库的门，想把木筏抬起来，但木筏太重，根本抬不动。他们抬了又抬，累得满头大汗，木筏纹丝未动。

"等一下。"班达说着，走出仓库。半小时后，他带回一根长长的圆木。"我们试试它。我搬起木筏的一头，你把木头塞到下面。"

杰米惊奇地看着班达把木筏的一头搬了起来，这家伙力气真大。杰米一下子把圆木塞进木筏下面。这样，他们两人一起把木筏的尾部抬了起来，用力推动木筏。圆木在地上滚动起来，木筏同时向前滑行。等木筏滑出圆木后，再搬起木筏的前部，塞进圆木，推动木筏向前滑行。这个过程不断重复，非常累人。最后二人总算把木筏推到海滩边，都已大汗淋漓。运木筏花的时间远超杰米的预估。这时，天已近破晓，要马上出发，以免被早起的村民发现，去打报告。杰米迅速挂上帆，又检查一遍，看有无纰漏之处。突然，他有些恍惚，似乎忘掉了什么。随即他意识到困扰自己的是什么，不由得大笑起来。

班达奇怪地看着他。"什么事这么好笑？"

"以前我找钻石的时候，带了近一吨重的装备。现在我只带了一个指南针，看起来太容易了。"

班达轻声说："麦克格雷戈先生，我们接下来的任务可不容易。"

"从现在起，你叫我杰米吧。"

班达摇头，显得不可思议，随即他咧嘴一笑，露出了雪白整齐的牙齿。"既然你来自遥远的另一个国家，管他呢，他们只能吊死我一次。"他嘴上喃喃地念着杰米的名字，接着大声地喊出来："杰米。"

"走吧，咱们取钻石去。"

两人从沙滩上把木筏推进浅海，然后跳上木筏，一起奋力划桨。木筏刚入水，好像水上的软木塞一样东摇西晃，他们花了好一会儿才适应，掌稳了木筏。木筏走得又快又稳，沿着湍急的本格拉洋流飞速地向北方驶去。杰米升起了帆，木筏很快驶入深海区。这时，村民们都醒了，但木筏已消失在地平线上。

"我们成功了！"杰米说。

班达摇摇头说："还早着呢。"他把手伸进了冰冷的本格拉洋流中。"这才刚刚开始呢。"

木筏一路向北航行，经过亚历山大湾和奥兰治河河口，沿途杳无人迹，只有一群群返巢的海角鸬鹚和色彩鲜艳的大火烈鸟在空中飞行。他们带着几罐牛肉和一些冷米饭，还有一些水果和两罐水，由于神经过度紧张，他们一点也吃不下。杰米在脑中竭力将后面的种种危险驱逐出去，可是班达却一直提着胆子。他在钻石矿里待过，那些警卫持着枪支，牵着恶狗，那些地雷会把人炸得血肉横飞，这些画面刻在了他的大脑中。他奇怪自己竟然情愿卷进这场疯狂的冒险。他端详着这个苏格兰年轻人，心想："他比我还傻。我死了的话，是为我妹妹而死的。他呢，他为何而死呢？"

到了中午，海里出现了鲨鱼，有六七条，它们的鳍露出水面，急速朝木筏游过来。

"黑鳍鲨，"班达叫道，"这是食人鲨。"

杰米注视着鲨鱼飞快地冲向木筏，说："怎么对付它们？"

班达紧张地倒吸一口冷气。"杰米，说实话，我也是第一次碰到这东西。"

一条鲨鱼用背猛撞木筏，木筏几乎倾覆。两人赶紧抓住桅杆，木筏稳下来。杰米抢起一根桨，狠狠打向鲨鱼，鲨鱼一口咬住桨，咔嚓一声，桨被咬成了两半。这时候，这群鲨鱼围着木筏，慢吞吞地游着。不时地，它们用巨大的身体在木筏边上撞一下，每撞一下，木筏就剧烈摇晃。木筏随时都会被撞翻。

"快点赶走它们，要不然这群家伙会把我们掀进海里。"

"拿什么来赶走它们呢？"班达问。

"给我一罐牛肉。"

"别开玩笑了。一罐牛肉可喂不饱它们，它们想吃我们。"

又被撞了一下，木筏差点倾翻。

"快拿罐头！"杰米喊道，"快！"

班达马上把一个罐头递给杰米，这时木筏剧烈地摇晃起来。

"把罐头盖割开一半，快！"

班达拿出随身带的小刀，把罐头盖割开了一半，递给杰米。被割开的铁皮盖向上翘起，切割处的铁皮边缘异常锋利。

"抓紧桅杆！"杰米提醒道。

他双手握住罐头，让翘起的铁皮盖朝外，跪在木筏边上，等着。顷刻间，又一条鲨鱼靠近木筏，鲨鱼张开大嘴，露出两排尖利的白森森的牙齿，令人不寒而栗。杰米要割鲨鱼的眼睛。他双手握着罐头，使出全部气力，用翘起的铁皮盖朝着鲨鱼的眼睛猛力划去。鲨鱼的眼睛被割开，疼得弹起庞大的躯体，拱起木筏。霎时间，木筏的一端几乎竖起来，周围的海水被染成红色。闻到血腥味，鲨鱼群游向受伤的同类，附近的海水翻腾起来。有受伤的鲨鱼作为美食，它们忘掉了木筏上的人。杰米和班达划着桨，眼看鲨鱼群撕咬着自己的同伴。木筏越驶越远，最后鲨鱼群消失在视野中。

班达深吸一口气，悠悠地说："将来有一天，我要把今天的情景告诉给我们的子孙。你认为他们会相信吗？"

二人放声大笑，笑得眼泪都流出来了。

快到傍晚时，杰米掏出怀表看了看。"我们要在午夜登上钻石滩。太阳六点十五分升起。这意味着我们有四个小时捡钻石，两个小时回到海上，驶出警卫的视线。四个小时能找多少钻石，班达？"

"四个小时捡到的钻石，一百个人一辈子也花不完。我只希望我们能活着回来……"

木筏挂着风帆，沿着本格拉洋流稳稳地向北航行。傍晚时分，一座小岛隐隐地出现在前方，越来越近，小岛周长看似有两百码。靠近小岛后，刺鼻的恶臭越来越重，熏得他们泪流不止。杰米明白为什么无人住在岛上了。尽管恶臭难以忍受，但对他们来说，这倒是隐蔽的好地方，他们可以在这儿藏到午夜。杰米调整了帆的方向，木筏在这座低洼小岛的岸边停下。班达系紧木筏，两人登上了岛。整个小岛栖满了数百万只鸟，有鸬鹚、鹈鹕、塘鹅、企鹅和火烈鸟。叽叽喳喳的鸟叫声聒噪难忍，污浊的空气让人难以呼吸，他们走了几步，整个人快要陷入大腿深的鸟粪里。

"还是回木筏吧。"杰米憋着气说。

班达一声不吭，转身跟着他走。

他们转身要离开小岛，一群鹈鹕飞到空中，地上顿时空出一片地方。只见三个男人躺在那里。看不出他们死了多久，由于空气中的氨气浓度高，尸体并未腐烂，不过他们的头发都已变成了鲜艳的红色。

一分钟后，杰米和班达回到木筏上，驶离了小岛。

他们远离了小岛，降下了帆，泊在海中，等待黑夜降临。

"在这里等到深夜，然后再进钻石滩。"

他们坐在木筏上，默不作声，满眼警惕，随时准备应付可能发生的情况。夕阳落到西边的地平线上，黄昏的天空被染得色彩绚丽，仿佛是某位疯狂的艺术家正在肆意泼墨。瞬间，黑幕把他们笼罩了。

又等了两个多小时，杰米又升起了帆。木筏又转头向东，朝着夜幕笼罩的海岸驶去。天空中，云彩时分时合，淡淡的月光使夜空显得虚幻缥缈。木筏加速行进，很快两人便能够依稀地看见前面模糊的海岸轮廓。风变猛，吹得风帆呼呼响，木筏的速度越来越快。不一会儿，他们就能清晰地看到陆地的轮廓，看到高墙一般露出海面的礁石。只见海风激起泛着白色的浪花，击打在礁石上，发出轰轰的声响，远远望去，令人胆寒。杰米不由得想，木筏靠近礁石又会怎么样呢？

他喃喃地问："海滩上真的没有警卫吗？"

班达没有回答，只是用手指着前面的礁石，杰米知道他的意思。这些礁石本身就比任何陷阱更加恐怖，它们是海洋的守卫者，从不入睡，不知懈怠，静静地躺在那里，等待着猎物自投罗网。"哼！"杰米想，"你们可挡不住我们。我们要从你们身上漂过去。"

木筏已经陪着他们走了那么远，还将载着他们越过礁石，到达钻石滩。海岸似乎向他们迎面扑过来，海浪的泡沫传来浓浓的咸腥味。班达紧紧地抓住桅杆。

"木筏驶得太快了。"

"没关系，"杰米安慰他，"等再近一点，我放下帆，木筏减速，就能顺利地通过礁石。"

风浪的势头不断地变强，木筏如脱缰的野马，飞速地向着令人胆寒的礁石驶去。杰米快速地估计了一下距离，感到现在落下帆，海浪也会把他们推到海岸。他落下帆，但是速度仍然没有下降。巨大的海浪裹挟着木筏，木筏失去了控制，在滚滚的海浪中摇晃不止。海浪不断地撞击着木筏，二人只能用双手紧紧地抓住桅杆。杰米曾预料很难轻松地进入钻石滩，但是他完全没料到，礁石前面的漩流这么剧烈。礁石就在他们眼前，清晰可辨。海浪不断地扑上犬牙交错、怪石嶙峋的礁石，激起越来越大的漩涡。必须使木筏完好无损地越过礁石，因为要用它从海上逃离，这是计划成功的前提。木筏被撞碎了，他们只有死路一条。

来不及多想，海浪激起了惊心动魄的力量，推着木筏冲向礁石。狂风的吼声震耳欲聋。突然，一股巨大的海浪将木筏高高地抛向空中，随后木筏又被抛向礁石。

"抓紧，班达！"杰米大喊着，"我们进去了！"

木筏就像一根小小的火柴棍，被海浪轻轻地托起，马上就要越过礁石。海浪就是莫特死神①，要把两人卷入水底，两人拼命地抓住桅杆，同死神殊死搏斗。杰米瞥向海里，只见礁石像刀刃般锋利。只要海浪再推一下，他们就能越过礁石，安全抵达海岸。

突然，木筏底部传出咔嚓一声，原来礁石卡住木筏底部的一个木桶，木桶脱落，木筏猛地倾斜。接着，另一个木桶也被海浪冲掉了，然后是第三个、第四个。狂风、巨浪和长着獠牙的礁石一齐戏耍木筏，木筏就像玩偶一样，忽而被抛向前，忽而被掷向后，忽而又被抛向空中转着圈。二人感到他们脚下的木筏已经断裂。

"快跳！"杰米喊道。

杰米从木筏上跳入海水中。似乎有一种难以置信的力量操控着这一切，他与海浪融为一体，对发生的一切无能为力。海浪冲过他的头顶，涌过他的脚下，又灌进他的嘴巴、鼻子。他的身体被海浪扭过来翻过去，肺快要炸裂了，脑子里星点四散。杰米想："我要死了。"这时，一股巨浪将他卷起，像弹射器一样将他抛向海滩。杰米躺在海滩上，大张着嘴巴，使劲地喘息，很快，肺里充满了冰凉清新的空气。他的上身和腿上都有擦伤，衣服也碎成了布条。他缓慢地坐起来，四处张望，寻找班达。十码远的地方，班达蜷缩着身体，吐着海水。杰米站起来，东倒西歪地走向他。

"没事吧？"

班达点点头。他哆嗦着身子，深深地吸了口气，抬起头说："我不会游泳。"

杰米扶他站起来。两人转身看了礁石一眼，哪里有木筏的踪影！它已被狂暴的海浪撕成了碎片。他们到了钻石矿，可是，再也无法返回了。

---

① 迦南神话中的死神，给人间带来干旱和歉收。——译注

# 第五章

两人站在海滩上，后面是怒涛翻涌的大西洋，前面是纳米布沙漠，从海边一直延伸到远处高山的山麓，绵延不绝。那是里希特斯韦特大断崖，险峻的山峰呈紫色，峡谷幽深，山峰陡峭，在朦胧的月光中，显得巍峨神秘。大断崖下面是荒凉的赫克森凯塞尔峡谷，号称"女巫的大锅"，吹来的风哪怕再强也会被它阻挡。这是一幅原始、苍凉的风景画，亘古未变。唯一可以看出的人类活动的痕迹，是一块插在沙中的粗糙的油漆牌子，在月光中，只见上面用德语和英语两种语言写着：禁止入内。

乘木筏海上逃离的希望破灭了，唯一可能的逃离方向是纳米布沙漠。

"我们只好穿过这片沙滩，碰碰运气吧。"杰米说。

班达使劲摇头。"警卫只要一看到我们，就会开枪，或者把我们吊在那棵树上。就算侥幸躲开警卫和警犬，还有地雷等着我们。我们只有死路一条。"听起来他并不感到恐惧，全是听天由命的无奈。

杰米看着班达，感到深深的遗憾。是自己把这个黑人带进绝境的，但是班达并未抱怨，即使是现在，他们已是陷阱中的困兽，他仍未发一句怨言。

杰米回头望去，惊涛骇浪不断地撞击着海岸，自己和班达最终能登上钻石滩，真是老天相助。现在是凌晨两点，离天亮还有四个小时。"经历了这么多的挫折，我不是完好无恙吗？如果我现在放弃的话，那就是拂了上帝的旨意。"杰米下了决心。

"走，咱们开工了，班达。"

班达不解地眨着眼睛。"做什么？"

"咱们是来挖钻石的，对吗？开始吧。"

班达盯着眼前这个人，只见他眼神狂热，白发紧贴在脑袋上，被撕成布条的裤子湿淋淋地挂在腿上。"你在说什么？"

"你说过，他们一看见我们就会开枪，是吗？与其两手空空被杀死，倒不如攥着钻石死去，不用当饿死鬼。神把我们带到这里，也许还会带我们出去。假如我们侥幸脱身的话，要是两手空空，那真是白忙活一场了。"

"你是个疯子。"班达轻声说。

"不是疯子，就不会来这里了。"杰米提醒他。

班达无奈地耸耸肩。"管他呢，反正现在我也无事可做。"

杰米脱下破破烂烂的衬衣，班达会意，也脱掉了自己的衬衣。

"哎，你说过的大钻石在哪儿？"

"到处都是。"班达信誓旦旦地说。他又加了一句："就像警卫和警犬一样，都是真的。"

"现在先不管那些家伙。他们什么时候巡视到海滩？"

"天亮后。"

杰米想了片刻。"海滩上有没有巡视不到的地方？哪些地方可以藏身？"

"在这块海滩上，没有他们走不到的地方，连一只苍蝇都藏不住。"

杰米拍了拍班达的肩膀。"算了，咱们挖吧。"

在杰米的注视下，班达跪下来，在海滩上慢慢地爬行，一边爬，一边用手在沙子里翻找着。不一会儿，他停了下来，举起一块石头。"我找到了一块！"

杰米也跪在海滩上，往前爬。很快，他也找到两块，但是很小。第三块超过十五克拉。他两膝跪在沙滩上，上身挺直，呆呆地望着这块钻石。这种大钻石那么容易被找到，在他看来，多么不可思议。这些钻石属于萨洛蒙·范德莫尔韦和他的合伙人，现在是他的了。杰米继续向前爬。

过了三个小时，两人一共找到了四十多块钻石，钻石的重量从两克拉到三十克拉不等。东方的天空晨曦微露，按照原定计划，现在他们要离开海滩，跳回木筏，穿过礁石，逃之夭夭了。但是，这个计划泡汤了。

"天快要亮了，"杰米说，"咱们看看还能找到多少块钻石。"

"咱们没有命去享用这些钻石了。你要钻石不要命，是不是？"

"我一点也不想死。"

他们继续寻找，毫不费力地挖了一块又一块，似乎二人都进入了癫狂的状态。随着挖出一块又一块的钻石，最后，他们用破烂的衬衣包住了六十块钻石，价值连城。

"我来拿这些钻石，好吗？"班达问。

"不，咱们两个人拿……"这时杰米突然意识到班达为什么这么说。现场被抓住的携带钻石的人，将被痛苦而缓慢地折磨死。

"我来拿吧。"杰米说。他把所有钻石倒在衬衣的整块布料上，仔细地包好，打了个结。地平线已泛起淡白色，东方被初升的太阳染得红彤彤的。

然后怎么办？这是个无解的问题！没有答案！要么站在这里被枪打死，要么向东走向内陆的沙漠，踩着地雷被炸死。

"走吧。"

杰米和班达并肩慢慢地从海滩走向内陆。

"从哪儿开始布的雷？"

"往前大约一百码的地方。"这时，远处传来狗吠声。"现在我们倒不必担心踩上地雷了。警犬跑过来了，上早班的警卫要来了。"

"警卫来到我们这儿要多长时间？"

"十五分钟，也许十分钟。"

天几乎大亮了，原先隐藏在朦胧晦暗中的沙丘和远处的山脉，此时呈现出清晰的轮廓。哪里是藏身之所？

"一个轮班有多少警卫？"

班达想了想。"大约十个。"

"这么大的海滩，十个警卫不算多。"

"一个警卫就够了。他们有枪和警犬。警卫又不瞎，咱们也不能隐形。"

狗吠声越来越近了。杰米难受地说："班达，很对不起，我不该把你带到这儿来。"

"不是你带我来的。"

杰米理解班达的意思。

远处传来警卫的喊声。

二人来到一个小沙丘旁,杰米说:"咱们用沙子埋住自己怎么样?"

"有人试过。警犬会嗅到我们,咬断我们的喉管。我想死得痛快些,让他们看见我,然后我撒腿就跑,这样他们就会开枪。我……我可不想让警犬咬我。"

杰米抓住班达的胳膊。"我们可能会死。可是,我们跑不是为了死,而是为了活下来。我们可不能任凭这些家伙对付我们。"

远处的说话声听得比较清晰了。"快点,你们这帮懒虫。"有个声音叫喊着,"跟着我……排好队……你们晚上都睡足了……现在该出力……"

尽管说了豪言壮语,但杰米仍没有想出脱身的方法。他转身又看了一眼大海,淹死是不是不那么可怕?他注视着礁石把一股又一股海浪击碎,化成白色的泡沫。等等,那是什么?他突然看到海浪后面涌现出什么东西。他不知道那是什么,于是喊道:"班达,快看……"

遥远的海面上,一堵像墙一样的灰色东西向他们逼来,西风强劲,那东西铺天盖地,滚滚而来。

"那是海雾!"班达叫起来,"一周来两三次。"

他们正谈话时,海雾越逼越近,像一块巨大的灰色帷幕扫过地平线,遮住了天空。

警卫说话的声音也越来越近。"该死的海雾!又要歇工了。老板们最讨厌这东西了。"

"有办法了。"杰米低声说。

"什么办法?"

"海雾!它会遮住我们。"

"没什么用。它总会消散的,那时我们不是照样待在这里。在海雾中,连警卫都不敢穿过雷区,我们也过不去。你要在海雾中穿过这片沙漠,走不了十码,就会被炸成碎片。难道还有奇迹出现吗?"

"你说得对极了。"杰米自信地说。

天渐渐地变暗。海雾更近了，遮住整个海面，海滩也将被吞没。海雾朝他们滚涌而来，在杰米眼中，海雾显得怪异、可怖，但是他不由得欢欣庆幸："它是来救我们的。"

突然，有人大叫道："喂！你们两个！在那里干什么？"杰米和班达扭头一看，大约一百码远的沙丘上，一个持来复枪的警卫站在上面。杰米看向大海，海雾正急速地涌来。

"你们！你们两个！过来。"警卫吼叫着，举起了来复枪。

杰米举起双手。"我的脚扭了，"他大声地回答，"我不能走。"

"待在那里，别动。"警卫命令着，"我来带你们。"他放下枪，朝他们走来。杰米扭头看了一眼海面，海雾已经涌到岸边，很快要来到这儿了。

"快跑。"杰米轻声说。他转身冲向海雾，班达紧跟在后面。

"站住！"

顷刻间，枪声响了，前面的沙子被子弹溅起。他们不停地奔跑，一直冲进黑蒙蒙的海雾里。一阵枪响，紧接着又是一阵。他们已经被黑蒙蒙的海雾包裹住了。冰凉的海雾舔着他们的每一寸皮肤，他们冻得发抖，感到窒息，好像被埋在棉花堆里，什么都看不见。

现在，警卫的喊声变得低沉而遥远，传入海雾后发出回声，好像来自四面八方。接着，又传来其他警卫彼此呼唤的声音。

"克鲁格……我是布伦特……能听见吗？"

"听见了，克鲁格……"

"他们有两个人，"第一个声音嚷道，"一个白人和一个黑人。他们就在海滩边。把你的人员分散开，开枪干掉他们。"

"抓紧我。"杰米轻声说。

班达抓住了他的胳膊。"往哪儿走？"

"咱们先离开这里。"

杰米把指南针拿到眼前，使劲瞅着，但是很难看清。他转着身子，判断着指南针指向的方向，然后说："这个方向……"

"等等！我们不能走。即使我们不碰到警卫或警犬，也会踩到地雷的。"

"你说埋雷区离海滩有一百码远，咱们先离开这儿。"他们慢慢地、摇摇晃晃地朝东边的沙漠走去，像盲人摸索着行走在一个陌生的地方。杰米用步子一码一码地量着，每次踩空跌倒，便爬起来继续前行。杰米每走几英尺，就停下来看看指南针。他估计已经走了将近一百码时，便停了下来。

"前面应该是雷区。他们布雷的方式有什么规律吗？你想想还有什么能帮助我们？"

"祈祷。"班达说，"没有布雷图，没有人能通过雷区，杰米。地雷被埋在通向钻石滩的各个地方，埋雷深度大约六英寸①。咱们先在这里停一下，等到海雾散去，然后束手就擒吧。"

周围又传来嗡嗡的说话声，听起来耳朵像被棉花塞住了。

"克鲁格，保持联系。"

"明白，布伦特。"

"克鲁格……"

"布伦特……"

浓雾中回响着警卫们空洞的、含混不清的喊声。杰米的大脑飞速地运转，拼命地想找到每一个可能的逃生途径。如果待在原地，海雾散去，他们马上就会被干掉；如果穿过雷区，又会被炸得粉身碎骨。

"你见过地雷吗？"杰米轻声问。

"我帮着埋过几个。"

"怎样触发它们爆炸？"

"一个成人的重量。任何东西，重量超过八十磅，都会触发爆炸。这个触发设置，对警犬来说就会安然无恙。"

杰米深吸了一口气。"班达，我有一种逃生的办法，也可能不管用，你要不要和我赌一把？"

"又有什么鬼点子？"

"我们趴着爬过雷区。这样，我们的体重就会被分散在沙地上。"

"噢，上帝！"

---

① 英美制长度单位，1英寸约等于2.5厘米。——编注

"你觉得呢？"

"我在想，跟你一起离开开普敦，真是发疯了。"

"要和我一起试试吗？"眼前班达的面孔几乎辨别不出。

"别无选择了，对吗？"

"来吧。"

杰米小心翼翼地将四肢伸展，贴在沙地上。班达看了他一眼，深吸了一口气，也趴在后面。两人慢慢地爬过沙滩，朝雷区爬去。

"你爬的时候，"杰米轻声说，"手和腿不要用力，而是用你的整个身子发力。"

班达没有答应，为了保住性命，他的精神高度集中。


他们好像处在真空状态，灰蒙蒙的海雾令人窒息，眼前什么也看不见。他们随时都会碰到警卫和警犬，或者触发地雷。杰米强迫自己抛掉这些想法。爬行缓慢而痛苦，两个人都光着上身，一英寸一英寸地朝前爬着，沙子摩擦着他们的皮肤。杰米知道这种状态是多么凶险。即使他们不会中弹或被炸成碎片，确实能幸运地爬过雷区，等在前面的也还有铁丝网和入口处瞭望塔上的武装警卫。另外，海雾不知道会持续多久，它随时可能消散，让他们暴露出来。

二人爬着爬着，脑子一片空白，丧失了时间的概念，只是机械地往前爬。英寸积累成英尺，英尺积累成码，码积累成英里，不知道究竟爬了多远。他们的脑袋紧贴在地上，眼睛、耳朵和鼻子里都灌满了沙子，呼吸也变得困难。

远处，仍然回响着警卫人员的喊声："克鲁格……布伦特……克鲁格……布伦特……"

每隔几分钟，两人便停下来休息一下，查看一下指南针，然后继续朝前爬，似乎没有终点。一股几乎难以抗拒的力量吸引着他们想要爬得快一点，但这意味着手和腿向下用力，杰米想象着地雷爆炸后金属片钻进肚子里的情景。他保持着缓慢的爬行速度。周围不时地传来声音，但声音仍被海雾裹住，显得沉闷，难以分辨出来自哪儿。杰米满怀希望地想着："这是一片大沙漠，我们什么也不会遇上。"

不知从哪儿钻出了一个毛茸茸的大黑影，朝他扑来。一切发生得太快，杰米猝不及防，就感到那只阿尔萨斯警犬的牙齿咬住了他的胳膊。他放下钻石包裹，用力掰着狗的下巴，但是一只手根本不可能做到。他感到温热的血顺着手臂流下，狗的牙齿咬得更深了，无声而致命。杰米快要昏厥过去，然后就听到一声沉闷的敲击声，接着又是一声，狗松开了嘴，眼睛翻白。忍着疼痛，杰米看见班达用钻石包裹狠狠地砸向警犬的脑壳。那只狗呜咽一声，一动不动了。

"你没事吧？"班达焦急地悄声问。

杰米说不出话来。他躺在那里，阵阵疼痛慢慢地减轻。班达从裤子上扯下布条，紧紧地扎住杰米受伤的胳膊，流血止住了。

"快点爬，"班达警告说，"一条狗出现，马上就会有一大群。"

杰米点点头。他忍住胳膊上的剧痛，慢慢地向前挪动身体。他不知道自己怎样爬了，像个机器人，几乎没有意识，好像外部有个东西在指挥着他的行动，胳膊向前，拖动身体……胳膊向前，拖动身体……没有尽头，只有难忍的疼痛。现在班达拿着指南针，只要杰米一爬错方向，班达就轻轻地帮他转过来。周围是警卫、警犬和地雷，只有海雾保护着他们。他们爬着，为了逃生爬着，直到两人都再也没有力气爬一英寸。

他们竟然睡着了。

不知过了多久，杰米睁开眼睛，眼前的情景不可思议。他躺在沙子里，身子僵硬、疼痛，恍惚不知自己身处何地。看到班达睡在六英尺远的地方，回忆潮水般地涌上来：木筏在礁石上撞得粉碎……海雾……

但是有些不对劲。杰米坐起来，想弄清楚哪里不对劲。他的心猛地一跳，坏了，能看到班达，这就是不对劲的地方：海雾消散了。附近又传来声音，他透过正在消散的薄雾凝视着。他们已经爬到了钻石矿的大门附近。这儿有高高的瞭望塔和铁丝网，只见约有六十名黑人矿工正从钻石滩走向大门。他们下班了，下一班矿工就要来了。杰米跪着爬到班达旁边，使劲地摇晃他。班达坐起来，立刻清醒了。他的目光转向瞭望塔和大门。

"该死！"他懊悔地说，"我们差点就成功了。"

"我们已经成功了！把那些钻石给我。"

班达把装有钻石的衬衣包裹递给杰米。"你要做什么？"

"跟我来。"

"门口的那些警卫手里有枪，"班达低声说，"他们会知道我们不属于这里。"

"这正是我所期待的。"杰米告诉他。

两人向警卫走去，在上下班的人群中穿行。矿工相互大声叫嚷着，发出善意的嘘声。

"你得玩命了，伙计。我们刚在海雾中美美地睡了一觉……"

"怎么让你碰上海雾了？你这个走运的浑蛋……"

"上帝听我的，他不听你的。你真坏……"

两人走到门口。两个健壮的武装警卫站在那儿，正把下班的工人赶进一间小铁皮屋，等着全身搜查。工人被扒得一丝不挂，被上上下下检查着身上每一个有洞的地方。杰米紧紧地攥着手里的钻石包裹，挤过排队的人群，走向一个警卫。"对不起，先生，"杰米说，"我们想在这儿找份工作，应该见谁呢？"

班达呆呆地盯着他。

警卫转过身，面对着杰米说："见你的鬼去吧！你怎么站到铁丝网里面了？"

"我们进来找工作。我听说这儿缺一个警卫，我的仆人能挖钻石，我想……"

警卫打量着二人，见他们衣衫褴褛、肮脏不堪，吼道："滚出去！"

"我们不出去。"杰米抗议道，"我们找工作，而且我听说……"

"这里是禁区，先生。你没有看见标牌吗？见鬼，快滚出去，你们两人！"他指了指停在铁丝网外面的一辆大牛车，上面挤满了下班的矿工。

"那辆车会把你们带到诺洛斯港。你们要找工作，到那儿的公司办公室去申请。"

"噢，谢谢您，先生。"杰米说。他朝班达招招手，两个人走出了大门，逃出生天。

警卫在背后嘟囔了一句："蠢货！"

十分钟以后，杰米和班达乘着牛车前往诺洛斯港，身上带着价值五十万英镑的钻石。

# 第六章

两匹漂亮的枣红马拉着一辆华贵的马车，沿着克里普德里夫特尘土飞扬的大街行驶。驾车的是一位身材修长、体魄健壮的男人，一头银发，留着白色胡须，穿着一身时尚的灰色西服和褶边衬衫，黑色领结上别着一枚钻石别针，头戴一顶灰色礼帽，小手指上戴着一枚闪闪发光的大钻石戒指。对这个城镇来说，他似乎是个陌生人，但事实并非如此。

一年前，杰米·麦克格雷戈离开了克里普德里夫特。现在，历史进入了一八八四年，这个镇子已发生了巨大变化，它已从一个淘金者的聚居点发展成一座城镇。从开普敦到霍普敦的铁路已经通车，有一条支线通往克里普德里夫特，这催生了该地新一波的移民潮。这里比杰米记忆中显得更拥挤了，但是这里的人看起来今非昔比。仍有很多人蜂拥而来挖钻石，但是也有不少穿西服的商人和打扮入时的太太在商店里进进出出。克里普德里夫特看起来体面了不少。

杰米驾车经过三个新舞厅和六七家新酒吧，又路过新建成的教堂、理发店和格兰德酒店，在一家银行前停下。他跳下马车，漫不经心地把马车的缰绳抛给一个当地男孩。"饮饮马。"

杰米走进银行，大声地对经理说："我想在贵银行存十万英镑。"

正如杰米所预料的那样，消息不胫而走。他离开银行，走进流浪汉酒吧时，已成为人们关注的焦点。酒吧的内部设施并没有改变，但是愈加拥挤。杰米走向吧台，人们好奇的目光一直追随着他。酒保斯密特谦恭地点点头，说："您想喝点什么，先生？"斯密特没有认出他来。

"威士忌，要最好的。"

"好的，先生。"斯密特斟着酒，问道，"您是新来的？"

"是的。"

"您只是路过，是吗？"

"不。我听说这儿是个好地方，值得来投资。"

酒保的眼睛亮了起来。"您找不到比这儿更好的地方了！一个人要有上百……一个有钱人确实可以在这儿大干一番。事实上，我也许能帮上您的忙，先生。"

"真的？怎么帮？"

斯密特向前凑着身子，神秘兮兮地说："我认识这儿的大人物。他是自治市议会主席，也是公民委员会的负责人，他的名字叫范德莫尔韦，是个一言九鼎的人。"

杰米呷了一口酒。"从没听说过。"

"他在街对面开了一家大杂货店。他能帮您做成几笔好买卖，您值得去见见他。"

杰米·麦克格雷戈又呷了一口酒。"请他到这里来。"

酒保看了一眼杰米手指上的大钻戒，又瞄了一眼领结上的钻石别针。"好吧，先生。我能告诉他您的大名吗？"

"特拉维斯。伊恩·特拉维斯。"

"好，特拉维斯先生，我相信范德莫尔韦先生也想来见您。"他又倒了一杯酒，"您先喝着，请稍候。这杯免费。"

杰米惬意地呷着威士忌，他知道酒吧里的每个人都在看着他。他们见过有人腰包鼓鼓地离开克里普德里夫特，但是这么一个有钱的阔佬来这里，可是破天荒的新鲜事。

一刻钟后，酒保斯密特回来了，身后跟着萨洛蒙·范德莫尔韦。

范德莫尔韦眼中的杰米是个满脸胡须、白发苍苍的陌生人，他走过去，伸出手笑着说："特拉维斯先生，我是萨洛蒙·范德莫尔韦。"

"伊恩·特拉维斯。"

杰米仔细地观察着对方的表情，看他是否认出了自己，但是什么也没看出来。是的，他又怎能认出自己呢？杰米想着，昔日那个天真的、满脑子空想的十八岁青年的影子早已荡然无存。斯密特谄媚地把他们领到角落的一张桌子旁。

刚落座，范德莫尔韦就说道："听说您打算在克里普德里夫特投资，是吗？特拉维斯先生。"

"可能吧。"

"也许我能帮点忙。您得谨慎些，周围很多人唯利是图。"

杰米看着他，说："肯定会有这种人的。"

对杰米来说，坐在对面的这个家伙曾骗走他的钻石，甚至试图害死他，现在要跟他客客气气地谈话，显得很荒诞。过去的一年里，对范德莫尔韦的仇恨毒蛇般吞噬着杰米，复仇的渴望成为支撑他活下来的动力。"哼！范德莫尔韦，你就等着品尝复仇的滋味吧。"

"如果您不介意的话，特拉维斯先生，您打算投资多少钱？"

"噢，开始先投十万英镑。"杰米漫不经心地说。他望着贪婪地舔着嘴唇的范德莫尔韦。"随后可能再投三四十万英镑。"

"噢，有这么一笔投资，您的获利会很好，很好的，真的。当然，要有高人指点。"他很快地补充道，"您想过要投到哪些行业吗？"

"我想先了解一下，看看这儿有什么商机。"

"您很聪明。"范德莫尔韦故作深沉地点点头，"不知您肯否赏光，今晚来我家吃顿便餐？这样我们可以再好好地讨论一下。我女儿做菜的手艺不错。请您吃饭，我荣幸之至。"

杰米微笑着回应道："我很荣幸，范德莫尔韦先生。"然而他心里却冷笑："你想不到等着你的是什么。"

复仇开始了。

从纳米布沙漠的钻石滩到开普敦的旅程平淡无奇。杰米和班达二人先乘牛车到达诺洛斯港，然后徒步来到内陆的一个小村庄，那里有医生为杰米治疗手臂，随后他们搭上了一辆驶往开普敦的马车。这是一段漫长而煎熬的旅程，但他们对此毫不在意。到了开普敦，杰米住进了位于普莱恩街的豪华皇家酒店里的皇家套房，据说爱丁堡公爵殿下曾光顾过这套房间。

　　"我要你请城里最好的理发师来。"杰米对经理说，"另外，我还需要一个裁缝和一个鞋匠。"

　　"马上去，先生。"

　　"金钱万能，说得太对了。"杰米心想。


　　皇家套房的浴室简直就是天堂。杰米泡在热水中，洗掉了全身的疲惫。他一边洗，一边想起过去不可思议的几周。他和班达造木筏是几周前的事吗？好像过了几年。乘木筏航行前往钻石滩的情景又浮现在脑海：黑鳍鲨、恶魔般的海浪和礁石、木筏的碎片，还有海雾、雷区爬行、恶狗撕咬……可怕、低沉的喊叫声将永远在他耳边回响：克鲁格……布伦特……克鲁格……布伦特……

　　往事如烟，他又想到了自己的生死搭档——班达。

　　二人抵达开普敦时，杰米劝说道："我们一起干吧。"

　　班达只是笑笑，露出一口洁白整齐的牙齿。"和你在一起太无聊，杰米。我得去个地方，找点乐子。"

　　"你现在要做什么？"

　　"嗯，多亏了你，还有那个让木筏轻松飞过礁石的绝妙计划。我想买个农场，找个老婆，生一大堆孩子。"

　　"好吧。让我们到钻石登记处去，我把你的那份钻石给你。"

　　"不，"班达说，"我不要。"

　　杰米皱起了眉。"你说什么呀？一半的钻石是你的。你是一个百万富翁。"

　　"不。你看我的皮肤，杰米。如果我成了百万富翁，我的生命就一文不值了。"

“你可以先把钻石藏起来。你可以……”

“我只想买两三英亩①的农场，用两头牛换个老婆。有两三颗小钻石就能让我得到我想要的一切，剩下的都是你的。”

“那可不行，我不要你的那一份。”

“不，你必须要，杰米，因为你要替我向范德莫尔韦复仇。”

杰米看了班达好一阵子。“我保证。”

“那么，我们告别吧，朋友。”

两人紧紧地握着手。

“我们会再见面的，”班达说，“想想下次还有什么有趣的事情去做。”

班达小心地揣起三颗小钻石，走了。


杰米给苏格兰的父母寄去了一张两万英镑的银行汇票，为自己买了一辆豪华马车，驾车驶向克里普德里夫特。

复仇的时候到了。

当天晚上，杰米·麦克格雷戈踏进那家熟悉的杂货店时，不由得泛起强烈的厌恶之感，他不得不停下脚，平复了一下情绪。

范德莫尔韦匆匆从店铺后面走出来，当看清来者后，他脸上顿时堆起了灿烂的笑容。“特拉维斯先生！”他说，“欢迎光临。”

“谢谢，先生。噢，对不起，我忘了你的名字……”

“萨洛蒙·范德莫尔韦。不用客气，荷兰人的名字很难记住。晚饭已经备好。玛格丽特！”他一边喊着，一边领着杰米走进里屋。里面还是老样子，玛格丽特背对着他们，站在炉子旁煎着什么。

“玛格丽特，这就是我提到的贵客，特拉维斯先生。”

玛格丽特转过身，说：“您好。”

她也没有认出自己，杰米放心地点点头。“很高兴见到你。”

前面的门铃响了，范德莫尔韦说：“对不起，我马上回来。请不要拘束，特拉维斯先生。”他匆忙走了出去。

---

① 英美制地积单位，1英亩约等于4047平方米。——编注

玛格丽特端了一碗热气腾腾的肉和蔬菜放到餐桌上,接着,她又麻利地从烤炉里取出面包。杰米站在那里,默默地看着她。自从上次见她,已有一年,她出落得愈加标致,愈加有魅力。她已发育成一个成熟的女性,具有了以前所没有的诱惑力,令人想入非非。

"你父亲说你的厨艺不错。"

玛格丽特脸红了。"我……我希望如此,先生。"

"好久没有吃到家常菜了,正想尝尝呢。"杰米从玛格丽特手里接过一个装着黄油的碟子,放在桌上。玛格丽特吃了一惊,碟子几乎失手。她从未听说过男人会来帮助女人做家务。她抬眼好奇地盯着这个男人的脸。这本是一张英俊的脸,可惜被歪斜的鼻梁骨和一道伤疤毁掉了,但是那双浅灰色的眼睛炯炯有神,显得睿智而真诚。那一头白发告诉她,他已不年轻,但他身上又洋溢着强烈的青春气息。那修长健硕的身材……玛格丽特不敢再看了,羞涩地转过身子。

范德莫尔韦赶回来,尴尬地直搓双手。"我把店关了,"他说,"让我们坐下来美餐一顿吧。"

杰米被让到主宾位上。"我们祷告吧。"范德莫尔韦说。

大家都闭上了眼睛。玛格丽特偷偷地睁开眼睛,这样她就能继续观察这个优雅体面的有钱人。父亲的声音机械而单调:"主啊,在您眼中,我们都是罪人,必须受到惩罚。求您赐给我们力量,使我们在世上承受苦难,以至蒙召的时候,可以享受天上的果子。感谢您,主啊,帮助我们这些应该成功的人。阿门。"

萨洛蒙·范德莫尔韦开始招待客人。这一次,他为杰米准备的饭菜异常丰富。他们边吃边谈。"您是第一次到这儿来吧,特拉维斯先生?"

"是的,"杰米说,"第一次。"

"我听人说,您没有带夫人来。"

"还没有特拉维斯夫人。我还没有遇到能看得上我的人。"杰米笑着说。

哪个傻女人会拒绝他?玛格丽特很好奇。她垂下眼睛,生怕这个陌生人看出自己的心思。

"在克里普德里夫特,到处都是发财的机会,特拉维斯先生,机不可失啊。"

"我希望能有人陪我到处转转。"他扫了玛格丽特一眼，她的脸又红了。

"如果您不介意的话，特拉维斯先生，可否告诉我您是怎样攒下这笔财产的？"

玛格丽特对父亲问这么露骨的问题感到很难堪，但是陌生人似乎并不介意。

"我继承了父亲的家产。"杰米不在意地说。

"噢，我相信您一定有丰富的经商经验。"

"不敢当，谈不上经验。我需要有人指点。"

范德莫尔韦神采飞扬起来。"我们的相遇是老天的安排，特拉维斯先生。我有几家能赚钱的关系。真的，很赚钱。我敢向您保证，要不了几个月，您的钱就会翻倍。"他朝前探探身子，拍了拍杰米的胳膊，"我有一种感觉，对咱们俩来说，今天有特殊的意义。"

杰米只是笑了笑。

"我想您一定住在皇家酒店吧？"

"对啊。"

"那儿贵得要命。不过，对您这样的有钱人……"他对杰米讪笑起来。

杰米说："听说这附近的乡村很有趣，能否让你的女儿明天带我去看看。是不是有点冒昧？"

玛格丽特心里咯噔一下。

范德莫尔韦皱起眉头。"我不知道，她……"

萨洛蒙·范德莫尔韦从不允许任何男人单独和他的女儿在一起，这是他的一条铁律，但是，对特拉维斯先生，为他破例一次倒也无妨。在如此巨大的利益面前，他不愿意显得不近人情。"可以让玛格丽特抽出点时间来陪您。玛格丽特，你陪我们的贵客四处看看，好吗？"

"只要您愿意，父亲。"她轻声地说。

"就这么定了。"杰米笑着说，"明天上午十点钟出发，好吗？"


这位身材修长、衣着华贵的客人离开之后，玛格丽特心绪不宁地收拾桌子，洗净餐具。"他一定以为我很傻。"她在脑子里一遍又一遍地回想晚宴时自己说了什么。什么也没有，自己一句话也没有说。为什么会这样呢？难道就是因为自己在杂货店里接待过几百个男顾客，变成一个傻瓜了吗？当然，他们谁都不敢像伊恩·特拉维斯那样看自己。"男人们心里都藏着恶魔，玛格丽特，我绝不会让他们玷污你的清白。"父亲的声音又回响在她的脑海里。那个陌生人盯着她时，她感到自己的身体发软，手在颤抖，他在玷污自己的清白吗？想到这里，她的身体又感到一阵美妙的震颤。她低头看了看，盘子已经擦了三遍，便在桌旁坐了下来。母亲要是还活着多好啊。

母亲会理解的。玛格丽特爱父亲，但是，跟父亲在一起令她倍感压抑，自己好像是他的囚犯。令她焦虑的是，父亲从不允许其他男人接近她。"我将孤独终老，"玛格丽特想，"除非他不在人世。"这个忤逆的念头让她顿生罪恶感，于是她匆匆离开房间，走进铺子。父亲坐在桌子后面，整理着账目。

"晚安，爸爸。"

范德莫尔韦摘下金丝眼镜，揉了揉眼，然后张开双臂拥抱了一下女儿，说了声晚安。不知为什么，玛格丽特匆忙抽身离去。

玛格丽特回到当作卧室的壁厢里，拉上了幕帘，对着挂在墙上的小圆镜子端详自己的脸。她对自己的容貌不抱幻想。她长得算不上漂亮，但很标致，漂亮的眼睛，高颧骨，身材苗条。她走近镜子，伊恩·特拉维斯盯着她时，看到了什么呢？她开始脱衣服。伊恩·特拉维斯好像也在她的卧室，盯着她，眼睛里冒着火，烤得她身子瘫软。薄纱内裤从腿上滑落，吊带背心也脱掉了，她一丝不挂地站在他面前。她的手慢慢地抚摩着自己隆起的胸部，触碰着……似乎他的手也伸过来了，二人的手缠绕在一起，滑过自己平坦的小腹，慢慢地往下移动。它们移到她的两腿之间，轻轻地触碰，抚摸，摩擦，越来越强烈，越来越快……她陷入了癫狂的情欲旋涡，体内似乎有热浪奔涌。她呢喃地喊着他的名字，瘫倒在床上。

玛格丽特坐上杰米驾的马车出发了，杰米再次对这里的变化感到惊讶。一年前，这里只有数不清的帐篷，现在却是坚固的木房子，屋顶用波纹铁皮或稻草覆盖着。

"克里普德里夫特看起来很繁华。"马车正沿着主街道行驶，杰米由衷赞叹道。

"对一个初来乍到的人来说，它有点意思。"玛格丽特说，心中却想道："过去我一直讨厌这儿，现在却不讨厌了。"

他们离开了城区，沿着法尔河驶向挖钻人的聚居区。季节性降雨把乡村变成了一个辽阔的、色彩斑斓的花园，里面长满了繁茂的沙漠灌木、亭亭如盖的雷诺斯特灌木，以及石楠和芸香等世界上其他地方少有的植物。当他们驱车经过一群挖钻人时，杰米问道："最近有没有挖出什么大钻石？"

"噢，有的，但不多。每当消息传开后，数以百计的新人又蜂拥而至。绝大部分人最后两手空空地离开，伤心欲绝。"玛格丽特觉得必须警告他这里的风险，"挖钻石是可怕的行业。当然，父亲不愿意让我说这些，特拉维斯先生。"

"对某些人来说，可能如此，"杰米点头道，"只对某些人。"

"您打算再待一段时间吗？"

"是的。"

玛格丽特心中顿感欢欣。"太好了！"她又匆忙补了一句："我父亲会很高兴的。"


整个上午，他们驾着马车转来转去，杰米还不时停下来，找矿工随口聊聊。许多人都认识玛格丽特，向她恭恭敬敬地打招呼。她天性为人热情、随和、善良，平时在父亲身边，她不敢显露出来。

他们继续前行，杰米说："每个人好像都认识你。"

她脸红了。"因为他们找父亲做生意，父亲为大部分矿工提供各类用品。"

杰米不再多说。他对看到的东西兴致很高，这都是铁路带来的巨大变化。一家联合企业刚刚成立，取名为"戴比尔斯"，这原是南非戴比尔斯兄弟农场的名字，人们在他们的农场里发现了第一颗钻石。戴比尔斯买下了它的主要竞争对手——巴尼·巴尔纳托公司的全部股权，现在正忙于把数百家小公司合并成一个大型的垄断集团。最近，在离金伯利不远的地方又发现了黄金，还有锰和锌。杰米确信，这只是开始，南非是矿藏宝库，对一个有远见卓识的人来说，这里有着千载难逢的机遇。

杰米和玛格丽特回到家时，已是傍晚时分。杰米把马车停在范德莫尔韦的杂货店前，说："如果你和令尊大人可以赏脸一起吃晚饭，我不胜荣幸。"

玛格丽特粉面含春，两眼放光。"我问问父亲。我希望他会同意。今天过得很愉快，谢谢您，特拉维斯先生。"

她下车就跑回铺子里。


皇家酒店宽敞的方形餐厅里，三人坐在一张餐桌旁。

餐厅里挤满了人，范德莫尔韦嘟囔着："我不理解这些人怎么能在这里吃得起饭。"

杰米拿起菜单，扫了一眼：一块牛排一镑四先令，一个烤土豆四先令，一个苹果馅饼十先令。

"这是抢劫！"范德莫尔韦抱怨道，"在这儿吃上几顿饭，就得把自己吃进济贫院！"

杰米想着怎么才能把范德莫尔韦送进济贫院，他要快点找到办法。他们开始点菜。杰米注意到，范德莫尔韦点了菜单上最贵的菜，玛格丽特只点了一份清汤。

"我付得起这顿饭，"杰米揶揄道，"喜欢什么就点什么。"

她的脸又变得通红。"谢谢，可我……我真的不饿。"

范德莫尔韦注意到玛格丽特脸红了，意味深长地扫了她一眼，对杰米说："我的女儿是个难得的女孩，很难得，特拉维斯先生。"

杰米点点头。"确实如此，范德莫尔韦先生。"

听到这里，玛格丽特开心不已，当饭菜端上来时，她甚至连汤也喝不下了。在她眼中，伊恩·特拉维斯显得格外神秘，对他的每句话，甚至每个手势，她都细细留意，体会它们有什么隐含的意义。如果他朝她微笑，她就知道他喜欢她；如果他皱眉，就说明他讨厌她。玛格丽特的情绪犹如一只温度计，不断地忽上忽下波动。

"今天见到了什么有趣的东西？"范德莫尔韦问杰米。

"没有，没有什么特别的东西。"杰米漫不经心地回答。

范德莫尔韦身体前倾。"记住我的话，先生，这里将是世界上发展最快的地方。目前，在这里投资才是明智之举，新建的铁路将把这个地方变成第二个开普敦。"

"真的吗？"杰米怀疑地说，"我听说太多像这样的新兴城市都破产了，把钱投到鬼城我不感兴趣。"

"那绝不是克里普德里夫特，"范德莫尔韦信誓旦旦地说，"这儿不断地发现更多的钻石，还有黄金。"

杰米不屑地耸耸肩。"这能维持多久？"

"噢，谁也不能打包票，但是……"

"没错。"

"不要草率地判断，"范德莫尔韦急不可耐地说，"我不愿看到您失去一个赚钱的机会。"

杰米想了想，说："也许我是太性急了。玛格丽特，明天你能不能再带我转转？"

范德莫尔韦想开口反对，但又把话咽了回去。他想起了银行家索伦森的话："他走进来，存了十万英镑。那派头，啧啧，难以想象！他还说，还有更多的钱要存进来。"

贪婪占了上风，范德莫尔韦马上说："当然，她会陪您去的。"


第二天早上，玛格丽特穿上最好的衣服，等着杰米来接她。父亲走进房间一看，登时老脸涨红。"你想要这个男人把你当作那种人——一个堕落的女人？打扮成这样，想去勾引他吗？这是生意，姑娘。把那件衣服脱下来，换上你的工作服。"

"可是，爸爸……"

"照我说的做！"

她没有再争辩。"我去换，爸爸。"

二十分钟后，玛格丽特和杰米驾着马车离去，范德莫尔韦后悔莫及，怀疑自己可能犯了个错误。

这次，杰米驾着马车驶向另一个方向。那边到处都在开发、建设，一片热火朝天的景象。杰米思索着，如果矿产资源不断被发掘——完全有理由相信会是这样，那么投资房地产将比投资钻石和黄金矿更赚钱。克里普德里夫特需要建造更多的银行、酒店、酒吧、商店、妓院……要建的楼盘无穷无尽，发财的机会也是如此。

杰米感觉到玛格丽特打量着他，便问道："有什么事情吗？"

"噢，没有。"她说，视线迅速地移开了。

杰米扭头端详着她，见她容光焕发，心想，玛格丽特已经感受到了自己的亲近和男性魅力，她爱上了自己，这是一个缺少男人关爱的女孩。

中午时分，杰米驶离了主干道，驶向一片溪水旁的林区，停在一株高大的猴面包树下。出门前他让酒店的人打包了一份野外午餐。玛格丽特铺好了一块桌布，打开了食品篮子，把食物一一拿出来，有冷烤羊肉、炸鸡、藏红花米饭、榲桲果酱、柑橘、桃子、小蛋糕和杏仁饼干。

"这简直是一场盛宴！"玛格丽特叫了起来，"恐怕我不配受到这样的款待，特拉维斯先生。"

"你该得到的比这更多。"杰米信誓旦旦地说。

玛格丽特转过身去，忙着摆放食物。

杰米双手捧起她的脸。"玛格丽特……看着我。"

"噢！请不要这样。我……"她周身颤抖起来。

"看着我。"

她羞怯地抬起了头，看着他的眼睛。他把她拉到怀里，两人的唇碰到了一起，他紧紧地搂住她，两人的身体紧贴在一起。

过了一会儿，她挣脱出来，摇着头说："噢，我的上帝。我们绝不能这样。噢，我们绝不能这样。我们会下地狱的。"

"上天堂。"

"我害怕。"

"没什么好怕的。你看到我的眼睛了吗？它们能看穿你的内心。你知道我看到了什么，是吗？你想跟我做爱，我也想跟你做爱。没什么好怕的，因为你属于我。你知道这一点，不是吗？你属于我，玛格丽特。你说，我属于伊恩。

说，我——属于——伊恩。"

"我属于——伊恩。"

他一边吻着她，一边解开她那紧身胸衣后面的搭扣。不一会儿，她全身赤裸，站在柔和的微风中。他轻轻地扶着她躺倒在草地上，一阵战栗后，她从处女变成了少妇。这是一次惊心动魄的、崇高的体验，玛格丽特感到前所未有的活力，她想："我永远不会忘记这一刻。"身下绿草如茵，温暖的微风轻抚着裸露的皮肤，他们躺在猴面包树的阴影中，阳光透过树叶在他们的胴体上洒下斑驳的光影。他们又交叠在一起，感觉更加美妙。她想："这个世界上每个女人都有自己所爱的男人，但都比不上我对这个男人的爱。"

二人平息之后，杰米用强壮的手臂紧紧地抱着她，她幻想着要是永远这样该多好。她抬头看着他，轻声说："你在想什么？"

他咧嘴一笑，低声回答说："我想吃东西。"

她笑了。二人站起来，穿好衣服，在树荫下吃午饭。饭后，他们又到河中游泳，随后躺在草地上，让炽热的阳光晒在他们身上，二人再次翻云覆雨一番。她想："要是天天这样该有多好。"


那天晚上，杰米和范德莫尔韦坐在流浪汉酒吧角落里的一张桌子旁。"你说得对，"杰米故作坦诚地说，"这儿的投资回报比我原来所想的大得多。"

范德莫尔韦会心一笑。"我就知道您是明白人，不会看不出来的，特拉维斯先生。"

"你有什么好主意？"杰米问。

范德莫尔韦环顾四周，放低声音说："就在今天，我得到一些消息，佩涅尔北部刚挖出许多钻石。现在还有十处钻石矿的所有权，我们之间可以平分。我给五处钻石矿投资五万英镑，您可以为另五处钻石矿投资五万英镑。那儿的钻石多得采不完，我们可以一夜暴富，您觉得怎么样？"

杰米心里清楚这家伙打什么算盘。范德莫尔韦占有那些有利可图的份额，而他只能分到被挑剩的。此外，杰米敢用自己的生命打赌，范德莫尔韦空手套白狼，不会掏一个先令。

"听起来很有趣。"杰米说，"有多少探矿人参股？"

"只有两个。"

"为什么要花那么多钱呢？"他故作天真地问。

"噢，您问到点子上了。"范德莫尔韦坐在椅子上，身体朝前倾了倾，说，"您知道，他们知道那些所有权很值钱，但是他们没钱开采。这就是你我要参股的原因。我们给他们十万英镑，让他们保留百分之二十的股权。"

他故意轻描淡写地说出百分之二十，就是想让自己不会察觉。杰米确信，这些探矿人会被骗走钻石矿和钱财，所有这些都将流进范德莫尔韦的腰包。

"我们得快点行动，"范德莫尔韦警告说，"一旦消息泄露出去……"

"不能错过这个机会。"杰米急切地说。

范德莫尔韦满足地笑了。"别着急，我马上请人起草合同。"

"又要用南非荷兰语写合同了。"杰米想。

"另外，我发现还有几笔生意非常有意思，伊恩。"


范德莫尔韦认为，要让新的合作伙伴开心至关重要，因此，当杰米再次要求玛格丽特带他参观乡村时，他不再反对。玛格丽特对杰米的爱一天比一天深。晚上入睡之前，她想到的人是他；早上一睁开眼睛，她第一个想到的人也是他。杰米唤醒了她体内沉睡的情欲，这是她过去未曾体验过的感觉。她好像突然发现了自己身体的价值，过去她被灌输的应该感到羞耻的东西，变成了能给杰米带来快乐的崇高的礼物。对她来说，爱情是一个有待探索的新奇的王国。这是一片给她带来感官愉悦的乐土，峡谷隐匿于密林，奇峰傲然挺立，蜜河沁人心脾。她永远乐此不疲。

在广袤的乡村，很容易找到两人可以缠绵的偏僻之所，对玛格丽特来说，每一次做爱都像第一次那样让她感到亢奋、刺激。

她对父亲的负罪感一直困扰着她。萨洛蒙·范德莫尔韦是荷兰归正教会的虔诚信徒，玛格丽特知道，如果父亲发现了她的所作所为，绝不会宽恕她。她和父亲生活在南非这个蛮荒的边疆聚集地，这儿的男人可以随处寻欢作乐，然而人们绝不会谅解一个居家女孩的出轨行为。世界上只有两种女人——守身如玉的女孩和人尽可夫的婊子。一个守身如玉的女孩跟某个男人结婚之前，是绝不能容许这个男人碰她一下的，否则她就被贴上了婊子的标签。"这太不公平了。"她愤愤地想着，"爱的给予和获得如此美好，绝不是邪恶的。"她越来越担心，终于，她向杰米提起结婚的话题。

他们沿着法尔河的河岸行驶，玛格丽特说："伊恩，你知道我是多么想……"她不知道该怎么说出口。"就是说，你和我……"她把心一横，脱口而出道，"我们结婚吧。"

杰米大笑。"我赞成，玛格丽特。我赞成。"

两人一起笑起来，这是她一生中最幸福的时刻。

周日早晨，萨洛蒙·范德莫尔韦邀请杰米陪他和玛格丽特去教堂。纳德特斯·泽赫费尔德教堂是一座仿哥特式建筑，气象宏伟，庄严肃穆。教堂一端是布道坛，另一端摆了一架巨大的管风琴。他们一进门，人们便恭恭敬敬地向他们致意。

"我资助建造了这座教堂。"范德莫尔韦自豪地告诉杰米，"我还是这儿的执事呢！"

牧师布道《圣经》中硫黄和地狱之火的故事，范德莫尔韦坐在那里，全神贯注地边听边点头，细品牧师的每句话。

"周日他是上帝的人，"杰米想，"其余的日子，他与魔鬼沆瀣一气。"范德莫尔韦坐在两个年轻人中间，在整个仪式中，玛格丽特想象着杰米跟自己坐在一起。"这样也好，"她紧张地暗自笑笑，"牧师不知道我正在想着谁。"

当天晚上，杰米来到流浪汉酒吧。斯密特在酒吧后面斟酒，一看见杰米，脸上顿时容光焕发。

"晚上好，特拉维斯先生。您要点什么？还是威士忌？"

"今晚不喝酒，斯密特。我要和你谈谈，去里屋。"

"当然可以，先生。"看来要赚钱了。他朝一位店员喊了一声："帮我盯着酒吧。"

流浪汉酒吧的里屋很小，不过比较隐秘，里面有一张圆桌子和四把椅子，桌子中央有一盏灯笼。斯密特点燃了灯笼。

"请坐。"杰米说。

斯密特坐到椅子上。"好的，先生。我能为您做什么？"

"我是来帮你的，斯密特。"

斯密特笑起来。"真的吗？先生。"

"是的。"杰米取出一支细长的雪茄，点燃，"你想不想活下去？"

一丝不安的神色闪过斯密特的脸。"我不明白，特拉维斯先生。"

"我不是特拉维斯，我是麦克格雷戈，杰米·麦克格雷戈。记得吗？一年前，你设下圈套要杀死我，在马棚里，为了范德莫尔韦。"

斯密特皱起了眉头，突然警觉起来。"我不知道您在说什么……"

"闭嘴，听我说。"杰米的声音像鞭子在抽打一样。

杰米能够察觉到斯密特的脑子在飞快地运转。斯密特看着眼前这个满头白发的男人，脑子里闪现出一年前那张生机勃勃的年轻的脸庞。

"我还活着，而且我发了财——钱多得可以雇人把这块地方烧成灰，你也跑不了。你听懂了吗，斯密特？"

斯密特想要表明自己的无辜，但当他看到杰米·麦克格雷戈的眼神时，他意识到了危险，只好小心翼翼地回答说："是的，先生。"

"范德莫尔韦给你钱，你就把挖钻石的人诓到他那里，这样他就可以骗走他们挖到的钻石。你们的合作真是有趣。他付给你多少钱？"

一片沉默。斯密特被两股强大的力量夹在中间，裹挟着，推操着，不知道投向何方，选择哪条路。

"到底多少？"

"百分之二。"他不情愿地说。

"我给你百分之五。从现在开始，如果哪个挖钻石的人来到这儿，看起来靠谱，你就把他推荐给我，我资助他。不同的是，他将得到公平的份额，你也会得到你的。你真的以为范德莫尔韦会把收入的百分之二给你？你也受骗了。"

斯密特点点头。"是的，特拉维……麦克格雷戈先生。我明白了。"

杰米站了起来。"还没讲完。"他倚着桌子说，"你可以跑到范德莫尔韦那里，向他告密。这样，你可能会得到双份报酬。只是有一个危险，斯密特。"杰米附在他的耳朵旁，小声说："如果你这样做的话，那你就死定了。"

# 第七章

杰米正穿着衣服，房门被人敲响。他听了听，敲门声又响了起来。他走到门口，打开房门，只见玛格丽特站在门口。

"进来，玛姬①，"杰米说，"有什么事吗？"这是她第一次到他的酒店房间来。她走了进去，可是一旦面对着他，她又感到难以启齿。昨晚，她躺在床上辗转反侧，彻夜未眠，不知该如何把消息告诉他。她担心他可能再也不想见她了。

她望着他的眼睛，说："伊恩，我有了你的孩子。"

他的脸上没有表情，玛格丽特预感自己会失去他。突然，他脸上由阴转晴，面露欣喜之色，她的疑虑顿时烟消云散。他抓住她的胳膊，说："太棒了，玛姬！太棒了！告诉你父亲了吗？"

玛格丽特惊慌地后退了几步，嗫嚅道："噢，不！他……"她走到那张维多利亚风格的绿色长绒沙发前坐下。"你不了解我的父亲。他……他绝不会宽恕的。"

杰米匆匆穿上衬衫，说："走吧！我们一起去告诉他。"

"你肯定不会有事吧，杰米？"

①　玛格丽特的昵称。——编注

"这是我这辈子最有把握的事了。"


杰米和玛格丽特大步走进杂货店，萨洛蒙·范德莫尔韦正为一个探矿人称干肉条。"噢，伊恩，我马上就来。"他匆忙打发走顾客，然后走向杰米。"今天天气这么好，事情一定很顺利吧？"范德莫尔韦问。

"再好不过了，"杰米高兴地说，"你家玛姬快要生孩子了。"

空气突然凝固了。"我……我不明白。"范德莫尔韦顿时张口结舌。

"这不是难事，是我让她怀孕了。"

范德莫尔韦的脸变得煞白。他发疯似的看看女儿，又看看这个男人。"这……这是真的？"两股情感的旋涡在范德莫尔韦的脑中扭转、交织，使他头晕目眩。女儿是自己的掌上明珠，现在失去贞操，这是多么可怕的打击……怀孕……自己会成为全城的笑柄。但伊恩·特拉维斯是个有钱人，如果他们马上结婚的话……

范德莫尔韦转向杰米，黯然道："当然，你们可以尽快结婚。"

杰米惊讶地看着他。"结婚？你会答应玛姬嫁给一个傻瓜，就是那个被你骗走他所有财产的傻瓜吗？"

范德莫尔韦蒙了，疑惑地问道："你在说什么？伊恩，我从来没有……"

"我不是伊恩，"杰米冷冷地说，"我是杰米·麦克格雷戈，你还认识我吗？"他看到范德莫尔韦脸上仍是一副迷惑不解的表情。"不，你当然不会认识我。那个小伙子已经死了，你杀了他。但是，我不是一个记仇的人，范德莫尔韦，我送给你一份大礼，我的种子留在了你女儿的肚子里。"

杰米转身走了出去，留下父女二人呆呆地看着他的背影。

玛格丽特感觉五雷轰顶，他的话不可能是真的，他说过他爱她！他……

萨洛蒙·范德莫尔韦怒火中烧，恶狠狠地盯着女儿。"你这个婊子！"他吼道，"婊子，滚出去！从这里滚出去！"

玛格丽特站在那儿，呆若木鸡。她不明白为什么会发生这么可怕的事。伊恩为她父亲做过的事情怪罪她，他认为她也参与了那些罪恶的勾当。"谁是杰米·麦克格雷戈？谁……"

"滚！"范德莫尔韦的巴掌重重地落在她脸上。"这辈子我永远不要再见到你！"他吼道。

玛格丽特只是站在那儿，一动不动，心怦怦直跳，喘不上气来。父亲的脸变得狰狞可怕。她转身逃离了杂货店，头也不回。

萨洛蒙·范德莫尔韦呆立在原地，看着女儿绝望地夺门而去。他见过别人家的女儿做了丢脸的事，被迫站在教堂里，受到公众的羞辱，随后被驱逐出社区。这些惩罚是恰当的，她们罪有应得，但是自己的玛格丽特受过良好的教育，敬畏上帝，她怎么能这样背叛自己？范德莫尔韦不敢想象女儿和那个男人行苟且之事的情景。"这对狗男女！"他恨恨地诅咒着。

他把打烊的牌子挂在铺子的前门上，然后躺在床上，浑身无力，懒得动弹。消息一旦在全城传开，他将成为众人讽刺的对象。对于女儿的不贞，有人会怜悯他，也有人会谴责他。无论怜悯还是谴责，都将令他难以忍受。他要封闭这个消息，要把这个婊子远远地赶走，永远不要看见她。他跪下祈祷："噢，上帝！您怎么能这样对我——您忠诚的仆人？您为什么要抛弃我呢？让她死去吧。噢，主啊，让他们两个都死去吧……"

中午，流浪者酒吧里挤满了人，杰米走了进来。他走到吧台前，转身面对众人说："大家听我说！"谈话声渐渐停止。"今天我请客，大家尽兴畅饮吧。"

"为了什么事？"斯密特问，"又挖到了钻石？"

杰米大笑起来。"可以这么说，朋友。萨洛蒙·范德莫尔韦那个未婚的女儿怀孕了。萨洛蒙·范德莫尔韦先生要每个人都来庆祝。"

斯密特低声说："天哪！耶稣保佑！"

"这事与耶稣无关，只与杰米·麦克格雷戈有关。"

不到一小时，这个消息已在克里普德里夫特不胫而走。大家都知道了伊恩·特拉维斯的真名叫杰米·麦克格雷戈，以及他是如何让范德莫尔韦的女儿怀孕的。看来，玛格丽特愚弄了全城的人。

"她看起来不像那种女人，是吗？"

"真人不露相嘛。"

"我不知道这儿有多少男人和她搞过。"

"她的身条不错,有机会我也见识一下。"

"你快去找她吧,晚了就没有机会了。"

众人都猥琐地大笑起来。

那天下午,范德莫尔韦离开杂货店时,已经接受了降临在他身上的可怕灾难。他原本打算让玛格丽特乘下一辆马车前往开普敦,在那里生下她的孽种。这样,克里普德里夫特的人就不知道这桩丑事。范德莫尔韦来到街上,丑事藏在内心深处,微笑刻意地挂在嘴角。

"下午好,范德莫尔韦先生。听说你正在准备一些婴儿服装。"

"多好的天气,萨洛蒙。听说你的铺子不久将有一名小帮手了。"

"嘿,你好,萨洛蒙。我听说有个观鸟者在法尔河畔发现了一个新的物种。对,先生,是一只鹳鸟①。"

萨洛蒙·范德莫尔韦转过身,踉踉跄跄地返回杂货店,紧紧地关上门。

流浪汉酒吧里,杰米喝着威士忌,听着周围传来的流言蜚语。这是克里普德里夫特空前的特大丑闻,全城人都对此津津乐道。杰米想:"要是班达能和我一起分享这一快乐该多好啊。"这是对萨洛蒙·范德莫尔韦强奸班达的妹妹,还有他对自己的欺骗的报应,不知还有多少人深受其害。这只不过是萨洛蒙·范德莫尔韦为他的罪恶应付出的些许代价,复仇才刚刚开始。不把范德莫尔韦彻底摧毁,他的复仇就不会结束。至于玛格丽特,他不会同情她,她应该参与了这些骗局。第一天见面时,她说了什么?——"我父亲也许能帮助你。"杰米什么都知道了,既然她是范德莫尔韦的家人,就要把他们俩都毁掉。

斯密特走到杰米跟前,说:"我们能谈谈吗?麦克格雷戈先生?"

"有事?"

斯密特不自然地清了清嗓子。"我认识两个挖矿人,他们在靠近佩涅尔河上游的地方获得了十处钻石矿的所有权。那儿挖出了钻石,但是这两个家伙买

---

① 鹳鸟在西方文化中有婴儿的含义。——译注

不起设备去开采。他们在找合伙人。我想您可能会感兴趣。"

杰米打量着他。"范德莫尔韦跟你谈过那两个人,是吗?"

斯密特惊讶地点点头。"您知道了,先生?我一直考虑您的意愿。我更想跟您合作。"

杰米取出一支细长的雪茄,斯密特赶紧点上。"继续说。"

斯密特接着讲了下去。


起初,克里普德里夫特的卖淫活动显得杂乱无章。妓女多数是黑人女性,在肮脏不堪的胡同窑子里偷偷摸摸地进行卖淫。第一批来到这儿的白人妓女也在酒吧兼职当服务员。但是,随着钻石开采业的兴起,城市随之繁荣起来,更多的白人妓女接踵而来。

克里普德里夫特的郊区有六七家妓院,都是用铁路枕木搭建的简易住房,屋顶盖着马口铁皮。艾格尼丝夫人的妓院是个例外。这是一幢看起来较体面的两层建筑,位于布利街。这里远离城区的主干道——环路街,因此市民的妻子路过环路街时,不会看到这家妓院,也就眼不见心不烦了。她们的丈夫倒经常拐进布利街,成为艾格尼丝夫人妓院的常客;新来的外地人只要慷慨解囊,也能来这里一慰思家之苦。这家妓院收费很高,但里面的姑娘都年轻标致、放纵不羁,房事服务热情周到,每晚这儿都嫖客盈门。客房里面装修豪华,各种饮料应有尽有。艾格尼丝夫人还有一条特别的规矩,对嫖客的服务绝不能匆匆了事,更不能随意宰客。艾格尼丝夫人三十五岁左右,红头发,讨人喜欢。她曾在伦敦的一家妓院坐台,后被克里普德里夫特"人傻钱多"的传说吸引,只身前来南非淘金。后来她积攒了足够的钱,便自行创业,开了妓院,因经营有方,生意一直兴旺不衰。

艾格尼丝夫人自诩深谙男人的心理,但杰米·麦克格雷戈对她来说是个谜。他经常来妓院消费,花钱也大方,总能讨得女人的欢心,但他总是显得孤僻、冷漠、难以接近。他的眼睛浅灰色,如深不见底的池塘那般深邃,这让艾格尼丝深深地着迷。他与其他客人不同,从不吹嘘自己,也不谈及身世。几个钟头之前,艾格尼丝夫人听人讲,这个男人处心积虑地引诱范德莫尔韦的女儿怀了孕,之后又拒绝和她结婚。"这个狗杂种!"艾格尼丝夫人愤愤地想。但是，她不得不承认，这是个富有魅力的狗杂种。她注视着杰米迈步走下铺着红地毯的楼梯，彬彬有礼地跟她道晚安，然后离开了妓院。


杰米回到酒店，玛格丽特正站在他的房间里，望着窗外。他进屋后，她转过身。

"你好，杰米。"她的声音颤抖。

"你来干什么？"

"我得跟你谈谈。"

"我们没有什么好谈的。"

"我知道你为什么这样做。你恨我父亲。"玛格丽特靠上来，"但是，你应该知道，无论他对你做了什么，我都一无所知。拜托……我求你了，请相信这一点。别恨我，我太爱你了。"

杰米冷冷地看着她。"这只是你的要求，对吗？"

"请不要这样绝情，你也爱我……"

他根本听不进去。他再次想起了那次前往帕德斯潘的可怕旅程，他几乎送了命……在河滩上搬动巨石，累得要瘫倒……最后，奇迹般地找到钻石……把钻石交给范德莫尔韦，听到他说"你误会了，麦克格雷戈先生。我从不需要合伙人，我雇你为我工作……我给你二十四小时，给我滚出这里"。他想起了野蛮的殴打……秃鹫的臭味……秃鹫的利爪撕裂他的皮肉……

好像来自远处，他隐隐听到玛格丽特的声音："你不记得了吗？我——属于——你……我爱你。"

他惊醒过来，看着她。哼，爱！他对这个字眼不再有任何奢望，范德莫尔韦已经毁掉了他所有的感情，只剩下仇恨。他靠复仇之火支撑着，这是他的灵丹妙药、生命源泉。当他和鲨鱼搏斗，越过礁石，爬过纳米布沙漠中钻石滩的雷区时，正是复仇之火使他活下来。诗人们赞美爱，歌手们歌唱爱，也许爱是真的，也许爱是存在的，但爱是为其他人准备的，杰米·麦克格雷戈没有爱。

"你是萨洛蒙·范德莫尔韦的女儿，你肚子里怀的是他的后代。滚出去！"

玛格丽特走投无路了。她爱父亲，需要得到他的宽恕，但她知道父亲永远不会——永远不能——原谅自己。他会让她生活在人间地狱里，她别无选择，只能求助于人。

玛格丽特离开酒店，朝父亲的杂货店走去。她感觉到自己遇到的每个人都盯着她，有的男人不怀好意地笑着。她勇敢地抬起头，大步朝前走。来到杂货店，她先踌躇了一下，接着走了进去。铺子里空无一人，接着父亲从里屋走了出来。

"爸爸……"

"你！"他语调轻蔑，像一记耳光打在她脸上。他走近了，她能闻到他口中喷出的威士忌的味道。"我要你滚出这座城市。现在。今天晚上。你再也不能靠近这里。听见了吗？绝不能！"他从口袋里掏出几张钞票，扔在地上，"拿走，滚出去！"

"我怀着您的外孙。"

"你怀的是恶魔的孩子！"他走近她，捏着拳头，"每当人们看到你像妓女一样大摇大摆地四处走动时，他们都会想到那是我的耻辱。你离开了，他们才会忘记。"

她望着他好久，茫然无助，然后转过身，跌跌撞撞地出了门。

"钱，婊子！"他嚷道，"你忘了拿钱！"


城镇郊区有一所廉价的寄宿公寓。玛格丽特一路走去，脑子里昏昏沉沉。她找到女房东欧文斯太太。欧文斯太太五十多岁，身材丰满，和蔼可亲。丈夫把她带到克里普德里夫特，后来抛弃了她。性格懦弱的女人可能就垮了，但欧文斯太太挺了下来。在克里普德里夫特，她见过无数人陷入困境，但是眼前这位十七岁姑娘的遭遇无人能比。

"你想见我？"

"是的。我想……也许您能为我找到一份工作。"

"一份工作？什么工作？"

"什么都行。我会做饭菜，能招待客人，能整理床铺。我……我还……"她的声音里满是绝望。"噢，求您了，"她恳求道，"干什么都行！"

欧文斯太太看着面前这个浑身不停颤抖的姑娘，心软了。"我打算多雇个帮手。你什么时候能开始工作？"她看到玛格丽特的脸上露出了宽慰的神情。

"现在。"

"我只能付你……"她想了一个数目，又添加了一些，"每月一镑二先令十一便士，外加食宿。"

"那太好了。"玛格丽特感激地说。


范德莫尔韦很少出现在克里普德里夫特的街上。越来越多的时候，顾客发现他的杂货店门前天天挂着打烊的牌子。没多久，他们就跑到其他店铺买东西了。

每到周日，萨洛蒙·范德莫尔韦依然去教堂。他不是去祈祷，而是去祈求上帝消除加在他身上的可怕罪孽，因为他是主的忠实的仆人。过去，其他教徒一向敬重萨洛蒙·范德莫尔韦，因为他有钱有势；而现在，他能感到他们对他的藐视，以及在他背后的窃窃私语。过去常坐在他旁边的一家人，现在远远地躲开他，坐到别的长凳上去了。他成了贱民，别人唯恐避之不及。牧师的布道令他感到五雷轰顶，彻底击垮了他的尊严。牧师别有用心地把《圣经》中的《出埃及记》、《以西结书》和《利未记》的内容结合在一起："我，耶和华你的神，是一个忌邪的神，禁止将父亲的罪孽加在孩子身上。因此，娼妓啊，请听主的话。因为你的污秽已经倾泻而出，你和奸夫纵欲的丑恶行径已经败露……主对摩西说：'不要逼着你的女儿卖淫，使她变成一个妓女，以免大地堕落为淫乱，大地充满了罪恶……'"

从此以后，范德莫尔韦就再没有踏进教堂。


自此，萨洛蒙·范德莫尔韦的生意一蹶不振，杰米·麦克格雷戈的生意风生水起。钻石矿被越挖越深，开采的费用不断增加。有开采权的矿工发现，随着开采难度的增加，他们买不起所需的先进设备。杰米·麦克格雷戈愿意提供资金以换取钻石矿的股份，听到这个消息，很多人来找他合作，他逐步收购了合伙人的股份。杰米还投资房地产、商业和黄金矿。在合作和交易过程中，他恪守诚信，因而声誉远播，更多的人来找他做生意。

城区有两家银行，一家银行因经营不善而濒临倒闭。杰米买下了它，让自己人经营，业务中并不用自己的名字。

无论从事哪个行业，杰米都做得顺风顺水，生意蒸蒸日上。他的成功和财富早已超过了他童年的梦想，但是对他来说，这些似乎意义不大。他心目中的成功标准是以范德莫尔韦的失败来衡量的。复仇才刚刚开始。

不时地，杰米走在街上，跟玛格丽特擦肩而过，却对她视而不见。

杰米不在乎这些偶遇会对玛格丽特产生怎样的影响。一看见杰米，玛格丽特就呼吸急促，喘不过气来，她不得不站住，好一会儿才能恢复正常。她还爱着他，全身心地爱着他，什么都无法改变。他利用她的肉体惩罚了她的父亲，但是玛格丽特知道，这种惩罚是一把双刃剑。过不了多久，他的孩子就会呱呱坠地，那是他的亲骨肉，当他看到孩子时，为了给孩子一个名分，就会和自己结婚。只要能成为麦克格雷戈太太，自己别无他求。每天晚上，睡觉之前，她总要摸着自己隆起的肚子，轻轻地说："我们的儿子。"她期望自己这样说能生个男孩。她知道这个想法很可笑，但是她不想错过任何可能性。男人嘛，都想要个儿子。

随着肚子越来越大，玛格丽特变得不安起来。她希望有人能和她说说话，但是，城市里的妇女没人跟她讲话。她们接受的宗教思想是惩罚罪孽，而不是宽恕罪人。周围都是陌生人，她感到异常孤独，经常在深夜啜泣，为自己的不幸，还有这个未出生的孩子。

杰米·麦克格雷戈在克里普德里夫特的市中心买了一栋两层楼的建筑，把它用作拓展业务的总部。有一天，杰米的总会计师哈里·麦克米兰找他。

"公司正在合并，"他告诉杰米，"新公司需要起个名字。您有什么建议吗？"

"我考虑一下。"

杰米仔细考虑起来。他的脑子里再次回响起一个声音，很久以前在纳米布沙漠的钻石滩，警卫的喊声穿透海雾传进他的耳中，他知道他需要什么名字了。他把总会计师叫进来，说："我们的新公司命名为克鲁格–布伦特，克鲁格–布伦特有限公司。"

杰米的银行经理阿尔文·科里前来找他。"这是关于范德莫尔韦的贷款。"他说，"他拖欠很久了。过去不用担心贷款风险，现在他的处境已经完全不同，麦克格雷戈先生。我认为我们应该收回他的贷款。"

"不。"

科里惊讶地看着杰米，说："他今天早晨来到银行，想贷更多的钱，要……"

"给他贷款。他要多少就贷给他多少。"

经理站了起来，说："悉听尊便，麦克格雷戈先生。我会告诉他，您……"

"什么也不要告诉他，只管贷款给他。"


每天早晨，玛格丽特五点起床，烤出香味诱人的长条面包和酵母饼干。当寄宿者成群结队地拥进餐厅吃早饭时，她就给他们端上稀饭、火腿、鸡蛋、荞麦糕、甜面包卷，以及热气腾腾的咖啡和橘子汁。寄宿公寓里的大多数客人都是挖钻石的矿工，往返于公寓和钻石矿。他们通常在克里普德里夫特停留较长的时间，鉴定挖到的钻石，洗个澡，喝个烂醉，然后逛妓院——通常是这样的顺序。他们多数人不识字，粗俗不堪，无法无天。

克里普德里夫特有一条不成文的规定，男人不能猥亵良家妇女，想要玩女人，可以去找妓女。然而，玛格丽特算是哪一类女人？她不属于任何一类。好姑娘不会未婚先孕，于是有些矿工就自作主张了，既然玛格丽特已经跟男人搞过，她或许会急不可耐地想同其他男人上床，只要他们开口就行。他们真的行动起来。

于是，有的矿工明目张胆地对她言语挑逗，动手动脚；有的眉来眼去，暗送秋波。玛格丽特不动声色，用沉默捍卫着自己的尊严。有一天晚上，欧文斯太太准备睡觉时，突然听到玛格丽特的房间里传出尖叫声。女房东猛地推开门，冲了进去。一个醉醺醺的矿工已经扯下了玛格丽特的睡衣，把她按倒在床上。

欧文斯太太像老虎一样扑过去，抓起旁边的熨斗就朝他砸去。她的身高差不多只有这个矿工的一半，但她毫无畏惧。她满腔怒火，竟然把矿工打昏了。

她拖着这个家伙，经过走廊，拖到街上，扔在那儿。然后，她转身匆匆回到玛格丽特的房间。玛格丽特正在擦拭嘴唇上的血迹，她被那个男人咬破了嘴唇，手不停地抖着。

"没事吧，玛姬？"

"没事。谢谢您，欧文斯太太。"

玛格丽特的眼泪禁不住顺着脸颊流下。在这个城市，几乎没人愿意同她讲话，但是善良的欧文斯太太救了她。

欧文斯太太打量着玛格丽特隆起的肚子，忧心忡忡地想："真是个痴情女子！杰米·麦克格雷戈不会娶她的。"


预产期临近了。玛格丽特很容易疲劳，弯腰和直起身子都显得很费劲。胎儿在她肚子里不断蠕动，这成了她唯一的快乐。在这个世界上，她和肚子里的儿子无依无靠，她常常对肚子里的孩子说话，一连说几个小时，告诉他美好的生活正在外面等待着他呢。

一天傍晚，晚饭后不久，一个黑人男孩来到寄宿公寓，交给玛格丽特一封密封的信。

"我要等着答复。"男孩告诉她。

玛格丽特读了一遍信，然后又读了一遍，她读得很慢。"好的。"她说，"回去告诉她，我去。"


接下来的周五中午，玛格丽特来到艾格尼丝夫人的妓院，只见门口挂着一块牌子：暂停营业。玛格丽特没有理睬路人惊讶的目光，试探性地敲了敲门。她不知道自己来这儿是否犯了禁忌。这是一个艰难的决定，她最终接受邀请也是为了摆脱可怕的孤独。那封信写道：

亲爱的范德莫尔韦小姐：

本来你的事与我无关，但是我和姑娘们一直在议论你遭到的不幸，同情你的遭遇。我们都觉得这个屈辱应该受到诅咒，我们乐意伸出援手，帮助你和你的婴儿。如果你不感到难堪的话，能来吃午饭，我们将荣幸之至。周五中午是否方便？

艾格尼丝夫人敬启

附：我们将谨慎、周到地安排好一切。


玛格丽特正犹豫着要不要离开，门就被艾格尼丝夫人打开了。

她上前挽住玛格丽特的手臂，亲热地说："进来吧，亲爱的。让我们帮你躲开这该死的大热天。"

她领着她进了客厅，里面摆着维多利亚风格的红色毛绒沙发，还有桌椅。房间装饰着缎带、飘带，还有不知道从哪里整来的气球，五颜六色的。天花板上挂着用纸板做成的长长的牌子，上面歪歪斜斜地写着："欢迎你，宝贝……会生个男孩……生日快乐。"

客厅里有八个女孩，她们有高有矮，年龄大小不一，肤色也各有不同。按照艾格尼丝夫人的吩咐，她们为这个场合刻意换了装束：都穿着传统的下午礼服，未施粉黛。玛格丽特惊奇地想，与这个城市里绝大多数的女性相比，她们看上去体面多了。

玛格丽特看着满屋子的妓女，有些手足无措。有些面孔很熟悉，她在父亲的铺子曾招待过她们。有些女孩长得年轻漂亮；有几个年纪大些，臃肿肥胖，头发明显染过。她们有一点是相同的——体贴、友好、热情、友善，而且能给予她快乐。

她们忸怩不安地围在玛格丽特身边，生怕说错什么，做错什么。不管城里人有着怎样的流言蜚语，她们都知道这是一位正经姑娘，她们跟玛格丽特之间有着天壤之别。她们都为玛格丽特的到来表示感谢，决定一齐好好地为她举办这次宴会。

"我们为你备好了一顿丰盛的午餐，亲爱的。"艾格尼丝夫人说，"我们用餐吧。"

玛格丽特被领进餐厅，餐桌上的饭菜像过节一般丰盛，她的座位前还放了一瓶香槟。当她们穿过走廊时，玛格丽特特意看了一眼通向二楼卧室的楼梯。她知道杰米来过这儿，他看上了哪个女孩？也许，她们都和杰米……她打量着她们，想知道她们究竟哪些地方能迷住杰米。

午宴成为名副其实的宴会，先是味道鲜美的冷汤和沙拉，接着是清蒸鲜鲤鱼，随后有羊肉、烤鸭、烤土豆和蔬菜，还有酒心蛋糕、奶酪、水果和咖啡。玛格丽特吃得很开心，轻松愉悦。她坐在主宾席，右边是艾格尼丝夫人，左边是一个漂亮的金发女孩，别人也叫她玛姬，看起来不超过十六岁。刚开始，大家都讲正儿八经的客套话。其实，这些女孩都能一口气讲上几十个有趣下流的故事，但是她们觉得玛格丽特不适合听那种故事，所以她们只好谈天气，谈克里普德里夫特的开发，甚至谈到南非的未来。她们对政治、经济和钻石方面都了如指掌，因为这些都是她们从官员和专家那里听来的第一手消息。

突然，漂亮的金发女郎玛姬说："杰米刚发现一个钻石矿，在……"这时，餐厅里突然一片沉寂。她意识到自己失言，又小心翼翼地补充道："杰米是我的叔叔，他……他娶了我婶婶。"

玛格丽特的嫉妒之火在心头升腾。艾格尼丝夫人急忙转移了话题。

午宴结束，艾格尼丝夫人站起来，说："这边走，亲爱的。"

玛格丽特和姑娘们跟着她来到第二个客厅，里面摆满了几十件礼物，都包装得很漂亮。玛格丽特不敢相信自己的眼睛。

"我不知道该说些什么。"

"打开看看吧。"艾格尼丝夫人说。

一个摇篮、一双手工制的半高筒女靴、一件宽松的上衣、一套镶花边的女帽和绣花羊绒斗篷、一双法国小孩穿的纽扣鞋、一只小孩用的镀金银杯、一把纯银柄的梳子，还有一只镶着珠边的纯金婴儿围嘴别针、一只赛璐珞拨浪鼓、一个橡皮磨牙圈、一架灰色带棕色斑纹的摇摆木马，以及几个玩具兵和色彩鲜艳的积木，其中最漂亮的是一件施洗礼时穿的白色长裙。

就像圣诞节获得的礼物，这是玛格丽特从未预料到的。过去几个月被压抑的孤独和郁闷瞬间爆发出来，她号啕大哭起来。

艾格尼丝夫人搂着她，对其他女孩说："你们先出去吧。"

她们悄悄地离开房间。艾格尼丝夫人把玛格丽特领到沙发前坐下，一直抱着她，直到她平息下来。

"我……对不起，"玛格丽特结结巴巴地说，"我不知道我是怎么了。"

"没事的，亲爱的。这个房间发生过很多有趣的故事。你知道我得到了什么经验？不管发生什么事，最后一切都会圆满解决。你和你的孩子会没事的。"

"谢谢您。"玛格丽特低声说。她指了指成堆的礼物。"对您和您朋友的情谊，我感激不尽……"

艾格尼丝夫人握紧玛格丽特的手，说："不要客气。你不知道姑娘们和我一起安排这些时，有多么高兴。我们也没有机会经常这样做。要是姑娘们谁怀孕了，那才是他妈的悲剧呢。"她用手捂着嘴，说："噢，该死！"

玛格丽特笑了。"您要知道，这是我一生中最美好的一天。"

"你能来看望我们，我们真的很荣幸，亲爱的。在我眼中，城里所有女人加起来也比不上你。那些该死的婊子！她们这样歧视你，我真想杀了她们。请你别介意我这么说，杰米·麦克格雷戈就是一个该死的傻瓜。"她站起身来，"这些臭男人！如果世界上没有这些浑蛋，该有多好。或许不会。谁知道呢？"

玛格丽特恢复了情绪，站起来，抓住艾格尼丝夫人的手，说："我永远不会忘记这一天，只要我活着。将来，等我的儿子长大了，我会告诉他今天的事情。"

艾格尼丝夫人皱了皱眉头。"你真的认为应该这样做吗？"

玛格丽特笑了。"我真的认为应该。"

艾格尼丝夫人送玛格丽特到门口。"我会用马车把所有礼物送到你的寄宿处。祝你好运。"

"谢谢。噢，谢谢您。"

玛格丽特走了。

艾格尼丝夫人站在那里，看着玛格丽特拖着笨重的身子越走越远，然后她转身回到屋里，大声喊道："好了，姑娘们，接客啦！"

一小时后，艾格尼丝夫人的妓院恢复了营业。

# 第八章

该触发陷阱的机关了。过去的六个月里，杰米·麦克格雷戈悄悄地买通了范德莫尔韦所有钻石矿的合伙人，这样他就实际控制了这些矿区，但是，他最大的心愿是要抢占范德莫尔韦在纳米布沙漠的钻石矿。他为这个矿区付出了上百倍的代价，包括鲜血和勇气，几乎命丧于此。他用他和班达从纳米布偷来的钻石建立了一个商业帝国，目的就是要摧毁范德莫尔韦。这个荷兰佬苟延残喘，现在只差对他做出最后一击。

范德莫尔韦已债台高筑，陷入贷款危机。镇上的人都拒绝借钱给他，除了杰米秘密经营的银行。杰米给银行经理下达的一贯指示是：范德莫尔韦要多少就贷给他多少。

杂货店几乎不再营业。范德莫尔韦常常一大早就开始喝酒，下午就跑到艾格尼丝夫人的妓院，有时在那里过夜。

一天早上，玛格丽特站在肉店的柜台旁，等着取欧文斯太太预订的雏鸡。这时她瞥了一眼窗子，看到父亲从妓院走出来。她几乎认不出眼前的老人，邋里邋遢，步履蹒跚。"我害了父亲，使他变成了这副模样。噢，上帝，宽恕我吧，是我害的！"

萨洛蒙·范德莫尔韦根本不知道自己身上发生了什么。他知道，虽然自己没有错，但自己的生活正在被毁灭。上帝选择了他——正如上帝曾选择了约伯<sup>①</sup>一样——来考验他对主的忠信不渝。范德莫尔韦确信自己最终会战胜看不见的敌人。他所需要的是一点时间和更多的金钱。他已经把杂货店抵押出去，另外他在六个小钻石矿里的股份，甚至他的马车，也都做了抵押。除了纳米布钻石矿外，他已经一无所有。最后，他无奈地把纳米布钻石矿也抵押了出去。这时，杰米像一只潜伏的老虎，露出獠牙猛扑过来。

"把他的借据全都拿来，"杰米命令银行经理，"给他二十四小时的期限付清贷款，否则就取消抵押品的赎回权。"

"麦克格雷戈先生，他不可能拿出那么多钱，他……"

"限他二十四小时。"

次日下午四点，银行副经理带着执法官来到范德莫尔韦的杂货店，向他出示了没收他全部财产的法院令状。在街对面的办公大楼里，杰米看着范德莫尔韦被撵出他的杂货店。老人站在外面，顶着太阳的炙烤，一脸绝望，不知道该做什么，也不知道该到哪儿去。他不是上帝选择的约伯，他被剥夺了一切。杰米彻底完成了复仇。但是，杰米感到内心一阵空虚。为什么？为什么自己没有胜利的喜悦？他摧毁的这个人早已毁掉了他。

当天晚上，杰米走进艾格尼丝夫人的妓院。一见他，她就说："听说了吗，杰米？一个小时以前，范德莫尔韦开枪自杀了。"


葬礼在城外一座阴森的公墓里举行，当时乌云密布，狂风大作。除了殡葬工人，只有两个人参加葬礼：玛格丽特和杰米·麦克格雷戈。玛格丽特穿着一件松松垮垮的黑色长裙，遮掩着她那高高鼓起的肚子。她看上去脸色苍白，身体虚弱。麦克格雷戈站在那里，显得高大而优雅，一脸冷漠，似乎要拒人千里之外。两人分立在墓地两侧，注视着粗糙的松木棺材被缓缓地放进墓穴，然后土块哗啦哗啦地砸在棺材上，仿佛在对玛格丽特说："婊子……婊子！"

玛格丽特隔着坟墓盯着杰米，他们的目光相遇了。杰米的目光漠然、冷酷，好像她是个陌生人。玛格丽特的怒火也腾腾燃起，她心想："你站在那里心安理得，毫无愧意，你也是个罪人。我们一起杀了父亲，你和我。在上帝眼

---

① 根据《圣经》记载，约伯是一个忠信不渝敬畏神的义人。——译注

里，我是你的妻子，但我们也是犯罪同伙。"她看着墓穴，松木棺材慢慢地被泥土全部掩埋。"安息吧，父亲。"她轻声地说，"安息吧。"

等她抬起头，对面的杰米已经不见了。

克里普德里夫特有两所医院，都是木制房子，里面污秽不堪，死在里面的病人比活下来的还要多，因此孕妇通常在家里分娩。随着预产期的到来，欧文斯太太为玛格丽特找了接生婆，一个名叫汉娜的黑人妇女。凌晨三点，分娩开始了。

"你只要使劲用力，"汉娜指导她说，"其他的就交给上帝吧。"

玛格丽特微笑着迎来了第一次阵痛。她要把儿子带到这个世界来，儿子会得到他应得的名分。她一定要让麦克格雷戈承认他的儿子，儿子是无辜的。

分娩持续时间很长，一小时又一小时。有些寄宿者走进玛格丽特的卧室，想要观摩分娩过程，但是都被撵了出去。

"这是你、上帝和害你的魔鬼之间的私人恩怨。"汉娜告诉玛格丽特。

"是个男孩吗？"玛格丽特气喘吁吁地问。

汉娜用一块湿布擦了擦玛格丽特的额头，说："等一下我看到他的'排水管'，就告诉你。现在用力。用力！用力！再用力！"

宫缩越来越强，玛格丽特感到撕裂般的剧痛。噢，上帝，难道出事了？玛格丽特担心了。

"别松劲！"汉娜说着。突然，她惊慌地喊："坏了，卡住了！我……我拉不出来！"

玛格丽特发现自己眼前浮着红色的雾，只见汉娜弯下腰，身子扭来扭去。房间似乎消失，她突然感到疼痛也消失了。她看见自己飘浮在空中，前面有一条长长的通道，尽头投来一道明亮的光，那儿有个人在向她招手。啊，竟然是杰米。"我在这儿，玛姬，亲爱的。你会给我生个好儿子。"杰米回到了自己身边，不要再恨他了。她知道自己从来没有恨过他。这时她听到一个声音："快出来了。"下腹又传来一阵撕裂般的疼痛，她尖叫起来。

"老天保佑！"汉娜说，"终于出来了。"

接着，玛格丽特感到两腿之间一团湿漉漉的东西挤了出去，汉娜兴奋地大喊起来。她捧起皮肤红红的婴儿，得意扬扬地说："欢迎你来到克里普德里夫特。亲爱的，你有儿子了。"

玛格丽特给婴儿取名叫杰米。


玛格丽特相信，杰米很快就会知道婴儿的消息，她等着他来看她或者派人来接她。几周过去了，玛格丽特没有得到杰米的任何消息，她派人给他去送口信。半个钟头以后，送信人回来了。

玛格丽特急切地问："你见到麦克格雷戈先生了吗？"

"见到了，女士。"

"给他口信了？"

"是的，女士。"

"他说了些什么？"

送信男孩显得很尴尬，吞吞吐吐地说："他说……他说他没有儿子，玛格丽特小姐。"

那天，她把自己和儿子锁在屋里，整整一天一夜，不肯出门。"你爸爸正在生气，杰米。他以为你妈妈对不起他，但你是他儿子，他一见到你，就会让我们去他家，他会非常爱咱们娘儿俩的。等等看，宝贝，一切都会好起来的。"

早晨，欧文斯太太来敲门，玛格丽特开了门，显得出奇地平静。

"你没事吧，玛姬？"

"没事，谢谢您。"她给杰米换上一套新衣服，说，"今天早上，我要用这辆婴儿车带杰米出去。"

这辆婴儿车真漂亮，是艾格尼丝夫人和她的姑娘们送的。结实的藤条编织的底座，弯曲的木把手，进口锦缎做的垫子，上面还铺了毛绒靠垫，车背上还能插一把深褶边的小阳伞。

玛格丽特推着婴儿车，沿着环路街狭窄的人行道往前走。偶尔有陌生的过路人停下来，对着婴儿笑笑，但是城里的妇女看见了，有的扭头看向别处，有的匆匆穿过街道，躲到街道的另一边，避开玛格丽特。

玛格丽特根本不在意这些。她要找一个人。每天天气好的时候，玛格丽特就给婴儿穿上一套漂亮衣服，用婴儿车推着他出门。过了一周，玛格丽特一次也没有遇见杰米，她知道他故意躲着自己。"好吧，他不看儿子，那么他儿子就去看他。"玛格丽特暗下决心。

次日早晨，玛格丽特到客厅找欧文斯太太。"我准备出一趟远门，欧文斯太太。一周后就回来。"

"孩子太小，不能出远门，玛姬。他……"

"我不带孩子。"

欧文斯太太皱起了眉头，问道："你想把孩子留在这儿？"

"不，欧文斯太太。不留在这儿。"


杰米·麦克格雷戈的住所建在一座小山上，从这儿可以鸟瞰克里普德里夫特整个市区。这是一座尖顶陡檐的别墅，两侧是宽敞的厢房，宽宽的走廊与正房相连。房子周围是绿油油的草坪，里面点缀着树木，还有一个郁郁葱葱的玫瑰园，里面繁花似锦。别墅后面是马车库房和仆人专用住房。管家是一位名叫尤金妮亚·塔利的中年寡妇，她在英国有六个孩子，都已成年。

早上十点，玛格丽特抱着婴儿来到了别墅门口。她知道杰米此时正在市中心的总部办公室。塔利太太打开大门，吃惊地盯着玛格丽特和她怀中的婴儿。在这方圆一百英里内，自己主人的那件事可谓家喻户晓，因此不用问，塔利太太就知道这母子二人是谁。

"对不起，麦克格雷戈先生不在家。"女管家说着，准备关门。

玛格丽特堵在门口。"我不见麦克格雷戈先生，我把他的儿子送来了。"

"恐怕我什么也不知道，你看……"

"我要出门一周，回来后再抱走他。"她把儿子递向塔利太太，"他叫杰米。"

塔利太太脸上露出惊恐的神色。"你不能把他留在这儿！麦克格雷戈先生会……"

"你可以做个选择，"玛格丽特告诉她，"要么把孩子抱进去，要么把他放在大门口。要是放在门口，麦克格雷戈先生也不会乐意的。"

玛格丽特二话没说，把孩子塞到女管家的怀里，转身就走。

"等等！你不能……快回来！小姐……"

玛格丽特没有回头，快步离去。塔利太太站在门口，抱着这个小婴儿，心里想："噢，我的天哪！麦克格雷戈先生会气疯的！"


塔利太太从来没有见过主人气成这个样子。"你怎么这样蠢？"他吼道，"你就该直接当着她的面把门关上！"

"我没有办法，麦克格雷戈先生。她……"

"这个孩子不能待在我家里！"

他怒气冲冲地踱来踱去，不时地停在可怜的女管家面前。"为了这事，我要解雇你。"

"一周后她就回来接他。我……"

"我不管她什么时候回来，"杰米喊道，"把这个孩子弄走，快点！"

"您觉得怎么弄走呢？麦克格雷戈先生。"她语气生硬地问。

"把他送进城里，你找个地方放下他。"

"放哪儿？"

"见鬼，我怎么知道？"

塔利太太看了看自己怀里的小家伙。受到杰米喊声的惊吓，孩子哭起来。"克里普德里夫特没有孤儿院。"她不断地摇晃着怀里的孩子，但是孩子的哭声越来越大，"总得有人照顾他。"

杰米沮丧地用手捋了捋头发。"该死！好吧，"他无奈地说，"你那么好心地收下了这孩子，你来照管他吧。"

"好的，先生。"

"别让这孩子号哭了。你记住，塔利太太，别让我看到他，我甚至不愿知道他在这所房子里。下周他妈妈来抱走他时，我也不想见到她。明白吗？"

哭声又响了起来。

"明白，麦克格雷戈先生。"塔利太太匆匆带孩子离开了房间。

杰米·麦克格雷戈一个人坐在自己的房间里，抽着雪茄，呷着白兰地，心想："这个愚蠢的女人。她以为我一见到孩子，心肠就会软下来，马上跑到她跟前，说：'我爱你，我爱这个宝宝，我要娶你。'"他甚至都懒得看婴儿一眼。他对这个孩子毫无感情，他不是爱情的结晶，甚至不是诞生于情欲，他是仇恨的产物。当听到玛格丽特怀孕时，范德莫尔韦脸上崩溃的表情，他永远忘不了，但那只是开始。当泥土撒向木头棺材，复仇大功告成。他要找到班达，让他告慰妹妹的在天之灵。

杰米感到一阵空虚。"我需要制定新的目标。"他想着。他的财产多得难以想象。他拥有数百英亩的采矿用地，当初为了找钻石买下这些土地，结果探测出蕴藏着丰富的黄金、白金和其他六七种稀有金属。克里普德里夫特超过半数的房地产商向他的银行申请抵押贷款，他持有的土地从纳米布沙漠一直延伸到开普敦。他感到志得意满，但仍心有不甘。他邀请他的父母来南非，但是他们不想离开苏格兰，他的兄弟和姐姐都已结婚，于是他给父母寄去一大笔钱。这让他颇感自得，可是他的生活却停滞不前。几年前，他一无所有，穷困潦倒，但野心勃勃。他和班达驾着木筏穿过钻石滩的礁石时，他无惧艰险；爬过沙漠的雷区时，他拼命向前。现在，他死气沉沉，萎靡不振。他不得不承认，没有班达，他是孤独的。

他伸手去拿那瓶白兰地，却发现瓶子已经空了。难道是自己喝得太多了，还是塔利太太忘记给自己准备酒了？杰米站起来，拿起矮脚酒杯，走进配餐室，里面有管家保管的各种酒水。他打开了一瓶酒，突然听到婴儿咿咿呀呀的声音。是那个孩子！塔利太太一定把孩子放在她的房间里，那儿离配餐室不远。塔利太太不折不扣地执行主人的命令。这两天，婴儿待在他的住宅里，他既没有看到他，也没有听到他的声音。杰米听到塔利太太唱歌似的用抑扬顿挫的声调跟婴儿说话，这是妈妈常常对婴儿说话的那种语调。

"你是个漂亮的小家伙，是不是？"她说着，"你是一个天使。是的，你是一个天使。"

婴儿又呀呀地说起来。杰米走向塔利太太的卧室，门敞开着，他朝里一瞧，发现女管家不知从哪里弄来一张婴儿床，婴儿躺在里面。塔利太太俯身看着婴儿，婴儿的小手紧紧地攥着她的手指。

"你是一个健壮的淘气鬼，杰米。你长大后会成为……"见到主人站在门口，她惊讶地停了下来。

"噢，"她说，"我……您还需要什么？麦克格雷戈先生。"

"不需要。"他走近小床，"这里的闹声吵着我了。"杰米朝他的儿子看了一眼，这是他第一次看儿子。婴儿长得比他预想的要大，发育得很好。他似乎朝着杰米微笑。

"噢，对不起，麦克格雷戈先生。他真是一个好孩子，长得多壮实。你把手指头伸给他试试，你会知道他有多壮实。"

杰米一言未发，转身走出了房间。


杰米的所有公司里面总共有五十多个雇员。从邮差到最高主管，没有一个员工不知道克鲁格-布伦特有限公司的名称是怎么来的，并且他们都以为杰米·麦克格雷戈工作而自豪。杰米最近又雇了一个十六岁的美国男孩，名叫戴维·布莱克韦尔。戴维的父亲是杰米的一个监工，他从美国的俄勒冈州来到南非寻找钻石。当他的钱花光后，他只好来到杰米的公司，杰米让他到一个矿区做监工。有一年夏天，儿子戴维也来公司打工，杰米发现小伙子很能干，就给他提供了一份固定工作。年轻的戴维·布莱克韦尔聪明能干，富有魅力，进取心强，而且对公司事务守口如瓶，所以杰米交代他去完成一项特殊任务。

"戴维，你到欧文斯太太的寄宿公寓去一趟。那里住着一个名叫玛格丽特·范德莫尔韦的女人。"

其实，戴维·布莱克韦尔熟悉这个名字，对玛格丽特的遭遇也有耳闻，但是他露出茫然的表情，装作似乎对玛格丽特一无所知。"好的，先生。"

"你去了只找她本人，告诉她，孩子现在在女管家那儿，她今天一定要把孩子带走，不能再留在我的住宅里。"

"知道了，麦克格雷戈先生。"

半小时后，戴维·布莱克韦尔回来了。桌子后面的杰米抬起头。

"先生，恐怕我无法转述您的吩咐。"

杰米唰地站起来。"怎么不行？"他板着脸问，"这么简单的事情！"

"范德莫尔韦小姐不在那里，先生。"

"那你想法子找到她。"

"两天前，她就离开了克里普德里夫特，五天后才可能回来。要不我再进一步了解……"

"算了。"杰米可不想把这事弄得尽人皆知，"就这样，你别管了，戴维。"

"明白，先生。"小伙子转身离去。

"哼，这个女人！她没准哪天突然回来，让人猝不及防。她会把孩子抱回去的！"杰米想道。

那天晚上，杰米独自一人在家吃饭。他在书房悠闲地呷着白兰地，塔利太太进来了，和他商量一件家务事。正说着，她突然停下来，竖着耳朵听，接着说道："对不起，麦克格雷戈先生，杰米哭了。"她匆匆走出书房。

杰米将白兰地矮脚杯重重地放在桌上，酒洒了出来。"这讨厌的小东西！他居然也叫杰米。他哪里像杰米？他谁都不像。"杰米心想。

十分钟以后，塔利太太回到书房。她看到了洒出来的酒。"再给您拿一瓶白兰地？"

"算了。"杰米冷冷地说，"不要忘了你是为谁工作。不能让那个小杂种来烦我。明白吗？塔利太太。"

"明白，先生。"

"孩子是你抱进来的，你尽早把孩子弄走，这对我们大家都好。对吗？"

她紧闭嘴唇。"是的，先生。还有事吗？"

"没有。"

她转身要走。

"塔利太太。"

"还有事？麦克格雷戈先生。"

"你说他又哭了，他不会生病了吧？"

"没有，先生。刚刚尿湿了，该换尿布了。"

听到这里，杰米感到有些厌恶。"别说了，就这样吧。"

仆人们总是私下议论他不认儿子这事，都认为主人的做法违背常理。当然，他们谁都不敢公开谈，因为他们知道，杰米听到谁提这件事，谁就会立马滚蛋。杰米·麦克格雷戈可不是个从善如流的人，绝不会接受别人的建议。

次日晚上，杰米召开商务洽谈会，会议结束得很晚。他打算投资修建一条新铁路。铁路从纳米布沙漠的钻石矿通向德阿尔市，与开普敦-金伯利铁路线相连。铁路不长，但是它能将纳米布矿区的矿产运输到港口，运输费用会便宜很多。一八六〇年，从德班市到波阿特港口的铁路建成，这是南非的第一条铁路。从那以后，又有新的铁路线从开普敦通到惠灵顿。铁路被誉为钢铁动脉，能使货物和旅客在南非大陆自由地流动。杰米打算投资铁路建设，这也只是他野心计划的第一步。随后，杰米还想搞远洋航运。总有一天，他想，自己的货船能横跨大洋，把矿物运向世界各地。

　　下半夜他才回家，脱衣准备睡觉。他请来了一位伦敦的室内装饰师，为他设计了一间男性化的大卧室，里面放了一张产自开普敦的雕刻大床，房间一角有一个老式的西班牙橱柜，还有两个硕大的衣柜，里面放了五十多套西装和三十多双鞋子。杰米不讲究穿着，但是对他来说，衣柜里放满了衣物，会让他感到心满意足。毕竟，过去无数个日日夜夜，他曾衣衫褴褛，遭人白眼。

　　困倦袭来，似乎隐约传来孩子的哭声。他坐了起来，侧耳细听，没有动静。孩子是不是在哭？不会从婴儿床上滚下来吧？杰米知道，塔利太太睡觉很沉。如果婴儿在自己家里出了事，那就糟了，自己摆脱不了责任。这女人真该死，杰米恨恨地想着。

　　他穿上睡袍和拖鞋，穿过走廊，来到塔利太太的卧室。房门紧闭，他站在门外细听，里面没有动静。杰米轻轻地推开房门，塔利太太蜷缩在被窝里，睡得正香，呼噜打得很响。杰米走到婴儿床边，只见孩子仰面躺着，眼睛睁得大大的。杰米贴近一些，低头细看。天哪，孩子长得跟自己一模一样！那嘴和下巴。他的眼睛是蓝色的，杰米知道，所有白人婴儿生下来的时候，眼睛都是蓝色的。杰米瞧着，知道将来它们一定会变成灰色。孩子舞动着小手，咿咿呀呀，向杰米微笑着。噢，真是一个勇敢的小家伙，杰米想，就这样静静地躺在那里，不哭也不闹，不像其他孩子那样吱哇乱叫。他又端详孩子一番，是的，这是麦克格雷戈家的人，错不了。

　　杰米试探性地伸出一根指头，孩子两只手抓住，紧紧地攥着不放。"他像一头小公牛那样强壮。"杰米想。突然，孩子眉头一皱，睁大眼睛，接着杰米闻到了一股臭味。

"塔利太太！"

塔利太太从床上猛地坐起，满脸惊慌。"怎么……怎么了？"

"孩子需要照顾，这事难道要我管吗？"

说着，杰米·麦克格雷戈转身走出房间。


"戴维，你了解婴儿的一些习惯吗？"

"什么方面，先生？"戴维·布莱克韦尔问。

"嗯，比如他们喜欢什么玩具。"

这位年轻的美国人说："我想，婴儿都喜欢玩拨浪鼓，麦克格雷戈先生。"

"你去买十多个回来。"杰米命令道。

"是，先生。"

戴维从不多问什么，杰米就喜欢他这样，这小伙子的前途不可小觑。


那天晚上，杰米拿着一个棕色的小包裹回到家，塔利太太见面就说："昨晚发生的事情很抱歉，麦克格雷戈先生。我不知道自己怎么睡过去了。孩子哭得很厉害吧，您在自己房间里都听到了。"

"不用担心，"杰米显得格外通情达理，"只要有人听见就行。"他把包裹递给她。"这是几个拨浪鼓，让孩子玩玩。整天待在婴儿床里，像个囚犯似的。"

"噢，先生，他可不是囚犯。我常常把他带出去。"

"带到哪儿？"

"就在花园里，我可以随时照看他。"

杰米皱着眉头。"昨晚我看他的气色不太好。"

"是吗？"

"是的，他的气色不好。他妈妈回来之前，可不要让他病了。"

"噢，不会的，先生。"

"最好让我再仔细看看。"

"好的，先生。我把他抱过来？"

"抱来吧，塔利太太。"

"马上就来，麦克格雷戈先生。"

几分钟后，小杰米被抱过来，手里攥着一只蓝色拨浪鼓。"先生，您看他的气色看起来很好。"

"噢，也许我弄错了。来，给我抱吧。"

塔利太太小心翼翼地把孩子递过去，第一次，孩子躺在父亲的怀里。顿时，杰米周身涌起一股异样的情感，这让他倍感惊奇。他好像一直期盼着这一刻，就是为这一时刻而活到现在，但他平时却从未意识到。抱在怀里的是他的骨肉——他的儿子，小杰米·麦克格雷戈。如果他身后无人，那么他建立的这个商业帝国，一个拥有钻石、黄金和铁路的帝国，又有什么意义呢？"我可真是一个大傻瓜！"杰米悻悻地想。直到现在，他才意识到自己失去了什么。仇恨蒙蔽了他的双眼。低头看着这张小小的脸蛋，他内心深处那块冷酷坚硬的东西慢慢地融化了。

"把小杰米的婴儿床搬进我的卧室，塔利太太。"


三天后，玛格丽特出现在杰米的别墅门前。塔利太太说："麦克格雷戈先生到办公室去了，玛格丽特小姐。他说过，你来抱孩子时，让我派人去叫他，他想和你谈谈。"

玛格丽特怀里抱着小杰米，在客厅里等着。整整一周，玛格丽特度日如年，太想念小杰米了。好几次她几乎丧失了决心，真想马上奔回克里普德里夫特。她担心孩子会出什么事情，害怕孩子病了，或者出了什么意外，但是她努力地强迫自己不要回来，她的计划成功了。杰米想和她谈谈！一切都会变好的，一家三口就要团聚了。

杰米一走进客厅，玛格丽特便感到那种熟悉的情感冲动。她想："噢，上帝！我还爱着他呀！"

"你好，玛姬。"

她露出微笑，这是一个温暖、幸福的微笑。"你好，杰米。"

"我想要我的儿子。"

玛格丽特的心怦怦直跳。"当然，你不会抛弃你的儿子。杰米，我从未怀疑过。"

"我想好了，我会把他好好抚养成人，给他一切应得的权利。当然，你也会得到照顾。"

玛格丽特疑惑地看着他。"我……我不明白。"

"我说了，我想要我的儿子。"

"我以为……我是说……你和我会……"

"不可能。我只要孩子。"

玛格丽特突然怒不可遏。"我明白了。好吧，我决不让你夺走孩子。"

杰米打量着她，过了一会儿，他说："好吧，让我们达成一个折中方案。你可以留下来陪孩子。你可以做他的……他的家庭教师。"他仔细地观察着她脸部的表情变化。"你还想要什么？"

"我想让我的儿子有一个名分，"她狠狠地咬着牙说，"要他父亲家族的姓氏。"

"好吧，我收养他。"

玛格丽特轻蔑地看着杰米，说："哼！你要收养我的孩子？妄想！你不可能得到我的儿子。我真可怜你，可怜你们伟大的杰米·麦克格雷戈家族。是的，你是有钱有势，但你实际上一无所有，你这个可怜虫！"

说完，玛格丽特抱起孩子，转身走出房间。杰米呆呆地站在那里，眼看着玛格丽特愤愤离去。

第二天早上，玛格丽特准备动身去美国。


"逃避不能解决问题。"欧文斯太太劝解道。

"我不是逃避，我带孩子到新的地方，过新的生活。"

她再不能让自己和孩子忍受杰米的羞辱。

"你什么时候走？"

"尽快。我们先坐客车到伍斯特市，然后从那里坐火车去开普敦。我攒的钱足够我们去纽约了。"

"你还有很长的路要走。"

"这是值得的。他们说美国是一片充满机会的土地，不是吗？这就是我们所需要的。"

令杰米引以为傲的是，他一直是个能在重重压力之下保持冷静的人，但是，他现在坐立不宁，对着每个人大喊大叫。他在办公室吵吵嚷嚷，对任何人做的任何事情都不满意。他咆哮着，抱怨着，难以控制自己的情绪。连续三个夜晚，他辗转反侧，难以入睡。他反复回想着自己和玛格丽特的谈话内容。真该死！他应该预料到她会强迫自己和她结婚。真狡猾，像她父亲一样。他把谈判搞砸了。他对她说过自己会照顾她，但是意思太含糊了。钱，对了，给她钱，一千英镑，一万英镑，哪怕更多。

"我要交给你一项特殊任务。"他叫来了戴维·布莱克韦尔。

"好的，先生。"

"你去找范德莫尔韦小姐谈谈，告诉她我付给她两万英镑，她知道我的交换条件。"杰米签了一张支票。他早就尝到了手中有钱的甜头。"把支票给她。"

"好的，先生。"戴维·布莱克韦尔揣着支票离去。

一刻钟后，戴维回来了，把支票还给老板。支票已被撕成两半，杰米感到自己的脸热辣辣的。"谢谢，戴维，先这样吧。"看来，玛格丽特嫌钱少，好吧，那就多给她一些。不过，这一次他得亲自对付她。

下午晚些时候，杰米来到了欧文斯太太的寄宿公寓。"我想见范德莫尔韦小姐。"杰米说。

"恐怕不可能了，"欧文斯太太的语气硬硬的，"她在去美国的路上。"

杰米觉得自己的肚子好像被人猛击了一拳，哑声说："不可能！她什么时候走的？"

"她带着儿子中午乘客车去伍斯特了。"

伍斯特火车站，火车上挤满了人，座位和过道里都挤满了前往开普敦的旅客，有携带家眷的商人、推销员、矿工、水手、卡菲尔人，还有返回兵营的士兵。大多数人都是第一次乘火车，乘客们喜气洋洋，像过节一样。玛格丽特在

117

窗边找了一个座位，这样杰米便不致被乘客挤伤。她坐在那里，紧紧地抱着孩子，对周围的人视而不见。新的生活就等在她前面，但绝不容易，不管到了什么地方，她都是一个生过孩子的未婚女子，那儿会容纳她吗？但是，她一定要找到一条生路，确保儿子能够过上体面的生活。她听到列车员叫道："请上车！"

她抬头一看，杰米站在那里。"收拾好你的东西，"他命令道，"跟我下车！"

"他还以为他能收买我。"玛格丽特不屑地想着。"你这次出多少钱？"

杰米低头看了看儿子，小杰米躺在玛格丽特怀里，安详地睡着。"我们结婚吧。"

# 第九章

三天后，杰米·麦克格雷戈与玛格丽特·范德莫尔韦举行了婚礼。婚礼仪式非常简单，没有对外公开，唯有证婚人戴维·布莱克韦尔在场。

婚礼仪式上，杰米·麦克格雷戈的心情十分复杂。他向来习惯于控制和操纵他人，而这次却被一个女人摆布。他瞥了玛格丽特一眼，她站在他身旁，显得美艳动人。她的激情和缠绵尚留在他的记忆中，但那不过是一段记忆，是过眼云烟，现在他对她早已失去激情，也无感情。玛格丽特只是他复仇的工具，可她却为他生了继承人。

牧师说："现在我宣布你们结为夫妻。你可以吻新娘了。"

杰米倾身向前，用嘴唇轻轻碰了碰玛格丽特的脸颊。

"回家吧。"杰米说。儿子正在家里等着呢。

回到别墅，杰米带玛格丽特去了厢房的一间卧室。

"你的卧室。"杰米告诉她。

"我明白。"

"我要再雇一个管家，让塔利太太专门照管杰米。如果你需要什么，告诉戴维·布莱克韦尔就行。"

玛格丽特觉得自己好像被打了一巴掌，她像是他的仆人，但这没什么，儿子有了名分，这就足够了。

晚饭时分，玛格丽特一直等着杰米，但是杰米一直没有回家，最后她独自用餐。整个晚上，她躺在床上难以入睡，注意着别墅里的每个响动。凌晨四点钟，她终于昏昏睡去。迷迷糊糊中她想，现在艾格尼丝夫人的妓院里，哪个姑娘正陪着杰米呢？

结婚以后，玛格丽特和杰米之间的冷战没有结束，但她和当地居民的关系却发生了戏剧性的变化。一夜之间，那个曾经人人唯恐避之不及的下贱女人——玛格丽特，变成了克里普德里夫特家家户户的座上宾。因为这儿的绝大部分人都以各种方式依赖杰米·麦克格雷戈和克鲁格–布伦特有限公司讨生活，他们认为，如果杰米·麦克格雷戈疼爱玛格丽特·范德莫尔韦，对她百依百顺，那么他们绝不能得罪她。如今，玛格丽特带着小杰米出门时，一路上迎面而来的是数不清的笑脸和肉麻的问候。各种邀请纷至沓来，她被邀请去参加茶会、慈善午宴和晚宴，还被敦请担任公民委员会主席。她偶尔梳了个新的发型，立马被无数太太争相效仿；她刚穿了一件新样式的黄裙子，这件裙子马上成为时髦的流行款。面对这些谄媚逢迎，玛格丽特就像以前遭遇贬低和嘲弄一样，冷静应对，荣辱不惊。

杰米回到家，只是和儿子待在一起。他对玛格丽特依旧冷淡、疏远。早餐时，因仆人在场，为避免尴尬，玛格丽特总是装成一位幸福的妻子，尽管坐在对面的男人显得不冷不热。当杰米出门后，她就躲回自己的房间，发现自己已满身大汗。她恨自己，自尊哪儿去了？但是她仍然无可救药地爱着杰米。"我爱他，永远爱他。"她祈祷着，"上帝，请帮帮我吧。"

杰米因生意前往开普敦出差三天。他从皇家酒店一出来，一个穿制服的黑人车夫便跑上来说："先生，要马车吗？"

"不要，"杰米说，"我要走走。"

"班达觉得您喜欢乘马车。"

杰米停下来，眼神犀利地盯着黑人。"班达？"

"是啊，麦克格雷戈先生。"

杰米坐上马车，黑人鞭子一响，马车向前奔跑。坐在车上，杰米想着班达，想着两人曾经共冒风险，生死相依。过去的两年里，杰米曾经多次寻找班达，但杳无音信。现在，他就要见到老朋友了。

黑人驾着马车朝海边行驶，杰米马上明白他们要去哪儿。十五分钟以后，马车停在一座废弃的仓库前。噢，这是老地方，二人曾在里面商量怎么冒险潜入纳米布钻石矿。"那时候，我们真是傻，什么都不怕。"杰米想着，跳下马车，走进仓库。里面站着一个黑人，穿着整洁的西装和衬衣，打着领带，正是班达，模样一点未变。

二人站在那里，不说话，只是咧嘴笑着看着对方，然后拥抱在一起。

"看来你发达了。"杰米笑着说。

班达点点头。"我做得还行。我说过要买个农场，我买下了，然后娶了老婆，有两个儿子。我在农场种小麦，养鸵鸟。"

"鸵鸟？"

"卖鸵鸟羽毛很赚钱。"

"啊！我想见见你的家人，班达。"

杰米想起了自己在苏格兰的家人，离家已经四年了，他多么想念他们。

"我一直在找你。"

"我也忙得要死，杰米。"班达凑近说，"我这次要见你，是想提前警告你，你可能会遇到麻烦。"

杰米疑惑地看着他。"什么样的麻烦？"

"纳米布钻石矿的那个监工，汉斯·齐默尔曼，他是个恶棍，矿工们都恨他。他们酝酿着要罢工。如果矿工真的罢工，警卫前去阻止，骚乱就会发生。"

杰米的眼睛一直盯着班达的脸。

"你还记得我曾经向你提起过一个人吗？约翰·坦戈·贾瓦布。"

"知道，他是一位政治领袖。我读过关于他的报道。他一直试图发动黑人起义。"

"我是他的追随者。"

杰米点点头，保证道："我明白了，我知道应该怎么做。"

"好。你现在有影响力了，杰米。我很高兴。"

"谢谢你，班达。"

"你有一个很漂亮的儿子。"

杰米掩饰不住惊讶。"你怎么知道的？"

"好朋友要时时关注对方。"班达站起来，"我将要参加一次集会，杰米，我会告诉他们，纳米布那边的问题能够妥善解决。"

"是的，我会处理。"杰米跟着这位身材高大的黑人走到门口，"什么时候我们再见面？"

班达微笑着。"我随叫随到，你不可能轻易地摆脱我！"

班达走了。


杰米一回到克里普德里夫特，就找来了年轻的戴维·布莱克韦尔。"纳米布钻石矿有什么麻烦吗？戴维。"

"不确定，麦克格雷戈先生。"他迟疑地说，"我听到一些流言，那儿可能会有麻烦。"

"纳米布的监工是汉斯·齐默尔曼。你去调查一下，看他是否虐待矿工。如果是真的，马上阻止。你要亲自去纳米布走一趟。"

"我明早就出发。"


戴维到了纳米布钻石矿，私底下找警卫和矿工了解情况。两个小时内，他听到的情况使他怒火中烧。随后，他就找来监工汉斯·齐默尔曼。

汉斯·齐默尔曼是一个彪形大汉，像《圣经》中的巨人歌利亚。他体重三百磅，身高六英尺六英寸，长着一张油腻腻的猪脸，眼睛充满血丝，戴维·布莱克韦尔最讨厌这种男人。克鲁格-布伦特有限公司雇用的监工中，齐默尔曼做事颇有手腕，手段狠辣。戴维走进他的小办公室，这家伙正坐在办公桌后面，肥硕的身躯使这间办公室显得十分矮小。

齐默尔曼站起身，忙跟戴维握手，说道："很高兴见到你，布莱克韦尔先生。你要来这儿，应该事先告诉我。"

戴维一听，就知道自己到这里的消息已经传到了齐默尔曼耳中。

"威士忌？"

“不了，谢谢你。”

齐默尔曼靠在椅子上，咧着大嘴笑着说：“我能为你做些什么？难道我们挖出的钻石还不能满足老板吗？”

两人都知道纳米布的钻石产量非常高。“公司里除了我，谁也没有这样的手段，能让这些黑鬼更卖力。”齐默尔曼夸着海口。

“我们收到了一些针对工作条件的投诉。”戴维说。

齐默尔曼脸上的笑容消失了。“投诉什么？”

“听说这儿的矿工受到虐待，而且……”

齐默尔曼忽地站了起来，动作异常敏捷。他满脸通红，怒不可遏地说：“这些畜生！黑鬼！你们这些人整天坐在总部办公室……”

“听我说，”戴维说，“不要……”

“你闭嘴！在公司的各处钻石矿里，我比任何人挖到的钻石都多得多，你知道为什么吗？因为这些杂种害怕我。”

“在其他矿区里，”戴维说，“我们每个月付给矿工五十九先令，绝不会少。你每个月只付给他们五十先令。”

“我为你们省了钱，你们还抱怨？不知道利润是最重要的吗？”

“杰米·麦克格雷戈先生不同意。”戴维回答说，“你要提高他们的工资。”

齐默尔曼闷闷不乐地说：“好吧，反正是老板的钱。”

“我还听说矿工经常遭受鞭打。”

齐默尔曼哼了一声，说：“天哪！打不坏那帮黑鬼，先生。他们皮糙肉厚，根本感觉不到那该死的鞭子。鞭打只不过是为了吓唬吓唬他们。”

“你已经吓死三个矿工了，齐默尔曼先生。”

齐默尔曼耸耸肩，不屑一顾地说：“还会有更多的黑人挤破脑袋来这儿呢！”

这个该死的畜生，戴维恨恨地想，他会惹乱子的。他抬头看着这个大块头。“如果这儿再有麻烦的话，你就会被换掉。”他站了起来，“你得把你的矿工当人对待，不能再鞭打他们。我已看过他们的住处，简直是猪圈，你需要彻底清扫一下。”

汉斯·齐默尔曼瞪着戴维，竭力控制自己的怒火。"还有别的吗？"他勉强问了这么一句。

"没了，三个月后我再来。如果这儿还是这样的话，你就换一家公司吧。再见。"戴维转身走了出去。

汉斯·齐默尔曼久久地站在那儿，心中充满了怒火。这些傻瓜，他骂道，这些外国佬。齐默尔曼是布尔人，他父亲也是。这是布尔人的土地，上帝把黑人安置在这里，是让他们为白人服务的。如果上帝要把黑人当人对待，就不会让他们生一身黑皮肤了。杰米·麦克格雷戈不懂这一点，但他是一个外国佬，一个喜欢土著的外国佬，他又懂些什么呢？汉斯·齐默尔曼自忖，今后自己要加倍小心，但是他要让他们知道，谁才是纳米布的主宰者。


克鲁格-布伦特有限公司不断地扩张，杰米·麦克格雷戈买了一家加拿大造纸厂和一家澳大利亚造船厂，这使得他大部分时间都忙于公务，很少回家。偶尔回家，就跟儿子玩在一起。儿子长得越来越像他，杰米对儿子疼爱有加。他出远门长途旅行的时候，想要带着孩子，遭到了玛格丽特的拒绝。

"他还太小，禁不起长途折腾。等他长大了，再跟你一起出门。如果你想多陪孩子，就早点回家。"

不知不觉，儿子已经度过第一个生日，接着是第二个。对杰米来说，时光真是如白驹过隙，转瞬即逝，转眼到了一八八七年。

这两年，玛格丽特简直度日如年。每到周日晚上，杰米在家宴请客人，这时玛格丽特就成了热情好客的女主人。男人们感到她既诙谐又聪明，都喜欢跟她聊天，感到意犹未尽。她知道，这些男人迷恋于她的魅力。当然，他们不敢有任何非分的想法，因为她的丈夫是杰米·麦克格雷戈。

宾客散尽，玛格丽特就会问："今晚有不如意的地方吗？"

杰米总是回答说："很好，晚安。"随后就去看小杰米。几分钟以后，别墅大门开闭的声音传来，杰米又出去了。

一夜又一夜，玛格丽特·麦克格雷戈躺在床上，哀怜自己的委屈和无奈。她知道，其他女人都羡慕她，这使她更加痛苦，她不值得羡慕，而是应该被怜悯啊。她的婚姻就是做戏，丈夫待她还不如陌生人。他甚至都不看她一眼！她在心里想，某次吃早餐时，她端起一碗从苏格兰进口的燕麦粥，扣在这个傻瓜的脑袋上，他会有什么反应？她想象着他脸上可能出现的表情，这些想象使她觉得有趣，她忍不住咯咯笑起来，接着笑声又变成了深深的、痛苦的抽泣。

"我再也不要爱他了。我不会爱他了。我要停下来，不然我就完了……"

到了一八九〇年，杰米眼中的克里普德里夫特已今非昔比。他在这儿生活了七年，它已变成了一座生机勃勃的繁荣城市。挖矿工人从世界各地不断拥入，还是老样子，有的坐马车，有的乘牛车。刚来时，他们衣衫褴褛，一无所有。他们需要食品、工具、借款和栖身之所，杰米·麦克格雷戈为他们提供这一切。他现在已经拥有数十个钻石矿和黄金矿的股份，成为当地显贵。一天早上，杰米接待了戴比尔斯公司的一位律师。戴比尔斯公司是一家大型的联合企业，控制着金伯利的大型钻石矿。

"有何事能为您效劳？"杰米问。

"麦克格雷戈先生，我被委托来向您提供一个合作意向。戴比尔斯公司想要买断您的股份。请报价吧。"杰米一听，惊喜万分，微笑着说："请贵方先报价吧。"

戴维·布莱克韦尔越来越受器重。在这个美国青年身上，杰米看到了昔日的自己。小伙子诚实、聪明、忠诚。杰米先让他做自己的秘书，之后又让他成为自己的私人助理。二十一岁时，戴维成为公司的总经理。

对戴维·布莱克韦尔来说，杰米·麦克格雷戈简直是父亲的化身。当自己的父亲心脏病发作时，杰米安排他进了医院，而且支付了医疗费用。父亲去世时，杰米·麦克格雷戈又安排了丧葬事宜。为克鲁格-布伦特有限公司工作的五年里，慢慢地，戴维比任何人都更加尊敬杰米。他意识到杰米和玛格丽特之间的冷战关系，他为此深感惋惜，两个人他都很喜欢。"但是老板的私事我不好插手，"戴维告诉自己，"我竭尽所能做好自己的本职工作吧。"

杰米跟儿子相处的时间越来越多。孩子五岁时，杰米第一次把他带到矿区参观。随后的一周里，小杰米兴致勃勃地告诉妈妈矿区的新闻。他们还去野营，在星空下睡在帐篷里。杰米习惯了苏格兰的星空，在苏格兰的夜晚里，他熟悉哪个星座处于哪个位置，但是在南非，星座的位置让他摸不着头脑。一月份，老人星在头顶闪耀着璀璨的光芒；到了五月份，那个位置上却变成了南十字星座；七月份，南非的隆冬，天蝎座则成为苍穹中心最亮的星星，这确实让他感到困惑。躺在温暖的南非土地上，儿子就在身边，父子一起仰望无垠的星空，有一种今夕何夕的感觉，自己也成为永恒世界的一部分。

天刚破晓，他们就爬起来打野味，有斑鸠、珍珠鸡、小苇羚和侏羚。小杰米有他自己的小马。父子俩骑马在草原上穿行，不时小心翼翼地避开食蚁兽挖的洞穴，它们有六英尺深，足以吞没马匹和骑手。那些小一点的洞是狐獴挖成的。

草原里面危机重重。有一次，父子二人在干涸的河床上露营，差一点被一群迁徙的跳羚踩死。那天，地平线上涌起一片迷漫的尘土，这是危险的征兆。接着，只见野兔、胡狼、狐獴狂奔过去，长蛇从灌木丛中钻出，四处游走，寻找可以藏身的岩隙。杰米又看了看地平线，那儿的尘埃像乌云似的越来越近。

"快离开这里。"杰米说。

"帐篷——"

"别管了！"

两人迅速爬上附近的一座山顶，身后传来嘚嘚的马蹄声一样的声音，然后看到前排呈一字形，长达三英里的跳羚群飞奔而来，数量超过五十万只。羚群所经之处，树被刮倒，灌木丛被碾压得枝叶乱飞，无数小动物的尸体血肉模糊，兔子、蛇、胡狼和珍珠鸡都惨死在跳羚的蹄下。空气中尘埃弥漫，雷鸣般的声音回响着。羚群终于过去了，杰米估计，前后持续了足有三个多小时。

小杰米的六岁生日到了，父亲说："下周爸爸要带你去开普敦，让你看看真正的城市是什么样子。"

"妈妈和我们一起去，好吗？"小杰米恳请道，"妈妈不喜欢打猎，但是妈妈喜欢城市。"

父亲抚摸着孩子的头发，说："妈妈在家很忙，儿子。就咱们两个男人，嗯？"

自己的父母似乎彼此疏远，孩子感到不安，但不知道为什么。

他们坐在杰米的私人火车车厢里前往开普敦。一八九一年，火车已经成为南非最主要的交通工具，因为火车方便、快捷，票价便宜。杰米定制的私人车厢长七十一英尺，有四个豪华特等舱，舱壁镶着高级木板，可容纳十二个人，其中一间可用作办公室会客，还有餐厅、酒吧间和一间设备齐全的厨房。特等舱里有黄铜床、煤气灯和宽大的观景窗。

"其他旅客在哪儿呀？"小男孩问。

杰米大笑。"我们就是旅客啊。这是你的车厢，儿子。"

旅途的大部分时间，小杰米都好奇地望向窗外，一望无际的田野飞驰而过。

"这是上帝赐予我们的土地，"父亲告诉他，"这块土地里埋藏着许多珍贵的矿物，都埋在地下，等着让人去挖掘。现在我们只挖掘了一丁点，孩子。"

到了开普敦，年幼的小杰米被拥挤的人群和雄伟的建筑所震撼。杰米带着儿子来到麦克格雷戈航运公司，港口的六七艘轮船正在装卸货物。杰米指着轮船说："看见那些轮船了吗？那是我们的船。"

回到克里普德里夫特，年幼的小杰米喋喋不休地给妈妈讲着一路的见闻。"那个城市都是爸爸的！"男孩叫道，"你会喜欢它的，妈妈。下次带你去看。"

玛格丽特紧紧地抱住儿子。"好的，宝贝。"


无数个夜晚，杰米都在外面过夜。玛格丽特知道，他在艾格尼丝夫人的妓院里眠花宿柳。她听说他给里面的一个婊子买了一栋房子，那是他们的幽会之所。不知这一消息是不是真的，玛格丽特只想知道那婊子是谁，她想杀了她。

为了不让自己发疯，玛格丽特强迫自己关注这个城市的各种事务。她筹资建了一座新教堂，而且发起更多的人出钱出力，帮助那些穷困的挖矿工人家庭。她还要求杰米提供一节火车车厢，免费运送那些一贫如洗、身处绝境的挖矿工人返回开普敦。

"你这个女人，你这是让我撒钱啊！"他叫嚷着，"他们怎么来的，就怎么回去！"

"他们太虚弱了，根本走不回去。"玛格丽特争辩说，"如果他们留在这儿，这个城市也必须负担他们的衣食费用。"

"好吧，"杰米终于嘟囔着，"真是一个愚蠢的主意。"

"谢谢你，杰米。"

他注视着玛格丽特大步走出办公室，心中竟然对她生出某种自豪感。这是一位好妻子，可是自己……杰米无奈地想着。


杰米包养的女人也叫玛姬，就是上次迎婴派对上坐在玛格丽特旁边的那个漂亮妓女。杰米想，她与自己的妻子同名，这太讽刺了。她们两人毫不相同。这个玛姬只有二十一岁，是个金发女郎，长着一张讨人喜欢的脸蛋，身材前凸后翘——躺在床上就像一头母老虎。杰米付了艾格尼丝夫人不少钱，她才让他把这个女孩带出来，他对玛姬出手十分阔绰。每次杰米来到这所小房子，都格外小心，以免被人发现。他总是到了晚上才做贼似的溜进来，以为自己行动隐秘，无人看到。事实上，许多人早就看到了，只是大家都心照不宣，没有人敢说三道四罢了。杰米·麦克格雷戈是这儿的主宰，他有权做任何事情，只要他喜欢。

这天晚上，杰米感到索然无味。他来到这所房子，只为了找乐子，可是玛姬的情绪很糟糕。她叉开两腿躺在大床上，玫瑰红色的睡袍半遮半掩，高耸的乳房多半露在外面，大腿间柔滑的金色三角部位隐约可见。"天天待在这所该死的房子里，我已经烦腻了。"她嚷道，"我不是奴隶！在艾格尼丝夫人那里，一天到晚和姐妹们在一起，还有些乐子。你出门旅游怎么不带我？"

"我已经说过了，玛姬，我不能……"

她忽地跳下床，充满挑衅地站在他面前，那件睡袍完全敞开。"放屁！你带着你儿子到处跑，难道我还比不上你儿子？"

"比不上，"杰米冷冷地说，声音平静，但火药味十足，"你比不上。"他走到酒柜前，给自己倒了一杯白兰地。这是第四杯了——比平时喝的要多得多。

"在你那儿，我什么也不算，"女人尖叫起来，"只不过是个傻瓜。"她把头向后一仰，肆意地嘲笑道："你这自以为是的、虚伪的苏格兰乡巴佬！"

"是苏格兰人，不是苏格兰乡巴佬。"

"看在基督的分儿上，不要再对我指手画脚，好不好？我无论做什么，你都不满意。你认为你是谁？是我该死的父亲？"

杰米忍无可忍，说："明天你就回你的老窝，回到艾格尼丝夫人那里去。我会先告诉她。"他拿起帽子，向门口走去。

"你不能这样把我甩了，你这个浑蛋！"她追上来，气得发狂。

杰米在门口停了下来。"就这样定了。"他消失在夜色中。

杰米跟跟跄跄地往家走，神思恍惚。或许自己喝了不止四杯白兰地，他不能肯定。他想着今晚躺在床上的玛姬，她全身赤裸，挑逗地抚摸着他，用舌尖舔他的胸膛，令他欲火中烧，然后她脸色一变，抱怨并辱骂他，这使他如火的情欲突然中止，无法释放。

杰米回到别墅，走进前厅，朝自己的房间走去。经过玛格丽特的卧室时，他看到房门紧闭，门缝透出灯光，她还没睡。杰米的脑中闪出玛格丽特躺在床上销魂的样子，穿着一件薄睡袍，身体若隐若现，也许什么也没有穿。他想起奥兰治河畔的树荫下，被他压在身子底下的玛格丽特那玲珑的曲线和高耸的双乳！在酒精的驱使下，他推开玛格丽特卧室的门，走了进去。

玛格丽特躺在床上，在煤油灯下看书。她惊讶地抬起头。"杰米……怎么回事？"

"我想来看一下我的妻子。"他含混不清地咕哝道。

她穿着一件透明的睡衣，那对丰满的乳房鼓鼓的。天哪！她的身材真美！他开始脱衣服。

玛格丽特从床上跳起来，眼睛睁得大大的。"你要做什么？"

杰米用脚一踢，身后的门砰的一声关上。他走到她身边，扯掉她身上的衣服，把她扔到床上，二人躺在一起，全身赤裸。"老天！我要你，玛姬。"

杰米醉醺醺的，不知道自己强迫的是哪个玛姬，是家里的还是妓院。这次的抗拒有些厉害！是的，这是他的小野猫，他喜欢。他一边得意地大笑，一边使劲地按住身下不断扭动的手臂和大腿。这时，玛格丽特突然伸开双臂，把杰米抱得紧紧的，呢喃着："噢，我亲爱的，我亲爱的杰米，我太需要你了。"杰米迷迷糊糊地想："我不应该对你那么刻薄。明天早上，我就告诉你，你不必回到艾格尼丝夫人那儿去……"

次日早上，玛格丽特醒来，发现自己一人躺在床上。她耳中回响着杰米的话："天哪！我要你，玛姬。"她立马感到满心欢喜。她的感觉没错，他的确爱着自己。等待是值得的，这些年的痛苦、孤独和屈辱，对她来说也是值得的。

这天，玛格丽特喜气洋洋。她洗了澡，梳洗了头发，衣服换了十几件，不知哪件最讨杰米欢喜。她打发走了厨师，自己准备杰米最喜爱的饭菜。她把餐桌上的烛台和鲜花摆来摆去，直到自己满意为止。但愿这是一顿完美的晚餐。

晚饭时，杰米没有回家，整夜都没有回家。玛格丽特坐在书房里等着，直到凌晨三点，她才独自一人上床睡觉。

次日晚上，杰米才回家。他面无表情地向玛格丽特点点头，然后走进了儿子的房间。玛格丽特站在那里，茫然地望着那个背影，然后慢慢转过身子，端详着镜子里自己的面容。镜子告诉她，她看起来是那么漂亮。靠近再细看，她认不出镜子里的那双眼睛。那是一双陌生的眼睛。

# 第十章

"好吧，告诉您一个好消息，麦克格雷戈太太，"泰格医生笑着说，"您有身孕了。"

玛格丽特一听就惊住了，不知道该笑还是该哭。这是好消息吗？再把一个孩子带进没有爱情的婚姻，不可能！玛格丽特再也不能忍受这种耻辱，她得为自己寻找一条出路。想到这儿，她顿时感到胃里一阵翻腾，恶心欲吐，浑身汗津津的。

泰格医生会意地说："是晨吐吧？"

"有点。"

他递给她几盒药。"带上这些药，很有效。您的身体很好，麦克格雷戈太太，什么也不用担心。您一回到家，就把这个好消息告诉您丈夫。"

"好的，我会的。"她显得魂不守舍。

吃早餐时，玛格丽特说："刚才我去看了医生。我怀孕了。"

杰米一言不发，扔下餐巾，从椅子上站了起来，怒气冲冲地走出了房间。就在这一刻，玛格丽特意识到，自己爱杰米有多深，就恨他有多深。

这次妊娠反应剧烈，玛格丽特大部分时间都躺在床上，浑身无力，精神疲惫。床上的她，神志恍惚，耽于幻想之中。她似乎看到杰米跪在她的脚旁，祈

131

求她原谅，然后再次疯狂地和她做爱。但这只是幻觉，残酷的现实摆在她面前，她陷入困境，无路可走。即使毅然离去，杰米能让她带走儿子吗？

小杰米七周岁了。这是一个结实、帅气的男孩，思维敏捷，风趣幽默。他对母亲愈加亲近，似乎已经意识到了母亲的痛苦。在学校里，他动手做些小礼品，然后带回家送给母亲。这时候，玛格丽特会微笑着感谢他，抑郁的心情减轻大半。有时，小杰米问为什么父亲夜里不回家，而且不带她出门，玛格丽特只能回答说："你爸爸的职责很重要，杰米，他要忙着重要的事情，他没有时间啊。"

"我和孩子父亲之间的问题是我的问题，"玛格丽特想，"不能让杰米恨他的父亲。"

玛格丽特的肚子越来越大。她走在街上时，熟人常常会拦住她说："快生了吧？麦克格雷戈太太。我打赌，一定又是个像小杰米那样的帅小伙。您丈夫可真有福气！"

可是一转脸，他们又在背后说："真可怜，看她的样子。啧啧！她一定发现了丈夫在外面偷腥的事……"

玛格丽特试着想让小杰米做好迎接新生命的准备。"宝贝，你就要有个弟弟或妹妹了，这样你就会有人陪你玩耍了，好不好？"

杰米抱着她，说："妈妈，我们都陪着你。"

玛格丽特的眼泪在眼眶里打着转，最终没有流下来。

凌晨四点，阵痛发作了。塔利太太派人请来汉娜，那个黑人接生婆。中午时分，婴儿生了下来，是个健康的女婴，嘴长得像母亲，下巴像父亲，红红的小脸蛋，乌黑的鬓发。玛格丽特给她起名凯特，这是一个好名字，意味着坚强。玛格丽特想，自己也需要坚强，她们母女都需要。"我一定要把两个孩子带走，离开这冷冰冰的地方。但是应该怎么办呢？一定能找到办法。"

戴维·布莱克韦尔没有敲门就闯进了杰米·麦克格雷戈的办公室，杰米惊讶地抬起头，问道："什么事？"

"纳米布矿出事了！"

杰米腾地站起来。"什么？发生了什么事？"

"一个黑人男孩想偷一颗钻石，不幸被抓住了。他把自己的腋窝割开，把钻石藏了进去。为了杀一儆百，当着其他矿工的面，汉斯·齐默尔曼鞭打那孩子。最后孩子死了，他才十二岁。"

杰米勃然大怒。"天哪！我早已下令，所有矿区禁止鞭打矿工。"

"我也警告过齐默尔曼。"

"开除那个杂种。"

"我们没有找到他。"

"为什么？"

"他在黑人手里。那儿的局势已经失控。"

杰米抓起帽子，匆匆说："你留在这儿，处理公司事务，等我回来。"

"我认为您去那儿不安全，麦克格雷戈先生。汉斯打死的那个孩子是班图人，来自巴罗隆部落。这个部族的人不会宽恕，也不会忘记。我可以……"

杰米已经走了。


离纳米布钻石矿还有十英里，杰米·麦克格雷戈就看见那儿烟雾腾空而起。钻石矿的所有屋子都被点燃了。"这些该死的傻瓜，"杰米想，"他们把自己居住的屋子烧掉了。"马车越驶越近，枪声和尖叫声传来。警察们全副武装，朝着想拼命逃跑的黑人和混血人开枪，现场一片混乱。黑人人数十倍于白人，但是白人有杀人的武器。

警察局长伯纳德·索塞一看见杰米·麦克格雷戈，便急忙跑过去，对杰米说："别担心，麦克格雷戈先生。这些杂种一个也跑不掉。"

"见鬼去吧！"杰米恶狠狠地喊，"让你的人停止射击。"

"什么？如果我们……"

"照我说的做！"眼前，又一个黑人妇女在枪林弹雨中倒了下去，杰米怒不可遏。"快让你的人停止射击！"

"遵命，先生。"警察局长向助手下达了命令，三分钟之后，枪声停了。

地上横七竖八地倒着尸体。"如果您听我的建议，"索塞说，"我要——"

"我不需要你的建议，把他们领头的带过来见我。"

两名警察押来一个年轻的黑人。他戴着手铐，身上血污斑斑，但看起来毫无畏惧。他直挺挺地站在那儿，双眼喷着怒火。杰米脑海中闪过一个词——伊斯科，这是班图人的信仰，班达以前提过。

"我是杰米·麦克格雷戈。"

这个黑人啐了一口唾沫。

"发生这些事情不是我授意的。我可以赔偿你们。"

"去跟死者的家属说吧。"

杰米转身问索塞道："汉斯·齐默尔曼在哪儿？"

"我们也在找他，先生。"

杰米看到黑人眼睛里精光一闪，他知道，汉斯·齐默尔曼再也找不到了。

他对黑人说："钻石矿关闭三天。请你转告你们的人，把你们的要求列在单子上，我来处理。我答应你，一定秉公处理这件事。这里凡是有不合理的地方，都会改过来。"

黑人打量着他，脸上露出狐疑的神情。

"这里会来一个新监工，生活条件也会得到改善。不过，我希望你们三天后复工。"

警察局长感到难以置信，提醒说："您准备放走这个人？他可是杀了我们好几个人呢。"

"我们要进行充分的调查，并且……"

这时，传来一阵马蹄声，杰米回头一看，来人是戴维·布莱克韦尔。他的突然出现使杰米倍感意外。

戴维跳下马背，着急地说："麦克格雷戈先生，您儿子失踪了。"

霎时间，整个世界一片安静。


在克里普德里夫特，一半居民加入了搜索队伍。他们找遍了乡村，搜遍了那儿的沟壑、峡谷和陡坡，没有找到孩子的任何踪迹。

杰米像着了魔一样。他一遍遍地自言自语："他跑远了，不知跑到什么地方去了。他会回来的。"

他走进玛格丽特的卧室，她正躺在床上给婴儿喂奶。

"有消息吗？"她问。

"还没有，我会找到孩子的。"他看了一眼女儿，一言不发地转身出去。

塔利太太走进房间，双手在围裙上擦来擦去。"别担心，麦克格雷戈太太。杰米是个大孩子了，他会照顾好自己的。"

玛格丽特眼中的泪水模糊了视线。"没人会伤害小杰米的，对不对？当然不会。"

塔利太太俯身从玛格丽特怀里接过凯特。

"您睡会儿觉吧。"

塔利太太把女婴抱进婴儿房，放到婴儿床里。凯特看着她，咧嘴笑着。

"你也得睡会儿了，小家伙。将来够你忙的。"

塔利太太走出房间，随手关上房门。

午夜时分，婴儿房的窗户被悄悄地撬开，黑人班达爬了进来。他走近婴儿床，用一条毯子裹住婴儿，抱在怀中，飞快地离去。


塔利太太发现凯特不见了。起初，她以为麦克格雷戈太太夜里过来把孩子抱走了。她走进玛格丽特的卧室，问道："宝宝在哪儿？"

玛格丽特一听，脸色大变，顿时塔利太太明白又出事了。


又一天过去了，儿子仍毫无下落，杰米已濒临崩溃。他走近戴维·布莱克韦尔，声音嘶哑地问："小杰米不会出什么事吧？"

戴维只能信誓旦旦地说："不会的，麦克格雷戈先生。"

事实上，他知道一定出事了。他警告过杰米·麦克格雷戈，班图人既不会宽恕，也不会忘记，而这次骚乱的起因是一个班图少年遭到杀害。有一点戴维确信无疑：如果班图人抓走小杰米，他会死得很惨，因为班图人一定要让仇人血债血偿。

直到凌晨，杰米才精疲力竭地回到家。他亲自带领一个由市民、矿工和警察组成的队伍到处搜寻，花了整个通宵，找遍了所有能够想到的地方，但毫无结果。

杰米走进书房，戴维等在里面。他站起来，说道："麦克格雷戈先生，您的女儿被绑架了。"

　　杰米一言不发地看着他，面如死灰，转身走进了卧室。

　　杰米已经两天两夜没有睡觉了。他倒在床上，像虚脱了一般，立刻沉沉睡去。模模糊糊地，他发现自己躺在一棵面包树的树荫下，远处是杳无人迹的大草原，草原深处，一头猛狮正朝他走来。小杰米不断地摇着他的身子。"快醒醒，爸爸，狮子来了。"那头野兽越走越快。儿子更加用力地摇他。"快醒醒！"

　　杰米睁开眼睛，只见班达站在面前。杰米刚想说话，班达便用手捂住了他的嘴。

　　"小声点！"他让杰米坐了起来。

　　"我的儿子在哪儿？"杰米问。

　　"他死了。"

　　房子开始旋转起来。

　　"我很抱歉。我去晚了，来不及阻止他们。你们欠了班图人血债，班图人一定要复仇。"

　　杰米用手捂住了脸。"噢，我的上帝啊！他们对他做了什么？"

　　班达的声音里也充满了无尽的悲伤。"他们把他扔到了沙漠里。我……我找到了他的尸体，把他埋了。"

　　"啊，不！拜托，不要！"

　　"我本想尽力救他，杰米。"

　　杰米缓缓地点点头，无奈地接受了现实。然后，他又漠然地问："我的女儿怎么样了？"

　　"在他们动手之前，我就把她带走了。现在她正在自己的卧室里睡觉。如果你履行承诺，她就会安然无恙。"

　　杰米抬起头，脸上充满了仇恨。"我会信守诺言，但是那些杀死我儿子的人，我绝不放过。"

　　班达平静地说："那么，你要杀掉我们全部班图人，杰米。"

　　班达走了。

这只是一场噩梦，玛格丽特紧闭着眼睛，因为她知道，一旦睁开眼睛，噩梦就会变成现实，她的孩子就会死去。她玩了一个游戏。她一直闭着眼睛，一动不动，直到她感到小杰米把手放在她的手心里，悄声说："没事了，妈妈。我们都回来了。我们都很安全。"

　　她躺在床上三天了，不和任何人说话，也不见任何人。泰格医生来了又走，她一点也不知道。午夜时分，玛格丽特躺在床上，闭着眼睛，突然，她听到儿子房间传来一声巨响。她睁开眼睛，听着。又传来一个声音。小杰米回来了？

　　玛格丽特匆匆下了床，穿过走廊，奔向儿子的房间。房门紧闭，里面传来怪异的动物般的声音。她的心狂跳着，猛地推开了门。

　　自己的丈夫躺在地板上，面部扭曲，身子扭来扭去。他一只眼睛紧闭着，另一只眼睛怪异地盯着她。他想要说话，可是说出的话像动物发出的叫声，口水不断地流下来。

　　玛格丽特低声叫着："噢，杰米……杰米！"


　　泰格医生说："恐怕是个坏消息，麦克格雷戈太太。您丈夫突发严重的中风，活下来的概率只有一半。不过，即使他能活下来，也是一个植物人。我安排一下，把他送进一家私人疗养院，他在那里能得到适宜的照顾。"

　　"不用。"

　　泰格医生惊讶地看着玛格丽特。"不……为什么？"

　　"不送疗养院，我想让他留在家里。"

　　医生想了想，说："好吧。您需要一个护士，我安排——"

　　"我不需要护士。我自己来照顾他。"

　　泰格医生摇摇头。"那不可能，麦克格雷戈太太。您根本不知道照顾瘫痪的病人有多麻烦。您丈夫不再是一个正常人，他完全瘫痪了，再也站不起来了。"

　　玛格丽特说："我能照顾好他。"

　　现在，杰米终于真正地属于她了。

# 第十一章

从发病到离世，杰米·麦克格雷戈躺了整整一年。这一年也是玛格丽特一生中最快乐的时光。杰米完全丧失了意识，既不能说话，也不能活动。玛格丽特无微不至地照料着他，无论白天还是黑夜，天天守护在他身旁。白天，她把他抱进缝纫间的一张轮椅中，一边为他编织毛衣和长袍，一边对他说话。她向他絮叨所有家庭琐事，这些事情他过去从来无暇顾及；她还告诉他小凯特长得多么可爱。晚上，她把骨瘦如柴的男人抱进自己的卧室，轻轻地把他放在床上，就在自己的旁边。她替他盖好被子，然后自己就开始说话，说啊说啊，一直说到入睡。

戴维·布莱克韦尔全权掌管了克鲁格-布伦特有限公司。不时地，他到玛格丽特的别墅来，拿来一些文件让她签字。看到僵尸一样躺在那儿的杰米，戴维心痛得难以忍受。"他有恩于我，我的一切都是他给予的。"戴维想道。

"你的眼力真不错，杰米，戴维可真能干啊。"她停下手里的毛线活，微笑着说，"他真有点像你。当然，谁也不会像你那么聪明，亲爱的。以后也不会有的。你长得多么帅，杰米，又善良又强健。你又敢于梦想。现在你所有的梦想都实现了，我们的公司一天天好起来。"她又拿起毛线活。"小凯特开始说话了，我保证她今天早上喊了'妈妈'……"

138

杰米斜躺在轮椅里，一只眼睛盯着前方。

"她的眼睛和嘴真像你，长大后一定是一个美人……"

次日早上，玛格丽特醒来，发现杰米·麦克格雷戈已经死了。她把他抱在怀里，紧紧地搂着那骷髅似的身躯。

"安息吧，亲爱的，安息吧。我一直爱着你啊，杰米，我希望你别忘了。永别了，我的爱人。"

丈夫和儿子都离她而去，只剩她和女儿凯特相依为命了。

玛格丽特走进婴儿室，俯身凝视着睡在婴儿床里的凯特。凯特，这个名字来自希腊语，在希腊语里意思是明亮或纯洁，通常这是圣人、修女和女王的名字。

玛格丽特下意识地脱口而出道："你将来会成为什么人呢，凯特？"


当时的南非处于大发展时期，同时伴随着种族和民族冲突。在德兰士瓦省，长期以来，布尔人同英国人之间存在着分歧。后来，这种分歧不断积累，终于发展到一触即发的地步。一八九九年十月十二日，周四，这天恰好是凯特七岁生日，就在这一天，英国人向布尔人宣战，英布战争爆发。三天之后，奥兰治自由邦遭到攻击。戴维劝说玛格丽特带着凯特离开南非，但是玛格丽特拒绝离开。

"我丈夫还留在这儿呢。"她说。

戴维见玛格丽特不愿离去，他也感到无能为力。"我要加入布尔人的队伍参战。"戴维对她说，"你自己能行吗？"

"没问题。"玛格丽特说道，"我不会让公司垮掉的。"

第二天早上，戴维走了。


英国人本以为战争快捷而轻松，不过是一场扫荡战。战争伊始，英国人显得信心十足，轻松愉快，全国上下一派节日气氛。在伦敦海德公园的兵营里，欢送宴会隆重举行。宴会菜单是精心设计的，上面有一幅画，一名英国士兵举着一个托盘，上面放着一只野猪头。菜单上写道：

好望角中队的欢送晚宴

一八九九年十一月二十七日


菜单：

蓝点生蚝

什菜汤

烤饼卷香肠

烤龙利鱼

马菲肯羊肉

德兰士瓦萝卜浇水瓜汁

比勒陀利亚山鸡

白汁沙司

炸薯球

平安布丁蘸马萨糖霜

荷兰奶酪

甜食


（请不要把蚌壳扔在桌下）

布尔人哀号——英国人胜利

为了荷兰人丢盔卸甲

痛饮橘子酒


　　然而，战争的进程令英国人大感意外。布尔人为保护自己的领土作战，士气高涨。第一场战役发生在马菲肯，那儿只不过是个小村庄，可是英国人首次尝到了对手的勇猛，首战失利，于是他们又迅速调来了增援部队。他们包围了金伯利，经过激烈的血战，才夺取了莱迪史密斯，双方死伤惨重。最初，布尔人的大炮射程比英国人的要远，于是英国人把军舰上的远程大炮卸下来，从沿海运到几百英里远的南非内陆地区，那些海军官兵只好离开自己的军舰，一路跋涉来到内陆，使用这些大炮作战。

140

在克里普德里夫特，玛格丽特焦急地打听着每一场战斗的消息。她和周围的人笼罩在各种谣言中，不同的谣言传来，他们的情绪从兴奋变为绝望沮丧。一天早上，一名雇员跑进她的办公室，说道："我刚听人说英国军队在向克里普德里夫特推进，他们会杀掉我们！"

"胡说，他们不敢。"

五个小时后，玛格丽特·麦克格雷戈成了战俘。

玛格丽特和凯特被带到帕尔伯格集中营，这是英国人在南非临时建立起来的数百个集中营之一。战俘们被关在一片巨大的空地上，周围有带刺的铁丝网，由全副武装的英国士兵看守着。集中营里的生活条件很糟糕。

玛格丽特把凯特抱在怀里，说："别害怕，亲爱的，我们不会有事的。"

然而，每一天都伴随着恐怖，人人都处于惊恐之中。可怕的热病在集中营流行起来，周围的人不断死去。开始是几十人、几百人，后来是上千人。没有医生和药物治疗那些伤病员，食物也极度匮乏。这场噩梦持续了近三年的时间。对玛格丽特来说，最糟糕的是那种陷入绝境的感觉，自己和凯特的命运完全听凭英国人的摆布，要靠他们才能得到食物，才能活命。凯特也一直处于恐惧之中，看到身边的孩子一个个死去，她害怕下一个就轮到自己了。这种恐惧烙在她的脑海中。权力，如果你有权力，你就有食物，你就有药，你就有自由。看到周围的人不断地病倒、死去，她感叹权力就是生命。凯特想："总有一天，我将握有权力，那时，谁也不敢再这样对我了。"


激战仍在继续——在贝尔蒙特、格拉斯潘、斯托姆贝赫和斯皮温山。最终，勇敢的布尔人并不是大英帝国的对手，在英国强大的军事压力下，经过将近三年的血腥战争，一九〇二年，布尔人投降了。

五万五千名布尔人参加了战斗，三万四千名士兵、妇女和儿童丧生于战火，其中两万八千人惨死在英国人的集中营里，这让那些活下来的布尔人倍感仇恨和痛苦。

集中营的大门终于敞开了，玛格丽特和凯特回到了克里普德里夫特。几周后，一个宁静的周日，戴维·布莱克韦尔回来了。战争使他显得更成熟了，但在玛格丽特眼中，他还是那个严肃、深沉并值得自己依赖的戴维。艰苦的战争期间，戴维一面行军打仗，一面惦记着玛格丽特和凯特的安危。发现她们安然无恙地待在家中时，他的心中充满了喜悦。

"很遗憾没有亲自保护你们俩。"戴维难为情地说。

"都过去了，戴维。我们要考虑我们的未来。"

未来就是克鲁格-布伦特有限公司。


对这个世界来说，一九〇〇年就像一块崭新的石板，等着在上面镌刻历史。那是一个预告和平与希望的新时代。一个新纪元开始了，一系列惊人的发明创造出现了，这改变了地球上人类的生活方式。内燃机车取代了蒸汽和电动机车，潜水艇和飞机出现了，世界人口暴增到十五亿。那是一个大发展的年代。在接下来的六年里，玛格丽特和戴维抓住一切时机，使克鲁格-布伦特有限公司发展壮大起来。

在那些岁月里，凯特几乎在无人管教的状态下长大了。母亲玛格丽特同戴维一起忙于公司经营，无暇顾及她，于是她成了一个野孩子，固执、倔强，难以被说服。一天下午，玛格丽特开完商务会议回到家，只见泥泞的院子里，十四岁的女儿同两个男孩正在互殴。玛格丽特惊恐地睁大了眼睛，难以相信眼前的情景。

"我的老天！"她压低了声音，"这样一个女孩子，将来有一天能接管克鲁格-布伦特有限公司吗？上帝保佑我们吧！"

第二部　凯特和戴维　一九〇六——一九一四

# 第十二章

一九一四年，一个炎热的夏夜，约翰内斯堡市内新建的克鲁格-布伦特有限公司总部大楼里，凯特·麦克格雷戈独自一人在办公室里工作，突然汽车的轰鸣声由远及近传来。她放下手中的文件，来到窗前向外望去，只见两辆警车和一辆囚车停在楼前。凯特皱着眉，看到从车上跳下五六名身穿制服的警察，他们匆忙守住大楼的两个出入口。天色已晚，大街上空荡荡的，没有一个行人。凯特望向窗户，只见窗玻璃上映出自己的影子，凹凸有致。她是个美貌女子，继承了父亲的浅灰色眼睛和母亲的丰满身材。

敲门声传来，凯特高声应道："请进。"

门开了，两个身着制服的人走了进来，其中一人佩戴着警长的肩章。

"这儿到底发生了什么事？"凯特问道。

"很抱歉，这么晚还来打扰你，麦克格雷戈小姐。我是科明斯基警长。"

"有何贵干，警长先生？"

"我们接到报告，有人看见一个在逃凶手刚才进入了这栋大楼。"

凯特的脸上露出惊异的神色。"进入了这栋大楼？"

"是的，女士。他携有武器，非常危险。"

凯特紧张地说："警长先生，快点找到这个人，把他带走，求求你们了。"

"我们也是这么想的，麦克格雷戈小姐。你有没有看见可疑的人或是听见奇怪的声响？"

"没有，这里就我一个人，而且这里藏人的地方多得很。我希望你派人把这个地方彻底搜查一遍。"

"我们马上搜查，女士。"

警长转过身，对走廊里的警察大声吩咐道："大家散开。从地下室开始，逐层搜查，一直搜到屋顶。"然后他又转过身，对凯特说："有哪些办公室上了锁？"

"我说不准。"凯特说道，"如果有的上了锁，我会为你们打开。"

科明斯基警长看得出眼前这个女人有多么紧张，他理解她的这种紧张。要是她知道他们追捕的这个人是个杀人不眨眼的亡命之徒，她一定会愈加紧张。警长安慰道："别怕，他跑不了。"

凯特又拿起那份刚才正在阅读的报告，但她的心思并未放在报告上。警察正在大楼里挨个儿搜查办公室，从一间搜到另一间。他不会被他们搜到吧？她吓得打了一个寒战。

警察们搜得很仔细，有条不紊地从地下室一直搜查到屋顶，每个可能藏人的地方都搜查了一遍。四十五分钟后，科明斯基警长又回到凯特的办公室。

凯特抬起头，盯着警长的脸，急迫地问："没有搜到他吗？"

"还没有，女士，不过不用担心——"

"我不能不担心，警长先生。如果这栋楼里藏着一个在逃的杀人凶手，我希望你们能找到他。"

"他跑不了，麦克格雷戈小姐。我们有警犬帮助追踪。"

走廊里传来了狗吠声。不一会儿，一名驯犬员牵着两条德国警犬走进来。

"警犬把整栋大楼都搜遍了，警长。每个地方都已搜过，就剩下这间办公室了。"

警长转向凯特，问道："过去的一个多小时内，你离开过这间办公室吗？"

"是的，我去档案室查了一会儿资料。你认为那人会……"她吓得浑身颤抖，"请你们搜查一下这间办公室，拜托。"

警长向驯犬员示意，驯犬员松开狗绳，发出指令："追踪！"

两条警犬躁动不安起来，它们冲向一扇紧闭的门，拼命地狂吠起来。

"噢，老天！"凯特叫道，"他藏在那儿！"

警长掏出手枪。"打开门！"他命令道。

两名警察拔出手枪，向那扇门走去，那是储物间的门。门被猛地拉开，里面空无一人。一条警犬又跑到另一扇门前，兴奋地用爪子直抓。

"这是什么房间？"科明斯基警长问道。

"盥洗室。"

两名警察分立在门的两边，门又被猛地拉开，里面仍是空荡荡的，不见一个人影。

驯犬员茫然不知所措。"以前它们从没有这么失常。"两条警犬还在房间里来来回回地奔跑着，像疯了一样。"它们嗅出了逃犯的味道，"驯犬员笃定地说，"可他躲在哪儿呢？"

两条警犬扑到凯特的办公桌前，对着抽屉狂吠。

"这就是你们发现的目标，"凯特差点笑出来，"那人在抽屉里。"

科明斯基警长满脸尴尬。"对不起，打扰你了，麦克格雷戈小姐。"他转向驯犬员，厉声说道："把狗牵出去。"

"你们不会就这样离开吧？"凯特不安地问。

"麦克格雷戈小姐，我可以向你保证，你绝对安全。我的人已经把这栋大楼里里外外都搜遍了，看来那人没有藏在这儿。恐怕是虚惊一场，我深表歉意。"

凯特松了一口气，打趣道："你们可真行，天快黑了，这时给一位女士添点乐子。"


凯特站在窗口，目送最后一辆警车开走。汽车刚从视线里消失，她便打开自己的抽屉，拿出一双沾有血迹的帆布鞋。她拿着这双鞋穿过走廊，来到一扇门前，门上写着："公司重地，未经准许，不得入内。"她开门走了进去。房间里空荡荡的，一面墙壁里嵌着一扇巨大的上了锁的安全门，里面就是克鲁格-布伦特有限公司的金库，钻石外运之前储存在里面。凯特快速地拨动着安全门上的密码，那扇巨大的铁门打开了。挨着金库的墙壁立着几十个保险箱，里面装满了钻石。金库中央的地板上，班达躺在那儿，处于半昏迷状态。

凯特跪在他身旁。"警察走了。"

班达慢慢地睁开了眼睛，勉强挤出一丝笑意。"要是我有办法逃出这座金库，凯特，你知道我会变成一个有钱人。"

凯特小心翼翼地扶班达站起来。一碰到他的胳膊，他便痛得缩了一下。她早已为他包扎了伤口，但鲜血还是渗了出来。

"你先穿上鞋。"早些时候，她从班达脚上拿走了那双鞋，她知道警犬一定会被带进办公楼里。为了迷惑警犬，她穿着那双鞋在自己办公室里转了一圈，然后把鞋藏在抽屉里。

凯特说道："来吧，我得把你从这栋楼里送出去。"

班达摇了摇头。"我自己想办法吧。你要是帮我，一旦被他们抓住，你的麻烦就大了。"

"这不用你担心。"

班达环顾四周。

"你想要些钻石样品吗？"凯特问道，"随便拿好了。"

班达打量着她，知道她说的是真心话。"很久以前，你父亲也曾这样向我提过。"

凯特苦笑。"我知道。"

"我不需要钱，我需要尽快出城。"

"你认为你怎么才能逃出约翰内斯堡呢？"

"我会想出办法。"

"听我说，警察已经设置了路障，城市的每个出口都有人盯着。你自己出不去的。"

班达固执地说："你帮的忙够多了。"他费劲地穿上鞋，站在那儿，样子十分狼狈：衬衣和夹克破破烂烂，上面沾着斑斑血迹；脸上皱纹密布，头发灰白。然而在凯特的眼里，他依然是她小时候第一次见到的样子，高大英俊。

"班达，要是他们抓住你，会杀了你的。"凯特低声说，"听我的安排。"

警察的确设置了路障。约翰内斯堡的每个出口都有巡警把守着，抓获班达成为当局的首要任务。警察接到命令，无论死活，务必把他抓获归案。火车站和每条道路都有警察把守。

"我希望你的计划要比你父亲的更高明。"他说话有气无力，凯特知道他失血过多。

"不要说话了，省着点力气。我来安排你逃出去。"凯特的话听起来很自信，但她心里并没有完全的把握。班达的性命掌握在她手中，只要有一点闪失，班达就可能性命不保，她怎么能受得了呢。要是戴维还在身边就好了，她曾无数次这样感叹过。好吧，还是自己亲自处理这个难题吧。

"我去把车开进巷子里来。"凯特说道，"十分钟之后，你走出大楼。我打开汽车的后备厢，你钻进去躺在里面。里面有一条毛毯，用它盖住身体。"

"凯特，他们会搜查每一辆出城的汽车，如果……"

"我们开车出城。早上八点，有一班开往开普敦的火车。我已通知车站，把我的私人车厢挂在那趟列车上了。"

"你要用你的私人车厢把我带出去吗？"

"没错。"

班达挤出一丝笑容。"你们麦克格雷戈一家真的都喜欢追求刺激啊。"


三十分钟后，凯特将车驶进铁路调车场。汽车后备厢里，班达躺在一条毛毯下面。汽车经过市区路障时没遇到什么麻烦，可是当汽车就要驶进调车场时，一道强光照亮前面。几名警察站在车前，拦住了去路。接着，一个熟悉的身影朝汽车走来。

"科明斯基警长！"

警长一脸惊讶，好奇地问道："麦克格雷戈小姐，你来这儿干什么？"

凯特冲他浅浅一笑，随即忧心忡忡地说："警长先生，你一定会把我看作一个既愚蠢又软弱的女人。说实话，办公楼里藏着逃犯，这可把我吓得六神无主了，我决定离开城区，等你们抓住了凶手再回来。噢，你们抓到他了吗？"

"还没有，女士，但是他跑不了。我有一种预感，他会逃到铁路调车场里来。但不管他跑到哪里，都插翅难逃。"

"希望如此。"

"你要去哪儿？"

"我的私人专用车厢停在前面的岔道上，我乘它去开普敦。"

"想让我派人护送你上车吗？"

"噢，谢谢你，警长，那就不必了。知道你和你的人都在这儿，我就放心多了。请相信我的话。"

五分钟后，凯特领着班达安全地进入自己的私人车厢，车厢里一片漆黑。

"不好意思，里面太黑了。"凯特说道，"最好不要开灯。"

她把班达扶到床上躺下。"你就在这里休息一晚上。早上发车时，你就躲在盥洗室里。"

班达点点头。"谢谢。"

凯特拉下窗帘。"我们到了开普敦后，有医生给你治疗吗？"

他疑惑地看着她的眼睛。"我们？你也去？"

"你不会认为我会让你独自旅行吧？我可不想失去这次旅行的机会。"

班达仰头大笑。"不愧是杰米·麦克格雷戈的女儿。"

拂晓时分，一辆机车停在私人车厢前，把它拖到干线上，最后停在那趟驶往开普敦的列车尾部。这节私人车厢被拖来拖去，摇摇晃晃，最后总算连接上了列车。

八点整，列车驶出车站。凯特事先给乘务员留下话，不准来私人车厢打扰她。班达的伤口再次流血，凯特忙不迭地帮他包扎。

昨天傍晚，班达跌跌撞撞地冲进她的办公室，身受枪伤，生命垂危。直到现在，她一直没有机会细问详情。现在可有机会了，她问道："班达，告诉我，究竟发生了什么事？"

看着眼前的凯特，班达心想，自己该从哪儿说起呢？如何向她解释那些白人殖民者布尔人要把班图人从世世代代居住的土地上赶走呢？种族冲突不是布尔人引起的吗？还是从德兰士瓦共和国总统保罗·克鲁格开始的呢？他曾在国会演说中鼓吹："我们必须统治黑人，让他们成为低等民族……"抑或是被英国朝野誉为"大英帝国的创立者"的塞西尔·约翰·罗得斯引起的呢？"白人的非洲"是这人的口头禅。面对凯特，他怎么能用一句话来概括自己民族的历史呢？他终于想到了一个理由，说道："警察杀死了我的儿子。"

接着，班达讲述了事情的经过。班达的大儿子恩姆本瑟尔参加一个政治集会时，警察冲了进来，企图破坏集会。有人开了几枪，随之发生了骚乱。恩姆本瑟尔被捕入狱。次日清晨，他被发现吊死在囚室里。"他们说是自杀。"班达愤愤地说道，"我了解我的儿子，他绝不会自杀。那是谋杀。"

"上帝啊，他那么年轻。"凯特倒吸了一口气。恩姆本瑟尔是个相貌英俊的男孩，她回想起自己从前跟他一起玩耍、一起大笑的欢乐时光。"对不起，班达。那他们为什么追捕你呢？"

"他们杀了我儿子后，我开始把黑人组织起来，我必须起来反抗，凯特。我不能坐视不管，无所作为。警察们称我是国家公敌，给我捏造罪名，说我犯了抢劫罪，把我逮捕，判了二十年监禁。我们四个人越狱成功，逃了出来。有一名警卫被枪击致死，他们就把罪名栽到我头上，可我一辈子从没拿过枪。"

"我相信。"凯特安慰道，"现在，头等大事就是把你送到一个安全的地方。"

"很抱歉，把你也牵连进来了。"

"不，你没有把我牵连到任何事情里去。你是我的朋友。"

他笑了。"你知道第一次称我为朋友的白人是谁吗？你父亲。"他叹了一口气，"到了开普敦，你怎么把我悄悄地带出火车站呢？"

"我们不去开普敦。"

"但你说过——"

"我是女人，我有改变主意的权利。"

到了午夜，火车停在伍斯特车站。凯特让人将私人车厢同那趟列车脱离，车厢被拖到一条支线上。次日早上，凯特醒来后，来到班达的小床前，想看看班达。床空了，班达已经不见了。他不肯再拖累她，对此凯特感到很遗憾，但她知道他不会出事，因为他有许多朋友会照顾他。凯特心想："戴维会为我感到骄傲的。"

"我真不敢相信你竟会这么愚蠢！"凯特一回到约翰内斯堡，就把帮助班达这件事告诉了戴维，他激动地大吼起来，"这不仅会危及你的安全，而且也会将公司置于危险境地。如果警察在约翰内斯堡的总部大楼搜到班达，你知道他们会怎样做吗？"

凯特不服气地说："知道，他们会杀了他。"

戴维恼怒地揉着前额。"难道你不清楚后果吗？"

"你说得太对了，我不清楚，但我知道你冷酷无情，毫无人性。"她气得两眼要冒出火来。

"你还是个孩子。"

她举起手想打他，但被他抓住了双臂。"凯特，你要学会控制自己的情绪。"

后来，这句话在凯特的脑海中时时响起。"凯特，你要学会控制自己的情绪……"

那是很久以前的事了。凯特四岁的时候，有一天，有个男孩竟敢戏弄她，她冲上去跟他干架。戴维来了，那个男孩跑走了，凯特还要追，被戴维一把抓住。"别这样，凯特。你要学会控制你的情绪。小姑娘不能打架。"

"我不是小姑娘，"凯特气冲冲地反驳，"放开我。"戴维松开了手。

她身上那件粉红色连衣裙被撕破了，上面沾满了泥污，小脸上带着淤伤。

戴维提醒她说："你快点把身上弄干净，不要让你母亲发现了。"

望着那男孩逃去的背影，凯特不无遗憾地说："你要是不拉住我，我就饱揍他一顿。"

戴维低头看着凯特那张义愤填膺的小脸，笑了起来。"你一定会的。"

凯特得到了心理上的满足，让戴维把她抱回家去。她喜欢偎依在戴维的怀里，喜欢戴维的一切。他是唯一能够理解她的成年人。只要他待在城里，总要陪着她。以前杰米空闲的时候，经常给戴维讲他和班达的冒险经历，现在戴维又把那些故事讲给凯特。这些故事她百听不厌。

"再给我讲讲他们造的那个木筏。"

故事开始了。

"再讲讲鲨鱼的事……还有海雾……还有那一天……"

151

凯特不常见到母亲。玛格丽特实在太忙了，她要管理整个克鲁格-布伦特有限公司。她这么做完全是为了杰米。杰米去世前，玛格丽特时时陪在他身边，不停地跟他说话。现在，每天晚上，玛格丽特仍然不时对杰米诉说："戴维可是帮了大忙，杰米。将来凯特管理公司的时候，也离不开他呀。我并不想让你担心，但是我不知道该拿那孩子怎么办……"

凯特固执、任性，难以与人相处。她不愿听从母亲或是塔利太太的话。如果她们给她挑中一条裙子，她就会把它扔到一边，去换另外一件。她从不好好吃饭，想吃什么就吃什么，想什么时候吃就什么时候吃。吓唬或者诱哄都无济于事。不得已带她去参加朋友的生日宴会，她总是想方设法搅得鸡犬不宁。她不跟其他女孩子交朋友，也不愿意上舞蹈课，相反，她更乐意跟十几岁的男孩子一起玩橄榄球。后来，凯特总算适龄上学了，但是她的恶作剧在学校里创下了最多纪录。玛格丽特至少每月要去见一次校长，央求她能原谅凯特，不要把她撵出学校。

"真是难以理解，麦克格雷戈夫人，"女校长叹气道，"凯特人挺聪明，可她什么事总是对着干。真拿她没办法。"

玛格丽特同样毫无办法。


只有戴维能管住凯特。"听说你被邀请参加今天下午的生日宴会？"戴维好奇地问道。

"我才不参加什么生日宴会呢！"

戴维蹲下身子，直视着她的眼睛。

"我知道你不喜欢，凯特。但是你知道过生日的小姑娘是谁吗？她父亲是我的朋友。要是你不参加，或者在生日宴会上举止粗鲁，不像一位淑女，那就会使我很没面子。"

凯特盯着他问道："他跟你是好朋友吗？"

"是的。"

"那我去。"

那天下午，她表现得规规矩矩。

"我不知道你用了什么办法，"玛格丽特对戴维说，"真是不可思议。"

"她只是心高气盛，"戴维笑道，"长大后就好了。重要的是不要扼杀这种个性。"

"我告诉你一个秘密，"玛格丽特板着脸说道，"有时候我真想扭断她的脖子。"


凯特十岁了。有一天，她忽然对戴维说："我想见班达。"

戴维惊讶地望着她。"恐怕不行吧，凯特。班达的农场离这儿远着呢。"

"你打算带我去吗，戴维？还是要我自己去？"

过了一周，戴维带着凯特到了班达的农场。那片土地相当大，面积大约有两摩肯①。农场上种了小麦，还养了羊和鸵鸟。住房是些圆形的小屋，墙壁用黏土垒起来。屋内有几根柱子支撑着锥形屋顶，上面覆盖着茅草。班达站在门前，注视着载着凯特和戴维的马车驶来。他们下了车，班达看着戴维身边的姑娘，瘦瘦高高，一脸倔强，说道："我早就知道你了，你是杰米·麦克格雷戈的女儿。"

"我也知道你是班达。"凯特一脸认真地说，"我来感谢你救了我父亲的命。"

班达笑了。"一定有人给你讲故事了。进来吧，见见我的家人。"

班达的妻子是一位漂亮的班图女子，名叫恩塔姆。班达有两个儿子，大儿子恩姆本瑟尔比凯特大七岁，二儿子马吉纳比凯特大六岁。恩姆本瑟尔和父亲长得一模一样，五官俊秀，气度不凡，举手投足尽显内在的尊严。

整个下午凯特都跟这两个男孩在一起玩耍。农舍不大，但很整洁。他们在厨房里用晚餐。第一次与黑人家庭一起吃饭，戴维觉得不大自在。他尊重班达，但依照当地传统，白人和黑人这两个种族之间没有社交往来。除此之外，戴维担忧和顾忌班达的政治活动。有报道称，他是约翰·坦戈·贾瓦布的追随者，此人正在鼓动激进的社会变革。由于当地的原住民不愿到矿区忍受压榨，政府就对那些不愿当矿工的当地人强行征收十先令的税款，结果整个南非出现了骚乱。

---

① 南非、荷兰等国的土地面积单位，1摩肯约等于8565平方米。——译注

153

傍晚时分，戴维说："我们要回家了，凯特。回去的路还很长呢。"

"不要急着走。"凯特说着，转向班达，"给我讲讲鲨鱼的故事……"

从那时起，只要戴维待在城里，凯特总要他带她前往班达的农场。

戴维曾说过，凯特心高气傲，个性执拗，长大就会好的，然而并没有任何迹象显示她发生了改变。如果有什么不同的话，只能说她变得愈加任性乖张。同龄女孩参加的活动，她一概拒绝参加，却非要和戴维一起进矿山、钻矿井。有时戴维带她去打猎、钓鱼或者露营，这都是凯特热衷的活动。有一天，戴维和凯特去法尔河钓鱼，凯特钓上一条鳟鱼，比戴维钓过的任何一条都大，她开心地又蹦又跳。他望着她说道："你本该是个男孩子才对。"

凯特恼怒地转过身，对他说道："别傻了，戴维。我要是男孩子，就不能嫁给你了。"

戴维听了大笑起来。

"我们俩注定要结婚的，你知道。"

"恐怕不行，凯特。我比你大二十二岁，可以做你的父亲了。有一天，你会遇见一个男孩子，一个好小伙……"

"我不想要什么好小伙，"她顽皮地说，"我就要你。"

"如果你的确当真的话，"戴维说，"那么我就告诉你一个秘密，怎么抓住男人的心。"

"快告诉我！"凯特急切地央求。

"先抓住他的胃。把那条鱼清理干净，然后我们做午饭。"

她一定要嫁给戴维·布莱克韦尔，凯特对此确信不疑。在这个世界上，他是她唯一的男人。

每周，玛格丽特都要请戴维来家里吃饭。平时，凯特喜欢在厨房里同仆人们一起用餐，那样她就可以无拘无束，不必在意各种规矩。可是到了周五晚上，戴维来吃饭的时候，凯特就会主动来到大餐厅。戴维通常一个人来，但偶尔也带来某位女客人，凯特马上对她生出妒意。

凯特会把戴维拉到一边，用天真可爱的口吻说："她的头发颜色好奇怪啊，我从未见过。"或者："她穿的衣服真怪，对不对？"或者："她过去是不是为艾格尼丝夫人工作过？"

凯特十四岁的时候，校长又派人去请玛格丽特。"我管理的这所学校名声很好，麦克格雷戈夫人。我担心你的凯特会给学校带来不好的影响。"

玛格丽特叹了口气。"她这次又干什么了？"

"她教其他孩子讲那些市井粗话。"校长板着脸，语气冰冷，"麦克格雷戈太太，我还得补充一句，有些话连我也从来没有听过。我实在想不出这孩子是从哪儿学来的。"

玛格丽特心里明白，凯特是从街头那些狐朋狗友那里学来的。好吧，玛格丽特下了决心，该结束这一切了。

校长继续喋喋不休："我真的希望你能跟她谈谈。我们再给她一个机会，但是……"

"不用了，我有个更好的想法，我要把她送到国外上学。"

玛格丽特把自己的想法告诉了戴维，他咧嘴笑了。"她会气恼的。"

"我没有办法。现在校长又在抱怨凯特讲粗话了。她是跟那些淘金者学来的。她总是跟着他们转来转去，学他们说话，举手投足模仿他们，连身上的气味也沾上了他们的。老实说，戴维，我真不理解，她为什么不像其他女孩子那样。她漂亮、聪明，她……"

"也许她过于聪明了。"

"哼，不管是不是过于聪明，我都要送她出国读书。"

那天下午，凯特回到家里，玛格丽特把送她出国的消息告诉了她。

凯特勃然大怒。"你想要把我撵出家门！"

"当然不是，亲爱的。我只是想，这样对你更好……"

"我在这儿更好。我的朋友都在这里，你想拆散我和我的朋友。"

"如果你说的是那些街头痞子，那你……"

"他们不是痞子，他们都是好人。"

"凯特，我不想和你争吵。你要去一所女子寄宿学校读书。就这样定了。”

“那我就自杀。”凯特信誓旦旦地说。

“好吧，亲爱的，我不会拦你。楼上有刀片，要是你四处找找，一定会在屋子里找到各种毒药。”

凯特大哭起来。“别对我这么残忍，妈妈。”

玛格丽特把她搂在怀里，安慰道：“这是为你好，凯特。很快你就会长成大姑娘，要准备结婚成家啦。像你这样言语粗俗，打扮怪异，举止不端，哪个男人会娶你？”

“才不是你说的那样，”凯特抽泣着说，“戴维并不在意这些。”

“戴维跟这些有什么关系？”

“我要嫁给戴维。”

玛格丽特叹了口气。“我让塔利太太帮你收拾东西。”


英国有六七所寄宿学校，专为年轻女子开设，办学水平很高。其中切尔滕纳姆女子学院位于格洛斯特郡，以严格的校纪著称，因此玛格丽特认为这所学校最适合凯特。学校占地几英亩，四周是高高的围墙。根据学校的办学章程，它是为贵族、绅士家的女孩子兴办的。学校校长是基顿夫人，戴维曾和她丈夫有过生意往来，因此不费吹灰之力就办好了凯特的入学事宜。

凯特一听母亲要她去切尔滕纳姆女子学院读书，登时大发脾气。“我听说过那所学校！太恐怖了。等我回来时，就像那些被填得鼓鼓的毛绒玩具一样，难道那就是你所喜欢的吗？”

“我想要你学习一些社交礼仪。”玛格丽特劝道。

“我不需要什么礼仪，我有自己的想法。”

“男人对女人的要求并不是想法，”玛格丽特冷冷地说，“你要先成为一个女人，端庄有礼。”

“我不想成为那种女人。”凯特尖叫起来，“他妈的你为什么就不能不管我呢？”

“不许讲这种粗话。”

母女俩一晚上没有和解，第二天早上，凯特就要动身上路。戴维恰好要去伦敦洽谈业务，玛格丽特叮嘱他说："你一定要把凯特安全地送到学校。要是让她自己走，天知道她会跑到哪儿去。"

"放心，我会送她到学校。"戴维说。

"你！你跟我妈一样坏！想让我早点离开家，你都等不及了。"

戴维咧嘴大笑。"你错了，我可以等。"


二人乘私人火车从克里普德里夫特来到开普敦，再从开普敦乘船到英格兰南部港口城市南安普敦，这次旅行整整花了四周。能和戴维一起旅行，凯特心里美滋滋的，当然，自尊心让她竭力掩饰，她不让自己流露真情。"这好像度蜜月啊，"她美美地遐想，"只不过目前我们俩还未结婚罢了。不过这是早晚的事。"

在船上，戴维一直待在自己的客舱里工作。凯特蜷缩在长沙发上，静静地望着他，能挨在他身边，她觉得心满意足。

有一次，凯特好奇地问："你整天同这些数字打交道，不无聊吗，戴维？"

他放下笔，看着她。"这些不只是数字，凯特。它们里面都有故事啊。"

"什么样的故事？"

"要是你能看懂这些数字的话，就知道这些数字里有我们购进或出售公司的故事。它们还代表了那些为我们工作的职员。全世界成千上万的人依赖你父亲创立的公司谋生呢。"

"我跟父亲哪点相像？"

"好多方面。他是个固执、独立的人。"

"我是个固执、独立的女孩子吗？"

"你是个被惯坏的假小子，谁娶了你，谁就活在地狱里。"

凯特幻想着他们二人的将来，笑了。"可怜的戴维。"


轮船在海上继续航行。最后一晚，二人坐在餐厅里，戴维问："你为什么这么难缠呢，凯特？"

"你说我吗？"

"你心里很清楚。你那可怜的妈妈都快被你逼疯了。"

凯特把她的手放在他的手上。"你被我逼疯了吗？"

戴维的脸红了。"别这样，我真看不懂你。"

"别装了，你懂。"

"你为什么不像其他同龄女孩一样呢？"

"我宁可去死，也不愿同她们一样。"

"老天也知道，你确实不一样！"

"你不要和其他人结婚，等我长大后，我嫁给你，好吗，戴维？我保证，我很快就能长大，请你不要爱上别人。"

戴维被她的真情感动，握着她的手说："凯特，等我成家后，无论娶了谁，也想生个女儿，跟你一模一样。"

凯特忽地站起来。"戴维·布莱克韦尔，你这浑蛋，去死吧！"声音响彻整个餐厅，餐厅里的所有人都目瞪口呆。凯特冲了出去。


两人先在伦敦逗留了三天，其间的每一分钟都令凯特开心。

"我请你客。"戴维对她说，"我搞了两张歌剧票，是《卷心菜园里的威格斯夫人》。"

"谢谢你，戴维，可我想看《狂欢节》。"

"你不能看，那是一种……一种音乐厅里的讽刺歌舞剧，不适合你看。"

"没看怎么知道适不适合呢，对吧？"她固执地说。

结果他们还是去看了《狂欢节》。

凯特喜欢伦敦的风貌。汽车和马车混在一起飞驰于大街上。街头的女士打扮得花枝招展，身穿蕾丝和薄纱点缀的长裙，戴着闪闪发光的首饰；男士穿着晚礼服，里面露出惹眼的马甲和白色衬衫。凯特和戴维常在丽兹酒店吃晚饭，夜里去萨沃伊酒店吃夜宵。该离开伦敦了，凯特心想："将来我们还要回到伦敦，戴维和我会回来的。"


他们到达格洛斯特郡的切尔腾纳姆女子学院后，马上被领进了基顿夫人的办公室。

"谢谢您接收凯特入学。"戴维说道。

　　"我相信学校师生都会喜欢她的。再说，有机会接待我丈夫的挚友也是一件乐事啊。"

　　那一刻，凯特知道自己受骗了，原来是戴维想让她离开家门，把她安排到这所学校。

　　她又气愤又伤心，戴维离开时，她赌气没有跟他告别。

# 第十三章

切尔滕纳姆女子学院的清规戒律繁杂苛刻，让凯特难以忍受。女孩子都穿着统一的校服，差不多从头裹到脚。每天的学习时间长达十个小时，连每分钟做什么都有严格的规定。基顿夫人用严厉的校规校纪管理学生和教职员。女孩子学习礼仪、规则和修养，以便将来能找到一位理想的伴侣。

凯特写信向母亲抱怨道："这儿就是个监狱。这儿的女孩子都不怎么样，每天挂在嘴边的老是穿着打扮，还有男朋友。这些老师太差劲，简直就是变态。他们别想把我关在这儿，早晚我会逃走。"

凯特曾三次设法逃离学校，每次都被抓了回来，她毫无悔意。

有一次，在教员的周例会上，有人提到了凯特的名字。有位老师说："这孩子实在不好管教，我认为应当把她送回南非。"

基顿夫人回答道："我倾向于你的意见，但是我们可以把这件事看成一个挑战。如果我们能让凯特·麦克格雷戈服服帖帖的，那么其他人就不在话下了。"

于是，凯特留了下来。

凯特转而对学校农场产生了浓厚的兴趣，这使老师们深感意外。农场里有菜园，还有鸡、猪、牛和马等牲畜。只要有空闲，凯特就会跑到农场。基顿夫人知道后，甚感欣喜。

"你们看，"女校长告诉她的教员，"我们的耐心终于有效果了，凯特最终找到了自己的生活乐趣。总有一天，她会嫁给一个农场主，成为他管理农场的好帮手。"

次日早上，农场负责人奥斯卡·登克尔来找女校长。"有个学生，"他抱怨道，"就是那个名叫凯特·麦克格雷戈的女孩子，我希望您不要让她到我的农场来。"

"为什么这么说？"基顿夫人问道，"我碰巧知道她很喜欢农场。"

"是的，的确如此。但您知道她在农场喜欢看什么吗？动物交配，请原谅我的措辞。"

"什么？"

"真的，她整天站在那里，观看那些动物交配。"

"老天！"基顿夫人尴尬地说。


凯特认定，是戴维做主把她送进切尔滕纳姆女子学院的，她对他心怀怨恨，但又日夜思念着他。"这是我的命运，"她自怨自艾，"我真是一个怨种，爱上这个我怨恨的人。"她数着二人分离的日子，就像一个囚犯等待着被释放的那一天。凯特担心戴维做出令她害怕的事情，比如趁着她被困在这所该死的学校里，转头娶了其他女人。要是他真的这么做了，凯特暗暗发狠，她就把这对狗男女都杀死。不行，只杀那个婊子。这样的话，她就会被逮捕，然后被绞死。当她上了绞刑架，他就会意识到他爱的人是她。他会恳求她原谅，可是，为时已晚。"好吧，戴维，亲爱的，我原谅你。你太蠢了，你手心里捧着一颗爱你的心，滚烫滚烫的，你竟然懵懂无知，让它像小鸟一样飞走了。现在，这只小鸟却被送上了绞刑架。永别了，戴维。"最后一分钟，她在心里又赦免了自己，于是戴维把她抱在怀里，带她去了异国他乡，那里的食物鲜美可口，再也不用在该死的学校里吃猪食了。


凯特收到一张便笺，是戴维写来的，说要来伦敦，顺便来看她。

凯特重新燃起了甜蜜的幻想。她在便笺中参透了十多处隐藏的含义。他为

161

什么来英国？当然是为了离她近一些。为什么来看她呢？因为他终于知道他爱着她，而且再也不会离开她了。他被她迷得神魂颠倒，马上会带她离开这个可怕的地方。她几乎难以抑制自己的快乐。幻想如此真切，以至于戴维到来的那天，凯特到处找同学，跟她们告别。"我的男友要带我离开这儿了。"她告诉她们。

女孩子们望着她，一声不吭，心里根本不相信。有个名叫乔治娜·克里斯蒂的女孩出言嘲讽道："你又撒谎了，凯特·麦克格雷戈。"

"等着瞧吧，他又高又帅，想我都想疯了。"

戴维来到学校，发现所有的女孩子都盯着他，他感到迷惑不解。那些女孩子盯着他，窃窃私语，然后咯咯地笑起来。一碰到他的视线，她们立马脸颊绯红，讪讪地走开。

"她们好像从未见到过男人。"戴维对凯特打趣道，忽然疑惑地望着她，"你是不是跟她们说过我什么？"

"当然没有。"凯特傲慢地说，"我凭什么这么做呢？"

二人一起在学生餐厅里吃饭。戴维把家里发生的事情告诉了凯特。"你妈妈问候你，她盼着你回家过暑假呢。"

"我妈妈好吗？"

"挺好的，她工作很辛苦。"

"公司经营顺利吗，戴维？"

看到凯特突然对公司产生兴趣，戴维不禁感到惊奇。"很顺利。怎么开始关心公司了？"

"将来这公司会属于我，"凯特心想，"你和我共同来经营它。""噢，只不过是好奇而已。"她敷衍道。

见她面前的那份饭菜一动未动，戴维问："你怎么不吃？"

凯特对饭菜毫无胃口，她在等待，等待那心动的时刻，等待戴维开口。"跟我回去吧，凯特。你长大了，我想你，我们结婚吧。"

甜食端上来，然后又撤走了；咖啡送上来，然后又撤走了。凯特没有听到令她心动的情话。

戴维看了看表，说："好了，我该走了，不然就赶不上火车了。"这时，凯特才明白过来，顿觉惊恐不安：他根本不是来接她回家的。这个浑蛋打算把她丢在这里，让她继续受罪！

这次会面令戴维甚感满意，这是个聪明、乖巧的女孩子，以前任性和乖戾的脾气不复存在。戴维体贴地拍了拍凯特的手，问道："凯特，离开之前，需要我为你做点什么？"

她盯着他的眼睛，温柔地说："有的，戴维。你不要再来看我了，从我的生活中滚出去，就算帮了我大忙了。"她昂起头，神色凝重地走出餐厅。戴维坐在那里，张大了嘴巴。


玛格丽特一直思念着女儿。虽说这丫头桀骜不驯，可玛格丽特心里也清楚，在这个世界上，她是自己唯一爱着的人。她的女儿不是一个平凡的女性，玛格丽特骄傲地想，但她希望女儿能养成淑女的礼仪。

暑假到了，凯特返回了家中。"在学校里过得怎么样？"玛格丽特问道。

"我讨厌那所学校！无论你干什么，都好像有一百双眼睛盯着你。"

玛格丽特打量着女儿。"其他女孩子也这么想吗？"

"她们知道什么！"她轻蔑地说，"你应当亲眼看看学校的那些女孩子，她们从小衣食无忧，备受呵护，对真正的生活一无所知。"

"噢，"玛格丽特说，"这听起来真糟糕。"

"请不要取笑我。她们甚至从未去过南非，唯一见过的动物都在动物园里。她们谁也没有见过钻石矿或者金矿。"

"她们没有条件嘛。"

凯特说："那好。可我要是变成她们那样，你会后悔死的。"

"你认为你会变成她们那样吗？"

凯特顽皮地咧嘴笑了笑。"当然不会！那还不把你气疯了。"


仅仅过了一小时，凯特就跑到院子里，跟仆人的孩子们玩橄榄球。透过窗户，玛格丽特望着女儿，想道："这学费白花了。本性难移啊。"

吃晚饭时，凯特故意漫不经心地问："戴维还在城里吗？"

"他去澳大利亚了。我想明天该回来了。"

"周五他还来家里吃晚饭吗？"

"可能吧。"玛格丽特若有所思地看着凯特，"你喜欢戴维，对吗？"

凯特耸耸肩。"我倒不讨厌他。"

"我明白了。"玛格丽特说道。她想起凯特说要嫁给戴维的誓言，不禁哑然失笑。

"我并不是不喜欢他，妈妈。我是说，我喜欢他这个人，但他总是把我当小孩看，真让我受不了。"

周五晚上，戴维来了，凯特忙不迭地奔到门口。她迎上去，抱住他，在他耳边悄悄说："我不恨你了，戴维。我想死你了，你想我吗？"

他不假思索地应道："当然。"转念一想，他暗暗吃惊。"老天，我还真的思念着她。"这个女孩子一直藏在他的心里。看着她一天天长大，每次跟她接触，都有出人意料的发现。她快十六岁了，身体渐渐丰满起来，黑发留得很长，轻柔地披散在肩上，一张俏脸如夏日的蜜桃，散发出摄人心魄的诱惑力。这个女孩变美了，他竟然从未注意到。戴维不得不承认，凯特思维敏捷，个性强硬，将来哪个男人娶了她，都难以驾驭。

吃晚饭时，戴维问："凯特，你在学校过得好吗？"

"噢，我喜欢那所学校。"她极尽赞美之词，"我真的学到了很多东西。老师很棒，我还交了很多好朋友。"

玛格丽特惊呆了，简直不敢相信自己的耳朵。

"戴维，你能带我去矿场吗？"

"你想把假期浪费在矿场里吗？"

"是的，请带我去吧。"

去一个矿场需要一整天，那就意味着一整天都可以和戴维腻在一起。

"不知你母亲是否……"

"妈妈，求你了。"

"好吧，亲爱的。只要和戴维在一起，我就知道你会安然无事。"玛格丽特相信戴维靠得住。

南非中部的布隆方丹市附近有家钻石矿，这是克鲁格–布伦特公司的大型矿场，里面有数百名矿工从事挖掘、运输、淘洗和分拣等工作。

"这是公司最赚钱的矿场之一。"戴维对凯特说。他们待在经理办公室里，等待护送人员领着他们下矿井。房间有面墙边靠着一台样品陈列柜，里面摆满了颜色各异、大小不一的钻石。

"每块钻石都不一样，都有自己的特征。"戴维解释道，"从法尔河两岸采来的称为冲积钻石，经过数百年的侵蚀和冲洗，钻石的棱角已被磨平。"

"他比以前更帅了，"凯特心想，"看看那眉毛，我好喜欢啊。"

"这些钻石来自不同的矿区，这从外观上可以很容易地识别出来。知道这块钻石产自哪儿吗？从它的大小和泛黄的表面就能看出它产自帕德斯潘。戴比尔斯矿井里的钻石表面可见油性光泽，形状是十二面体。"

"他真是才华横溢，什么都知道。"

"你看看这块钻石，它产自中部高原的金伯利，是八面体，颜色从烟晶到纯白都有。"

"不知道那位经理是否能看出戴维是我的恋人，但愿如此。"

"钻石的颜色决定了它的价值。颜色按等级分为一到十级，最高等级是蓝白色，最低等级是棕色。"

"他身上的气味真好闻啊，那是……那是男人的气息。那强健的双臂和肩膀，但愿……"

"凯特！"

她愧疚地回应道："嗯，戴维。"

"你在听吗？"

"当然啊！"她的声音显得有点委屈，"每个字我都听得清清楚楚。"

二人在矿井里待了两个小时，然后吃了午饭。凯特想，这一天过得真好啊。

傍晚，回到家里，玛格丽特问道："这一天玩得开心吗？"

"太精彩啦。采矿真的吸引人。"

半小时后，玛格丽特碰巧朝窗外瞥了一眼，院子的空地上，凯特正跟一个花匠的儿子摔跤呢。

第二年，凯特从学校给母亲写信。她告诉母亲，自己各方面表现突出，被任命为曲棍球队和棍网球队队长，学习成绩也在全班拔尖。信中还说，这所学校其实并没有那么糟糕，班上还有几个和她相当要好的女孩子。她请求母亲允许她暑假里带两个朋友来家里。对此，玛格丽特十分高兴，家里又会洋溢着年轻人的笑声，热闹起来。她心里期盼着女儿快快回来。现在，她的所有梦想都寄托在凯特身上。杰米和自己的时代早已结束，玛格丽特想，凯特代表着未来，那将是一个多么美好、多么光明的未来啊！

暑假到了。凯特一回到家，克里普德里夫特的单身小伙子几乎都蜂拥而来，围着她献媚邀宠，甚至邀请她出去约会。凯特对他们完全提不起兴趣。戴维正在美国，她盼着他归来，心痒难耐。戴维终于回到克里普德里夫特，一到凯特家，就见凯特倚在门口，眼巴巴地等着他。她穿着一件白色的连衣裙，腰间束了一条黑色天鹅绒腰带，那诱人的双乳触目惊心。戴维礼节性地拥抱她，她的身体紧贴上来，那热情劲使他目夺神移。戴维急忙抽身后退，看着她。她那么与众不同，全身洋溢着异样的情愫。二人心照不宣，四目相对，她眼神中欲说还休的幽怨触动了他，使他隐隐感到不安。

假期里，二人仅见过几次面。看到她身边那些大献殷勤的小伙子，他情不自禁地想，哪个家伙才是幸运儿，能被丘比特的箭射中呢？不久，戴维被召回澳大利亚处理业务，当他回到克里普德里夫特时，凯特已踏上前往英国的旅途了。

最后一个学年，一天晚上，戴维出人意料地来到切尔滕纳姆女子学院。通常，来校之前，他总要先写封信，或是打个电话，可这次他却不期而至。

"戴维！真是个意外惊喜啊！"凯特抱着他，"你应当提前告诉我一声，那我就……"

"凯特，我来接你回家。"

她惊得打了个趔趄，抬眼盯着他。"家里出了什么事吗？"

"我不得不告诉你，你母亲病得很重。"

凯特呆住了，过了好一会儿才说："我马上收拾东西。"

看到眼前的母亲，凯特吓了一跳。几个月前母女还在一起，那时母亲看起来很健康，现在她面色苍白，骨瘦如柴，眼睛里已经失去了往日的神采。癌细胞不但吞噬了她的肌体，同时也耗尽了她的精气神。

凯特坐在床边，握着母亲的手。"噢，妈妈，"她哽咽道，"我实在太对不起你了。"

玛格丽特攥着女儿的手。"我已经准备好了，亲爱的。我想，自从你爸爸死后，我就准备好了。"她抬眼看着女儿，"想听我说傻话吗？我以前从未对你们讲过。"停顿片刻，她继续说："我一直担心那边没有人照顾你爸爸，现在我该去陪他了。"


三天后，玛格丽特与世长辞。母亲的死深深地触动了凯特。父亲死去，哥哥被害，但她甚至从未见过他们，在她心目中，父亲和哥哥就像是传说中的人物，而母亲的死却是真真切切的，令她痛彻心扉。她十八岁了，转眼间，她在这个世界上再无亲人，只剩她孤零零的一个人。凯特不禁潸然泪下。

戴维关切地看着凯特，只见她站在母亲的墓旁，强忍着泪水，不让自己哭出来。等他们回到家中，凯特瞬间崩溃，泪如泉涌。"妈妈对我多么好啊，戴维，可我却那么不孝，惹她生气。"

戴维竭力安慰她。"你是个好女儿，凯特。"

"我……我除了会惹麻烦，什么也不是。要是能弥补我对妈妈的伤害，我愿意付出一切。我不想妈妈死，戴维！为什么上帝对她如此不公呢？"

他一言不发，让凯特哭个够。等她平静下来，戴维说："我知道你现在很难接受这个现实，但总有一天，这种丧亲之痛会消失。你知道什么会长存于你的记忆里吗，凯特？幸福。你们母女间所有的美好往事都会留下来。"

"但愿如此，只是现在我的心太痛了。"

次日上午，戴维郑重其事地跟凯特讨论了她的未来。

"你在苏格兰还有家人。"戴维提醒她。

"算了吧！"凯特提高了嗓门，"他们不算我的家人，他们只是亲戚。"她的声音里含着怨恨。"当初父亲要来南非时，他们嘲笑他，没人伸手帮助他，除了他的母亲，现在他母亲也去世了。不行，我不愿跟他们有任何来往。"

戴维坐在那儿，思考良久。"你还打算读完这学期吗？"还没等凯特回答，他又接着说："我想你妈妈也希望你顺利毕业。"

"我回去继续念书。"她低头看着地板，两眼茫然。"我真该死！"凯特恨恨地说。

"我理解。"戴维温和地说，"我能理解。"

凯特顺利毕业，戴维专门前往切尔滕纳姆女子学院，参加了她的毕业典礼。凯特还作为毕业生代表在典礼上发表感言。


在约翰内斯堡下船后，二人乘私人专车回到克里普德里夫特。在专车上，戴维说："你知道吗，再过几年，公司的一切都将属于你一个人。这专车、矿井，还有公司的其他业务……都是你的。你是个年轻的女总裁。这公司你能卖几百万英镑。"他看着她，补充道："你也可以留下它。你得好好斟酌。"

"我想过了。"凯特望着他，面露微笑，"父亲是个海盗，一个了不起的老海盗。我真想亲眼见见他。我不打算卖掉这家公司。你知道为什么吗？因为父亲用两个警卫的名字来命名自己的公司，那两个家伙竟然想要杀死父亲。这是不是很有意思？有时夜里我睡不着，我就想着在海雾中，父亲和班达拼命地往前爬，我甚至还能听见那些警卫的喊声：克鲁格……布伦特……"她抬眼看着戴维。"不，只要你在公司负责管理，我就不会卖掉父亲的公司。绝不！"

戴维平静地回答说："只要你需要我，我就留下来。"

"我决定去一所商学院读书。"

"商学院？"他感到惊奇。

"现在是一九一〇年，"凯特提醒他，"约翰内斯堡就有商学院，允许女子入学。"

"可是……"

"刚才你问我想怎么利用我的财富，"她直视着他，斩钉截铁地说，"我要让克鲁格-布伦特公司走向辉煌。"

# 第十四章

读商学院是新的求学之旅，新奇而有趣。当初在切尔腾纳姆女子学院时，凯特感到学习是一件苦差事，她心生厌倦，但又无可奈何。现在则截然不同了，每堂课她都能学到有用的知识，这些知识都有助于她将来高效地管理自己的公司。学习课程包括会计、管理学、国际贸易和工商管理。戴维每周给她打一次电话，询问她的学习情况。

"我喜欢这儿，戴维，"凯特说，"这些知识让我大开眼界。"

未来会有那么一天，她和戴维一起工作，肩并肩，一直工作到深夜，只有他们两人。或许在某个夜晚，戴维转过身来，向她深情倾诉："凯特，亲爱的，我真是个十足的傻瓜。你愿意嫁给我吗？"顾不得忸怩，她立马就倒在他的怀里……

但这还得等待，因为她还有许多东西要学。想到这儿，凯特精力倍增，翻开书本，专心学习。

商学院的课程需要修两年。凯特毕业后，回到克里普德里夫特，恰好赶上自己的二十岁生日。在火车站，一见到戴维，凯特便激情难抑，张开双臂，紧紧地抱住了他。"啊，戴维，见到你我真幸福。"

他匆忙挣脱开来，面露尴尬。"见到你，真是太好了，凯特。"他显得有点不自然，凯特立马有种异样的感觉。

"你没事吧？"

"没事。不过，众目睽睽之下，一个大姑娘拥抱一个男人，恐怕会让人看着不舒服吧。"

她盯着他看了片刻，然后说："原来如此。我保证以后再也不使你难堪了。"


二人驱车回家。路上，戴维不时地偷偷打量凯特。这是个心地单纯的姑娘，令人怦然心动，但又容易为情所伤。戴维暗下决心，自己绝不能乘人之危，占她的便宜。

周一上午，凯特搬进了她在克鲁格-布伦特有限公司的新办公室。她感到好像突然被抛进了一个奇异的世界，这个世界有自己独特的习惯和语言，光怪陆离，匪夷所思。公司的组织架构让她眼花缭乱：子公司、区域部门、特许经营机构，还有国外分公司，等等。公司制造或者拥有的产品五花八门、无穷无尽，有钢铁厂、养牛场，还拥有一条铁路线和一条海运航线。当然，还有公司的起家企业：钻石、黄金、锌、铂和镁等各种矿场，这些矿场二十四小时不停地开采，财富源源不断地注入公司的金库。

财富带来权力。

公司事务繁杂，凯特几乎难以应付。坐在戴维的办公室里，凯特见他做出各种决策，每项决策都会影响到世界各地成千上万的员工。各个部门经理提出了种种建议，但是戴维往往都予以否决。

"为什么这样做？是他们不称职吗？"凯特问。

"他们当然称职，但问题不在这儿。"戴维解释道，"每个经理都把自己的部门看作公司的中心，这可以理解。可是总得有人从全局出发，决定怎样做才对整个公司最有利。走吧，我们吃午饭去，我想让你见一个人。"

公司有一间专用大餐厅，毗邻凯特的办公室。二人一进餐厅，只见一位瘦骨嶙峋的年轻人正坐在里面，他面容消瘦，一双棕色的眼睛好奇地扫了过来。

"这是布拉德·罗杰斯。"戴维介绍道，"布拉德，见见你的新老板，凯特·麦克格雷戈。"

布拉德·罗杰斯忙伸手。"见到你很高兴，麦克格雷戈小姐。"

"布拉德是我们的秘密武器，"戴维说道，"说起对克鲁格-布伦特公司业务的熟悉程度，跟我相比，布拉德不遑多让。万一我要离开公司，只要有布拉德在，你就不用担心公司运营。"

"万一我要离开公司"，想到戴维的话，凯特感到一阵恐慌。当然，戴维永远不会离开公司。吃午饭时，这句话一直萦绕在凯特脑中。直到午饭快吃完时，她也不知道自己吃了些什么。

午饭后，他们讨论南非时局。

"我们快要遇到麻烦了。"戴维警告说，"南非当局刚刚颁布法令，要征收人头税。"

"这到底意味着什么？"凯特问道。

"就是说黑人、混血人和印度人家庭的每个成员要交税两英镑，比他们一个月的工资还多。"

凯特想到了班达，顿时忧心忡忡。好在大家的话题转到其他事情上了。


凯特很满意自己的新角色。她每下一个决定都像赌博，赌注动辄数百万英镑。生意越大，越需要高超的智慧、决断的勇气和敏锐的洞察力，既要敢于抛出重金，也要洞悉何时退出，何时坚守。

"商业也是一场赌博。"戴维对凯特说，"赌注可是真金白银，非同小可，对手都是行家里手。要想赢，就得精通赌经，成为赌场高手。"

这正是凯特下决心要做到的，因此她要学好商务知识。


那所大房子还是父亲杰米·麦克格雷戈所建，房子里除了仆人，就只有凯特一人居住。她和戴维照例周五一起吃晚饭，但是每当她邀请戴维在其他晚上来家里时，他总是找各种借口推辞。工作时间里，二人时时相处，但即使那个时候，戴维也似乎在二人之间筑起了一道屏障，就像一堵墙，将凯特无情地阻挡，让她难以亲近。


凯特二十一岁的生日到了，克鲁格-布伦特公司的全部股份都移交给了凯特，她开始正式控制这家公司。"我们今晚在一起吃饭，好好庆祝一下。"她恳请戴维。

"对不起，凯特，我还有许多工作要忙。"

那天晚上，凯特独自吃了晚饭。她心中纳闷，是自己的原因，还是戴维的原因？他到底是聋子还是瞎子，看不出她对他的爱意，不知道她对他情有所钟，矢志不移吗？看来，她得想个主意。

为了一条海运航线，公司正在跟美国谈判。

"你和布拉德去一趟纽约，完成这桩业务，怎么样？"戴维向凯特建议，"对你来说，这是一个锻炼机会。"

凯特希望戴维和自己一道去，但是她自尊心太强，不愿说出心里话。没有戴维，她也能处理好。此外，她还从未去过美国，很想去亲眼见识一下。

海运合同顺利签订。"到了美国，"戴维曾劝她说，"应当到处走走，看看那个国家的真实现状。"

凯特和布拉德分别访问了底特律、芝加哥、匹兹堡和纽约等地的分公司。在凯特眼中，美国国土辽阔，生机勃勃，她感到惊喜不已。美国之行的最后一站是游览缅因州的达克港，它位于佩诺布斯科特海湾一座名为艾斯伯勒的迷人小岛上。有位名叫查尔斯·达纳·吉布森的艺术家邀请她到家里参加晚宴。晚宴上共有十二个人，除凯特之外，其余的都是岛上的居民。

"这座岛有一段有趣的历史。"吉布森对凯特说，"多年前，居民从波士顿上岛，需要乘坐小型的渡船。船一靠岸，岛上有马车前来迎接，再乘马车回家。"

"岛上住着多少人？"凯特问道。

"大约五十户人家。渡船靠岸时，你看见那座灯塔了吗？"

"看见了。"

"灯塔里住着一个看守人和一条狗。一有船经过，那条狗就会跑出来，摇一下铃。"

凯特笑起来。"您讲笑话吧。"

"不，小姐，是真的。有趣的是，那条狗还是个聋子，一点动静也听不见，它得把自己的耳朵贴在铃上，来感觉是否有振动。"

凯特笑了。"听起来这座小岛还真的令人神往呢。"

"你可以在这儿住一宿，明天早上四处转转。值得一试。"

凯特一时兴起，脱口而出道："为什么不呢？"

岛上只有一家旅馆——艾斯伯勒旅馆，凯特住了进去。次日清晨，她雇了一辆马车，由一位当地人驾驶着，离开了艾斯伯勒岛的中心区达克港，这里有一家杂货店、一家五金店，还有一家小餐馆。几分钟之后，他们的马车驶进一片美丽的树林。凯特注意到，那些小路弯弯曲曲，都没有路标，路边房屋外的邮筒上也未标姓名。她问向导说："没有路标，难道人们不会迷路吗？"

"不会的，岛上的人对这里了如指掌。"

凯特瞟了他一眼。"原来是这样。"


小岛的另一端，地势较低，沿途有一块墓地。

"请停一下，好吗？"凯特要求道。

她下了马车，朝那古老的墓地走去。她在里面四处转悠，好奇地打量那些墓碑。

"乔布·彭德尔顿，卒于一七九四年一月二十五日，享年四十七岁。"碑文写道："在石碑下，我在甜蜜中安眠。上帝保佑我的卧榻。"

"珍妮，托马斯·彭德尔顿之妻，卒于一八〇二年二月二十五日，享年四十七岁。"

墓地里安睡着另一个世纪的幽魂，他们生活的年代早已逝去。"威廉·哈奇船长，一八六六年十月在长岛海湾溺亡，享年三十岁。"碑文是："风风雨雨，人生沧海横流。"

墓地里安宁寂静，凯特在里面巡睃、遐想。良久，她才回到马车上，继续向前驶去。

"这儿冬天冷吗？"凯特问道。

"冷啊，过去海湾曾经完全封冻，人们乘雪橇从陆上来岛上玩。现在没有那么冷了，我们有渡船。"

他们绕了个弯，眼前出现一座两层的白色小楼，毗邻海岸。小楼外观精致，四周长满了飞燕草、野玫瑰和醋栗花。前面的八扇百叶窗刷成了绿色，双扇房门的旁边摆着一些白色的长椅和六盆红色的天竺葵。小楼看起来犹如童话里的建筑。

"那房子是谁的？"

"那是老德雷本家的房子，德雷本太太几个月前去世了。"

"现在谁住在那里？"

"我想没有人住。"

"你知道这房子要卖吗？"

向导瞄了她一眼，然后说："要是卖的话，它也许会被岛上某户人家的儿子买走，这儿的居民不喜欢外来人。"

凯特才不信这个邪，这房子她买定了。

一个小时后，她找到这所房子的代理律师。"是德雷本房子的事。"凯特说，"房子要卖吗？"

律师不屑地噘着嘴。"嗯，既卖也不卖。"

"什么意思？"

"它确实要卖，但已有人表示有兴趣买它了。"

那一定是岛上的老居民了，凯特心想。"他们出价了吗？"

"还没有，但是……"

"我这就出个价。"凯特说。

律师傲慢地说道："那房子可是很贵哟。"

"请出个价吧。"

"五万美元。"

"没问题，我们去看看房子。"


房子的内部比凯特预想的还要让她中意。客厅装饰精致，宽敞明亮，透过玻璃墙可以眺望大海。门厅的一侧是一间大型餐厅，另一侧是一间客厅，靠里墙装有一个特大的壁炉，镶壁板用果木制成，上面留下了岁月的斑斑痕迹。另外还有一间图书室和一间宽敞的厨房，厨房里面有一只铁炉子和一张松木制成的中岛厨台，旁边是配餐室和洗衣房。楼下的房间供仆人使用，有六间住室和一个卫生间。楼上有一个主卧套间和四间小卧室。这房子比凯特预想的要宽敞得多。她想，当自己和戴维有了孩子，这些房间都用得上。庭院一直延伸到海湾，那里还有一座私人码头。

凯特扭头对律师说："我买了。"

她决定将它命名为"雪松山庄园"。

她迫不及待地想要回到南非，回到克里普德里夫特，把这个消息告诉戴维。

回家的路上，凯特按捺不住心中的狂喜。达克港的房子是一个标志，象征她和戴维将喜结良缘，琴瑟和鸣。她相信，和自己一样，戴维也会喜欢那座房子。

当天下午，凯特和布拉德回到克里普德里夫特。她匆忙来到戴维的办公室，他端坐在办公桌旁，正在工作。凯特一见他，心里便小鹿乱撞，她这才意识到自己有多么思念他。

戴维站了起来。"凯特，欢迎回来！"她还未来得及开口，他又脱口而出道："有个消息想让你第一个知道，我打算结婚了。"

# 第十五章

六周之前，一个无足轻重的日子，忙了一个上午，戴维收到一条消息，蒂姆·奥尼尔到了克里普德里夫特。奥尼尔是美国的一位重要钻石采购商的朋友，他想跟戴维见见面，或者一起吃顿饭。戴维不愿在一位游客身上浪费时间，可他又不想得罪那位钻石买主。本来他可以让凯特来接待这位客人，可她同布拉德恰好在美国。"看来我是躲不过了。"于是戴维做出决定，给奥尼尔下榻的酒店打了电话，邀请他当晚共进晚餐。

"我的女儿也来了，"奥尼尔告诉戴维，"要是我带女儿一起赴宴，你不会介意吧？"

戴维没有兴趣和一个孩子共度夜晚。"当然不会。"他礼貌地回应，心想一定要设法早点结束晚宴。

大家在格兰德酒店的餐厅见面。戴维到来时，奥尼尔和女儿已坐在桌旁。奥尼尔是个爱尔兰裔美国人，五十出头，相貌英俊，头发灰白。女儿约瑟芬年约三十，身材标致，一头金发柔软飘逸，蓝色的眸子如清澈的秋水。戴维首次见到这么漂亮的女人，顿时气都喘不出来了。

"我……实在对不起，我来迟了。"他有点语无伦次了，"最后一刻有点事耽误了。"

约瑟芬看到他那手足无措的样子，觉得有趣。"有时最重要的人往往姗姗来迟。"她天真地说，"父亲告诉我，您是位了不起的人物，布莱克韦尔先生。"

"哪里……称我戴维吧。"

她点点头。"这是个好名字，它意味着精力充沛。"

晚餐还未结束，戴维就给出判断，约瑟芬·奥尼尔不是一个漂亮的"花瓶"，她聪明、幽默，而且周到体贴，这使他感到悠闲自在。戴维感觉得出，她对自己真的用心，她问了他一些个人问题，以前这些问题从未有人向他提过。晚餐结束时，他几乎无可救药地陷入了爱河。

"你家在哪儿？"戴维问蒂姆·奥尼尔。

"旧金山。"

"你们很快就回去吗？"他竭力让自己的语气听起来很随意。

"下周。"

约瑟芬微笑着，意味深长地对戴维说："要是克里普德里夫特真像人们说的那么有趣，我或许会劝父亲多留几天。"

"我将竭尽地主之谊，让它变得有趣。"戴维信誓旦旦地保证，"你们愿意去看看钻石矿吗？"

"求之不得，"约瑟芬答道，"谢谢你。"

过去戴维曾亲自陪同重要客人下矿井参观，但近来他都把这项任务交给了下属。这时，他却听见自己问："明天上午可以吗？"实际上，次日上午他早已安排了六七场会议。现在看来，这些会议显得无关紧要了。

戴维带着奥尼尔父女乘罐笼，顺着竖井下到离地面一千二百英尺的采矿区。竖井六英尺宽，二十英尺长，分成四条通道：一条用来抽水；两条用来运载蓝色矿土，里面可能含有钻石；还有一条用于双层罐笼的运行，运送工人上下班。

"我一直很好奇，"约瑟芬说，"为什么钻石用克拉来计量呢？"

"克拉最初是角豆树种子的名称。"戴维解释道，"这种树所结果实每一颗的重量都一致，一颗果实就是一克拉，等于二百毫克，或者一百四十二分之一盎司<sup>①</sup>。"

约瑟芬不由得叹道："我完全被迷住了，戴维。"

他不知道她是否只是被钻石迷住了。离她那么近，戴维感觉怡然陶醉。二人四目相对，他不由得脸红心热，心神荡漾。

"你们真应该去看看乡村。"戴维又说，"要是你们明天有空，我很乐意带你们去看看。"

父亲还未来得及说话，约瑟芬就抢先答道："那太好了。"

从此以后，戴维每天都陪在父女俩左右。就这样，戴维对约瑟芬的爱一天比一天深沉。迄今为止，约瑟芬是唯一让他神魂颠倒的女子。

一天晚上，戴维来接奥尼尔父女吃晚饭，蒂姆·奥尼尔说："今晚我有点累，戴维。要是你不介意的话，这次我能否爽约？"戴维面色平静，内心狂喜。

"不会的，先生，我感同身受。"

约瑟芬朝戴维调皮一笑。"但愿我不会让你感到无聊。"她说。

戴维带她来到一家新开业的酒店。餐厅里挤满了顾客，戴维一下子被服务员认出来，立马给安排了一张桌子。此时，一个三人乐队正在演奏美国音乐。

戴维问道："愿意跳支舞吗？"

"荣幸之至。"

不一会儿，舞池里，戴维拥着约瑟芬翩翩起舞。约瑟芬那凹凸有致的身体紧贴着他，戴维感觉如入仙境，心动不已。

"约瑟芬，我爱上你了。"

一根手指按在他的嘴唇上。"戴维，别……别这样……"

"为什么？"

"因为我不能嫁给你。"

"你不爱我吗？"

她微笑着，蓝色的眼眸闪着神采。"我也爱你，亲爱的，你看不出

---

① 英美制质量或重量单位，1盎司约等于28.4克。——编注

来吗？"

"为什么我们不能……"

"因为我不能永久住在克里普德里夫特，我会发疯的。"

"你可以试试嘛。"

"戴维，我也想试试，但我知道接下来会发生什么。如果我嫁给你，就不得不生活在这儿，我会变成一个泼妇，脾气暴躁，最终我们会心生嫌隙，互相怨恨。始于爱恋，终于思念，我们还是就此别过为好。"

她抬头看着他的脸，双眸含情，戴维似乎感到二人的身体融为一体。"戴维，你有没有可能到旧金山生活？"

对戴维来说，这是不可能的。"我到那儿能干什么？"

"明早我们一起吃早饭吧，我想让你跟我父亲谈谈。"


蒂姆·奥尼尔说："你们昨晚的谈话，约瑟芬已经告诉我了。看来你们两人之间有个难题。如果你感兴趣的话，我倒有个解决办法。"

"我很感兴趣，先生。"

奥尼尔拿起一个棕色公文包，取出一些图纸。"你了解食品冷藏技术吗？"

"恐怕我不知道。"

"早在一八六五年，美国人就开始冷藏食品。当时有个难题，在长途运输冷藏食品时，怎样确保食品不会化冻。我们制造了用于冷藏食品的火车车厢，但尚未有人发明用卡车运输冷藏食品的方法。"奥尼尔边说边敲着那些图纸，"现在有办法了，我刚得到这种卡车生产技术的专利权。它将给整个食品行业带来革命性的巨变，戴维。"

戴维瞥了一眼那些图纸，疑惑地说："恐怕我对这种技术了解不多，奥尼尔先生。"

"那没关系，我不是找冷藏技术专家，那种人我有的是。我现在寻找的是融资渠道和公司运营的管理人。这也不是脱离实际的白日梦。一些顶尖食品生产商跟我说，这桩投资将带来巨额的收益，比你想象的还要大。我需要你这样的公司管理人。"

"公司总部将设在旧金山。"约瑟芬补充说。

戴维静静地坐在那儿，细细地琢磨着他们的话。"你说你已经拿到这项技术的专利权了？"

"对，一切都已安排就绪。"

"要是我借走这些图纸，拿给他人看看，你会介意吗？"

"我没有任何意见。"

戴维先调查了蒂姆·奥尼尔的背景，了解到奥尼尔在旧金山名声很好，曾经担任伯克利大学科技系主任，备受尊崇。戴维对食品冷藏技术一窍不通，但他打算了解这项技术的知识。

"我出去一趟，五天内回来。亲爱的，希望你和你父亲能等着我。"

"多久都行，我会想你的。"约瑟芬说道。

"我也会想你。"这句话包含了其他暗示，不知约瑟芬能否领悟。

戴维乘火车去了约翰内斯堡，约见了爱德华·布罗德里克先生，他是南非最大的一家肉类加工厂的老板。

"我想听听您的意见。"戴维把那些图纸递给他，"您看看这项专利，是否可行？"

"我对冷藏食品和冷藏卡车一无所知，但是我认识一些行家。你下午再来一次，我去找几位专家，到时你们谈，戴维。"

下午四点钟，戴维返回肉类加工厂。他心里打着鼓，下面会谈的结果如何，他也完全没有把握。两周之前，要是有人建议他离开克鲁格–布伦特公司，他一定会笑个半死，因为他已经跟这家公司融为一体。要是有人让他前往旧金山，去经营一家小食品公司，他甚至会觉得这个建议太荒唐。现在，为了约瑟芬·奥尼尔，他就任性一回吧。

会议室里，爱德华·布罗德里克陪着另外两人坐在里面。"这是克劳福德博士和考夫曼先生。这是戴维·布莱克韦尔。"

寒暄过后，戴维问道："两位先生可曾看过那些图纸？"

克劳福德博士答道："当然，布莱克韦尔先生，我们认真研究过了。"

戴维深吸一口气。"你们怎么看？"

"据我所知，美国专利局已经给这项发明授予专利权了，是吗？"

"是的。"

"好吧，布莱克韦尔先生，可以说谁拥有这项专利，谁就能发大财。"

戴维缓缓地点着头，心里纠结着，难以定夺。

"所有伟大的发明千篇一律——看似简单，以至于你会奇怪别人为什么没有早点想到它。这项发明能让你成功。"

戴维不知该做出什么反应，他真希望自己不要这个决定权。要是蒂姆·奥尼尔的图纸一钱不值，他也许有机会说服约瑟芬留在南非。可奥尼尔说的全是实话，那项发明前景良好。事到如今，戴维必须做出自己的选择。

返回克里普德里夫特的路上，戴维脑子里反复思量着。要是自己接受奥尼尔的建议，那就意味着离开克鲁格-布伦特公司，进入一个全新的、从未涉足的商业领域。他虽是一个美国人，但现在对他来说，美国显得相当陌生。克鲁格-布伦特是国际性大公司，他在这儿担任要职，他热爱这份工作。杰米和玛格丽特·麦克格雷戈一直对他恩宠有加。还有凯特，她还是婴儿的时候，他就照看她，眼看着她一年年长大，以前那个性情乖戾、脸上常沾着泥垢的假小子，现在长成了一个可爱的大姑娘。在他的脑海里，她的成长好像一本影集，他一页一页地翻着、看着，四岁、八岁、十岁、十四岁、二十一岁——她变得敏感，性格古怪，难以捉摸……

火车到达克里普德里夫特，戴维终于下了决心，决心离开克鲁格-布伦特有限公司。

他直接驱车前往格兰德酒店，来到奥尼尔住的套房。约瑟芬为他打开房门。

"戴维！"

他将她拥入怀中，饥渴地吻上她，她的身体暖烘烘的，紧紧地贴上来。

"啊，戴维，我太想你了，我再也不想离开你了。"

"我们再也不分开了，"戴维缓缓地说，"我要去旧金山……"

戴维焦急地等待着凯特从美国回来。既然已经做出选择，他就要尽快跟约瑟芬结婚，开始自己的新生活。

现在，凯特回来了。站在她面前，他说："我要结婚了。"

听到这句话，凯特的耳朵里嗡地响了。她头晕目眩，紧紧抓住了桌子边缘，才没有倒下。"我不活了，"她想，"让我死吧。"

很快，凯特内心深处涌出一股坚强的意志力，她挤出一丝笑容。"给我说说她吧，戴维。"她听出自己的声音冷静、沉着，"她是谁？"

"约瑟芬·奥尼尔，她和她父亲一起来到克里普德里夫特。我知道你们俩会成为好朋友，凯特，她是个好姑娘。"

"既然你能爱上她，她肯定很出色，戴维。"

他迟疑地说："还有一件事，凯特，我要离开公司了。"

大地好像崩塌了。"就算你们要结婚，也并不意味着你必须……"

"我不是那个意思。约瑟芬的父亲要在旧金山筹建一家新公司，他们需要我。"

"这么说，你要留在旧金山生活了。"

"是的，布拉德·罗杰斯可以接替我的工作，我们再组建一个高管团队来协助他。凯特，我……我真的难以开口，你不知道对我来说，做出这个决定有多么艰难。"

"我明白，戴维，你……你一定很爱她吧。我什么时候能见到新娘呢？"

戴维笑了，看来凯特已坦然接受了这个消息，他感到很宽慰。"今晚如果你有空的话，大家一起吃晚饭吧。"

"好的，我有空。"

她强忍着眼泪，直到戴维离开后，眼泪才流下来。


戴维带着奥尼尔父女来到麦克格雷戈家的豪宅。一见到约瑟芬，凯特便惊得花容失色。上帝啊！难怪他会爱上她呢！这是一个多么惹人爱怜的美人啊。在她面前，自己显得笨拙、丑陋。更令凯特相形见绌的是，约瑟芬温婉贤淑，仪态万方。显而易见，她也是爱着戴维的。自己输了！

晚宴期间，蒂姆·奥尼尔向凯特介绍了筹建新公司的计划。

"听起来很有趣。"凯特说。

"恐怕它还无法跟克鲁格-布伦特有限公司相提并论,麦克格雷戈小姐。我们得从一个小公司做起,有戴维来管理,相信我们会越做越好。"

"有戴维管理,公司一定会发展得一帆风顺。"凯特肯定地说道。

这个夜晚,凯特简直痛不欲生。她失去了自己挚爱的男人,失去了克鲁格-布伦特有限公司唯一不可缺少的管理人,真是晴天霹雳。她跟他们侃侃而谈,似乎什么事也没有发生,只盼着快点将这场晚宴应付过去。晚宴结束,她完全记不得自己究竟说了什么或者做了什么。她只知道,一看到戴维和约瑟芬含情相视或是相互爱抚,她真想死了算了。

回酒店的路上,约瑟芬说:"戴维,她可是爱着你呢。"

他笑了。"凯特?不,我们只是朋友。她还是个小孩子的时候,我们就常在一起。她很喜欢你呢。"

约瑟芬笑了。男人都太天真了。


第二天早上,在戴维的办公室里,蒂姆·奥尼尔和戴维面对面地坐着。

"要把这里的事情安排好,我大约需要两个月的时间。"戴维说道,"我在考虑公司启动所需要的资金。要是我们找大公司参股,我们自己的公司就会被吞并,我们只能得到小额的股份,那么公司就不再属于我们自己了。我们应该自筹资金。我筹算了一下,启动资金需要八万美元。我存了大约四万美元,我们还需筹集四万美元。"

"我有一万美元。"蒂姆·奥尼尔说,"我有一个兄弟,他能借给我五千美元。"

"那么我们还缺二万五千美元。"戴维说道,"我们想办法从银行贷款。"

"我们马上返回旧金山,"奥尼尔对戴维说,"把前期工作为你准备好。"


两天后,约瑟芬和父亲准备动身回美国了。"戴维,用我们的私人列车送他们去开普敦吧。"凯特建议道。

"你真慷慨呀,凯特。"

那天早上,约瑟芬一离开南非,戴维便感到自己生命的一部分也被带走了。他恨不得即刻飞往旧金山，他一刻也离不开约瑟芬了。

　　接下来的几周，公司一直在考察高管团队的候选人，以协助布拉德·罗杰斯工作。最后终于拟定了一份候选人名单，凯特、戴维和布拉德花了几个小时，仔细讨论每个人选的情况。

　　"泰勒是个精干的技术人员，但他欠缺管理才能。"

　　"西蒙斯怎么样？"

　　"他是个好苗子，但还不够成熟。"布拉德明确地说，"让他再锻炼五年吧。"

　　"巴布科克？"

　　"这是个不错的人选，我们可以讨论一下。"

　　"彼得森怎么样？"

　　"他对公司不够忠心，"戴维说道，"这人为自己考虑得过多。"说这话时，他感到一阵内疚，自己不正是为了红颜，舍弃凯特而去吗？

　　大家不断地酝酿着、讨论着那份名单。到了月底，经过层层筛选，候选人保留了四名，这四人将配合布拉德·罗杰斯的工作。因为这四人现在都在国外工作，因此需要通知他们回来面试。前两次面试进展顺利。"这两人我都很满意。"凯特对戴维和布拉德说道。

　　那天上午，马上要进行第三次面试，戴维走进凯特的办公室，脸色苍白。"我的工作安排人接替了吗？"

　　凯特一见他的表情，大惊失色，忽地站起来。"出什么事了，戴维？"

　　"我……"他跌坐在椅子里，"旧金山的公司黄了。"

　　凯特立刻绕过办公桌，走到他身边，着急地说："怎么啦？快告诉我！"

　　"我刚收到蒂姆·奥尼尔的信，他把那项专利转卖了。"

　　"到底怎么了？"

　　"就是那项专利，芝加哥有家三星肉类加工厂，付给奥尼尔二十万美元和专利权税，购买了他的专利权。"戴维的声音充满痛苦，"三星公司想雇我为他们管理这个项目。因为给我引起这么大的麻烦，奥尼尔也向我表示歉意，可是对方一下子付出那么多钱，他实在难以拒绝。"

凯特目不转睛地望着他，关切地问："约瑟芬呢？她怎么说？她一定生她父亲的气了。"

　　"她也给我写了一封信。她说，我一到旧金山，我们马上就结婚。"

　　"你不去旧金山？"

　　"当然不去。"戴维情绪爆发了，"以前我可以发挥自己的才能，将那家公司发展壮大，把它打造成一家大型公司。可是，他们太急于要那笔钱了。"

　　"戴维，你不要归罪于约瑟芬，这不公平，她绝不会……"

　　"没有约瑟芬的同意，奥尼尔绝不会自行做成这笔交易。"

　　"我……我不知该说什么，戴维。"

　　"没什么可说的，我差点犯了一生中最大的错误。"

　　凯特走到办公桌旁，拿起那张候选人名单，慢慢地把它撕成了碎片。

　　接下来的几周，戴维全身心地投入自己的工作，试图忘记痛楚和悲伤。约瑟芬·奥尼尔又来过好几封信，全被他扔掉，连信封都没有拆。然而，约瑟芬的一颦一笑并不能从他的脑海中被抹掉。凯特深深地感受到戴维的痛苦，但她只是让戴维知道，如果需要帮助，她随时都会施以援手。

　　自从收到蒂姆·奥尼尔的来信，迄今已经过去了六个多月。在此期间，凯特和戴维继续一起工作，一道旅行。凯特想尽一切办法让戴维开心，她打扮成他心仪的样子，安排他喜欢的活动，不遗余力地让他生活得舒心愉悦。最终，凯特发现，自己的努力根本没有任何效果，她的耐心被一点点消耗殆尽，她要采取行动了。

　　为了考察一个新矿区，她和戴维来到里约热内卢。二人在宾馆一道吃了晚饭，为了核对一些数字，他们来到凯特的房间。黑夜沉沉，四周一片安静。凯特已经换上了一件宽松舒适的睡衣，脚踏着一双拖鞋。数字核对完毕，戴维伸了个懒腰，说："好了，今晚到此为止，我该去睡觉了。"

　　凯特柔声说："你的悲伤该结束了吧，戴维？"

　　他惊讶地望着她。"为何悲伤？"

　　"为了约瑟芬·奥尼尔啊。"

"她已经从我的生活中消失了。"

"可我没有看出来啊。"

"你想让我怎么做，凯特？"他毫不客气地问。

凯特一下子火了。这个傻子，他什么也没有看出来，枉费自己花了这么多精力和时间。"我现在就告诉你，我要你做什么——吻我。"

"什么？"

"你傻啊，戴维！我是你的老板！"她的身体向他贴上来，"吻我！"她双臂拥抱着他，嘴唇随之贴上去。刚开始她感觉出他的抗拒，因为他想要往后退缩。慢慢地，他的手臂也环抱上来，主动回吻着。

"凯特……"

她轻咬着他的嘴唇，悄悄说："我以为你永远不会……"

六周后，二人结婚了。在克里普德里夫特，这场婚礼排场很大，其规模堪称空前绝后。婚礼在市内最大的教堂里举行，随后又在市政厅举行婚宴，亲朋好友、商业伙伴都被邀请前来。食物堆积如山，数不清的啤酒、威士忌和香槟酒成箱成箱地被搬进餐厅。乐师们不停地演奏着，婚宴一直持续到次日黎明。太阳再次升起时，凯特和戴维悄悄溜走了。

"我回家收拾行李，"凯特说道，"一个小时后来接我。"

晨光熹微，凯特独自走进那幢豪宅。她上楼去了自己卧室，走到一幅挂在墙上的油画前。她按下画框上的一个按钮，那幅画嗖地向后弹去，一个保险箱赫然露出来。她打开保险箱，拿出一份合同，那是凯特·麦克格雷戈收购芝加哥三星肉类加工厂的合同。旁边还有另一份合同，那是三星肉类加工厂用二十万美元购买蒂姆·奥尼尔冷藏技术专利的合同。凯特犹豫了一下，然后把文件放回了保险箱，锁好。现在，戴维真正属于自己了。其实他一直属于自己，属于克鲁格-布伦特有限公司。两人联手，克鲁格-布伦特有限公司将发展成世界上最大、最强的公司。

自己所做的这一切，都遂了杰米和玛格丽特·麦克格雷戈的心愿。

第三部　克鲁格-布伦特有限公司　一九一四——一九四五

# 第十六章

麦克格雷戈豪宅的藏书室里，一对新人正在里面缠绵。生前，杰米·麦克格雷戈喜欢待在这儿，他面前总是放着一杯白兰地。戴维担心两人没有时间去度新婚蜜月。"公司总要有人管理啊，凯特。"

"是的，布莱克韦尔先生，但是谁来关心我呢？"凯特蜷缩在戴维的大腿上，透过薄薄的连衣裙，他感觉到她身上散发出淡淡的体香。他手中的文件落到了地板上。她用双臂环抱着他，接着，她的手贴着他的身体向下滑。她的大腿紧贴着他的小腹，屁股慢慢地扭动着，文件静静地躺在地板上，已被主人忘掉。她感到他有了反应，她站起身来，脱光衣服。看着眼前玲珑有致的裸体，戴维难以自持。这么长时间里，这是他第一次看到这动人的胴体。她开始为他脱衣服，这使他突然涌上了一股强烈的冲动。很快，两个赤裸的身体紧紧贴在一起……

凯特和戴维游遍了世界各地，到了巴黎、苏黎世、悉尼和纽约，同时处理这些地方分公司的业务。无论走到哪里，他们总是挤出时间来享受二人世界。他们聊天、做爱，直到深夜。凯特为戴维带来了无穷的快乐。早晨，她弄醒他，然后狂放不羁地与他做爱。几个小时后，她又会坐在他的身旁，出席商务座谈会，显得精明强干。她有一种与生俱来的经商天赋，这种天赋是罕见的，令人难以想象。在商界高层，女性很少。一开始，人们对凯特抱着宽容或居高临下的态度，但很快就变得小心谨慎、肃然起敬了。周旋在这些商界男人中，凯特享受着猫捉老鼠般的智斗乐趣，但她也知道，自己必须深思熟虑、足智多谋，方能取胜。戴维看到她战胜了那些多年在商界历练的男人，不禁佩服她的商业天赋。她也知道自己需要什么，怎样去得到它。那就是权势。

他们在达克港的雪松山庄园度过了愉快的一周，结束了蜜月旅行。

一九一四年六月二十八日，战争爆发的消息首次传出。当时，凯特和戴维正在新泽西州北部萨塞克斯的一幢乡间别墅里做客。这个时代流行乡间别墅，人们热衷于前往那里过周末。当然，受邀的客人要遵循特定的礼仪。男人吃早餐时要穿戴整齐，上午十点休息，吃午饭以及喝下午茶时，都要换上带缎子嵌边的丝绒上衣，晚餐时需换上正式的礼服。

"看在上帝的分儿上，"戴维对凯特抱怨道，"我感到自己像一只炫耀羽毛的孔雀。"

"你是只非常漂亮的孔雀，亲爱的。"凯特安慰他，"等你回到家，你可以光着身子到处走。"

他把她搂在怀里。"可我等不及了。"

晚餐时，传来消息，奥匈帝国的王储弗朗西斯·斐迪南及其夫人索菲亚遇刺身亡。

别墅主人马尼勋爵说："太卑鄙了，杀一名妇女，为什么？不过没有人会为了某个巴尔干小国去开战。"

然后话题又转到了板球上。

夜里，二人躺在床上，凯特说："戴维，你认为战争会发生吗？"

"就因为某个无足轻重的大公被暗杀？不会的。"

事实证明，戴维的猜测完全错了。奥匈帝国怀疑邻国塞尔维亚策划了刺杀斐迪南的阴谋，于是就向塞尔维亚宣战。到了十月份，世界上大多数大国都卷入了这场战争。这是一场新型的战争，首次使用了机械化装备——飞机、飞艇和潜艇。

八月一日，德国向俄国宣战。凯特兴奋地对戴维说："对我们来说，这可是个机遇，千载难逢啊，戴维。"

戴维皱起了眉头。"你是什么意思？"

"那些参战国需要枪支弹药，而且——"

"我们绝不会生产杀人武器，"戴维断然打断了她，"我们的生意已经够多了，凯特。我们不能从别人流血中赚钱。"

"你是不是有点太理想化了？这些枪炮总得有人制造呀。"

"只要我在公司，我们就不会去制造枪炮。这事不要再讨论了，凯特，到此为止。"

凯特心里愤愤然："到此为止！戴维怎么会是一个理想主义的傻瓜呢！"从结婚以来，他们第一次分床睡觉。

戴维却在想："她怎么这么冷血呢？一定是商场改变了她。"接下来的日子里，两人之间笼罩着一层阴云。戴维意识到自己和凯特之间的感情出现了裂痕，他感到十分惋惜，但是也不知道如何来弥合。他知道傲慢并固执的凯特不会向自己让步，这是一个自以为是的女人。


美国总统伍德罗·威尔逊曾经承诺，美国绝不会卷入战争。随着德国潜艇不断用鱼雷攻击毫无武装的客轮，以及频频传来的德国军人的暴行，要求美国为协约国提供援助的呼声越来越高。"为民主创造一个安全的世界"是当时流行的宣传语。

戴维在南非的丛林之乡学会了飞行。在法国，美国飞行员组建了拉斐特飞行队。戴维找到凯特，庄严地说："我要去参加空军。"

凯特吓坏了。"不行！美国又没有参战。"

"很快就会了。"戴维平静地说，"美国不能置身事外，我是一个美国人，不能袖手旁观。"

"你已经四十六岁了！"

"我还能开飞机，凯特，无论提供什么帮助，法国人都需要。"

凯特无法劝阻他。在最后的几天里，两人平静地待在一起，忘记了他们之间的分歧。他们彼此相爱，这才是最重要的。

奔赴法国的前一天晚上，戴维说："布拉德·罗杰斯能够帮你把生意做好，也许会做得更好。"

"要是你出了什么事，我怎么办？我受不了啊。"

他紧紧地抱着她，信誓旦旦地说："不会有事的，凯特，我会挂着勋章回到你身边。"

第二天早晨，戴维动身去了法国。

对凯特来说，戴维的离去犹如生死离别。她苦等了这么长时间才得到戴维，可现在每分每秒，让人提心吊胆的恐惧总萦绕在她的脑海。她害怕失去他，总是战战兢兢。一个陌生人说话的腔调，安静的街道上突如其来的笑声，一句话、一首歌或是嗅到的某种气味，都会让她想起他。无论走到哪里，他似乎都还伴随左右。她每天写信向他倾诉衷肠，收到回信，她总是读了又读，信纸都皱巴得不成样子。戴维在信中说自己很好；德国人拥有空中优势，但那只是暂时的；有传言说美国不久要参战；只要一有机会，他就会再写信来。凯特知道，他深深地爱着自己。

凯特想："亲爱的，你可千万别出事，你要是出了事，我恨你一辈子。"

她拼命地工作，为的是忘却自己的孤独和痛苦。战争初期，法国和德国都拥有欧洲装备最精良的战斗部队，但协约国在人力、资源和物资上占有绝对优势。俄国军队的人数最多，但不幸的是，装备极差，指挥也不灵。

"协约国需要武器装备，"凯特对布拉德·罗杰斯说，"他们需要坦克、枪支和弹药。"

布拉德·罗杰斯显得惴惴不安。"凯特，戴维不会同意……"

"戴维又不在，布拉德，这事由我们来决定。"

戴维反对公司制造武器，凯特感到难以理解。既然协约国需要武器，凯特认为，向这些国家提供武器就是履行自己的爱国职责。她同六七个友好的协约国首脑进行了磋商，一年内，克鲁格-布伦特有限公司开始生产大炮、坦克和弹药，同时公司还供应火车车皮、坦克、军服和枪支。一夜之间，克鲁格-布伦特有限公司成为世界上发展最快的企业集团。凯特看着最新的收入报表，得意地对布拉德·罗杰斯说："看到了吗？戴维应该承认自己错了。"

在此期间，南非也处于动荡之中。那些党派领袖都表示支持协约国，愿意承担保卫南非对抗德国的责任，但是大部分南非白人反对支持大英帝国，他们仍然记着过去英国人对他们的屠杀。

欧洲战局对协约国十分不利，西线的战事陷入胶着状态。双方士兵拼命地挖壕沟，这些壕沟纵贯法国和比利时。士兵们痛苦不堪，雨水使战壕积满了泥浆，老鼠成群结队，害虫泛滥。凯特心想，谢天谢地，自己的戴维是在空中作战。

一九一七年四月六日，威尔逊总统正式代表美国向德国宣战，戴维的预言实现了。整个美国开始动员起来。

一九一七年六月二十六日，约翰·潘兴将军率领第一支美国远征军在法国登陆。那些从未听说过的地名逐渐为人们所熟知：圣米耶勒……蒂耶里堡……默兹-阿戈讷……贝洛森林……凡尔登……协约国军队已经成为战无不胜的力量。一九一八年十一月十一日，第一次世界大战结束了。世界又成为庇佑民主制度的安全之地。

戴维要回家了。

在纽约，戴维走下运兵船，登上海岸，凯特站在那儿迎接他。他们久久地对视着，忘却了周围嘈杂的人群和喧闹声，这是永恒的一刻。接着，戴维把凯特紧紧地搂在怀里。他瘦多了，面容疲惫，凯特心想："上帝啊，这人让我想得好苦啊！"她似乎有千言万语，但又说不出话来，还是等等再说吧。"走，我们去雪松山庄园。"凯特说，"那里是让你休息的最好地方。"


为了迎接戴维，那座别墅被装饰得焕然一新。宽敞通风的起居室里又添了一对沙发，上面罩着有玫瑰红色和绿色印花图案的棉沙发罩。壁炉旁摆放着两张安乐椅，上面铺着羽绒垫。壁炉上面挂着弗拉芒克的风景油画，两边各装了一只镀金的壁灯。两扇法国式玻璃门通向外面的回廊，回廊环绕着房子的三面，顶上覆盖着条纹遮阳篷。房间里明亮、清新，海港的美景一览无余。

凯特领着戴维在庄园里走走看看，开心地不停说话，但是戴维却奇怪地沉默着。走完了整个庄园，凯特问道："亲爱的，这些布置你都喜欢吗？"

"很棒，凯特。现在坐下来，我想和你谈谈。"

她的心猛地向下一沉。"出什么事了吗？"

"我们公司似乎成为半个世界的军火供应商了。"

"你先看看公司的财务报告，"凯特开口道，"公司的利润已经——"

"我不是说公司的利润。没有忘记的话，我前往法国之前，公司的利润就已相当可观。我们不是说好公司不生产军需物资吗？"

凯特心中顿时升起一股怒火。"你同意了，我没有。"她竭力放缓自己的语气，"时代变了，戴维，我们也要随着变。"

他盯着她，平静地问道："你变了吗？"


当天晚上，凯特躺在床上问自己，是自己变了，还是戴维变了？是自己变得更强了，还是戴维变得更天真了？想想戴维反对生产武器的理由，这理由很牵强，根本不靠谱。无论如何，总得有人为协约国提供军备吧，更何况可以从中获得巨额利润。戴维的商业意识怎么了？她曾认为他是一个最聪明的人，没有之一。可是现在，与戴维相比，她更有能力管好公司。那一晚，她彻夜未眠。

早上，二人共进早餐，然后到庭院里散步。

"这儿很美，"戴维对她说，"我很高兴能来这儿。"

凯特迟疑地说："我们昨晚的谈话……"

"算了，都过去了。那时我不在，你做的是你认为正确的事。"

"要是你在，我还会那样去做吗？"凯特在心里问自己，但她并没有说出来。自己做这一切，为的是公司利益。公司利益比自己的婚姻还重要吗？她不敢回答这个问题。

# 第十七章

第一次世界大战结束后的五年里，世界格局发生了惊人的变化。克鲁格-布伦特有限公司以钻石和黄金生意为基础发展起来，如今它的经营范围已经趋向多样化，业务扩展到了全世界。公司枢纽早已淡出南非。最近，公司又收购了一家出版集团、一家保险公司和一片五十万英亩的林地。

有一天夜里，凯特把戴维推醒。"亲爱的，我们把公司总部迁走吧。"

戴维迷迷糊糊地坐起来。"什……什么？"

"今天，世界的商业中心是纽约。我们的总部也应当在那儿。南非离那儿实在太远了。况且，我们现在有电话、电报，几分钟内，我们就可以与任何办事处取得联系。"

"我怎么没有想到呢？"戴维咕哝了一句，接着又睡去了。

纽约是个令人兴奋的新世界。以前来这儿时，凯特就感觉到这个城市快速跳动的脉搏。住在纽约，就像处于矩阵的中心，地球似乎转得更快了，一切都以更快的节奏进行着。

克鲁格-布伦特有限公司的新总部选址在华尔街，建筑师开始着手做筹备工作。凯特又雇用了另一位建筑师，请他设计一座具有十六世纪法国文艺复兴风格的府邸，该府邸位于纽约第五大道。

"这个城市真是太吵了。"戴维皱着眉头说。

确实如此。城市的高空中充满着铆钉枪的冲击声，一座座摩天大楼拔地而起，高耸入云。纽约成为世界性的贸易圣地，是海运、保险、通信和交通运输的中心。这是一个独特的活力四射的城市。凯特喜欢纽约，但她意识到戴维整日郁郁寡欢。

"戴维，这里就是未来，这个城市在发展，公司也会随着走向辉煌。"

"天哪，凯特，你还想要多少？"

她不假思索地回答："越多越好。"

她不明白戴维为什么提出这样的问题。游戏的目的就是要赢，只有把别人打败了才叫赢。对自己来说，这是显而易见的。可戴维怎么不懂呢？戴维是个精明的生意人，但他缺少某种东西，那就是激情，一股征服的冲动，做到最大、最好的欲望。自己的父亲有这种精神，自己也有。凯特不能确定，从何时起，她拥有了这种精神。反正在她生命中的某个时刻，公司成了主人，她成了奴隶，与其说是她控制着这家公司，倒不如说是公司控制了她。

当她把自己的想法讲给戴维听时，他笑着说："你工作太辛苦了。"她多么像她的父亲啊，戴维心想，但是不知为什么，他隐隐约约地感到不安。

一个人怎能抱怨工作辛苦呢？凯特感到难以理解。生活中没有什么能比工作更令她感到快乐。工作使她精力充沛，活力无限。每天都会遇到新问题，每个问题就是一场挑战，解决了一个难题，就赢了一场赌博。她对此十分老到，似乎进入了一种超乎想象的境界。它无关金钱，也不是成就，而是权力。她享受某种权力，能支配世界各个角落千千万万人的命运，正如自己的命运曾一度受到别人摆布一样。只要大权在握，她就可以凌驾于任何人之上。至高无上的权力真是令人迷恋和陶醉。

各个国家的国王、王后以及总统竞相邀请凯特共进晚宴。他们逢迎、讨好她，因为克鲁格-布伦特公司的某个分厂开在某个国家或地区，那儿可能由穷变富。这就是权力，凯特所追逐的权力。她的公司生气勃勃，是一个日益壮大的巨人，需要不断地被提供食物。有时某些牺牲是不得已的，因为巨人不能受到束缚。如今凯特体会到，公司有自己的脉搏、节奏，这个巨人与凯特已经融为一体。

公司总部搬到纽约已有一年。三月份，凯特感到身体不适，戴维劝她去看医生。

"他的名字叫约翰·哈雷，是个颇有名望的年轻医生。"

凯特很不情愿地去了。约翰·哈雷是波士顿人，瘦削、严肃，大约二十六岁，比凯特小五岁。

"我提醒你，医生，"凯特对他说，"我可没有时间生病。"

"我记住了，布莱克韦尔太太。让我为你检查一下吧。"

哈雷医生给她进行了一系列检查，做了一些化验，最后说："我确定没有什么大问题。一两天内，化验结果就会出来。周三给我来个电话。"


周三早晨，凯特打电话给哈雷医生。"告诉你一个好消息，布莱克韦尔太太，"他高兴地说，"你怀孕了。"

这是凯特一生中最为激动的时刻，她迫不及待地把这个消息告诉戴维。

戴维显得格外兴奋，他用强壮的臂膀一下子把她抱起来，说："但愿是个女孩，长得和你一模一样。"他心里想，凯特也想要个女孩，从现在起，她会花更多的时间待在家里，像个合格的妻子。

凯特却在想，但愿是个男孩，将来有一天，他要接管克鲁格–布伦特公司。


临产的日子快到了，凯特缩短了工作时间，但每天仍然到总部上班。

"别管公司业务了，好好休息。"戴维劝她说。

令他难以理解的是，工作对凯特来说就是休息。

预产期在十二月份。"我试着在二十五日生，"凯特对戴维许诺道，"宝宝将是我们的圣诞礼物。"

这一定是个完美的圣诞节，凯特想，如今自己是一家跨国集团的老总，嫁给了自己挚爱的男人，而且即将生下他的孩子。然而，颇具讽刺意味的是，她并未意识到三者中哪一个是最重要的。

凯特的身体变得臃肿，行动不便。她去办公室也感到越来越困难。但当戴维或者布拉德·罗杰斯建议她待在家里时，她总是说："我的脑子还可以工作嘛。"离预产期还有两个月，戴维要去南非视察佩涅尔矿，他准备下一周返回纽约。

一天，凯特坐在办公桌前，布拉德·罗杰斯突然闯进门来，脸色阴沉。凯特好奇地问："香农的那桩业务丢了吗？"

"不是，我……凯特，刚刚得到消息，出事故了，是矿井爆炸。"

她的心突然感到一阵剧痛。"在哪儿？严重吗？死人了没有？"

布拉德叹了一口气。"死了六七个人，凯特，戴维也在里面。"

这句话似乎在整个房间轰响，不断地撞到镶着木板的墙壁上，声音越来越大，直到在她的耳朵里变成了巨大的嗡嗡声，犹如尼亚加拉大瀑布似的倾泻下来，将她淹没了。慢慢地，她又觉得自己被吸进了瀑布的中央，然后越沉越深，直到无法呼吸。

一切都变得黑暗而沉寂。


一个小时后，婴儿出生了，早产了两个月。凯特给他起名叫安东尼·詹姆斯·布莱克韦尔，这是依照戴维父亲的名字起的。凯特默默地念叨："我爱你，儿子，为了我自己；我爱你，儿子，为了你父亲。"

一个月后，第五大道的府邸建成，凯特和婴儿，还有一班仆人搬了进去。意大利两个城堡中的物品全被搬到这幢别墅中。这里简直成了一个博物馆，有十六世纪意大利的胡桃木家具和玫瑰红色大理石地板，每块大理石都带着赭红色的镶边。藏书室的墙壁铺着镶板，靠里的墙壁装了一个古色古香的十八世纪的壁炉，上方挂着一幅罕见的霍尔拜因的肖像画。一间陈列室里放着戴维收藏的各种枪支，旁边有一间画廊，里面有凯特收藏的伦勃朗、维米尔、委拉斯开兹和贝利尼等名家的画作。紧挨着凯特的房间，还有舞厅、日光浴室、大餐厅和婴儿室。此外，其他卧室几乎数不过来。大花园设计成意大利风格，里面有许多塑像，都是罗丹、奥古斯塔斯和马约尔等大师的雕刻作品。这儿简直是国王的宫殿。宫殿里的国王正在慢慢地成长呢，凯特得意地想。

一九二八年，托尼①四岁了，凯特把他送到幼儿园。这是个漂亮又稳重的孩子，灰色的眼睛和方方的下巴像他的母亲。他先学习音乐，五岁时又上了舞蹈学校。在达克港的雪松山庄园里，母子二人享受着惬意的时光。凯特买了一艘机帆船，八十英尺长，她给它起名为"海盗号"。她带着托尼驾船沿着缅因州的海岸航行。托尼欢喜极了。但对凯特来说，还是工作能给她带来更大的乐趣。

　　杰米·麦克格雷戈创建的克鲁格–布伦特有限公司似有魔咒附体，它显得那么生气勃勃，生意兴隆。公司是凯特的情人，它就像一棵参天大树，绝不会死于某个寒冬，丢下她孤零零的一个人，它是永生的。她一定要精心呵护它，将来有一天，她要把它交给她的儿子。


　　南非是她的祖国，凯特一直心系于此，念念不忘。南非的任何动荡都让她牵肠挂肚。那里的种族矛盾日益加剧，有两个政治派别：主张种族隔离的保守派和希望提升黑人地位的开明派。詹姆斯·赫尔佐格总理和扬·克里斯蒂安·史末资组成了联合内阁，通过了《新土地法》，黑人们被剥夺了选举权，不能拥有土地。《新土地法》使数百万少数民族深受其害，那些没有矿藏、远离工业中心和港口的土地被分给了有色人种、黑人和印度人居住。

　　在南非，凯特安排了一场会晤，对方是南非当局的几名高级政府官员。"这是一颗定时炸弹，"凯特提醒他们说，"你们的所作所为是让八百万南非人成为奴隶。"

　　"他们不是奴隶，布莱克韦尔太太。我们这么做是为了他们好。"

　　"真的吗？这如何解释呢？"

　　"每个民族都有其独特性。要是黑人同白人混杂在一起，黑人就有可能失去他们的民族特性。我们要保护他们的民族性。"

　　"一派胡言。"凯特反驳道，"南非已经成为种族主义的地狱。"

　　"你误解了，布莱克韦尔太太。其他国家的黑人千里迢迢来到这里，为了进入南非，他们甚至付五十六英镑去买一张假的通行证。这里的黑人比地球上

---

① 安东尼·布莱克韦尔的昵称。——编注

198

任何地方的都要过得好。"

"那么我同情错啦。"凯特反驳道。

"黑人就像未开化的儿童，布莱克韦尔太太。这样做是为了他们好。"

会晤结束，凯特心情沮丧，对自己的祖国深感忧虑。

凯特也很关心班达。她在报上常看到他的消息。南非报纸称他为"猩红侠客"。读着这些报道，凯特不由得对班达深感敬佩。他经常化装成劳工、车夫、看门人，屡屡逃避警察的追捕。他组织了一支游击队，因而成为警方通缉的头号要犯。《开普敦时报》上有篇报道，讲述某个黑人村庄的示威者把他抬在肩上，得意扬扬地上街游行。他从一个村庄跑到另一个村庄，向学生们发表演讲。当警察得到消息赶来抓捕时，班达已经消失得无影无踪了。据说他有数百名保镖，都是他的朋友和追随者。他每晚都换几个地方睡觉。凯特知道，什么也不能让他停止反抗活动，除非死亡。

她必须与班达取得联系。她召见了值得信任的黑人工头，问道："威廉，你能联系到班达吗？"

"除非他愿意让人找到。"

"请试试吧，我想见他。"

"我试试看。"

第二天上午，工头说："如果你今晚有空，有辆汽车将会等着你，把你带到乡村。"


汽车把凯特送到约翰内斯堡以北七十英里的一个小村庄。司机在一座小木屋前面停下车来，凯特走了进去。班达在里面等着她，他还是上次见面时的那副模样。他有六十岁了，凯特心想。多年来，为了逃避警察的追捕，他东躲西藏。可是，他看起来依然安详而平静。

他拥抱凯特，说："你比上次见时更漂亮了。"

她大笑起来。"老了，再过几年就要四十岁了。"

"岁月不太喜欢光顾你，凯特。"

他们走进厨房。班达煮着咖啡，凯特说："我不喜欢目前的政治局势，班达。南非将走向何方呢？"

"只会越来越糟。"班达一针见血地答道，"政府不愿意同我们对话。白人摧毁了双方之间沟通的桥梁。总有一天，他们会发现他们需要那些桥梁来与我们进行联系。现在，我们有自己的英雄，尼希米亚·蒂尔、莫科内、理查德·姆西曼。白人驱赶我们，就像把牛羊赶到牧场一样。"

"并不是所有的白人都是那样。"凯特肯定地说道，"你也有白人朋友支持你们。总有一天，一切都会改变，班达，但这需要时间。"

"时间就像沙漏里的沙子，会流光的。"

"班达，恩塔姆和马吉纳怎么样了？"

"我的妻子和儿子都躲起来了，"班达悲伤地说，"警察还在忙着抓我呢。"

"我能帮什么忙吗？我不能坐视不管呀。钱能帮你吗？"

"什么时候钱都有用。"

"我会安排的。还需要什么？"

"祈祷吧，为我们所有人祈祷。"

第二天上午，凯特返回了纽约。


托尼渐渐长大，能外出旅行了。学校放假时，凯特总是趁出差之便，带他到各地游玩。他喜欢博物馆，能一连几个小时站在那儿欣赏大师们的绘画和雕塑。在家里，托尼照着墙上的油画画了几幅素描，但他感到难为情，不愿让母亲看自己的作品。

他长得乖巧、聪明，略显腼腆，是别人眼中的乖宝宝。凯特为儿子感到十分自豪。在班里，他的功课总是第一名。"你把其他同学都甩在后面了，是吗？亲爱的。"她大笑着，紧紧地把他搂在怀里。

小托尼学习愈加努力，他不愿辜负母亲的期望。

一九三六年的一天，恰好是托尼十二岁生日，凯特从中东回来了。她非常想念托尼，迫不及待地要见儿子。托尼在家里等母亲回来。一见到儿子，凯特便紧紧地抱住他。"生日快乐，亲爱的！今天过得好吗？"

"是……是的，妈……妈妈，很……很好。"

凯特后退了一步，看着他。过去，她从未注意到儿子口吃。"你怎么啦，

200

托尼？”

“很……很好，谢谢，妈……妈妈。”

“千万不要口吃，说慢一点。”

“好的，妈……妈妈。”

接下来的几周里，情况变得更糟。凯特决定找哈雷医生谈谈。做完检查，医生说：“从身体上看，孩子没什么问题，凯特。他是不是有什么压力？”

“压力？当然没有，你怎么会这样问呢？”

“托尼是个敏感的孩子。口吃常常是由挫折感引起的，是无力应对某种环境的身体表现。”

“你错了，约翰，托尼在学校里各门功课都名列前茅。上学期，他还得了三个奖：最佳全能运动员、最佳全能学生、最佳美术学生。很难说他应对不了周围环境。”

“我知道了。”医生打量着她，“凯特，托尼口吃时，你是怎么做的呢？”

“我当然要纠正他了。”

“我建议你不要这样做，这样只会使他更加紧张。”

凯特被惹怒了。“如果真的像你所说的那样，托尼有心理上的问题，我可以向你保证，那绝不是他母亲引起的。我疼爱他，他也知道，在我眼中，他是世界上最棒的孩子。”

这就是口吃的症结所在，没有哪个孩子能达到那么高的标准。哈雷医生低头看了看病历。“我们再看看。托尼十二岁了？”

“是的。”

“也许让他离开一段时间对他有好处。可以在某个地方找一所私人学校。”

凯特盯着他，没有说话。

“读完高中之前，让他独立生活。另外，瑞士的一些私立学校相当不错。”

瑞士！一想到托尼要离她那么远，凯特便感到恐惧。他还太小，没有独自生活的能力，他……哈雷医生注视着她。“我再考虑考虑。”凯特说道。

那天下午，她取消了董事会会议，早早地回家了。托尼在自己房间里做功课。

托尼说道："妈……妈妈，今天我全……全得A。"

"亲爱的，你想去瑞士上学吗？"

他眼睛一亮，高兴地说："我可……可以去吗？"

六周之后，托尼乘上了一艘前往瑞士的轮船，他将到日内瓦湖边的一个小城镇——罗勒市的萝实学校上学。凯特站在纽约的码头上，望着那艘巨型客轮缓缓驶出港口。"天哪！我的心肝离开了。"她转身回到那辆等候着她的豪华轿车里，汽车向总部大楼飞驶而去。


凯特喜欢布拉德·罗杰斯，二人共事多年。布拉德四十六岁了，比凯特年长两岁。多年来二人已成为好友。凯特喜欢他，因为他对克鲁格-布伦特公司忠心耿耿。布拉德没有结婚，但是他有好几个迷人的女性朋友。慢慢地，凯特觉察到他暗恋自己，不止一次有意做出模棱两可的暗示，但是她只能让自己和他之间保持一种客观的工作关系。有一次，这个界限被她打破了。

布拉德常常外出约会，每晚深夜归来，早上开会时面带倦容，心不在焉。这对公司十分不利。一个月后，他的行为越来越离谱了，凯特决定做点什么。她记得丈夫戴维差点为了一个女人离开公司，绝不能让布拉德也发生这种情况。

凯特原本打算独自一人去巴黎收购一家进出口公司，但在最后一刻，她决定让布拉德陪她一起去。抵达巴黎当天，白天安排满了会议，到了晚上，两人一道去大维福餐厅吃晚饭。饭后，凯特邀请布拉德到她住的乔治五世酒店套房里一起研究关于新公司的报告。当布拉德到来时，凯特穿着透明的丝织睡衣等着他。

"我带来了修改好的报价，"布拉德开口说，"我们……"

"那个先等等。"凯特深情款款地说。她的声音里有一种挑逗的意味，布拉德意外地抬起头，望着她。"我们俩单独待一会儿，布拉德。"

"凯特……"

她扑进他的怀里，紧紧地抱着他。

"我的上帝！"他说道，"我想要你好久了。"

"我也想要你啊，布拉德。"

他们相拥着进了卧室。

凯特是个性感的女人，但长久以来，她的性冲动都化为对权力的快感了，因为工作就能使她满足，这次引诱布拉德是别有用心的。

他俯身趴了上来。她分开双腿，感到一根硬硬的东西插入自己的下体，奇怪的是，她并没有特殊的感觉。

"凯特，我早就爱上你了……"

他用力地冲刺着，进进出出，这是一种古老而永恒的节奏。她躺在下面，小腹机械地蠕动着，心里却想："这家公司的要价太高了。他们知道我非常想要这家公司，看来他们是不会让步的。"

趴在她身上的布拉德一边运动，一边在她的耳边说着绵绵情话。

"我要中止谈判，等他们来求我。但要是他们不来呢？我们可能会失去这笔交易。能冒这个险吗？"

布拉德的动作加快，凯特扭动着臀部，迎合着迅猛的冲击。

"不，他们能轻易找到另一买家，还是他们要多少给多少算了。我可以卖掉他们的一家子公司来弥补损失。"

布拉德要进入高潮了，他呻吟起来，凯特也加快动作，把他带到了云端。

"我还是尽快通知他们，接受他们的条款。"

随着一声长长的、战栗的喘息，布拉德感叹道："天哪，凯特，太棒了。你觉得好吗，亲爱的？"

"就像到了天堂。"

那天夜里，二人相拥着躺在一起。布拉德沉沉睡去，凯特的大脑却不停地转动，想着自己的计划。第二天早上，布拉德醒来，她说道："布拉德，你还见那个女人……"

"天哪，你吃醋了！"他得意地笑了，"忘了她吧，我再也不见她了，我保证。"

从那以后，二人再未亲热过。布拉德不理解自己为什么遭到拒绝，凯特只是说："你不知道，我也想啊，布拉德，但我担心要是再那样，我们就很难再在一起工作了。我们两个都要做出牺牲才行。"

他无奈地接受了这一切。


随着公司不断地扩张，凯特成立了数个慈善基金会，为高等学府、教会和中小学捐款。她的艺术藏品也不断增加，主要购进文艺复兴时期及后期的艺术大师，如拉斐尔、提香、丁托列托和格列柯等人的作品，以及一些巴洛克艺术风格的画作，如鲁本斯、卡拉瓦乔和凡·戴克的作品。

毫无疑问，在当今世界的私人收藏品中，布莱克韦尔家族的藏品是首屈一指的。尽管这些藏品名声在外，但只有受邀的客人才能一饱眼福。这些藏品不允许被拍照，凯特面对新闻媒体时也是三缄其口。与媒体交流时，她遵循着苛刻的、毫不妥协的原则。布莱克韦尔家族的私生活是禁区，甚至仆人、公司雇员都不允许私下议论布莱克韦尔家的事。当然，想要完全阻断谣言和猜测是不可能的，毕竟凯特·布莱克韦尔是一个让人难以捉摸的谜——一个世界上最富有、最有权势的女人。关于她的疑问成千上万，但答案却无处追寻。

凯特给萝实学校的女校长打电话。"我想问问托尼的情况。"

"噢，他表现得很好，布莱克韦尔太太。您的儿子是个优等生，他……"

"我不是问这个，我的意思是……"她犹豫了一下，似乎不愿意承认布莱克韦尔家族还有弱点，"我指的是，他口吃吗？"

"太太，看不出口吃啊，托尼说话完全正常。"

凯特暗暗地松了一口气。她心里笃定，那只是暂时的，是孩子成长过程中一个短暂的阶段而已。哈雷医生有点危言耸听！

四周后，托尼放假回家，凯特到机场去接他。他看上去健康、英俊，凯特感到一阵骄傲。"啊，亲爱的，你好吗？"

"我很……很好，妈……妈妈，你……你好吗？"


假期里，托尼如饥似渴地欣赏着母亲新近收藏的油画。他对那些大师肃然起敬，对法国的印象派画家莫奈、雷诺阿、马奈和莫里索等人的作品着迷不已，他们为托尼创造了一个神奇的世界。他买了油彩和画架，作起画来。他自惭画得很糟糕，仍然不愿意展示给其他人。与那些大师的杰作相比，自己的绘

204

画只是涂鸦之作啊！

凯特告诉他说："将来有一天，所有的这些画作都是你的，亲爱的。"

母亲的话让这个十三岁的男孩感到不安，然而母亲却不理解。这些画作永远不会真正属于他，因为他并没有付出任何努力就拥有了它们。他暗下决心，无论如何要自食其力，走自己的路。但是，他心里有些矛盾，既想离开母亲，又舍不得。在母亲周围，一切都是那么新奇，令他着迷。她是旋风的中心，在生意场上发号施令，事业辉煌。母亲还带他去那些充满异国情调的地方，认识一些有趣的人。她是个了不起的女强人，托尼为她感到无比骄傲。在他的眼里，母亲是世界上最有魅力的女人。但是，他感到内疚，只要在母亲面前，他就犯口吃。

凯特一直不知道儿子对她敬畏到何种程度。有一天，托尼放假回家，问母亲道："妈……妈妈，你统……统治这个世界吗？"

她朗声大笑。"当然不是。你怎么会问这么愚蠢的问题呢？"

"我学校里的朋……朋友常常议论你。好样的，妈妈，你真了……了不起。"

"虽然我了不起，"凯特说，"但我仍是你的母亲。"

托尼感到要让母亲高兴，做什么都值得。他知道这家公司对母亲多么重要，也知道母亲多么希望自己将来能接管这家公司。他感到自己对不起母亲，他知道自己无法做到，这不是他想要的生活。

他试图把这些想法告诉母亲，她总是笑笑。"胡说！托尼，你还太小，不知道自己将来要做什么。"

他的口吃又犯了。

一想到要成为一名画家，托尼就激动难耐。绘画能捕捉到美，将其永恒地定格在画板上，这才是值得做的事情。他想出国到巴黎学习绘画，但他也清楚，他必须小心地向母亲提出这个要求。

假期里，母子一起度过了美好的时光。凯特拥有无数房地产。她在棕榈滩和南卡罗来纳州购置了别墅，在肯塔基州买了一个养马场。她和托尼到这些地方玩了个遍。他们去罗德岛的纽波特避暑胜地观看美洲杯帆船赛。在纽约，他们到德尔莫尼柯餐厅吃午餐，在广场大酒店喝下午茶，然后到曼哈顿的鲁乔餐厅吃周日晚餐。凯特对赛马很有兴趣，她拥有世界上最好的马场。当她的马参赛时，如果托尼恰好放学回家，凯特就会把他带到赛场。他们坐在包厢里，托尼看到母亲大声欢呼，嗓子都喊哑了，心里感到不可思议，他知道这与金钱毫无关系。

"我们的马赢了！托尼，记住，赢才是最重要的。"

他们在达克港享受着宁静、慵懒的时光。有时，他们去彭德尔顿和科芬等地购物，在达克港的商场里喝冰激凌苏打水。夏天，他们驾着帆船航行，到野外远足或是参观画展。冬天则去滑雪、溜冰或是乘雪橇。他们也会坐在第五大道府邸的藏书室里，大壁炉里的柴火静静地燃烧着，凯特讲述这个家族的陈年往事，比如托尼的外祖父麦克格雷戈和班达的冒险经历，艾格尼丝夫人和她的姑娘们为托尼的外祖母举办的迎婴派对，等等。这是一个充满精彩故事的家族，一个值得骄傲和珍惜的家族。

"克鲁格-布伦特公司总有一天会属于你，托尼，你将接管它，并且——"

"我不……不想接……接管它，妈妈，我对生意和权力都不感兴趣。"

凯特勃然大怒。"你这个傻瓜！你知道什么是生意或权力吗？你以为我跑遍全世界是去做坏事吗？是去害人吗？你以为克鲁格-布伦特公司是冷冰冰的赚钱机器，要摧毁任何阻碍它发展壮大的障碍吗？孩子，我告诉你，克鲁格-布伦特公司是另一个耶稣基督，它是复活了的救世主，托尼。我们拯救过成千上万条性命，当我们在一个落后的地区或国家开办了一家分厂，那里的人就会有钱修建学校、图书馆和教堂，他们的孩子就有像样的食物、衣服和娱乐设施。"她喘着粗气，好像被愤怒冲昏了头脑，"我们在那些饥饿和失业的地方建起了工厂，那里的人才能过上体面的生活，才能昂起自己的头。我们就是救世主。今后决不许再嘲笑生意和权力了。"

这时，托尼只能唯唯诺诺地说："对……对不起，妈……妈妈。"

可是，他仍然固执地想："我就要成为一名画家。"

托尼十五岁时，凯特建议他去南非度暑假，他还从未去过那儿。"我现在走不开，托尼，但你会发现那儿是个迷人的地方。我将为你做好安排。"

"我想……想去达克港度假，妈……妈妈。"

"明年夏天吧。"凯特不容置疑地说，"今年夏天，你要去约翰内斯堡。"

凯特向约翰内斯堡分公司的负责人仔细地做了交代，然后，他们一起为托尼制定行程。每天的日程都要完成一个目标：尽可能使托尼感受到这次旅行的重要意义，使他明白，他的未来决定了公司的未来。

凯特每天都收到关于儿子行程的报告。他被带到一座黄金矿里，他在几个钻石矿区参观了整整两天，他被领着参观了克鲁格–布伦特公司的一些分厂，他还到肯尼亚进行了一次狩猎。

南非之行结束的前几天，凯特给约翰内斯堡分公司的经理打电话。"托尼过得怎么样？"

"噢，他玩得很开心，布莱克韦尔太太。实话说，今早他还问我能否再多待几天呢。"

凯特欢喜异常。"太棒了，谢谢你。"

托尼的假期结束了，他先飞往英国的南安普敦，从那儿登上泛美航空公司的飞机飞回美国。凯特喜欢乘泛美航空公司的飞机，她坐不惯其他航空公司的飞机。

为了去机场接儿子，凯特推掉了一个重要会议。飞机降落在纽约新建的拉瓜迪亚机场，托尼出现在机场出口，那英俊的脸上洋溢着活力。

"玩得愉快吗，亲爱的？"

"南非真是个神……神奇的国家，妈……妈妈。他们带我乘……乘飞机去了纳米布沙漠，就是外公从外曾外祖父范德莫尔韦那儿偷钻石的地方。你知道吗？"

"那不是偷，托尼，"凯特纠正儿子的话，"他只是拿了属于他的东西。"

"当然了。"托尼自嘲道，"不管怎么说，反正我去过那……那里了。我没看到海雾，但他们依……依然有警卫和警犬等。"他咧嘴笑了起来。"他们没有给我任何钻……钻石样品。"

凯特笑得很开心。"他们没有必要给你任何样品，亲爱的，将来有一天，它们都是你的。"

"你告……告诉他们，他们不……不听我的。"

她抱住儿子，温柔地说："你真的想要一块钻石样品，是吗？"她开心极了，托尼终于对将要继承的家产产生期待了。

"妈妈，你知道，在南非，我最喜……喜欢什么吗？"

凯特慈爱地笑着。"什么呀？"

"色彩，我在那……那里画……画了许多风景画。我不想离开，我想回到那儿画……画画。"

"画画？"凯特尽量让自己的声音带点热情，"那可是个很好的业余爱好呀，托尼。"

"不，那不……不是业余爱好，妈妈。我要成为一个画……画家。我一直在想这件事，我想去巴……巴黎学习绘画。我真的觉得自己有绘画天赋。"

凯特感到自己紧张起来。"你不会一辈子去画画吧。"

"是的，我就想画画，妈……妈妈，这是我唯……唯一的爱好。"

凯特知道，她输了。


"他有权利选择自己的生活，"凯特想道，"但我怎么才能让他放弃错误的选择呢？"

一直到九月份，母子二人依然无法做出决定，因为第二次世界大战在欧洲爆发了。

"我想让你去沃顿金融与商业学院学习。"凯特建议托尼道，"两年后，要是你还想当一名画家，我会祝福你。"凯特非常笃定，两年后托尼会改变主意的。一个人如果能在世界上最辉煌的跨国集团里呼风唤雨，便绝不会在帆布上涂抹油彩来荒废自己的时光。不管怎么说，托尼是她的儿子。

对凯特·布莱克韦尔来说，第二次世界大战又是一个赚钱的好机会。全世界各个参战国的军火等军事物资非常短缺，而克鲁格-布伦特公司能够提供这些物资。公司的军火部专门为军队生产武器装备，民生部负责生产民用需求品。公司的各个工厂每天二十四小时昼夜不停地加班生产。

凯特确信美国无法保持中立，袖手旁观。富兰克林·罗斯福总统呼吁美国要成为民主的强大军火库。一九四一年三月十一日，《租借法》在国会获得通过。穿越大西洋的盟国运输船队遭到了德军的封锁。德国运用狼群战术，八艘U型潜水艇为一组，击沉了几十艘盟国运输船只。

德国成为不可一世的霸主，似乎谁也无法阻挡德军挺进的步伐。阿道夫·希特勒无视《凡尔赛和约》，建造了历史上最恐怖的战争机器。德国人用闪电战占领了波兰、比利时和荷兰。随后，德国军队又击溃了丹麦、挪威、卢森堡和法国的防线。

凯特得到消息，克鲁格-布伦特公司的德国分厂被纳粹没收了，工厂里的犹太工人被逮捕，遣送进集中营。凯特决定采取行动。她先打了两次电话，接下来的一周，她来到瑞士。抵达苏黎世的博尔奥拉克酒店后，她收到一条消息，布林克曼上校想要见她。布林克曼曾是克鲁格-布伦特公司柏林分公司的经理。当德国分厂被纳粹政府接管后，布林克曼被授予上校军衔，继续负责管理分厂。

布林克曼上校来到博尔奥拉克酒店。他身材瘦削，金黄色的头发梳得一丝不乱，稀疏地贴在秃脑壳上。"见到您很高兴，布莱克韦尔太太。我向您传达我们政府的一个指示。我被授权向您保证，一旦我们赢得战争，将归还贵工厂。德国将成为世界上最伟大的工业强国。我们欢迎跟您这样的人合作。"

"要是德国输了怎么办？"

布林克曼上校嘴角露出了一丝微笑。"你我都很清楚，那是不可能的，布莱克韦尔太太。美国人明智得很，不会插足欧洲事务，我希望美国能继续置身事外。"

"我理解你的希望，上校。"她身体前倾，急迫地问："我听到谣传，犹太人被送进集中营，并被处死，是真的吗？"

"我向您保证，那是英国人的宣传。是的，犹太人被送到劳动营，但我以军官的身份向您保证，他们享有应得的待遇。"

凯特不知道这些话究竟意味着什么。她要弄个水落石出。

第二天，凯特约见了一位有名的德国商人，名叫奥托·布勒。他五十多岁，仪表堂堂，面容慈祥，目光深邃，历经沧桑。二人在火车站附近的一家小咖啡馆里见了面。奥托·布勒在一个隐蔽的角落里挑了一张桌子。

"有人告诉我，"凯特轻声说，"你在搞地下活动，帮助犹太人偷渡到中立国去。这是真的吗？"

"这不是真的，布莱克韦尔太太。这种行为是对第三帝国的背叛。"

"我还听说，你的地下活动需要资金援助。"

布勒先生耸耸肩。"既然没有地下活动，我也就不需要资金援助了，对吧？"

他的眼睛紧张地扫视着整个咖啡馆。其实，这人每天连喘口气、睡个觉都感到危险。

"我希望能助你一臂之力。"凯特小心翼翼地说，"克鲁格–布伦特有限公司在许多中立国和盟国都有分厂。要是有人能将难民送到那里，我会为他们安排就业。"

奥托·布勒先生坐在那儿，呷着那杯苦涩的咖啡。最后，他说道："我对这些事情一无所知，如今搞政治活动很危险。既然你有意要帮助处于困境中的人，我有个叔叔在英国，他得了一种可怕的消耗性疾病，医药费非常昂贵。"

"有多贵？"

"每个月需要五万美元。为了支付他的医疗费用，要先将钱存入一家伦敦银行，然后再把钱转到一家瑞士银行。"

"我可以安排。"

"我叔叔会很高兴的。"

大约八周后，小批的犹太难民开始源源不断地抵达盟国境内，进入克鲁格–布伦特公司的当地分厂工作。


两年后，托尼从沃顿金融与商业学院退学。他来到凯特的办公室，把退学的消息告诉她。"我做……做了努力，妈……妈妈，但我还是决……决定学……学习绘……绘画。战……战争一结束，我就去……去巴黎。"

每一个字都像一记重拳。

"我知……知道，您很失……失望，但我想过……过自己的生活，我想我能学好……真的能学好。"他看了看凯特的脸色，"我已经照您……您说的做了，现在您得给……给我这个机会。芝加哥艺术学院已经录取我了。"

凯特的脑子里嗡嗡响，托尼想做的事就是虚度光阴。她无可奈何地说："你打算什么时候动身？"

"十五号学校注册。"

"今天几号？"

"十二月六……六号。"


一九四一年十二月七日，周日，日本帝国海军用中岛式轰炸机和零式战斗机组成空军中队偷袭了珍珠港。第二天，美国参战。当天下午，托尼应征加入美国海军陆战队。他被送到弗吉尼亚州的匡蒂科军官学校受训，然后被派往南太平洋。

凯特感到自己生活在深渊的边缘。她每天被公司的事务缠身，被压得喘不过气来。在内心深处，恐惧感时时伴随着她，不知哪一天就会收到关于托尼的可怕消息——或者受伤，或者战死。

起初，美国的对日战争进展不利，日本轰炸机袭击了美国在关岛、中途岛和威克岛上的空军基地。一九四二年二月，日军占领了新加坡，接着迅速占领了新不列颠岛、新爱尔兰岛、阿德默勒尔蒂群岛和所罗门群岛。麦克阿瑟将军被迫撤出菲律宾。轴心国强大的军事势力正在慢慢地征服全世界，战争的阴影笼罩着世界各地。凯特担心托尼会成为战俘，受到折磨。尽管她有权有势，但除了祷告之外，她也无能为力。托尼的每封信都像火炬一样为凯特燃起希望，这说明几周前他还活着。"这儿什么都蒙在鼓里。"托尼写道，"苏联人还在战斗吗？日本兵是很残忍，但你不得不对他们怀有敬意，他们根本不惧死亡……"

"美国的情况怎么样？工人们真的在为加薪而罢工吗？……"

"鱼雷快艇在这里大显身手，那些小伙子都是英雄……"

"妈妈，你有上层关系，给我们送几百架新的F4U型海军战斗机来。想念您……"


一九四二年八月七日，盟国在太平洋首次发起反攻。美国海军陆战队在所罗门群岛中的瓜达尔卡纳尔岛登陆。此后他们就不断向前推进，夺回被日本人占领的岛屿。

在欧洲，盟军军队的反攻势如破竹。一九四四年六月六日，美国、英国和加拿大部队在诺曼底海滩成功登陆，盟军在西线战场开始反攻。一年之后，一九四五年五月七日，德国人无条件投降了。

一九四五年八月六日，一颗威力超过两万吨TNT炸药的原子弹投到了日本广岛。三天之后，另一颗原子弹摧毁了长崎。八月十四日[①]，日本投降。漫长而血腥的战争终于结束了。

三个月之后，托尼返回家中。他和母亲一起来到达克港，坐在雪松山庄园的露台上，俯瞰着湛蓝的海湾。水面上，点点白帆优雅地漂荡。

战争改变了托尼，凯特心里想道，他显得成熟多了。他留起了一撇小胡子，肤色晒得黝黑，身体健壮，显得十分英俊，眼角也出现了一些细密的皱纹。凯特确信，经历过几年的海外战争，他有足够的时间来考虑是否来公司帮助自己。

"你现在有什么打算，儿子？"凯特问道。

托尼笑了。"还是我在战争前说的那句话，妈妈……我要去巴……巴黎。"

---

① 应为1945年8月15日。——编注

第四部　托尼　一九四六——一九五〇

# 第十八章

托尼曾经到过巴黎，但这次来巴黎是为了学习绘画。这座光明之城曾因纳粹德国的占领而变得暗淡无光。幸亏当初法国宣布巴黎为不设防城市，这才使巴黎幸免于战火。纳粹进入巴黎，对卢浮宫洗劫一空，巴黎市民遭受了苦难。托尼一到巴黎，便发现这个城市的建筑保存得相对完好。从此，他将要生活在这里，成为这个城市中的一个居民，而不再是一名匆匆过客。他本可以住在马雷夏尔福煦酒店的顶层公寓里，这套公寓属于凯特，在纳粹占领期间，那座酒店没有遭到破坏。然而，他却租了一套简陋的公寓。公寓位于蒙帕纳斯大街后面，是一座改建过的旧建筑。公寓里没有家具，只有一间带壁炉的客厅、一间小卧室和一间没有冰箱的小厨房。卧室和厨房之间有一个卫生间，里面有一个老式的弓足浴缸、一个脏兮兮的小坐浴盆，另外还有一个经常堵塞的马桶，上面那个泛黄的座圈已经损坏。

女房东表示歉意，托尼毫不在意地说："这很不错。"

周六，托尼一整天都在巴黎的旧货市场转悠。接连两天，他已经跑遍了塞纳河左岸的旧货商店，直到周三，所需的家具已经基本购全。一张沙发床、一张坑坑洼洼的桌子、两把垫得又软又厚的沙发椅、一个雕花的旧衣柜、几盏灯具、一张摇摇晃晃的餐桌、两把直靠背椅。母亲看见这些家具会吓坏的，托尼心想。他本可以将这儿塞满价值连城的古董，但那样的话，他就不再是一名真正的在巴黎求学的美国青年画家了。还是简单随意更舒心。

下一步就是找一所心仪的美术学校。法国最负盛名的美术学校是巴黎国立高等美术学院，它的录取标准很高，很少有美国人被录取。托尼决心向这所学校提出申请。"他们不可能录取我的。"他心中惴惴不安。但是万一被录取了呢！这样，他就可以向母亲证明，自己做出了一个正确决定。他向学院提交了自己的三幅油画作品，要等候四周才能知道录取结果。第四周的最后一天，门房交给他一封学校寄来的信，通知他下周一去学校报到。

国立高等美术学院是一座宏伟的石砌建筑，共有两层，十几间教室里坐满了学生。托尼向院长格萨德报到。他个子很高，面容严肃，脖子很短，几乎看不到，嘴唇薄薄的，托尼觉得这是他见过的最薄的嘴唇。

"你的画还很稚嫩，"院长语重心长地对托尼说，"但是能看出你的潜力。我们校委会之所以选中你，更多的是因为你画中蕴含的没有画出的东西，而不是已经画出的东西，你懂吗？"

"不完全懂，院长。"

"你迟早会明白的。我把你分给康塔尔先生。接下来的五年内，他将是你的指导老师——如果你能坚持下去的话。"

"我一定坚持下去。"托尼暗自下定决心。

老师康塔尔是个矮个子，头发已完全脱光，脑壳上总戴着一顶紫色的贝雷帽，深棕色的眼睛，大大的蒜头鼻子，嘴唇像两根香肠。一见到托尼，他便不屑地说："美国人是野蛮人，哪里懂得艺术。你来干什么？"

"学习绘画，老师。"

康塔尔先生哼了一声。

班里有二十五名学生，大部分是法国人。教室里摆满了画架，托尼选了一个靠窗的位置坐下来。从窗户向外望去，可以看见一间劳工酒吧。教室里到处摆放着人体不同部位的石膏模型，都是按希腊雕像仿制的。托尼四下搜寻，没有见到一个模特。

"现在开始——"康塔尔对全班学生说道。

"对不起，"托尼说，"我……我忘记带绘画颜料了。"

"你不需要颜料，第一年只学习素描。"

康塔尔先生指着那些石膏模型说道："就画它们。不要觉得这太简单了，我警告你们，不到一年，你们中的一大半就将被淘汰。"他滔滔不绝地讲。"第一年，你们画人体结构。第二年，凡是通过年终考试的同学将用颜料画人体模特。第三年，毫无疑问，剩下的同学更少了，你们会和我一起绘画，先仿照我的绘画风格，这样会自然而然地提升你们的水平。第四年和第五年，你们将会形成自己的绘画风格，发出自己的声音。好，现在开始。"

全班都动起来。

康塔尔在教室里走来走去，在每个画架前停下来，指指点点，评论一番。等来到托尼的画架前，他毫不客气地说："不行，不能这样画。我看见的只是手臂的皮肤，我想看见里面的组织，比如肌肉、骨骼、韧带，我要看出里面的血液正在流动。你知道该怎么画吗？"

"知道，老师。我先动脑思考，再观察、感觉，最后再画。"


学校里没有课的时候，托尼通常在公寓里画素描。他昼夜不停地画着，绘画给予他一种前所未有的自由感。坐在画架前，手里拿着画笔，他觉得自己就是上帝，因为他的一只手可以创造整个世界。他可以画一棵树、一朵花、一个人、一个宇宙，这是多么令人陶醉的体验。他天生就是一名画家。不作画时，他就到巴黎的街上闲逛，探索这座奇妙的城市。现在这是他的城市，是他的艺术诞生的地方。塞纳河穿城而过，将全城分为左岸区和右岸区。右岸区居住着有钱有势的人，左岸区是大学生、艺术家和奋斗者的乐园。这是两个巴黎，两个不同的世界。左岸区有蒙帕纳斯区、拉斯帕伊大道、圣日耳曼德佩教堂、花神咖啡馆，亨利·米勒和艾略特·保罗曾在这儿流连忘返。对托尼来说，这里是他的家。他常常长时间地坐在白球咖啡馆或者圆亭咖啡馆里，和同学们热烈地讨论神秘的艺术世界。

"听说古根海姆博物馆的艺术部总监来巴黎了，他看上哪幅画，就买下来。"

"告诉他，以后要买我的作品！"

他们阅读同样的美术杂志，有《画室与艺术手册》、《形状与色彩》及《美术杂志》等。由于这些杂志价格不菲，所以总是某个同学买下来，大家争相传阅。

托尼在瑞士的萝实学校学过法语，很容易和班里的同学攀上交情，成为朋友。毕竟，年轻人有着共同的爱好。他们不知道托尼的家庭情况，把他当作他们中的一员。这些穷困潦倒的青年画家在圣日耳曼大道上的花神咖啡馆或双叟咖啡馆聚会，前往卡奈特街的勒珀爱榭餐馆或是大学街的小餐馆吃饭，他们从不进昂贵的拉塞尔餐厅或者马克西姆餐厅。

一九四六年，一些艺术巨匠在巴黎挥毫作画。托尼不时地能见到毕加索。有一天，托尼跟朋友一起见到了画家马克·夏加尔。夏加尔五十多岁，身材魁梧，一头乱发泛着灰白，引人注目。他坐在咖啡馆里对面的一张桌子旁，正和一群人热烈地交谈着。

"能见到他真幸运。"托尼的朋友小声地说，"他很少来巴黎。他住在旺斯，毗邻地中海。"

德裔画家马克斯·恩斯特有时坐在路边咖啡馆里，呷着一杯开胃酒。大名鼎鼎的雕塑家阿尔贝托·贾科梅蒂会沿着里沃利大街散步，看上去就像他自己创造的一尊塑像：又高又瘦，饱经风霜。托尼惊讶地发现，他的脚是畸形的。托尼还见到过汉斯·贝尔默，他的画风造型奇特，他喜欢画有女性特征的人偶，人偶的身体看起来可以随意拆卸和组装。最令托尼激动的是，他被介绍给布拉克的时候，这位艺术家平易近人，而托尼却激动得张口结舌，一句话也说不出来。

这些未来的天才画家经常出没于那些新开的画廊，研究不同绘画风格的差异。德鲁安–达维德画廊展出了一位叫贝尔纳·布菲的画家的作品。这是一位年轻的画家，寂寂无闻，曾在巴黎国立美术学院学习过。该画廊同时展出苏蒂纳、郁特里罗和杜飞等人的画作，他们也毕业于巴黎国立美术学院。学生们聚集在"秋季沙龙"、夏彭迪埃画廊和塞纳街的鲁萨小姐的画廊内，兴致勃勃地谈论着这些初露头角的前辈。

凯特首次来到托尼的公寓，不禁吃了一惊。她明智地没有加以评论，心里却在想："我的天！儿子怎么能住在这样一套鸽子窝一样的房子里呢？"她故意大声地说："这套公寓很别致，托尼。我怎么没看见冰箱呢？你把食品放在哪儿？"

"放在窗……窗台外面。"

凯特走到窗前，打开窗户，从外面的窗台上挑出一只苹果。"这不会是你写生用的静物吧？能吃吗？"

托尼笑着说："能……能吃，妈妈。"

凯特咬了一口苹果。"现在，"她要求道，"谈谈你的绘画吧。"

"还没……没有什么好说的。"托尼老老实实地承认，"今年只是学习画……画素描。"

"你喜欢这位康塔尔老师吗？"

"他很……很棒。重要的是他是否看……看中我，因为明年只有三分之一的学生能留下来。"

凯特一句话也没提让托尼进公司的事。


康塔尔老师不喜欢夸赞学生，托尼得到的最好表扬也不过是勉强的一句"这幅画不算太糟"或者"差不多能看见皮肤下的组织了"。

第一学年结束了，八名同学升入二年级，托尼名列其中。为了庆祝升级，托尼和其他几位同学来到蒙马特尔区的一家夜总会，喝得酩酊大醉，然后跟几个来法国旅游的英国姑娘在一起玩了个通宵。

第二学年，托尼开始使用颜料画真人模特了，就像小孩从幼儿园里被放出来一样。经过一年的人体素描训练，托尼很确信自己对人体的每一块肌肉、每一条神经、每一个腺体都了如指掌。然而素描并不算绘画，那只是临摹而已。现在，托尼手持画笔，面前站着一个活生生的模特。他开始创作了，就连康塔尔老师也对此印象深刻。

"你有绘画感觉了，"他的赞扬仍然显得很吝啬，"现在我们要提高绘画技巧了。"


学校里共有十几个人体模特。康塔尔老师用得最多的是卡洛斯，一个靠勤工俭学读医学院的小伙子；安妮特，身材矮小，丰满，肤色浅黑，背上长着粉刺；还有多米尼克·梅森，一个年轻美丽的姑娘，身材苗条，头发金黄，有精致的面庞和一双深绿色的眼睛。多米尼克也为一些名人画家做模特。大家都喜欢她，每天下课之后，那些男生总是围着她，想约她出去。

"我从不把工作同玩乐混为一谈。"她告诉他们。"不管怎么说，"她揶揄道，"这不公平嘛。我的一切你们都已看过了，你们拿什么来让我看呢？"

这类挑逗的谈话不时发生，但多米尼克从未跟学校里的任何男生外出过。

一天傍晚，其他同学都离校了，托尼还在画着一幅多米尼克的人体油画，她出其不意地来到他的身后，笑道："我的鼻子太长了。"

托尼感到局促不安。"噢，对不起，我改一下。"

"不，不，画里的鼻子没有问题，是我自己的鼻子太长了。"

托尼笑了。"那样的话，我恐怕就无能为力了。"

"一个法国人会说：'你的鼻子很美，我的宝贝。'"

"我喜欢你的鼻子，但我不是法国人。"

"大家都知道。你从未约我出去，我想知道为什么。"

托尼吃了一惊。"我……我不知道。我想是因为别人都想跟你约会，你好像从未和任何人出去过。"

多米尼克笑着说："无论是谁，总能找到跟自己一道出去的人。晚安。"

她走了。

托尼注意到，每当他留下来画得很晚时，多米尼克穿好衣服后，总是又折回来，站在他身后看他画画。

"你很有天赋，"有一天下午，她评论道，"将来你会成为了不起的人物。"

"谢谢你，多米尼克。但愿你的话是对的。"

"你特别喜欢绘画，对吗？"

"当然。"

"一位未来的著名画家愿意请我吃顿饭吗？"她看到他的脸上显出了惊讶的神情，"放心，我吃得不多，我要保持身材。"

托尼笑了起来。"没有问题啊，这是我的荣幸。"

他们来到圣心大教堂附近的小餐馆里，一边吃晚饭，一边谈论着那些画家和他们的绘画作品。她还讲述自己给那些知名画家做模特的趣事，托尼听得入迷。他们品着欧蕾咖啡，多米尼克说："实话告诉你，你和那些画家的水平难分上下。"

托尼心里得意非凡，嘴上却敷衍道："哪里！我还差得很远呢。"

出了餐馆，多米尼克问道："你愿意邀请我去看看你的公寓吗？"

"如果你愿意的话。其实没什么可看的。"

进了公寓，多米尼克四下环顾，只见房间狭小，凌乱不堪，她摇头叹道："你说得很对，确实没什么可看的。谁来照顾你呢？"

"有位女清洁工每周打扫一次。"

"这地方还这么脏，把她辞了吧。你没有女朋友吗？"

"没有。"

她盯着他看了好一会儿。"你不是同性恋吧？"

"不是。"

"那好，否则就太可惜了。给我拎桶水，再拿一些肥皂来。"

多米尼克开始在屋里忙活起来，她又是擦洗，又是打扫，最后房间被收拾得干干净净。忙完后，她说："现在只能这样了。天哪，我要洗个澡。"

她走进小浴室，开始往浴缸里放水。"浴缸这么小，你怎么能躺得下？"她大声喊道。

"我把腿伸在外面。"

她笑起来。"我想看看你怎么伸。"

一刻钟后，她从浴室里走出来，腰间只围了条浴巾。金黄色的秀发湿漉漉的，卷曲地贴在她裸露的双肩上。她身材匀称：乳房饱满，腰身纤细，双腿修长。过去，托尼从未意识到她是女人，她只不过是画布前的一位裸体模特。奇怪的是，那条浴巾改变了这一切。他感到一股热血突然涌向自己的小腹。

多米尼克盯着他。"你愿意和我做爱吗？"

"当然愿意。"

她缓缓解下浴巾。"来吧。"


托尼从未见过多米尼克这样的女子。她对他无偿地付出，从不索要回报。她几乎每天傍晚都来公寓给托尼做饭。他们一道出去吃晚饭时，多米尼克总是坚持去那些廉价的餐馆或是吃三明治。"你要学会节约。"她有时劝说他，"一个艺术家哪怕再有名，成名之前也是艰难的。你一定会出名，亲爱的。"

他们一大早就去逛菜市场，有时去附近一家二十四小时营业的猪脚餐厅喝洋葱汤；他们参观卡纳瓦莱博物馆，还去了游客罕至的偏僻地方，如拉雪兹公墓，王尔德、肖邦、巴尔扎克和普鲁斯特都长眠于此；他们还参观过位于巴黎十四区的地下墓穴，这是当地的一处藏骨堂。在一个慵懒的假期里，他们从多米尼克的朋友那里借来一条小艇，沿塞纳河顺流而下，悠哉游哉。

多米尼克就是一颗开心果，她谈吐风趣幽默，当托尼情绪低落时，她就逗得他抛掉烦恼，开心不已。她似乎认识巴黎的每个人，经常带着托尼参加一些有趣的聚会。在那些场合，托尼结识了当时的显要人物，如超现实主义诗人保罗·艾吕雅，还有玛格画廊的负责人安德烈·布勒东。

多米尼克不断地鼓励托尼。"你一定会超过他们，亲爱的。相信我的判断，不会错的。"

如果托尼兴致来了，要在晚上作画，多米尼克会愉快地为他做模特，尽管她已在学校累了一整天。"上帝啊，我真幸运。"托尼心中想道。他第一次确信，有人因为他的爱好爱上了他，而不是贪慕他的家庭。这是一种真实的情感，值得他珍视。托尼不敢告诉多米尼克，他是世界上最大的跨国集团的继承人，他怕多米尼克会离他而去，失去这份难得的真爱。马上就到多米尼克的生日了，托尼还是忍不住为她买了一件俄罗斯猞猁皮大衣。

"这是我一生中见到的最漂亮的大衣！"多米尼克穿着大衣转来转去，在房间里翩翩起舞。正跳着，她突然停下来，问道："从哪儿来的？托尼，你从哪儿弄来的钱？"

他早准备好了托词。"这是别人偷来的。在罗丹博物馆外，我从一个小个子男人手里买来的。他急于要卖掉它。这价钱并不比'春天百货'里的一件棉布外套高多少。"

多米尼克盯着他看了片刻，突然放声大笑。"即使让我们坐牢，我也要穿它！"

她张开双臂，一把抱住托尼，哭了起来。"哎呀，托尼，你这个傻瓜，亲爱的，你傻得真可爱。"

托尼自忖，这个谎撒得值。

一天晚上，在托尼的狭小公寓里，多米尼克提议让他搬去和她一起住。多米尼克除了在美术学院工作外，还兼职给一些巴黎知名画家做模特，因此她能够在圣-塞维林街租到一套宽敞的现代化公寓。"你不应当住在这么简陋的地方，托尼。这地方太糟了，搬去跟我一起住吧，不用你付房租，我为你洗衣服、做饭，还有……"

"不，多米尼克，谢谢你。"

"到底为什么呢？"

他怎么解释呢？他本来可以一开始就告诉她自己很有钱，但现在太晚了。她会觉得自己一直在愚弄她。他只好说："那样不就靠着你生活了吗？你已经给予我够多了。"

"那我就退掉我的公寓，搬到你这儿来，我要和你在一起。"

第二天，她果真搬进来了。

他们之间的亲密是那么奇妙、自然。周末二人同去巴黎的乡村游玩，晚上就住在小旅馆。托尼随时随地支起画架，在画布上涂抹着乡村的自然美景。饿了，多米尼克就摆出她准备好的食品，两人一起坐在草地上野餐，然后就开始持久甜蜜地做爱。这是托尼最幸福的时光。

他的绘画水平飞速提高。一天上午，康塔尔老师举着托尼的画，对着全班同学说："看这幅画上的人体，你能感觉到她在呼吸。"

那天晚上，托尼迫不及待地告诉了多米尼克。"你知道我是怎么画出能呼吸的人体的吗？我每天晚上搂着那个模特睡觉呢。"

多米尼克情不自禁地笑了，然后又板起脸，一本正经地说："托尼，我认为你不必再学三年了，现在你技艺成熟。学校里别人也这么看，就连康塔尔老师也承认。"

托尼担心自己的艺术造诣还没有达到那样的高度，他将来可不能只做一名普普通通的画家。目前，全世界的画家何止成千上万，每天的新作品多得如过江之鲫，他的作品会轻易地淹没在绘画的洪流之中。一想到此，托尼就不寒而栗。"赢是最重要的，托尼，记住这一点。"母亲的话回响在耳边。

有时，托尼画完一幅画，心里充满了喜悦，他便会觉得自己有艺术天赋，真的有天赋。可有时，他看着自己的画，心情沮丧，自惭他只是一个业余画家。

在多米尼克的鼓励下，托尼对自己的作品越来越有信心。他已独立创作了二十多幅油画，其中有风景画、静物画，还有一幅人体油画，画上多米尼克一丝不挂地躺在树下，阳光洒在她的胴体上，留下斑驳的色彩，画的前景中有男人的夹克和衬衣。观众一眼就可以看出，那个少女翘首以盼，等着自己的情人。

多米尼克看到这幅画时，惊得叫了起来："你必须办一次个人画展。"

"你疯了，多米尼克，我还没到火候呢。"

"你行的，亲爱的。"

次日下午，托尼很晚才回到家。起居室里多了一个人，是一个名叫安东·格尔克的男人。他身材很瘦，却挺着个大肚皮，有一双鼓起的淡褐色眼睛。他是格尔克画廊的老板，这个画廊位于多芬大街，规模不大。令托尼意外的是，自己的画摆满了屋子。

"怎么回事？"托尼问道。

"是这么回事，"安东·格尔克大声道，"我认为你的画非常出色。"他拍了拍托尼的后背。"如果你的作品能在我的画廊里展出，我将十分荣幸。"

托尼望向多米尼克，她朝他得意地笑着。

"我……我真不知道该说什么好。"

"你什么也不用说，"格尔克答道，"这些油画就是最好的表达。"

托尼和多米尼克为画展讨论了大半夜。

"我觉得自己还不到时候，那些批评家会把我钉死在十字架上。"

"你错了，亲爱的。这对你来说再合适不过了。这是个小画廊，只有当地人进去参观、评论，你绝不会受到什么伤害。格尔克先生要是不看好你的画，不会同意为你举办个人画展。他也认为你将成为一个非常重要的艺术家。"

"好吧，"托尼最后说道，"谁知道呢？也许我还能卖掉一幅画呢。"

电文是："周六抵巴黎。一道吃晚饭。爱你，妈妈。"

看着母亲走进自己的画室，托尼的第一个想法是：母亲看起来多么优雅啊。她五十多岁，头发没有染色，黑发中掺杂着缕缕银丝。母亲依旧精力充沛，充满活力。托尼曾问过母亲为什么不再婚，她平静地答道："在我的生活里，只有两个男人占有重要地位，你的父亲和你。"

现在，在巴黎的这套简陋公寓里，面对母亲，托尼开口道："很高……高兴见到您，妈……妈妈。"

"托尼，你看上去棒极了！还留了胡子。"她笑着，摸了摸他的胡子，揶揄地说："有点像年轻时的林肯呢。"她扫视了一下这套小公寓。"谢谢上帝，你找了一位勤快的女清洁工嘛，这里完全变了样。"

凯特走到托尼的画架前，凝视着上面的一幅未完成的画作。他站在一边，心里打着鼓，等待着母亲的反应。

许久，凯特终于开口说话了，她的声音很轻柔。"精彩，托尼，真是精彩。"她毫不掩饰心中的自豪感。在艺术方面，没有人能骗得过她。凯特欣喜万分，儿子真的才华横溢。

她转身对他说："我再看看其他画。"

她花了两个小时，把托尼所有的画通通看了一遍。她跟他详细地讨论了每一幅画。她的声音听起来很诚恳，真情流露，没有任何屈尊俯就的感觉。她曾企图控制他的生活，但失败了。尽管这样，她还是大度地接受了现实，对此托尼十分感激。

凯特说："我可以为你安排一次画展，我认识几个美术商人，他们……"

"谢谢您，妈……妈妈，不用费心了。下……下周五，我要举办一次画展。有一家画……画廊给我举办画展。"

凯特张开双臂抱住托尼。"太棒了！哪个画廊？"

"格……格尔克画廊。"

"我好像没听说过。"

"那是个小……小画廊，要想进汉默画廊或者威……威尔顿斯坦画廊，我还不够格。"

她指着多米尼克躺在树下的那幅画说道："你错了，托尼。我认为这幅画——"

这时，传来房门打开的声音。"我受不了了，亲爱的，快脱下——"多

224

米尼克看到了凯特，"啊，真该死！对不起，我……我不知道你有客人，托尼。"

空气似乎凝结了，一阵沉默。

"多米尼克，这是我的母……母亲。妈……妈妈，这是多……多米尼克·梅森。"

两个女人站在那里，相互打量着。

"您好，布莱克韦尔太太。"

凯特说："我正在欣赏我儿子为你画的肖像。"

又是一阵难堪的沉默。

"布莱克韦尔太太，托尼告诉您了吗？他要办一次画展。"

"是的，他说了。这是一个好消息。"

"您能留……留下看这次画展吗，妈妈？"

"我当然愿意到场，但是后天我要去约翰内斯堡参加一次董事会，我是非出席不可的。要是我早点知道就好了，那样我就可以重新安排我的行程了。"

"没……没关系，"托尼说道，"我能理解。"托尼担心母亲当着多米尼克的面又谈论公司的事务，然而凯特的心思显然全部集中在绘画上了。

"重要的是要请合适的人来看你的画展。"

"谁才合适呢，布莱克韦尔太太？"

凯特转向多米尼克。"舆论界人士、批评家，像安德烈·杜索这样的人——他应该到场。"

安德烈·杜索是法国最知名的艺术评论家。他像一头凶猛的雄狮，守卫着艺术的殿堂。他的一句评论能在一夜之间让一位画家声名鹊起，或者让他声名扫地。每个画展都想邀请杜索先生参加开幕式，但他只参加那些重要的画展。那些画廊的老板和画家心惊胆战地等待着他的评论。他妙语连珠，说的俏皮话就像长着有毒的翅膀一样，飞遍巴黎的大街小巷。在巴黎艺术界，安德烈·杜索既令人痛恨，也令人敬畏。人们无奈地接受了他那辛辣的讽刺和无情的评论，毕竟，他确实是艺术领域的大师。

托尼转向多米尼克。"妈……妈妈说得没错。"然后他又转向凯特。"安德烈·杜索不会去……去小画廊的。"

"噢，托尼，一定得邀请他参加，他能让你一夜成名。"

"也能把我毁……毁掉。"

"你没有信心吗？"凯特望着儿子，问道。

"他当然有，"多米尼克说道，"但我们不敢奢望杜索先生会来。"

"也许我可以找几个认识他的朋友。"

多米尼克的脸上顿时容光焕发。"那太好了！"她转向托尼，"亲爱的，要是他能参加开幕式，你知道这意味着什么吗？"

"坠入深渊？"

"严肃点，别开玩笑，托尼。我了解他的品位，知道他喜欢什么风格，他会欣赏你的作品。"

凯特说："托尼，如果你愿意，我就安排他来。"

"他当然愿意了，布莱克韦尔太太。"

托尼深吸了一口气。"我害……害怕，管他呢！让……让我们试试吧。"

"我知道该怎么做了。"凯特望着画架上的油画，眼睛久久不肯挪开。最后她转过身来，看着托尼，伤感地说："儿子，我明天必须离开巴黎，今天晚上我们一起吃晚饭，好吗？"

托尼答道："那当然好啊，妈妈，我们有……有时间。"

凯特转向多米尼克，客气地问道："你愿意去马克西姆餐厅还是……"

托尼赶紧说："附近有……有一家很棒的小餐馆，离这儿不远。"

他们去了胜利广场的一家小酒馆。饭菜可口，酒香扑鼻。两个女人似乎相处融洽，托尼为她们两人感到十分骄傲。他心中甚感满足，自己同母亲，还有要娶的女人一起共度良宵，这真是他一生中最美好的夜晚。

次日早晨，凯特从机场打来电话。"我打了六七个电话，"她告诉托尼，"关于安德烈·杜索，还没有人能给我一个确切答复。但不管怎样，亲爱的，我为你感到骄傲。你的画棒极了，托尼，我爱你。"

"我也爱……爱您，妈……妈妈。"


格尔克画廊比一般的私人画廊大不了多少。开幕式快要开始了，托尼的二十多幅画才被草草地挂到墙上。在一个大理石面的小柜子上面，放着切好的

226

成片奶酪和饼干，还有几瓶夏布利葡萄酒。画廊里空荡荡的，只有安东·格尔克、托尼、多米尼克和一位年轻的女助理，她正在挂最后一幅油画。

安东·格尔克看了看手表，说："请柬上写着七点开始，人们马上就到了。"

托尼没想到自己会这么紧张。"我不是紧张，"他告诉自己，"我是害怕得要死！"

"要是没人到场怎么办呢？"他问道，"我的意思是，要是一个人都不来的话，那该怎么办呢？"

多米尼克笑了笑，摸了摸他的脸颊。"那这些奶酪和酒就归我们自己享用了。"

有人开始走进画廊，最初是三三两两，后来人就多了起来。格尔克先生站在门口，殷勤地向人们打着招呼。他们看上去不像是想买画的人，托尼气馁地想着。他敏锐地把来人分为三类：一些是画家或者美术院校的学生，每有画展，总是到场来评价一下竞争对手；还有一些是画商，他们参观画展是为了散布一些流言蜚语，损损那些崭露头角的画家；最后就是一群附庸风雅的乌合之众，他们中多数是男、女同性恋者，游走徘徊在艺术的边缘。"我一幅画也卖不出去。"托尼想着，心情郁闷，垂头丧气。

画廊的另一边，格尔克先生向托尼招手。

"我不想见这些人，"托尼对多米尼克低声说，"他们来这儿是要把我撕得粉碎。"

"胡说，他们来是为了见你。拿出点风度来，托尼。"

于是，他打起精神，矜持地跟每个人打着招呼，笑容可掬，对那些恭维之词应对得恰到好处。可他们真的是赞美吗？托尼不太相信。多少年来，艺术圈里形成了一套说辞，用来应付那些无名画家的作品展。这套说辞什么都说了，又什么都没说。

"令人身临其境……"

"我从未见过像这样的风格独特的作品……"

"看，这才是一幅真正的画！"

"它好像在与我对话……"

"你的画再好不过了……"

来宾不断走进来。托尼想，是好奇心驱使他们来的呢，还是免费的酒水和奶酪吸引他们来的呢？到目前为止，还没卖出一幅画，而酒和奶酪消耗得很快。"耐心点。"格尔克先生悄悄地对托尼耳语道，"他们对画感兴趣，就会立足欣赏。要是看中了哪一幅，他们就会不断地走回来，看一眼，再看一眼。接着他们就会询问价格。一旦他们讨价还价，鱼就上钩了！"

"上帝啊，我好像在钓鱼。"托尼对多米尼克打趣地说。

格尔克先生匆忙地来到托尼面前。"我们卖了一幅！"他大声嚷道，"《诺曼底景观》，五百法郎。"

这真是终生难忘！有人买了他的画！有人认识到他的作品的价值，会花钱去买它，把它挂在自己的家里或是办公室里，去欣赏、收藏或是请朋友来观赏。这简直是一种小小的不朽成就。这不仅是一种生活方式，而且是能使你同时存在于不同地方的生活方式。一个成功的画家生活在世界各地，生活在成百上千的家庭、办公室和博物馆里，给千千万万人——有时是数百万人——带来欢乐。托尼觉得自己好像走进了达·芬奇、米开朗琪罗和伦勃朗的万神殿。他不再是一个业余画家了，他成了一名专业画家，有人为得到他的作品出了钱。

多米尼克朝他快步走来，激动得两眼放光。"又卖出一幅，托尼。"

"哪一幅？"他急切地问。

"那幅《花卉》。"

小小的画廊里挤满了观众。人们大声谈论着，酒杯的叮当声不时传来。突然，画廊里安静下来。接着响起一阵窃窃私语声，所有的目光都转向门口。

安德烈·杜索走了进来。他五十多岁，身材比一般的法国人要高，一头鬃毛般的白发，狮子般的面孔显得坚毅倔强。他披着一件飘逸的黑色斗篷，头戴一顶博尔萨利诺宽檐帽，身后跟着一群随从。画廊里的观众都不由自主地为杜索先生让路，因为在场的没有一个人不认识他。

多米尼克捏了捏托尼的手。"他来了！"她说道，"他真的来了！"

格尔克先生从未享受过如此殊荣，他有点不知所措。在这位伟人面前，他点头哈腰，卑躬屈膝，不多的头发垂到前额，甚至忘了捋回去。

"杜索先生，"他跟在后面，喋喋不休地说着，"我真是太高兴了！多么荣幸啊！我可以为您倒点酒，拿些奶酪吗？"他直怪自己没有买像样点的酒。

"不用，"那个大人物回答道，"我来只是为了一饱眼福。我想见见这位画家。"

托尼完全吓呆了。多米尼克把他往前推。

"他在这儿。"格尔克先生说，"安德烈·杜索先生，这是托尼·布莱克韦尔。"

托尼终于开口说话了。"您好，先生，我……谢谢您能光临。"

安德烈·杜索轻轻点点头，便朝墙上的油画走去。人们都退后几步，给他让道。他慢慢地走着，在每一幅画前都要驻足，端详良久，才走向下一幅。托尼试图读懂他的表情，但什么也看不出来。杜索既不皱眉，也不微笑。有一幅画，他在前面停留了许久，那是多米尼克的裸体画，随后又向前走去。他在房间里绕了一圈，每幅画都看了一遍。托尼大汗淋漓。

安德烈·杜索看完之后，走向托尼。"我很高兴来到这里。"说了这一句，这位著名的评论家便飘然离去。

几分钟之内，所有的画被销售一空。一位天才艺术家诞生了，在场的人都庆幸自己见证了这位艺术家的闪亮登场。

"我从未见过这样的场面，"格尔克先生惊呼道，"安德烈·杜索来到我的画廊，我的画廊啊！明天全巴黎的人都会读到这条消息。'我很高兴来到这里。'安德烈·杜索惜字如金，从不多说一句话。再来点香槟酒，让我们庆祝庆祝。"

那天深夜，托尼和多米尼克又在床上庆祝了一番，然后多米尼克依偎在托尼的怀里。"以前我同别的画家也睡过，"她说道，"但没有谁像你这么有名气。明天，巴黎每个人都会知道你的名字。"

多米尼克的话应验了。


第二天凌晨五点，托尼和多米尼克匆匆穿好衣服，出门去买首版晨报。报纸才刚刚送到报亭，托尼抓起一张，赶忙翻到艺术栏。关于他的艺术评论是头条文章，署名是安德烈·杜索。

托尼大声念道："昨晚，年轻的美国画家安东尼·布莱克韦尔的个人画展在格尔克画廊开幕。作为一名艺术评论家，我在这次画展中学到了许多东西。我参加过许多才华横溢的画家的画展，已经忘记了低劣的作品是什么样子。然而，昨晚的画展提醒了我……"

顿时，托尼的脸色如死灰一般。

"请不要再读了。"多米尼克恳求道。她想从托尼的手中夺走报纸。

"放手！"他吼道。

他继续读下去。"最初，我以为是谁在开一个玩笑。我真不敢相信，有人竟然有胆量挂出这样幼稚的画，还敢称它们是艺术品。我竭力寻找哪怕一丝一毫的天赋，唉！没有找到。放过那些挂在墙上的画吧，把那位画家吊上去。我诚恳地建议这位迷途的布莱克韦尔先生，回去做他的老本行吧，我猜想他原本就是个房屋油漆匠。"

"简直不敢相信，"多米尼克低声说，"他竟然睁着眼睛说瞎话。哼！这个杂种！"多米尼克伤心地哭了起来。

托尼觉得胸口好像灌满了铅，憋得喘不过气来。"他看出来了，"他说，"而且他确实知道，多米尼克，他知道啊。"他的声音里充满了痛楚。"这就是让我心痛的地方。上帝啊！我太傻了！"他茫然地向前走。

"你去哪儿，托尼？"

"我不知道。"

已是黎明时分，托尼冒着严寒走在巴黎的街道上，眼泪不由自主地顺着脸颊流下。几个小时后，每个巴黎人都会读到这篇评论，他将成为一个小丑，众人的笑柄。更令他伤心的是，他欺骗了自己，他真的以为自己将来会成为一位著名画家。如今，多亏了安德烈·杜索，是他把自己从那个错误的虚幻中拯救出来。还流芳后世，托尼自嘲地想道，流芳个狗屎！他走进一家早开门的酒吧，喝得酩酊大醉。


托尼回到公寓时，已是第二天凌晨五点钟了。多米尼克正焦急地等着他。"你去哪儿了，托尼？你妈妈一直想找你，她担心得要命。"

"你把报纸念给她听了吗？"

"念了，她坚持要我念。我——"

电话铃响了，多米尼克看了看托尼，拿起了听筒。"喂？是的，布莱克韦尔太太。他刚回来。"她把听筒递给托尼，他犹豫了一下，接了过来。

"喂，妈……妈妈。"

凯特哀伤的声音传来。"托尼，亲爱的，听我说，我可以让他发表撤回声明。我……"

"妈妈，"托尼无精打采地说，"这不是商……商业交易，这是一个评……评论家发表的观点，他认为我应当被吊……吊死。"

"亲爱的，我真不愿让你受到这么大的伤害。我实在不能忍受……"她哽咽起来，说不下去了。

"没事了，妈……妈妈，我自作主张地瞎折腾。我试着学画，结果不……不行，我没有这方面的天……天赋，就这么简单。我恨透了杜索，但他是世界上最好的艺术评论家。我必须承……承认，他让我避免了一个可……可怕的错误。"

"托尼，我不知能说些什么来安慰你……"

"杜索已经说……说了，现在发现总比十……十年后才发现要好……好些，对吧？我要离……离开巴黎了。"

"在那儿等着我，亲爱的。明天我就离开约翰内斯堡，我们一起回纽约。"

"好吧。"托尼放下听筒，转向多米尼克，"对不起，多米尼克，你选错人了。"

多米尼克什么也没说，她望着他，满眼哀伤。


第二天下午，在马提尼翁街的克鲁格—布伦特公司的办公室里，凯特·布莱克韦尔正在写一张支票。一个男人坐在她对面，叹着气说："太遗憾了，你的儿子有艺术天赋，布莱克韦尔太太。他完全可以成为一位重要的艺术家。"

凯特冷冷地盯了他一眼。"杜索先生，全世界的画家成千上万，我的儿子怎能跟他们为伍。"

她把支票递过去。"这笔交易，你履行了你的承诺，我也会履行我的承诺。克鲁格—布伦特有限公司将要在约翰内斯堡、伦敦和纽约赞助艺术博物馆，你负责选择绘画作品。当然，我会支付你可观的委托费。"

杜索离去，凯特久久地坐在桌旁，心中依然充满深深的悲伤。她爱自己的儿子，要是他发现了真相……她知道自己冒了风险，但无论如何她不能袖手旁观，任由托尼抛掉自己可以继承的家族企业。不管付出什么代价，她都要保护好儿子，保护好公司。凯特站起来，突然觉得很累。该接托尼回家了。她要帮助他渡过难关，让他从事生来应该继承的事业：管理这家跨国集团。

# 第十九章

接下来的两年里，托尼·布莱克韦尔感到自己仿佛拼命地踏着一辆巨大的水车，不知何时才能停下来。他要继承的是庞大的跨国集团——克鲁格-布伦特公司，它的触角已经伸向矿业、交通运输业等世界不同领域。除此之外，它还拥有几家造纸厂、一家航空公司、几家银行和连锁医院。托尼知道，某个特殊的名字就是一把钥匙，能打开某些方便之门。在很多俱乐部、机构和社交团体，能够长驱直入不是靠金钱或关系，而是某个名字。托尼成为联盟俱乐部、布鲁克俱乐部和林克斯俱乐部的成员，每到一处，总是受到热情款待。他觉得自己像个吃白食的家伙，没有做出什么成绩，愧于享受这一切。他知道，自己生活在外祖父的巨大阴影中，别人时常把自己跟外祖父相比。这是不公平的，因为现在再也没有地雷阵要他爬，没有警卫朝他开枪，更没有鲨鱼向他张开大口。昔日的冒险故事同自己没有任何关系，它们属于过去的一个世纪，是另一个时代，在另一个地方，那是一个陌生英雄的壮举。

在克鲁格-布伦特有限公司，托尼加倍地拼命工作。他毫不怜惜地用工作惩罚自己，试图摆脱那些刻骨铭心的往事。他给多米尼克写信，但是信都被原封不动地退回了。他给康塔尔老师打电话，但是多米尼克已不在美术学院做模特，她销声匿迹了。

托尼已经能够熟练地处理公司业务，但他对工作毫无激情，也无动力。他内心深处藏着无奈和空虚，谁也看不出来，甚至凯特也没有疑心。每周都有人向她汇报托尼的情况，她对这些报告都感到满意。

"他有经商的天赋。"她告诉布拉德·罗杰斯。对凯特来说，儿子超负荷工作，这证明他对公司的热爱。凯特一想到托尼曾痴迷绘画，差点误入歧途，毁掉自己的前途，她就感到不寒而栗，庆幸儿子及时回归了正途。

一九四八年，南非国民党在南非全面掌权，所有公共场所都实行种族隔离政策，移民受到严格限制。为便于政府管理，有的家庭也被拆散。每个黑人都必须随身携带通行证，它不只是一个通行证，还是赖以生存的生命线，包括出生证明、求职许可、纳税信息等，它控制着每个人的行为和生活。南非的骚乱越来越频繁，但是都被警察残暴地镇压下去。凯特不时在报上读到关于蓄意破坏和骚乱的消息，班达的名字总是出现在显要的位置。班达老了，但依然担任地下组织的领导人。当然，他要为他的人民而战，凯特想，他是一名战士。

纽约第五大道的豪宅里，托尼正在为母亲庆祝五十六岁生日。凯特心想："对面这个二十四岁的漂亮青年是我的儿子吗？我难道这么大年纪了吗？"青年举起酒杯。"为我……我了不起的妈……妈妈干杯！祝您生……生日快乐！"

"你应当说，为我了不起的老妈干杯。""很快我就要退休了，"凯特心里想，"但儿子会接替我，我的儿子！"

在凯特的坚持下，托尼搬进了第五大道的豪宅。

"这地方太大了，一个人在里面走来走去，太孤单了。"凯特对他说，"整个东厢房全归你一个人住，你想干吗就干吗，谁也不会打扰你。"托尼只有让步，因为争辩是无济于事的。

每天早晨，凯特和托尼共进早餐。谈话的主题总是围绕着克鲁格-布伦特有限公司。托尼吃惊的是，面对一个没有面孔、没有灵魂的实体，一堆杂乱无章的建筑物，各式各样的机器，还有枯燥的记账数字，母亲充满着无限热情。魔力究竟在哪儿呢？世界上有无数的奥秘等着我们去探索，一个人为什么要耗费一生，积聚数不清的财富，争夺无限的权力呢？托尼不理解母亲，但他爱她，他也尽力不辜负她的希望。

泛美航空公司从罗马飞往纽约的航班一直平安无事。托尼喜欢这家航空公司，因为它很少晚点，乘坐舒适。飞机刚起飞，他就开始读公司的海外收购报告，没顾上吃晚饭。那些空姐不停地给他送来饮料、靠垫和其他东西，希望能够引起这位豪门阔少的注意，可是风度翩翩的他始终无动于衷。

"谢谢你，小姐，我很好。"

"布莱克韦尔先生，需要什么的话，我可以……"

"不需要了。"

托尼旁边坐着一位中年妇女，在看一本时装杂志。当她翻过一页时，托尼碰巧扫了一眼，他愣住了，一张照片上有一个穿着舞会礼服的模特，这是多米尼克。毫无疑问，那高高的颧骨、精致的面孔、深绿色的眼睛、浓密的金发。托尼的脉搏开始加速。

"对不起，"托尼对这位旅伴说道，"可以让我看看这一页吗？"

第二天一早，托尼给那家礼服店打电话，打听到那家广告公司的名称，然后再给广告公司打电话。"我要找你们的一个模特，"他对总机接线员说，"你能——"

"请稍等。"

一个男人的声音传来："您有什么要求？"

"我在本月的《时尚》杂志上看到一张照片，是罗斯曼连锁店舞会礼服的模特广告，那是你们拍摄的吧？"

"是的。"

"你能告诉我那家模特公司的名字吗？"

"是卡尔顿·布莱辛模特公司。"接着，他把电话号码给了托尼。

一分钟之后，在布莱辛模特公司，一位女士接到托尼的电话。

"我想找你们的一位模特，"他语气急促，"她叫多米尼克·梅森。"

"抱歉，公司规定不得透露信息。"电话挂断了。

托尼坐在那里，呆呆地盯着话筒。怎么才能找到多米尼克呢？托尼走进了布拉德·罗杰斯的办公室。

"早上好，托尼，来杯咖啡？"

"不了，谢谢。布拉德，你知道卡尔顿·布莱辛模特公司吗？"

"我应该知道，它是我们的公司。"

"什么？"

"它是我们下属公司的子公司。"

"我们什么时候收购的？"

"几年前，大约你进入公司的时候。为什么对它感兴趣呢？"

"我在找他们的一个模特，一个老朋友。"

"没问题，我打个电话，然后——"

"不用打了，我自己来吧。谢谢你，布拉德。"

一股热切的期待在托尼心中缓缓升起。


当天下午，托尼来到卡尔顿·布莱辛模特公司的办公室，报上自己的名字。不到一分钟，他就被请到董事长蒂尔顿先生的办公室。

"真是很荣幸，布莱克韦尔先生。我希望公司业务顺利，我们上季度的利润是——"

"不谈业务。我对你们的一名模特感兴趣，她叫多米尼克·梅森。"

蒂尔顿脸上一亮。"她是我们公司最好的一个模特。你母亲真有眼光。"

托尼以为自己听错了。"你说什么？"

"你母亲亲自要求我们雇用多米尼克。当初克鲁格-布伦特有限公司收购我们公司时，这是协议内容的一部分。这都在我们的档案里，如果你愿意……"

"不用了。"托尼对这些话感到匪夷所思，母亲为什么……

"能给我多米尼克的住址吗？"

"当然可以，布莱克韦尔先生。今天她在佛蒙特参加一个时装展，她该回来了。"他瞥了一眼桌上的日程表，"明天下午。"


托尼在多米尼克的公寓前等候。一辆黑色轿车开了过来，多米尼克下了车，紧跟着下来一个身材魁梧的男人，手里提着多米尼克的手提箱。看到眼前

236

的托尼，多米尼克顿时呆住了。

"天哪！托尼！你……你到这儿来干什么？"

"我们谈一谈吧。"

"嘿，朋友，改天吧，"那个男人嚷道，"下午我们还忙着呢。"

托尼没有看那个男人一眼，只看着多米尼克。"让你的朋友走开。"

"嘿，你他妈的以为……"

多米尼克转向那个男人。"你先走，拜恩，晚上我给你打电话。"

那人迟疑了一下，然后耸耸肩。"那好吧。"他瞪了托尼一眼，回到汽车里，汽车一溜烟开走了。

多米尼克转过身，对托尼说："还是进来谈吧。"

这是一栋联排公寓，里面十分宽敞，白色的地毯和窗帘，现代化的家具，显然价值不菲。

"你发展得不错。"托尼说道。

"还好，我很幸运。"她的手指紧张地拨弄着衬衫，"想喝点什么？"

"不用了，谢谢。离开巴黎后，我一直给你写信。"

"我搬家了。"

"搬到美国了？"

"是的。"

"你是怎样在卡尔顿·布莱辛模特公司找到工作的？"

"我……我看了报纸上的招聘启事，前去应聘。"她吞吞吐吐地答道。

"你第一次见到我的母亲是什么时候，多米尼克？"

"我……在巴黎，你的公寓里，不记得了？我们——"

"算了，别玩游戏了，"阵阵狂怒在他心中聚积着，"该结束了。一生中我从未打过一个女人，你要是再说一句谎话，我保证，今后你的脸都不能上镜了。"

多米尼克刚要开口，托尼眼中的怒火阻止了她。

"我再问一次，你什么时候第一次见到我母亲的？"

这次她没有迟疑。"当你被录取进美术学院时，你的母亲就安排我在那里当模特。"

237

他感到胃里一阵翻腾。他忍着恶心，继续问道："就为了让我结识你？"

"是的，我……"

"她付钱让你做我的情妇，让你假装爱上我？"

"是的。那时刚刚结束战争……太惨了。我没有钱，你看不出来吗？但是，托尼，相信我，我对你的爱是真的，我真的爱——"

"回答我的问题。"那声音恶狠狠的，她不寒而栗。面前的男人那么陌生，随时会对自己动粗。

"为何那样做？"

"你母亲让我看着你。"

他想到多米尼克给自己的温柔，同自己做爱——原来都是母亲花钱收买的，他感到羞愧难当。一直以来，他都是母亲的傀儡，被她掌控和摆布。母亲从来没有关心过他的感受。他不是她的儿子，而是她的王储，她的继承人。对母亲来说，公司就是一切。他最后看了多米尼克一眼，然后转身踉跄地走了出去。她望着他的背影，泪水模糊了她的双眼。她想："我真的爱你，托尼，我没有撒谎。"

凯特在书房里看书，突然，托尼摇晃着走进来，醉醺醺的。

"我同多米尼克谈……谈过了，"他含混不清地说，"你们两……两个玩得十分开……开心，在我背后嘲……嘲笑我。"

凯特突然感到一阵惊慌。"托尼……"

"从现在起，我要你不……不要插手我的私……私生活了。听见了吗？"他转过身，摇摇晃晃地走了出去。

望着他离去，凯特突然有了可怕的预感。

# 第二十章

次日，托尼在格林威治村租了一套公寓。他再也不陪母亲一起进餐了，只同她保持客客气气的工作关系。尽管凯特做出种种努力，以缓和自己跟儿子的紧张关系，但托尼却不理不睬。

凯特的内心十分沉痛。正如以前自己对他的所有母爱，自己的所作所为完全是为了他好啊，也是为了公司后继有人。在这个世界上，托尼是她唯一所爱的人，可是现在她眼看着他变得越来越孤僻，越来越内向，跟他人没有任何私交，也没有朋友。过去，他性格开朗，为人热情，现在却变得冷漠无情、沉默寡言。他在自己身边筑起一道无形的墙，没有人能破墙而入。"他需要一个妻子来照顾他，"凯特想，"还要生一个儿子续香火。我必须帮助他，必须这样做。"

布拉德·罗杰斯走进凯特的办公室，说道："我们恐怕有些麻烦了，凯特。"

"发生什么事了？"

他把一份电报放在桌上。"南非议会宣布土著人代表委员会为非法组织，通过了《反共产主义法》。"

这个法案同共产主义毫无关系。它规定：任何人反对政府政策，或者企图以任何方式改变政府政策，都将被裁定有罪，要被逮捕入狱。

"我的上帝！"凯特叹息道，"这是政府打击黑人抵抗运动的手段。如果——"这时，秘书进来打断了她。

"您的国际长途电话，是皮尔斯先生从约翰内斯堡打来的。"

乔纳森·皮尔斯是约翰内斯堡分公司的经理。凯特拿起了话筒。"喂，乔尼，你好吗？"

"很好，凯特。有个坏消息，我想我应当告诉你一声。"

"什么事？"

"我听到一个消息，说警方逮捕了班达。"


凯特搭乘最近一班的飞机飞往约翰内斯堡。她已经通知公司的律师，要设法营救班达。然而，即使克鲁格-布伦特有限公司有权势和影响力，也帮不了班达，他被宣判为国家的敌人。她不敢想象他将要受到什么惩罚。无论如何，她都要见见他，看看能为他提供什么帮助。

飞机降落在约翰内斯堡，凯特即刻前往自己的办公室，给监狱长打电话。

"他现在被单独囚禁，布莱克韦尔夫人，禁止任何人探视。但既然您提出了，我尽量想想办法……"

第二天上午，凯特来到了约翰内斯堡监狱。班达出现在她面前，他的头发全白了，戴着手铐脚镣，他们之间有一道玻璃隔断。来监狱之前，凯特不知道班达会是什么样子，是万念俱灰，还是视死如归。班达看见她，笑了。"我知道你会来的。你真像你的父亲，不愿意躲避麻烦，是不是？"

"那要看是谁有麻烦了。"凯特嗔怪地说，"这鬼地方！我们怎么把你弄出去？"

"放进棺材里，这样他们才可能让我离开这儿。"

"我有许多律师，他们很……"

"不用，凯特，他们有本事抓住我，我也有本事逃走。"

"你想怎么办？"

"我不喜欢笼子，不喜欢被关在里面。能关住我的笼子还没有造出来呢。"

凯特说："班达，别鲁莽，他们会杀了你。"

"没有人能杀了我。"班达说，"你眼前的这个人，曾与鲨鱼搏斗，还爬过地雷阵，打死过狼狗。"他的眼睛里闪着柔和的光。"你知道吗，凯特？现在想想，那是我一生中最美好的时光。"

第二天，凯特再去探视班达时，监狱长说："对不起，布莱克韦尔夫人，出于安全考虑，我们把他转移了。"

"转移到哪儿了？"

"恕我不能透露。"

次日清晨，凯特醒来后，早餐和报纸同时被送进房间。她拿起报纸，大标题赫然进入眼帘："叛军首领企图越狱被击毙。"一小时后，她来到监狱长的办公室。

"他企图越狱时被枪杀了，布莱克韦尔夫人。就这么多情况。"

"你错了，"凯特心里想道，"还有很多很多反抗者呢。班达死了，但他为土著人争取自由的梦想不会死。"

两天后，班达的丧事处理完毕，凯特登上返回纽约的飞机。她透过舷窗望去，下面是她挚爱的土地。再见了，南非。南非的土地是红色的，土壤肥沃、富饶，土地的深处埋藏着各种宝藏，多到令人难以想象。这是上帝赐给土著人的财富，上帝对土著人是慷慨的，但是这个国家像受到了诅咒一样，笼罩在阴霾之中。"我再也不会回到这儿来了，"凯特悲伤地想着，"永远不回来了。"

布拉德·罗杰斯分管克鲁格-布伦特有限公司的长期规划部。他很善于发现一些有利可图的企业，一旦收购，会获利多多。

五月初的一天，他走进凯特·布莱克韦尔的办公室。"我发现了一些有用的情报，凯特。"他把两个文件夹放在桌子上，"有两家公司，要是能收购任何一家，我们都将完胜。"

"谢谢，布拉德，今晚我看一下。"

当天晚上，凯特一人吃过晚饭，接着就阅读起布拉德·罗杰斯提交的那两家公司的机密报告。这是两份资产负债表，一份是怀亚特石油设备公司的，一份是国际技术公司的。报告很长，内容详细，末尾都注有字母NIS，这是公司代码，表示对出售公司不感兴趣。这就意味着，要想收购这两家公司，光靠正常的商业交易难以成功。然而，凯特心里想着，这两家公司确实值得接手。两家公司的实际控股人都是个人，他们有钱，头脑精明，想要轻轻松松地把他们的公司收购过来是很难的。这又是一场挑战，而自己很久没遇到对手了。越想，她就越强烈地想要收购它们。她再一次研究了这两份机密的公司报告，怀亚特石油设备公司的控股人是得克萨斯州人，名字是查理·怀亚特，公司资产包括油井、一家公用设施装备公司以及几十个油井的租借权，这些油井以后肯定赚钱。对克鲁格-布伦特有限公司来说，怀亚特石油设备公司是个理想的收购对象。

凯特又拿起第二份报告。国际技术公司的所有人是德国人弗雷德里克·霍夫曼伯爵。这家公司的前身是德国西部埃森市的一家小炼钢厂，经过多年苦心经营，逐步发展成一家大型企业集团，现在拥有造船厂、石油化工厂、油轮船队和计算机公司。

纵然克鲁格-布伦特有限公司规模很大，也只能吃掉二家公司中的一家。她已经知道该朝哪家公司下手了。她盯着报告末尾的NIS三个字母，心中暗想："咱们走着瞧！"

次日清早，凯特派人找来布拉德·罗杰斯。"我很想知道你是怎么搞到这些机密的公司资产负债表的。"凯特笑着说，"再给我讲讲查理·怀亚特和弗雷德里克·霍夫曼的情况吧。"

布拉德早已做好准备。"查理·怀亚特生于得克萨斯州的达拉斯，是个浮夸、招摇的公子哥，人很精明。他白手起家，运气不赖，乱掘油井发了横财。经过不断扩张，现在半个得克萨斯州的油井都是他的了。"

"他有多大？"

"四十七岁。"

"孩子呢？"

"一个女儿，二十五岁。据我所知，是个不折不扣的美人。"

"结婚了吗？"

"离婚了。"

"弗雷德里克·霍夫曼呢？"

"霍夫曼比查理·怀亚特小几岁，丧偶多年，是个伯爵，出身显赫，在德国的家族史可追溯到中世纪。他的祖父从一家小钢铁厂起家，弗雷德里克·霍夫曼从父亲手里接管了它，把它发展成一家企业集团。他早年涉足计算机领域，拥有许多微处理机的专利权。每当我们使用一台电脑，霍夫曼伯爵就能得到一笔专利权税。"

"有孩子吗？"

"一个女儿，二十三岁。"

"长得怎么样？"

"还没打听到。"布拉德·罗杰斯语带歉意，"这个家庭很保守，他们只在自己的小圈子里活动。"他犹豫了一下。"我们也许是在浪费时间，凯特。我同这两家公司的两三个高管一块儿喝过几杯酒，听说怀亚特和霍夫曼都无意出售自己的公司，也无意与其他公司合并或合资。从他们的财务报告上也可看出，他们连想也不会想卖掉自己的公司。"

挑战欲一下子充溢了凯特全身，牵动着她的心。

十天以后，凯特应美国总统邀请，前往华盛顿参加顶级国际工业家会议，讨论对不发达国家的援助问题。凯特打了一个电话，不久，查理·怀亚特和弗雷德里克·霍夫曼伯爵也收到了参会邀请。

凯特对那个得克萨斯人和那个德国人形成了定型化的初始印象，一见面，两人的外貌与她预想的几乎完全吻合。她还从未跟查理·怀亚特这样的得克萨斯人打过交道。他身材魁梧——几乎有六英尺四英寸，肩膀宽得像个橄榄球运动员，可惜身体已经发福，大脸庞，皮肤红红的，声音洪亮，看上去像个来自得克萨斯州的乡下小伙子——但凯特知道这家伙的底细。查理·怀亚特是个生意场上的天才，他建起自己的商业帝国并非依靠运气。凯特同他谈了不到十分钟，就明白这个人要是不想做某件事，哪怕说破天，也说服不了他。他固执己见，是一种骨子里的倔强，没有人能哄骗他、威胁他或是引诱他出售自己的公

243

司。然而人人都有阿喀琉斯之踵，凯特碰巧在他身上找到了，这就足够了。

弗雷德里克·霍夫曼跟查理·怀亚特截然相反。他英俊儒雅，有一张富有贵族气质的脸庞，一头柔软的棕色头发，两鬓斑白。他行事小心谨慎，举手投足彬彬有礼。表面上，弗雷德里克·霍夫曼和蔼可亲、温文尔雅，但在内心深处，凯特能感觉到他那钢铁般的性格。


在华盛顿举行的会议开了三天，进行得很顺利。副总统主持了会议，总统也露了一次面。出席会议的人都对凯特·布莱克韦尔印象深刻，她富有魅力，领导着她自己经营的商业帝国，参会者都钦慕不已，而这正是她收购计划的第一步。

看到查理·怀亚特身边无人，凯特故作随意地问道："你把家人带来了吗，怀亚特先生？"

"我把女儿带来了，她想来这儿买点东西。"

"哦，真的吗？那太好了。"怀亚特绝不会想到，凯特不仅知道女儿随他来了，而且还知道当天早上她在加芬克尔商场买了一件什么款式的连衣裙。"周五我要在达克港举办一个小型晚宴，如果你和令爱愿意周末前往的话，我将感到非常高兴。"

怀亚特爽快地答道："布莱克韦尔太太，您的那处豪宅我听到许多传说，当然愿意一饱眼福。"

凯特笑了。"太好了，明天晚上我安排飞机把你们送到那儿。"

十分钟后，凯特又同弗雷德里克·霍夫曼聊了起来。"您一个人来华盛顿的吗，霍夫曼先生？"她问道，"您的夫人没来吗？"

"我妻子几年前去世了。"弗雷德里克·霍夫曼说，"我同女儿一道来的。"

凯特知道他们住在海亚当斯旅馆，房间号是四一八号。"我将在达克港举行一个小型晚宴。要是您和令爱能够前往，和大家一起过周末，我将感到非常高兴。"

"我们该回德国了。"霍夫曼答道。他端详了她一会儿，然后笑着说："过几天再回也没有关系。"

"那太好了，我会为您安排交通工具。"

每两个月，凯特就要在达克港的雪松山庄园举行一次周末派对，这已成为惯例。世界上最有名的权贵都被邀请参加，这种活动总是让人受益匪浅。凯特打算将这次晚宴办成一场别具一格的聚会，但有个难题，怎么说服托尼前来参加聚会？过去的一年里，这种聚会托尼很少来参加，即使来，也是敷衍了事地露露面，然后就离去了。这一次，他非来不可，必须留下来。

凯特向托尼提起周末的事，他随意地应付了一句："我没……没法去。周一我要去加……加拿大。走之前，我还有许多工……工作要处理。"

"这次聚会很重要。"凯特说，"查理·怀亚特和霍夫曼伯爵都来参加，他们是——"

"我知道他们是谁。"他打断她的话，"我同布拉德·罗杰斯谈……谈过了。无论哪家公司，收购的希望根本没有。"

"我想试一试。"

他看了看她，问道："你打算收购哪……哪家公司？"

"怀亚特石油设备公司。它可以使我们的利润增加百分之十五，甚至更多。那些阿拉伯国家一旦意识到他们有能力卡住世界的咽喉，他们就会形成一个垄断联盟，石油价格便会飞涨，那时石油就会变成液体黄金。"

"那国际技……技术公司呢？"

凯特耸了耸肩。"这家公司也不错，但怀亚特石油设备公司更抢手一些。对我们来说，这是最理想的收购对象。我需要你去应酬一下，托尼，去加拿大可以再等几天嘛。"

托尼讨厌这样的聚会，他讨厌那些没完没了的无聊谈话，讨厌那些夸夸其谈的男人和巧取豪夺的女人。可是，这是做生意啊。"好吧。"

陷阱和诱饵都已布好。

怀亚特父女先乘公司的"塞斯纳号"专机来到缅因州，然后乘轮渡登岛，再乘坐豪华轿车前往雪松山庄园。凯特在门口迎接父女二人。布拉德掌握的查理·怀亚特女儿露西的情报十分准确。她高高的个子，乌黑的秀发，棕色的眼睛闪烁着亮眼的金色，五官几乎完美无瑕。她身着裁剪得体的加拉诺斯晚礼服，勾勒出匀称而迷人的身材。布拉德告诉凯特，两年前，她已同一位富有的意大利花花公子离了婚。凯特把露西介绍给托尼，留心观察着他的反应。儿子无动于衷。他礼貌地跟父女俩打了招呼，把他们领到了酒吧间，有一名侍者恭候在那儿，随时准备给他们调鸡尾酒。

"好漂亮的房子啊！"露西惊叹道。她的声音温柔、圆润，听不出一丝得克萨斯口音。"你常住在这里吗？"她问托尼。

"不。"

她等着，见他不再说话，只好又问："你在这里长大的吗？"

"并不全是。"

凯特赶忙接过话茬，巧妙地化解了托尼的沉默所造成的难堪。"这栋房子给托尼留下了最幸福的记忆。我这个可怜的儿子太忙碌了，很少有时间回来消遣一下，对吗，托尼？"

他冷冷地望了母亲一眼，说："是的。事实上，现在我本应该在加……加拿大。"

"但他推迟了行程，就是为了能见到你们二位。"凯特打着圆场。

"噢，那我太高兴了。"查理·怀亚特说道，"我听说过你的许多事情，孩子。"他咧嘴一笑。"欢迎你来我的公司工作，好吗？"

"我认为我的母亲不会同意的，怀亚特先生。"

查理·怀亚特又笑了。"我知道。"他转身看了看凯特，"你母亲真了不起，你应当亲眼看看，在白宫会议上，她的魅力征服了所有人。她——"他突然停下来，望向门口，只见弗雷德里克·霍夫曼和他的女儿玛丽安走进了客厅。玛丽安·霍夫曼肤色白皙，长长的金发，长得很像她的父亲，同样具有贵族气质。她穿着一身米白色的雪纺绸连衣裙，在光彩夺目的露西·怀亚特旁边，她陡然显得相形见绌。

"这是我的女儿玛丽安。"霍夫曼伯爵说。"对不起，我们来晚了。"他抱歉道，"飞机在拉瓜迪亚机场延误了。"

"噢，真遗憾。"凯特说道。托尼心里明白，这是凯特的刻意安排。她让怀亚特父女跟霍夫曼父女分别乘坐不同班次的飞机，这样怀亚特父女就会早到一些，而霍夫曼父女则会晚到一些。"我们正喝点小酒，两位来点什么？"

"请来杯苏格兰威士忌。"霍夫曼伯爵说。

凯特转向玛丽安。"你呢，亲爱的？"

"我什么都不要，谢谢您。"

几分钟之后，其他客人陆续到来。托尼在他们当中转来转去，扮演一个好客的主人。除了凯特之外，没有人能想到他是多么厌烦这种应酬。凯特知道，托尼不只讨厌应酬，他对身边的一切都毫无兴趣，尤其不愿跟他人交往，这令凯特深感忧虑。

宽敞的餐厅里摆了两张餐桌。在凯特的安排下，玛丽安·霍夫曼的左右两边分别坐着最高法院的法官和一名参议员。露西被安排在另一张桌子上，坐在托尼的右侧。餐厅里所有的男人——已婚的和未婚的——都瞄向露西。凯特听到露西不停地跟托尼搭话，很明显她喜欢他。凯特心里暗自笑了，好戏开始了。

次日，周六，早餐期间，查理·怀亚特对凯特说："布莱克韦尔太太，外面停泊的那艘帆船真漂亮。它的尺寸是多少？"

"我也不太确定。"凯特转向儿子，"托尼，'海盗号'的尺寸是多少？"

托尼知道母亲对它的尺寸了如指掌，但是依然有礼貌地答道："八十英……英尺。"

"在得克萨斯州，我们很少乘船。平时总是忙忙碌碌的，如果外出，大多是乘飞机。"怀亚特大笑，"也许我该试驾一下，熟悉一下海岛周围的环境。"

凯特笑了。"我正想着你愿不愿意让我带你游览一下这个海岛呢。明天我们乘船出海。"

查理·怀亚特若有所思地望着她，说道："您太客气了，布莱克韦尔太太。"

托尼静静地听着二人的交谈，一句话也没说。这盘棋刚走了第一步，不知查理·怀亚特是否知道母亲的用意，也许他没有察觉。他是个精明的商人，可他还未遇到过像凯特·布莱克韦尔这样老谋深算的对手。

凯特转向托尼和露西。"天气多好啊，你们俩为什么不乘着单桅帆船出海游玩一下？"

托尼还未来得及拒绝，露西便说："啊，那我太想去了。"

"对……对不起，"托尼直截了当地说，"我要等……等几个越洋电话。"托尼感觉到母亲不满的眼光落在他身上。

凯特转向玛丽安·霍夫曼。"我今早怎么没见到你父亲啊？"

"爸爸出去了，要转转这个小岛。爸爸习惯早起。"

"我听说你喜欢骑马，我们这儿有不少良马。"

"谢谢您，布莱克韦尔太太。要是您不介意的话，我想到周围散散步。"

"当然不介意。"凯特转过身来对托尼说，"你真的不打算带怀亚特小姐乘船出海吗？"她的语气硬邦邦的，铁一般冰冷。

"真……真的。"

这是开局后的一次小小的胜利。尽管是小胜，但开局是良好的。战幕已经拉开，自己绝不能输掉。这次较量他要是赢了，母亲就不能再欺骗他了。她曾把他当作一名小卒，他也很清楚这次她又想故技重施，但这一次她输定了。她一心想吞并怀亚特石油设备公司，可查理·怀亚特无意合并或是出售他的公司。然而人人都有弱点，凯特找到了他的弱点，那就是他的女儿。如果露西嫁到布莱克韦尔家，某种形式的合并就不可避免了。托尼望着餐桌对面的母亲，内心不住地鄙视她。她已布好陷阱，放好了诱饵。露西不仅漂亮，而且聪明迷人。不过，在这局令人厌恶的对决中，她也和他一样，仅是一名小卒而已。无论如何都要禁得起诱惑，绝不能去碰露西，这是他和母亲之间的较量。

吃完早饭，凯特站了起来。"托尼，你的越洋电话还未打来，能不能先带着怀亚特小姐去看看花园呢？"

托尼找不出理由来委婉地拒绝，只好说："好吧。"他决定尽量少待一会儿。

凯特转向查理·怀亚特。"你喜欢珍本书吗？我的藏书室里收集了不少。"

"您给我看的任何东西我都喜欢。"这个得克萨斯人说。

似乎像是刚刚想起来似的，凯特转身对玛丽安·霍夫曼说："你一个人可以吗，亲爱的？"

"可以，谢谢您，布莱克韦尔太太。请不要为我担心。"

"那我就放心了。"凯特说道。

托尼知道母亲有意冷落霍夫曼小姐，因为她对她毫无用处，所以她打发她个人活动。表面的关切和微笑是她的面具，托尼能够察觉出面具后面的曲意逢迎和冷酷无情，这使他甚感厌恶。

露西望着他。"准备好了吗，托尼？"

"好了。"

托尼和露西向门口走去。他们还没走多远，托尼就听见母亲说："看看他们俩，是不是天生的一对？"

二人穿过宽敞整齐的花园，朝码头走去，"海盗号"停泊在那儿。沿途漫山遍野都是色彩烂漫的野花，沁人的芳香弥漫在夏日的空气里。

"这里像天堂一样美。"露西说道。

"是的。"

"得克萨斯州没有这样的花。"

"是吗？"

"这里多么宁静啊。"

"是的。"

露西突然停住脚步，转身面对托尼。

看到她脸上的嗔怒，他问道："你生气了？我说错什么话了吗？"

"你什么也不说，才让我生气。从你嘴里吐出来的只有'是的'或者'不是'，这让我感到好像我……我在倒追你。"

"是吗？"

她笑了。"是的。要是让我教你说话，也许我们能说点什么。"

托尼也咧嘴笑了。

"你想到什么了？"露西问。

"什么也没想。"

其实他想到了自己的母亲，她什么事也不服输啊。

凯特领着查理·怀亚特参观那间宽敞的藏书室。藏书室的墙上镶着大块的橡木壁板，书架上摆满了名家名著的珍本，有奥利弗·哥尔斯密、劳伦斯·斯特恩、托比亚斯·斯摩莱特和约翰·多恩的首版著作，有本·琼森的首版对开本，有塞缪尔·巴特勒和约翰·班扬的珍本，还有罕见的一八一三年雪莱自费出版的《麦布女王》。怀亚特沿着那些装满珍贵书籍的书橱走着，眼珠子瞪得溜圆。他停在一本装订精美的书前，那是约翰·济慈的《恩底弥翁》。

"这是罗斯伯格版本。"查理·怀亚特说道。

凯特惊讶地看了他一眼。"是的，到目前为止，世界上总共存有两本。"

"另一本在我那儿。"怀亚特得意地说。

"我早该看出来的。"凯特笑着说道，"你装得像个得克萨斯乡下来的小伙子，把我给骗了。"

怀亚特咧嘴一笑。"是吗？我装得还行嘛。"

"你在哪儿读的大学？"

"科罗拉多矿业学校，后来获得罗兹奖学金，在牛津大学完成学业。"他打量着凯特，"我听说因为您的推荐，我才受邀参加这次白宫会议。"

她耸耸肩，轻描淡写地说："我只不过提到你的名字。他们非常高兴能邀请你。"

"那太感谢你了，凯特。这儿既然只有你我在场，你能不能告诉我，你究竟想要我做什么？"


托尼正在他的私人书房里工作。那是一个小房间，就在楼下门厅旁边。他坐在一张深扶手椅上，突然听见门开了，有人走了进来。他转身一看，原来是玛丽安·霍夫曼。他还未来得及开口说话，就听见她发出了惊叹声。

她在观赏墙上的画，那都是托尼的画作——他从巴黎那间公寓里带回来的，仅有几件。在这所房子里，只有在这间房间，他才允许挂自己的画。他看着她在房间里缓步走着，看了一幅又一幅，现在再想说什么，也来不及了。

"真是难以置信。"她喃喃地说。

托尼突然感到一阵恼怒，这些画难道真的这么糟？他动了动身子，扶手椅外覆的牛皮因摩擦发出声响。玛丽安猛地转身，看见了他。

"噢，真对不起，"她抱歉地说道，"我不知道里面有人。"

托尼站起身。"没关系。"他的语气听起来很不友好，他不喜欢别人侵入他的私人领地，"你在找什么东西吗？"

"噢，不是，我……我只是随便转转。你收藏的这些作品应该珍藏在博物馆里。"

"就这些？"声音很小，似乎只有他自己听得见。

她有些不解，不明白为什么他的话里充满了敌意。她回头看看那些油画，忽然看见了下面的签名。"是你画的？"

"你要是不喜欢，我只好表达歉意。"

"这些画太棒了！"她朝他走去，"我不明白，你既然画得这么好，为什么还干别的呢？你太棒了。我的意思是，你不是一般棒，而是无与伦比。"

托尼站在那儿，一个字也没听进去，只希望她赶紧出去。

"我曾想做一名画家。"玛丽安说道，"我跟奥斯卡·科柯施卡学过一年，后来我放弃了，我知道，无论怎么画，我都画不好，我不是学画画的料。可你是！"她又转向那些油画，问道："你在巴黎学过吗？"

他只希望她快点离开，不要再打扰他。"是的。"

"然后你就放弃了……就这样了吗？"

"是的。"

"多可惜啊，你——"

"噢，你们在这儿！"

二人转过身，见凯特正站在门口。她看了他们一会儿，然后走向玛丽安，说："我到处找你，玛丽安。你父亲说你喜欢兰花，那你一定得去我们的温室看看。"

"谢谢您，"玛丽安低声说，"我真的……"

凯特转向托尼。"托尼，你也许该去照顾一下其他的客人。"她的声音带着明显的不悦。

她挽起玛丽安的胳膊，二人一同离去。

看着母亲将这些人玩弄于股掌之间，也确实有趣。一切都做得天衣无缝，每一步都精心设计。第一步就设计得很完美，怀亚特父女早点到，而霍夫曼父

251

女到得晚一些。然后，每顿饭露西都被安排坐在他身边。她还特意私下跟查理·怀亚特会谈。这真是太露骨了。但是托尼不得不承认，他能够看出来，只是因为他了解内情，也了解母亲，熟悉她的思维方式。露西·怀亚特是个可爱的姑娘，她会成为别人的好妻子，但绝不能做他的妻子，他的婚姻绝不能让母亲插手，绝不。母亲冷酷无情，精于算计，只要记住这一点，就能提防她的阴谋诡计。托尼盘算着：下一步，她要怎么走呢？

没等多久，他便看出来了。

大家一起坐在露台上，喝着鸡尾酒。"怀亚特先生很热心，他邀请我们下个周末去他的庄园看看。"凯特对托尼说。"是不是很棒？"她的脸上流露出兴奋的神情，"我还从未见过得克萨斯州的农场呢。"

实际上，克鲁格－布伦特公司在得克萨斯州拥有一个农场，而且面积可能比怀亚特农场要大一倍。

"你也去，好吗，托尼？"查理·怀亚特殷切地问。

露西说："请一定去啊。"

他们合起伙来向他施加压力，这是一个挑战，他决定应战。"我将很乐……乐意去。"

"太好了。"露西脸上露出由衷的喜悦。凯特觉得正中下怀。

托尼心想，如果露西打算引诱他，那她就打错了如意算盘。母亲和多米尼克已经伤透了他的心，他不再相信任何女性。现在，托尼和女性的唯一联系就是那些高价的应召女郎。在所有的雌性物种中，她们最诚实，她们想要的只有钱，一见面就讲清楚你要付多少钱。一分钱一分货，你付了钱，就能得到你想要的东西。没有后患，没有眼泪，也没有欺骗。

露西免不了要大失所望了。


周日一大早，托尼去游泳池游泳。玛丽安·霍夫曼已经下水。她穿着一件白色的游泳衣，身材苗条，曲线玲珑。托尼站在游泳池边，看着她优雅地划着水，双臂有节奏地上下摆动着。她看到托尼，便向他游了过来。

"早啊。"

"早上好，你游得不错。"托尼说道。

玛丽安笑了。"我喜欢运动，随我父亲。"她双手撑住池子边缘，纵身一跃便坐到池边。托尼递给她一条毛巾，她随意地擦干头发，毫无矫揉造作之态。

"吃早饭了吗？"托尼问道。

"还没有，我想厨师们还没起床吧。"

"这儿是宾馆，有二十四小时的服务。"

她对他微笑一下。"那太好了。"

"你家在哪儿？"

"经常住在慕尼黑，我们住在郊外的一座古老的城堡里。"

"你在哪儿长大的？"

玛丽安叹了口气。"说来话长。战争期间，我被送到瑞士上学。后来又去了牛津大学，然后到索邦大学，之后又在伦敦住了几年。"她望着他的眼睛，"这就是我去过的地方。你呢？"

"噢，美国纽约、缅因州，还有瑞士、南非，战争期间在南太平洋服役过几年，还到过巴黎……"他猛然停了下来，似乎觉得说得太多了。

"不用介意，我问得太多了。但我无法理解，你为什么不继续画画呢？"

"这不重要。"托尼匆匆答道，"我们吃早餐去吧。"


二人单独在露台上进餐，一边随意地交谈着，一边眺望着远处波光粼粼的海湾。玛丽安举止典雅，性情温柔，托尼的内心被触动了。她既不刻意卖弄，也不唠叨个没完，似乎真正对他本人感兴趣。慢慢地，托尼觉得自己迷上了这个恬静、敏感的姑娘，他又不禁怀疑，自己对她的好感在多大程度上是为了忤逆母亲。

"你什么时候回德国？"

"下周。"玛丽安答道，"我要结婚了。"

这句话使他猝不及防。"噢，"他顿感意兴阑珊，心灰意冷地应声道，"那好啊。他是干什么的？"

"是个医生，我们从小就认识。"她为什么这么说？这里有什么用意吗？

一时冲动，托尼问道："你愿意在纽约同我一道吃晚饭吗？"

她端详着他，心里琢磨着如何回答。"我非常高兴。"

托尼开心地笑了。"就这样定了。"

二人来到长岛，在一家不起眼的海滨餐厅吃晚饭。托尼想要他们二人单独在一起，避开他母亲的视线。良辰美食，佳人相伴，托尼知道，要是母亲知道了，肯定会设法来干预。这是他和玛丽安之间的私人约会，在短暂的时间里，他不想受任何干扰。有玛丽安在他身边，托尼快乐得无以复加。玛丽安风趣幽默，托尼发现自从他离开巴黎以来，今晚笑得最为欢畅，是玛丽安使他轻松愉悦，无忧无虑。

"你什么时候回德国？"

"下周……我要结婚了。"

接下来的五天里，托尼跟玛丽安经常见面。不知为什么，他取消了去加拿大的行程。他原认为这对母亲的计划是一次反抗，是一个小小的报复。一开始接近玛丽安确实有这种想法，但现在不是这样了。他对玛丽安的迷恋越来越强烈，他真的爱上了真诚的玛丽安，而他本来认为自己已经无缘相遇一位真诚的女子了。

对玛丽安来说，纽约是个陌生的城市，托尼带她游览了市区的各个景点。他们登上自由女神像，乘渡轮去斯塔滕岛，爬上帝国大厦的顶层，还去唐人街吃中国餐。他们花了整整一天参观大都会博物馆，又在弗里克美术馆待了一个下午。二人的爱好相同，双方都小心翼翼地避免谈论任何个人的事情，但是又都深深地感受到双方之间强烈的吸引力。日子一天天过去，这天是周五，托尼该出发去怀亚特农场了。

"你什么时候飞回德国？"

"周一上午。"她的声音充满了忧伤。

当天下午，托尼乘机去了休斯敦。因不愿单独跟母亲待在一起，他没有同母亲一道乘公司的飞机去得克萨斯州。在他的眼里，母亲纯粹是生意合伙人，精明而专横，狡诈而危险。

休斯敦的威廉·P.霍比机场，有辆劳斯莱斯牌轿车等着迎接托尼，司机身穿牛仔裤和花运动衫，开车送他去怀亚特农场。

"大多数人都喜欢直接飞往农场，"司机对托尼说，"怀亚特先生修了一条很长的飞机跑道。从这儿出发，要开一个小时才能到农场大门，还要再开半小时才能到主宅。"

托尼以为司机在吹牛，但是他错了，怀亚特农场更像一座小城镇，而不是农场。他们穿过农场大门，行驶在一条私人公路上。半小时后，他才看到发电站、谷仓、牲口栏、客房，以及仆人的平房。主宅是一座巨大的单层牧场式房屋，一眼望不到头。托尼觉得房子的式样实在丑陋，他着实喜欢不起来。

凯特已经先到了。她和查理·怀亚特坐在露台上，俯瞰着一个小湖泊那么大的游泳池。托尼出现时，他们正热烈地交谈着。怀亚特一见到他，便突然打住话头。托尼意识到，自己是他们谈话的对象。

"我们的孩子来了！旅途愉快吗，托尼？"

"是的，谢谢您。"

"露西希望你能赶上早一点的飞机。"凯特说道。

托尼转过身，看着母亲。"是……是吗？"

查理·怀亚特拍了拍托尼的肩膀。"为了欢迎你和凯特，我们要搞一次盛大的烧烤宴。其他人都乘着飞机往这儿赶呢。"

"您太客……客气了。"托尼说。他想，要是怀亚特一家忙着设宴欢迎自己和其他客人，他们现在一定正饿着肚子吧。

露西出现了，她穿着一件白色的衬衣和一条洗得发白的紧身牛仔裤。托尼不得不承认她美得惊人。

她走到他跟前，挽起他的胳膊。"托尼，我都担心你不会来了。"

"对……对不起，我来晚了。"托尼说道，"我有些业务要处理。"

露西给了他一个甜蜜的微笑。"没关系，反正你已经来了。下午打算做什么？"

"你能安排什么呢？"

露西望着他的眼睛。"你要什么都行。"她温柔地说道。

凯特和查理·怀亚特在一旁瞧着，脸上乐开了花。

烧烤宴会搞得很隆重，在得克萨斯州算是盛况空前的。大约有两百名客人抵达怀亚特农场，有人乘私人飞机，有人乘奔驰或劳斯莱斯轿车。两个乐队同时在不同的区域演奏。六七名侍者端着香槟酒、威士忌、软饮料、啤酒来回穿梭；室外的火炉上，四名厨师麻利地准备食物。有烤牛肉、羊肉、牛排和鸡鸭肉。陶罐里煮着辣酱，里面有整只的龙虾，咕嘟咕嘟地冒着泡；地灶上烤着螃蟹、玉米、土豆、山药和鲜豌豆荚。此外，还有六种不同的沙拉，热腾腾的饼干和涂有蜂蜜、果酱的玉米饼。四张甜品桌上摆满了刚出炉的馅饼、糕点和布丁。另外，还有十多种不同风味的自制冰激凌。这是托尼见过的最铺张奢华的宴会。他想，这正是传统贵族和暴发户之间不同的消费观。传统贵族的座右铭是：要是有了钱，就藏起来。暴发户的座右铭是：如果有了钱，就应当炫耀出来。

眼前，这种高调的炫耀令人难以置信。女人们身着华丽的晚礼服，佩戴着令人眼花缭乱的首饰。托尼站在一边，看着那些客人一边狼吞虎咽地吃着，一边大声嚷嚷着，跟各自的老朋友打着招呼。他感到自己似乎正在参加某个疯狂堕落的饕餮仪式。每当他转身，面前总是站着一名端着托盘的侍者，托盘上放着大罐的鲟鱼鱼子酱、鹅肝酱或者香槟酒。在托尼看来，仆人似乎同客人的数目差不多。他用心听着周围的谈话。

"他从纽约来，想卖给我一批货，我说，先生，你这是在浪费时间。休斯敦以东的地方没有赚钱的石油交易……"

"你要小心那些花言巧语的人，他们徒有其表，不能相信……"

露西来到托尼身边。"你没吃嘛。"她注视着他，"出什么事了吗，托尼？"

"没有，一切都很好。真是一次盛宴。"

她得意地笑了。"还有更精彩的呢，朋友。等着看烟花吧。"

"焰火表演？"

"嗯。"她碰了碰托尼的胳膊，"对不起，这儿乱哄哄的。其实并不总是这样的。爸爸想给你母亲留下好印象。"她笑了。"明天他们就都走了。"

"我也要走了。"托尼郁闷地想着。他来这里完全是个错误。如果母亲确实想得到怀亚特石油设备公司，那她应该想其他的办法。他的目光在人群中搜寻着母亲，看到她站在一群仰慕者中间。她很漂亮，虽然年近六十岁，但看上去要年轻十岁。她的脸上没有皱纹，身体结实而匀称，这是坚持健身和每日按摩的结果。她对别人要求严格，对自己也不例外。托尼虽痛恨母亲，反过来却又敬佩她这一点：自律。在一个旁观者眼中，凯特·布莱克韦尔似乎玩得很开心。看，她同客人们交谈着，眉开眼笑，神采飞扬，但托尼心想，其实她厌恶这种场合，待一分钟都受不了，可是为了得到她想要的东西，她宁愿付出任何代价。他想到了玛丽安，她一定非常厌恶这里的纸醉金迷、纵酒狂欢。一想到玛丽安，托尼心里就感到一阵疼痛。

"我要同一个医生结婚了，我们从小就认识。"

半小时过后，当露西来找托尼时，他已踏上了回纽约的路。


机场的公用电话亭里，托尼在打电话。"我想见你。"

对方没有任何犹豫，说道："等你。"

托尼的脑子里一直装着玛丽安·霍夫曼，挥之不去。长期以来，他一直独来独往，习惯享受这份孤独，然而现在玛丽安不在身边，他感到孤独难耐，似乎丢掉了自己最重要的东西。和玛丽安在一起，他感到踏实温暖，生活充满了乐趣，长期笼罩在心头的阴霾也被驱散一空。他有种可怕的感觉，一旦玛丽安离去，他将彻底迷失自己。他需要玛丽安，除了她，他的一生再也不需要任何人。

玛丽安来到了他的公寓，当她走进房门时，托尼心中激起了强烈的渴望，而他曾以为这种情感已经永远从他身上消失了。他望着她，她的眼中流露出同样的神情。这是奇迹，无法用语言表达。

她猛地扑进他的怀里，情感像一股不可抗拒的激流，把他们俩裹挟起来，又席卷而去。犹如火山爆发一般，随后是难以言表的甜蜜和畅快。他们一起飘浮在天鹅绒般的柔软里，不知今夕何夕，也不知身处何地，都融化在对方那奇妙的魔力之中。事后，两人筋疲力尽地躺在那里，拥抱着，她的头发柔柔地贴在他的脸颊上。

"嫁给我吧，玛丽安。"

她双手捧着他的脸，注视着他的双眼。"你肯定吗，托尼？"她的声音很轻柔，"有一个麻烦，亲爱的。"

"你的婚约？"

"不是，我可以取消婚约。我只是担心你的母亲。"

"这和她没有关系……"

"别急，听我讲完。托尼，她打算让你娶露西·怀亚特。"

"那是她的打算。"托尼又把她抱在怀里，"我的打算是你，玛丽安。"

"她会恨我的，托尼。我不想那样。"

"你知道我又想哪样吗？"托尼悄悄地说。

奇迹又开始了。


托尼在怀亚特农场失踪了。既没有解释，也没有道别，托尼飞回了纽约。查理·怀亚特感到莫名其妙，露西·怀亚特则异常恼怒。凯特难堪地表达了歉意，当晚便乘飞机飞回了纽约。她一到家，马上给托尼的公寓打电话，没有人接，第二天依然音信皆无。

凯特的办公室里，桌上的私人电话突然响了。她还未拿起听筒，就知道是谁打来的。

"托尼，你没事吧？"

"我很……很好，妈妈。"

"你在哪儿？"

"我正在度……度蜜月。昨天，我同玛丽安·霍夫曼结……结婚了。"一阵长时间的沉默。"妈……妈妈，你在吗？"

"我在。"

"你也许应当说……说点恭喜或祝你们幸……幸福之类的话，或是其他套……套话。"这话带着挖苦嘲弄的味道。

凯特说："对，对，当然啦。祝你们幸福，儿子。"

"谢谢你，妈……妈妈。"然后电话就挂了。

凯特放下电话，按了一下内部通话器的按钮。"布拉德，请来一下。"

布拉德·罗杰斯走进凯特的办公室。凯特说："托尼刚来过电话。"

布拉德看了一眼凯特的表情，说道："天哪！别跟我说你干成了！"

"是托尼干的。"凯特微笑着，"我们已经把霍夫曼王国搞到手了。"

布拉德·罗杰斯一屁股坐进椅子里。"真不敢相信！托尼那么固执，你是怎么说服他去娶玛丽安·霍夫曼的？"

"其实很简单，"凯特叹了一口气，"我故意把他推向错的方向。"

但她心里清楚，歪打正着，错的方向恰恰能让她得到想要的结果。玛丽安做托尼的妻子再合适不过了，她能驱散他心中的黑暗。

露西曾做过子宫切除手术。

玛丽安能给托尼生个儿子。

# 第二十一章

托尼和玛丽安结婚六个月后，霍夫曼公司正式并入克鲁格-布伦特有限公司。为了表示对弗雷德里克·霍夫曼的尊重，合同是在慕尼黑正式签署的。霍夫曼将在德国负责经营这家子公司。看到母亲以温和的态度接受了自己的婚姻，托尼感到不可思议。母亲心甘情愿地认输，这可不像她的性格。他带着新娘从巴哈马度蜜月归来，母亲对玛丽安热情有加，还告诉他，她很中意这桩婚事。令托尼不解的是，母亲对玛丽安感情真挚，绝不是惺惺作态。这个转变太快了，完全出乎托尼的意料。也许自己看错了，托尼自忖，母亲并不像他原来认为的那样不近人情。

这桩婚姻一开始幸福美满。玛丽安填补了托尼长久以来的情感缺失，周围的人——尤其是凯特——都注意到他身上的变化。

托尼出差时，玛丽安总是相伴左右。二人两情相悦，总在一起闹啊，笑啊。目睹了二人的甜蜜生活，凯特内心喜悦："我为儿子做了一件好事。"

玛丽安成功地弥合了托尼和母亲之间的裂痕。蜜月过后，玛丽安说："我想请你母亲来吃饭。"

"不必了吧，你还不了解她。玛丽安，她——"

"我想了解她，托尼，求你了。"

托尼很不赞成这个邀请，但最后还是让步了。他准备好迎来一个极为尴尬的夜晚，结果却令他大为意外。凯特同他们在一起非常愉快，托尼深受触动。接下来的一周，凯特又请他们俩到家里吃饭。从此以后，一家人每周一次的聚餐就成了惯例。

凯特和玛丽安处得像朋友。她们每周总要通过电话交谈几次，至少要一块儿吃一次午饭。

她们约好了在卢泰西亚餐厅吃午饭。玛丽安一走进来，凯特便知道出事了。

"请给我来杯双份威士忌，"玛丽安对领班说，"要加冰块。"

玛丽安通常只喝葡萄酒。

"发生什么事了，玛丽安？"

"我从哈雷医生那儿来。"

凯特突然感到一阵惊慌。"你没事，是吗？"

"没有，我很好。只是……"接着她把事情的来龙去脉讲了一遍。

这是几天前开始的。玛丽安觉得身体不舒服，便同约翰·哈雷医生约了门诊……

"你看上去很健康。"哈雷医生笑着说，"布莱克韦尔太太，你的年龄是？"

"二十三岁。"

"有家族心脏病史吗？"

"没有。"

他做着笔记。"癌症病史？"

"没有。"

"父母还健在吗？"

"父亲还在，母亲去世了，交通事故。"

"得过腮腺炎吗？"

"没有。"

"麻疹呢？"

"得过，十岁的时候。"

"百日咳？"

261

"没有。"

"动过手术吗？"

"扁桃体摘除了，九岁的时候。"

"除此之外，有没有因为其他原因住过医院？"

"没有。噢，不对……有一次，不过时间很短。"

"那是因为什么？"

"我是学校女子曲棍球队队员。有一次比赛的时候，我昏倒了，醒来时在医院里。我住了两天医院，其实没病。"

"那次比赛中，你受伤了吗？"

"没有，我……我只是昏过去了。"

"那时你多大？"

"十六岁。医生说可能是青春期内分泌紊乱引起的。"

约翰·哈雷坐在椅子上，身体往前挪了挪。"当你醒来时，是否觉得身体的一侧瘫软无力？"

玛丽安沉思了一会儿。"是的，我的右边身体。可是过了几天就好了。从那之后，再没有出现过。"

"头疼吗？视觉模糊吗？"

"有过，但这些后来都消失了。"她开始紧张起来，"是不是我的身体出现了问题，哈雷医生？"

"还不能肯定。要做些检查——为了以防万一。"

"什么样的检查？"

"要做一次脑血管造影。这没什么好担心的，我们马上就能做。"

三天后，玛丽安接到哈雷医生的护士打来的电话，叫她去一趟。

约翰·哈雷在办公室里等着她。"噢，我们找到病灶了。"

"是不好的消息吗？"

"不完全是。布莱克韦尔太太，血管造影显示，你上次得的是一次轻微的中风。在医学上，它被称为囊状动脉瘤，在女性——尤其是十几岁的女孩——当中很常见。大脑里的一根小血管破裂了，渗出了少量血液，渗血压迫神经造成了头疼和视觉模糊。幸运的是，这些症状都可以自愈。"

玛丽安坐在那儿，静静地听着，内心不禁感到一阵惊慌。"准确地说，这究竟……究竟意味着什么？还会再犯吗？"

　　"可能性极小，"他笑着说，"除非你再参加曲棍球比赛。你完全可以像正常人那样生活。"

　　"托尼和我喜欢骑马、打网球，那些也……"

　　"只要不运动过度，一切都没事。打网球也好，同房也好，都没有问题。"

　　她如释重负地笑了。"谢天谢地。"

　　玛丽安起身要走，约翰·哈雷说："有一件事，布莱克韦尔太太，要是你和托尼想要孩子的话，我建议最好领养。"

　　玛丽安愣住了。"你说过，我同正常人一样呀。"

　　"不错，算是正常人。不幸的是，怀孕会大大增加血流量。预产期的最后六至八周内，血压会升得格外高，加上你有过动脉瘤的病史，这样危险系数就会超过安全范围。这不但危险，而且可能是致命的。现在领养孩子很容易，我可以安排……"

　　玛丽安已经听不下去了，她想起托尼的话："我想要一个孩子，一个长得跟你一模一样的女孩。"


　　"我实在受不了了，"玛丽安对凯特说，"我从医生那儿跑出来，直接来这儿了。"

　　凯特竭力控制住自己，不让自己的震惊被看出来。这个打击是致命的。一定要想个办法，总有办法的。

　　她挤出一丝笑容，说道："噢，没有过不去的坎，我还以为有什么大不了的事呢。"

　　"可是，凯特，托尼和我都想要一个孩子啊。"

　　"玛丽安，哈雷医生总是危言耸听，大惊小怪。几年前你出了一点小毛病，哈雷医生就把它夸大成不得了的大毛病。你知道，医生都是这样的。"她握住玛丽安的手，"你感觉挺好，对吗，亲爱的？"

　　"我……我本来一直觉得挺好，可现在……"

"别担心。现在你还感觉头昏吗？"

"没有。"

"因为你已经没有问题了。他说过这个毛病是可以自愈的。"

"可是他说有危险……"

凯特叹了口气，说道："玛丽安，女人每次怀孕总是有各种危险。生活中不是也充满这样那样的风险嘛。重要的是确定哪些事情值得你去冒险，你认为呢？"

"是的。"玛丽安坐在那里，沉思着。最后，她下了决心。"你说得对。我们先别告诉托尼，那样只会使他担忧。我们俩一定要守住秘密。"

凯特心里想："这个哈雷医生吓坏了她，我真想杀了他。""这是我们之间的秘密。"凯特应道。


三个月后，玛丽安怀孕了。托尼乐得合不拢嘴，凯特心里也暗暗高兴。可是约翰·哈雷医生吓坏了。

"我马上给你安排做流产。"他对玛丽安说。

"不，哈雷医生，我感觉很好。我要把孩子生下来。"

玛丽安把哈雷医生的建议告诉了凯特，她冲进哈雷医生的办公室。"你好大胆，竟敢要我儿媳流产。"

"凯特，听我说，等她到了预产期，会有生命危险的。"

"你不要胡说了，她不会有事的。你不要再吓唬她了。"


八个月后，到了二月上旬，凌晨四点钟，玛丽安出现了早产征兆，阵痛使她呻吟起来。托尼惊醒了。

他急忙穿好衣服，安慰道："别担心，亲爱的，我马上送你去医院。"

她疼得要命。"请快一点。"

她不知道是否早该把同哈雷医生的谈话告诉托尼。不，凯特是对的，这是她自己的决定。生活如此美妙，上帝绝不会让不幸降落到她身上。

玛丽安和托尼到达医院时，一切都准备就绪。托尼被带进一间候诊室，玛丽安被送到检查室。产科医生马特森开始量玛丽安的血压，他皱了一下眉头，又量了一次，随后抬起头来，对护士说："把她送手术室，快！"

托尼站在医院走廊里的自动售烟机旁，这时身后传来一个声音："嘿！嘿！这不是比伦勃朗还牛的大画家嘛。"托尼转过身来，认出对方正是同多米尼克一起出现在她公寓前的那个男人。她叫他什么来着？对，他叫拜恩。这人盯着他，脸上带着敌意。托尼心想，他为什么嫉恨自己？多米尼克都跟他说了些什么？正在这时，多米尼克出现了。她对拜恩说："护士说米歇琳在重症监护室，我们去——"她看到托尼，停住了。

"托尼！你在这儿干什么？"

"我妻子要生小孩了。"

"又是你母亲安排的吧？"拜恩问道。

"这是什么意思？"

"多米尼克告诉我，你母亲为你安排好了一切，小朋友。"

"拜恩！别这样！"

"为什么？这是事实嘛，对不对，宝贝？你不是这样说过吗？"

托尼转向多米尼克。"他在说些什么？"

"没什么。"她急忙说道，"拜恩，我们走吧。"

这个男人越说越来劲。"我真希望我也有这样的老妈，小朋友。你要找个美女模特上床，她给你买一个；你想要在巴黎办画展，她帮你张罗；你……"

"你疯了。"

"我疯了？"拜恩转向多米尼克，"哼，难道他不知道这些事？"

"你都瞒了我些什么？"托尼转过头，对着多米尼克厉声问道。

"真没什么，托尼。"

"他说我母亲安排了巴黎画展，他在胡说，对不对？"他看着多米尼克脸上的表情，"是不是？"

"不是的。"多米尼克无可奈何地答道。

"你知道她付钱给格尔克来……来展出我的画？"

"托尼，他真的喜欢你的画。"

"告诉他那个艺术评论家的事吧。"拜恩继续添油加醋地说。

"够了，拜恩！"多米尼克转身要走。托尼一把抓住她的胳膊。"等等！安德烈·杜索是怎么回事？也是我母亲安排他去参观画展的吗？"

"是的。"多米尼克的声音低得像蚊子一样。

"可是他讨厌我的画。"

她听出他声音里的痛苦。"不，托尼，他没有。安德烈·杜索对你母亲说，你可以成为一名了不起的艺术家。"

现在，他面对着一个令人难以置信的事实。"我的母亲收买了杜索，让他来毁了我？"

"不是要毁了你，她认为那样做是为你好。"

托尼万万没想到，自己的母亲暗地里做过这么多事情。她对自己讲的每句话都是谎言。她从未打算让他走自己的路。安德烈·杜索！一位艺术殿堂的捍卫者，这样的人怎么能被收买呢？当然，凯特知道，不同的人有不同的价钱。王尔德曾说，有人对任何东西的价格了如指掌，却对它们的价值一无所知。王尔德说的就是凯特这种人。一切为了公司，公司就是凯特·布莱克韦尔。托尼转过身，茫然地沿着走廊往前走。

手术室里，医生们正在拼命地抢救玛丽安。她的血压低得惊人，心跳也不稳定。医生给她输氧、输血，都无济于事。第一个婴儿降生了，玛丽安因脑溢血失去了知觉。过了三分钟，当第二个婴儿落地后，手术台上的玛丽安停止了呼吸。


托尼听到有个声音在喊他："布莱克韦尔先生。"他转过身来，马特森医生站在他的身边。

"布莱克韦尔先生，你有了一对漂亮、健康的双胞胎女儿。"

看到医生眼神中的异样，托尼急忙问道："玛丽安……她没事，是吗？"

马特森医生深深地吸了一口气。"很对不起，我们尽了最大的努力，她死在——"

"她怎么啦？"托尼发出瘆人的惨叫，一把抓住马特森医生的前胸，使劲地摇晃他，"你撒谎！她没死！"

"布莱克韦尔先生……"

"她在哪儿？我要去见她。"

"现在你还不能进去，他们正在给她——"

托尼嘶吼起来："你杀了她，你这个浑蛋！你杀了她！"他开始打马特森医生。两名实习医生急忙跑来，抓住托尼的胳膊。

"冷静点，布莱克韦尔先生。"

托尼像个疯子，拼命地挣扎着。"我要见我的妻子！"

约翰·哈雷医生急匆匆赶来。"放开他！"他命令道，"你们都去吧。"

马特森和实习医生都离开了。托尼号啕大哭起来。"约翰，他们杀……杀了玛丽安，他们谋……谋害了她。"

"她死了，托尼，我很难过，但是没有人谋害她。几个月前，我就对她说，如果继续怀孕，会有生命危险。"

过了好久，托尼才反应过来。"你说什么？"

"玛丽安没告诉你吗？你母亲也没提过这件事？"

托尼两眼直瞪瞪地望着哈雷医生，不明白究竟是怎么回事。"我母亲？"他喃喃道。

"她认为我危言耸听。她劝玛丽安继续怀孕。我很抱歉，托尼。我见过你那对双胞胎了，很漂亮，你是不是去——"

托尼转身而去。


纽约第五大道的府邸，管家替托尼开了门。

"早安，布莱克韦尔先生。"

"早安，莱斯特。"

看到托尼蓬头垢面、衣冠不整的样子，管家忙问："没出什么事吧，先生？"

"一切都好。请给我冲杯咖啡，好吗，莱斯特？"

"当然可以，先生。"

托尼看到管家朝厨房走去。"现在动手，托尼。"他脑子里有个声音在发号施令。

是的，马上动手。托尼转身走进了陈列室，来到收藏枪支的橱柜前，盯着那一排排亮闪闪的杀人武器。

"打开橱柜，托尼。"那个声音命令道。

他打开橱柜，从枪架上选了一把左轮手枪，检查了枪筒，确保子弹已经上膛。

"她在楼上，托尼。"那个声音说。

托尼转身向楼上走去。他现在明白了，母亲那么坏，并不是她的过错，她是被邪魔附身了，他要治好她。公司夺走了她的灵魂，她的所作所为并非她的本意。邪恶的公司占据了母亲的身体，他把这具身体杀了，邪恶的公司也就死亡了。

他站在母亲卧室的门口。

"开门。"那个声音命令道。

托尼打开了门。凯特正对着镜子穿衣服，突然听到门开了。

"托尼！你要干什么……"

他小心翼翼地把枪口瞄准她，慢慢地扣动了扳机。

# 第二十二章

长子继承权——第一个出生的孩子有权获得家族的头衔、荣誉或家产——在历史上已经根深蒂固。在欧洲王室中，每当女王或王妃分娩时，总有一名高级官员在场。这样，万一生的是双胞胎，在继承权方面也不会引起争执。马特森医生也认真记录了这对双胞胎谁先出生。

大家都认为布莱克韦尔的双胞胎是他们见过的最漂亮的婴儿。她们既健康又活泼，医院的护士们总是找借口进去看一眼。这对双胞胎之所以如此吸引她们，部分原因是关于这个家庭的神秘故事。当然，护士们不会承认这一点。她们的母亲在分娩时死亡，父亲也离奇失踪，有谣传说他枪杀了他的母亲，但没有人能证实这些传闻。报纸对此事只字未提，只有一则简短的报道，说托尼·布莱克韦尔因妻子去世精神崩溃，目前处于隔离状态，不能接触外界。记者们询问哈雷医生，他只有简短的一句话："无可奉告。"

对约翰·哈雷医生来说，这几天简直就是地狱。他接到管家的紧急电话，急忙赶到凯特的卧室，眼前的情景使他终生难忘。凯特躺在地板上，失去了知觉，脖子和胸部都中了弹，鲜血染红了白色的地毯。托尼正在翻找她的衣柜，手握着剪刀，不停地把母亲的衣服剪成碎片。

哈雷医生快速地检查了一下凯特，立即打电话叫了救护车。他跪在凯特身边，摸了摸她的脉搏，跳动得又弱又细。她脸色发青，深度昏迷。他马上给她注射了肾上腺素和碳酸氢钠。

"怎么发生的？"哈雷医生问道。那管家浑身冒汗，颤抖着说："我……我也不知道。布莱克韦尔先生要我给他煮咖啡。我正在厨房里忙活的时候，突然听见枪响。我跑上楼，发现布莱克韦尔夫人躺在地板上，就这样。布莱克韦尔先生站在她旁边，说：'它再也伤害不了你了，妈妈，我已经杀死它了。'接着他走近衣柜，开始剪她的裙子。"

哈雷医生转向托尼。"你在干什么，托尼？"

剪刀在空中一划，托尼恶狠狠地说："我帮了妈妈。我消灭了这家公司，它杀了玛丽安，你知道。"他又在凯特的衣柜里翻找，剪碎那些衣裙。

凯特被紧急送往市中心一家私人医院的急诊室，这家医院也属于克鲁格–布伦特有限公司。在取出子弹的手术中，她被输了四次血。

三名男护工把托尼强押上救护车。哈雷医生给他注射了一针后，他才安静下来。接到紧急呼叫后，一个警察小队也赶到了现场。哈雷医生叫来布拉德·罗杰斯处理此事。不知布拉德使用了什么手段，媒体竟然没有报道这次枪击事件。

哈雷医生去医院的重症监护室看望凯特，她声音微弱地问："我的儿子怎么样了？"

"有人在照顾他，凯特，他没事。"

托尼被送进康涅狄格州的一家私人疗养院。

"约翰，他为什么要杀我？为什么？"她痛苦地问。

"他把玛丽安的死怪在你的头上。"

"这真是疯了！"

约翰·哈雷没有说话。

哈雷医生离去后，凯特躺在那里，仍对这句话耿耿于怀——"他把玛丽安的死怪在你的头上"。她也爱玛丽安，因为她能使托尼幸福。"我做的这一切不都是为了你吗，儿子？我的梦想也是为了你，你怎么不懂呢？"托尼这么恨她，甚至想杀死她，凯特心中充满了深深的痛苦，真想一死了之。但她绝不会轻生，她认为自己没有错，是他们错了。托尼是个懦夫，他们都是懦夫。她的父亲太软弱，无法正视儿子的死亡；她的母亲太软弱，不能正视孤独的生活。凯特心想："我是强大的，我能面对这一切，我可以面对任何不幸。我要活下去，我要坚强地生活下去，公司也将生存下去。"

第五部　伊芙与亚历山德拉　一九五〇——一九七五

# 第二十三章

危险期过后，为了更好地疗养，凯特从纽约的府邸搬回达克港的雪松山庄园，这儿的阳光和大海有益于她身体的痊愈。

托尼被转送进一家私人精神病院，在那里，他可以得到最好的看护。凯特从巴黎、维也纳和柏林分别请来了精神病专家，经过各种检查和测试，他们不约而同地得出相同的诊断结果：托尼患有暴力倾向的精神分裂症和偏执症。

"药物或者精神治疗对他都无效。由于太狂躁，我们只好限制他的行为。"

"怎么限制？"凯特问道。

"让他待在一间隔离室内，墙的四周铺着软垫。大部分时间，我们不得不给他穿上束身服。"

"有必要吗？"

"不穿上束身服，布莱克韦尔太太，谁靠近他，他就杀谁。"

她痛苦地闭上了双眼。他们说的不是那个惹人喜爱、温和善良的托尼，而是一个陌生人，一个被恶灵附身的人。她突然睁开眼睛，问道："难道就没有治疗方法吗？"

"除非进行脑部手术。我们一直给他服药，但药效一消失，他又狂躁起来。药不能无限期地服用下去。"

凯特直挺挺地站在那里。"医生，你们还有什么建议吗？"

"之前有过类似的案例，我们发现，如果切除大脑中的一小部分组织，会有很好的效果。"

凯特艰难地张口道："脑叶切除？"

"是的。手术后，您的儿子各方面的功能都将正常，只是不再有那种强烈的狂躁症状。"

凯特一下子瘫坐在那儿，身心一阵冰凉。莫里斯医生，一位来自梅宁格脑疾病研究中心的年轻医生打破了沉默。"我知道，对您来说，下这种决心非常困难，布莱克韦尔太太。如果您愿意考虑一下……"

"如果只有手术才能消除他的痛苦，"凯特说道，"那就做吧。"


弗雷德里克·霍夫曼想要带走自己的外孙女。"我要把她们带回德国。"

玛丽安去世后，霍夫曼看起来似乎老了二十岁。凯特感到对不起他，却不打算放弃托尼的孩子。"她们需要一个女人来照料，弗雷德里克。玛丽安要是活着的话，她也会希望她们被留在这里抚养，你可以常来看望她们嘛。"

霍夫曼最终还是同意了。


这对双胞胎被带到凯特的府邸，她专门为她们安排了一间育婴室。凯特面试了几个女家庭教师，最后雇用了一个年轻的法国女人，名叫索兰格·杜纳斯。

凯特给先出生的女婴起名叫伊芙，另一个叫亚历山德拉。姐妹俩长得一模一样——实在不好辨认，她们待在一起，就像照镜子一样，丝毫不差。凯特对儿子和玛丽安所创造的双重奇迹惊叹不已。姐妹两个都聪明可爱，反应敏捷。刚过了几周，伊芙就似乎显得比亚历山德拉更成熟。伊芙先学会爬行、说话和走路，然后亚历山德拉才跟着学会这些本领。从此，凡事总是伊芙领头做，亚历山德拉仰慕姐姐，总是模仿她做的一切。只要有空，凯特总是同孙女们待在一起，她们使她感到年轻。凯特又开始筹划公司的未来了。"将来有一天，当我老了，准备退休的时候……"

双胞胎的一周岁生日到了，凯特举办了一次庆祝会。姐妹俩的生日蛋糕一模一样。除此之外，还有几十件生日礼物，都是朋友、公司雇员和府邸员工赠送的。紧接着，她们的两岁生日又快到了。凯特感到时间过得这么快，令人难以置信，这对双胞胎快速地成长着。姐妹俩的性格差异更明显了：伊芙性格倔强，胆子也大；亚历山德拉性格软弱，习惯于亦步亦趋地跟在姐姐的后面。这对可怜的孩子无父无母，凯特时常心想，姐妹俩彼此相伴，情感融洽，这真是上帝的恩宠啊。

不可思议的是，姐妹俩五岁生日前，伊芙竟然图谋要害死亚历山德拉。

《创世记》第二十五章第二十二至二十三节中写道：

"孩子们在她腹中彼此相争……

"耶和华对她说：'两国在你腹内，两族要从你身上出来，这族必强于那族，将来大的要服侍小的。'"

伊芙和亚历山德拉的情况则不同，伊芙并不想服侍她的妹妹。

从记事起，伊芙就憎恨自己的妹妹。每当有人抱起亚历山德拉，爱抚她，或者送她一件礼物，伊芙心中就暗自发怒，感到受了莫大的委屈。她认为一切都应属于她一个人——包括来自亲朋的爱，还有她们俩周围那些漂亮的东西。她认为自己都没有单独的生日，不得已跟亚历山德拉共享生日派对。她痛恨亚历山德拉，更因为她长得像自己，跟自己穿同样的衣服，从奶奶那儿偷走了本应属于自己的那一部分爱。亚历山德拉很崇拜伊芙，这也让伊芙很瞧不起她。亚历山德拉很大方，很乐意将自己的玩具和布娃娃送给别人，这使得伊芙更加讨厌她。伊芙从不将自己的东西送给别人，自己的就是自己的，甚至这还不满意，连亚历山德拉的东西也想抢过来。晚上，在索兰格·杜纳斯的监护下，两个姑娘大声地做祷告。祷告时，伊芙总是默默地加上一句话：求求上帝把亚历山德拉杀死。后来，她发现祷告并未起作用，妹妹活得好好的，于是她决定亲自动手。还有几天就到她们的五岁生日了，一想到又要同亚历山德拉分享这次生日庆祝会，伊芙就感到难以忍受。那些朋友都是她自己的，礼物也都是她自己的，妹妹却从她那里偷走了这些。一定要快点杀死亚历山德拉。

姐妹俩生日的头天晚上，伊芙躺在床上，没有睡着。当确信整个房子里的人都已入睡后，她走到亚历山德拉的床前，把她叫醒。"亚历克斯①，"她悄声说，"我们下楼去厨房看看我们的生日蛋糕吧。"

亚历山德拉睡眼惺忪。"大家都睡着了。"

"没事，不会吵醒他们的。"

"杜纳斯小姐不喜欢我们这样做。明天早上再看不行吗？"

"可是我现在就想看。你去不去？"

亚历山德拉揉了揉睡眼。她不想去看生日蛋糕，可她不愿惹姐姐不高兴，只好答应。"我马上来。"

亚历山德拉下了床，穿上一双拖鞋。两人都穿着粉红色的尼龙睡袍。

"来吧。"伊芙说，"别出声。"

"好的。"亚历山德拉答应道。

她们蹑手蹑脚地走出卧室，通过长长的走廊，经过杜纳斯小姐卧室紧闭的房门，顺着很陡的后楼梯来到厨房。那个厨房很大，有两个大煤气灶、六个烤箱、三个冰箱，还有一个步入式的冷冻柜。

在一个冰箱里，伊芙找到了两个蛋糕，那是厨娘泰勒夫人做的。一个上面写着"生日快乐，亚历山德拉"，另一个上面写着"生日快乐，伊芙"。

明年这个时候，伊芙高兴地想，将只有一个蛋糕了。

伊芙从冰箱里拿出亚历山德拉的蛋糕，把它放在厨房中央的木砧板上。她又打开抽屉，拿出一盒色彩鲜艳的蜡烛。

"你要干什么呀？"亚历山德拉不解地问。

"我要看一看，全部蜡烛都点上后，会是什么样子。"伊芙开始把蜡烛向蛋糕上面的糖霜插去。

"你不该这么做，伊芙，你会把蛋糕弄坏的。泰勒夫人要生气的。"

"她不会介意的。"伊芙打开了另一个抽屉，拿出两大盒火柴，"过来，帮帮忙。"

"我想回去睡觉。"

伊芙转过身，怒气冲冲地对亚历山德拉说："那好。回去睡觉吧，胆小

---

① 亚历山德拉的昵称。——译注

277

鬼，我自己一个人做。"

亚历山德拉犹豫不决。"你想让我干什么呢？"

伊芙递给她一盒火柴，命令道："把蜡烛点着。"

亚历山德拉害怕火。两个姑娘曾一再被告诫，不准玩火柴。她们也听说过一些恐怖故事，某个小孩不听话，玩火酿成大祸。可是亚历山德拉不愿让伊芙失望，于是她乖乖地开始点蜡烛。

伊芙在旁边看了一会儿，然后说："那边的蜡烛还没点呢，傻瓜。"

亚历山德拉背对着伊芙，俯下身去点另一边的蜡烛。这时候，伊芙迅速地划着一根火柴，然后又用这根火柴点燃了手里的整盒火柴。刹那间，手中的火柴盒一下子烧成了一团火焰。她急忙把火柴盒丢在亚历山德拉的脚边，亚历山德拉的睡袍底部被点着了。亚历山德拉刚开始还不知道发生了什么事，瞬间，她感到腿部刀割似的剧痛。她低头一看，尖叫起来："救命啊！救命啊！"

伊芙盯着那燃烧的睡袍呆住了，她被自己成功的犯罪计划惊呆了。亚历山德拉站在那儿，一动不动，因为恐惧而僵住了。

"不要动！"伊芙说，"我去拿一桶水来。"她急忙向管家的配餐室跑去，心里又害怕又兴奋，心怦怦直跳。


一部恐怖电影救了亚历山德拉的命。布莱克韦尔家的厨娘泰勒夫人被一位警官陪着看电影。她时常跟这位警官睡在一张床上。这天晚上，电影银幕上不时出现血腥的杀戮场面，人被杀死，尸体被肢解。后来，泰勒夫人实在看不下去了，就在下一个砍头镜头出现时，她说道："你也许司空见惯，理查德，可我已经受够了。"

警官理查德·多尔蒂只好不情不愿地陪着她走出了电影院。

他们回到布莱克韦尔府邸，比预计的时间提前了一个小时。当泰勒夫人打开后门时，听到厨房里传来亚历山德拉的尖叫声。泰勒夫人和多尔蒂警官冲进厨房，看到了那可怕的一幕。警官马上跳上前去，扯下正在燃烧的睡袍。亚历山德拉的腿和屁股都烧起了水泡，但火还未烧到她的头发和上半身。亚历山德拉倒在地上，不省人事。泰勒夫人接了满满一盆水，朝正要烧起来的地板泼去。

"赶紧叫救护车。"多尔蒂警官命令道，"布莱克韦尔太太在家吗？"

"她应该在楼上睡觉。"

"叫醒她。"

泰勒夫人打电话叫好救护车之后，听到餐具室传出一阵哭喊声。接着，她就看见伊芙一边端着一盆水跑过来，一边歇斯底里地抽泣着。"亚历山德拉死了吗？"伊芙尖叫着，"她死了吗？"

泰勒夫人把伊芙抱起来，安慰道："没有，亲爱的，她没事，她会好起来的。"

"是我的错。"伊芙抽泣道，"她要在自己的蛋糕上点蜡烛，我该阻止她那么做。"

泰勒夫人抚着伊芙的后背，说道："没事了，你不必责备自己。"

"火……火柴从我的手里掉下来，亚历山德拉的身上就着火了，真是太……太可怕了。"

多尔蒂警官看着伊芙，怜惜地说："可怜的孩子。"


"亚历山德拉的腿和腰背处有二级烧伤，"哈雷医生对凯特说，"但是她会好起来的。现在我们治疗烧伤的技术很成熟，恢复效果很好。要是在以前，这可是个可怕的悲剧。"

"我知道。"凯特说。她看到了亚历山德拉的烧伤部位，简直惨不忍睹。她迟疑了一下，说："约翰，我更担忧伊芙。"

"伊芙也受伤了吗？"

"她没有受伤，可是那可怜的孩子因为这个意外不停地责怪自己，不断地做噩梦。这三个晚上，我在她卧室陪着，她要被抱着才能入睡。我不希望这件事给她留下心灵上的创伤。伊芙是个敏感的孩子。"

"这种事情，小孩子很快就会忘掉的，凯特。要是有什么问题，再找我好了，我可以推荐一个儿科专家。"

"谢谢你。"凯特感激地说。


生日庆祝会被取消了，伊芙的心情非常沮丧。她愤愤地想，是亚历山德拉搅黄了她的生日。

亚历山德拉恢复得非常好，竟然没有留下一丁点伤疤。凯特曾安慰伊芙：
"谁都会有意外，亲爱的，你不要再责怪自己了。"于是伊芙不再假装内疚，
换成了如释重负的高兴样。

伊芙并没有责怪自己，而是责怪泰勒夫人。她为什么那时候回家，把一切
都给搅了呢？这本来是一个很完美的杀人计划啊。


托尼所在的疗养院位于康涅狄格州。疗养院四周有茂密的树木，环境幽
静。每个月，凯特都乘车去看他一次。脑叶切除手术很成功，托尼不再有丝毫
的攻击性。他认出了凯特，也很礼貌地问起伊芙和亚历山德拉的情况，但他没
有兴趣见她们。他对任何东西都没有兴趣。他似乎很高兴。不，不像是高兴，
凯特自我纠正道，像是满足——儿子对什么感到满足呢？

凯特向疗养院院长伯格先生问道："我儿子整天什么事也不做吗？"

"噢，不是的，布莱克韦尔太太。他整天坐在那儿画画。"

她的儿子本来可以拥有一个商业帝国，现在却整天坐在那里画画。儿子的
人生已经荒废，凯特不再为此感到遗憾，反正这个绘画天才过早地陨落了。
"他画什么？"

院长尴尬地说："谁也看不懂。"

# 第二十四章

接下来的两年里，凯特常常担忧亚历山德拉，这个孩子总是意外不断。在位于巴哈马的布莱克韦尔家的庄园里，亚历山德拉和伊芙在这儿度暑假。两人在游泳池里玩耍时，亚历山德拉差点被淹死，幸亏一个园丁及时赶来救了她。第二年，这两个小姑娘一起在纽约东南部的帕利塞兹陡崖公园野餐，亚历山德拉出人意料地从悬崖上滑了下去，幸亏抓住了从陡峭岩石的缝隙中长出的一棵灌木，才保住了一条命。

"希望你能更细心地看好你妹妹，"凯特对伊芙说，"她有些马虎，不像你那样能很好地照料自己。"

"我知道，"伊芙绷着脸，一本正经地说，"我一定看好她。放心吧，奶奶。"

凯特将两个孙女视作掌上明珠，但她疼爱她们的方式不同。姐妹俩都已七岁了，都长得很漂亮，有着一头柔软的金色长发，五官精致，还有那麦克格雷戈家族浅灰色的眼睛。她们虽然长得很像，可性格截然相反：亚历山德拉性情温和，很像父亲托尼，而伊芙则像奶奶凯特，固执又任性。

家里的私人司机每天开着劳斯莱斯轿车送她们俩上学，对此，亚历山德拉感到难为情，不愿让同学们看到自家的汽车和私人司机，而伊芙却为此扬扬得意。凯特每周给她们一笔零花钱，并要求她们把自己的开销记录下来。伊芙总是不到一周便把钱花得精光，然后就向亚历山德拉借钱。伊芙学会了涂改账簿，好让奶奶看不出端倪。其实凯特一眼就看出来了，她为此哑然失笑。这个机灵鬼，才七岁就会做假账了！

最初，凯特尚存有幻想，觉得托尼总有一天能完全恢复，离开精神病院，返回克鲁格-布伦特有限公司。随着时间的流逝，这种幻想慢慢地消失了。大家都心照不宣地接受了这个事实：尽管托尼也许可以在一名男护士的陪同下短时间离开精神病院，回来看看，但是他永远也不可能重新回归外面的世界了。

时光流逝，到了一九六二年，克鲁格-布伦特有限公司仍处于兴旺和扩张的发展阶段，亟需年富力强的新领导。这一年，凯特已经庆祝了自己的七十寿辰。她的头发全白了，但是身体硬朗，精神矍铄，真是个不一般的女人。然而，她心里清楚，岁月如刀，迟早她要被时间的年轮碾压。为了这个家族，也为了公司的长盛不衰，她必须未雨绸缪，早做准备。布拉德·罗杰斯是合格的管理人，但他不是布莱克韦尔家族的成员。"我要活下去，坚持到这两个双胞胎长大，能接管这个公司。"她想到了塞西尔·罗得斯最后的话：要做的事情太多，做完的事情太少。

这对双胞胎姐妹已经十二岁了，快要长成一对亭亭玉立的少女了。凯特以往尽可能地和她们待在一起，现在她把更多的注意力放到她们身上。快到做出重要决定的时刻了——姐妹俩谁能做克鲁格-布伦特有限公司的掌门人？

复活节的那周，凯特带着两姐妹乘公司的飞机飞往达克港。除了位于约翰内斯堡的庄园外，姐妹俩已去过这个家族在各地拥有的所有庄园，其中达克港的雪松山庄园是她们最喜欢的地方。她们喜欢在岛上享受无拘无束的自由，还有这儿与世隔绝的环境。她们喜欢驾着帆船航行、游泳和滑水，而雪松山庄园可以满足她们进行这些休闲活动。伊芙问凯特能否像过去那样带一些同学来岛上，但这次奶奶断然拒绝了。奶奶平时看起来那么尊贵、威严，这时却来来回回忙个不停，一会儿过来送给姐妹俩一件礼物，一会儿在她们的脸上亲亲，不时地提醒她们作为少女待人接物应有的礼仪。这一次，凯特竭尽全力单独跟她们待在一起。姐妹俩开始觉得事情有点不同寻常：奶奶每顿饭都同她们一道吃，还带她们一起划船、游泳，甚至骑马。凯特老练地手执缰绳，策马前行，一看就是行家。

两个姑娘看起来惊人地相似，都是美貌的金发姑娘，然而凯特并不在意二人的相似之处，而更关注她们的不同之处。凯特坐在凉台上，看着她们打网球，心里对姐妹俩的不同进行了判断：伊芙是位首领，而亚历山德拉仅是个追随者；伊芙生性固执，而亚历山德拉则随和；伊芙具有运动天赋，亚历山德拉仍然时常发生意外事故。就在几天前，姐妹俩单独乘小帆船出海，伊芙掌舵，风从风帆的后面吹来，风帆突然转向，纵帆前缘扫了过来，扑向亚历山德拉的头。亚历山德拉来不及躲开，从小帆船上掉入海中，差点淹死。幸亏附近有一条船经过，船员帮着伊芙救起了她的妹妹。凯特心里纳闷，亚历山德拉身上发生这些事，只是因为她比伊芙晚生了三分钟？现在，原因究竟是什么已经不重要了，凯特已经做出了决定。她不再有任何疑问，把赌注毅然押在伊芙这边。这可是上百亿美元的赌注。她将为伊芙找一个如意郎君，等她退休后，伊芙将成为克鲁格-布伦特有限公司新的掌舵人。至于亚历山德拉，让她掌管自己成立的那些慈善机构，一辈子过着富足舒适的生活。是的，这个安排对亚历山德拉再合适不过了，她是个心地善良的好孩子。

凯特着手实施培养计划，第一步是让伊芙进一所合适的学校。凯特选中了私立布赖尔克雷斯中学，学校位于南卡罗来纳州，是一所声誉极高的学校。"我这两个孙女都讨人喜欢，"凯特对女校长钱德勒夫人说，"但是您很快会发现伊芙比较聪明。她可是个了不起的姑娘，我相信您在各方面会关照她的。"

"这儿的所有学生都会受到很好的关照，布莱克韦尔太太。您只提到了伊芙，她的妹妹呢？"

"亚历山德拉？一个可爱的女孩子。"这话听起来带有贬低的意味。凯特站起身来，说："我将定期检查她们的学习情况。"

女校长感到不明所以，觉得这句话听起来像是警告。

伊芙和亚历山德拉都喜欢布赖尔克雷斯中学，特别是伊芙，她很享受离家在外的感觉，自由自在，不再受奶奶和家庭教师索兰格·杜纳斯的管束。虽说布赖尔克雷斯学校的校规很严，但这并没有难住伊芙，因为她很擅长绕过校规，钻校规的空子。唯一让她不安的是，身边有形影不离的亚历山德拉。当伊芙第一次听到去布赖尔克雷斯学校上学的消息时，她恳求道："让我自己一个人去，好吗？求求您，奶奶。"

凯特说："不，亲爱的，让亚历山德拉跟你一道去，这样最好。"

伊芙把对亚历山德拉的怨恨深藏起来，说："就按您说的好了，奶奶。"

在凯特面前，她总是那么彬彬有礼、情感真挚，她知道家里谁说了算。自己的父亲是个疯子，关在精神病院里，母亲已经死了，现在奶奶控制着全部家产。伊芙知道他们家有钱，但还不清楚究竟有多少，肯定多得不得了——足够她购买任何她想要的漂亮东西。伊芙喜欢漂亮东西，但是她有一个绕不过去的障碍：妹妹亚历山德拉。


在布赖尔克雷斯学校，姐妹俩最喜欢早晨的骑马课。大多数女孩子都有自己的专用马匹。她们俩过十二岁生日时，凯特送给她们每人一匹马。马术教练是杰罗姆·戴维斯，他让学生们骑着马绕圈而行，先跃过一英尺高的栏杆，然后是两英尺高的栏杆，最后是四英尺高的栏杆。戴维斯是全国优秀的马术教练之一，他以前的几个学生曾获得过金质奖章。他善于发现一些具有天赋的骑手，新来的姑娘伊芙·布莱克韦尔就是这样的骑手，她无须思考要做什么，如抓缰绳的方式、在马鞍上的坐姿等等，一切都行云流水，人和马融为一体。当马跃过栏杆时，伊芙的金发在空中飞扬，这是多么令人心动的景象！多高的栏杆也挡不住她，戴维斯心中赞叹。

汤米是学校的一名年轻马夫，他很喜欢亚历山德拉。亚历山德拉和伊芙在袖子上戴着不同颜色的缎带，这样教练能把她们二人区别开来。快轮到亚历山德拉上马了，戴维斯先生看着亚历山德拉给自己的马套马鞍。汤米正忙着帮另一个学生，于是伊芙主动过去帮亚历山德拉套好马鞍。这时，戴维斯被叫到主楼去接电话。恰好这个时候，一场突如其来的事故发生了。

后来，杰罗姆·戴维斯拼凑起来的事故过程是这样的：亚历山德拉跳上马，骑了一圈，然后开始跃过第一道栏杆。不知怎么搞的，她的马突然发疯般地乱蹦乱跳，亚历山德拉被甩下马来，撞到墙上，失去了知觉。那匹发狂的马不停地腾跃，马蹄差点踩中了她的脸。马夫汤米把亚历山德拉送到医务室，校医诊断为轻微脑震荡。

"没事，摔得不严重。"校医说道，"明天早上她就会完全康复，又能骑马了。"

"可是她差点就摔死了！"伊芙尖叫道。

伊芙不肯离开亚历山德拉半步。钱德勒夫人想，她从未见过这么体贴的姐姐，真是姐妹情深。

戴维斯先生终于把亚历山德拉的马圈进马厩，当他要取下马鞍时，发现马鞍的垫子上染有血迹。等取下马鞍，只见马背上扎着一大块锯齿状的金属片，这是从啤酒罐上剪下来的，带有锋利的锯齿，马鞍加上人体的重量，将金属片生生地扎入马背里。他向钱德勒夫人报告了此事，女校长立即着手调查，当时赛马场附近的姑娘都受到了盘问。

"我敢肯定，"钱德勒夫人说，"那个人把金属片放在马背上，以为是开个无恶意的玩笑而已，但是它可能会造成非常严重的后果。谁干的？我一定要找出来。"

没有人主动承认。钱德勒夫人在办公室里一个接一个地找女孩们谈话，每个女孩都推说不知内情。轮到伊芙时，她表情怪异，显得局促不安。

"你知道谁对你妹妹做的这事吗？"钱德勒夫人问道。

伊芙低头瞧着地毯。"我不敢说。"她低声说。

"那么你确实看见了什么？"

"钱德勒夫人，我……"

"伊芙，亚历山德拉可能会被摔得很严重，干这事的女孩必须受到惩罚，否则以后还会发生类似事件。"

"不是那些女孩干的。"

"什么意思？"

"是汤米。"

"那个马夫？"

"是的，夫人，我看见的。我以为他只是想给马紧紧肚带，他可能没有恶意。亚历山德拉时常命令他干这干那，所以我猜他想给她一个教训。啊，钱德勒夫人，我真不想把这件事说出去，不想给任何人带来麻烦。"那可怜的孩子

285

难过得快喘不过气了。

钱德勒夫人绕过办公桌，走过来，一把抱住她，安慰道："没什么，伊芙，说出这事来是对的。现在你把一切都忘了吧，我会处理这件事。"

第二天早上，当姑娘们来到马厩时，汤米不见了，换了一个新马夫。

几个月后，学校里又发生了一起不愉快的事件。几个女孩偷吸大麻时被抓住，其中一个女孩指控是伊芙卖给她们的，伊芙生气地否认。钱德勒夫人搜查了女孩们的宿舍，结果在亚历山德拉的衣柜里找到了大麻。

"我不相信这是我妹妹干的。"伊芙信誓旦旦地说，"肯定是有人放进去的，我能看出来，这是栽赃。"

女校长把这件事的报告寄给了凯特，凯特赞赏伊芙保护自己妹妹的忠诚。她真是个麦克格雷戈家的人，没错。

姐妹俩的十五岁生日到了，凯特带她们去了南卡罗来纳州的庄园。在那里，凯特为两姐妹举办了盛大的生日庆祝会。现在让两姐妹接触一些合适的小伙子不算太早，因此周围所有符合条件的小伙子都被请来参加姐妹俩的生日庆祝会。

其实，这个年龄的男孩子尚处于青涩阶段，懵懂无知，对姑娘还不感兴趣。但是凯特把这当作自己的职责，想让她们多认识一些人，多交几个朋友。这些小伙子当中，也许有一位能决定伊芙的未来，决定克鲁格–布伦特公司的未来。

亚历山德拉不喜欢这样的聚会，但为了不让奶奶失望，她还是装作高高兴兴的。伊芙喜欢聚会等社交活动，她爱打扮，喜欢被人奉承。亚历山德拉喜欢读书、画画，在达克港的雪松山庄园里，她常常久久地凝视着父亲的油画，感到深深的遗憾，幻想自己能在父亲得病之前就了解他。现在，父亲偶尔在假日期间回来，身边总是跟着一个男看护。亚历山德拉发现，她同父亲不可能有真正意义上的交流。父亲像是一位和蔼可亲的陌生人，很想讨人喜欢，但又无话可说。她们的外祖父弗雷德里克·霍夫曼住在德国，而且也病倒了，这对双胞胎几乎见不到他。

在布赖尔克雷斯中学上学的第二年，伊芙怀孕了。几周以来，她面色苍白，无精打采，还错过了好几次早课。她开始频繁地感到恶心，于是她被送到医务室接受检查。很快，钱德勒夫人被叫来了。

"伊芙怀孕了。"校医告诉她。

"可……那是不可能的！怎么会发生这种事呢？"

校医不紧不慢地说："我估计她已享受过男欢女爱了。"

"可她还是个孩子。"

"噢，这不，这孩子很快就要当妈妈了。"

伊芙坚决不肯讲出让她怀孕的那个人。"我不想给任何人带来麻烦。"她不停地重复这句话。

这话听着耳熟，钱德勒夫人心里有数了，伊芙会供出那个人的。

"伊芙，亲爱的，你必须讲实话。"

最后，伊芙似乎情绪崩溃了。"我被强奸了。"说完，她号啕大哭。

钱德勒夫人惊呆了，她紧紧抱住伊芙颤抖的身体，问道："那人是谁？"

"帕金森先生。"

她的英文教师。

这话要是出自别人之口，钱德勒夫人绝对不会相信。约瑟夫·帕金森先生沉默寡言，有太太和三个孩子，在布赖尔克雷斯中学已执教八年，是钱德勒夫人最不会怀疑的人。她把帕金森先生召到办公室，一见面，她就知道伊芙说的是实话。他坐在她对面，由于紧张，面部肌肉不停地抽搐着。

"知道我为什么叫你来吗，帕金森先生？"

"我……我想是因为那件事。"

"关于伊芙的事。"

"是的，我……我猜是的。"

"她说你强奸了她。"

"强奸？"帕金森难以置信地盯着钱德勒夫人，"我的上帝！要是有人被强奸的话，那也只会是我。"因为过于激动，他有点语无伦次。

钱德勒夫人轻蔑地看着他。"你胡说八道什么？这孩子才——"

"不，她不是孩子，"他的声音里满是怨毒，"她是个魔鬼。"他用手一抹额上的汗，继续说："整整一个学期，她坐在第一排，故意把裙子撩得高高的。下课后，她就跟上我，问一些毫无意义的问题，有意用身体往我身上蹭。开始我也没在意她，就在大约六周前的一个下午，她来到我家，那时我太太和孩子都出门了……"说着，他抽泣起来。"噢，上帝啊！我实在没有忍住。"他痛哭起来。

伊芙被带进办公室，她显得很冷静。她盯着帕金森的眼睛，帕金森屈服了，先转过脸去。办公室里坐着钱德勒夫人、校长助理和学校所在地的警署署长。

警署署长温和地说："请告诉我们发生了什么，伊芙。"

"好的，先生。"伊芙的声音很平静，"帕金森先生告诉我，要和我谈谈我的英语作业，要我在一个周日的下午到他家里去。当时他独自一人在家。他说他要给我看看卧室里的东西，于是我就跟他上了楼。他把我推到床上，接着他就……"

"你撒谎！"帕金森喊了起来，"根本不是你说的那样，不是那么回事……"

凯特被叫到学校，校方向她陈述了这件事的全部情况。最后，大家一致同意，为各方的利益着想，这件事应被秘密处理。帕金森先生被学校开除，并被勒令在四十八小时之内离开当地；伊芙被精心安排进行人工流产。

通过当地的银行，凯特不声不响地买下了这所学校的抵押贷款，同时取消了赎回权，这样学校就关闭了。

听到这一消息，伊芙叹了口气，说："我很难过，奶奶，我真的很喜欢那所学校。"


几周后，伊芙的身体已经复原，她和亚历山德拉被安排进入芬伍德女子学院。学校靠近瑞士的洛桑市，是一所女子精修学院。

# 第二十五章

伊芙身上燃烧着一团火，它烧得那么凶猛，以至于她感到难以抑制。这团火不只是单纯的肉体欲望，肉欲只占其中的一小部分。这团火是生活的激情，是为所欲为、索取无度、享受一切的贪欲。生活是一个情人，伊芙想要拼尽全力去占有它。她妒忌每个人，就连欣赏芭蕾舞，也嫉恨台上的芭蕾舞演员，因为在台上翩翩起舞，博得观众喝彩的不是她自己。她想成为科学家、歌唱家、外科医生、飞行员、女演员。她什么都想做，而且想要做得比任何人更好。她需要这一切，她都等不及了。

从芬伍德女子学院跨过山谷，有一所军事学校，里面清一色全是小伙子。伊芙已经十七岁了，那所学校里几乎每个学生和半数以上的教官都跟她发生过不清不楚的关系。她肆无忌惮地和他们调情、滥交，但是她也学乖了，采取了适当的预防措施，因为她不想再怀孕，惹上麻烦。她享受着性爱，但她喜欢的并不是性爱本身，而是性爱给她的力量。她是主宰者，幸灾乐祸地看着那些男孩和教官摇尾乞怜，想跟她上床做爱。她挑逗他们，看着他们的情欲之火慢慢燃起，享受他们在她耳边倾诉的绵绵情话。当然，这些话当不得真。对伊芙来说，最重要的是自己具有支配男人身体的力量。她能用一个热吻使他们勃起，一句话又让他们软下来。她可以随时踢开他们，而他们却离不开她。她彻底控制着他们，这是多么美好的感觉。几分钟之内，她就能判断一个男人的优点和缺点。男人都是白痴，所有的男人都是。

伊芙长得漂亮，头脑聪明，又是世界上一笔巨额资产的继承人，已经有十多个小伙子正式向她求婚，但是她对他们毫无兴趣。能吸引她的只有妹妹亚历山德拉喜欢的那些男孩子。

一个周六的晚上，在学校的舞会上，亚历山德拉遇到了雷内·马洛特，一个彬彬有礼的法国学生。他并不英俊，但是他聪明而又敏感，亚历山德拉很喜欢他。于是，他们约定下周六在城里见面。

"七点钟。"雷内说。

"我等你。"

当天晚上，一回到房间，亚历山德拉就把自己的新朋友告诉了伊芙。"他跟其他男孩子不一样。他挺可爱，就是很害羞。我们周六去看电影。"

"你很喜欢他，是吗？小妹妹。"伊芙嘲笑道。

亚历山德拉脸红了，不好意思地说："我们才刚刚认识，但是他似乎……噢，你知道的。"

伊芙躺回床上，两手枕在脑后。"不，我不知道。告诉我，他是不是想和你上床？"

"伊芙！他不是那种男孩，我说了……他……他很怕羞。"

"好了，好了，我的小妹妹有心上人啦。"

"当然没有！我真不该告诉你。"

"可你告诉我了，我真的很高兴。"伊芙语气真诚地说。

周六，亚历山德拉如约来到约定的剧院门前，可是不见雷内的影子。她在街角等了一个多小时，也顾不上路人好奇的打量，感觉自己像个傻子似的。最后，她一个人在小饭馆里草草地吃了晚饭，闷闷不乐地回到学校。伊芙不在房间。亚历山德拉开始读书，一直读到学校熄灯的时间，然后关上灯，睡了。凌晨两点的时候，亚历山德拉听到伊芙偷偷溜进了房间。

"我正担心你呢。"亚历山德拉低声说。

"我碰见几个老朋友。约会怎么样，很棒吧？"

"别提了，他连面都没露。"

"太遗憾了。"伊芙怜惜地说，"你要学会永远不能轻易相信男人。"

"他会不会出了什么事？"

"不会，亚历克斯。我想他可能找到更喜欢的人了。"

"这可能是事实。"亚历山德拉想。她并不感到意外，因为她根本没意识到自己多么漂亮，有多少人倾慕她。她一直生活在孪生姐姐的阴影之下，她崇拜伊芙。对亚历山德拉来讲，每个人都应该被伊芙吸引，这似乎是理所当然的。她觉得自己什么都不如伊芙，但她从未意识到，从小时候起，她的姐姐就开始细心地引导，让她养成这种心理。

类似的约会还有几次，都没有成功。一开始，亚历山德拉喜欢的男孩子似乎对她有意，但之后她就再也见不到他们了。有个周末，在洛桑的街上，她意外地遇到了雷内。他飞跑过来，问道："怎么回事？你不是答应过给我打电话吗？"

"给你打电话？谁答应你的？"

他退了几步，突然警觉起来。"你不是伊芙？"

"是的，我是亚历山德拉。"

瞬间，他的脸变得通红。"对……对不起，我得走了。"他急匆匆地离去。亚历山德拉站在那里，莫名其妙地看着他的背影，百思不得其解。

那天晚上，亚历山德拉把遇见雷内的事告诉了伊芙，伊芙耸耸肩说："他显然是喝醉了。没有他，你会过得更好，亚历克斯。"

尽管伊芙阅人无数，但她却忽视了男人的一个弱点，这让她跌了一跤，而且是致命的一跤。古往今来，男人都爱炫耀自己的男性魅力，吹嘘自己的猎艳战绩，军校的那些小伙子当然也不会例外。他们在背后调侃伊芙，带着陶醉和艳羡的心情。

至少有二十多个男孩子和五六名教官在谈论伊芙这个"淫荡娇娃"，很快，伊芙的淫荡就成为军校里公开的秘密。军校里有位教官把伊芙的风流韵事告诉了芬伍德女子学院的一位女教师，这位教师又报告给校长柯林斯夫人。一场谨慎而细致的调查开始了，结果引起了校长与伊芙之间面对面的对决。

"我认为，为了这所学校的声誉，你最好马上退学。"

伊芙盯着柯林斯夫人，对她的话难以置信。"你在说什么？"

"我在说，你为那所军校的一半人提供性服务，而另一半人已经排好队，正眼巴巴地等你呢。"

"我这辈子第一次听到这么可怕的谎言。"伊芙义愤填膺，声音颤抖，"别以为我不会把这事告诉我奶奶，她要是知道了——"

"其实不用麻烦你告诉你奶奶。"校长打断了她的话，"我不愿芬伍德女子学院处于尴尬的境地，如果你不愿悄无声息地离开学校，想把事情闹大，我有一份名单，打算寄给你奶奶。"

"让我看看那份名单！"

柯林斯夫人不吭一声，将名单递给了伊芙。那是一份很长的名单，伊芙仔细地读着，注意到至少还漏写了七个名字。她坐在那儿，静静地思考着对策。

最后，她抬起头，蛮横地说："这显然是一个阴谋，要搞臭我的家族。有人想诬蔑我，以此来羞辱我奶奶。我宁愿选择离开，也不会让他们得逞。"

"这是明智的决定。"柯林斯夫人冷冷地说，"明天早晨，会有人开车送你到机场，我会给你祖母发电报，告诉她你要回家了。你被开除了。"伊芙转身向门口走去，忽然想起了什么。"那我妹妹呢？"

"亚历山德拉可以留在学校。"

最后一节课后，亚历山德拉回到宿舍，看到伊芙在收拾行李，就问道："你在做什么？"

"我要回家了。"

"回家？在学期中回家？"

伊芙转过身来，面对着妹妹。"亚历克斯，难道你不认为待在这所学校很浪费时间吗？我们什么都没学到，仅仅是消磨时间。"

亚历山德拉一听，大吃一惊。"我不明白你为什么这么想，伊芙。"

"这该死的一年里，我每天都有这种感觉。只是因为你，我才坚持下来。你好像很喜欢这儿。"

"是的，可是……"

"对不起，亚历克斯，我再也受不了了。我要回纽约，回到我们的家里去。"

"你跟柯林斯夫人说了吗？"

"刚刚说过。"

"她怎么回答的？"

"你以为她能说什么呢？她很不高兴，怕这会破坏学校的名声，她恳求我留下。"

亚历山德拉坐到床边，说："我真不知道说什么好。"

"你什么也不要说，这和你没有关系。"

"当然和我有关系，如果你在这儿不开心……"她顿了一下，"你说的可能是对的，这确实是浪费时间，学那些拉丁文的动词变格有什么用？"

"对呀，又有谁在乎汉尼拔①和他那个该死的兄弟哈斯德鲁巴②呢？"

亚历山德拉走到壁橱前，取出行李箱，放到床上。

伊芙笑了，说："我并不想让你也离开这里，亚历克斯，但我真的很高兴我们能一起回家。"

亚历山德拉紧握着姐姐的手，说："我也很高兴。"

"这样吧，"伊芙故意漫不经心地说，"我收拾行李，你给奶奶打个电话，告诉她我们明天乘飞机回家，就说这个地方我们受不了了。你去打电话，好吗？"

"好的。"亚历山德拉迟疑了一下，"我觉得奶奶会不高兴的。"

"别担心老太太，"伊芙自信地说，"我来搞定她。"

亚历山德拉没有理由怀疑伊芙的话，伊芙想做任何事，奶奶都不会拒绝。亚历山德拉想，又有谁能够拒绝伊芙的要求呢？

她去打电话了。


在那些身居高位的生意合作伙伴中，凯特·布莱克韦尔既有朋友，也有敌人。最近几个月里，一些流言蜚语不时地传到她耳中，令她不胜其烦。最初，她认为这些流言来自心胸狭窄的嫉妒之徒，因而未予理睬，但这些流言并未消

---

① 北非古国迦太基名将，军事家。——译注

② 汉尼拔之弟，亦为迦太基将领。——编注

失，越传越邪乎。流言说伊芙和瑞士那所军校的许多男生频频约会；伊芙堕胎了；伊芙患有社交疾病，正在接受治疗。

因此，得知孙女们就要回家，凯特松了一口气，她想搞清楚这些卑鄙的谣言背后的真相。

两个孙女到达的那天，凯特在家里等着。她先把伊芙叫到自己卧室旁边的客厅里。"我听到一些流言，我很难过。"她说，"我想知道你为什么被赶出学校。"她两眼紧盯着伊芙的眼睛。

"我们不是被赶回来的，"伊芙说，"亚历克斯和我自己决定离开学校。"

"是因为和军校里的男孩子的事吗？"

"求您了，奶奶，"伊芙说，"我不愿谈那些事。"

"恐怕你必须说出来。你到底做了些什么？"

"我什么也没做，是亚历克斯，她……"她顿住了。

"亚历克斯，她怎么了？"凯特追问。

"请您不要责怪她，"伊芙赶紧说，"我想她一定是难以控制自己，她常常玩那种幼稚的游戏，就是假扮成我出去玩。一开始我不知道她扮成我出去干什么，直到学校里的姑娘们开始八卦。她们说她和许多男孩子……约会……"伊芙羞赧得说不下去了。

"装扮成你？"凯特惊呆了，"你为什么不去阻止她呢？"

"我试过，"伊芙可怜巴巴地说，"她威胁说要去自杀。啊，奶奶，我觉得亚历山德拉有一点……"她强忍着，终于憋不住，吐出了那两个字："变态。""这件事我一点也不敢跟她谈，我担心她会做出可怕的事来。"伊芙眼里泪汪汪的，流露出痛苦的神情。

伊芙的痛苦使得凯特心情沉重。"伊芙，不要这样，不要哭，我亲爱的。我不会对亚历山德拉说的，这事就我们两人知道。"

"我……我原本不想让您知道。噢，奶奶，"她抽泣着说，"我知道，这多让您伤心啊！"

后来，一家人吃茶点的时候，凯特仔细观察亚历山德拉。她看起来美丽清纯，谁知内心如此堕落不堪。她自己陷入那些肮脏的滥交中，就已经令人不齿了，还把屎盆子扣在姐姐的头上。凯特对亚历山德拉的品行感到异常震惊。

接下来的两年里，伊芙和亚历山德拉在康涅狄格州法明顿市的波特女子高中完成了学业。这期间，伊芙变得谨慎多了，她被上次老太太的诘问吓坏了。绝不能让任何事情危及自己和奶奶之间的关系。老太太活不了多久了——她已七十九岁了！伊芙要确保自己才是祖母选择的继承人。

到了姐妹俩二十一岁生日，凯特带着她们去了巴黎，在香奈儿专卖店给她们买了成柜的时髦服装。

在巴黎小贝都因酒店的一个小型晚宴上，伊芙和亚历山德拉遇到了阿尔弗雷德·莫里耶伯爵和伯爵夫人维维安。伯爵五十多岁，仪表堂堂，一头铁灰色的头发，健硕的身体；伯爵夫人面容和蔼，享有"国际夫人"的美誉。

要不是偶然听到别人对伯爵夫妇的恭维，伊芙不会对他们产生特殊的兴趣。

"真羡慕您和阿尔弗雷德，你们是我所认识的人中最幸福的一对。你们结婚多少年了？二十五年？"

"下个月就二十六年了。"莫里耶伯爵回答说，"我可能是历史上独一无二的法国人，二十六年来从未对妻子有过不忠的行为。"

除了伊芙，大家都笑了。晚宴快结束时，伊芙一直打量着莫里耶伯爵和伯爵夫人。简直无法想象，伯爵夫人年过半百，肌肉松弛，脖子上的皮肤满是褶皱，伯爵看到妻子的这副尊容，心里该是什么感受？大概莫里耶伯爵从不知道什么是真正的鱼水之欢吧。"还自夸什么从未对妻子有过不忠行为，真是愚蠢，哼！我就打破你这二十五年的纪录。"伊芙心想。

第二天，伊芙打电话到莫里耶的办公室。"我是伊芙·布莱克韦尔，您可能不记得我了，但是……"

"我怎能忘了你呢，孩子。凯特是我的朋友，你是凯特的漂亮孙女啊。"

"您能记得我，真令我受宠若惊，伯爵先生。请原谅我打扰您。听说您是一位葡萄酒专家，我打算为奶奶准备一场惊喜晚宴，"她自嘲地笑了笑，"我知道该准备些什么菜，但我对葡萄酒一无所知，不知道您能否给我出出点子？"

"我很高兴。"他自信满满地说，"用什么葡萄酒，这要取决于你打算上什么菜。如果先上鱼，就要用上好的清淡的法国夏布利酒⋯⋯"

"噢，这么复杂啊，恐怕我记不住啊。能当面跟您谈谈吗？今天您要是有时间，我们一起吃午饭，可以吗？"

"为了老朋友，我可以安排一下。"

"噢，那太好了。"伊芙慢慢地放下话筒，心中冷笑：哼，这将是让伯爵终生难忘的午餐。


他们约在拉塞尔饭店见面。讨论葡萄酒的时间不长，伊芙耐着性子听了一会儿，实在受不了莫里耶显摆那些无聊的葡萄酒知识，便打断他的话，说："我爱上你了，阿尔弗雷德。"

伯爵正说得起劲，突然停住了，问道："你说什么？"

"我说我爱上你了。"

他呷了一口酒，自言自语道："好酒。"然后，他拍拍伊芙的手，笑了。"所有的好朋友都应该彼此相爱。"

"我说的是那种爱，阿尔弗雷德。"

伯爵看着伊芙的眼睛，完全明白了她所指的是哪种爱。他感到非常不安，这个女孩仅有二十一岁，而自己已年过半百，是个幸福的已婚男人。他实在不明白这年头年轻女孩是怎么了。坐在她面前，听她讲着肉麻的话，他心神不安，而更令他不知所措的是，这个女孩又是那么美艳动人，富有魅力。她穿着一件浅褐色的百褶裙，外面罩着一件柔软的淡绿色毛衣，勾勒出胸部丰满的双乳。她没穿胸罩，可以看到胸部两个葡萄状的凸起。他看着她那张天真稚嫩的脸，一时无话可说。"你⋯⋯你不了解我。"

"我小时候就梦到您了。我常常想象着一个男人，身穿闪闪发光的盔甲，身材高大，英俊潇洒，而且⋯⋯"

"我的盔甲早已经锈迹斑斑，我⋯⋯"

"请不要取笑我。"伊芙恳求说，"在昨晚的宴会上，我一看到您，我的眼光就无法从您身上移开了。我无可救药了。现在我满脑子里除了您，再也没有其他了。我无法入睡，脑子里装的全是您。"这或许是事实。

"我……我不知道对你说什么，伊芙。我结婚了，过得很幸福，我……"

"噢，我不知怎么表达，我多么羡慕您的夫人！她是世界上最幸运的女人。我不知道她是否意识到了这些，阿尔弗雷德。"

"她当然知道，我常常跟她这么说。"他尴尬地笑了笑，不知道该怎样转移话题。

"她真的欣赏您吗？她知道您多么善解人意吗？她在乎您的幸福吗？我会的。"

伯爵越来越感到焦虑。"你是一位漂亮的姑娘，"他说，"总有一天，你会找到你的骑士，他身穿崭新锃亮的盔甲，然后……"

"我已经找到了我的骑士，希望跟他同床共枕。"

他环顾四周，害怕别人听到。"伊芙，不要这样！"

她身体前倾。"这是我唯一的要求。这段记忆将会伴随我的余生。"

伯爵坚定地说："不可能，你把我置于非常难堪的境地。年轻姑娘不应该随便缠着陌生人调情。"

伊芙的眼中渐渐地蓄满泪水。"您就是这么看我的吗？认为我是个随便的女孩子……我只交过一个男朋友比尔，我们订了婚，"她泪眼婆娑，顾不得擦拭，"他善良、温柔，温文尔雅，可是在一次登山事故中死了，我亲眼看着他摔下悬崖。我的心碎了。"

伯爵握住她的手。"真对不起。"

"您使我想起了他。一见到您，我就觉得比尔似乎又回到了我身边。如果您能陪我一个小时，就一个小时，我将再也不打扰您，今后您也不会再见到我。求求您，阿尔弗雷德！"

伯爵久久地凝视着伊芙，权衡着利弊得失。

毕竟，他是个法国人。

那天，他们在圣安妮街的一家小旅馆里缠绵了一个下午。婚前，莫里耶伯爵的风流韵事也不少，但是他还从未与伊芙这样的女孩上过床。她是飓风，是荡妇，是魔鬼。她技巧娴熟，各种姿势花样繁多。鏖战结束后，莫里耶伯爵瘫在床上，像熬干了油脂的灯芯。

穿衣时，伊芙问道："什么时候再见面，亲爱的？"

"我会给你打电话。"莫里耶回答说。

实际上，他再也不想见到这个女人，她身上有种可怕的东西，那是邪恶。她就是美国人所说的罪恶的渊薮，他再也不想与她纠缠下去了。

他们一起走出小旅馆，这时候如果他们不被一个人看到，这事也就悄无声息地结束了。去年，在一家慈善团体，艾丽西亚·范德莱克曾经与凯特·布莱克韦尔一起工作。范德莱克夫人是一个爱慕虚荣、攀附权贵的女人，而眼前真是天赐良机，可以亲近商业巨头凯特·布莱克韦尔。她在报纸上见过莫里耶伯爵和夫人的照片，也见过布莱克韦尔家孪生姐妹的照片。她不能确定这是双胞胎中的哪一个，但这并不重要，她知道自己应该干什么。她翻出私人电话簿，找到了凯特·布莱克韦尔的电话号码。

管家接了电话。"您好。"

"我想跟布莱克韦尔夫人讲话，谢谢。"

"能告诉我您是谁吗？"

"范德莱克夫人，是一件私事。"

很快，凯特·布莱克韦尔接了电话。"哪一位？"

"我是艾丽西亚·范德莱克，布莱克韦尔夫人。但愿您能记得我，去年我们曾经在一家慈善机构共事过，而且……"

"如果是募捐的话，请找我的——"

"不，不，"范德莱克夫人匆匆说，"是私事，关于您的孙女。"

凯特·布莱克韦尔可能会邀请范德莱克夫人去喝茶，然后用女人之间的那种谈话方式讨论这件事。这将是畅叙友情的开始。

可是，凯特·布莱克韦尔只说了几个字："她怎么了？"

范德莱克夫人原本无意在电话里谈这件事，但是凯特·布莱克韦尔的语气很不友好，她别无选择，只好在电话里说了出来。"有件事，我想我有责任告诉您。几分钟前，我看到您的孙女和阿尔弗雷德伯爵偷偷溜出一家小旅馆，显然二人在幽会。"

凯特的声音冷冰冰的。"我觉得这难以置信。我的哪个孙女呢?"

范德莱克夫人不置可否地干笑了笑,说:"我……我不知道是哪个,我分不清她们。外人谁能分得清,是不是?这……"

"谢谢你提供的消息。"电话啪的一声挂断了。

凯特站在那儿,思考着刚才听到的消息。昨天晚上,他们才一起吃了晚饭。凯特和阿尔弗雷德伯爵相识已有十五个年头,她了解伯爵的为人,这件事完全不符合伯爵的处事原则,简直不可思议。可是,男人是脆弱的,要是亚历山德拉主动勾引阿尔弗雷德的话……

凯特拿起电话,对接线员说:"给我接瑞士洛桑芬伍德女子学院。"


与伯爵分手后,伊芙很晚才回到家,她的脸上泛着满足的红晕,这倒不是因为她享受了与莫里耶伯爵的性爱,而是因为她战胜了伯爵。伊芙想:"现在我已经轻易地占有了他,那我就能拥有任何人,就能拥有整个世界。"她走进书房,发现凯特待在里面。

"您好,奶奶,今天过得愉快吗?"

凯特站在那里,打量着这个可爱的孙女。"不怎么好。你过得怎么样?"

"噢,我逛了逛商店,没看到什么真正想要的东西。您已经给我买好了一切,您总是——"

"把门关上,伊芙。"

凯特的声音传递出危险的信号,伊芙忐忑地关上了橡木门。

"坐下。"

"出什么事了,奶奶?"

"这就需要你告诉我了。我原打算请阿尔弗雷德·莫里耶伯爵来家里做客,但我决定还是算了,不要让我们都蒙受耻辱了。"

伊芙的脑子快速地转起来。这怎么可能?!没有谁发现她和莫里耶的事啊,他们才分手一个小时。"我……我不明白您在说什么。"

"那我直说了吧,今天下午你跟莫里耶伯爵在偷情。"

眼泪一下子从伊芙的眼中夺眶而出。"我……我原本希望您不要发现,都是他强迫我做的。"她竭力控制着颤抖的声音，"太可怕了。他给我打电话，邀我吃午饭。因为他是您的朋友，我就答应了。然后，他把我灌醉……"

"闭嘴！"吼声像鞭子一样抽在伊芙身上，凯特眼中充满了厌恶，"你太卑鄙了。"

凯特度过了一生中最痛苦的时刻，她终于认识到自己这个孙女的真面目了。她的耳边又响起女校长的声音："布莱克韦尔夫人，女孩子年轻时交朋友很正常，如果她们收敛一点，我也不会妄加干涉。伊芙不是交朋友，而是不加选择、明目张胆地滥交、乱搞。为了学校的声誉，我们……"

伊芙竟然诬陷亚历山德拉。

凯特想起以前发生的那些事故。亚历山德拉差点被烧死；亚历山德拉摔下悬崖；伊芙驾船时，亚历山德拉被风帆扫下水，差点淹死。凯特耳边又响起伊芙的声音，讲述那次被英文教师"强奸"的细节："帕金森先生说，他想和我讨论我的英语作业，让我在一个周日的下午去他家。当我到他家时，他独自一人在家。他说要给我看卧室里的东西，我就跟着他上了楼，他把我推倒在床上，然后他……"

凯特又想起伊芙在布赖尔克雷斯中学被指控贩卖大麻，可她却将罪名安在亚历山德拉头上。伊芙没有责备亚历山德拉，而是为她辩护。这就是伊芙的精心算计——原本是祸首，却充当正人君子。唉，这真是聪明反被聪明误。

面前的这个漂亮女孩，长着天使一样的面孔，内心里住着一个恶魔。凯特气愤难抑："我那么疼爱你，怜惜你，为你谋划了大好的前程，将未来接管克鲁格-布伦特有限公司的希望寄托于你，你却……"凯特冷冷地说："我要你马上离开这所房子，我再也不想看到你。"

瞬间，伊芙的脸变得惨白。

"你在外滥交、乱搞，我还能忍受，但你阴险狡诈，撒谎成性，心理变态。我怎能同你这样的人生活在一起。"

对伊芙来说，这一切来得太快了。她快崩溃了，绝望地说："奶奶，这是亚历山德拉讲我的坏话……"

"算了，亚历山德拉对这件事一无所知。我刚才给柯林斯夫人打了电话，

300

什么都知道了。”

“就这些呀？”伊芙强作镇定，语气轻松，“柯林斯夫人嫉恨我，因为……”

凯特心力交瘁，声音疲惫。“你不要狡辩了，伊芙，没用了。一切都结束了。我已通知律师，你的继承权被剥夺了。”

周围的世界突然崩塌了。伊芙喊道：“您不能这样做，我……我怎么活下去？”

“我会给你一笔不多的生活费。从现在开始，你要自己过日子了，想干什么就干什么。”凯特的语气变得强硬起来，“如果我再听到有关你的流言蜚语，如果你以任何方式玷污布莱克韦尔家族的声誉，你的生活费将会被永远取消。明白吗？”

看着祖母的眼睛，伊芙知道大势已去，一切已无法挽回。一大堆的借口涌到嘴边，只能又咽回肚里。

凯特站起来，声音颤抖。“这是……这是我一生中最艰难的决定。当然，你不会明白这句话的意义。”

说完，凯特转身走出房间，步子稳健，后背挺得笔直。


黑漆漆的卧室中，凯特独自坐在里面，心里纳闷，为什么糟糕的事情一件接着一件。

如果戴维还活着，如果托尼有父亲陪伴……

如果托尼不想做一个画家……

如果玛丽安还活着……

如果，多么无奈的两个字。

未来就像泥土，人们日复一日地用它塑造各种器皿，而过去则成为坚硬的岩石，不可改变。这些亲人，托尼、玛丽安、伊芙，这些她爱过的亲人，有的撒手人寰，有的背叛了她。哲学家萨特说得好，他人即地狱。唉！这些伤痛何时才会消失啊。

凯特陷入痛苦之中，伊芙则激愤难抑。她不停地诅咒着：“我不过就是享受了一两个小时的床笫之欢，奶奶竟认为我犯了什么见不得人的罪恶。这个老顽固，死脑筋！不，不只是老顽固，是老年痴呆，这才准确，她老年痴呆了。我要找一个好律师，要打官司，废掉那个新立的遗嘱，让它成为一张废纸。爸爸和奶奶都是疯子。谁也剥夺不了我的继承权，克鲁格–布伦特公司是我的。那个老顽固曾不止一次地说过，总有一天，布莱克韦尔家族的一切都属于我。哼，亚历山德拉！这段时间她一定在背后说我的坏话，往奶奶耳朵里灌迷魂汤，都是些天知道的流言蜚语。她就是想独占这家公司。太可怕了，公司要属于她了。老顽固的惩罚太让人意外了，亚历山德拉要接管整个家业，这我怎么受得了。不行，绝能让她得逞，一定要阻止她。"想到这儿，伊芙扣上行李箱，跑去找妹妹。

屋外的花园里，亚历山德拉正在看书。伊芙一走近，她就抬起头来。

"亚历克斯，我决定回纽约了。"

亚历山德拉惊讶地看着姐姐。"现在？下周奶奶不是计划乘游艇到达尔马提亚海滨去吗？你……"

"达尔马提亚海滨？谁稀罕呢。有件事我想了很久，我想拥有自己的房子。"她笑着说，"我现在长大了，所以我打算找一套小公寓，最漂亮的那种。如果你听我的话，我可以让你偶尔在那里过夜。"这个语气正好，伊芙自忖，像跟朋友说话，不会显得太亲昵，这样就不会让亚历山德拉感到自己在讨好她。

亚历山德拉关切地打量着姐姐。"奶奶知道吗？"

"今天下午我告诉她了。她当然不喜欢这个主意，但她能理解。我打算找份工作，但她坚持要给我零用钱。"

亚历山德拉问道："你想让我和你一起去吗？"

"这个小婊子，两面三刀，真是坏透了！先把我赶出家门，现在又装腔作势，想和我一块儿出走。好啊！想赶走我，小伊芙，可没那么容易！我要让你们看看，我有我自己的公寓……我会找最好的装潢师来装修我的房子……我将获得彻底的自由，愿意何时回家就何时回家。我要邀请男人到我的房子来，甚至来过夜。有生以来，我将第一次获得真正的自由。光想想就感到兴奋。"

想到这儿，她回答说："你真好，亚历克斯，但我想一个人生活一段时间。"

亚历山德拉看着姐姐，心头涌起一股深深的失落感。姐妹俩这是第一次分开啊。"我们会经常见面的，是吗？"

"当然，"伊芙大方地许诺，"想见面，机会多的是，超出你的想象。"

# 第二十六章

伊芙回到纽约，先住在市中心的一家旅馆里，这是公司指定的地方。一小时后，布拉德·罗杰斯打来电话。

"伊芙，你祖母从巴黎打来电话，听起来你们祖孙俩之间产生了什么误会。"

"算不上误会，"伊芙笑道，"只是一点小小的家庭……"她刚想编造一些无关痛痒的借口，突然意识到她可能会面临什么危险。从今天开始，她要谨慎行事，不能出丝毫差错。以前她从来没有考虑过钱，对她来说，钱就在那里，唾手可得。现在，还不知道老顽固每个月能给多少零用钱，需要慎重对待钱了。伊芙平生第一次为钱产生了担忧。

"你祖母正在起草一份新的遗嘱，她跟你说过吗？"布拉德问道。

"是的，奶奶跟我提过。"伊芙故意轻描淡写地回答。

"我们最好当面讨论一下这件事。周一下午三点，怎么样？"

"可以，布拉德。"

"来我办公室，好吗？"

"我一定按时去。"

提前五分钟，伊芙来到了克鲁格–布伦特有限公司总部大楼。一走进大楼，保安、电梯工等公司员工都毕恭毕敬地跟她打招呼。"这栋楼里的人都认识我，"伊芙想，"我才是布莱克韦尔家族的继承人。"电梯把她送到大楼的行政楼层，几分钟后，伊芙坐在了布拉德·罗杰斯的办公室里。

接到凯特的电话，听说她要剥夺伊芙的继承权，布拉德感到很意外，因为他知道，在凯特心中，伊芙这个孙女具有特殊地位：她关心她，疼爱她，要将克鲁格-布伦特有限公司的未来托付给她。布拉德不敢想象到底发生了什么。不过，这是布莱克韦尔家族的私事，如果凯特不想告诉他实情，他也不便打听，执行她的命令就行了。面对坐在眼前的这个漂亮的年轻姑娘，刹那间，他突然对她产生了一丝怜悯。与他初次见到的凯特相比，这个姑娘小不了几岁，而那时他也是这个年龄。现在，他已经白发苍苍，垂垂老矣，还傻乎乎地幻想着有那么一天凯特·布莱克韦尔能幡然觉醒，意识到还有人深深地爱着她呢。

他扬扬手中的文件，说："这些文件需要你签字。请你读一遍，然后……"

"没有必要。"

"伊芙，你很有必要了解这些文件的内容。"他解释道，"按照你祖母的遗嘱，你是一笔不可撤销信托基金的受益人，总额超过五百万美元，你祖母是这笔基金的遗嘱执行人。在你二十一岁到三十五岁期间的任何时候，由她决定将这笔钱付给你。"他清清嗓子。"现在她已决定，在你三十五岁时把钱付给你。"

好一记响亮的耳光。

"从今天开始，每周你将得到二百五十美元的零用钱。"

这怎么生活！二百五十美元连件像样的衣服都买不了，一周靠二百五十美元根本活不下去。"这样做是想羞辱我，这个老杂种一定是和那个老顽固一伙的，串通好来对付我。"看着布拉德坐在那张大写字台后面，舒适惬意，开心不已，伊芙真想抓起桌上的那个大大的青铜镇尺，砸碎他的脑袋。她几乎能感觉到他的脑壳嘎吱碎裂的声音。

布拉德继续絮絮叨叨地说："你不能在商店开立任何赊账账户，不论是私人的还是其他的；你不能打着布莱克韦尔的名号在任何地方赊欠东西；你买任何东西都必须用现金支付。"

噩梦连连，情况越来越糟。

"还有，任何报纸或杂志——无论是国内还是国外的——刊登了任何与你有关的八卦新闻，每周的零用钱就会立即停发。明白吗？"

"明白了。"她垂头丧气地回答。

"关于你祖母投的人寿保险，你和你妹妹亚历山德拉原来各有五百万美元保额，但是，你的保单今天早晨已被取消。一年后，"布拉德继续说，"如果你祖母对你的表现感到满意，每周你的零用钱会增加一倍。"他踌躇了一下，接着说："还有一条最后的规定。"

伊芙绝望地想："老顽固要把我赶尽杀绝啊。""还有什么规定？"

布拉德·罗杰斯的语气显得有些难为情。"你祖母再也不愿见到你了，伊芙。"

"不过，我还想再见你一面，老东西，"伊芙想，"我想看着你痛苦地死去。"

伊芙的脑子像开了锅一样，晕晕乎乎的。这时，隐隐约约地，布拉德的声音又传来了："如果你有什么事，可以打电话给我。你祖母不允许你再走进这幢大楼，也不希望你到其他地方的庄园去。"

布拉德曾跟凯特争辩过。"我的上帝，凯特，她是你的孙女，你的亲骨肉。你对她怎么像对待麻风病人一样？"

"她就是麻风病人。"凯特回答。

那场争论就此结束。

最后，布拉德尴尬地说："好了，全部内容你都清楚了吧。还有什么问题吗，伊芙？"

"没有。"她几乎要虚脱了。

"好吧，请你在这些文件上签字……"

十分钟后，伊芙回到街上，她的包里装着一张二百五十美元的支票。


第二天早上，伊芙来到一家房产中介公司，她开始找房子了。她想找一套漂亮的顶层公寓，能够俯瞰纽约的中央公园，室内以白色格调为主，配有现代化的家具，还得有一个大露台，要在那儿待客。然而，现实却给了伊芙当头一

306

棒，每周仅有二百五十美元收入，似乎并不适合住在纽约公园大道的顶层公寓里。最后，在小意大利区的公寓楼中，她找到一个单人房间。室内有一张长沙发，晚上用作床，还有一个小的拐角空间，房产代理商委婉地称之为"书房"，以及一间难以转身的小厨房和一间污渍斑斑的小浴室。

"这……这是你们最好的房子？"伊芙问道。

"不，"代理商告诉她说，"我在萨顿区拥有一幢联排别墅，里面有二十个房间，五十万美元，外加维护费。"

"你这个杂种！"伊芙心里骂道。


第二天下午，搬进这间房子后，伊芙的心堵得难受。这间房子简直是个监狱。在家里时，她的更衣室就有这整个屋子那么大。她想象着亚历山德拉正在第五大道的府邸中，日子过得逍遥快活。上帝啊！当年为什么不把亚历山德拉烧死？那次差点就成功了！如果亚历山德拉死了，她就成为唯一的继承人，事情就会完全不同了。奶奶还敢剥夺她的继承权吗？

如果凯特·布莱克韦尔认为伊芙会如此轻易地放弃自己的继承权，那她就太不了解这个孙女了。伊芙绝不会就靠着每周二百五十美元生活。银行里还有她的五百万美元，这是属于她的，可是那个恶毒的老顽固却让她拿不到这笔钱。"必须想个办法得到这笔钱。我一定会得到的。"

第二天，伊芙就有了办法。


"我能为你做什么呢，布莱克韦尔小姐？"艾尔文·西格拉姆恭敬地问。他是这家国家联合银行的副总裁。事实上，他愿意为布莱克韦尔家的大孙女做任何事。这个年轻姑娘找到他，那是好运上门啊！如果国家联合银行能够拿下克鲁格-布伦特公司这个客户，哪怕只是它的一部分业务，他的业绩就会像坐火箭一样噌噌地往上蹿。

"我有一笔信托基金，"伊芙解释说，"五百万美元。根据信托公司的托管规定，我要到三十五岁时才能得到这笔钱。"她笑了笑，显出天真无邪的样子。"对我来讲，等待的时间太长了。"

"依你现在的年龄看，我也觉得时间太长了。"银行家笑了，"你……

十九岁了？"

"二十一岁。"

"你很漂亮，你不介意我这样讲吧，布莱克韦尔小姐。"

伊芙故作矜持地笑了笑。"谢谢，西格拉姆先生。"事情似乎比想象的要简单，多亏这家伙是个白痴。

银行家感受到这个漂亮姑娘的暧昧："她喜欢我。""我具体能为你做什么呢？"

"我想，我是否可以预支我的那笔信托基金。您知道，我可等不到将来了，我现在亟需那笔钱。我要结婚了。我的未婚夫是一位建筑工程师，在以色列工作，三年才能回来一趟。我好不容易等到他回来了，我可不想再等他三年。"

艾尔文·西格拉姆满怀同情地说："我完全理解。"他的心狂跳不已。他当然可以满足她的要求，那笔信托基金任何时候都可以预支款项。今天他满足了她的要求，她就会介绍布莱克韦尔家族的其他成员给他，他再帮他们处理信托业务。以后，他在银行就有了地位，可能成为银行的董事会成员。也许有一天，他还能做董事长呢。这一切都将归功于她，对面的这位可爱的金发女郎。

"没有问题。"艾尔文·西格拉姆信誓旦旦地保证道，"这是一笔简单的业务。你知道，我们不能把所有的基金都付给你，但我们可以付给你一部分，比如一百万美元。你满意吗？"

"好极了。"伊芙说，故意装出毫不在意的样子。

"好吧，你能否告诉我那笔信托基金的详细情况……"他边说边拿起了钢笔。

"您可以和克鲁格–布伦特公司的布拉德·罗杰斯先生联系，他会向您提供相关信息。"

"我尽快给他打电话。"

伊芙站起身，问道："需要多长时间？"

"不超过两天。我将亲自催办这项业务。"

她伸出一只娇嫩软滑的小手。"您太好了。"

伊芙一离开办公室，艾尔文·西格拉姆就拿起了电话。"给我接克鲁格–

布伦特有限公司的布拉德·罗杰斯先生。"这个名字如此显赫，他的脊背上传来一阵麻酥酥的震颤感。

两天后，伊芙又走进国家联合银行，被引进了艾尔文·西格拉姆的办公室。他的第一句话就是："恐怕我帮不了你了，布莱克韦尔小姐。"

伊芙一听，不敢相信。"我不懂，您说过这很简单，您说……"

"很抱歉，那天我没有弄清事实真相。"

西格拉姆耳边又清晰地响起自己与布拉德·罗杰斯的谈话。"是的，伊芙·布莱克韦尔名下是有五百万美元的信托基金，你的银行完全可以自由预支其中任何数目的款项。但是，我想提醒你一下，凯特·布莱克韦尔认为这是不友好的行为。"

布拉德·罗杰斯无须说出后果是什么。克鲁格-布伦特公司的业务伙伴遍布全球，他们财大气粗，有钱有势，如果那些人从国家联合银行撤出资金，那么艾尔文·西格拉姆的职业生涯也就宣告结束了。

"对不起，"他一再向伊芙道歉，"我尽力了。"

伊芙看着他，显得非常沮丧。她打起精神，不想让这个家伙看出她的窘态。"谢谢您，给您添麻烦了。纽约的银行有很多。再见。"

"布莱克韦尔小姐，"艾尔文·西格拉姆说，"你的那笔信托基金，世界上任何银行都不会给你哪怕一个便士。"

亚历山德拉感到迷惑不解。过去祖母在各个方面都表现出对伊芙的偏爱，现在，一夜之间，一切都变了。她猜想祖母和伊芙之间可能发生了什么可怕的事，但她不知道到底是什么。

每当亚历山德拉试图提起这个话题，祖母总是说："这事不要再提了，伊芙选择了自己的生活。"

从伊芙那里，亚历山德拉也得不到任何消息。

凯特·布莱克韦尔跟亚历山德拉相处的时间多了起来，亚历山德拉觉得很有趣。她不仅伴在祖母身边，而且实际上，她已成为祖母生活的一部分。祖母似乎第一次认识她这个孙女。亚历山德拉有一种奇怪的感觉，自己正被祖母考察。

凯特的确第一次真正认识自己的这个孙女，因为她被伊芙狠狠地骗过，为了了解、认识伊芙的这个双胞胎妹妹，她对亚历山德拉的考察格外慎重、细致。她尽可能挤出每一分、每一秒与亚历山德拉待在一起，去试探、询问、倾听。最后，她放心了。

完全认识亚历山德拉并不容易。她很内向，比伊芙保守得多。她聪明伶俐，天真无邪，再加上她的美貌，使她更加惹人怜爱。平时她总能接到很多邀请，约她参加派对、晚宴和观看剧院演出。现在，由凯特决定亚历山德拉应该接受哪个邀请，拒绝哪个邀请。对亚历山德拉的求婚者来说，仅仅成为一个合格的丈夫是不够的——绝对不够。凯特为亚历山德拉寻找的求婚者要具备这个条件：要有足够的能力，能帮助亚历山德拉驾驭自己的商业帝国。她没有跟亚历山德拉谈过这些。等自己为孙女找到如意郎君后，有足够的时间给孙女解释这一点。有时候，孤独的清晨，难以入眠，凯特总会想起伊芙。


现在，伊芙的日子过得逍遥快活。祖母刚把她赶出家门时，她曾崩溃过。那时，她竟然忘记了自己拥有的一件法宝：美貌。刚搬进那间公寓，她首次应邀参加了一场聚会，当时她就把自己的电话号码分别给了六个男人——其中四个已婚。二十四小时之内，这六个男人都跟她通了电话。从那天开始，伊芙就知道，自己再也不用担心钱的问题了。礼物像雨点般砸到她身上：昂贵的珠宝和名画，当然，最方便的还是现金。

"我刚订购了一个新的餐具柜，可是我的零用钱支票还未到。亲爱的，能帮忙垫付吗？"

自然，这个忙一定有人帮。

在公共场合，陪伴她的男人都是单身汉。只有下午，那些有妇之夫才出现在她的公寓里。伊芙很谨慎，小心翼翼地避免自己的名字出现在报纸的八卦专栏中。这并不是因为她担心自己的零用钱会被取消，她坚信，总有一天她的祖母会爬着来到她身边。凯特·布莱克韦尔需要一个精明的继承人来接管克鲁格-布伦特有限公司，亚历山德拉根本不称职，她只配当个愚蠢的家庭妇女。

一天下午，在翻阅一期新出的《城里城外》时尚生活杂志时，伊芙偶然看见一张亚历山德拉和一个迷人男人跳舞的照片。伊芙并未在意亚历山德拉，她的眼光落在那个男人身上。如果亚历山德拉已经结婚生子，那么这对她的计划来说将是一场灾难。

盯着那张照片，伊芙看了很久。

这一年多时间，亚历山德拉经常给伊芙打电话，约她吃午饭或晚饭，伊芙总是以各种借口推掉邀请。现在，伊芙认为到了跟妹妹谈谈的时间了，于是她邀请亚历山德拉来她的公寓。

亚历山德拉从未见过这类公寓。伊芙做好了被怜悯的思想准备，但是亚历山德拉却说："太可爱了，伊芙，很温馨，不是吗？"

伊芙只是笑笑，说："这房子适合我，私密性好。"她已经典当了足够多的珠宝和名画，那些钱足以让她租到一套豪华公寓，可是那样一来，奶奶就会知道，并且打听这些钱是从哪儿来的。眼下，千万要谨慎。

"奶奶怎么样？"伊芙问。

"奶奶很好。"亚历山德拉欲言又止，"伊芙，你和奶奶之间到底发生了什么？你知道，要是有什么需要我帮忙的话，我一定……"

伊芙叹了口气，说："奶奶没告诉你？"

"没有，奶奶不愿说。"

"我不怪奶奶。唉，可怜的奶奶，她现在也许内疚得要死。当时，我爱上了一个很棒的年轻医生，我们本来要结婚的，所以我们就同居了。奶奶知道了这件事，就把我赶出家门，还说再也不想见我了。亚历克斯，奶奶也太守旧了。"

亚历山德拉脸上现出忧伤之色，她难过地说："你太委屈了。你们俩应该去见见奶奶，我相信奶奶一定会……"

"唉，他死了，飞机失事。"

"噢，伊芙！你以前怎么不告诉我呢？"

"我羞于告诉任何人，包括你。"她紧紧地握住亚历山德拉的手，"现在，你什么都知道了。"

"让我跟奶奶谈谈，我将解释……"

"不！你知道，我也有自尊。你要答应我，绝不跟奶奶谈这件事，永不！"

"可是，我相信奶奶会……"

"答应我！"

亚历山德拉叹了口气，说："好吧。"

"相信我，我在这儿很愉快。我来去随意，自由自在，快活极了！"

亚历山德拉看着伊芙，心想自己曾经多么挂念她啊。

伊芙搂住亚历山德拉，揶揄地说："不要谈我了，现在，该说说你了。快告诉我你过得怎么样。碰到白马王子了吗？我敢打赌，你有心上人了！"

"没有。"

伊芙端详着妹妹，她长得跟自己一模一样，但是，她一定要毁掉妹妹！"你会找到的，亲爱的。"

"我不着急。我也到了自立的时候了。我已和奶奶谈过，下周我要去见一个广告公司的负责人，谈谈我工作的事。"

姐妹俩在离伊芙公寓不远的一个小餐馆里吃了午饭，伊芙抢着买单。她不想欠亚历山德拉任何人情。

分手的时候，亚历山德拉说："伊芙，如果你需要钱……"

"别傻了，亲爱的，我的钱够花。"

亚历山德拉大方地说："不管你缺什么，我有什么，你就拿什么。"

伊芙盯着亚历山德拉的眼睛说："我就指望你了。"她随即笑了笑。"可我现在什么都不需要，亚历克斯。"她要的不是面包屑，而是整个蛋糕。问题来了：怎么才能得到整个蛋糕呢？


周末在巴哈马的首府拿骚市有个聚会。

"周末的聚会要是没有你就没意思啦，伊芙，请你的朋友都来参加。"

打电话的是妮塔·路德维希，这是伊芙在瑞士上学时认识的一个女孩。

她要结交一些新的男人，眼前的这些男人已经让她心生厌倦了。

"听起来很有趣，"伊芙说，"我一定参加。"

当天下午，她当掉了一只祖母绿手镯，那是一周前一家保险公司的经理送给她的，这家伙有妻子和三个孩子，被她迷得团团转。她在罗德与泰勒百货商店买了几套夏装，又买了飞向拿骚市的往返机票。次日一早，她登上了飞机。

路德维希庄园坐落在海滩，是占地很广的豪华建筑群。主建筑有三十个房间，最小的房间也比伊芙租的整间公寓大。一名身穿制服的女佣领着伊芙走进为她准备的房间。伊芙洗漱时，女佣帮她整理行李。不一会儿，伊芙下楼了，去见她的那些朋友。

客厅里坐着十五六位客人，这些人有个共同特点——腰缠万贯。妮塔·路德维希是"物以类聚"哲学的忠实信徒，她约来的这些客人对很多事情有相同的观点，彼此间能够融洽相处。他们都上过最好的私立学校和大学，住着豪华别墅，有游艇和私人飞机。当然，他们都是逃税的高手。某个专栏作家给他们起了个绰号：喷气式飞人。在公开场合，他们对这个称谓嗤之以鼻，私下却很享受。他们是特权阶层，是上帝的宠儿。世界上很多人相信金钱不能买到一切，但对他们来说，这是骗人的鬼话。他们相信金钱万能，金钱能为他们买来美貌、爱情、豪华和奢侈，他们甚至能在伊甸园拥有一席之地。为了这一切，那个心胸狭隘的老顽固脑壳一抽，突发奇想，要将自己踢出这个"喷气式飞人"的圈子，妄想！伊芙愤愤地想。

伊芙一走进客厅，大家的谈话就都停了下来。虽然客厅里的女性都显得气度不凡，但随着伊芙的到场，这些女性都相形见绌了。在妮塔的引领下，伊芙逐一问候了自己认识的朋友，又通过妮塔的介绍，跟那些不认识的客人熟络起来。伊芙看起来高雅迷人，其实她那温情脉脉的眼睛正仔细地打量着每个男人，像一只久经沙场的猎犬，警惕地搜寻着自己下手的目标。眼前，大多数人都是年长的已婚男人，这些人更容易得手。

一个秃顶男人走到她面前，这人穿着格子休闲裤和夏威夷运动衫。"亲爱的，我敢打赌，你一定厌倦了别人夸你漂亮的那些陈词滥调。"

伊芙微笑着，含情脉脉地说："我从来也不会厌倦。您是……？"

"彼得森，叫我丹吧。你应该去当好莱坞明星。"

"恐怕我没有表演的天赋。"

"我敢说你一定有许多其他才能。"

伊芙神秘地笑笑，说："不试试怎么知道呢，是吧，丹？"

他色眯眯地舔舔嘴唇，问道："你是一个人来的？"

"是的。"

"我的游艇就停在海湾，明天可否赏光到海上兜兜风？"

"听起来很不错。"伊芙说。

他咧开嘴笑了。"不知为什么以前我们从未见过面，多年前，我就认识你的祖母凯特了。"

伊芙心里咯噔一下，脸上却不动声色，依然挂着笑容。"奶奶很体贴人。"她说，"我们最好再跟其他朋友聊聊。"

"当然，宝贝。"他会意地眨一眨眼，说，"明天，别忘了。"


令秃头男人意外的是，伊芙再也没有给他接近她的机会。午饭时，她有意避开他；饭后，她从车库里借来一辆供客人使用的汽车，一个人开车进城去了。她驶过黑胡子塔和美丽的阿达斯特拉花园，看到天空中色彩艳丽的火烈鸟排着队飞行。她在港口附近停下车，观看出海回来的渔船卸下捕获的海货，有体形巨大的海龟、肥硕的龙虾、各种热带鱼类，还有五颜六色、光彩夺目的海螺壳，这些贝壳将被打磨抛光，做成工艺品卖给游客。

海湾平静，湛蓝的海水像钻石一样闪闪发光。远眺海湾对面，伊芙看见天堂岛海滩呈现出月牙形的轮廓。这时，只见一艘摩托艇驶离天堂岛海滩码头，朝这边驶来。摩托艇越驶越快，突然，蓝天之下，摩托艇拖曳着一个滑翔伞，伞下有个人浮在半空中，御风而行。那人头上的蓝色滑翔伞被风吹得鼓鼓的，细看才发现他挂在一根与滑翔伞相连的金属杆上。这是海上滑翔伞运动，伊芙大开眼界。那人身材修长、瘦削，身体迎风展开，伊芙看得入迷。摩托艇呼啸着朝港口这边驶来，空中的身影越来越近。摩托艇驶近码头，急拐弯，刹那间，伊芙瞥见了那人的面庞，黝黑、英俊。不多会儿，那人就消失在码头的人群中。


五个小时后，晚宴早已结束，那人走进妮塔·路德维希家的客厅。伊芙感到自己好像盼望着他的到来，更像早知道他一定会在这里出现。近距离看，他愈加显得仪表堂堂：六英尺三英寸的身高，完美的古希腊雕像似的面孔，肤色

314

黝黑，眼睛黑亮，身材匀称结实，微笑时，露出雪白整齐的牙齿。妮塔忙向伊芙介绍，他微笑着，低头看着伊芙。

"这是乔治·梅利斯先生。伊芙·布莱克韦尔。"

"我的上帝，你是从卢浮宫的油画中走出来的吧。"乔治·梅利斯恭维道。他的声音低沉、浑厚，带着不知来自哪儿的口音。

"来呀，乔治，"妮塔跟他招手说，"还有其他客人。"

他朝她摆摆手，说："算了，刚才我都已经见过了。"

妮塔别有深意地看着两人，悻悻地说："好吧，有什么要求，请随时叫我。"她走开了。

"你对她的态度不太礼貌啊。"伊芙提醒说。

他咧嘴一笑，说："我顾不得了，不在意自己说过什么或做过什么了，爱把我烧昏头了。"

伊芙大笑起来。

"我敢发誓，我一生见过无数美女，你当数花中魁首。"

"你也是人中龙凤啊。"

这时候，伊芙不再在意这个男人是否有钱，她被他的魅力俘虏了，并非完全因为他英俊的外貌，而是那种男性的吸引力，一股雄性的力量让她脸热心跳。她从来还没有遇到哪个男人让她有小鹿乱撞的感觉。"你是谁？"她问道。

"妮塔不是告诉你了，乔治·梅利斯。"

"你是谁？"她再次问道。

"噢，你是指在哲学意义上，我是个什么人吧。说起我本人，恐怕没法让你感兴趣。我是希腊人，家里种了些橄榄和其他作物。"

伊芙眼睛一亮，就是那个梅利斯！梅利斯食品品牌可谓家喻户晓，在美国大大小小的食品店和超级市场里都能见到。

"你成家了吗？"伊芙问。

他促狭地一笑。"你就不能委婉点吗？"

"不能。"

"我还是单身。"

这个回答让她生出突如其来的快感。看着眼前的这个男人，伊芙想要征服他，而她也愿意被他征服。"你怎么没有参加晚宴？"

"想听真话吗？"

"当然。"

"涉及私密的事。"

她等着下文。

"有位年轻女士要自杀，我去劝阻她了。"他的语气显得无关紧要，好像这种事司空见惯一样。

"你一定马到成功了。"

"当然。我希望你不是个自杀型的人。"

"不是。希望你也不是。"

乔治·梅利斯朗声大笑。"我爱上你了，"他说，"我真的爱你。"他挽起伊芙的胳膊，这一触碰让伊芙心中一颤。


整个晚上，乔治·梅利斯跟伊芙形影不离。他细心地照顾着她，为她跑前跑后，对其他客人不管不顾，似乎忘记了他们的存在。他那双手细细长长的，很精致，不停地为伊芙斟酒、点烟，有意无意地触碰她一下。这亲昵的接触使伊芙心跳加速，她真想马上避开客人，倒入他的怀抱。

午夜刚过，客人们开始各回房间，乔治·梅利斯道："哪间是你的卧室？"

"北大厅最后面的那间。"

他放心地点点头，长长的睫毛下的那双眸子依依不舍地凝视着她。


一回到房间，伊芙就冲了个澡，换上一件贴身的黑色透明睡衣。到了凌晨一点，门外有人轻轻地敲门。她急忙跑去打开门，乔治·梅利斯闪身进来。

他站在那儿，双目闪着欣喜之色。"啊，我的心肝，你让维纳斯女神成为丑八怪了。"

"我还有一点超过她，"伊芙附在他耳边轻声说，"我有一双手臂啊。"

她伸出两臂抱住乔治·梅利斯，二人的身体紧紧地贴在一起。他把嘴唇紧紧地印在她的唇上，接着，她感到他的舌尖探进了她口中，不停地伸缩、搅动。她顿时燃起熊熊欲火。

"噢，我的上帝！"伊芙喃喃道。

他开始脱衣服，伊芙也迫不及待地帮他。片刻，他已脱得一丝不挂，赤身站在她面前。在伊芙眼中，这是她见过的最健美的男人身体。

"快点！"伊芙一边说，一边爬到床上。她都等不及了。

他强硬地命令道："趴下去。"

她抬头看着他。"不行……"

一拳砸在她嘴上。她惊恐地看着他。

"趴下！"

"不！"

又一拳，这次更重了，房间开始在眼前晃动起来。

"不要！"

又是狠狠的一拳。她感到他粗鲁地把她翻过来，再把她的上身拉起来，让她跪在床上。

"看在上帝的分儿上，"她喘着气说，"别打了！我要叫人了！"

他用胳膊肘对着她的后脖颈猛地一击，她便失去了知觉。她迷迷糊糊地感到他用双手把她的屁股托起，把两片臀瓣分开，他的身体便贴了上来……一阵剧痛传来，她张嘴想要尖叫，但又因为恐惧发不出声音。

她不断地乞求："噢，求你了，你弄疼我了……"

她试图挣脱，但他紧紧地抓住她的臀部，她浑身无力，难以动弹……

当她恢复知觉，睁开眼睛时，乔治·梅利斯已经穿好了衣服，坐在椅子上抽烟。他走到床边，要抚摸她的额头。刚碰到她，她就吓得瑟瑟发抖。

"你感觉怎么样，亲爱的？"

伊芙想坐起来，一动身子，全身便痛得像被撕裂了一般。

"你这该死的畜生……"她的声音虚弱无力。

他促狭地一笑。"对你，我今天算是温柔的了。"

她难以置信地望着他。

他笑着说："有时我非常粗暴。"他轻抚她的头发。"因为我爱你，所

317

以刚才我的动作很克制。以后你会习惯的，我的乖乖。我保证以后尽量温柔些。"

如果她手里有一把枪，她会毫不犹豫地扣动扳机。"你就是个疯子！"伊芙骂道。

看到他眼中闪过一丝凶光，手也攥成了拳头，一瞬间，她又吓得闭了口。他真是一个疯子。

她改口说："我不是有意那么说，只是我……我以前没有经历过这种事情。求你了，请回吧，我要睡觉了。"

乔治·梅利斯盯着她看了好久，脸色缓和下来。他走到梳妆台旁，上面放着一只白金手镯和一条昂贵的钻石项链。他抓起那条项链，端详了一番，塞进口袋，说："给我这个玩意，留作纪念。"

她什么也不敢说。

"晚安，亲爱的。"他走回床边，俯下身，轻轻亲了一下伊芙的嘴唇。

一直等到他走后，伊芙才爬下床，忍着浑身剧痛，锁上了房门，这时她才稍感安心。她不知道自己还能不能上厕所。她扑倒在床上，等待着疼痛消失。她无法相信自己竟然遭受如此凌辱，她激愤难耐。这个魔鬼，变态狂！她突然想到那个想要自杀的女孩，难以想象他到底对她做了什么。

最后，伊芙终于强忍疼痛，拖着疲惫的身子进了浴室。一照镜子，她惊呆了：脸肿了起来，青一块紫一块，一只眼睛肿得几乎睁不开。她往浴缸里放满热水，爬进去，像一只受伤的小动物，让舒缓的热水抚慰身体的疼痛。伊芙在浴缸中泡了许久，最后，水开始变凉，她才爬出浴缸，试着走了几步，疼痛减轻了。她躺在床上，整夜不敢合眼，害怕乔治·梅利斯会回来。


拂晓时分，伊芙起床后，发现床单上沾满了自己的血迹。要让这个疯子付出代价。她小心翼翼地走进浴室，又洗了一个热水澡。脸肿得更高了，伤处变成了紫黑色。她用冷水浸透一条毛巾，敷在脸颊和眼睛上，然后，她泡在浴缸中，想着乔治·梅利斯这个变态狂。除了他的施虐行径，他身上还有一些地方令人费解。突然，她似有所悟。那条项链！他为什么要拿走它呢？

又过了两个小时，伊芙下楼，跟其他客人一起吃早餐。尽管没有丝毫食欲，但她需要向妮塔·路德维希了解乔治·梅利斯这个人。

"我的天！你的脸怎么了？"妮塔问。

伊芙可怜兮兮地笑了笑，说："昨晚蠢透了。我半夜去上厕所，懒得开灯，结果撞在你那扇漂亮的门上了。"

"去找医生看看吧。"

"没什么，"伊芙毫不在意地说，"就是有点肿。"她环顾四周，问道："乔治·梅利斯去哪儿了？"

"他出去打网球了。他是当地头号种子选手。他让我告诉你，午饭时他会和你见面。我感到他真的喜欢你，亲爱的。"

"能说说他的情况吗？"伊芙装作漫不经心地说，"他的家庭背景？"

"乔治？他出生在一个富裕的希腊世家，是家中长子，一个有钱人。他在纽约汉森经纪公司工作。"

"他不做家族生意？"

"不做，他可能讨厌那些橄榄树。不管怎么说，靠着梅利斯家族的财产，他原本不用工作。我猜想，他出来工作只是为了打发时间。"她神秘地笑笑，"夜晚他总是逍遥快活。"

"真的？"

"亲爱的，乔治·梅利斯是这里最抢手的钻石男。一见面，姑娘们都迫不及待地贴上来，像苍蝇见到血。她们都幻想自己成为未来的梅利斯夫人。坦白说，如果我丈夫不是醋坛子的话，我也去找他快活快活。你看他那体格，到了床上，难道不是一只野兽吗？能让人快活死！"

"确实是一只野兽。"伊芙意味深长地说。

露台上，伊芙独自坐在那儿，乔治·梅利斯走了过来，她不由得感到一阵恐慌。

他走上前来，说："早上好，伊芙。你没事吧？"他脸上露出真诚的关切。他轻轻碰了碰眼前那张青肿的脸颊，说："我亲爱的，你真美。"他拉过一把椅子，跨坐在上面，指着波光粼粼的大海说："见过这么美的大海吗？"

看他的神态，好像昨晚的事从未发生过似的。听着他侃侃而谈，伊芙再次感到这个男人的魅力。虽然经历过昨晚的噩梦，可是伊芙不得不承认这个男人那么迷人，真是难以置信。他具有希腊神一样的美，好像博物馆里的雕像。实际上，这家伙该被关进疯人院。

"今晚我要回纽约了，"乔治·梅利斯说，"以后我们怎么联系？"

"我刚搬家，"伊芙忙说，"还没有电话。我会给你打电话。"

"好吧，亲爱的。"他得意地笑着说，"昨晚你一定感觉很好，是吗？"

伊芙不敢相信自己的耳朵。

"有许多东西，以后我还得教你，伊芙。"他故作神秘地悄声说。

"等着瞧！我也有些东西要教给你，你这个浑蛋！"伊芙心里暗暗发誓。


从巴哈马回到纽约，伊芙就给多萝西·霍利斯特打电话。在纽约，有些媒体总是热衷于报道那些所谓的社会名媛的风流韵事，多萝西就是这些消息的制造者。她曾嫁给一位社会名流，后来，丈夫看上自己那个二十一岁的女秘书，抛弃了她。无奈之下，她被迫出去工作，成为几家报纸的专栏作家，撰写社会名人的花边新闻。这工作很适合她。在她的交际圈中，她洞悉自己笔下的每个人的秘密，而且那些人对她信赖有加，都争先恐后地向她倾诉心事。

如果说谁能够告诉伊芙关于乔治·梅利斯的秘密，那一定是多萝西·霍利斯特。于是，伊芙请她去金字塔餐厅吃午饭。

霍利斯特身材肥硕，一张肉嘟嘟的肥脸，头发染成红色，嗓门粗哑，笑声刺耳。她身上戴着各式各样的珠宝首饰——全是假货。

点餐后，伊芙轻描淡写地说："上周我去了巴哈马一趟，那儿真美。"

"我知道你去那儿了，"多萝西·霍利斯特说，"我有一张路德维希的宾客名单。聚会好玩吗？"

伊芙无奈地耸耸肩，说："见到了不少老朋友。还遇到了一个人，很有趣，名字叫……"她停顿了一下，故意皱起眉头，想了一会儿，才说："叫乔治什么的，乔治·梅洛吧。一个希腊人。"

多萝西·霍利斯特大笑，那尖厉的笑声传向餐厅的每个角落。

"梅利斯，亲爱的，乔治·梅利斯。"

"噢，对，梅利斯。你熟悉他吗？"

“我见过他，当时我觉得自己要变成索多玛的盐柱①了。我的上帝，他长得太帅了。”

“他的家庭背景怎样，多萝西？”

多萝西·霍利斯特环顾周围，神秘地向前凑了凑。“谁也不知道这些，不要传出去，能做到吗？乔治是他家族的败家子。他家做食品生意，钱多得没法形容，亲爱的。乔治本应接管生意，但是他在希腊那边惹了很多麻烦，跟小姑娘、小伙子和一些老色鬼胡搞，名声臭不可闻。据我所知，最后他父亲和兄弟们忍无可忍，用一张船票把他逐出了希腊。”

伊芙全神贯注地听着，牢记住每一个字。

“他们一分钱也不给那个可怜的家伙，所以他只好工作，挣钱养活自己。”

这就解释了他为什么拿走那条项链！

“当然，他也无须担心。总有一天，他会娶个有钱人家的姑娘。”她认真地瞅着对面的伊芙，问道：“你有兴趣吗，宝贝？”

“没有兴趣。”

何止是有兴趣，乔治·梅利斯正是她物色的关键人物。他是开启她命运的钥匙。


第二天一早，她给乔治·梅利斯的经纪公司打电话。他立即听出了她的声音。

“为了等你的电话，我都快急疯了，伊芙。我们今晚一起吃晚饭，然后……”

“不，午饭，明天。”

他吃了一惊，犹豫地说：“好吧，我本来约好要跟一个客户共进午餐，那我先推掉那个约会。”

---

① 出自《圣经》中的故事。耶和华将硫黄和大火引向罪恶之城索多玛，欲将其毁灭。在此之前，耶和华派遣天使告诉索多玛城唯一的义人罗得，叫他带着家眷逃离，并嘱咐其不要回头。途中，罗得的妻子忍不住回头看了一眼，结果瞬间变成了一根盐柱。——编注

伊芙知道，他说要约客户是鬼话。"到我的公寓来。"她说出了公寓的地址，"十二点半见。"

"我一定到。"她能听出他声音中的沾沾自喜。

"哼！乔治·梅利斯，先送你一个意外惊喜。"


他迟到了半小时，伊芙意识到这是他的习惯。对他来说，迟到不是有意而为之，这是他的一种玩世不恭的态度。他知道，别人总会在那儿等着他，猎物就在那儿，只要他愿意，随便什么时候拿走都行。凭着自己迷人的外貌、非凡的男性魅力，他已经拥有了世界。当然，就缺一件东西：钱。没钱正是他的阿喀琉斯之踵。

乔治环视了一下这间小小的公寓，老练地估了估室内物品的价值。"很温馨。"

他来到伊芙身边，张开双臂，含情脉脉地说："每时每刻我都忘不了你。"

她闪身躲开，急忙说："等等，我有事要告诉你，乔治。"

他的黑眼珠盯着她。"等会儿再谈。"他不耐烦地说。

"不行，现在就谈。"她一字一板地说，"如果你再敢碰我一下，像上次那样，我就杀了你。"

他看着她，露出似笑非笑的表情。"你开什么玩笑？"

"不是开玩笑，我是当真的。我要跟你谈笔生意。"

他困惑地问道："你把我叫来，是要跟我谈生意？"

"是的，你骗那些傻乎乎的老太太买股票和债券能赚多少？我敢肯定，那根本不够。"

他气得脸色发黑。"你疯啦？我梅利斯家族——"

"梅利斯家族很富有，但你是个穷鬼。布莱克韦尔家族拥有商业帝国，我却住在这鬼地方。我们俩在同一条漏水的小船上，亲爱的。我有一个办法，可以让这条小船变成一艘豪华游艇。"她站在那里，看着他的脸色变了，怒气逐渐消散，满脸充满了好奇。

"你最好告诉我实情。"

322

"这很简单。我的家族继承权被剥夺了，我妹妹亚历山德拉拥有继承权。"

"这跟我有什么关系呢？"

"如果你娶了亚历山德拉，那笔财产就会属于你——也属于我们。"

"对不起，我绝不会跟任何人捆绑在一起。"

"如果计划成功，"伊芙向他保证说，"松绑也是小事一桩。我妹妹从小就经常出意外事故。"

# 第二十七章

麦迪逊大街有很多公司，伯克利-马修斯广告公司名列榜首。这家公司的年度营业额比后面两家竞争对手的总和还要多，主要是因为它的大部分收入来自克鲁格-布伦特有限公司，还有散布在世界各地的几十家子公司。为服务克鲁格-布伦特公司这一家客户，广告公司至少雇用了七十五位工作人员，有客户主管、文案撰稿人、创意总监、摄影师、雕刻师、绘图师和媒体专家。因此，当凯特·布莱克韦尔给广告公司老板艾伦·伯克利打电话，请他在广告公司为亚历山德拉找一个职位时，伯克利马上答应下来。如果凯特·布莱克韦尔愿意的话，他甚至能把亚历山德拉捧上总经理的宝座。

"我知道，我这个孙女只喜欢撰写广告文案。"凯特提醒艾伦·伯克利。

伯克利马上说，公司正好有一个广告文案的职位空缺，亚历山德拉随时可以上班。

接下来的周一，亚历山德拉来到广告公司，开始了她的工作。

以麦迪逊大街为注册地的广告公司不少，但很多公司几乎不会在这条大街上办公，伯克利-马修斯广告公司是个例外。在麦迪逊大街和第五十七街的拐角处，这家广告公司拥有一座现代化的大型建筑。公司使用大楼的八个楼层，其他楼层全部出租给其他公司。为了安排亚历山德拉，同时要省下一份薪水，艾伦·伯克利和合伙人诺曼·马修斯决定辞掉一名年轻的撰稿人，这个年轻人刚刚入职六个月。消息很快传开了。听说那位年轻的撰稿人被迫离职，就是为了给公司最大客户的孙女腾出位置，一时间群情激愤。亚历山德拉还未上班，大家就认为她是个骄横的千金小姐，被派来监视他们。

亚历山德拉来公司报到时，被引进艾伦·伯克利那间宽大的现代化办公室，伯克利和马修斯在里面等着她。两个合伙人长得迥然不同：伯克利又高又瘦，满头白发；马修斯又矮又胖，头秃得锃亮。两人有个共同之处：都是广告界的精英。在过去的十多年里，他们创造了很多脍炙人口的广告语。但是，他们也都是十足的暴君，雇员根本不被他们当人对待。员工们忍气吞声，敢怒不敢言，他们留在公司是为了提升自己的能力。任何人只要曾在伯克利-马修斯公司工作过，就能胜任世界上任何一家广告公司的工作。

办公室里，公司副总裁卢卡斯·平克顿也在场。这人见到公司总裁总是满脸堆笑，态度谄媚，但是笑容难掩他那冷酷的眼神。平克顿比公司的两个资深合伙人年轻，尽管有资历上的劣势，但他对手下的员工动辄报复，肆意惩罚，从而得到心理上的补偿。

艾伦·伯克利把亚历山德拉让到一张舒适的扶手椅上坐下，殷勤地问："你来点什么，布莱克韦尔小姐？咖啡还是茶？"

"什么都不要，谢谢。"

"那好，我们就一起工作了，你负责广告文案。"

"非常感谢您给我这个工作机会，伯克利先生。我有很多东西需要学习，我一定加倍努力工作。"

"没有必要。"诺曼·马修斯赶紧插话说。他突觉失言，马上改口道："我的意思是，业务不是一天就能学会的，要慢慢来。"

"我相信，在这里工作，你会很开心，"艾伦·伯克利说，"跟你一起工作的同事都是我们的业务精英。"

亚历山德拉心中惴惴不安。"他们都是业务精英，肯定很难相处。"卢卡斯·平克顿带着亚历山德拉到各个部门转了一圈，把她介绍给公司职员。可是，无论到了哪个部门，她遇到的都是冷冰冰的面孔。他们跟她打过招呼，转身就忙于手中的工作，不再理她。亚历山德拉感觉到他们的怨恨，她感到疑惑，不知道他们为什么讨厌她。平克顿领她走进一间会议室，里面烟雾腾腾。靠墙立着一个文件柜，里面装满了克里奥国际广告奖和美国艺术指导奖等各类奖杯。有一个女人和两个男人围桌而坐，三个人手持香烟，吞云吐雾。那个女人又矮又胖，长着赭红色的头发；两个男人年约三十五岁，脸色苍白，一副不情不愿的样子。

平克顿说道："我来介绍一下，这就是你要加入的创意团队的成员：艾丽斯·科佩尔、文斯·巴恩斯、马蒂·伯格海默。这位是布莱克韦尔小姐。"

三个人一齐盯着亚历山德拉。

"好了，你先在这儿跟他们熟悉一下吧。"平克顿说完，扭头转向文斯·巴恩斯道："明天早晨我要在办公桌上见到那款新型香水的广告文案。你再看看布莱克韦尔小姐还需要什么东西。"随后，他就离开了。

"你还缺什么？"文斯·巴恩斯问，语气平淡。

这个问题让亚历山德拉有些不知所措，她迟疑地回答说："我……我只是想要学习广告业务。"

艾丽斯·科佩尔嗲声嗲气地说："你来对地方了，布莱克韦尔小姐，我们都巴不得当老师呢。"

"别闹了。"马蒂·伯格海默提醒她。

亚历山德拉愈加困惑，她讪讪地问："我是否做过什么事，冒犯你们了？"

马蒂·伯格海默连忙回答说："哪里，没有的事，布莱克韦尔小姐。我们的压力太大了。我们正策划一款香水的广告宣传，到目前为止，伯克利先生和马修斯先生对我们推出的策划方案都不满意。"

"我尽量不给你们添麻烦。"亚历山德拉诚恳地说。

"那就太好了。"艾丽斯·科佩尔说。

整整一天，处处都是白眼和冷漠。各间办公室里气氛压抑，人人都绷着脸。就因为这个千金小姐的到来，原来的同事就被踢出公司，要让她付出代价。

下班前，艾伦·伯克利和诺曼·马修斯来了，他们走进亚历山德拉的小办公室，关心她是否感到满意。这种礼遇都被同事们看在眼里。

公司同事之间都直呼其名，除了对亚历山德拉。在同事的口中，她被称为布莱克韦尔小姐。

"请叫我亚历山德拉。"她恳请说。

"好的。"大家回答。

他们再次称呼她时，依然叫她"布莱克韦尔小姐"。

为了能在公司做出成绩，亚历山德拉如饥似渴地学习业务知识。她参加智库会议，在会上，文案撰稿人一起想点子；她观摩美术编辑绘制的广告设计草图。有时候，她能听见卢卡斯·平克顿将那些交他审批的文案撕碎的声音。这个卑鄙无耻的家伙！看到他手下的那些撰稿人所遭受的凌辱，亚历山德拉深表同情。亚历山德拉穿梭于各个楼层之间，参加部门主管会议、客户洽谈会议、摄影技术研讨会、战略讨论会等等。在会上，她往往一言不发，只是倾听和学习。过了一周，她觉得自己似乎过了一个月。每天回到家，她都感到精疲力竭，不是因为工作，而是因为自己的存在而引起的压抑气氛。

凯特问起她的工作情况，亚历山德拉只是回答说："很好，奶奶。非常有趣。"

"我相信你会做得很好，亚历克斯。如果出现任何问题，就去找伯克利先生或马修斯先生。"

其实，亚历山德拉最不愿意找这两个人。

第二周，亚历山德拉决心想个办法，来摆脱她所面临的困境。公司每天上午和下午有喝咖啡的休息时间，员工们常聚在一起闲聊，气氛轻松随意。

"听说国民媒体公司又出么蛾子了，那里有一些天才想显摆公司一年的辉煌业绩，就在《纽约时报》上用红字刊登了他们的财务报告！"

"还记得那个航空公司的促销活动吗？'让您太太免费坐飞机！'这件事轰动一时。活动结束后，那家航空公司给那些太太写去了感谢信，却收到了一大堆来信，那些太太想搞清楚自己的丈夫和哪个狐狸精坐在飞机上……"

亚历山德拉走进来，谈话戛然而止。

"要我帮你倒杯咖啡吗，布莱克韦尔小姐？"

"谢谢，我自己来。"

亚历山德拉将一枚二十五分的硬币投入咖啡机，众人一阵沉默。等她离开，谈话声又响起了。

"听说那家'怡人香皂'的牌子砸了，他们用的那个模特，漂亮得像天使一样，原来是个色情明星……"


中午快下班时，亚历山德拉对艾丽斯·科佩尔说："中午方便吗？我想请你……"

"对不起，我已经约好了。"

亚历山德拉扭头看文斯·巴恩斯，他马上说："我也有约。"

她又转向马蒂·伯格海默。"我也约好了。"他说。

亚历山德拉太沮丧了，午饭也不想吃。她觉得自己像被抛弃了一样，心中萌生出一股愤懑之情。但她又一想，不能就此放弃，一定要想个法子，走进他们的圈子，要让他们知道，除了布莱克韦尔这个姓氏，在内心深处，她的心是跟他们贴在一起的。坐在会议室里，她听着艾伦·伯克利、诺曼·马修斯和卢卡斯·平克顿声色俱厉地训斥那些广告创作人员，那些人确实也正竭尽全力地做好他们的工作。亚历山德拉同情他们，可他们却不接受她的同情，或者说他们不接受她本人。

三天后，亚历山德拉又试了一次。她对艾丽斯·科佩尔说："我听说附近有家很棒的意大利小餐馆……"

"我从不吃意大利菜。"

她又转向文斯·巴恩斯。"我在节食。"

亚历山德拉又朝马蒂·伯格海默那边看去。"我准备去吃中国菜。"

亚历山德拉的脸涨红了，他们不想被其他同事看见和她在一起。好吧，让他们见鬼去吧，通通见鬼去吧！她受够了！她好心好意，想交朋友，可每次都被无情地拒绝。看来她来错了地方。还是重新找一份工作吧，新公司要跟奶奶无关。这个周末就辞职。"但是,我要让你们记住,我曾经在这里工作过。"亚历山德拉愤愤地想。

到了周四下午一点,除了总机接线员外,所有人都出去吃午饭了,亚历山德拉留在最后。她注意到,总裁办公室有一台电话交换机,上面有一个个按键,按键旁附着个小卡片,上面写着各部门经理的名字。总裁想找各个部门经理,只需按下标有经理名字的按键即可。亚历山德拉见四下无人,便悄悄溜进艾伦·伯克利、诺曼·马修斯和卢卡斯·平克顿以及部门经理的办公室,用了一个小时,把他们办公室里交换机上的卡片都调换了位置。那天下午,刚一上班,卢卡斯·平克顿按了一个按键,这是他与文案部经理通话的内线电话按键。他粗声粗气地说:"给我滚过来,快点!"

一阵令人震惊的沉默过后,诺曼·马修斯的吼声传了出来:"你说什么?"

平克顿盯着那台交换机,呆若木鸡。"马修斯先生,是您吗?"

"你这浑蛋,就是我。你给我滚过来,快点!"

过了一分钟,文案部经理按下了交换机的一个按键,说:"给我到楼下去送稿子。"

艾伦·伯克利在话筒里顿时叫嚷起来:"你说什么?"

这场混乱持续了四个多小时,伯克利-马修斯公司的员工感到无限畅快。其间每一次张冠李戴的通话,都引得大家欢欣鼓舞,暗笑不止。那些公司头头被使唤得跑来跑去,有人被差到外面办事,有人被叫去拿烟,有人被叫去修厕所,弄得他们晕头转向。艾伦·伯克利、诺曼·马修斯和卢卡斯·平克顿三人大张旗鼓地要找出罪魁祸首,把几个楼层翻了个底儿朝天,最终一无所获。

其实有人看到亚历山德拉悄悄溜进那些办公室,就是那位值班的电话接线员,名叫弗兰。在她心里,她更憎恨公司老板,所以当她被讯问时,她只是说:"我连个鬼影都没见。"

当天晚上,弗兰和文斯·巴恩斯躺在床上,她讲述了下午发生混乱的内情。

文斯忽地从床上坐起来,兴奋地说:"是那个叫布莱克韦尔的姑娘干的?

我真是昏头了！"

第二天早上，亚历山德拉走进办公室，文斯·巴恩斯、艾丽斯·科佩尔和马蒂·伯格海默都在里面坐着，他们一齐看着她，一言不发。"怎么啦？"亚历山德拉好奇地问。

"没什么，亚历克斯，"艾丽斯·科佩尔说，"我和这两个小伙子想问问你是否愿意和我们一起吃午饭，听说附近有家不错的意大利小餐馆……"

# 第二十八章

　　还是小姑娘的时候，伊芙就意识到自己有操纵他人的能力。以前，对她来说，这只不过是一场游戏，但现在，这种能力却可能改变她的命运。她认为自己被家族抛弃，自己的继承权也被残忍地剥夺，都是因为自己妹妹的谗言，还有老祖母的嫌弃。要让她们为所做的一切付出代价。想到这里，伊芙就会产生强烈的复仇快感，就像达到了性高潮。她们的性命似乎已经攥在她的手中。

　　伊芙仔细地酝酿着自己的复仇计划，精心策划每一个步骤。计划的初始阶段，乔治·梅利斯是必不可少的棋子，可是他却懒于参与。

　　"老天，这太危险了，我可不想卷入这场阴谋。"他皱着眉说，"我要搞钱，容易得很。"

　　"怎么搞？"伊芙轻蔑地问，"勾引那些染着蓝头发的胖女人？你就靠着自己的皮囊度过后半辈子？当你长出一身肥肉，眼角满是皱纹，谁还稀罕你呢？乔治，这个机会可遇不可求。你要是听我的，布莱克韦尔的商业帝国就是我们的了。你明白吗？"

　　"你怎么保证这计划会成功呢？"

　　"因为我最了解我奶奶和我妹妹，知道怎么对付她们。相信我，一定会成功。"

　　伊芙显得成竹在胸，其实她也有所担忧，担忧来自乔治·梅利斯。她对自己信心十足，但是，她担心乔治可能会演砸了。他游移不定，患得患失。所以，整个计划不能出一点纰漏，一步走错，全盘皆输。

她继续给他打气。"快下决心吧。干还是不干？"

他盯着她，过了良久，才说："我干。"他靠近她，抚摸着她的肩膀，声音沙哑地说："我要先干你。"

伊芙心中一颤，下身传来异样的感觉。"好吧，"她小声说，"但要按我的习惯来。"

他们上了床。乔治全身赤裸。在伊芙眼中，这是一头野兽，强健、勇猛，同时又很危险，这令她感到愈加刺激。现在，她找到了他的软肋，驯服了这头野兽。她轻吻着他，手沿着他的腹部慢慢地向下滑去……

两人交欢良久后，伊芙躺在床上，脸上挂着满足的笑，看着乔治穿衣服。"这次你是个好孩子，乔治。你该得到奖赏了，我要把亚历山德拉送给你。"


一夜之间，亚历山德拉在公司的处境改变了。她原打算在公司待的最后一天成为她的胜利日。原来人人对她避之不及，现在她一下子成为一位女英雄。她的恶作剧传遍了整个麦迪逊大街。

"你成名人了。"文斯·巴恩斯笑着说。

现在，在员工眼中，她成了自己人。

亚历山德拉喜欢自己的工作，尤其乐于参加每天上午的创意例会。她知道自己以后不会永远撰写广告文案，但她还不确定自己将来能做什么。已有十几个小伙子向她求婚，她也中意其中的一两位，但又感到他们身上缺点什么。她的意中人在哪儿呢？

周五上午，伊芙打来电话，邀请亚历山德拉一起吃午饭。"有一家法式餐馆刚刚开张，"伊芙怂恿道，"听说那里的饭菜很棒。"

接到姐姐的电话，亚历山德拉非常高兴，她一直担心伊芙。她每周给伊芙打两三次电话，但伊芙不是出门，就是推说太忙，没空见她。现在，虽然亚历山德拉已经有约在身，但她仍迫不及待地说："太好了，我要跟你一起吃午饭。"

这家餐馆装修雅致，饭菜昂贵，但里面仍然挤满了等着空位的顾客。为了订到座位，伊芙不得不打着奶奶的旗号预订了一张桌子。这使伊芙很恼火，她想："等着瞧吧，总有一天你们会求着我来这家破餐馆吃饭。"亚历山德拉到来时，伊芙已经坐下了。餐馆经理陪着亚历山德拉走过来，见到这情景，伊芙竟然产生了一种奇怪的感觉，好像正在走过来的是她自己。

伊芙亲了一下妹妹的脸颊。"你看起来神采飞扬，亚历克斯。看来，你的工作很顺心。"

她们点了餐，然后相互打听对方的生活。

"工作累吧？"伊芙问。

亚历山德拉把工作中的事情一股脑地告诉了伊芙，伊芙则处心积虑地编造自己的故事。正谈得起劲，伊芙一抬头，看到乔治·梅利斯站在那儿，狐疑地看着她们俩。"我的天，"伊芙马上意识到，"他分不清哪个是我！"

"乔治！"她喊道。

他转头看向她，如释重负。"伊芙，是你！"

伊芙惊喜地说："真巧！"她朝亚历山德拉点点头。"这是我妹妹，我知道你还没见过。亚历克斯，我来介绍一下，这是乔治·梅利斯。"

乔治握住亚历山德拉的手，殷勤地说："真漂亮。"伊芙曾提到她和妹妹是双胞胎，万万没想到，这姐妹俩长得这么像。

亚历山德拉盯着乔治，心旌荡漾。

伊芙邀请道："愿意跟我们一块儿坐坐吗？"

"求之不得！不过这次不好意思，我有个约会。下次，一定。"他瞄着亚历山德拉，"我等不及了，希望尽快。"

她们望着他转身离去。"我的天！"亚历山德拉叹道，"他是谁？"

"噢，他是妮塔·路德维希的一位朋友。上次我在她家的家庭聚会上认识的。"

"我要疯了，没想到他这么帅！"

伊芙暧昧地笑了。"他并不是我喜欢的那种类型，可很多女人被他迷得神魂颠倒。"

"我也被迷住了！他结婚了吗？"

"没有，但他不乏追求者，亲爱的。乔治很有钱，你可以认为他是上帝的宠儿，相貌、金钱、社会背景，他什么都不缺。"说到这儿，伊芙巧妙地换了话题。

饭后，伊芙结账时，老板告诉她，梅利斯先生已经替她买了单。

自此，亚历山德拉再也忘不了乔治·梅利斯。

周一下午，伊芙给亚历山德拉打来电话，故作惊喜地告诉她说："你的好运来啦，亲爱的。乔治·梅利斯给我来电话，问你的电话号码，我告诉他好不好？"

亚历山德拉不由自主地笑了。"如果你确定你对他不感兴趣的话……"

"我已说过，他不是我喜欢的类型。"

"那就把我的电话号码给他吧，我不介意。"

她们又随便聊了几分钟，伊芙挂了电话。一放下话筒，她就对赤身躺在身边的乔治说："那位小姐答应了。"

"什么时候联系她？"

"等我的通知。"

亚历山德拉开始焦急地等着乔治·梅利斯的电话。她从未遇见过这么美貌的男子。这是她第一次被男子吸引，平时她感到大多数男人都很自我，不顾及别人的感受，乔治就与众不同。他那么体贴，身上带着迷人的气质，令人难以自制。他的手只碰了碰她，就在她心中掀起了惊涛骇浪。"你疯了，亚历山德拉，"她喃喃自语，"你只见过他两分钟。"

整整过了一周，没有接到乔治的电话，亚历山德拉开始变得焦躁不安，然后郁郁寡欢，最后恼羞成怒。见鬼去吧，她愤愤地想，他一定找到别人了，算了！

第二个周日，电话响起来，话筒里传来他那低沉沙哑的声音，亚历山德拉的满腔怒火神奇地消失了。

"我是乔治·梅利斯，"他说，"我们见过面，就在你和你姐姐吃午饭时。伊芙说你不会介意我给你打电话。"

"她确实提过你会来电话。"亚历山德拉装作漫不经心地说，"对了，谢谢你为我们买单。"

"那是我的荣幸。在我心中，你就是一尊圣像。"

亚历山德拉满足地笑了，这溢美之词让她颇为受用。

"不知你是否愿意和我共进晚餐？"

"当然……我……我愿意，太好了。"

"那我就放心了。如果你拒绝的话，我会自杀的。"

"别这样说，"亚历山德拉说，"我讨厌一个人吃饭。"

"我也是。桑树街上有一家小餐馆，马顿餐馆，没有名气，但饭菜的味道……"

"马顿餐馆！我特别喜欢！"亚历山德拉兴奋地说，"那是我最喜爱的餐馆。"

"你知道那家餐馆？"他的声音里透着惊讶。

"噢，当然。"

乔治看着坐在对面的伊芙，狡黠地笑了。现在，他不得不佩服伊芙的精明。她把亚历山德拉所有的好恶都告诉了他，他对伊芙这个妹妹的一切都了如指掌。

乔治终于放下电话，伊芙得意地想，主角上场，好戏开始了。


这是亚历山德拉一生中最开心的夜晚。提前一小时，乔治·梅利斯先送来十多个粉红色的气球，上面还绑着一束鲜艳的兰花。亚历山德拉原本心中惴惴不安，害怕自己错付真情，到时候受伤的还是自己。当她一见到乔治·梅利斯，她所有的担心和疑虑便一扫而空，他那迷人的男性魅力让人难以抗拒。

他们先在亚历山德拉的房子里喝了杯咖啡，然后就一起到了马顿餐馆。

"你先看看菜单，有什么喜欢的？"乔治问，"或者我为你点菜？"

这家餐馆有亚历山德拉最喜爱的饭菜，但她不愿让乔治为难。"你点餐吧，什么都行。"

他开始点餐，每道菜都合亚历山德拉的胃口，她产生了一种奇怪的感觉：难道他能读懂她的心？

他们吃了填馅洋蓟、餐厅特色秘制小牛肉，还有名为"天使发丝"的细面条，味道很好。最后，他们还吃了一份沙拉，乔治当场在餐桌上调制而成，动作娴熟。

　　"你还会做菜？"亚历山德拉好奇地问。

　　"噢，这是我生活中的一大爱好。母亲教我的，她的厨艺很高。"

　　"你和家人走得近吗，乔治？"

　　他得意地笑了。在亚历山德拉眼中，这是她曾见过的最迷人的笑容。

　　"我是希腊人，"他简单地说，"又是长子，家里共有三个兄弟、两个姐妹，我们亲得像一个人。"他的眼中露出忧伤的神色。"离家来到这儿，对我来说是个很艰难的决定。父亲和兄弟们都央求我留下，我们的家族产业很大，他们觉得我应该为家族出力。"

　　"那你为什么来美国？"

　　"也许你认为我很傻，但我更喜欢走自己的路。我很不情愿白白接受别人的馈赠，这份家业是我爷爷创下的，后来传给我父亲。我可不想从父亲那里白拿任何东西。让我的兄弟姐妹分享我的那一份吧。"

　　听到这里，亚历山德拉不禁肃然起敬。

　　"还有，"乔治又温柔地说，"如果我留在希腊，我就无缘遇见你呀！"

　　亚历山德拉觉得自己的脸发烫。"你一直单身？"

　　"是的。以前我差不多一天订一次婚，"他促狭地说，"但很快我就发觉有什么地方不对头。"他凑近她，语气恳切。"美丽的亚历山德拉，你也许会觉得我太保守，一旦我决定结婚，我就会爱着对方，直到地老天荒，海枯石烂。我一生只要一个女人，但她必须是我的意中人。"

　　"我觉得这很美好。"她喃喃地说。

　　"你呢？"乔治·梅利斯问，"你爱过别人吗？"

　　"没有。"

　　"这对某个人来说多么不幸，"他说，"但又多么幸运……"

　　这时，侍者送来甜食，亚历山德拉真想让乔治把话说完，但她没敢说出来。

　　亚历山德拉感到轻松惬意，以前她从未有过这种感受。看起来乔治·梅利斯也对她动了真情，她向他谈起了她的童年，还有那些藏在心底，秘而不宣的往事和经历。

乔治·梅利斯熟谙女人心理，懂得如何博取女人的欢心，这令他深为自豪。他知道，漂亮女人通常最缺乏安全感，男人往往迷恋她们的容貌，这让女人感觉到自己就像吸引男人的玩偶，而不是一个有血有肉的人。因此，每当乔治去勾引一个漂亮女人时，他从不夸赞她的容貌。这样，女人就会感到他倾慕自己的思想和感情，他也就成了女人的灵魂伴侣，和女人一块儿憧憬美好的梦想。在亚历山德拉眼中，这是多么奇异的体验。她滔滔不绝、毫无保留地向乔治谈凯特，还有伊芙的事情。

"你姐姐没有跟你和奶奶生活在一起吗？"

"没有。她——伊芙想要独自生活。"

亚历山德拉想不通姐姐为什么不中意乔治·梅利斯。无论什么原因，亚历山德拉都对伊芙感激不尽。用餐期间，亚历山德拉注意到，周围的每个女人都频频向乔治暗送秋波，但他却毫不在意，目光从未从她身上移开。

喝着咖啡，乔治试探性地说："不知你是否喜欢爵士乐，在圣马克坊街有一家俱乐部，叫五点……"

"塞西尔·泰勒常在那儿演出！"

他盯着亚历山德拉，一副不可思议的表情。"你也去过那儿？"

"常去！"亚历山德拉大笑起来，"我很喜欢这个爵士乐钢琴家！我们的口味竟然如此相同，真是不可思议。"

乔治平静地回答道："这是奇迹。"

他们欣赏了塞西尔·泰勒醉人的钢琴演奏，跳跃的琶音和跌宕起伏的滑音回荡在演奏大厅里。从五点俱乐部出来，他们又去了布利克大街，来到一家酒吧。酒吧里响着美妙的钢琴曲，顾客们有的喝酒，有的吃爆米花，有的玩投镖游戏。亚历山德拉看着乔治与那里的一位老顾客玩投镖，那人玩得不错，但他从未赢过乔治。乔治玩得很投入，全神贯注。那仅是个游戏，但他玩起来好像事关生死一样。这是一个从不服输的人，亚历山德拉想。

两人离开酒吧时，已是凌晨两点了。一晚的约会匆匆结束，亚历山德拉有点失落。

337

为了约会，乔治雇了一辆劳斯莱斯高级轿车，有专车司机驾驶。车上，乔治坐在亚历山德拉身边，默默地看着她。这姐妹俩长得这么相像，不知道她们不穿衣服是什么样子，是否也这么像。他脑中出现这样的情景：亚历山德拉躺在床上，一丝不挂，痛苦地扭动着身子，大声喊叫。

"你在想什么呢？"亚历山德拉好奇地问。

为了不让她看到自己可怕的眼神，他将目光移开。"怕你笑话我。"

"不会的，我保证。"

"即使你嘲笑我，我也不会怪你。在别人眼中，恐怕我就是一个花花公子。你知道，我的生活，唉，总是游艇旅行、派对，诸如此类的活动。"

"嗯……"

他用黑黑的眼珠盯着亚历山德拉。"我认为你就是那个人，能改变我生活的那个女人，永远。"

亚历山德拉感到自己心跳加快。"我……我不知道说什么才好。"

"好吧，什么也不要说。"他的嘴唇离她那么近，亚历山德拉期待着他的下一步动作。但是，他并未继续，就停在那儿。不要做出亲昵举动，伊芙曾警告过，第一个夜晚，千万不要做，如果做了，你就成为一个风流放荡的浪子，垂涎她的美貌，觊觎她的财产。要让她主动提出来。

因此，一路上，乔治·梅利斯只是握着亚历山德拉的手，直到汽车停在布莱克韦尔家的府邸前。乔治把亚历山德拉送到门前，她转身说："今晚我太开心了，开心得难以形容。"

"这是上帝的旨意。"

亚历山德拉笑起来，在路灯的光影中，显得楚楚动人。"晚安，乔治。"她悄声说，而后消失在大门里面。

十五分钟后，亚历山德拉房间的电话响了。"你知道我刚才做了什么吗？我给家里打了电话，告诉他们有一个好姑娘，刚刚和我共度良宵。睡个好觉，亲爱的亚历山德拉。"

挂断电话，乔治·梅利斯恶狠狠地想："等我和亚历山德拉结了婚，我真的要给家里打电话，告诉他们，你们都去死吧。"

# 第二十九章

乔治·梅利斯又一次消失了。二人约会后的当天、第二天、整整一周，亚历山德拉再也没有接到他的电话。每当电话响起，她都冲过去抓起话筒，结果总让她大失所望。她想不出究竟哪儿出了岔子。那晚约会的情景一遍遍地在她脑中回放：她就是那个能永远改变他生活的女人；他给爸爸、妈妈和弟弟妹妹打了电话，告诉他们刚刚有个好姑娘和他共度良宵。等待的电话迟迟没有来，亚历山德拉心中有了各种猜想：

她可能不经意间惹恼了他；

他太喜欢她，害怕坠入爱河，难以自拔，不敢再来见她；

他认为她不是他喜欢的那类女孩；

他遭遇了一场致命的车祸，现在正躺在医院里；

他已经死了。

亚历山德拉再也等不下去了，就给伊芙打了电话。亚历山德拉先若无其事地跟伊芙聊了些日常琐事，最后，她终于忍不住，脱口而出说："伊芙，你最近有没有听到乔治·梅利斯的消息？"

"为什么问我？没有啊。我以为他早就约你吃晚饭了呢。"

"我们确实吃过一次晚饭——那是上周。"

"之后你就没有再接到他的电话吗？"

"没有。"

"他可能很忙。"

谁会忙成这个样子，亚历山德拉想。她只好大声回答说："很可能。"

"忘掉那个乔治·梅利斯吧，亲爱的。我给你介绍一个加拿大人，他一表人才，拥有一家航空公司，而且……"

伊芙挂上电话，靠在椅背上，得意地笑了。她真想让奶奶知道，自己的计划设计得有多完美。


"嘿，你怎么啦？"艾丽斯·科佩尔问道。

"对不起。"亚历山德拉无精打采地回答。

整个上午，她心情烦躁，对谁都没有好脸色。已经两周了，乔治·梅利斯音信全无。亚历山德拉心中恼怒——不是生他的气，而是恼怒自己，怪自己犯贱，仍然对他朝思暮想。他并未亏欠她什么，他们本来素不相识，只不过一块儿吃了一顿晚饭，可她却自作多情，幻想他要跟自己永结同心，白头到老。老天知道，乔治·梅利斯有资本拥有世界上的任何女人，他怎么会偏偏看上她呢？

祖母也注意到她的反常。"你怎么啦，孩子？是不是广告公司的工作太辛苦了？"

"不是，奶奶，只是我最近睡眠不太好。"

乔治·梅利斯常常走进她的梦里，真该死！要是伊芙没有把他介绍给自己该多好啊。


次日下午，有个电话打进亚历山德拉的办公室。"亚历克斯，我是乔治·梅利斯。"这不是她在睡梦中经常听到的声音吗？低沉，沙哑。

"亚历克斯，是你吗？"

"是的，是我。"她心头百感交集，是喜是悲，她不知道。这个自大狂，没头没脑，自私自利，自己有必要再跟他见面吗？

"我本想早点给你打电话，"乔治语带歉意，"我刚从雅典回来，就在几分钟前。"

亚历山德拉的心立马软了。"你回雅典了？"

"是的。还记得那个晚上吗？我们待在一起。"

亚历山德拉怎能忘记？

"第二天早上，我弟弟史蒂夫打来电话——我爸爸犯了心脏病。"

"天哪，乔治！"她一阵内疚，自己把他想得太坏了。"他怎么样了？"

"感谢上帝，爸爸没事了，正在恢复。可我觉得自己都快崩溃了。爸爸要求我回希腊，接管家族生意。"

"你打算回去吗？"她屏住了呼吸。

"不。"

她舒了口气。

"我知道我现在应该留在这儿。在希腊，我每时每刻都想着你。我什么时候能见到你？"

真想马上见面！"今晚一起吃饭吧。"

还有一家餐馆，亚历山德拉特别喜欢，乔治·梅利斯差点脱口说出这家餐馆的名字，他突然觉醒，于是试探性地问："好极了。你想去哪家餐馆？"

"哪儿都行，我无所谓。你愿意来我家吃晚饭吗？"

"不。"他还未做好见凯特的准备。无论干什么，目前都要躲凯特远点，她可是人精，一眼就能看穿他。"八点钟我去接你。"乔治说。

亚历山德拉挂上电话，挨个儿亲着艾丽斯·科佩尔、文斯·巴恩斯和马蒂·伯格海默，兴奋地说："我要去做做头发，明天见。"

他们看着她跑出了办公室。

"去见心上人了。"艾丽斯·科佩尔笃定地说。

他们选中了麦克斯韦尔李子酒吧。一位领班领着两人穿过前门一侧拥挤的马蹄形吧台，上了二楼的餐厅，进了一个雅间。他们点了菜。

"我离开后，你想我吗？"乔治问。

"想！"她觉得自己对他必须绝对坦诚——这个男人对她毫无保留，又多愁善感。"前两周，没有你的消息，我以为你发生了什么可怕的事情，我……我好怕。你要是不回来，我一天也受不了。"

真该给伊芙打满分，乔治想。"耐心地等，"伊芙说，"我会告诉你什么时候给她打电话。"第一次乔治感觉到他们的计划胜券在握。在此之前，他并未抱有太大的希望，认为攫取布莱克韦尔家族的巨额财产不过是个游戏。现在，亚历山德拉就坐在眼前，含情脉脉地看着他，乔治·梅利斯放心了，这不再只是一场游戏。要得到亚历山德拉，这是整个计划的第一步。后面几步可能有危险，但有伊芙的运筹帷幄，对付亚历山德拉和凯特也易如反掌。

"现在我们在一条船上，乔治，计划成功，所得的财产我们对半分。"

乔治·梅利斯并不相信同伙，他决定，计划进展顺利的话，他先解决掉亚历山德拉，然后再对付伊芙。这个想法让他兴奋莫名。

"你笑了。"亚历山德拉好奇地说。

他伸手握住她的手，他的触碰使她心头一暖。"我在想，我们两人待在这里多么幸福。只要我们待在一起，无论在什么地方都感到幸福。"他把手伸进口袋，掏出一个珠宝盒，"这是我从希腊带给你的礼物。"

"啊，乔治……"

"打开看看，亚历克斯。"

盒子里是一条精美的钻石项链。

"太美了。"

这正是他从伊芙那儿掠走的那条项链。用它作为礼物不会穿帮，伊芙告诉过他，亚历山德拉从未见过这条项链。

"这件礼物太贵重了，真的。"

"还远远配不上你的美貌。能看着你戴着它，我就很高兴。"

"我……"亚历山德拉激动得声音颤抖，"谢谢你。"

他看看她的盘子，说："你还没吃东西呢。"

"我不饿。"

他又看到眼前这个女人情意绵绵的眼神，他心中一股熟悉的征服欲望腾腾升起。他早已在许多不同女人眼中看到过这种眼神，有的女人漂亮，有的丑陋，有的有钱，有的穷困。无一例外，她们都是他利用的工具。无论以何种方式，他向她们索取，而不是给予。这次，亚历山德拉要给予他的，将比以前他索取的总和多得多。

"现在你想做什么？"他的声音沙哑，带着诱惑。

她接受了，简单而坦率。"我想和你在一起。"


乔治·梅利斯完全有资本为自己的公寓感到自豪。那真是一个令人乐而忘返的安乐窝，应该感谢他的那些男女情人，贪慕他英俊的外貌，对他一掷千金。那些男男女女用各种昂贵的礼物来博取他的一颦一笑，屡屡得手，而他却不断地瞄向新的猎物。

"这真是一个可爱的地方。"亚历山德拉惊喜地喊道。

他走到她身边，慢慢转过她的身体，柔和的灯光下，她脖子上的钻石项链熠熠发光。"它太配你了，亲爱的。"

他吻着她，先是轻轻地，然后逐渐急促起来。不由自主地，亚历山德拉被拥进卧室。卧室的墙壁刷成蓝色，家具典雅、气派，充满男人味。卧室中央摆着一张硕大的双人床，乔治再一次把亚历山德拉搂在怀里，发现她浑身颤抖。"你没事吧，亲爱的？"

"我……我有点紧张。"她担心自己会使这个男人失望。她深吸了一口气，开始解连衣裙的扣子。

乔治悄悄地说："让我来。"他开始为眼前的金发美女宽衣解带。这时，他又想起了伊芙的话："一定要控制住自己，如果你虐待亚历山德拉，如果她发现你的真面目是个虐待狂，你就再也见不到她了。明白吗？把你的拳头留给爱慕你的那些婊子和帅哥吧。"

乔治温柔地脱掉亚历山德拉的衣服，端详她的胴体。这个胴体跟伊芙的完全一样：美丽、成熟、丰满。他心中陡然升起一股强烈的欲望，想在这雪白、娇嫩的皮肤上留下淤青、肿胀和伤痕，用拳头击打她，勒住她的脖子，让她痛苦地喊叫。可是，伊芙的声音响起："如果你虐待了她，你将再也见不到她。"

他脱光衣服，把她拉到自己身边。他们站着拥抱在一起，互相看着对方的眼睛。然后，乔治轻轻地把亚历山德拉放到床上，吻着她，缓慢而深情。他用舌头撬开了她的双唇，像蛇一样钻进去，不停地游走；他的双手熟练地探索着她身体的每一处……

一阵云雨之欢后，亚历山德拉静静地躺在他的怀里，喃喃地说："啊，亲爱的，真是奇妙的感觉。"他撒谎说："是的。"

她紧紧地抱着他，抽泣起来。她不知道自己为何流泪，只感激此刻的美妙和快乐。

"好了，别哭了，"乔治安慰说，"真是太美妙了。"

的确如此。

伊芙一定会夸赞他的精彩表演。


普通人的男欢女爱，常常伴随着误解、嫉妒或是小小的伤害，而乔治和亚历山德拉之间的浪漫之旅却繁花似锦。有伊芙的精心指导，乔治能够巧妙地驾驭亚历山德拉，讨得她的欢心。乔治洞悉亚历山德拉的喜怒哀乐，好像亚历山德拉肚子里的蛔虫，知道什么能使她欢欣鼓舞，什么能令她伤心垂泪；他就在那里，能及时准确地给予她想要的东西。亚历山德拉迷醉于二人的幸福世界，乔治却感到万分沮丧。两人躺在床上，听着她兴奋的呻吟，他也会被激起狂热，想要折磨她，让她痛得尖叫，乞求他手下留情，这样他才能得到发泄。但是，他也知道，如果那样做，一切都会毁于一旦。他愈加沮丧、焦躁，二人相处的次数越多，他对亚历山德拉的仇视和厌恶就越深。

乔治·梅利斯很容易找到泄欲的地方，他知道自己务必要十分小心。深夜，他经常出没于那些未挂牌子的单身酒吧，或同性恋光顾的迪斯科舞厅，在那些地方，他猎取那些等待一夜情的孤寂寡妇、渴望真情的同性恋男孩或者贪图金钱的妓女。乔治带着他们来到纽约西区的柏威里和格林威治村等贫民区，那儿有很多简陋的低档旅馆。一般来说，只要去过一家旅馆，他就不去第二次，那些旅馆也不会欢迎他再来。只要他退房离开，旅馆里就经常发现他带来的性伙伴被打得伤痕累累，有时昏迷不醒，有时半死不活，身上满是被雪茄灼伤的痕迹。

乔治不会去找受虐狂，那些人享受他抡起的拳头和燃烧的烟头，对此他感到索然无味。他喜欢听性伙伴的痛苦尖叫、苦苦哀求，正如他小时候被父亲殴打，尖叫求饶一样。小时候的乔治常常被父亲打得死去活来，哪怕只是犯了一个小小的过失。八岁那年，他和邻居家的一个小男孩一起脱光衣服，被父亲发现，父亲将他打得鲜血从耳朵和鼻子中涌出。为了让他记住这次教训，不再犯错，父亲还用一支燃烧的雪茄戳在他的私部上。伤疤愈合了，但是他内心深处的创伤却已经溃烂、流脓，再也没有愈合。

乔治·梅利斯具有他的希腊祖先那种狂野、冲动的天性，他不服任何人的约束和控制。伊芙·布莱克韦尔羞辱他、嘲弄他，他忍了，只是因为他需要她。一旦布莱克韦尔家族的财产到手，他就要让她付出代价，他要折磨她，往死里折磨她。遇到伊芙，他是幸运的。他若有所思地自言自语："对我是幸运的，对她则是不幸的。"

乔治不断地送给亚历山德拉各种礼物。他未卜先知，知道她喜欢哪种花，听哪位歌手的唱片，读哪个作家的作品。他们去博物馆，他欣赏的画作必定是她所钟爱的。令亚历山德拉愈加难以置信的是，他的口味、爱好跟她完全一样。她想在乔治·梅利斯身上找一个缺点，可是找不到。这是个完人，她越来越渴望让祖母见见他。

但是，乔治总能找出各种借口，不愿与凯特·布莱克韦尔会面。

"为什么，亲爱的？你会喜欢她的。再说，我也想让你显摆一下。"

"我相信她一定是个很好的人，"乔治孩子气地说，"我害怕她会认为我配不上你。"

"这简直可笑！"他的腼腆让她怦然心动，"奶奶会喜欢你的。"

"快了，"他告诉亚历山德拉，"等我鼓足了勇气，就去见她。"

有一天晚上，乔治和伊芙讨论了这件事。

伊芙思忖片刻，说："好吧，你早晚要过这一关。但是，你时时刻刻要注意自己的言行。那是一只老狐狸，还是一只精明的老狐狸，千万不要小看她。如果她怀疑你别有企图，她会挖出你的心肝，去喂她的狗。"

"我们干吗要讨好她？"乔治问。

"如果亚历山德拉为了你去忤逆她，连她也会遭到冷落。"

亚历山德拉平生第一次感到紧张不安。乔治和她将第一次与祖母共进晚餐，她心里默默祷告，千万不要出任何差错。在这个世界上，她最大的渴望就是祖母和乔治能互相喜欢，祖母能看出乔治是一个出类拔萃的男子汉，而乔治也能尊重和仰慕祖母。

凯特也是第一次见到自己的孙女如此高兴。亚历山德拉结识过很多小伙子，条件都不错，可没有一个人能引起她的兴趣。凯特打算仔细地考察这个让孙女神魂颠倒的男人。凯特阅人无数，经验丰富，那些觊觎布莱克韦尔家财产的男人都逃不过她的眼睛，她绝不能让亚历山德拉上当。

她急不可耐地想要见见这位乔治·梅利斯先生。她有一种预感，乔治不太情愿见她。可这是为什么？

前门的门铃响了，不一会儿，亚历山德拉走进客厅，手挽着一位男子，他身材高大，风度翩翩，具有古典的男性之美。

"奶奶，这是乔治·梅利斯。"

"你可来了，"凯特说，"我还以为你躲着我，不愿意见我呢，梅利斯先生。"

"哪里！布莱克韦尔夫人。您不知道，恰恰相反，我一直期盼着早点来见您。"他差点说出一句"您比亚历山德拉向我描述的还要美"，但他没有说出来。

"要小心，不能奉承过头，乔治。对那老太太来说，这是个危险信号。"

管家走进来，端上饮品，然后悄无声息地退下。

"请坐，梅利斯先生。"

"谢谢。"

亚历山德拉挨着他坐在沙发上，对面坐着祖母。

"我知道你和我孙女经常见面。"

"这是我的荣幸，真的。"

凯特用她那浅灰色的眼睛打量着他。"亚历山德拉告诉我，你在一家经纪公司上班。"

"是的。"

"坦率地说，我觉得很奇怪，梅利斯先生，你本来可以掌管自己的家族企业，收入不菲，为何选择去做一名领薪水的雇员？"

"奶奶，我来解释……"

346

"亚历山德拉，我想听梅利斯先生亲口告诉我。"

"要彬彬有礼，看在上帝的分儿上，也不能过于卑躬屈膝，只要露出一丁点马脚，她就会把你撕成碎片。"

"布莱克韦尔夫人，我不太习惯跟人谈论我的个人生活。"他语带迟疑，然后好像下了很大决心似的说，"然而，在这种情况下，我想……"他看着凯特·布莱克韦尔的眼睛，接着说："我是一个很独立的人，我不愿接受施舍。如果是我亲手创立了梅利斯家族的企业，那么今天我会责无旁贷地管理它。事实上，它是我祖父创立的，在我父亲手中不断发展，效益颇为可观。我跟公司无关。我有三个弟弟，他们完全有能力经营好它。我更喜欢当一名领薪水的雇员，就像您说的那样，我要创建自己的公司，这才值得男人骄傲。"

凯特边听边缓缓点头。这个男人完全出乎她的意料，她原以为他是一个花花公子，一个靠男色猎取财富的家伙。对追求她孙女的这类人，她早已司空见惯。眼前的这个小伙子似乎有所不同。但是，她总感到这人身上有点不对劲，凯特自己也说不清楚。他似乎太完美了。

"我知道你家里很有钱。"

"只要让这个老太婆相信你腰缠万贯，深爱着她的孙女亚历克斯，再加上你的男性魅力，控制好你的脾气，就万事大吉了。"

"钱固然重要，布莱克韦尔夫人，但我更喜欢金钱之外的很多东西。"

凯特早已查阅过梅利斯公司的资本净值。根据邓白氏商业信息公司的报告，梅利斯公司的净资产超过三千万美元。

"梅利斯先生，你跟家人相处得怎么样？"

乔治的脸上露出喜色。"也许太亲密了。"他的嘴角挂着微笑，"布莱克韦尔夫人，我们家有句话常说，一个家人割破了手指，其他人都会流血。我们一直保持着密切的联系。"其实，已经三年多了，他从未与家里的任何人讲过话。

凯特赞许地点了点头。"我信任那些关系密切的家庭。"

凯特瞥了一眼孙女，亚历山德拉脸上流露出倾慕的神情。一瞬间，凯特想起了很久以前自己和戴维相爱的往事，岁月蹉跎，但并未稀释掉她记忆中爱情的甜蜜。

管家莱斯特走进客厅。"夫人，晚饭准备好了。"

餐桌上的谈话显得更随意一些，但凯特的问题依旧尖锐。乔治全神贯注，严阵以待，静候着最棘手的问题。

"你喜欢孩子吗，梅利斯先生？"

她渴望有一个曾外孙……这是她目前最大的渴望了。

乔治转过身，看着凯特，显出惊讶的样子。"当然喜欢！一个男人要是没有儿女算什么？我倒是怕结婚后，我那可怜的妻子会忙得团团转，不愿生孩子呢。在希腊，一个男人的价值是以他孩子的数量来衡量的。"

他似乎没有说谎，凯特想。但是，再小心也不为过。明天要让布拉德·罗杰斯查一下他的个人财务状况。

临睡前，亚历山德拉给伊芙打了个电话。她曾告诉过伊芙，乔治·梅利斯近期要来家里吃晚饭。

当时，伊芙激动地说："真是好消息，我都等不及了，亲爱的。"她接着说："到时候只要乔治一离开，你马上给我打电话，告诉我全部情况。"

现在，亚历山德拉开始讲述起来。"能看出奶奶很喜欢他。"

伊芙感到离成功又近了一步。"奶奶说什么了？"

"她问了乔治一大堆私人问题，工作啊，家庭啊，等等。他回答得很得体。"

那么他表演得不错。

"噢！那么你们这对爱情鸟打算结婚了？"

"我……他还没向我求婚呢，伊芙，但我相信他会的。"

她可以听出亚历山德拉的声音里洋溢着幸福。"奶奶同意了吗？"她酸溜溜地问。

"噢，我相信她会同意的。她准备查查乔治的个人财务状况。当然，这不会有问题。"

伊芙心里一沉。

亚历山德拉接着说："你知道奶奶有多谨慎嘛。"

"是的，"伊芙慢慢地说，"我知道。"

这下完了。得快点想出对策，否则就是竹篮打水。

"随时跟我联系。"伊芙匆匆说。

"我会的，晚安。"

伊芙挂断电话，马上拨了乔治·梅利斯的电话号码，他还未到家。她每隔十分钟拨一次，最后，他终于接了电话。伊芙急忙问："你能马上弄到一百万美元吗？"

"这简直是白日做梦。"

"凯特要查你的财务状况。"

"她知道我的家庭，她……"

"我不是说你的家庭，我说的是你。我告诉过你，不要把她当傻瓜。"

一阵沉默。"我去哪儿搞到一百万美元？"

"我有个主意。"伊芙说。


第二天上午，凯特一到办公室，就对助手说："让布拉德·罗杰斯调查一下乔治·梅利斯的个人财务状况，目前他受雇于汉森经纪公司。"

"罗杰斯先生不在纽约，明天才能回来，布莱克韦尔夫人。等他回来后还是……？"

"明天也可以。"


华尔街位于曼哈顿岛的最南端，汉森经纪公司的大楼里，乔治·梅利斯坐在自己的办公桌前。证券交易业务已经开始，整个交易大厅吵吵闹闹，熙熙攘攘。公司总部共有二百二十五名雇员，其中有经纪人、分析师、会计师、操作员和客户代表。每个人都快节奏地忙碌着，像上了发条一般。乔治·梅利斯则是个例外，他呆呆地坐在办公桌前，心慌意乱。他正酝酿着一件大事，如果事情败露，他将身陷囹圄；一旦成功，他就会一步登天。

"你怎么不接电话？"

一个同僚站在面前，乔治这才意识到自己桌上的电话响了。响了多长时间？他必须恢复常态，不能引起他人的怀疑。他赶紧抓起电话，说道："乔

349

治·梅利斯。"同时，他朝那位同事微微一笑。

整个上午，乔治都忙于办理各种买进卖出的业务，但是他的脑子一直想着伊芙的计划，去偷一百万美元。

"其实那很简单，乔治。你只需从客户账户里取出一些股票，只用一个晚上。第二天早上你就把股票还回去，没有人会知道。"

为了方便客户，每家股票经纪公司的保险库里都存有数百万美元的股票和债券。某些股票的认证书上签有其所有者的名字，但绝大多数股票是代持股，只有CUSIP编码，也就是统一证券识别程序委员会规定的数码标志，用来识别股票所有者。这类股票不能在市面上流通，乔治·梅利斯也不想把它们兑换成现金，他另有打算。在汉森公司，股票保存在七楼安全保护区内那间巨大的保险库里。保护区的入口处有一个武装警卫守卫，保险库大门需要用加密的门禁卡才能打开。乔治·梅利斯没有持有门禁卡的权限，但他知道谁有。

海伦·撒切尔四十多岁，是个寡妇，孤独寂寞。她那张脸还算漂亮，身材也还苗条。她做饭的手艺不错。已经度过二十三年的婚姻生活，丈夫的去世给她的生活留下感情上的空白，她亟需一个男人关心她，呵护她。令她感到郁闷的是，汉森公司的大多数女性都比她年轻，对公司那些喜新厌旧的男人来说，年轻的女人更有吸引力。因此，公司里根本无人约她出去。

她在乔治楼上的会计部工作。她第一眼看到乔治，就认定他可以成为自己的理想丈夫，于是多次邀请他去家里吃晚饭，并且还向他暗示，除了吃饭，还能有其他活动。但乔治总是找各种借口推托。今天早上，有些不同寻常，她拿起电话，刚说出"会计部撒切尔夫人"，乔治·梅利斯的声音便传了出来："海伦，我是乔治。"他的声音暖暖的，她感到自己心中一颤。"想要我做什么，乔治？"

"我有个小惊喜送给你。你能来我办公室吗？"

"现在？"

"是的。"

"我正忙着……"

"噢，如果你太忙，那没关系，我等你。"

"不，不，我……我马上下楼找你。"

电话又响了起来，但乔治不理会。他抓起一沓纸，向电梯口走去。他环顾四周，确定没有人注意自己，然后走过电梯，走上了后面的楼梯。到了楼上，确定海伦已离开办公室，他便若无其事地走进去，好像有要紧事找海伦。如果被抓住……他根本没有时间想了。他拉开办公桌中间的抽屉，他知道海伦的门禁卡就放在里面。果然在里面。他拿起门禁卡，装进自己的口袋，离开海伦的办公室，匆匆下了楼。回到自己的办公桌前，他发现海伦正在那儿四下张望着寻找他。

"对不起，"乔治一脸歉意，"刚刚我被叫走了。"

"噢，没关系。快告诉我，有什么惊喜。"

"噢，有人私下告诉我，今天是你的生日，"乔治神秘地说，"所以我想请你吃午饭。"他观察着她的表情。她有点左右为难，想告诉他自己真实的生日，又怕失去与他共进午餐的机会。

"那——太好了，"她说，"我当然想和你共进午餐。"

"好的，"他对她说，"那么一点钟我在托尼餐馆等你。"这种约会本来可以在电话里告诉她，但海伦·撒切尔太激动了，对乔治的反常毫不在意。他看着她欣然离去。

海伦一走，乔治就行动起来。放回门禁卡之前，他要做几件事。他乘电梯上到七楼，然后走向那道被警卫严密把守的铁栅栏门，这道门通向安全保护区。乔治插入门禁卡，大门自动打开。他刚要进门，警卫说道："我好像以前从未见过你。"

乔治的心不禁怦怦直跳，他强作镇定地笑笑，说："是的，这不是我的工作范畴。有位客户突然想看看他的股票，所以我不得不把它们找出来，但愿不会花费我整个下午的时间。"

警卫一脸同情，笑笑说："祝你好运。"他看着乔治走进了保险库。

保险库是钢筋混凝土结构的，大约三十英尺长，十五英尺宽。乔治走到存放股票的防火保险柜前，打开了钢制抽屉。里面存放着数百张股票凭证，代表着在纽约和美国股票交易所上市的每家公司的股份。每只股票的股份数被印在票面上，面额从一股到十万股不等。乔治快速并熟练地翻阅着。他选的都是各种蓝筹公司的股票，凑足了一百万美元。他把几页纸塞进自己夹克的内兜里，关上抽屉，回到警卫把守的大门处。

"挺麻利啊。"警卫说。

乔治无奈地摇摇头，说："电脑给出的数字不符，上午我还得把它修正过来。"

"这些该死的电脑，"警卫满是同情地说，"它们会把我们毁掉的。"

乔治回到办公桌前，发现自己全身都被汗水湿透了。目前情况一切顺利。他给亚历山德拉挂通了电话。

"亲爱的，"他说，"今晚我想见你和你奶奶。"

"我以为今晚你会忙于商务应酬呢。"

"是的，但我推掉了，我有非常重要的事情要告诉你。"


下午一点整，乔治走进海伦·撒切尔的办公室，将门禁卡放回她办公桌的抽屉里，此时她正在托尼餐馆痴情地等着他。他真不想放回这张卡，因为他明天还会用到它，但他知道，公司规定晚上要上交门禁卡，逾期不交的话，第二天早上电脑就会判定它失效。到了一点十分，乔治与海伦·撒切尔开始用餐了。

他握着海伦的手，含情脉脉地说："我真想能经常这样和你聚聚。"他边说边打量她的表情。"明天午饭时你没事吧？"

她笑了。"噢，没事，乔治。"


当天下午，乔治·梅利斯走出办公室时，怀里揣着几张股票凭证，价值一百万美元。

七点钟，他准时来到布莱克韦尔家，被引进书房，凯特和亚历山德拉正在里面等着他。

"晚上好，"乔治说，"我希望不会打扰你们，有件事我必须向你们讲清楚。"他转身面向凯特。"我知道我的做法比较老旧，布莱克韦尔夫人，我请求您能允许我向您的孙女求婚。我爱亚历山德拉，我深信她也爱我。如果您能祝福我们，这将是我们莫大的幸福。"他把手伸进夹克内兜，掏出股票凭证，漫不经心地扔在凯特面前的桌子上。"这一百万美元是送给亚历山德拉的订婚礼物。她不需要您的钱，但是，我们需要您的祝福。"

凯特低头看了一眼散落在桌上的那些股票凭证，她认得上面每一家公司的名字。亚历山德拉走到乔治身边，眼里闪着泪花。"噢，亲爱的！"她转过身面对祖母，带着祈求的眼神。"奶奶?！"

凯特看着两人站在那儿，觉得再无理由拆散他们。瞬间，她甚至羡慕他们。"我祝福你们。"她微笑着说。

乔治咧嘴一笑，走向凯特。"谢谢。"他吻了她的脸颊。

接下来的两个小时里，他们兴奋地谈论着婚礼安排。"我不想搞得太铺张，奶奶。"亚历山德拉说，"我们不需要那样做，是不是，奶奶?"

"我同意，"乔治也说，"爱是个人的私事。"

最后，他们决定举行一个小小的仪式，请一位法官主持婚礼。

"你父亲会来参加婚礼吗?"凯特问道。

乔治朗声大笑。"您可挡不住他，我父亲、三个弟弟和两个妹妹都要来。"

"我很期待见到他们。"

"我保证，您会喜欢他们的。"他又温柔地看向亚历山德拉。

整个晚上，凯特激动万分。她为这个孙女高兴——为她能得到一位如意郎君而高兴。她忽然想起一件事：不要忘了告诉布拉德，不用再查乔治的个人财务状况了。

离开前，乔治瞅准与亚历山德拉独处的机会，故意漫不经心地说："这一百万美元的证券放在家里有些不妥，还是把它们暂时放进我的保险箱吧。"

"随你便啊。"亚历山德拉毫不在意。

乔治收起那些凭证，重又塞回夹克的内兜里。


次日上午，乔治像昨天那样再次约了海伦·撒切尔。趁她下楼去找他的空当（"我有个小东西要送给你"），他又一次从她的办公室里拿走那张门禁卡。他送给她一条古驰牌的围巾，作为迟到的生日礼物，随后二人约好共进午餐。这一次进入保险库无惊无险，他把那些凭证放回原处，又放回了那张门禁卡，然后来到附近的餐厅与海伦·撒切尔见面。

她握着他的手，说："乔治，为什么我们俩不能一起吃顿丰盛的晚餐呢？我亲自下厨。"

乔治略带歉意地回答说："恐怕这不可能，海伦，我要结婚了。"

婚礼的前三天，乔治来到布莱克韦尔家，愁容满面。"家里刚传来消息，"他难过地说，"我父亲心脏病又发作了。"

"噢，太遗憾了。"凯特关切地说，"他现在好些了吗？"

"昨晚我一直跟家人通电话，他们认为父亲能挺过来，当然他们都不能来参加婚礼了。"

"我们可以去雅典度蜜月，并看望他们。"亚历山德拉建议说。

乔治抚摸着她的脸颊，说："我们的蜜月另有安排，亲爱的，没有家人，就我们两人。"

婚礼在布莱克韦尔府邸的客厅里举行。只有几位好友出席，其中有亚历山德拉的同事文斯·巴恩斯、艾丽斯·科佩尔和马蒂·伯格海默。亚历山德拉恳求奶奶让伊芙回来参加婚礼，但是凯特态度坚决，毫不让步。"在这个家里，你姐姐将永远不会受到欢迎。"

亚历山德拉眼里噙满泪水。"奶奶，您对她太残忍了。我爱您，也爱她，您就不能原谅她吗？"

一瞬间，凯特差点说出伊芙干的那些背信弃义的勾当，但又忍住了。她说："我这么做，对大家都好。"

摄影师拍了很多婚礼照片，乔治嘱咐摄影师加印几张，说要寄给他的家人。凯特听到后，赞许地想，这是多么体贴周到的男人。

切蛋糕仪式之后，乔治悄悄地对亚历山德拉说："亲爱的，我出去一下，就一小时。"

"出了什么事？"

"没什么大事，不巧有一位重要客户要见我，只有谈成这笔业务，公司才同意我请假去度蜜月。时间不长，咱们的飞机五点才起飞呢。"

她笑了。"快点回来，我可不希望一个人度蜜月。"

乔治来到伊芙的公寓，她正等他，身上穿着一条薄纱般的睡裙。"亲爱的，喜欢你的婚礼吗？"

　　"是的，谢谢你。场面不大，很典雅。一切顺利。"

　　"你知道为什么吗，乔治？都是我安排的。你绝不能忘记这一点。"

　　他看着她，慢慢地说："不会的。"

　　"自始至终，我们都是同伙。"

　　"当然。"

　　伊芙笑了。"好了，好了，你娶了我的小妹妹，心满意足了。"

　　乔治看了看手表。"是的，我得回去了。"

　　"先别走。"伊芙阻止说。

　　"还有事？"

　　"你要先跟我上床，亲爱的，我要先享用我的妹夫。"

# 第三十章

蜜月旅行是伊芙安排好的，费用高昂，她提醒乔治说："这时候千万不能舍不得花钱。"

她卖掉了三件珠宝，这是她的一位狂热追求者赠送的，她把钱给了乔治。

"谢谢你，伊芙，"他尴尬地说，"我……"

"这钱会回来的。"

这是一次完美的蜜月旅行。乔治和亚历山德拉飞往牙买加，住在北部的蒙特哥湾的圆山度假村。度假村的大堂是一座小型的白色建筑，坐落在二十多幢雅致的私人别墅之间。这些别墅散布在一座小山的山坡上，一直延伸到清澈蔚蓝的海岸。梅利斯夫妇住在诺埃尔·科沃德别墅，这里有私人游泳池，还有一个女佣为他们准备早饭，他们在露天餐厅吃饭。乔治租了一条小船，他们可以驾船在海湾里游弋和钓鱼。每天，他们游泳、看书、玩双陆棋和做爱。在床上，亚历山德拉竭尽所能地取悦乔治，当他们达到高潮时，听到他的呻吟，她为自己能给他带来这种欲仙欲死的快乐而激动不已。

到了第五天，乔治说："亚历克斯，我要开车去金斯敦办公事，公司在那儿有家办事处，他们要我去那儿看看。"

"好啊，"亚历山德拉说，"我想和你一块儿去。"

他皱起了眉头，说："我当然希望你也去，可是，我在等一个国际长途电话，你得留下，记下来电信息。"

亚历山德拉感到失望。"服务台不能转达信息吗？"

"这个电话太重要了，我信不过他们。"

"好吧，我留在这儿。"

乔治租了一辆汽车，驱车前往金斯敦，到达时已是黄昏时分。这里是牙买加的首都，大街上挤满了游客，都穿着花花绿绿的服装。他们坐着游轮来到这儿，蜂拥到稻草市场或小集市里购物。金斯敦是一座商贸城市，城里有精炼厂、仓储库和渔场。作为一个内陆港口，这座城市风景美丽，有典雅的古建筑、博物馆和图书馆。

乔治对城市风貌毫无兴趣。已经憋了几周，他的性虐欲望亟须发泄。他物色到一个酒吧，于是走进去，跟酒保搭上了话。五分钟后，一个十五岁的黑人妓女陪着他上了楼梯，来到楼上的一家廉价旅馆。他跟这个妓女待了两个小时，然后，他一个人离开了房间，钻进汽车，驱车回到蒙特哥湾。亚历山德拉告诉他，那个重要的越洋电话还没有打来。

次日早上，金斯敦的报纸上刊登了一则报道，有位游客殴打了一名妓女，那妓女被打得遍体鳞伤，奄奄一息。

在汉森公司，高层董事们正在讨论怎么处理乔治·梅利斯。许多客户来公司抱怨，他们对乔治管理他们的证券账目的方式不满。董事们已经一致决定解雇乔治·梅利斯，然而现在新的情况出现了，所以董事们再次开会，改变了他们曾经做出的决议。

"他刚刚娶了凯特·布莱克韦尔的一个孙女，"有位董事说，"要从新的视角看这件事情。"

另一位董事附和道："确实，如果我们赢得布莱克韦尔家族这个大客户……"

空气中弥漫着贪婪的气息，几乎触手可及。董事们一致认为，乔治·梅利斯应当继续留在公司。

蜜月结束，乔治和亚历山德拉飞回纽约。一回到家里，凯特就对他们说："我希望你们搬来和我一起住。这幢房子很大，我们也不会妨碍彼此。你们——"

乔治打断说："您太体贴了，但是，我想亚历克斯和我最好住在自己的房子里。"

他可不想和这个老女人住在同一屋檐下，一天到晚，自己的一举一动都被她监视着，如芒在背。

"我明白。"凯特无奈地说，"既然这样，我就为你们买一栋房子吧，算是结婚礼物。"

乔治伸出双臂拥抱凯特。"您太慷慨了，"他激动得声音沙哑，"亚历克斯和我接受您的礼物，万分感谢。"

"谢谢您，奶奶。"亚历山德拉深情地说，"我们就在不远的地方找栋房子。"

"对，"乔治附和说，"我们就在附近找房子，最好一眼能看见您这儿。您知道，您多么有魅力啊！"

不到一周，他们就在一个公园附近找到了房子，是一栋老式的褐沙石建筑，跟布莱克韦尔家的府邸相隔十多条街。这是一栋造型雅致的三层别墅，有一间主卧室、两间客房，还有仆人间；另有一间老式厨房，空间很大；还有一间墙壁上镶着木板的餐厅，以及一间典雅的客厅和一间书房。

"亲爱的，你得自己装饰房子，"乔治抱歉地对亚历山德拉说，"公司客户把我缠得脱不开身。"

事实上，他几乎从不待在办公室，也很少处理客户的事务，他整天忙的是发泄欲望的事。这些天，警察收到一连串的伤害报案，报案者有男妓和女妓，也有去单身酒吧消遣的孤独女性。受害者声称，打人者是个外国男人，可能来自拉丁国家，相貌英俊，有良好的文化教养。然而，在警察局里，受害者和目击证人看嫌疑人的面部照片，都认不出来。

伊芙和乔治正在商业区的一家小餐馆吃午饭，这儿很偏僻，无须担心被人认出。

"你要让亚历克斯立一份新的遗嘱，不能让凯特知道。"

"到底怎么做呢？"

"亲爱的，我教给你……"


次日晚上，乔治跟亚历山德拉约好，在勒布莱瑟餐厅吃晚饭，这是纽约最好的法式餐厅。他迟到了近三十分钟。

餐厅老板皮埃尔·茹尔丹将他领到亚历山德拉的餐桌前。"真对不起，我的天使，"乔治上气不接下气地说，"刚才我跟我的律师有事处理，你知道那些律师的德行，他们善于把一切事务都搞得很复杂。"

亚历山德拉问道："出了什么事，乔治？"

"没事，我修改了我的遗嘱。"他握住她的手，深情款款地说，"如果我现在有什么不测，我所有的财产都留给你。"

"亲爱的，我不想……"

"噢，当然，跟布莱克韦尔家族的财富比起来，我这点财产算不了什么，但它能让你过得很舒服。"

"不，你不会有事的，绝对不会。"

"当然不会，亚历克斯，但有时生活会开你的玩笑。有些玩笑是致命的，但是我们也要面对。防患于未然，对不对？"

她坐在那儿，沉思着，过了片刻，说道："我也应该改一下我的遗嘱，你看呢？"

"为什么？"他惊讶地问。

"你是我的丈夫，我所有的一切都属于你。"

他猛地缩回手，急切地说："亚历克斯，我不在乎你的钱。"

"我知道，乔治，但你说得对，防患于未然是必要的。"她眼中噙着泪水，"我真是个傻瓜。现在我的生活太美满了，我真不敢想我们两人身上会发生什么事情。别担心，我们会白头到老的。"

"当然。"乔治咕哝着说。

"明天我就找布拉德·罗杰斯，商量修改我的遗嘱。"

他不置可否地耸耸肩。"如果你坚持那样做，亲爱的，我没意见。"接着，他好像想起什么似的，说道："噢，真要修改的话，最好让我的律师来做，他熟悉我的财产情况，可以协调好各个环节。"

"只要你喜欢就行。奶奶认为——"

他轻抚她的脸颊。"别把你奶奶扯进来。她无所不能，但你不觉得我们两个人的事还是不让她知道为好吗？"

"你说得对，亲爱的，我不会跟奶奶说的。你帮我预约一下你的律师，明天见面好吗？"

"记得提醒我给他打电话。现在，我饿了，我们先吃这只螃蟹吧。"


过了一周，乔治来到伊芙的公寓。

"新遗嘱签了吗？"伊芙问。

"是的，今天上午。下周她过生日，那天，她将正式继承属于她的公司股份。"


又过了一周，克鲁格-布伦特有限公司百分之四十九的股份转给了亚历山德拉。乔治打电话把这个消息告诉了伊芙。伊芙兴奋地说："老天保佑！今晚过来，我们庆祝一下。"

"不行，今晚凯特为亚历克斯举办生日派对。"

伊芙沉默了。"宴会准备了什么食物？"

"我怎么知道？"

"去弄清楚，马上！"电话挂断了。

四十五分钟后，乔治给伊芙打来电话。"搞不懂你为什么对这份菜单这么上心，"他气呼呼地说，"既然你不被邀请参加，我就告诉你吧。宴会准备了圣雅克扇贝、烤大牛排、比布莴苣沙拉、布里干酪、卡布奇诺咖啡，还有亚历克斯最喜欢吃的多色冰激凌和生日蛋糕。满意了吧？"

"好的，乔治，晚上过来。"

"不行，伊芙，今晚可是生日宴，我可不能提前跑出来。"

"你想办法。"

这该死的婊子！乔治狠狠地挂上电话。他看了看表，又耽搁时间了！他有一位重要客户，已经被他推掉两次约会了，现在这次自己又迟到了。他知道，公司头头们之所以没有开除他，只因他凭着一纸婚约踏进布莱克韦尔家族。他绝不能再出差错，以免在公司中职位不保。在亚历山德拉和凯特面前，他成功地装扮成一个严谨自律的好男人，千万不能功亏一篑。不久之后，等大功告成，他就可以扬眉吐气了。

他曾给父亲寄去一份婚礼请柬，那老家伙甚至懒得回复，连一句祝福都没有。"我再也不想见到你，"他父亲曾绝情地对他说，"你死了，懂吗？"死了，哼！"等着瞧，我会让你大吃一惊的。你眼中的浪子发达了。"


亚历山德拉二十三岁了，这次生日宴甚是隆重，来了四十多位客人。她曾要求乔治邀请一些他的朋友，被他拒绝了。"这是你的生日，亚历克斯，"他说，"就邀请你的朋友吧。"

事实上，乔治没有朋友。他是个孤独的人，自以为依赖他人是弱者。他看着亚历山德拉吹灭了蛋糕上的蜡烛，开始默默地许愿。他知道，这些愿望中一定有他，但是，他心中恶毒地想："亚历山德拉，你也应该为自己祈祷，祈祷自己活得长久一些。"在他心里，他不得不承认亚历山德拉超凡的美貌。她穿着白色的雪纺长裙，配上一双精致的银色凉鞋，脖子上戴着钻石项链，那是凯特送她的生日礼物。大颗的梨形宝石穿在一条铂金链子上，在烛光的照耀下闪闪发光。

凯特望着这对年轻夫妇，心中想起了多年前她和戴维的结婚周年纪念。那次，戴维就是把这条项链戴在她的脖子上，说他多么爱她。

乔治贪婪地盯着项链，心想这条项链值十五万美元。

整个晚上，乔治感觉到亚历山德拉的那些女友个个笑靥如花，频频向他眉目传情，暗送秋波，跟他搭讪时有意碰碰他。都是些好色的婊子，他不屑地暗骂。要是在其他场合，他倒可能冒险一试，发泄自己的性虐欲望，可是这些女人都是亚历山德拉的朋友。当然，即使她们被他虐待，也不敢向亚历山德拉抱怨，但她们可能会报警。不，计划进行得这么顺利，自己何必去冒险。

快十点钟时，乔治走到电话机旁。不一会儿，电话铃响了，他抓起话筒。

"你好。"

"梅利斯先生吗？"

"是的。"

"这是您的电话应答服务，您要求我十点给您去电话。"

亚历山德拉恰好站在他身边，他看了看她，皱起了眉头，不耐烦地说："他什么时候打的电话？"

"您是梅利斯先生吗？"

"是的。"

"您要求我十点钟给您去电话，先生。"

亚历山德拉还站在那儿。

"好吧，"他对着话筒说，"告诉他我马上到，让他在泛美航空公司的飞剪俱乐部等我。"

乔治猛地扣上电话。

"怎么了，亲爱的？"

他转身朝向亚历山德拉，气呼呼地说："有个同事真是蠢，他要去新加坡，可是把一些合同落在办公室了，他必须随身带走这些合同。我要去公司取合同，赶在他的飞机起飞前送给他。"

"现在吗？"亚历山德拉语带幽怨，"就不能让别人去？"

"谁让他们只信任我一人呢。"乔治无奈地叹了口气，"你看，整个公司，只有我能力超群。"他抱了她一下，语带歉意地说："对不起，亲爱的。别让我搅了你的生日宴，你们继续玩，我尽快赶回来。"

她苦笑道："我会惦记你的。"

在亚历山德拉的注视下，乔治匆匆离开。她环视四周，看看她的客人们是否玩得尽兴。她不由得想起伊芙，今天也是她的生日，她在干什么呢？

伊芙打开房门，乔治闪身进来。"你想出鬼点子了，"她说，"真是一个狡猾的家伙。"

"我不能待很长时间，伊芙，亚历克斯正在——"

她牵住他的手。"来，亲爱的，我要给你一个惊喜。"她领着他走进那间

362

小餐厅。餐桌上摆着两个人的餐具，铺着亮丽的银白色桌布，餐桌中央点着蜡烛，烛火摇曳。

"你这是……？"

"今天也是我的生日，乔治。"

"我知道，"他没好气地说，"我……我恐怕来不及给你准备生日礼物了。"

她摸着他的脸，莞尔一笑。"你会送我礼物的，亲爱的。待会儿你就会送给我。请坐。"

"谢谢。"乔治说，"我可真吃不下了，我刚才吃得够多了。"

"坐下。"她不动声色。

乔治心虚地看着她的眼睛，坐了下来。

餐桌上摆了圣雅克扇贝、烤大牛排、比布莴苣沙拉、布里干酪、卡布奇诺咖啡，还有多色冰激凌和生日蛋糕，跟亚历山德拉生日宴上的一模一样。

伊芙坐在乔治对面，看着他勉强地把食物塞进自己嘴里。"无论什么东西，亚历克斯总是跟我分享。"伊芙说，"今天晚上我和她共享生日晚餐，但明年这个时候，我们姐妹俩就只有一个过生日了。亲爱的，我妹妹出事的时间快到了，随后我那可怜的奶奶就会悲伤过度而死。那时，布莱克韦尔家族的一切都是我们的。乔治，快进卧室，给我生日礼物。"

他一直担心这一刻的到来。他是个男人，身体强健，精力充沛，但伊芙却支配着他，让他自觉无能为力。她让他帮她慢慢地脱掉衣服，然后她心急火燎地剥掉他的衣服，熟练地撩拨着他。

"你躺好，亲爱的。"她跨在他身上，开始慢慢地扭动她的臀部。"啊，感觉真爽……你不能达到高潮，是不是，可怜的孩子？知道为什么吗？因为你是个变态。你不喜欢女人，是吗，乔治？你只喜欢虐待她们。你也想虐待我，是不是？快说，你想虐待我。"

"我想杀了你。"

伊芙放荡地大笑起来。"借你一个胆子！你也想占有我家的公司，和我一样……你不敢伤害我，乔治，万一我出了什么事，我有个朋友手里捏着一封信，他一定会把信送到警察局。"

363

他根本不信她的鬼话。"你别虚张声势了。"

伊芙用一根长长的尖指甲划过他赤裸的胸膛，嘲弄道："你有自己的手段弄清真假，你敢吗？"

乔治突然意识到，这个婊子说的是真的。他永远摆脱不了她的控制了！以后，她将不断地奚落他，奴役他。他后半辈子都要受这个婊子摆布，这怎么能够忍受？他感到自己体内有个东西砰地爆炸了，眼前似乎笼罩着一层红色的薄雾，随后他的身体不再受大脑控制，好像身体外面有个人支配着他，他的一切动作就像电影中的慢镜头。他模糊地记得自己从身上推开伊芙，猛地分开她的双腿，听到她疼痛的叫喊声。他一次次地挥拳击打着什么东西，那种感觉妙极了。此时，他整个身心沉浸在无以复加的快乐里。他满足地想："噢，老天！为了这一刻，我苦等了多少时日。"远处隐约传来凄厉的惨叫声，眼前的红雾渐渐隐去。他朝身下望去，只见伊芙躺在床上，浑身是血，鼻梁被打折了，身上满是淤青，还有雪茄烧灼的伤痕，眼睛肿胀，眯成了一条缝，下巴脱臼了，只能从嘴角发出含混不清的呜咽声："住手，住手，住手……"

乔治摇摇脑袋，让自己清醒些。当他知道自己做了什么时，他顿时慌作一团。怎么解释他所做的一切？唉，他把一切都毁掉了，一切！

他朝伊芙俯下身。"伊芙？"

她努力睁开一只肿胀的眼睛。"医生……叫……医生……"每说一字，她都疼痛不已，"哈雷……约翰·哈雷。"


乔治·梅利斯在电话里只是说："伊芙·布莱克韦尔出事了，您能马上来吗？"

约翰·哈雷医生走进房子，他看到伊芙，又看到血迹斑斑的床和墙，惊骇道："噢，我的上帝！"他探手试试伊芙的脉，转过身对乔治说："快报警，告诉他们这儿需要一辆救护车。"

疼痛使伊芙意识模糊，但她还是低声叫着："约翰……"

约翰·哈雷俯下身，安慰说："你会没事的，我们马上送你去医院。"

伊芙哆嗦着伸出手，抓住他的手说："不要报警……"

"必须报警，我……"

364

她的手握紧了。"不要……报警……"

他看到她脸颊碎裂，下巴脱臼，身上多处被雪茄灼伤，提醒说："别讲话。"

虽然剧痛难忍，但伊芙仍同死神搏斗。"请……"她花了好长时间才吐出几个字，"私人的……奶奶绝不会……原谅我……不要……报警……车祸……"

没有时间费口舌了，哈雷医生走到电话前，拨通电话。"我是哈雷医生，"他报了伊芙的住址，"马上派一辆救护车过来。去找凯斯·韦伯斯特医生，让他在医院等我，告诉他有急诊，准备好手术室，马上手术。"停了片刻，他又接着说："肇事逃逸事故。"而后他砰地撂下电话。

"谢谢你，医生。"乔治有气无力地说。

哈雷医生转头看看乔治，眼中满是厌恶，这是亚历山德拉的丈夫。乔治匆匆穿好衣服，他的手指关节都已破皮，手上和脸上沾着血迹。"不要谢我，我这么做是为了布莱克韦尔家。我有一个条件，你必须同意去看心理医生。"

"我不需要——"

"不然我就报警，你这个狗娘养的！你不能逍遥法外。"哈雷医生伸手去拿电话。

"等一下！"乔治站在那儿，大脑飞快地转着。他几乎前功尽弃，可现在，如有神助，他又获得一线生机。"我答应你，去看心理医生。"

远处传来救护车刺耳的警笛声。


伊芙被推进一条长长的隧道，五颜六色的灯光忽明忽暗。她感到身体轻飘飘的，心想如果她想飞，她就能飞起来。她想要动动胳膊，但有什么东西按住了它们。睁开眼睛，她发现自己正躺在急诊床上，两个身穿绿大褂、头戴绿帽子的男人沿着白色的走廊推着她向前跑。"我在演电影吗？"伊芙迷迷糊糊地想，"我的台词是什么？我记不得了。"她再次睁开眼睛，发现自己待在一间白色的大房间里，躺在手术台上。

一个身穿绿色手术衣的瘦小男人朝她俯身说："我叫凯斯·韦伯斯特。我来主刀给你做手术。"

"别把我变成丑八怪，"伊芙费劲地低声说，"我不要变……丑。"

"别担心，"韦伯斯特医生似乎信心十足，"你现在只需睡一觉，放松一下。"

他给麻醉师使了个眼色。

伊芙的浴室里，乔治花了很长时间洗掉自己身上的血迹，他看了一眼手表，禁不住咒骂起来。已是凌晨三点钟，希望亚历山德拉已经睡着。他回到家，走进客厅，亚历山德拉正在等着他。

"亲爱的！我都疯了！你还好吗？"

"我没事，亚历克斯。"

她上前紧紧地抱住他。"我正准备报警呢，我以为你发生了什么可怕的事。"

"你说得太对了。"乔治心想。

"那些合同交给他了吗？"

"合同？"他这才想起来，"噢，那些合同，是的，给他了。"似乎是多年前的事了，一个早已过去的遥远的谎言。

"为什么这么晚才回来？"

"他的飞机晚点了，"乔治随口扯着谎，"他非要我陪他一会儿。我一直以为飞机随时要起飞，最后我想给你打电话，但已经太晚了。真对不起。"

"你现在回来了，我就放心了。"

乔治想起伊芙被抬上担架时的情景。当时，她从被打歪破裂的嘴里费力地吐出几个字："回……家……什么也没……发生……"如果伊芙死了，他将以谋杀罪被捕；如果伊芙活着，一切都能回归正常，原定计划就能照常实施。伊芙会饶恕他，她需要他。

躺在床上，乔治整夜未能合眼。在他脑中，伊芙那尖叫求饶的样子挥之不去。他还能感觉到自己的拳头抡下去，伊芙的骨头嘎吱断裂的声音；燃烧的雪茄摁在她雪白的皮肤上，还能嗅到皮肉烧焦的气味。那一刻，他似乎就要爱上她了。

伊芙是幸运的，因为约翰·哈雷找到凯斯·韦伯斯特为她做手术。韦伯斯特是世界上顶尖的整形外科医生之一。他在公园大道有家私人诊所，在南曼哈顿还有一家门诊诊所，专门诊治那些天生残疾的病人，到那里治疗的病人能付得起多少就付多少。韦伯斯特医生擅长治疗因意外事故而受伤的人，可是，当他见到伊芙·布莱克韦尔那张被打烂的脸，他不由得吓了一跳。他在杂志上看到过伊芙的照片，面对眼前这张曾经美丽的脸被摧残得面目全非，他感到义愤填膺。

"这是谁干的，约翰？"

"是一起肇事逃逸事故，凯斯。"

凯斯·韦伯斯特鼻子哼了一声，不屑地说："撞人后，肇事司机停下车，剥光她的衣服，点了支雪茄烫她的屁股？真相到底是什么？"

"恐怕我不能跟你讨论这件事。你能把她身体的各部分拼接好吗？"

"这是我的本职工作，约翰，我不但能拼接起来，还能无缝拼接。"

快到中午的时候，韦伯斯特医生终于对助手说："完工了。把她送到重症监护室。一旦发现不对劲，马上给我打电话。"

手术进行了九个小时。

两天后，伊芙被移出重症监护室。乔治来到医院，他急着见伊芙，想跟她谈谈，他害怕伊芙会策划针对他的可怕报复。

"我是布莱克韦尔小姐的律师，"乔治对值班护士撒谎说，"她要见我。我只待一小会儿。"

护士看着面前这个迷人的男人，说："按规定她还不能见客，但我相信你进去应该没有问题。"

伊芙住在一间单人病房里，她直挺挺地躺在床上，身上和脸上都裹满了绷带，只露出眼睛和嘴巴，几根导液胶管连着她的下体，显得丑陋、肮脏。

"嘿，伊芙……"

"乔治……"她的声音微弱、沙哑，他不得不凑近身子才能听到她说什么。

"你没有……告诉亚历克斯吧？"

"没有，当然没有。"他坐在床沿上，"我来是因为……"

"我知道你为什么来……我们……继续干下去……"

他心中有种说不出的宽慰。"我很抱歉，伊芙，真的，我……"

"找人给亚历克斯打电话……告诉她我外出……旅行……几周后回来。"

"好吧。"

那两只充血的眼睛盯着他。"乔治……帮我一个忙吧。"

"什么忙？"

"我痛得受不了了，让我……"


她睡着了。醒来后，她发现凯斯·韦伯斯特医生坐在床边。

"感觉怎么样？"他的声音温和而舒缓。

"感到很累……我的伤情……怎么样？"

韦伯斯特医生犯难了。X光片显示，她的颧骨骨折，是爆裂性骨折，颧弓的凹陷压迫颞骨肌肉，导致张嘴和闭嘴都会引起疼痛。她的鼻梁被打断，两条肋骨也断了，臀部和脚底还有多处烟头的烧伤。

"到底怎么样？"伊芙追问。

韦伯斯特医生只好委婉地说："你有一处颧骨骨折，还有鼻骨骨折；你的眼眶有点位移，张口、闭口时肌肉有压迫感，还有一些雪茄的灼伤。所有受伤部位都做了妥善处理。"

"我想照照镜子。"伊芙低声哀求。

这是韦伯斯特医生最忌讳的要求。"对不起，"他揶揄地说，"我们的镜子都用完了。"

她不敢再问下一个问题，但还是忍不住。"扯掉绷带后，我会……变成什么样子？"

"你还是一个美人，像出事之前一样。"

"真的？"

"等着瞧吧。现在，该告诉我发生什么事了吧？我得向警方写一份报告。"

长时间的沉默。"我被一辆卡车撞了。"

凯斯·韦伯斯特医生大惑不解，那人要毁掉这娇弱的美人，她却袒护凶手。他早已不愿质疑某些人的变态和残忍了。"我只需要一个名字，"他轻轻地说，"谁干的？"

"麦克。"

"姓什么？"

"卡车。"

韦伯斯特医生糊涂了，显然这是假名字。谁是肇事者？两个人都讳莫如深，先是约翰·哈雷，现在又是伊芙·布莱克韦尔。

"如果这是一起暴力犯罪，"凯斯·韦伯斯特对伊芙说，"按照法律，我必须向警方提交报告。"

伊芙伸手紧紧握住医生的手，说："拜托，请不要这样做，如果奶奶和妹妹知道了，她们会伤心死的。如果你报告了警察……报纸就会登出来。你不能……请不要……"

"我不能把它说成一起肇事逃逸事故。女士们通常不会一丝不挂地跑上大街。"

"求你了！"

他低头看着她，怜悯之情油然而生。"我想你可能绊了一下，从你家的楼梯上摔下来了。"

她把他的手攥得更紧了。"实情就是这样……"

韦伯斯特医生叹了口气。"我想是这样的。"


从那以后，凯斯·韦伯斯特天天都来看望伊芙，有时一天去两三次。他从医院的礼品商店为她买鲜花和一些小礼物。一见面，伊芙就焦急地问："我整天躺在这儿，为什么没有医生为我治疗？"

"我的同伴正在治疗你。"韦伯斯特医生告诉她。

"你的同伴？"

"大自然的力量。这些绷带看起来吓人，但绷带下面的伤口愈合得很好。"

每隔几天，他就拆下绷带，查验伤口。

"让我照照镜子吧。"伊芙恳请说。

他总是回答说："还未到时候。"

他是伊芙唯一的陪伴者，伊芙开始期待他的探视。这是一个其貌不扬的男人，矮小、瘦弱，浅黄色的头发细软稀疏，一双棕色的近视眼睛总是不停地眨着。在伊芙面前，他显得窘迫不安，这使她觉得很有趣。

"你结过婚吗？"她问。

"没有。"

"为什么不结婚？"

"我……我不知道。我想我不会是一个好丈夫，我总是有急诊电话。"

"你应该找个女朋友呀。"

他居然脸红了。"噢，你知道……"

"告诉我。"伊芙开玩笑道。

"我跟女朋友都处不长。"

"我敢打赌所有的女护士都迷恋你。"

"哪里，恐怕我不是浪漫的人。"

对凯斯来说，这并不夸张，伊芙想。那些护士和实习医生前来例行检查时，只要说起凯斯·韦伯斯特，伊芙发现，他们都把他看作神一样的存在。

"他是个奇迹创造者，"一个实习医生说，"只要是一张人脸，没有他做不了的事。"

他们讲述了他做过的手术，既有为畸形儿做的矫正手术，也有为破相的犯人做的复原手术。每当伊芙向凯斯·韦伯斯特问起这些事时，他总是这样搪塞道："不幸的是，这个世界总是以貌取人。我尽力去帮助那些有生理缺陷的人，这会使他们的生活发生很大变化。"

伊芙迷惑不解，他这样做既不图名，也不图利，他真是一个心底无私的人。她从未遇到过这样的人，不知道他的动机是什么。但这只不过是无聊的好奇心，其实，她对凯斯·韦伯斯特本人毫无兴趣，只关心他对自己的治疗效果。

入院已有十五天了，伊芙又被转送到纽约北部的一家私人诊所。

"在那里你会更舒服一些。"韦伯斯特医生解释道。

伊芙知道，他再来看她要跑很远的路，但他依然每天出现在她面前。

"你没有其他病人了吗？"伊芙打趣地问。

"没有你这么漂亮的病人。"


又过了五周，凯斯·韦伯斯特给伊芙拆掉了所有的绷带。他把伊芙的头转来转去，问道："还疼吗？"

"不疼。"

"有没有紧绷的感觉？"

"没有。"

韦伯斯特医生抬起头，对护士说："给布莱克韦尔小姐拿面镜子来。"

一阵恐惧忽地袭来。几周以来，她一直渴望照照镜子，可是，当这一时刻到来时，她却感到恐慌。她希望看到自己的脸，而不是陌生人的面孔。

韦伯斯特医生把镜子递过来，她怯怯地嗫嚅道："我怕……"

"你自己看看吧。"他温和地说。

她慢慢地举起镜子。真是奇迹！这张脸没有任何改变，正是自己的脸。她在镜子中找着疤痕。没有！刹那间，她眼中蓄满了泪水。

她抬起头，真诚地说："谢谢你。"然后，她探过头去，吻了凯斯·韦伯斯特一下。本来只是表示谢意，但这简单的一吻却让这个男人心中掀起了波澜。

他面红耳赤，窘迫地说："我……我很高兴你这么愉快。"

伊芙高兴得忘乎所以！"大家对你的评价是真的，你真是一位奇迹创造者！"

他不好意思地说："多亏你是个天生的美人坯子。"

371

# 第三十一章

看到伊芙被自己殴打的惨状，乔治·梅利斯吓坏了。这险些使他和伊芙的计划毁于一旦。起初，乔治并不完全清楚获得克鲁格–布伦特有限公司的控制权意味着什么。他曾经仅仅满足于不时地凭借自己的男性魅力，慰藉那些空虚寂寞的女人，接受她们的馈赠。现在，他娶了布莱克韦尔家族的孙女，克鲁格–布伦特有限公司触手可及，渐入囊中，这是连他的父亲都难以想象的跨国公司。"看看你的儿子，他又活过来了。他的公司比你的还大。"这不再是一场游戏。他知道，要想得偿所愿，就要不择手段。

乔治竭力将自己塑造成一个完美的丈夫。只要有可能，他就跟亚历山德拉形影不离。他陪她一起吃早餐，和她一块儿出门吃午餐，提醒自己傍晚要早早回家。周末，他们一起去凯特·布莱克韦尔位于长岛东汉普顿的海滨别墅，或者乘公司专机"塞斯纳号"飞往达克港，乔治最喜欢那个地方。他喜欢那儿的老房子，里面装点着漂亮的古董和珍贵的油画。巡睃于那宽敞的房间，他不停地祷告："快了，这里的一切都将是我的了。"这种感觉真好。

依照孙女婿的标准，乔治堪称完美。他费尽心思地讨好凯特。她已经八十一岁高龄，是克鲁格–布伦特有限公司的董事长，一个铁腕女人，处事强硬，精力充沛。每周，乔治夫妇都要和老太太吃一次饭；每过几天，他就给她打电话，跟她聊聊天。这是一个让人艳羡的孙女婿，疼爱妻子，孝顺祖母。

谁也不会想到，这个外貌英俊、温情脉脉的男人正酝酿着一场阴谋，要杀害他表面上疼爱和孝顺的两个亲人。

沉浸在阴谋幻想中的乔治突然被约翰·哈雷医生的电话惊醒了。

"乔治，我已经为你安排了心理医生，是彼得·坦普尔顿医生。"

乔治尽量使自己的声音显得温和、殷勤，他用讨好的语气说："可能确实没有必要，哈雷医生，我想……"

"我不管你怎么想。我们有言在先——我不报警，你必须去看心理医生。如果你不遵守约定……"

"不，不，"乔治急忙说，"如果你想要我去，我就去。"

"坦普尔顿医生的电话是5553161。他正等着你的电话。记住，今天。"说完，哈雷医生砰的一声撂下电话。

这该死的家伙，真是多管闲事！乔治气恼不已。从小时候起，他就最讨厌去看心理医生，但他不敢违背哈雷医生的要求。他得给这个坦普尔顿医生打个电话，然后去见他一两次，就完事了。

伊芙的电话打到乔治办公室。"我在家等你。"

"你……"他提心吊胆地说，"你康复了？"

"你来亲眼看看吧。今晚。"

"现在我很难离开，亚历克斯和我……"

"八点到。"

他如遭电击，目瞪口呆。站在他面前的伊芙，美丽依旧。他端详着这张俊俏的脸，曾被他的拳头造成的累累伤痕消失得无影无踪。

"难以置信！你……你跟以前一模一样。"

"是的，我仍然很漂亮，对吗，乔治？"她笑了，那是诡异神秘的笑，心里盘算着怎么处理他这个棋子。他是一头野兽，疯癫、变态，不能让他活下去。他必须为他对她的伤害付出代价，但目前还没到那一步。他还有用。他们站在那儿，各怀鬼胎，相视一笑。

"伊芙，我太对不起你了，我……"

她扬扬手。"算了，别再谈这件事了，已经过去了。我们继续依照原计划行事。"

但乔治知道，有些事情已经变化了。"我接到哈雷医生的电话，"他忧心忡忡地说，"他安排我去见那个该死的心理医生。"

伊芙摇摇头，说："不行，告诉他你没有时间。"

"我说过。假如我不去的话，他就把那次的……事故报告给警察。"

"该死！"

她站在那儿，陷入沉思。"他是谁？"

"那个心理医生？叫什么坦普尔顿。彼得·坦普尔顿。"

"我听说过他，很有名气。"

"不用担心。我就在他的治疗床上躺五十分钟，什么也不说。如果……"

伊芙没有听到他说的话。她想到一个新主意，正在琢磨细节。

她看向乔治。"老天又给了我们一个机会。"


彼得·坦普尔顿医生三十五岁左右，身高六英尺，身材魁梧，五官端正，仪表堂堂，有一双充满好奇的蓝眼睛。看上去他不像医生，倒像个橄榄球队员。此刻，他皱着眉头，正看着预约登记表上的一个名字：乔治·梅利斯——凯特·布莱克韦尔的孙女婿。

彼得·坦普尔顿对有钱人的烦恼无动于衷，然而，他的绝大多数同事都热衷于为社会名流把脉问诊。彼得·坦普尔顿开始行医时，有些病人很有钱，他很快发现，自己很难同情这类病人。有的富孀在他的办公室里大吵大闹，只是因为某次社交活动未被邀请；有的金融大鳄扬言要自杀，仅仅因为股票下跌亏了钱；有的肥胖的家庭主妇一会儿大吃大喝，一会儿跑进减肥中心。这个世界充满了矛盾和悖论，因此彼得·坦普尔顿做出决定，再也不去管有钱人的心理问题了。

乔治·梅利斯，如果不是约翰·哈雷医生的面子，彼得·坦普尔顿根本不愿意见。"我希望你最好把他介绍给其他医生，约翰。"彼得·坦普尔顿说，"我的门诊已经排满了。"

“就算帮我的忙吧，彼得。”

“他的问题是什么？”

“由你做出诊断，我不过是个乡下老医生。”

“好吧。”彼得同意了，“让他给我打电话。”

现在，这位乔治·梅利斯来了。坦普尔顿医生按了一下对讲机的按钮，说：“让梅利斯先生进来。”

彼得·坦普尔顿曾在报纸和杂志上见过乔治·梅利斯的照片，对他身上散发出的强烈的男性魅力颇感意外。“魅力”这个词应该被赋予新的含义，他想。

他们握了握手。彼得说：“坐吧，梅利斯先生。”

乔治看着治疗床，说：“坐那儿？”

“哪儿都行，只要你觉得舒服。”

乔治坐到桌子对面的椅子上。他看着彼得·坦普尔顿，微笑着。他原来担心自己跟彼得·坦普尔顿见面时会害怕，但和伊芙谈话后，他安下心来。坦普尔顿医生将成为他的盟友和证人。

彼得打量着对面的这个人。病人们第一次来见他时，都会紧张，无一例外。有人用虚张声势来掩饰，有人沉默不语，有人夸夸其谈，有人则心存戒备。眼前这个人看不出有任何紧张的迹象，恰恰相反，他显得无拘无束，自得其乐。好奇怪！彼得想。

“哈雷医生告诉我，说你有心理问题。”

乔治叹了口气，说：“恐怕我有两个问题。”

“现在跟我说出来吧。”

“我感到非常惭愧，因此我……我才鼓起勇气来这里见你。”他向前探探身子，语气显得非常真诚，“我做了这辈子从未做过的事情，医生。我打了一个女人。”

彼得静静地听着。

“我们争吵了几句，我突然大脑一片空白，不知道自己做了什么。当我清醒过来后，我已经……打了她。”他的声音哽咽起来，“太可怕了。”

彼得·坦普尔顿心里明白，这个乔治·梅利斯的问题很清楚，他喜欢打女人。

"你打的是你太太吗？"

"我太太的姐姐。"

布莱克韦尔家的孪生姐妹出现在慈善活动和社会事务中时，彼得偶尔见过报纸和杂志对她们的一些报道。姐妹俩长得一模一样，彼得回忆着，她们都美艳动人。眼前的这个人打了他妻子的姐姐。嗯，有点意思了。听乔治·梅利斯说，他好像只动手扇了她一两个耳光。如果他说的是实情，约翰·哈雷绝不会非要让自己为他看病。

"你说你打了她，那么她受伤没有？"

"事实上，她受伤了，伤得很重。医生，我说过了，当时我大脑一片空白，当我清醒过来，我……我简直不敢相信。"

"当我清醒过来"，这个自我辩护真是妙啊！——"不是我有意打的，是我无意识打的。"

"你知道这是怎么引起的吗？"

"最近我的精神极度紧张，我父亲病得很重，心脏病多次发作，我心里非常担忧。我们一家人非常和睦。"

"你父亲也在纽约吗？"

"他在希腊。"

是那家梅利斯公司。"你说你有两个问题。"

"是的，我妻子，亚历山德拉……"他停了下来。

"你的婚姻出了问题？"

"感情破裂？不是那个意思，我们还是相亲相爱，只不过……"他欲言又止，"亚历山德拉近来不太好。"

"身体不好？"

"情绪不好。她抑郁了好久，总是说要去自杀。"

"找医生看了吗？"

乔治苦笑了一下。"她拒绝看医生。"

真是遗憾，彼得心想，在公园大道营业的某个心理医生失去了大赚一笔的机会。"你跟哈雷医生谈过吗？"

"没有。"

"他是布莱克韦尔家族的私人医生，我建议你和他谈谈。如果他觉得有必要，他会推荐一位心理医生的。"

乔治·梅利斯不由得紧张起来，急忙说："不行，我不能让亚历山德拉知道我在背后谈论她。恐怕哈雷医生会……"

"没关系，梅利斯先生，我会给他打个电话。"


"伊芙，遇上麻烦了，"乔治急促地说，"大麻烦。"

"出什么事了？"

"我一字不差地重复了你的话，我说我很担心亚历山德拉，怕她会自杀。"

"然后呢？"

"那个狗娘养的医生要给约翰·哈雷医生打电话，说要商量这件事！"

"噢，上帝！不能让他这么干。"

伊芙在屋里走来走去，突然，她停了下来。"好吧，让我来对付哈雷。你和坦普尔顿还有门诊预约吗？"

"有。"

"继续去。"


次日上午，伊芙来到哈雷医生的办公室。约翰·哈雷喜欢布莱克韦尔一家人，他看着她们姐妹俩长大成人。他曾目睹了玛丽安的死亡，以及托尼对凯特的枪击，他亲自把托尼送进了精神病疗养院。凯特遭受的创伤太多了。后来，凯特又与伊芙关系破裂。他不知道是什么原因造成的，这超出他的职责范围，他只对这个家庭的成员的身体健康负责。

伊芙走进哈雷医生的办公室，他一看到她，便不由得叹道："凯斯·韦伯斯特创造了奇迹！"他见她额头上还有一条细细的粉红色疤痕，几乎看不出来。他想，这是她脸上留下的唯一伤痕了。伊芙说："韦伯斯特医生要在一个月左右的时间里消除这条伤疤。"

哈雷医生拍拍她的手臂，说："这样的话，你就更漂亮了，伊芙。我很欣慰。"他示意她坐下。"想让我为你做什么？"

"不是为我，约翰，我来是为了妹妹亚历克斯。"

哈雷医生皱起眉头。"她有什么问题？跟乔治有关吗？"

"噢，不，"伊芙连忙说，"乔治对她很好。事实上，是乔治在担心她。最近，亚历克斯看起来很奇怪，她很抑郁，甚至有自杀的念头。"

哈雷医生看着伊芙，断然否定。"我不相信，亚历克斯绝不会这样。"

"是的，我也不相信，所以我去看了她。想不到她变化这么大。见她情绪低落，闷闷不乐，我真是急死了。这事我不能去找奶奶，只好来这里找你。约翰，你一定要帮帮她。"她的眼睛湿润了，"奶奶不要我了，我不能再失去妹妹，我受不了了。"

"这种状况持续多长时间了？"

"不清楚。我求她来和你谈谈，起初她拒绝，后来我终于说服了她。你可要帮帮她呀。"

"当然，我会的。让她明天上午来这儿。别担心，伊芙。我们有很多新药，可以创造奇迹。"

哈雷医生陪伊芙走到办公室门口。他希望凯特不要那么绝情，伊芙是一个多有爱心的孩子啊！

伊芙回到自己的公寓，用冷霜仔细地在脑门上涂抹，那道红色伤疤消失了。


第二天上午十点，哈雷医生的接待员进来通报说："乔治·梅利斯夫人要见您，医生。"

"请她进来。"

梅利斯夫人慢慢地走进来，她神情恍惚，面色苍白，还有两个大大的黑眼圈。

约翰拉着她的手，担心地说："很高兴见到你，亚历山德拉。听说你睡眠不好，到底怎么回事？"

她有气无力地说："我不该来打扰你，约翰，我没有感到哪儿不舒服。要不是伊芙怂恿，我绝不会来。我觉得自己身体很好。"

"情绪怎么样？"

她迟疑地说："就是睡眠不好。"

"还有什么？"

"你可能认为我得了抑郁症……"

"还没到那个程度，亚历山德拉。"

她垂下眼睛，呢喃道："我总是感到沮丧，有点焦虑，还有……疲惫。乔治想尽办法让我开心，要么我们两人一块儿参加活动，要么他带我到其他地方去散心。问题是我什么事也不愿做，哪儿也不想去。任何事情都变得……无所谓。"

他仔细地听着每一个字，细心地观察着她。"还有什么？"

"我……我想自杀。"她的声音微弱，几乎听不清。她抬起头，眼神呆滞，问道："我是不是疯了？"

他摇摇头。"不，你没有疯。你听说过快感缺失症吗？"

她摇了摇头。

"这是一种生理失调，导致你出现你所描述的那些症状。这是一种很常见的问题，有一些新药对这种问题非常有效，并且这些药物没有副作用。我给你检查一下，我相信不会发现什么严重问题。"

检查结束，她穿好衣服，哈雷医生说："我给你开点安非他酮，这是新一代抗抑郁的药物，非常有效。"

她看着他开处方，一副无精打采的样子。

"一周后，你再来一次。在此期间，如果你觉得有任何问题，无论白天还是晚上，随时给我打电话。"他把处方递给她。

"谢谢你，约翰。"她说，"我希望再也不做那些噩梦了。"

"什么梦？"

"噢，我忘了告诉你。每晚我都做同一个梦。我梦见我坐在一条小船上，风很大，我听见大海呼唤我的名字。我来到船边，低头看见自己在水中挣扎，快要淹死了……"

她走出哈雷医生的办公室，来到大街上。斜倚着一堵墙，她深吸了一口气。大功告成，麻烦摆脱了，伊芙得意地想着。她随手一扬，那张处方随风飘走。

# 第三十二章

会议开得太久了，凯特·布莱克韦尔感到筋疲力尽。环顾会议桌，有六人围桌而坐，三男三女。这是公司的执行董事会，六位董事仍然精神饱满。看来不是会议开得太长，凯特想，是自己太老了，她已经八十二岁高龄了。想到这儿，她感到闷闷不乐，她并不怕死，而是担忧无人接管她创建的商业帝国。新的布莱克韦尔家族的成员还无法掌管克鲁格–布伦特有限公司，她绝不能撒手而去。伊芙让她大失所望，她只能改弦更张，培养亚历山德拉成为公司新的掌舵人了。

"您知道，奶奶，我愿为您做任何事，但是我对公司的事务毫无兴趣。乔治能成为一个出色的管理……"

"你同意吗，凯特？"布拉德·罗杰斯的声音传来。

凯特从沉思中惊醒。她满脸歉意地对布拉德说："对不起，你刚才说的是……？"

"我们正在讨论兼并德勒克公司。"他耐心地提醒。布拉德·罗杰斯很担忧凯特·布莱克韦尔的身体。最近几个月，她常常在董事会上走神。凯特的确岁数大了，该退休颐养天年了，但她又常常语出惊人，见解独到，董事会的每位成员都纳闷："真是好主意，我怎么想不出来呢？"真是一个不同寻常的女人。他想起了很久以前他们之间的那段露水情缘，为什么那段恋情转瞬即逝了呢?

乔治·梅利斯第二次来到彼得·坦普尔顿的诊所。"你以前有过很多暴力行为吗,梅利斯先生?"

乔治摇摇头。"没有,我痛恨暴力。"

"鬼才信你呢,你这个狗娘养的。不要自作聪明了,法医会验明一切的。"彼得·坦普尔顿心想。

"你说过,你的父母从未体罚过你。"

"是的。"

"这么说,你从小就是一个乖巧听话的孩子?"

小心,这里有陷阱。

"跟一般孩子一样,我想。"

"一般孩子常常会因违反成人世界的规则而受到惩罚。"

乔治笑了笑,不以为然地说:"我记得自己从没有违反过任何规则。"

他没说实话,彼得·坦普尔顿想。他为什么撒谎?他想隐瞒什么?他想起自己与哈雷医生的谈话,那是同乔治·梅利斯会面之后。

"他说他打了他妻子的姐姐,约翰,并且——"

"打了她?"约翰·哈雷义愤填膺,"那不是打,是虐杀,彼得。他打碎了她的面颊骨,打断了她的鼻梁骨,还有三根肋骨,还用雪茄烧她的臀部和脚底。"

一股寒意传遍了彼得全身。"他没有跟我说过这些。"

"我敢打赌他绝不会说。"哈雷医生断然说,"我警告过他,如果不去见你,我就报警。"

彼得想起上次乔治说的话:"我感到非常惭愧……才鼓起勇气来这里见你。"看来这也是谎话。

"梅利斯告诉我,他妻子有抑郁症,有自杀的念头。"

"是的,这我可以做证。几天前亚历山德拉来找过我,我给她开了安非他酮。真是为她担心。你对乔治·梅利斯的印象如何?"

"还不敢确定。我有一种直觉,"彼得一顿一顿地说,"这是一个危险的家伙。"

在凯斯·韦伯斯特医生的脑海里，迷人的伊芙·布莱克韦尔挥之不去。这是一个女神，美艳动人，好像只在梦中出现，不可触及。她开朗、活泼，魅力四射，而他则内向、呆板，土里土气。凯斯·韦伯斯特一直未婚，他始终没找到这样一个女人，既甘于相夫教子，又对他言听计从。除了工作，生活中他很自卑。从小时候起，母亲在家里飞扬跋扈，独断专横；父亲性格软弱，是个受气包。凯斯·韦伯斯特很少想男女之事，他把所有精力都投入到自己的外科手术中。现在，伊芙·布莱克韦尔频频出现在他的梦中，早上醒来，回想那些梦时，他又感到羞臊难当。她痊愈了，对他来讲，想见她也没有理由了，可他忍不住想要见她。

　　他把电话打进她的公寓。"伊芙吗？我是凯斯·韦伯斯特。没有打扰你吧？那天我……噢……我总是想着你，我……我想知道你最近怎么样。"

　　"很好，谢谢，凯斯。你最近怎么样？"她的声音带着挑逗的意味。

　　"还……还好。"接着是一阵沉默。他鼓起勇气，试探性地问："你忙吗？有没有时间和我吃午饭？"

　　伊芙暗自笑了。这个胆怯的小个子男人，真是好玩。"我很乐意，凯斯。"

　　"真的？"可以听出他感到意外，"什么时间？"

　　"明天怎么样？"

　　"就这么定了。"他急忙说，生怕她改变主意。


　　这顿饭吃得很愉快。凯斯·韦伯斯特医生像个初坠情网的小男生，他一会儿掉落了餐巾，一会儿弄洒了酒，一会儿又碰倒了花瓶。伊芙开心地看着他手忙脚乱的样子，心想，谁能想到这是一位那么出色的外科医生啊。

　　午餐结束，凯斯·韦伯斯特羞涩地问："我们能不能……改天再吃一次饭？"

　　她板着脸说："最好不要了，凯斯。我怕我会掉进爱河里。"

　　他的脸涨得通红，不知说什么好了。

　　伊芙拍拍他的手。"我永远忘不了你。"

　　他又把花瓶碰倒了。

医院的自助餐厅里，约翰·哈雷正在吃午饭，凯斯·韦伯斯特来了。

"约翰，我保证保守秘密，请告诉我伊芙·布莱克韦尔受伤的真相，要不我会寝食难安。"

哈雷犹豫了一下，耸耸肩说："好吧，那人是她的妹夫，乔治·梅利斯。"

此刻，凯斯·韦伯斯特觉得自己一步步走进了伊芙的隐秘世界。


乔治·梅利斯变得急不可耐，他嚷道："钱就摆在面前，遗嘱也已改好，我们还等什么？"

伊芙坐在沙发上，一双长腿蜷缩在身下，盯着乔治在屋里走来走去。

"这事快点了结，伊芙。"

他害怕了，伊芙想。这是一条毒蛇，虽然盘了起来，但会致人死命。她犯过一次错误，上次逼得他太紧，几乎要了她的性命。绝不能故技重演，再犯错误了。

"我同意你的看法，"她慢慢说，"我想是时候了。"

他停下来。"什么时候？"

"下周。"


谈话快结束了，乔治·梅利斯还未提起他的妻子。突然，他说："我很担心亚历山德拉，坦普尔顿医生。她的抑郁症状似乎更严重了。昨晚，她不断地说要溺水而死，我不知该怎么办。"

"我跟约翰·哈雷医生说过，他已给她开了药，他认为那种药对她很有效。"

"希望如此，医生。"乔治一脸真诚，"如果她出了事，我可受不了。"

彼得·坦普尔顿听出了弦外之音，他顿感不安，难道自己正在见证一场假戏真做的阴谋？这个人可是有致命的暴力倾向。"梅利斯先生，以前你与其他女人之间的关系怎么样？"

"很正常。"

"你有没有对她们生过气，发过脾气？"

乔治·梅利斯意识到这个问题暗藏玄机。"从来没有。""哼！医生，我可比你聪明多了。"他心想。"我说过，我痛恨暴力。"

约翰的话又回响在彼得医生的脑海："那是虐杀，彼得。他打碎了她的面颊骨，打断了她的鼻梁骨，还有三根肋骨，还用雪茄烧她的臀部和脚底。"

"有时候，"彼得暗含讥讽地说，"对某些人来说，暴力可使他们得到宣泄，是一种情感的释放。"

"我懂你的意思。我有个朋友，喜欢殴打妓女。"

他有个朋友？这是一个报警信号。

"给我说说你那个朋友吧。"

"他恨妓女，她们总是骗他。他和妓女们做完事后，就把她们一顿暴揍——给她们一个教训。"他看看彼得的脸，没有什么异样的表情，于是他壮起胆，继续说："我记得有一次我和他在牙买加，一个年龄不大的黑人妓女把他带进旅馆房间，把他的裤子脱掉后，说想多要点钱。"说到这儿，乔治得意地笑了。"她被打得屁滚尿流。我敢打赌，她再也不敢多要钱了。"

这是个神经病，彼得·坦普尔顿断定。根本没有那个所谓的朋友，这人隐藏在第二自我后面，自我吹嘘。这是个夸大狂患者，一个恶魔。

彼得决定尽快与约翰·哈雷再谈一谈。


两人约在哈佛俱乐部见面，这是一家私人社交俱乐部，位于曼哈顿中城。彼得·坦普尔顿感到自己进退两难。他需要摸清乔治·梅利斯的底细，但又不能破坏医患之间的保密契约，泄露患者的隐私。

"你能否告诉我乔治·梅利斯妻子的情况？"他问。

"亚历山德拉？她是个好孩子。她们姐妹俩还是婴儿的时候，我就是她们的私人医生了。"哈雷医生呵呵一笑，"你知道同卵双胞胎长得很像，当你看到这姐妹俩站在一起时，你才能真正知道什么叫一个模子刻出来的。"

彼得若有所思。"二人真的一模一样？"

"没有人能认出她们。她们小时候常做各种恶作剧。我记得有一次伊芙病了，我要给她打一针，可我差点把针打给亚历山德拉了。"哈雷医生举杯喝了一口，"她们长得太像了，确实很神奇。现在，她们长大了，可我还是分不清她们。"

彼得思考着，然后像是想起了什么似的，说道："你说过，亚历山德拉去找你看过病，因为她有自杀的念头。"

"是的。"

"约翰，你怎么能肯定她是亚历山德拉呢？"

"那很简单，"哈雷医生说，"伊芙被乔治·梅利斯打伤后，经过手术，前额落了一条很细的疤痕。"

自己的猜想说不通了。

约翰·哈雷好奇地问："你与梅利斯谈得怎么样？"

彼得犹豫了一下，拿不准是否该说出自己的猜测。"我还看不透他。他像隐身在面具后面，我正努力摘掉他的面具。"

"彼得，你要小心。要我说，这是个疯子，神经错乱了。"他又想起伊芙伤痕累累，倒在血泊中。

"姐妹俩都是巨额家产的继承人，是吗？"彼得追问。

现在轮到约翰·哈雷犹豫了。"噢，那是家庭私事。"他说，"答案是否定的，她们的祖母已把伊芙踢出去了，一个子儿也不给她。亚历山德拉将继承全部家产。"

"我很担心亚历山德拉，坦普尔顿医生。她的抑郁症状似乎更严重了。昨晚，她不断地说要溺水而死，我不知该怎么办。"现在回想起乔治的话，彼得·坦普尔顿感到这倒真像是一个完美的谋杀陷阱。可是，乔治·梅利斯本人是梅利斯公司的法定继承人，他没有任何理由为了金钱去杀人啊。真是胡思乱想，彼得责备自己。


冰冷的海水里，一个女人拼命挣扎，他奋力向她游去。大海上波涛汹涌，那个女人在海水中时沉时浮。"坚持住，"他喊道，"我来了。"他想游得快一点，但是胳膊和腿好像灌满了铅，根本动不了，他眼看着她一点点沉下去。终于，他游到那儿，不见女人的踪影，他环顾四周，只见一条大白鲨朝他逼近。彼得·坦普尔顿惊醒了，他打开灯，坐在床上，想着刚才的梦。

次日一大早，他给探长尼克·帕帕斯打去了电话。

尼克·帕帕斯是个大块头，身高六英尺四英寸，体重将近三百磅。那些栽在他手上的罪犯可以做证，他身上没有一点多余的脂肪。帕帕斯探长在曼哈顿富人区的警局凶案组工作。几年前，在一起谋杀案中，彼得曾以精神病专家的身份出庭做证，二人相互认识，后来就成了朋友。帕帕斯喜欢下棋，两人每月都会在棋盘上厮杀一番。

帕帕斯接了电话。"凶案组，帕帕斯。"

"我是彼得，尼克。"

"老朋友！你那些心灵秘密都破解了吗？"

"快了，尼克。蒂娜还好吗？"

"很好。有何贵干？"

"我需要一些情报。你在希腊有线人吗？"

"有线人吗？"帕帕斯喊道，"我在那儿有一百多号人呢，他们都伸手要钱，我干的傻事就是给他们送钱。你应该给我诊断诊断，看我是否正常。"

"太晚了，"彼得打趣说，"你已经无药可治了。"

"蒂娜也这样说我。你需要什么情报？"

"你听说过乔治·梅利斯吗？"

"那个食品家族的人？"

"是的。"

"他并不在我的监控范围内，但我知道这个家伙。打听他什么事？"

"我想知道他是否有钱。"

"你开玩笑吧，他的家庭……"

"我是说他自己是否有钱。"

"让我查查吧，彼得。但愿不是白费工夫，梅利斯家族富得流油。"

"顺便说一句，如果你让别人询问乔治·梅利斯的父亲，告诉那人要含蓄点，那老头已经犯过多次心脏病了。"

"好吧，我在电报里提醒一下。"

彼得又想起了那个梦。"尼克，你今天能否亲自打个电话？"

帕帕斯的声音有点异样。"你是不是有什么事瞒着我？"

"哪里，我不过是想满足自己的好奇心而已。电话费记在我的账上。"

"当然……还有，你得请我吃饭，到时候你要告诉我这到底是怎么回事。"

"一言为定。"彼得·坦普尔顿挂上电话，感觉好点了。

凯特·布莱克韦尔感觉不舒服。打电话时，她突然感到一阵眩晕，房间开始旋转。她紧紧地抓住桌角，站在那儿，直到恢复正常。

布拉德走进办公室，见她脸色苍白，忙问："你怎么啦，凯特？"

她松开手，说："刚才有点头晕，没什么大不了。"

"你多长时间没有体检了？"

"我哪有时间去体检，布拉德。"

"找个时间，我让安妮特联系一下约翰·哈雷医生，帮你约个门诊。"

"算了，布拉德，别大惊小怪了，好吗？"

"还是去看看医生吧。"

"好吧，不然你唠叨个没完。"

第二天上午，秘书走进彼得·坦普尔顿的办公室，说："帕帕斯探长来电话了，一号分机。"

彼得抓起话筒。"你好，尼克。"

"我想咱俩可有话聊了，我的朋友。"

彼得心头一紧，忙问："打听到梅利斯的事了吗？"

"我和梅利斯老头直接通了电话。首先，他这辈子从未得过心脏病。其次，他说在他心里，他的儿子乔治已经死了。几年前，他就把他赶出了家门，一分钱也没给。我问他原因，那老头就把电话挂了。我又给雅典总部的一个老朋友打了电话，你的那个乔治·梅利斯真是头号风流人物。当地警方对他并不陌生。他以伤害女孩为乐，连小伙子也不放过，最后一个受害者是个男妓，只有十五岁。这是他离开希腊前作的案。他们在一家旅馆里发现了那男孩的尸体，最后锁定了乔治·梅利斯。梅利斯老头买通了警察，然后把乔治那小子一脚踢出了希腊，勒令他永不准回希腊。怎么样，满意吗？"

这岂止是让彼得满意，简直让他感到后怕。"谢谢，尼克，我欠你好大一个人情。"

"噢，不，老伙计，这种事我愿意做。如果那个小子又犯事了，你最好告诉我。"

"没问题，尼克。代我问蒂娜好。"他挂断电话。还有很多头绪没有理清，乔治·梅利斯中午就要来了。


约翰·哈雷医生正在检查病人，接待员突然通报说："乔治·梅利斯夫人要见您，医生。她没有预约，我告诉她您的时间已排满……"

约翰·哈雷忙说："把她从侧门领进来，让她到我办公室等一下。"

梅利斯夫人的脸显得更苍白，眼圈更黑了。"很抱歉我不期而至，约翰，但是……"

"没关系，亚历山德拉。最近怎么样？"

"太要命了，我……我感觉糟透了。"

"按时服用安非他酮了吗？"

"是的。"

"还是感觉很焦虑？"

她双手紧握，幽幽地说："比焦虑还要糟，我……我感到生活无望，好像对任何事情都无能为力。我受不了了。我害怕我……我会做出什么可怕的事来。"

哈雷医生安慰说："你的身体没有任何问题，我以我的声誉担保。你是受情绪困扰。我给你换一种药，诺米芬辛，也是一种新型抗抑郁药，很有效。不出几天，你就会有所好转。"他写好处方，递给了她。"如果到周五还不见好，希望你给我打个电话，我向你推荐一位心理医生。"

半小时后，伊芙回到公寓，擦去脸上的白色粉底霜，还有眼部周围的眼影。

计划的实施加速了。


乔治·梅利斯坐在彼得·坦普尔顿面前，面带微笑，镇定自若。

"今天感觉怎么样？"

"好多了，医生。你可能想象不到，这几次的咨询让我受益匪浅。"

"真的吗？咨询这么有效？"

"噢，找人倾诉一下确实有效。天主教教堂存在的目的就是让人告解，解人烦恼，是不是？"

"很高兴这种谈话对你有帮助。你妻子感觉怎么样，好点了吗？"

乔治的眉头紧皱起来。"没有。她又去看了哈雷医生，但她想自杀的话说得更勤了。我想带她到外面走走，我认为她需要换换生活环境。"

彼得一听，心中顿时升起不祥之感。这次可不是他自己臆想出来的。

"希腊是个好地方，能让人精神放松，"彼得故意漫不经心地说，"你带她回去见过你的家人了吗？"

"还没有，他们都很想见她。"他咧嘴笑了笑，"让我头疼的是，父亲只要一见到我，就非得让我回去，操持家族的生意。"

就在此刻，彼得心中暗惊，亚历山德拉·梅利斯有性命之忧了。


乔治·梅利斯离开后，彼得·坦普尔顿一直坐在办公室里，琢磨着关于乔治的有关记录。最后，他抓起电话，开始拨号。

"约翰，请帮个忙，打听一下乔治·梅利斯带妻子去哪儿度的蜜月。"

"我现在就能告诉你。在他们离开之前，我给他们打了几针疫苗。他们去了牙买加。"

"我有个朋友，喜欢殴打妓女……我记得有一次我和他在牙买加，一个年龄不大的黑人妓女把他带进旅馆房间，把他的裤子脱掉后，说想多要点钱……她被打得屁滚尿流。我敢打赌，她再也不敢多要钱了。"彼得的脑中又响起乔治得意扬扬的声音。

然而，没有证据证明乔治·梅利斯想要谋杀自己的妻子。约翰·哈雷已经证实亚历山德拉·梅利斯有自杀念头。"随他去吧，这不关我的事。"彼得努力说服自己。但他清楚，自己跟这事脱不了干系。


彼得·坦普尔顿靠着课外打工完成了学业。他父亲在内布拉斯加州一个小镇的社区学院做门卫，因此即使有奖学金，彼得也读不起常春藤盟校中的任何一所医学院。他从内布拉斯加大学毕业，成绩优异，后来又攻读精神病学。一路走来，他事业有成。他认为自己成功的诀窍在于真诚地关心病人，对他们嘘寒问暖。亚历山德拉不是他的病人，但他却被扯进了她的生活。她是解开这个谜题的钥匙，因此，他有必要跟她面对面地谈一谈。他拿出乔治·梅利斯的病历，找到他的家庭电话号码，然后给亚历山德拉打去电话。女佣请她来接电话。

"梅利斯夫人，我是彼得·坦普尔顿，我……"

"噢，我知道你，医生，乔治跟我提过你。"

彼得甚感惊讶。他原本以为乔治·梅利斯绝不会向妻子提起自己。"我们能否见见面，也许一起吃顿午饭？"

"是关于乔治吗？发生了什么事？"

"不，没什么事，我只是想和你谈谈。"

"好吧，当然可以，坦普尔顿医生。"

他们约好第二天见面。


他们坐在格雷诺耶餐厅角落的一张桌子旁。自亚历山德拉走进餐厅的那一刻起，彼得的眼睛就像磁铁般吸在她身上，无法移开。亚历山德拉随意地穿着一条白色裙子和一件衬衫，凸显出她婀娜的身材，那串珍珠项链衬得她的脖颈愈发白皙。彼得盯着她的脸，哪里有哈雷医生所说的倦怠和抑郁的神态？亚历山德拉察觉到彼得看她的眼神，依旧神态自若。

"我丈夫没事吧，坦普尔顿医生？"

"是的。"

看来情况比他预判的复杂得多。他在走钢丝。他不能破坏医患之间的保密契约，泄露患者的隐私，同时还要提醒亚历山德拉，让她有所警觉。

点过菜后，彼得说："梅利斯夫人，你丈夫跟你说过他去见我的原因吗？"

"说过。他最近压力很大，他们公司的搭档把大部分任务都压给了他。你也许知道，乔治是一个尽心尽力的人，医生。"

简直难以置信，她根本不知道自己的姐姐遭到过乔治的殴打。为什么没人告诉她呢?

"乔治跟我说过,现在有人能够听他倾诉,让他说出自己的焦虑,他感觉好多了。"亚历山德拉感激地对彼得笑了笑,"很高兴你能帮他。"

多么天真的妻子!显而易见,她对自己的丈夫十分崇拜。接下来,自己无奈吐露的实情会使她崩溃的。该怎样告诉她呢?她的丈夫是一名精神变态者,他曾经虐杀过一个年轻的男妓,因而被家人赶出家门,后来又残忍地殴打了她的姐姐。可是,他又怎能不告诉她呢?

"作为一名心理专家,真是令人羡慕,"亚历山德拉继续说,"你能够帮助这么多人。"

"有时我可以帮助他们,"彼得小心地斟酌着措辞,"有时则不能。"

菜上来了,他们边吃边聊,气氛显得轻松、融洽。彼得感到自己似乎被亚历山德拉迷住了。他忽然不安地意识到自己把乔治·梅利斯当作了情敌。

"我很喜欢这顿饭,"最后亚历山德拉终于开口说,"但你见我一定是出于某种原因,是不是,坦普尔顿医生?"

快要真相大白了。

"事实上,我……"

彼得欲言又止。他接下来说的话可能会毁掉她的生活。来格雷诺耶餐厅之前,他心意已决,要向她坦白这些天来他的猜疑和判断,并建议她把丈夫送进精神病院。现在,见到了亚历山德拉,他却感到这件事很复杂。乔治·梅利斯的话又回响在他耳边:她并没有好转,他很担心她的自杀倾向。彼得觉得,眼前的亚历山德拉神态正常,谈笑风生,真是再正常不过了。是不是因为她服了约翰·哈雷医生给她开的药呢?至少自己可以问问她。于是他问道:"约翰·哈雷告诉我你正在服用——"

突然,乔治·梅利斯的声音传来:"亲爱的,原来你在这儿,我给家里打电话,他们说你在这儿。"他转身对彼得说:"很高兴见到你,坦普尔顿医生。我们能一起吗?"

良机转瞬即逝。

"他为什么要见亚历山德拉?"伊芙问。

"我不知道。"乔治说，"感谢上帝，她怕我找她，就留了言，说要去格雷诺耶餐厅。知道她和彼得·坦普尔顿在一起，天哪！我很快赶到了那儿！"

"我有不好的预感。"

"不要担心，一切平安无事。回家后我问过她，她说他们没有谈任何特别的事情。"

"我想我们最好把计划提前实施。"

乔治一听，瞬间兴奋得内心发颤，好像高潮来临。为了这一刻，他等待了很久。"什么时候动手？"

"马上。"

# 第三十三章

凯特的眩晕症状越来越严重，大脑也开始变得昏昏沉沉。有时候，她坐在办公桌旁，考虑一项公司的合并方案，突然想起来那个方案十年前就已经实施了。她开始感到恐慌。终于，她下了决心，听从布拉德·罗杰斯的建议，去看约翰·哈雷医生。

哈雷医生早就劝说凯特·布莱克韦尔做个全身体检，所以借着这次机会，他对她全身里里外外检查了个遍。体检过后，他让她在办公室里等一会儿。约翰·哈雷有些担心，依照她的年龄，凯特·韦莱克韦尔的腿脚还算灵便，头脑也清醒，但是已经出现了一些不好的征兆：动脉明显硬化，导致她有时会头晕目眩，记忆力衰退。她早该退休在家，颐养天年，可是她仍然对公司的事务亲力亲为，不愿把管理大权交给他人。"我又有什么资格说她呢？"哈雷想，"我自己也早该退休了。"

现在，体检报告摆在面前，约翰·哈雷说："凯特，但愿我也有你这样好的身体。"

"别拣好听的说，约翰，有什么问题？"

"主要是上了年纪，动脉管壁有点变硬，还有……"

"是动脉硬化吗？"

"是啊，医学术语这样讲。"哈雷医生说，"不管怎么说，你了解这个病。"

"有多严重？"

"以你的年龄看，我觉得这还算正常。这些都是相对的。"

"你能先给我开点药，治治这该死的头晕吗？我可不想在一屋子男人面前晕过去。作为一个女人，那样会让我很难堪。"

哈雷医生点点头。"这没有问题。你打算什么时候退休，凯特？"

"要等着添个重孙子来接管我的生意。"

两位老朋友相识多年，隔着办公桌坐在那儿，相互打量着。约翰·哈雷不太同意凯特的话，但对她的胆略钦佩有加。

凯特似乎看透了他的心思，叹了一口气。"约翰，你知道我这一生中最失望的是什么吗？是伊芙。我真的很在乎那孩子，想把一切都交给她，可她除了自己外，心里从没有其他人。"

"你错了，凯特，伊芙对你非常关心。"

"关心我才怪呢！"

"这一点我很清楚。最近她……"他小心地斟酌着措辞，"遇到一场可怕的事故，差点把命丢了。"

凯特的心猛地一颤。"你……你为什么不早告诉我？"

"她不让。她怕你为她担心，让我发誓，不能向你吐露一个字。"

"噢，我的上帝。"这声哀叹痛彻心扉。"她……没事了吧？"声音有些哽咽。

"现在她已经痊愈了。"

凯特坐在那儿，两眼茫然地凝视着上空。"谢谢你告诉我，约翰，真的谢谢你。"

"我给你开张处方。"他写完处方，抬起头，凯特·布莱克韦尔已离去了。


伊芙打开房门，一下子愣住了，难以置信地看着眼前的人。祖母站在门口，像往常那样，腰杆笔直，精神矍铄。

"我可以进来吗？"凯特问。

伊芙忙闪到一旁，还是不敢相信眼前发生的这一切。"您快请进。"

凯特走了进来，环视了一下这套小公寓，未置可否，只是说道："可以让我坐下吗？"

"对不起，请坐吧。原谅我……这儿太……您想喝点什么？茶、咖啡还是别的什么？"

"什么也不用，谢谢。你好吗，伊芙？"

"好，谢谢您，我很好。"

"我刚从哈雷医生那儿来，他告诉我你遭遇了一场可怕的事故。"

伊芙小心翼翼地观察着祖母的脸色，不知道接下来会发生什么。"是的……"

"他说你差点送了命，你还不让他告诉我，因为不想让我担心。"

原来如此，伊芙心里的石头落了地。"是的，奶奶。"

"我知道这对我意味着什么，"凯特的声音突然哽咽了，"意味着……你还是体贴奶奶的。"

伊芙如释重负，眼泪挤了出来。"当然了，我老是想着您，怕您担心。"

不一会儿，伊芙就被祖母抱在怀里。凯特紧紧地搂着伊芙，伊芙的头伏在她的膝上。凯特把脸紧贴在那长着一头金黄色头发的脑袋上，低声说道："我真是个该死的老傻瓜，你能原谅奶奶吗？"然后，她抽出一块亚麻布手帕，擤了擤自己的鼻子，抽泣着说："我实在不近人情，你要是出了什么事，我怎么受得了？"

伊芙抚摸着祖母那青筋暴起的手，柔声说："我已经好了，奶奶，一切都过去了。"

凯特站了起来，强忍着泪水。"我们重新开始，好吗？"她把伊芙拽到面前，"虽然我很像你的曾外祖父，固执，不服输，但我还是要把欠你的弥补给你。我首先要做的是把你再写进我的遗嘱里去，恢复你的继承权。"

真是失而复得，这转机来得让人难以置信！"我……我并不在乎钱，我只在乎您。"

"你和亚历山德拉都是我的继承人，你们两个是我唯一的亲人了。"

"我过得挺好，"伊芙试探性地说，"但如果这能使您高兴的话……"

"这确实使我高兴，亲爱的，的确很高兴。你什么时候搬回家来呢？"

伊芙稍稍踌躇了一下。"我更喜欢住在这儿，但是只要您愿意，我会经常回家去看您。噢，奶奶，您不知道我有多孤独。"

凯特握住孙女的手，恳切地说："你能原谅奶奶吗？"

伊芙直视着她的眼睛，郑重其事地说："当然，我已经原谅您了，奶奶。"

凯特刚一离开，伊芙马上用烈性苏格兰威士忌加水为自己调了一杯酒，然后一屁股坐进沙发，重温刚刚发生的一幕。真是不可思议！她兴奋得几乎想要欢呼。现在，她和亚历山德拉都是布莱克韦尔家族财产的合法继承人，以后除掉亚历山德拉将轻而易举，不费吹灰之力。伊芙开始担心乔治·梅利斯了，转眼之间，这个疯子就变成了一只拦路虎。

"原计划要改变，"伊芙对乔治说，"凯特重又把我写进了她的遗嘱。"

乔治正在点烟，手一下子停了下来。"真的？恭喜你。"

"要是现在亚历山德拉出了意外，会引起别人的怀疑。我们以后再找机会对付她……"

"现在不动手，以后就没我的事了。"

"什么意思？"

"我并不傻，亲爱的，如果亚历山德拉出了意外，我将继承她的股份。你想把我甩开，对吗？"

伊芙耸耸肩。"这么说吧，你再掺和在里面，会引起不必要的麻烦。我们做笔交易，你们离婚吧，一旦那些钱到了我的手里，我会给你……"

他哈哈大笑。"你真会算计。这样不行，小宝贝，一切按原计划进行。周五晚上，我和亚历克斯在达克港有一个约会，我会准时前往。"

伊芙和祖母重归于好了，这个消息让亚历山德拉喜不自禁。"现在，我们一家人重聚在一起了。"她眉开眼笑地说。

电话铃响了。

"你好，但愿我没有打扰你，伊芙。我是凯斯·韦伯斯特。"

每周，他会给她打两三次电话。起初，伊芙对他那傻乎乎的热情感到有趣，最近她对他越来越讨厌了。

"我没时间跟你聊了，"伊芙冷冷地说，"我要出门。"

"噢，"他的声音里满是歉疚，"我就不耽误你的时间了。我有两张下周的马术表演票，知道你喜欢赛马，我想……"

"对不起，下周我可能不在纽约。"

"噢，是这样。"她可以听出他声音里的沮丧。

"那么，要不再过一周，我们去看演出。你想看什么？"

"我都看过了。"伊芙随口敷衍道，"我得走啦。"说完，她便挂断了电话。该去打扮了。她要去和罗里·麦克纳约会，这是一个年轻的戏剧演员，她在一场非百老汇的演出中看过他的表演。罗里比她小五岁，像一匹不知疲倦的种马。伊芙回想起两人一起缠绵的情景，感到自己两腿间湿漉漉的。她期待着这个能使她欲仙欲死的夜晚。


回家的路上，乔治·梅利斯停下来为亚历山德拉买了一束花。他喜气洋洋，感到成竹在胸。老太太在遗嘱中重把伊芙列为继承人，这真是个绝妙的讽刺，但这不会改变什么，亚历山德拉出事后，下一个就轮到伊芙了。一切都已安排妥当，周五，亚历山德拉将在达克港等候他前来。他曾经一边吻着她，一边恳求她说："亲爱的，等到周五，把所有的仆人都打发走，只有我们两人。"


彼得·坦普尔顿的脑海中时时浮现亚历山德拉的倩影，乔治·梅利斯的话也不时在耳旁回响："我想带她到外面走走，我认为她需要换换生活环境。"直觉告诉他，亚历山德拉有生命危险，但他却束手无策。他不能将自己的判断告诉探长尼克·帕帕斯，因为他没有证据。


纽约市的另一端，克鲁格-布伦特有限公司的总裁办公室里，凯特·布莱克韦尔正在签署一份新的遗嘱，将她的大部分遗产留给两个孙女伊芙和亚历山德拉。

纽约北部，一所疗养院的花园里，托尼·布莱克韦尔站在画架前，画布上涂抹了一堆乱七八糟的颜色，好像出自一个蒙昧的稚童之手。托尼后退一步，看着自己的画，傻傻地笑着。

周五，上午十点五十七分。

拉瓜迪亚机场的候机楼前，一辆出租车驶了过来。车停下，伊芙·布莱克韦尔走了出来。她递给司机一张一百美元的钞票。

"哎哟，女士，我找不开呀。"司机说，"你有零钱吗？"

"没有。"

"那你进去换开。"

"我没时间，我要赶下一班去华盛顿的飞机。"她看看手腕上的瑞士名士手表，无奈地说："不用找了。"司机惊得张大了嘴巴。

伊芙匆忙走进候机楼，小跑着来到标着"华盛顿航线"的售票口前。"一张去华盛顿的往返机票。"她气喘吁吁地说。

售票口里面的男人看了看头顶上的钟，说："你晚了两分钟，飞机马上就要起飞了。"

"我一定要赶上那班飞机，我要赴个约会……你能帮我想想办法吗？"她几乎惊慌失措了。

"别着急，女士，一小时后还有一班。"

"那就太……真该死！"

他看着她逐渐恢复冷静。

"那好吧，我等下一班。附近有咖啡厅吗？"

"没有，女士。走廊那头有自助咖啡售卖机。"

"谢谢。"

他盯着她的倩影，心想，真是个尤物，她急着要去见哪个家伙？真让人嫉妒。

周五，下午两点。

这算是第二次蜜月了，亚历山德拉沉浸在幸福的遐想中。第二次蜜月，这个想法使她兴奋不已。"所有的仆人都被打发走，只有我和乔治两人在一起，这将是多么浪漫的一个周末。"此时，亚历山德拉正准备离开自己的那个褐沙石建筑的爱巢，前往达克港跟丈夫乔治会面。因为她刚刚结束了一个午餐会，动身离开的时间比原计划晚了一些。她对女仆说："我要出门了，周一早上回来。"

亚历山德拉刚刚走到前门，电话响了。"我要迟了。算了，让它响去吧。"她无暇多想，匆匆出了门。


周五，晚上七点。

乔治·梅利斯细细地推敲着伊芙的计划，这计划可谓完美无瑕，毫无漏洞。

"菲尔布鲁克海湾停泊着一艘摩托艇，你乘上它去达克港，把它拴在'海盗号'机帆船的船尾，注意别让人看见你。你带着亚历山德拉在皎洁的月光下扬帆远航。来到浩瀚的大海上，你就可以随心所欲了。记住，乔治，千万不要留下一丝血迹，直接把尸体扔到海里去。然后你跳上后面的摩托艇，任'海盗号'在海上漂荡吧。你乘摩托艇回到菲尔布鲁克海湾，再乘上'林肯维尔号'渡轮回到达克港，打一辆出租车回到雪松山庄园，找个借口让出租车司机也进庄园，这样你们两人都会注意到'海盗号'不见了。你在庄园里找不到亚历山德拉，你就打电话报警。他们永远也找不到亚历山德拉的尸体，海潮会把她冲到大洋深处。那两名有声望的医生也会做证，这就是一起自杀事故。"

菲尔布鲁克海湾里，一艘摩托艇静静地停泊着，乔治知道，它是实施杀人计划的工具。

乔治驾着摩托艇穿过海湾，他没有开灯，只是借着月光辨别方向。海湾里停泊了许多船只，他小心地绕过它们，幸而没有惊动他人，最后抵达了布莱克韦尔家的私人码头。他关掉马达，把摩托艇牢牢地拴在那艘大型的"海盗号"机帆船的船尾。

乔治走进房间，亚历山德拉正在起居室里打着电话。看到他进来，她便朝他招招手，然后用手捂住听筒，悄声说："是伊芙。"她听了一会儿，然后说道："伊芙，我得走了，我丈夫刚刚到。下周午餐时见。"她放下电话，急忙跑过来拥抱乔治。"你来得真早，我太高兴了。"

"没有你我太孤独了，我就扔下工作，马上赶来了。"

她吻了吻他。"我爱你。"

"我也爱你。仆人都打发走了吗？"

她得意地笑了笑。"这儿只剩下我们俩。你想不到吧，我给你做了希腊味的茄子肉饼。"

他伸出食指，在那贴身的真丝上衣的葡萄似的凸起上轻轻滑过。"办公室里太沉闷了，你知道我整个下午在想什么吗？我们一起扬帆出海。这里的风真凉爽。怎么样？出海玩一两个小时？"

"当然，只要你喜欢。可是刚做好的茄子肉饼……"

他伸手按在她的胸上，捏了捏。"晚饭可以等会儿再吃嘛，我等不及了。"

她笑了。"好吧，我去换身衣服，就一分钟。"

"看我们谁换得快。"

他奔上楼，来到自己的衣柜前，换上一条休闲裤、一件运动衫，又穿上一双帆船鞋。关键的一刻终于到了，他的心狂跳不已。那是接近癫狂的期望，临近爆发点的兴奋。

她的声音传来："亲爱的，我准备好了。"

他转过身，见她站在门口，身穿一件毛衣、一条黑裤子和一双帆布鞋，一头金发用一条蓝丝带扎在脑后。"我的上帝，真是美若天仙！"他暗自感叹。这样的美人马上要香消玉殒，真是可惜啊。

"我也准备好了。"乔治说。

她发现机帆船的尾部还拴了一艘摩托艇，好奇地问："亲爱的，那是干什么用的？"

"港湾尽头有个小岛，我一直好奇，想上去看看。"乔治敷衍道，"我们乘摩托艇过去，这样就不用担心那些礁石了。"

他解开缆绳，机帆船慢慢地驶出了停泊码头。他对准风向调整好船头，升起了主帆和三角帆。船右舷受风前行，风帆鼓起，"海盗号"犁开波浪，向前方的大海疾驶。船越过防波堤之后，海风越刮越猛，呼呼地向他们迎面扑来。乔治倾斜船体，船开始斜板滑行。

"这太刺激了！"她大声叫道，"我太高兴了，亲爱的。"

他笑着回应道："瞧好吧！"

真是奇怪的感觉！让亚历山德拉在快乐中送命，乔治·梅利斯异常兴奋。他扫视了一下地平线，远处只有点点微弱的渔火闪烁，附近没有其他船只经过，动手的时机到了。

他把船调成自动驾驶模式，最后看了一眼远方空旷的地平线，小心地走到机帆船的围栏处。他的心快跳到嗓子眼了。

"亚历克斯，"他喊道，"来，看看这个。"

她走向他，低头望去，只见冰冷、乌黑的海水在翻滚奔涌。

"过来！"他的声音变得冷冰冰的，是命令的口吻。

她扑进他的怀里，他在她的唇上狠狠地吻了一下。他的臂膀紧紧地搂着她，她的身体软下来。他一用力，一下子把她举在半空，然后转向船的围栏。

她奋力挣扎，想要挣脱。"乔治，放手！"

她被举得更高，她拼命挣扎，但对她来说，他的力气实在太大了。她的身体就要越过围栏了。她双脚死命地踢着，他铆足劲，就要把她抛向大海。千钧一发之际，突然，他感到自己的胸口一阵剧痛。他首先想到，坏了，自己的心脏病发作了。他想说话，可是口中有鲜血喷了出来。他的双臂无力地垂了下来。他难以置信地低头看了看自己的前胸，那里出现了一个好大的伤口，血不停地向外涌出。他抬起头，见她站在那里，手里握着一把血淋淋的匕首，微笑着看着他。

乔治·梅利斯脑中突然一闪：她是伊芙……

# 第三十四章

当晚十点钟，亚历山德拉才来到达克港的雪松山庄园。她接连给乔治打了几个电话，始终无人应答。她担心自己来晚了，可能惹乔治生气了。当天下午，亚历山德拉准备出发前往达克港，电话响了，她想："我要迟了。算了，让它响去吧。"她匆匆出门上了汽车，这时女佣紧跟着追了出来。

"梅利斯夫人，你姐姐来电话，她有急事找你。"

亚历山德拉只好下车，重又回到家，拿起电话，只听伊芙急促地说："亲爱的，我在华盛顿，我惹了大麻烦，要见你。"

"没问题。"亚历山德拉立刻说，"我现在要去达克港，乔治正在等我，周一早上我就回来了，到时候……"

"我等不及了。"伊芙沮丧地说，"你能来拉瓜迪亚机场接我吗？飞机五点到达。"

"可以，伊芙，但我要先跟乔治说一下……"

"亚历克斯，情况紧急，我等不及了。当然，如果你太忙……"

"等等！好吧，我马上去。"

"谢谢，亲爱的，我知道这事全指望你了。"

亚历山德拉无法拒绝，因为伊芙几乎没有请她做过任何事，她还可以乘晚班飞机飞往达克港。她给乔治办公室打电话，想告诉他自己有些事情要耽搁了，可是乔治已经离开了办公室，她只好给他的助理留了言。一小时后，她乘上一辆出租车前往拉瓜迪亚机场，去接五点钟从华盛顿飞来的伊芙。实际上，那班飞机的乘客中没有伊芙，亚历山德拉在机场等了两个多小时，伊芙踪迹全无。亚历山德拉无法跟远在华盛顿的伊芙取得联系，最后，她只好乘飞机前往达克港的雪松山庄园。到了雪松山庄园，她发现庄园里一片漆黑，这个时候乔治应该早就到了，她只好挨个儿房间打开灯，寻找乔治。

"乔治，你在哪儿？"

没有乔治的影子。她给曼哈顿的家里打电话，女佣接了电话。

"梅利斯先生在吗？"亚历山德拉问。

"怎么了，不在呀，梅利斯夫人。他说过你们要一起出去度周末。"

"谢谢你，玛丽。他可能因为什么事情耽搁了。"

他的迟到一定有原因。肯定是在最后一分钟，他要离开时，有个业务绊住了他，像往常一样，公司同事常让他处理一些棘手的事务。他随时都会到来。她给伊芙拨了电话。

"伊芙！"亚历山德拉大声说，"你到底发生什么事了？"

"你怎么了？我在肯尼迪机场等你半天，你怎么没有来接我？"

"肯尼迪机场？你不是说拉瓜迪亚机场嘛。"

"不，亲爱的，你弄错了，是肯尼迪机场。"

"可是……"算了，哪个机场不重要了。"对不起，"亚历山德拉说，"我一定误会了。你没事吧？"

伊芙说："现在没事了，刚才太糟了。有个男人缠上了我，他是华盛顿的一个政治要人，我怎么也甩不掉……"她咯咯地笑起来。"我不能在电话里讲那些儿童不宜的细节了，要不电话局会掐断我们的电话，周一再当面跟你说吧。"

"好吧。"亚历山德拉如释重负地说。

"周末愉快。"伊芙说，"乔治怎么样？"

"他还未到雪松山庄园，"亚历山德拉竭力放缓语气，免得流露出自己的担心，"我感到他又被业务绊住了，连电话都没时间给我打。"

"放心，你很快就会接到他的电话。晚安，亲爱的。"

"晚安，伊芙。"

亚历山德拉放下话筒，心想要是伊芙能找到一个心上人就好了，一个像乔治一样的男人，善良、温柔。她看了看表，快十一点了。现在他总该有机会打个电话了吧。她拿起话筒，拨了乔治公司的号码，还是无人接听。她又给他常去的俱乐部打电话，人家告诉她，没有见到梅利斯先生。到了午夜时分，亚历山德拉感到惴惴不安。等到一点钟，她心乱如麻，恐慌起来，不知如何是好。他难道陪客户出发了，找不到电话通知自己？或者乘飞机飞往什么地方了，登机前无法与自己联系？这很可能是虚惊一场，如果她报了警，乔治很快回到家，那她可能就做了傻事。

凌晨两点，她报了警。艾斯伯勒岛上没有警察机构，最近的警察局在沃尔多县。

耳边传来一个睡意蒙眬的声音："沃尔多县警察局，兰伯特警官。"

"我是乔治·梅利斯夫人，住在雪松山庄园。"

"你好，梅利斯夫人，"声音中的睡意消失了，"发生了什么事？"

"说实话，我还不确定，"亚历山德拉吞吞吐吐地说，"今晚我丈夫说好早点来庄园和我见面，但是他……他一直未到。"

"是这样啊。"这句话别有深意。兰伯特警官知道，一位丈夫夜里两点还不回家，至少是被三类尤物缠住了：金发女郎、黑发女郎和红发女郎。

他打着圆场说："是不是他有公务耽搁了？"

"他……他通常会来电话。"

"梅利斯夫人，你也知道有这么回事，有时你到了某个地方，那地方找不到电话。我相信，他很快就会联系你的。"

这时候，她真觉得自己是个傻瓜。当然，目前警察也无能为力。她在什么地方见过这个说法，一个人失踪超过二十四小时，警察局才会出动寻找。乔治还不算失踪，老天保佑，他不过是没有按时回家。

"你说得对，我相信你。"亚历山德拉满含歉意地说，"真对不起，这么晚打扰你。"

"没关系，梅利斯夫人。我敢打赌，明天早上，他一定会坐在七点钟出发的渡轮上。"

七点钟的渡轮到了，乔治没在上面，下一班渡轮上也没有。亚历山德拉又给曼哈顿的房子挂了电话，乔治不在那儿。

一股不祥的感觉袭上亚历山德拉的心头：乔治出意外了，他正躺在某家医院里，要么病了，要么死了。要是她没有搞错伊芙到达的机场就好了。也许乔治提前来到雪松山庄园，发现她不在，就赌气走了。可是这又不合情理，要走的话，他会留下字条。难道他在这儿碰到窃贼，被打伤或被绑架了？亚历山德拉挨个儿房间找起来，想要发现任何蛛丝马迹，可是这儿的所有东西都完好无损。她来到帆船码头，"海盗号"机帆船也在，安然地停泊在那儿。

她又给沃尔多县警察局打去电话。菲利普·英格拉姆警官正在值早班，他已有二十年的警龄，成熟老练。他已听说了乔治·梅利斯彻夜未归的消息。整个上午，这个消息已经成为警察们津津乐道的话题，同时衍生出大量下流淫秽的情节。

在电话中，英格拉姆警官说："梅利斯夫人，他还是一点消息也没有吗？好吧，我亲自去一趟。"他知道这可能是白费时间，因为她丈夫可能正在哪条巷子里眠花宿柳呢。布莱克韦尔家一有人来电话，警察就得像下人似的颠颠地跑去，他无奈地想着。无论如何，这个女士举止优雅，他曾见过她几面。

"大约一个小时我就回来。"他告诉值班警官。


英格拉姆警官听了亚历山德拉讲述的事情经过，然后检查了整个山庄和帆船码头，终于确认亚历山德拉的丈夫出了意外。头天傍晚，乔治·梅利斯应该早早就到了达克港，去雪松山庄园跟妻子见面，但他迟迟没有露面。尽管这件事的起因与英格拉姆警官毫无关系，但是他心里明白，能够为布莱克韦尔家族的成员帮忙，只有好处。英格拉姆分别向艾斯伯勒岛机场和林肯维尔轮渡码头打电话求证。在过去的二十四小时内，乔治·梅利斯既没有乘过飞机，也没有坐过渡轮。"他没有来过达克港。"警官告诉亚历山德拉。乔治去哪儿了呢？为什么一个大活人凭空消失了呢？经过深思熟虑，英格拉姆警官认为，任何头脑正常的男人都不会自愿离开亚历山德拉这样的富家女。

"我们再查一下医院和停尸——"他突然打住，"和其他地方，另外我再发布关于他的全境通告。"

亚历山德拉极力控制着自己的情绪，但警官还是看得出她的焦虑不安。

"谢谢你，警官，我对你所做的一切深表感谢。"

"这是我的工作。"英格拉姆警官回答说。

英格拉姆警官回到警察局后，开始给各家医院和停尸房打电话，回答都是否定的，没有收到关于乔治·梅利斯的事故报告。英格拉姆只好给缅因州《信使报》的一位记者朋友打电话，随后，他发去一份失踪人口通报。

当天下午，报纸头条刊登了这份通报：

布莱克韦尔家族女继承人的丈夫失踪。

彼得·坦普尔顿首先从尼克·帕帕斯探长那儿听到了这个消息。

"彼得，还记得你曾让我调查乔治·梅利斯吗？"

"是的……"

"他失踪了。"

"什么？"

"失踪了，逃走了。"他不再说话，让彼得自己消化这个消息。

"他随身带了什么东西吗？钱、衣服、护照？"

"不知道，根据从缅因州得到的报告，梅利斯先生凭空消失了。你是他的心理医生，你可能知道这家伙为什么玩失踪这套把戏。"

彼得如实回答说："我对此一无所知，尼克。"

"要是你想到什么，请告诉我。这件事可是人们茶余饭后的热门话题。"

"好吧，"彼得答应道，"我会随时告诉你。"

半小时后，亚历山德拉给彼得·坦普尔顿打来电话，她的声音带着惊恐。

"我……乔治找不到了。没有人知道他到底出了什么意外。他可能跟你谈过什么，我想看看能不能找到一些线索，或者……"她哽住了。

"对不起，梅利斯夫人。他没有谈过什么事，我不知道他可能发生了什么意外。"

"噢。"

彼得想着自己怎么才能安慰她。"如果我想起什么，我会给你打电话。怎么联系你？"

"现在我在达克港，我打算今晚返回纽约，我要去我祖母家。"

亚历山德拉一人难以忍受，当天上午，她跟祖母凯特通了几次话。"噢，我的孙女，没有什么好担心的，"凯特安慰说，"他可能出去跑业务，忘了告诉你。"

这话她们俩都不相信。


伊芙从电视上看到了乔治失踪的消息。电视上插播了雪松山庄园的外景照片，还有亚历山德拉和乔治举行婚礼后的照片。其中有一个乔治的特写镜头，他抬头仰望，眼睛睁得大大的，这使伊芙想起了他死前那一脸惊愕的表情。

电视评论员说："目前，没有证据证明这是谋杀，也没有人提出索要赎金。警方推测，乔治·梅利斯可能死于某个意外，或者因患有健忘症而走失。"伊芙满意地笑了。

他们永远找不到尸体，它已被潮水卷入大海。可怜的乔治，他一直忠实地执行着她的计划，她却把计划改变了。她飞到缅因州，在菲尔布鲁克海湾的吉尔基港租了一艘摩托艇，说是要留给"一位朋友"备用。她又从附近的码头租了另一艘摩托艇，自己开到达克港，藏好这艘船，然后在雪松山庄园等着乔治。当然，这时候她不再是伊芙，而是亚历山德拉，对此乔治蒙在鼓里。杀掉乔治后，她细心地擦净机帆船的甲板，然后驾驶摩托艇返回了雪松山庄园的私人码头。然后，事情就简单了。她驾着自用的摩托艇把乔治用的摩托艇拖回吉尔基港，再到另一个码头归还自用的摩托艇。一切完毕，她立马飞回纽约，等着亚历山德拉来电话，她知道妹妹一定会打电话的。

这次谋杀堪称完美，警察会把它列入神秘失踪案件。

播音员又说："现在播报其他新闻……"伊芙关掉了电视。

跟罗里·麦克纳约会的时间到了，她可不想迟到。

次日早上六点，佩诺布斯科特湾的防波堤上，一艘渔船发现了乔治·梅利斯的尸体。早间新闻报道称，这是一起失足溺水的意外身亡事故，但随着更多的信息传来，报道的视角发生转变。从验尸处传出的报告显示，尸体胸部的伤口原本被认定为鲨鱼咬伤，但事实上是用匕首刺入形成的。晚报特别版的大字标题格外醒目："乔治·梅利斯疑似被人谋杀……百万富翁遇刺身亡。"

英格拉姆警官正在研究前天晚上的潮汐图。看完后，他靠在椅子上，困惑不解。若不是被防波堤挡住，乔治·梅利斯的尸体就会被海浪卷入大海深处。令人疑惑的是，尸体肯定是从达克港方向被海潮冲到佩诺布斯科特湾的防波堤的，可是，证据显示乔治·梅利斯没有去过达克港啊。

尼克·帕帕斯探长飞到了缅因州，他跟英格拉姆警官进行了一次详谈。

"我认为，关于这个案子，我的凶案组能给你们提供某些帮助。"帕帕斯探长许诺说，"我们有些乔治·梅利斯的背景材料，你会感到很有意思。我知道这超出我们的业务权限，如果你们需要我们通力合作，我们乐意向你们提供这些材料，警官先生。"

在沃尔多县警察局，英格拉姆警官已经工作了二十年。有一年，一位醉酒的游客开枪把古董商店挂在墙上的驼鹿脑袋标本打掉了，这成为他从警期间唯一惊天动地的大案。这次，乔治·梅利斯谋杀案成为当地的头版新闻，因此，英格拉姆警官感到这是自己扬名立万的好机会。如果他运气好，侦破此案的话，他可能会被上调到纽约警察局，获得一个探长的职位，那里才是他大展拳脚的地方。现在，他看了尼克·帕帕斯探长一眼，敷衍地说："我做不了主……"

尼克·帕帕斯探长似乎看穿了他的心思，坦然说："我们不会跟你争功。这桩案子造成的压力很大，如果能早点破案，我们的日子都会好过些。我可以马上给你乔治·梅利斯的背景材料。"

英格拉姆警官觉得自己没什么损失，遂下了决心。"好吧，一言为定。"

亚历山德拉服了超量的安眠药，静静地躺在床上。她还是睡不着，不愿接受乔治已被谋杀的事实。这怎么可能呢？任何人都没理由杀害他。虽然警察说伤口是匕首捅入形成的，但他们一定搞错了。肯定是出了意外事故，没有人会去杀他……没有人会去杀他……哈雷医生给她的安眠药终于起了作用，她睡着了。

听到乔治的尸体被发现的消息，伊芙深感意外。伊芙想，或许这是好事，亚历山德拉是唯一的嫌疑人，因为当时她在现场，在艾斯伯勒岛上的雪松山庄园里。

客厅沙发上，伊芙挨着凯特坐着。乔治的死亡对凯特也是一个巨大的打击。

"为什么有人想谋杀乔治？"她问。

伊芙叹了口气。"我也不知道，奶奶。我真不知道。亚历山德拉太可怜了，我的心都碎了。"

林肯维尔至艾斯伯勒岛的渡轮上，菲利普·英格拉姆警官正在询问工作人员。"你肯定周五下午梅利斯先生和夫人都没有乘过渡轮吗？"

"我值班时，他们没有来过。我跟上午当班的人核实过，他也没见到他们。他们一定是乘飞机来的。"

"还有一个问题，周五有陌生人乘渡轮吗？"

"见鬼！"那人说，"你知道，每年这个时候哪有陌生人来这个岛。夏天可能会来几位游客。但现在是十一月，脑子有病吧！"

英格拉姆警官又去了艾斯伯勒岛机场，找到主管问话。"那天晚上，乔治·梅利斯绝对没乘飞机来，警官，他一定是乘渡轮来到岛上的。"

"但是，渡轮值班人员证明他没有见到乔治。"

"那么，见鬼了，游泳吗？他根本游不过去，对吧？"

"你见到梅利斯夫人了吗？"

"见到了，她大约十点来的，坐着她的私人比奇飞机。我让我儿子查利开车把她从机场送往雪松山庄园了。"

"当时梅利斯夫人看上去心情怎么样？"

"你这么问真有意思。她心急如焚，像热锅上的蚂蚁，我儿子都看出来了。通常她很冷静，对人彬彬有礼，但那天晚上她显得焦虑不安。"

"还有一个问题，那天下午有陌生人乘私人飞机来过吗？那些不熟悉的面孔？"

他摇摇头。"没有，都是常客。"

一小时后，英格拉姆警官和尼克·帕帕斯探长通了电话。"从目前所得的信息看，"他向来自纽约的探长抱怨道，"我感到自己的脑子像一团乱麻。大约在十点钟，梅利斯夫人乘私人飞机抵达艾斯伯勒岛机场，但她丈夫并没在飞机上。结果证明，他既未乘飞机，也未坐渡轮来岛上。事实上，那天晚上，没有任何证据证明乔治去过艾斯伯勒岛。"

"除了能冲走尸体的潮汐。"

"是的。"

"凶手可能是从船上把他抛进了海里，盘算着潮汐会把他冲入大海。你检查过'海盗号'机帆船了吗？"

"我里里外外都检查了一遍，没有发现暴力迹象，也未找到血迹。"

"我想带几位法医专家过去，你介意吗？"

"只要不要忘了我们那个小交易就行。"

"忘不了，明天见。"


次日早上，尼克·帕帕斯探长领着一个专家组来到了艾斯伯勒岛。英格拉姆警官陪同他们来到布莱克韦尔家的私人码头，"海盗号"停泊在那里。两小时之后，法医专家说："看来我们要中头彩大奖了。尼克，我们在围栏下部找到了血迹。"

当天下午，警方化验室证实，在"海盗号"上采集的血样与乔治·梅利斯的血样完全匹配。

曼哈顿富人区的警察局比以往显得更加喧闹，警察在一连串的通宵禁毒突袭行动中抓来了很多吸毒者，各个拘留室都塞满了人，有妓女、酗酒闹事者和性犯罪者。喧闹和恶臭充斥在空气中，彼得·坦普尔顿厌恶地屏住呼吸，穿过这片喧嚣，被人领着来到帕帕斯探长的办公室。

"嘿，彼得，欢迎光临。"

帕帕斯探长打电话邀请彼得时，曾戏谑地说："你瞒了我什么事，老朋友？下午六点前来我办公室，要不我就派一支特警队把你给押来。"

陪同人员离开后，彼得急忙问："到底怎么回事，尼克？遇上什么棘手的案子了？"

"我告诉你这是什么案子，有人在耍小聪明。你知道我们碰见什么案子了吗？有个失踪男人死了，失踪地点是一座他未曾登上的海岛。"

"这不合逻辑。"

"渡轮管理员和机场经理都发誓说，乔治·梅利斯失踪的那天晚上，他们从未见过他，那么他去达克港的唯一方法就是乘摩托艇。我询问了这片水域所有的船主，谁都没有见过他。"

"也许那天夜里他并未到过达克港。"

"可法医化验的结果恰恰相反。结果显示，那晚梅利斯确实去过那所房子，他在里面换下西服，穿上航海服。他的尸体被发现时，就是穿着航海服。"

"他是在房子里被杀的吗？"

"他死在布莱克韦尔家的机帆船上。尸体被抛进海里，凶手可能希望洋流把尸体冲入大海。"

"怎么——"

帕帕斯探长抬起一只肥厚的手掌。"先听我说。梅利斯是你的病人，他一定跟你谈过他的妻子。"

"她与这有什么关系？"

"当然有关系，她可能是我的第一、第二和第三嫌疑人。"

"你疯了。"

"噢，我以为心理医生从不会使用'疯了'这类词。"

"尼克，你凭什么认为亚历山德拉会杀自己的丈夫？"

"她当时就在岛上，而且她有动机。那天晚上她很晚才来到岛上，还编了个可笑的理由，说她迟到是因为她姐姐要她去机场接她，而她走错了机场。"

"她姐姐怎么说呢？"

"算了吧，能指望她说什么？她们是双胞胎。我们一致认为，那天晚上乔治·梅利斯曾到过那所房子，但他妻子发誓说根本没有找到他。那是一所大房子，彼得，但不至于大得找不到人。还有，梅利斯夫人给所有的仆人放了周末假。我们问她放假原因，她说这是乔治的主意。当然，这已经死无对证了。"

彼得坐在那儿，陷入沉思。"你说过她有动机，什么动机？"

"你太健忘了，是你把我卷进这个案子的。梅利斯夫人嫁给了一个精神变态者，丈夫动不动就对她施展拳脚，一顿好打，你想想，她还能再忍下去吗？她可能提出了离婚，但遭到丈夫拒绝。为什么要离婚呢？他已经踏进了豪门。她不敢把他告上法庭——那将会引起种种流言蜚语。她别无选择，只能杀掉他。"说完，帕帕斯探长把身体往后一仰，靠在椅子上。

"你想让我告诉你什么？"彼得问。

"十天前，你曾跟梅利斯夫人吃过一顿午饭。"他按下了办公桌上的录音机按钮，"我们要录音了，彼得。说一下那顿午饭的情况。亚历山德拉·梅利斯的表现正常吗？她是紧张？生气？还是歇斯底里？"

"尼克，我从未见过那么幸福的已婚妇女，她看起来既随意又自然。"

尼克·帕帕斯瞪了他一眼，啪地关上录音机。"别骗我，老朋友，今天上午我去见过约翰·哈雷医生。他一直给亚历山德拉·梅利斯开药，看在上帝的分儿上，那都是防止她自杀的抗抑郁药！"


跟帕帕斯探长谈话后，约翰·哈雷医生深感不安。当时，二人一见面，探长就开门见山，直奔主题。"最近梅利斯夫人来你这儿看过病吗？"

"对不起，"哈雷医生说，"我无权跟你讨论我病人的病情，恐怕我帮不了你。"

"好吧，医生，我能理解。你是布莱克韦尔家的老朋友了，你不想让这个案子传得沸沸扬扬，我个人能够理解。"他站起身，"这是一桩凶杀案，一小时后，我将带着一份警方授权令来收取你的问诊记录。一旦找到了我想知道的东西，我就把它提供给报纸。"

哈雷医生打量着他。

"我们可以用上述方法来处理此事。如果你现在告诉我，我会尽我所能不外泄。怎么样？"

412

"请坐。"哈雷医生无奈地说。帕帕斯探长坐了下来。"最近亚历山德拉受到情感问题的困扰。"

"什么问题？"

"她有严重的抑郁症状，总是谈到自杀的念头。"

"她提过用刀子吗？"

"没有，她说她经常做溺水的噩梦。我给她开了安非他酮。后来她跟我说这药对她没什么效果，我又给她换了诺米芬辛。我……我还不知道这药对她是否有效。"

尼克·帕帕斯坐在那里，脑子里把一件件事情拼凑着。最后，他抬起头。"还有吗？"

"就这些了，探长。"


其实，还有更多，这令约翰·哈雷内心倍受煎熬。他故意避而不谈乔治·梅利斯对伊芙的那次殴打，部分原因是他当时没有及时报警，主要原因是为了保护布莱克韦尔家族的声誉。伊芙被殴打和乔治·梅利斯的谋杀案之间有什么联系，他不知道，但直觉告诉他，最好不要提起那件事。为了保护老朋友凯特·布莱克韦尔，他愿意做任何事情。


约翰·哈雷刚下决心不久，护士对他说："医生，凯斯·韦伯斯特打来电话，二号分机。"

哈雷医生的理智提醒他：凯斯·韦伯斯特是伊芙的外科主治医生。

话筒中传来凯斯·韦伯斯特的声音："约翰，今天下午我想去见你，你有空吗？"

"我会腾出时间，你几点到？"

"五点，怎么样？"

"很好，凯斯，到时候见。"

看来，事情不会那么容易摆平了。

五点钟，哈雷医生将凯斯·韦伯斯特迎进自己的办公室。"想喝点什么？"

"不，谢谢，约翰，什么也不喝。请原谅我冒昧闯进来。"

在约翰·哈雷看来，似乎凯斯·韦伯斯特每次见到他，都会为什么事道歉。他温和、瘦小，貌不惊人，从不冒犯别人，总是竭力取悦他人——就像一只等待被人拍拍脑袋的小狗。然而，在那面色苍白、了无情趣的外表下，竟然潜藏着这样一位才华横溢的外科医生，约翰·哈雷颇感不可思议。

"需要我为你做什么，凯斯？"

凯斯·韦伯斯特深吸了一口气，说："关于……你知道……关于乔治·梅利斯殴打伊芙·布莱克韦尔那件事。"

"有人知道了？"

"你知道，那次她差点丢了命。"

"是的。"

"噢，这件事我从未报警。鉴于发生了新情况——梅利斯被杀等等，我在想是否应当把这件事告诉警察。"

该来的还是来了。看来这个麻烦躲不过去了。

"你认为该做，你就做吧，凯斯。"

凯斯·韦伯斯特神色黯然地说："我知道，只是我不想伤害伊芙·布莱克韦尔，她是那么聪慧的一个姑娘。"

哈雷医生警觉地盯着他。"是的，她确实是。"

凯斯·韦伯斯特又叹了口气，说："唯一让我担心的是，约翰，如果我对这件事秘而不宣，警察以后查出了此事，对我来说就不妙了。"

"不只对你，对我们两人都是如此。"约翰·哈雷暗想。他看出了摆脱麻烦的一种可能，便故作随意地说："警察不太可能查出来。你看，伊芙绝不会提起这件事，你的妙手又将她的伤痕修复得如此完美。当然，只落下那条细细的伤痕，谁也看不出她曾被毁容。"

凯斯·韦伯斯特眨了眨眼睛，不解地问："细细的伤痕？"

"就是她额头上那条红色的伤痕，她告诉我，你答应她一两个月内把它消除掉。"

韦伯斯特医生的眼睛眨得更快了。哈雷医生心想，这家伙有神经性抽搐的毛病。

"我不记得了……你最后一次见到伊芙是什么时候？"

"大约十天前，她来跟我谈了她妹妹的自杀倾向。事实上，凭着那道伤痕，我才能知道谁是伊芙，谁是亚历山德拉。你知道，她们是同卵双胞胎。"

凯斯·韦伯斯特慢慢地点点头，若有所思。"是的，我在报纸上见过伊芙妹妹的照片，两人真是分毫不差。你说我的手术给伊芙的额头上留下了一条伤痕，这是你区别姐妹俩唯一的标记？"

"没错。"

韦伯斯特医生坐在那里，咬着下唇，一言不发。最后，他毅然说："也许我现在还不该去报警，容我再考虑一下。"

"坦白说，这样才是明智的，凯斯。姐妹俩那么年轻可爱。从报纸新闻来看，警方认定亚历山德拉杀了乔治。这怎么可能？我记得她们还是小姑娘的时候……"

韦伯斯特医生已经没有心思听下去了。


离开哈雷医生后，凯斯·韦伯斯特陷入沉思。他当然没有在那张迷人的俏脸上留下一丝伤痕，然而约翰·哈雷医生却看到了它。即使伊芙随后又因事故留下了伤痕，倒也不是不可能，但是，她为什么要撒谎呢？那毫无道理啊！

他从各个角度思考着，考虑了种种不同的可能性，最终，他得出了自己的判断。他不无得意地想："如果我的判断是对的，那么这将会改变我的人生……"

次日一早，凯斯·韦伯斯特给哈雷医生打去电话。"约翰，"他说，"对不起，打扰你了。你说伊芙·布莱克韦尔曾去你那儿，跟你谈过她妹妹亚历山德拉的事？"

"是的。"

"伊芙去过之后，亚历山德拉有没有碰巧去找过你？"

"是的，事实上，第二天她就来到我的办公室。这些重要吗？"

"只是好奇。你能告诉我伊芙的妹妹找你有什么事吗？"

"亚历山德拉得了抑郁症，很严重，所以伊芙想要帮她。"

伊芙被妹妹亚历山德拉的丈夫殴打，差点丢了命，现在这个男人被谋杀，亚历山德拉成为嫌疑人。

凯斯·韦伯斯特一直认为自己并不聪明。在学校里，他哪怕学习再刻苦，期末考试也只能勉强及格。他一直是同学们的笑柄。他不擅长任何一项体育运动，学习上马马虎虎，又不善言辞，他几乎就是一个无足轻重的角色。当他被医学院录取时，他的家人甚至比外人还感到不可思议。他选择成为一名外科医生，他的同学和老师都没指望他能够适应外科手术，更不用说成为一名杰出的外科医生了。结果是，他让所有人都大跌眼镜，惊叹不已。他那平庸的外表下藏着天才，这简直是上天赏给他的天赋。他就像一位非凡的雕塑家，他那双手似有魔力，一张惨不忍睹的脸能被他修复得完美无瑕。与雕塑家不同的是，他使用的是活体组织，而不是黏土。时间不长，凯斯·韦伯斯特就声名远播了。尽管医术上成绩斐然，但他始终未能克服童年时遭受的心灵创伤。在他的内心深处，他依然是那个不起眼的小男孩，受到姑娘们的冷嘲热讽。


伊芙的电话终于接通了，凯斯·韦伯斯特紧张得双手都出了汗。电话一响，她就接了电话。"是罗里吗？"声音温柔、性感。

"不是，我是凯斯·韦伯斯特。"

"噢，你好。"

他听出她的声音变得冷淡。"你还好吗？"他问。

"很好。"

他感到她的不耐烦。"我……我想见你。"

"我谁也不想见。如果你看过报纸，就会知道我妹夫被害，我正在哀悼。"

他在裤子上擦了擦手，说："这就是我想见你的原因。伊芙，我有些消息要让你知道。"

"什么消息？"

"最好不要在电话里说。"他几乎可以猜出伊芙在想什么。

"好的。什么时间？"

"现在，如果你方便的话。"

半小时后，凯斯·韦伯斯特来到伊芙的公寓，伊芙边开门边说："我很忙，你要见我，到底想说什么？"

"看看这个。"凯斯·韦伯斯特语带歉意。他打开手里紧紧攥着的一个马尼拉纸制成的信封，拿出一张照片，怯懦地递给伊芙。这是一张她自己的照片。

她疑惑地看着照片。"什么意思？"

"这是你的照片。"

"我看得出来。"她显得很不耐烦，"这照片怎么啦？"

"这是你手术后拍的照片。"

"那又如何？"

"你看，你额头上没有任何伤痕，伊芙。"

他观察着她脸上的阴晴变化。

"请坐，凯斯。"

他坐在她对面，屁股只是挨在沙发边上，眼神始终不离她的脸。在他的手术台上，他见过美女无数，但他彻底被伊芙迷住了。他从未遇见过这么迷人的尤物。

"到底是怎么回事，快点告诉我。"

他开始娓娓道来。他讲了自己与哈雷医生的会面，还有那道并不存在的神秘伤痕。凯斯·韦伯斯特侃侃而谈的时候，不忘关注伊芙的眼睛，那双眼睛看不出任何神情。

凯斯·韦伯斯特说完了，伊芙冷冷地说："我不知道你在想什么，但不论是什么，你都是在浪费我的时间。至于那道伤痕，只是我和妹妹玩的小把戏，就这么简单。好了，如果你已经讲完了，那就请便吧，我还有很多事要做。"

凯斯·韦伯斯特坐在那儿，纹丝不动。"对不起，打扰你了。我只是想在报警之前跟你谈谈。"他注意到，这句话开始真正引起了她的警觉。

"你到底为什么要去报警呢？"

"我必须向警察报告乔治·梅利斯对你的那次殴打，还有你所谓的那道伤痕。我不明白你为什么伪造出它，但我相信，你可以向警察做出合理的解释。"

伊芙感到一阵恐惧袭来，这是她第一次感到恐惧。眼前这个愚蠢、面目可憎的瘦小男人对实情一无所知，但他刚提到的这些足以引起警察的兴趣。

乔治·梅利斯常常出入这套公寓，警察不难找到那些目击证人。她曾撒谎，告诉警察乔治被杀的当晚，她在华盛顿，但又拿不出她在华盛顿的证明，因为她从没想到过自己还需要这个证明。如果警察知道乔治·梅利斯曾经几乎将她殴打致死，他们就掌握了作案动机，全部案情就会真相大白。必须让这个男人闭嘴。

"你想要什么？钱？"

"不！"

她看到他脸上不屑的表情。"到底要什么？"

韦伯斯特医生低头看着地毯，脸窘得通红。"我……我很喜欢你，伊芙。如果你有任何不幸的事情发生，我会很难过。"

她勉强笑笑。"不会有什么坏事发生在我身上，凯斯。我没做错什么，相信我。我跟乔治·梅利斯的谋杀案毫无关系。"她伸出手，紧紧握住医生的手。"如果你能忘记我们刚才说过的话，我会非常感激，好吗？"

他攥住她的手，激动地揉捏着。"我当然愿意，伊芙，真的。周六警方要验尸，我是一名医生，我想，我的职责就是在现场做证，坦白我所知道的一切。"

他注意到她的眼神惊惶不安。

"你没有必要那样做！"

他依旧抚摸着她的手。"不，伊芙，那是我宣誓履行的职责。只有一件事能够阻止我那样做。"他盯着她，看她是否钻进自己设的圈套。

"什么事？"

他的声音深情而温柔。"谁也不能强迫丈夫指证自己的妻子。"

# 第三十五章

警方验尸的前两天，凯斯·韦伯斯特和伊芙·布莱克韦尔举行了婚礼。婚礼在地方法院举行，由一名法官证婚并主持婚礼。一想起自己嫁给凯斯·韦伯斯特，伊芙就浑身起鸡皮疙瘩，但她别无选择。傻瓜才相信她要和他生活下去。验尸一结束，她就搞到一份解除婚约的文件，这事就到此为止了。

尼克·帕帕斯探长感到案子很棘手。他确信自己知道谁是凶手，可他找不到证据。围绕着布莱克韦尔家族，人们不约而同地三缄其口，集体沉默，帕帕斯探长无计可施。他向上司哈罗德·科恩警长倾诉了自己的无奈和困境。科恩警长从一般警员一步一步爬到警长的位置，阅历丰富，老于世故。

科恩警长静静地听着。帕帕斯一发完牢骚，警长就不客气地说："都是你臆想出来的，尼克，你没有搞到一点证据，讲出来会被认为荒唐可笑。"

"我明白，"帕帕斯叹了口气，"但我相信自己的判断。"他坐在那儿，沉思着。"如果我跟凯特·布莱克韦尔谈谈，你介意吗？"

"上帝啊！谈什么？"

"也就是稍稍地摸摸底。她掌控那么大的家族企业，可能知道一些她自己尚未察觉的信息。"

"你要小心行事。"

"我会的。"

"态度要好点，不要急。记住，尼克，她可不是一般的老太太。"

"这我知道。"帕帕斯探长回答道。

当天下午，尼克·帕帕斯探长如约来到凯特·布莱克韦尔的办公室。帕帕斯猜测凯特已有八十多岁，但看上去比实际年龄年轻得多。探长知道她内心承受着不小的压力，尽管表面上不动声色，泰然自若。她曾经非常注重隐私，现在却不得不面对公众对布莱克韦尔家族的指指点点、说三道四。

"秘书说你有要事要见我，探长先生。"

"是的，夫人。明天警方要对乔治·梅利斯进行验尸。我有理由相信，您的孙女与乔治之死有关。"

凯特语气强硬。"我不相信。"

"请听我讲完，布莱克韦尔夫人。警方的每一项调查都会从作案动机入手。乔治·梅利斯不但是个靠婚姻猎取财富的家伙，还是一个极端残暴的虐待狂。"他观察着她脸上的反应，继续说，"他娶了您的孙女，突然间一大笔财产收入囊中。如果我没猜错的话，他经常殴打亚历山德拉，她因而要求离婚，被他拒绝。她摆脱他的唯一方法就是杀了他。"

凯特盯着他，脸色变得苍白。

"为了证实我的推测，我开始四处寻找证据。众所周知，乔治·梅利斯失踪前曾到过雪松山庄园，从陆地到达克港有两种常用的交通方式——坐飞机和坐渡轮。当地警方证明，乔治·梅利斯既未乘飞机，也未搭渡轮。当然，梅利斯并无神灵相助，也不能在水上行走，他唯一的办法是从海岸的其他地方找一条船。我核查了沿岸的租船公司，在吉尔基港有了意外收获。乔治·梅利斯被杀的当天下午四点，有个女人在那儿租了一艘摩托艇，说一个朋友稍后会来取。她是用现金支付的，但她必须在租赁单上签字。她签下的名字是索兰格·杜纳斯。这个名字您熟悉吗？"

"噢，她……她是姐妹俩小时候的女家庭教师，几年前就回法国了。"

帕帕斯探长点点头，脸上露出满意的神情。"沿着海岸再远一点，这个女人又租了第二艘摩托艇。她驾着这艘摩托艇离开，三小时后返回，归还了摩托艇，又签上索兰格·杜纳斯这个名字。我给两个码头的服务员看了亚历山德拉的照片，他们都相当肯定，说租船的女人就是她，但他们又不能完全肯定，因为租船的女人长着深褐色头发。"

"这又怎么解释？"

"她戴着假发。"

凯特生硬地说："亚历山德拉杀死她的丈夫，我绝不相信。"

"我也不相信，布莱克韦尔夫人。"帕帕斯探长说，"凶手是她的姐姐，伊芙。"

凯特·布莱克韦尔目瞪口呆。

"亚历山德拉没有作案时间。我查了案发当天她的行动轨迹，当天早些时候，她在纽约与一位朋友待了很长时间，然后她从纽约直飞到艾斯伯勒岛。她没有租船的时间。"他身体前倾，"所以，跟亚历山德拉长得很像，签下索兰格·杜纳斯这个名字的女人，一定是伊芙。于是，我开始寻找伊芙的作案动机。我给伊芙租住公寓的其他房客看了乔治·梅利斯的照片，结果证明梅利斯常常造访伊芙。大楼管理员告诉我，有天晚上，梅利斯又去了，他差点把伊芙打死。您知道这事吗？"

"不知道。"凯特有气无力地回答。

"梅利斯殴打了伊芙，这正符合他变态狂的性格。因此，伊芙就要复仇，这是她的作案动机。她把他骗到达克港，然后杀了他。"他注视着凯特，心中升起深深的内疚感，案件的推断对这位老太太来说真是太残酷了。"伊芙提出了不在现场的证明，她说她当天飞往了华盛顿特区。为了让那位送她到机场的司机记住她，她给了他一百美元。她错过飞往华盛顿的飞机，跟机场售票员大惊小怪地闹腾一番，也是为了让他留下印象。我认为她未去华盛顿，她戴上了深褐色的假发，乘上一架商务飞机飞往了缅因州。在缅因州海岸的两个码头，她租了两艘摩托艇。她杀了梅利斯后，把尸体抛进大海，驾着机帆船，拖着后面的摩托艇回到雪松山庄园，那儿还藏着她自己租的摩托艇。她将机帆船在私人码头泊好，用自己用的摩托艇将乔治的摩托艇拖回吉尔基港，再驾摩托艇回到自己租船的码头。那时，租船码头已经下班了。"

凯特目不转睛地看着探长，过了好久，才慢慢地说："你说的这些都是推测出来的，并没有直接证据，是不是？"

"是的，"他准备甩出底牌，进行致命一击，"我需要向验尸调查团提供确凿证据。您比任何人都更了解您的孙女，布莱克韦尔夫人，我希望您能够提供一些有利于案件的细节。"

她坐在那里，沉默良久，似乎在拿主意。最后，她说："我可以告诉你一些情况。"

帕帕斯探长的心怦怦直跳。他撒下来一张大网，终于要有大鱼了。这位老太太挺了过来，就要大义灭亲了。他情不自禁地身子前倾，急切地说："好的，布莱克韦尔夫人？"

凯特一字一顿地说："乔治·梅利斯被杀的那天，孙女伊芙和我在一起，就在华盛顿特区。"

看着他脸上惊愕的表情，凯特想："你这个傻瓜！你真的以为我会拿一个布莱克韦尔家族的成员作为祭品送给你吗？难道我会让布莱克韦尔这个名字成为报纸上吸人眼球的笑柄吗？不，我会惩罚伊芙的，用我自己的方式。"

验尸调查团的结论是：乔治·梅利斯死于一个或多个凶手的谋杀，凶手身份不明。


县法院审讯现场，彼得·坦普尔顿不请自来，这使得亚历山德拉既惊讶又感激。

"我来这儿是想给予你道义上的支持。"他关心地说。彼得认为，庭讯中的亚历山德拉能克制自己的情绪，尽管她的脸上和眼睛里流露出紧张的神情。休庭期间，他带她来到一家龙虾餐厅吃午饭，那是法院附近的一家餐厅，面朝林肯维尔海湾。

"等案子了结后，"彼得建议，"我觉得你最好外出旅行一趟，离开一段时间。"

"是的，伊芙要我跟她一块儿外出。"亚历山德拉眼中满是忧伤，"我还是不敢相信乔治已经死了。我知道事情已经发生，但它……它仍然不像是真的。"

"这是人的本能。随着时间的流逝，你的痛苦会慢慢地减轻。"

"老天多不公道啊！乔治是多好的一个人。"她望着彼得，眼泪汪汪，

"你曾跟他相处过，你听他说的话，难道他不是一个好人吗？"

"是的。"彼得字斟句酌地说，"是的，他是一个好人。"


伊芙说："我要取消婚姻，凯斯。"

凯斯·韦伯斯特吃惊地看着妻子，眼睛眨个不停。"取消婚姻？这究竟是为什么？"

"得了吧，凯斯，你不会真以为我会跟你生活下去吧？"

"当然，我们是夫妻，伊芙。"

"你想要什么？布莱克韦尔的家产？"

"我不缺钱，亲爱的，我生活得很好。你想要什么，我都可以给你。"

"我已经告诉你了，我想要解除婚约。"

他疑惑地摇了摇头，说："恐怕我不能满足你这个要求。"

"那我就通过法院申请离婚。"

"我认为这很不明智。你看，局势并未改变，伊芙。警察还未找出杀你妹夫的凶手，所以这个案子还未结案。依照法律，凶杀案没有追诉时效。如果你要跟我离婚，那我不得不……"他无可奈何地摊开自己的双手。

"你说得好像是我杀了乔治。"

"是你杀的，伊芙。"

她轻蔑地问："你凭什么这么说？"

"这是你嫁给我的唯一理由。"

她看着他，满脸嫌弃。"你这个杂种！你为什么娶我？"

"很简单，因为我爱你。"

"我恨你，你明白吗？我鄙视你！"

他苦笑一下。"我那么爱你。"

伊芙取消了她与亚历山德拉约定的结伴旅行。"我和凯斯打算去巴巴多斯度蜜月。"伊芙告诉亚历山德拉。

前往巴巴多斯是凯斯的提议。

"我不去。"伊芙当时一口拒绝。一想到要和这个猥琐的男人去度蜜月，她就感到厌恶。

"新婚夫妇不度蜜月的话，别人会不理解的。"他说，"我们不希望别人东打听西打听，问很多尴尬的问题，是吧，亲爱的？"

亚历山德拉习惯了每周与彼得·坦普尔顿共进一次午餐。刚开始，她想谈谈乔治，除了彼得，她也找不到别人愿意听她倾诉了。几个月之后，亚历山德拉不由自主地渴望有彼得·坦普尔顿的陪伴。这个男人值得依赖，他的男性魅力令她痴迷，让她欲罢不能。他能洞悉她的喜怒哀乐，对她体贴、呵护。这是一个聪明、风趣的男人。

"我做实习医生的时候，"他逗亚历山德拉，"有一年寒冬，我第一次出诊。病人是一个老人，身体虚弱，躺在床上，咳得很厉害。我打算检查一下他的肺部，但害怕冰冷的听诊器会刺激他，于是我想先把它暖一暖。我先将听诊器放在暖气上，接着检查他的喉咙和眼睛。最后我拿起听诊器，放在他的胸上。那老头像一只被烫了的猫，噌地从床上跳下来。他的咳嗽立马好了，可烫伤治疗了两周。"

亚历山德拉开心地笑了起来。很久以来，这是她第一次开怀大笑。

"下周我们再聚一次，好吗？"彼得问。

"好的。"

出人意料的是，蜜月期间伊芙招蜂引蝶，精彩纷呈。凯斯皮肤苍白，容易过敏，不敢在太阳下曝晒，所以每天伊芙独自一人流连在海滩。她禁不住独处的寂寥，身边少不了爱心泛滥的救生员、海滩浪子、商业大亨和花花公子争相谄媚。就像坐拥一屋精致美味的瑞典式自助餐，伊芙可以每天选择享用一道美食，天天不同。她知道丈夫正在楼上的套房里翘首以盼，因而感到这种越轨的行为愈加刺激，对此甘之如饴。丈夫温顺乖巧，在她眼前就像一只小哈巴狗，替她拿来这个，拎走那个。如果她喜欢上了什么，马上就会得到满足。即使是这样，她也从未对丈夫假以辞色，总是想尽一切办法侮辱他、激怒他，让他跟自己反目成仇，以便分道扬镳。然而，他像吃了秤砣一样，死心塌地地爱着她，矢志不渝。伊芙厌恶和凯斯同床共枕，好在他身体羸弱，对性爱的索求不高。

不时地，凯特·布莱克韦尔会感时伤怀，自叹命途多舛，时光如白驹过隙，良辰不再，曾经的岁月静好、花好月圆早已随风而逝，留下的是满头白发、子女凋零。

克鲁格–布伦特有限公司需要一位强有力的掌舵人。他要来自布莱克韦尔家族，身上流着布莱克韦尔家族的血。目前来看，她百年之后，布莱克韦尔家族尚后继无人，凯特不胜唏嘘。为了公司，她殚精竭虑，运筹帷幄，可她能把自己创下的这份家业托付给谁呢？难道将来让一个陌生人来接管公司？见鬼去吧！绝不能让这种事发生。


蜜月结束，凯斯夫妇在家待了一周后，凯斯抱歉地说："恐怕我得回去工作了，亲爱的。有很多手术已经预约，正等着我。白天我不在家，你不介意吧？"

伊芙故意板着脸，避免露出如释重负的欣喜表情，说道："我试试吧。"

凯斯每天一大早起床，出门很久后伊芙才醒。当她走进厨房，总是发现凯斯为她煮好了咖啡，准备好了早餐。他以伊芙的名字开了一个银行账户，不断地往里面存钱，毫不吝啬。只要她开心，他就心满意足了。伊芙大手大脚地花着凯斯的钱，为自己的相好罗里买昂贵的珠宝，几乎每天下午都跟他泡在一起。罗里很少工作。

"我不能随便接戏，"他向伊芙抱怨，"这将会损害我的形象。"

"我理解，亲爱的。"

"你理解？你对演艺圈了解多少？见鬼去吧！你生来就有钱。"

见罗里不高兴，伊芙只好再给他买件称心的礼物，让他心里舒坦。她替罗里付房租，并为他买面试角色时穿的服装，请他去高档餐厅吃饭，在那儿会有机会见到重要的制片人。她希望一天二十四小时都跟他黏在一起，可惜她已为人妇。伊芙会在晚上七八点钟回家，这个时候，凯斯正在厨房里忙活着，为她准备晚饭，身上裹着一条围裙，上面印着"吻吻厨师"的字样。他从来不问她白天去哪儿了。

一年过去了，亚历山德拉和彼得·坦普尔顿见面越来越频繁。在生活上，两人都离不开对方。亚历山德拉去疗养院看望父亲托尼时，彼得陪着她，这让她感到痛苦减轻了许多。

　　有一天晚上，彼得接亚历山德拉时，遇到了凯特。"你是个医生，是吧？我参加过很多医生的葬礼，而我还活着。你懂得经商吗？"

　　"懂得不多，布莱克韦尔夫人。"

　　"你有公司吗？"凯特问。

　　"没有。"

　　她不屑地哼了一声，说："见鬼！你什么也不懂。你需要一个精明的税务申报人。我安排你跟我的申报人谈谈吧，他要做的第一件事就是让你跟……"

　　"谢谢您，布莱克韦尔夫人。我过得很好。"

　　"我丈夫也很固执。"凯特说着，转向亚历山德拉，"请他来家里吃晚饭，到时候我给他讲讲道理，开导开导他。"

　　来到外面，彼得说："你奶奶不喜欢我。"

　　亚历山德拉笑了。"她喜欢你。你还没有听说过奶奶是怎样对待她讨厌的人的。"

　　"如果我告诉她我想娶你，她会做何感想，亚历克斯？"

　　她抬头看着他，眉目含笑。"我和奶奶都会高兴的，彼得！"


　　亚历山德拉与彼得·坦普尔顿的恋情不断进展，凯特一直饶有兴趣地关注着这对年轻人。她喜欢这位年轻的心理医生，认为他会是亚历山德拉的好丈夫。但是，她骨子里是一个商人。此时，她坐在壁炉前，面前坐着这两个年轻人。

　　"我必须告诉你，"凯特撒了个谎，"你们的事完全出乎我的意料。我一直期望亚历山德拉嫁给一个公司经理，将来能够接管克鲁格-布伦特公司。"

　　"我们的终身大事可不是生意，布莱克韦尔夫人。亚历山德拉和我打算结婚。"

　　"另一方面，"凯特并不顾及彼得的插话，继续说，"你是个心理医生，你懂得揣摩人们的心思和感情，因而你会是一个谈判高手。我希望你能加盟我的公司，你可以——"

"不行，"彼得断然拒绝，"我是一名医生，对经商毫无兴趣。"

"这不是经商，"凯特勃然变色，"我们不是讨论那些大街小巷的杂货店。你将成为布莱克韦尔家族的一员，我需要有人去掌管——"

"我很抱歉，"彼得斩钉截铁地说，"我决不参与克鲁格–布伦特公司的事务，您还是另请高明吧……"

凯特无奈地看着亚历山德拉。"你有什么要说的吗？"

"奶奶，我只想让彼得开心。"

"你这个没良心的！"凯特气恼地看着她说，"自私啊，你们俩太自私了。"她叹了口气。"好吧，天晓得呢！没准哪一天你们会改变想法。"她又若无其事地问："你们打算要孩子吗？"

彼得笑了。"那是私事。我觉得您操心的事情太多了，布莱克韦尔夫人。亚历克斯和我有自己的生活，我们的孩子——如果有孩子的话——也将过他们自己的生活。"

凯特惬意地笑了。"我不会再操心了，彼得。我绝不干涉别人的生活，这一点已成为我后半生遵守的原则。"


两个月后，亚历山德拉和彼得度蜜月归来，亚历山德拉已怀有身孕。凯特听到这个消息，大喜过望。太好了，一定是个男孩。


罗里一丝不挂地走出浴室，伊芙躺在床上，贪婪地看着他。他身材挺拔，显得瘦削、匀称。伊芙陶醉于他花样繁多的床上姿势，简直乐此不疲。她猜测他还有不少同床伴侣，但她不敢打听，怕惹他生气。罗里走到床边，伸出手指从她的脸颊上滑过，触到她眼睑的下方，漫不经心地说："嘿，宝贝，你长皱纹了，好可爱。"

他说的每个词都像针扎一样，她意识到他们之间年龄上的差距，她已经二十五岁了。他们又纠缠在一起，不过，伊芙第一次感到心不在焉。

伊芙到家时快九点了，凯斯正在往烤箱里的烤肉上刷黄油。

他亲亲她的脸颊，说："亲爱的，我做了一些你最爱吃的菜，我们——"

"凯斯，我想让你帮我消除这些皱纹。"

他眨了眨眼睛。"什么皱纹？"

她指了指眼睛周围，说："看，就是这儿。"

"那是笑纹，亲爱的，我喜欢它们。"

"我不！我讨厌它们！"她喊起来。

"相信我，伊芙，它们不是——"

"看在上帝的分儿上，把它们给我去掉吧。你很在行，对不对？"

"当然，但是……没问题，"他安慰说，"只要能使你高兴，亲爱的，我来做。"

"什么时候？"

"大约六周后，我的预约已排到——"

"我不是你那些该死的病人，"伊芙不由分说地嚷起来，"我是你的妻子。我要你马上做——明天。"

"周六停诊。"

"那就恢复营业！"这人的脑子不会拐弯，上帝啊！她恨不得马上甩掉他。不管怎样，只要快点手术。

"到梳妆室，我先瞧瞧。"她被带进梳妆室。

她坐在椅子上，灯光亮得耀眼，他仔细地检查她的面部。一瞬间，伊芙感到他不再是一个笨手笨脚的怯懦小男人，而是一位技术高超的外科医生。她想起了他曾在她脸上创造的奇迹。对凯斯来说，这小手术无关紧要，但是他想错了，在伊芙眼中，这至关重要，她不能失去情人罗里，遭他嫌弃。

凯斯关上灯。"没问题，"他许诺道，"明天早上就为你做。"


次日早上，夫妇两人到了诊所。"手术时我常常需要一个护士做助手，"凯斯说，"但这是一个小手术，就不需要助手了。"

"手术时你把这儿也修复一下。"伊芙扯了扯自己喉咙上的皮肤说。

"当然没有问题，亲爱的。我给你打一针镇静剂，你好好睡一觉，这样你就不会感到一点疼痛。我可不希望我的宝贝受罪。"

伊芙好奇地看着凯斯，只见他将一只针筒吸入镇静剂，熟练地注射进她的身体。感觉有些疼痛，她毫不介意。她这么做，完全是为了罗里。亲爱的罗里，她想着他肌肉紧绷的强健身体，想着他那双眼中燃烧的欲火……她迷迷糊糊地睡着了。

醒来后，她发现自己躺在诊所里屋的床上，凯斯坐在床边的椅子上。

"手术怎么样？"她的声音仍带着浓浓的睡意。

"完美。"凯斯意味深长地笑了。

伊芙点点头，又睡着了。


伊芙再次醒来，凯斯还未离去。"绷带还得留几天。你还要待在这里，方便我随时观察。"

"好吧。"

他每天都检查一次手术伤口，总是点着头，不停地说："恢复得很好。"

"什么时候我可以看看？"

"周五就会痊愈。"他信誓旦旦地说。

她让护士长在她床边装了一部私人电话，第一个电话她就打给了罗里。

"嘿，宝贝，你躲到哪儿去了？"他问，"我想你想得受不了了。"

"我也想你，亲爱的。我在佛罗里达，这儿有个医学会议，我脱不开身，下周就回来。"

"你最好快点回来。"

"想我吗？"

"快疯了。"

电话那边传来窃窃私语，她马上问："你身边有人？谁和你在一起？"

"不要多心，这儿有个不大的聚会。"罗里半真半假地开玩笑道，"有人叫我了。"电话挂断了。

伊芙又给亚历山德拉打电话，听着她在电话中兴奋地谈着自己怀孕的事，她顿感不耐烦。"我等不及了，"伊芙敷衍地说，"我快要当姨妈了。"

祖母几乎不再见她。她感到不解，为什么祖母又变了脸色，不再理她？她会改变主意的，伊芙想。

凯特从来没有问起过凯斯，伊芙也毫不在意，毕竟在她心中，凯斯什么都不是，毫无地位。也许有一天，她会跟罗里合计合计，让他帮着她摆脱凯斯。这样，她和罗里就能相守终生，不再分开。令伊芙感到不可思议的是，她整日跟别的男人厮混，这个戴着绿帽子的男人既不猜疑，也不在意。感谢上帝，多亏他是个外科天才，周五就要拆绷带了。

周五，伊芙早早醒来，等着凯斯，心急如焚。

"都快中午了，"她抱怨说，"你到哪儿去了？"

"对不起，亲爱的，"他连忙道歉，"上午我在做手术，还有——"

"别说了，快点拆掉绷带，我等不及了。"

"好吧。"

伊芙坐起身，一动不动，凯斯熟练地从她脸上拆下绷带。他站在那儿，端详着，眼中露出满意的神情。"太棒了。"

"快给我镜子。"

他匆匆走出房间，不一会儿，拿着一面镜子走了进来。他得意地笑着，把镜子递给她。

伊芙慢慢地举起镜子，看向镜子中的脸。

一声惨叫骤然响起。

尾声　凯特　一九八二

# 第三十六章

时间的车轮愈转愈快。日子匆匆而过，冬去春来，夏隐秋至。如今，凯特已经年近九十。有时她甚至记不清自己的实际年龄。她可以面对不断的衰老，却不能容忍因老迈虚弱而不顾仪表，邋里邋遢。她在自己的妆容上下了很多功夫，每次揽镜自照，镜中人妆容精致，精神矍铄，她顿生豪迈之气，重燃不挠不挠之斗志。

她坚持每天前往办公室，但这不过是一个姿态，一种逃避死神的手段。每次出席董事会议，会议内容总是变得模糊混沌，周围的人说话的语速也似乎变快，她有点跟不上。最令人不安的是，她的记忆力开始不断地跟她开玩笑，刚刚发生的事情，她转眼就忘记了。她的世界对外封闭起来，变得愈来愈小。

幸运的是，凯特紧紧抓住了一条生命线，一股力量驱使她活下去，那就是她矢志不渝的信念——要让布莱克韦尔家族的继承人接管克鲁格-布伦特公司。父母杰米·麦克格雷戈和玛格丽特，连同她和丈夫戴维克服了千难万险，殚精竭虑，创出这份家业，绝不能将它拱手交付外人。伊芙，凯特曾两次对她寄予厚望，到头来竟是个杀人犯，惨遭丈夫凯斯毁容，成了一个丑八怪。凯特没有惩罚伊芙，她见过她一次，凯斯对她所做的一切足以惩罚她了。

拆除绷带那天，伊芙从镜子里看到自己那张丑陋的脸，试图自杀。她吞下一瓶安眠药，但凯斯立即给她洗胃治疗，把她带回家，一步不离地守着她。他不得不去医院时，就安排护士昼夜不停地守在她身边。

"请让我死吧，"伊芙向丈夫哀求道，"凯斯！我不想带着这张脸活在世上。"

"你现在终于属于我了。"凯斯对她说，"我永远爱你，绝不抛弃你。"

伊芙这张脸的样子已经刻在她自己的脑海里。她说服凯斯打发走护士，不希望周围的人看见她丑陋的脸，并且指指点点、说三道四。

亚历山德拉不断地打来电话，但伊芙拒绝见她。送给她的所有东西都被放在门外，谁也看不到她，除了她的丈夫凯斯。最终，凯斯成为她的唯一，成为她与外界联系的唯一纽带。她开始担心凯斯会抛弃她，那样她将一无所有，只有丑陋——难以忍受的丑陋——伴随着她。

每天凌晨五点，凯斯就动身前往医院或诊所，伊芙总是在他前面起床，为他准备早餐。到了晚上，她做好晚饭等着他。一旦他回家迟了，她便惶恐不安，担心他找了其他女人。她会忧心忡忡地想，要是他离她而去怎么办呢？

傍晚，只要听到钥匙开门的声响，她就立马冲过去，打开门，扑进他的怀抱，紧抱着他不撒手。她从不敢主动求欢，害怕遭到他的嫌弃。一旦凯斯向她索求鱼水之欢，她就会感到这是他对自己仁慈的恩典。

有一次，伊芙怯生生地问："亲爱的，你对我的惩罚还不够吗？你不想给我修复面孔吗？"

他看着她，得意扬扬地说："它已经无法修复了。"


日子一天天过去，凯斯变得越来越苛刻冷酷、专横跋扈，最后，伊芙完全变成他的奴隶，对他百依百顺。那张丑陋的脸比铁链还牢固，将她紧紧地捆绑在他身边。


罗伯特——亚历山德拉和彼得的儿子出生了。这个男孩聪明、漂亮，凯特想起了小时候的托尼。罗伯特近八岁了，看起来比他的实际年龄成熟。这孩子确实很早熟，凯特想，他是布莱克韦尔家族真正的继承人。

同一天，布莱克韦尔家族的所有成员都收到一份请柬。请柬上写着：

　　　凯特·布莱克韦尔夫人敬请您的光临，庆祝九十岁生日。时间：一九八二年九月二十四日上午八点。地点：缅因州达克港雪松山庄园。

凯斯读了请柬，对伊芙说："我们要参加。"
"噢，不！我不能去！你去吧，我……"
他不由分说地说："我们两人都必须参加。"

一家疗养院的花园里，托尼·布莱克韦尔正在画画，他的护工走过来，递给他一封信，说："有你一封信，托尼。"
托尼打开信，脸上露出傻呆呆的笑容。"太好了，"他憨憨地说，"生日宴会最好玩。"

彼得·坦普尔顿端详着请柬，感叹道："真不敢相信，这老太太九十岁了。她真了不起啊。"
"对啊，谁说不是呢！"亚历山德拉不由得感叹。接着，她又若有所思地说："你知道吗？有件新鲜事，罗伯特也收到了自己的请柬，专门寄给他的。"

# 第三十七章

当晚留宿的客人早已离去，有人乘船，有人乘飞机。雪松山庄园里就只剩下布莱克韦尔家族的成员，一家人都聚集在庄园的藏书室里。凯特挨个儿看着房间里的人，一个接着一个，看得清清楚楚。儿子托尼，她曾寄予期待和厚望的继承人，曾试图杀死她，现在脸上常常挂着傻乎乎的笑，木讷呆滞，成为一个无所事事的废人。伊芙，这个杀人凶手，如果她身上没有潜藏着罪恶的种子，她本可以拥有整个世界。真是绝妙的讽刺，凯特想，惩罚她的竟然是她的丈夫，长相平庸，对她一往情深。亚历山德拉，美丽、善良、用情专一，她最令凯特痛苦和失望，她把个人的家庭幸福看得比公司利益还重。她不但对克鲁格–布伦特公司的事务了无兴趣，还嫁给了心理医生彼得，彼得也拒绝参与公司事务。叛徒，两人都是叛徒。她曾经历的痛苦和磨难难道都付诸东流了吗？不，凯特想，继承人的选择绝不能不了了之，她付出的心血已结出累累硕果，她已经建立起一个足以睥睨同行的商业帝国。开普敦的一所医院已用她的名字命名；她还创建了无数的学校、图书馆，并资助班达部族的人。不好，头又疼起来。鬼魂们又无声无息地聚集在这个房间里。杰米·麦克格雷戈和玛格丽特来了，玛格丽特风采依旧；还有班达，他微笑着望着她；还有她亲爱的丈夫戴维，那个不平凡的男人，他张开双臂，想拥她入怀。凯特摇摇头，赶走了刚才的幻想。她还有重任在身，还不能随他们而去。快了，她想，快了。

房间里还有一个人，那是布莱克韦尔家族的第四代成员。凯特转过身，朝着英俊的八岁曾外孙说："到太姥姥这边来，亲爱的。"

罗伯特走过去，拉着她的手。

"这个生日宴会太棒了，太姥姥。"

"谢谢你，罗伯特。你过得愉快，我就高兴。你在学校里成绩怎么样？"

"各科成绩都是A，这是您给我提出的要求。我是班里的第一名。"

凯特转头对彼得说："再过几年，你就送罗伯特到沃顿商学院学习，那是最好的……"

彼得笑了。"看在上帝的分儿上，凯特，亲爱的，您还不想罢手吗？罗伯特想做什么，就让他做什么吧。他有杰出的音乐天赋，想要成为一名古典音乐家。让他选择自己的生活吧。"

"你说得不错，"凯特叹了口气，"我是个老太婆了，不中用了，我不再干涉了。如果罗伯特想成为一个音乐家，那就遂他的愿吧。"她转过身，看着罗伯特，眼中闪着慈爱的光芒。"听着，罗伯特，太姥姥不会向你承诺什么，但太姥姥会竭尽全力帮助你。我认识一个人，他跟著名指挥家祖宾·梅塔是好朋友。"